国家社会科学基金重大项目结项成果

结项等级：优秀

（项目批准号：16ZDA200）

国家出版基金项目
NATIONAL PUBLICATION FOUNDATION

多元文化视野下的大洋洲文学研究

澳大利亚卷 上

彭青龙

总主编

朱晓映 等 著

北京大学出版社
PEKING UNIVERSITY PRESS

图书在版编目 (CIP) 数据

多元文化视野下的大洋洲文学研究 . 澳大利亚卷 . 上 / 彭青龙总主编；朱晓映等著 . -- 北京：北京大学出版社，2025.6. -- ISBN 978-7-301-36247-1

Ⅰ. I600.6

中国国家版本馆 CIP 数据核字第 2025N8J930 号

书　　　名	多元文化视野下的大洋洲文学研究：澳大利亚卷（上） DUOYUAN WENHUA SHIYE XIA DE DAYANGZHOU WENXUE YANJIU：AODALIYA JUAN（SHANG）
著作责任者	彭青龙　总主编　朱晓映　等著
责任编辑	吴宇森
标准书号	ISBN 978-7-301-36247-1
出版发行	北京大学出版社
地　　　址	北京市海淀区成府路 205 号　100871
网　　　址	http://www.pup.cn　　新浪微博：@ 北京大学出版社
电子邮箱	编辑部 pupwaiwen@pup.cn　　总编室 zpup@pup.cn
电　　　话	邮购部 010-62752015　发行部 010-62750672　编辑部 010-62759634
印　刷　者	北京中科印刷有限公司
经　销　者	新华书店
	720 毫米 ×1020 毫米　16 开本　22.25 印张　410 千字
	2025 年 6 月第 1 版　2025 年 6 月第 1 次印刷
定　　　价	139.00 元（精装）

作者简介 —————————————————————

彭青龙

上海交通大学特聘教授，教育部国家重大人才工程特聘教授，中组部"万人计划"教学名师，《上海交通大学学报》（哲学社会科学版）主编，英文期刊 *New Techno-Humanities* 创刊主编，兼任第七、第八届国务院学位委员会外国语言文学学科评议组成员，教育部高等学校外语专业教学指导委员会英语专业教学指导分委会委员、理工科院校组组长，中国外国文学学会比较文学与跨文化研究分会会长等，担任国家社会科学基金重大项目首席专家，主要研究澳大利亚文学、比较文学、英语教育教学和科技人文等。教学成果荣获高等教育国家级教学成果奖二等奖，科研成果荣获教育部高等学校科学研究优秀成果奖（人文社会科学）二等奖（两次）等省部级奖项十多项。

朱晓映

教授，博士生导师。现任上海外国语大学贤达经济人文学院语言学习中心主任，曾任华东师范大学外语学院副院长。主要研究方向为外国女性文学与文化、澳大利亚文学。主要研究成果包括专著《从越界到超然：海伦·加纳的女性主义写作研究》《海伦·加纳研究》等。

总　论

　　"大洋洲文学"是这个区域内的文学作品总称，一般由澳大利亚文学、新西兰文学和太平洋岛国与地区文学三部分组成。其中，太平洋有数十个国家和地区，分布在美拉尼西亚、密克罗尼西亚、波利尼西亚三大岛区。在殖民者登陆之前，当地的土著人均有悠久的口传文学传统，被英语同化后，多数土著作家只好转而用英语创作。从时间上来看，大洋洲文学属于新兴文学，距今只有两百多年的历史。尽管这些国家赢得独立的时间各不相同，但文学史基本上都以1788年库克船长来到大洋洲作为起点。在经历了殖民主义时期、民族主义时期之后，各个国家和地区先后形成了富有特色的国别文学，并成为世界文学的组成部分。

　　本课题并非要重新撰写一部大洋洲文学史，而是从理论和实践两个层面，考察20世纪70年代以来大洋洲多元文化思想及其在文学艺术中的呈现。前者以多元文化主义的兴起与传播、后殖民历史与文化、大洋洲多元文化格局、大洋洲多元文化关系、澳大利亚多元文化政策案例分析、多元一体多元文化理论思想、文明互鉴与文化交融共享的新文明观和新文化观为研究内容，从理论上建构和阐释多元文化思想的深刻内涵，后者以作品的审美价值和影响力为标准，选取五十多年（1970年至今）澳大利亚、新西兰和太平洋诸岛各族群代表性作品为文本，分析和解读蕴含于文本之中的多元文化思想和艺术价值。两者之间既相互关联，又各有侧重，共同揭示大洋洲文学的丰富性和多样性，为其他国家和地区的多元文化和文学发展提供有益借鉴。

　　需要指出的是，之所以选择五十多年来的当代大洋洲文学作品为研究对象，原因有二：一、西方整体上提出多元文化主义理论是 20 世纪 70 年代，以此为起点有理论依据；二、大洋洲，尤其是澳大利亚也是从 20 世纪 70 年代开始实施多元文化政策，以此为起点，研究其文学艺术的变化和特征及其与多元文化政策的关系有其现实依据。

众所周知，进入 21 世纪以来，有关人类文明形态、进程以及东西文明兴衰关系的讨论持续不断，其焦点之一就是西方文明的衰落和东方文明的崛起。这既是东西方文明交流、碰撞的结果，也是人类社会发展的客观规律使然。曾经辉煌的西方诸国陷入了政治保守、经济停滞、文化分裂的泥沼，西方思想界变得忧心忡忡和焦虑不安：人类文明将何去何从？在此背景下，逆全球化和单边主义思潮似有蔓延之势，其有力证明就是近些年发生的英国脱欧事件、难民危机以及美国接二连三的种族主义暴力事件。但是，无论是文明冲突论，还是历史终结论，都反映了西方根深蒂固的自我-他者的"冲突型"思维，东西方文明和文化水火不容的镜像，在西方政客和保守文人的渲染下似成世人的想象。源自西方的多元文化主义也受到挑战，英国前首相卡梅伦和德国前总理默克尔相继宣布多元文化主义失败。但多元文化主义真的失败了吗？

事实上，西方国家所宣称的多元文化主义失败只是为其国家治理失败寻找借口，企图再次恢复具有排他性的欧美中心论。伴随着当今世界权力结构、制度结构和观念结构发生的历史性变化，面对休戚与共的地球村，人们很难想象再回到过去孤立、封闭的体系中的情形。在漫长的历史长河中，人类创造和发展了多姿多彩的文明。可以毫不夸张地说，多种文明互学互鉴、多样文化交流共生才是全球化时代的潮流，因此，构建人类文化共同体、文明共同体和命运共同体应该是我们着力探究和实现的目标，这既是国家的需要，也是哲学社会科学工作者的历史使命。作为文化生动而形象的载体和有力的传播者，文学在人类文明进程中发挥着不可替代的独特作用，它通过文字和文本，既艺术性地发挥其承载功能，表征文化，又通过具有文化内涵的文学表达，感受文明的进程和发达程度，使之成为文明的感受器和活化石。与此同时，文化和文明又是文学创作取之不尽、用之不竭的资源，为文学的繁荣发展提供了肥沃的土壤，这种相互依存、生成互动的关系使得我们能够通过文学，反映多样文化的丰富性，彰显多种文明之间相互渗透和影响的融合性，甚至共生性。

多元文化现象由来已久，可以追溯到几千年前的古希腊、古罗马、古埃及，以及古亚洲各个王朝，其直接原因是人口流动而使文化差异显性化。多元文化主义作为一种社会思潮和思想理论，有其历史条件和理论基础，在世界范围产生重大影响则是第二次世界大战以后的事情。首论文化多元主义者是德裔犹太人、青年哲学家霍勒斯·卡伦（Horace Kallen），他于1915年撰文质疑当时美国流行的"熔炉"理论，用了"文化多元主义"一词。第二次世界大战后，建立在种族优越论基础上的殖民体系纷纷瓦解，种族屠杀的残酷事实使得有良知的知识分子开始反思民族差异和认同问题，战后移民步伐的加快使得多元文化主义的兴起有了社会基础和民族根基。20世纪60年代，以尊重差异和要求平等为诉求的民权、民主运动席卷全球，极大地唤起了民族意识和各群体的平等意识。20世纪70年代，在精英知识分子中间，关于文化多元主义的争论日趋激烈，哈贝马斯的民主宪政思想、查尔斯·泰勒的政治承认说，以及德里达的解构主义理论和福柯的后结构主义观点成为多元文化主义的思想理论基础。由于来自政治学、社会学、人类学、教育学和文艺理论等不同领域学者的加入，多元文化主义甚至被称为"杂论"，有人说它是一种教育思想和方法，也有人说它是一种历史观和文化观，更多的人则认为它是国家治理的一种政治理念，不同背景的人各取所需，视其为一种思想资源。但毋庸置疑的是，多元文化主义对少数族裔争取与主流文化平等的权利发挥了显著作用，同时也促进了人们以包容性态度看待文化差异。

　　多元文化主义自20世纪70年代开始在瑞典、英、美、法、荷、比、丹等欧美国家进行了不同程度的社会实践，效果各异。作为西方国家的一员，澳大利亚也在1972年取消了以同化为目的的"白澳政策"，实施以尊重差异和平等权利为目标的多元文化政策，并取得显著成效。1980年，澳大利亚建立了一个多语种广播电台和电视台（SBS），从世界上六百多个城市和地区的电台和电视台选出高质量的节目，用六十多种语言向澳大利亚观众播送，同时向移民教授英语。SBS的建立是澳大利亚政府贯彻实施多元文化主义政策的重要象征之一，被认为是反映多元文化的一面镜子。值得一提的是，正是在这一时期，澳大利亚才真正打开面向东方的国门，让更多的非白人移民进入澳大利亚。1975年越南战争结束，东南亚国家出现人道主义危机，数百万人逃离越南、老挝和柬埔寨，大批"船民"涌向澳大利亚。弗雷泽政府表现出前所未有的勇气，决定在1983年前安置来自东南亚的七万难民。这是澳大利亚从"白色澳大利亚"迈向"多元澳大利亚"的重大转折点。在文学艺术领域，澳大利亚政府设立了旨在鼓励作家进行创作的基金和奖项，主张国际化的"新派小说"就是在这一背景下发展起来的。土著文学和以亚裔为主的新移民文学也呈发展之势。

多元文化政策缓解了社会矛盾，促进了各族群和睦相处和文化事业的发展，因此，澳大利亚被誉为最适合居住的国家之一，其中一层含义就是较宽松的多元文化社会环境，但这并不是说多元文化主义在澳大利亚毫无争议。被称为"澳大利亚多元文化之父"的泽西·兹韦克教授在《创造澳大利亚》一书中指出："用多元文化主义取代白澳政策使得澳大利亚拥有更加成熟且前景广阔的未来，有利于形成新的民族认同感。"①然而，由于国际政治、经济形势的变化，特别是难民潮、极端势力和经济萧条带来的负面影响，澳大利亚也因为担心出现泛亚洲化的局面而陷入争论之中，重新审视，甚至批判多元文化政策的调门变得越来越高，卡梅伦·麦肯茨在《多元文化的威胁》一书中将"多元文化"一词与"种族异教"并列，认为澳大利亚实施多元文化政策只是出于政客拉选票的需要。② 多元文化主义对于澳大利亚具有破坏性的影响，会腐蚀澳大利亚的民族性，导致亚洲化，甚至会引发种族暴乱等。对此，凯瑟琳·贝茨在其著作《大分裂：澳大利亚移民政治》中指出，从不同地区来的移民，给澳大利亚带来了丰富的物质和文化财富，澳大利亚本身就是一个多种族的移民国家，移民背景的知识分子对移民的情况更熟悉，应该更有权力决定国家的事务。③她进而指出，前任总理约翰·霍华德"一个澳大利亚"的说法与"白澳政策"异曲同工。如果霍华德政府执行这样的政策，那么澳大利亚的多元文化主义就要结束了。另一位学者乔恩·斯特拉顿也同样批评说，澳大利亚本是一个移民国家，也是一个多民族国家，文化多样性十分明显，霍华德与保守派议员宝琳·汉森提出的单一主流文化论调，与多元文化价值观相冲突，不利于民族之间的相互了解和协调发展。④

在澳大利亚文化与文学界，左翼和右翼围绕帕特里克·怀特的地位展开了"文化战争"。代表性人物包括詹妮·弗鲁塞福、约翰·杜克和帕

---

① White, Richard. *Inventing Australia*. Sydney: Allen & Unwin Ltd. , 1981.

② McKenzie, Cameron. *The Menace of Multiculturalism*. Praeger, 1997.

③ Betts, Katharine. *The Great Divide: Immigration Politics in Australia*. Sydney: Duffy & Snellgrove, 1999.

④ Stratton, Jon. *Race Daze: Australia in Identity Crisis*. Sydney: Pluto Press, 1998.

特里克·巴克里奇等,表面上看是讨论文学经典的问题,实质上是对话语权的争夺,尤其是如何界定白人文化、土著文化和移民文化在澳大利亚多元文化中的地位问题。由于多元文化已成为澳大利亚的一项基本国策,这些不同的意见并未完全削弱澳大利亚人对多元文化的接受。新近出版的多部澳大利亚文学史,如《剑桥澳大利亚文学史》(2009)等,反映了多元文化视角,收录了最新研究成果,遗憾的是这部分内容不够厚实且散落在各个章节中。其他有影响力的文化、文学专著还包括杰梅茵·格里尔的《女太监》(1970)、格雷姆·特纳的《民族化:民族主义与澳大利亚流行文化》(1994)、斯内加·古纽的《架构边缘性:多元文化文学研究》(1994)、大卫·卡特的《澳大利亚文化:政策、公众与项目》(2001)和比尔·阿希克洛夫特等的《逆写帝国:后殖民文学的理论与实践》(1989)等。它们或反思殖民文化与现实的关系,企图在拷问历史中寻求现实定位;或将民族主义的触角延伸至通俗文化,窥探大众心理的变迁;或通过论述女性的遭际还原社会的本质,并将这种不公投射至男性至上的传统文化基因;或分析语言同化在殖民过程中的作用,揭示其承载的不可替代的社会功能。这些专著写得较有深度,具有理论价值。

在国内,尚未发现从多元文化视角研究大洋洲文学的专项成果,但从文化、经济、政治、外交、民族、教育等角度研究多元文化主义的著述颇丰,论文达数百篇之多,专著也不少,发表和出版的时间多集中在近十年,这表明多元文化主义是一个学术热点问题。相比之下,关于多元文化主义与文学研究主题的各类论文数量则只有十几篇,专著也不多,尚未形成足够的规模,未得到应有的重视。从研究内容来看,以论文为例,主要集中在三个方面:[①]

一、理论层面,即从宏观层面探讨多元文化主义对文学理论的影响和意义。如胡谱忠的《多元文化主义》一文在系统剖析"多元文化主义"的缘起与争论的基础上,指出虽然多元文化主义自 20 世纪 90 年代以来遭遇多重挑战,却仍然极具活力,是当代西方国家内部以及国际文化政治中可贵的批判性资源,为文化研究和文学批评开拓了广阔的空间。[②] 刘小新的文章《多元文化主义与"少数话语"》,重点论述了当代美国文学批评

---

① 该部分文献由罗昊整理,特此说明并致谢。

② 胡谱忠. 多元文化主义.《外国文学》2015 年第 1 期,第 102－110、159 页。

界出现的"少数话语"理论,可被视为结合了后结构主义和后现代主义理论,是激进的革命的"多元文化主义"。① 赵文书的文章《美国文学中多元文化主义的由来——读道格拉斯的〈文学中的多元文化主义系谱〉》着重分析了20世纪美国文学中文化主义文学、同化主义文学、文化民族主义文学三阶段框架,在肯定成就的同时,也指出现阶段的文化民族主义文学模糊了文化与种族的界限,又落入了多元文化主义所反对的生理决定论的种族主义逻辑陷阱。②

二、国别文学与民族文学层面,即多元文化主义与具体国别文学或民族文学间的关系。如王宁的论文《多元文化主义与加拿大文学》指出,多元文化主义相较原先的西方中心主义依然有了突破性的进步,但后者的余毒却始终影响着当今的学术争鸣。文章对加拿大的多元文化特征、其与美国多元文化格局的差异及原因进行了深入的剖析和研究,认为虽然两国文学同属后殖民地文学,美国文学在从边缘步入中心的过程中却大大先于加拿大文学,但多元文化主义在美国的文化语境下只是一种临时的策略,因为少数民族的话语不是在这个"大熔炉"里被同化,就是被强大的主流文化排挤到边缘地位;而加拿大的多元文化主义特征并非作为一种文化策略,而仅仅体现了其多种写作/话语并重的实际状况,这就保证了在英-法语主流文学的双峰并峙的语境之下其他语言的文学也能得以生存和发展。③ 曾洪伟的文章《当代美国文学批评领域的反多元文化主义潮流与论争——以哈罗德·布鲁姆为代表和中心》系统地梳理了以哈罗德·布鲁姆为首的美国文学理论家和文学批评家抵制和批判多元文化主义相关思想和著作的生成始末,同时分析了其观点的成因,以及反对者对其攻击的观点及理由,认为布鲁姆反对多元文化主义的本质在于反对非审美因素对文学批评的介入和干预,以及它对审美的排斥;其抵制多元文化主义的根本原因在于多元文化主义的意识形态性与其去意识形态

---

① 刘小新. 多元文化主义与"少数话语".《福建论坛》(人文社会科学版)2014年第3期,第104—111页。

② 赵文书. 美国文学中多元文化主义的由来——读道格拉斯的《文学中的多元文化主义系谱》.《当代外国文学》2014年第1期,第167—171页。

③ 王宁. 多元文化主义与加拿大文学.《文艺争鸣》1997年第1期,第76—80页。

化、去道德化的唯美主义的文学价值观相抵牾。[①]布鲁姆在文学批评上始终秉持和坚守着审美这个一元化、单一化的文学价值标准和尺度,认为审美构成了文学经典的核心,决定着文学的存在与消亡。

三、文本层面,即多元文化主义对具体文学文本创作的影响或文学文本中体现出的对多元文化主义的见解,其中多以亚裔美国文学为研究对象。如张亚丽的《多元文化主义语境中的亚裔美国文学》一书,探讨了亚裔美国书写的两种形态,即保守的多元文化主义书写和批判的多元文化主义书写。前者指在书写中淡化叙述所处的历史和政治语境,将重点放在亚裔作为"模范少数族裔"的叙述中,强化美国主流社会和少数族裔之间不平等的权力结构;后者指将对亚裔的书写置于具体的历史语境中,引导读者去关注美国社会的现实环境对于亚裔在美国生存状况的决定性影响。赵文书的《在多元文化语境中重新检视华美文学中的文化民族主义》将华裔美国文学置于多元文化主义语境中,以文化价值观为核心,分析了《华女阿五》《龙年》《典型的美国佬》等著名华裔美国作品对中国文化和美国文化的态度,考察华裔美国文化民族主义的流变,梳理了华裔美国文学的发展脉络,认为华裔美国文化民族主义并非铁板一块,而是有三种不同模态,分别表现为倾向同化主义、拥抱美国价值观、传承中国传统。[②]

除上述视角外,还有一些研究触及了多元文化主义与文学教学的议题。如陈华的《多元文化主义、多元文化教育和美国的文学教学》重点探讨了多元文化主义对美国高校文学教育理念的影响等。此类文章在一定程度上丰富了多元文化主义研究,但数量较少。在仅有的成果中,即使有为数不多的论著从多元文化的角度探讨外国文学,也主要是研究欧美国家的文学与文化。对于多元文化与大洋洲文学的关系研究,国内几乎没有相关成果,偶有著述,如杨洪贵的专著《澳大利亚多元文化主义研究》(2007),内容论及澳大利亚在第二次世界大战后移民的发展、澳大利亚从同质化社会到多元文化社会的发展、澳大利亚的同化主义等,也主要是从社会学和历史学的角度展开论述的,并未系统而深入地从多元文化的角

---

① 曾洪伟. 当代美国文学批评领域的反多元文化主义潮流与论争——以哈罗德·布鲁姆为代表和中心.《东方丛刊》2009 年第 4 期,第 98－114 页。

② 赵文书. 在多元文化语境中重新检视华美文学中的文化民族主义.《外语研究》2015 年第 5 期,第 89－95、112 页。

度研究大洋洲文学的成果。

　　国内外对澳大利亚、新西兰、太平洋岛国与地区文学的个案研究构成了本课题的研究基础，但相比英美文学，这些研究仍然处于边缘化的地位，成果相对较少，主要集中在文学理论、文学史和作家作品三个方面。

　　（一）大洋洲文学理论研究

　　大洋洲文学属于新兴文学，历史并不很长，但所取得的成就不容小觑，并已成为世界文学的重要组成部分。相比于新西兰和太平洋岛国与地区，澳大利亚所取得的文学成就最大。从 1788 年英国移民首次登陆澳大利亚之日起，迄今为止不过 200 多年，经过 100 多年的英国殖民，澳大利亚和新西兰于 1901 年和 1907 年分别独立建国，太平洋诸岛曾是西方不同国家的殖民地，20 世纪 70 年代才纷纷独立。由于这些国家地理位置和历史文化相近，因此，其文学发展的历程也有很多相似之处。20 世纪 70 年代以来，多元文化思潮在西方国家兴起，大洋洲文学，尤其是澳大利亚文学开始走向世界，涌现了一批闻名世界的作家。1973 年，澳大利亚作家帕特里克·怀特获得诺贝尔文学奖之后，世人便以前所未有的热情，关注澳大利亚文学，并给予很高的评价。在此之后，澳大利亚新人辈出、佳作纷呈，先后有彼得·凯里、托马斯·基尼利、亚历克斯·米勒、蒂姆·温顿、理查德·弗拉纳根等先后荣获布克奖和英联邦作家奖。新西兰和太平洋岛国与地区文学也取得了骄人成就。凯瑟琳·曼斯菲尔德虽然不是在实行多元文化政策之后而饮誉海内外的新西兰作家，但她为新西兰赢得了世界声誉。弗兰克·萨吉森、珍妮特·弗雷姆、凯里·休姆、埃莉诺·卡顿的作品也以各自的特色，为海内外读者所喜爱。萨摩亚最杰出作家艾伯特·温特的小说、巴布亚新几内亚的短篇小说等向世人展现了太平洋地区人民独特的物质生活和精神追求。

　　相比欧美学者，大洋洲的部分学者似乎对文学理论兴趣乏乏，更加注重"实用批评"和跨学科研究。一方面是由于这些国家曾是英、法等国的殖民地，深受宗主国文化的影响，即使是在独立后的相当长时间，也对"母国"文化有很强的依赖性，容易滋生"拿来主义"的思想，成为各种"理论"和"主义"的实验场所；另一方面，大洋洲诸国位于南半球，远离欧美文化中心，在过去交通和通信尚不发达的情况下，地理位置偏远成为免遭外部文化侵袭的天然屏障，再加上独立后各国都兴起了声势浩大的民族主义运动，热衷于发展具有个性的民族文化，因此，原创性文学和文化理论少就不足为怪了。在澳大利亚、新西兰、太平洋岛国与地区,一直存在根深蒂固的现实主义传统。以澳大利亚文学研究为例,黄源深曾撰文分析了"澳大利亚现代主义文学姗姗来迟"的原因,怀特称之为"持久的、根深蒂固的对现代主义的反动"。1972 年,澳大利亚工党上台执政,废除了臭名昭著的"白澳政策",对内实施旨在促进民族和解的多元文化政策,设立鼓励文学艺术创作的专项基金,于是澳大利亚出现了一批无视文学传统,主张在内容和形式上都不同于此前的传统现实主义文学和"怀特派"文学的"新派小说"。对外澳大利亚与美国结盟,卷入越南战争,客观上结束了澳大利亚长期所处的"偏安一隅"、平静隔绝的状态,受到世界各派政治见解、各种思想潮流的影响,进入了一个思想空前活跃的时代。在此背景下,欧美等国的各种文学、文化批评理论纷至沓来,从符号学、新历史主义、结构主义、后现代主义、解构主义等理论视角研究文学的论著逐渐增多,到了 20 世纪 90 年代,在后殖民主义批评、女性主义批评、文化批评等领域甚至出现了具有澳大利亚特色的思想观点。虽然新西兰和太平洋岛国没有像澳大利亚那样,将多元文化政策确立为国策,但受到全球化的巨大影响,多元文化社会渐趋成型,如新西兰实施白人文化和毛利文化的二元政策,但积极倡导向多元社会转变,太平洋岛国则实施具有国际化色彩的民族文化政策等,其学术研究,尤其是文学理论研究也莫不如此。

20 世纪七八十年代,大洋洲文学中的澳大利亚文学研究出现了从传统批评范式向具有国际化色彩的现代批评范式的转变。新西兰文学发展几乎跟澳大利亚文学同步,太平洋岛国则由于刚刚独立,还在极力发展各国的民族主义文学,显得相对滞后。在澳大利亚,三个重要事件对其文学研究产生了重大影响,一是怀特获得诺贝尔文学奖。怀特以创作现代主义小说而闻名于世,其作品获奖不仅提升了澳大利亚民族的自信心和自豪感,而且引起了批评家对澳大利亚文学批评传统的反思。过去一味强调本土现实主义文学的思想观点开始动摇,文学批评渐显国际视野。二是 1977 年成立了澳大利亚文学研究学会(Association for the Study of Australian Literature)。这个旨在推动澳大利亚文学研究和交流的学术组织,汇集了其国内大部分文学研究力量,成为促进文学研究学术化和国际化的重要平台。三是 1988 年反英两百周年纪念,澳大利亚文学界出版了一批历史小说,开始从土著文化、女性文化等角度拷问历史与现实、白人与少数族裔之间的关系。这三个历史事件在澳大利亚文学研究中留下了很深的印记。澳大利亚文学批评不再局限于作品本身,而是逐渐拓展到从社会、文化等维度研究澳大利亚文学。这一时期的重要著作包括布兰恩·吉尔南的《批评:澳大利亚作家及其作品》(1974)、蒂姆·罗斯的《澳大利亚自由主义与国民性格》(1978)、约翰·多克尔的《批评的条件:阅读澳大利亚文学》(1984)、卡罗尔·费里尔的《性别、政治与小说:20 世纪澳大利亚妇女小说》(1985)、罗伯特·迪克森的《帝国轨迹:1788—1860年新南威尔士的新古典文化》(1986)、科·谢傅的《妇女与丛林:澳大利亚的民族身份和女性形象》(1988)、亚当·休美克的《白纸黑字:1928—1988年间土著文学》(1989)、比尔·阿希克洛夫特等人的《逆写帝国:后殖民文学的理论与实践》(1989)和肯·吉尔德与保罗·赛尔兹曼合著的《新多样性:澳大利亚小说 1970—1988》(1989)等。值得一提的是,尽管这一时期的研究成果对文学的价值和批评标准还存在诸多的争论,如新派小说与传统现实主义小说、本土化与国际化、民族性和世界性等,但澳大利亚文学批评受到欧美文学理论的影响毋庸置疑,土著文学和女性文学被越来越多的学者纳入研究的视野。如斯内加·古纽运用福柯和克里斯蒂娃等人的理论发表了论文《他者叙述》,伊恩·利德从马克思主义、符号学等角度论述"文学文本与经典身份",莫杰斯卡的"家中的被放逐者"则吸收女性主义的成果,重新解读了 19 世纪三四十年代的小说。土著作家兼批评家马德鲁鲁(Mudrooroo)在其专著《边缘视角创作:澳大利亚现代土著文学研究》中,对土著文学进行理论建构和阐释等。这表明,澳大利亚在文学研究领域加快了融入国际社会的步伐。在新西兰,20 世纪 70 年代的毛利文艺复兴运动和 1990 年的《怀唐伊条约》签订 150 周年纪念活动,都在文学史上留下了浓墨重彩的一笔,对新西兰文学发展产生了重大影响,众多白人作家和毛利作家纷纷通过文学创作,反思殖民历史,在反思中憧憬着更加和谐的族群关系和国际融合关系。

20 世纪 90 年代至今,大洋洲国家和地区,尤其是澳大利亚和新西兰两个国家出现了重视理论和跨学科研究的倾向,前者主要表现在 20 世纪 90 年代的理论创新,后者主要是 21 世纪之后文学与文化研究的共谋和融合。20 世纪 90 年代以降,新历史主义、后殖民主义、后结构主义、文化批评等理论粉墨登场,全球范围内掀起了一股"理论热",大洋洲各国和地区也深受影响,在文学研究领域甚至到了"言说必理论"的地步。尽管澳大利亚国内的文学研究没有像欧美诸国那样痴迷于"炙热"的文学理论,坚守传统范式研究文学作品和流派,对晦涩的理论术语和过于专业的文学批评不感兴趣,但年轻一代的学者则积极融入文学理论发展的大潮,试图展现"澳式"理论突破。海伦·蒂芬等人的《后殖民研究读本》(1995)是至今最权威的后殖民理论书籍之一,涉及移民、奴隶制度、压制与反抗、种族、性别等众多问题;罗伯特·迪克森的《书写殖民冒险》(1995)透露出强烈的政治意识和历史批判的观点;格雷姆·特纳的《民族化:民族主义与澳大利亚流行文化》(1994)和《作为社会实践的电影》(2002)极力打破高雅文学和流行文化的界限,并探讨了电影研究中的理论问题;德利斯·博德等人主编的《权威与影响:澳大利亚文学批评(1950—2000)》(2001)将不同时期批评家的理论成果放置在一起,彰显了澳大利亚文学批评方法的多样性;大卫·卡特的《澳大利亚文化:政策、公众与项目》(2001)聚焦20世纪文学、知识分子运动、文化制度和现代性之间的关系,其独特之处在于将文学或者文化历史的研究方法理论化;斯内加·古纽的《架构边缘性:多元文化文学研究》(1994)和《神出鬼没的国家:多元文化主义的殖民向度》(2004)是两部有影响的学术著作,前者提出了澳大利亚少数族群文学作品评论与分析的理论框架,后者阐释了多元文化主义与后殖民理论如何在英语国家描述移民群体,以及它们与英国殖民遗产之间的联系。2009年,肯·吉尔德和保罗·赛尔兹曼再次联手出版了《庆祝之后:澳大利亚小说 1989—2007》(2009)一书,该书与《新多样性:澳大利亚小说1970—1988》(1989)堪称姊妹篇,继续以"归属、再殖民化、类型小说、有女性的章节吗、文学政治"等为专题来安排章节,阐释澳大利亚文学批评的变化,这种做法颇有新意,是澳大利亚文学研究值得参考的学术专著。在新西兰,视角多元的著作也不断涌现。如凯·詹森的《完整男人:新西兰文学的阳刚传统》(1996)、《交叉的身份:新西兰当代小说中的族群、性别和性欲》(2013)等,它们分别从新西兰文学传统、文化多样性、族群和女性主义的视角,在理论上建构了新西兰文学批评思想。值得一提的是,伊丽莎白·卡芬和安德鲁·梅森有关文学发展机制的专著《源源不断:新西兰文学资助史》(2015)别出心裁地剖析了文学资助的演变历程,突出其与文学生产和流通的密切关联,显示出从跨学科角度研究文学的倾向。

　　这些主要理论成果折射出大洋洲多元文化与文学研究的新变化:文学理论研究从20世纪七八十年代的排斥或者欲迎还拒的矛盾心理,到90年代以来的兼容并蓄,甚至全盘接受,并深入当代文学批评之中。在后殖民理论、女性主义和文化批评等领域产生了一批具有澳大利亚特色、在国际上享有较高声望的学者，如后殖民主义理论家海伦·蒂芬、比尔·阿希克洛夫特，文化批评理论家格雷姆·特纳、托尼·贝内特，女性主义理论家斯内加·古纽等。澳大利亚在文学理论研究方面取得了令人瞩目成就的事实，不仅使它不再是欧美文学理论的对立或者补充，而且在世界范围内发挥更加积极的作用。正如麦克尼·瓦克所言："澳大利亚文化最大的优点就是它的非原创性，换句话说，它大胆从国外借鉴各式各样的东西，然后自我改编、重装，甚至成为后殖民主义、文化批评和女性主义等作品的国家了。"①与此同时，文学批评中的"越界"日益增多，即从政治学、历史学、媒体学、传播学等学科的角度研究文学及其文学性，出现了所谓的"泛文化"文学研究。文学研究不再是纯艺术的高雅批评，越来越多的学者将文学经典跟影视、文化节、娱乐活动联系起来，试图吸引更多的大众参与其中。文学也不再是单一的文类，自传、传记、游记、纪实文学、传奇文学、犯罪小说、科幻小说成为文学的有益补充，文学批评的方法也变得丰富多样。文学史家伊莉莎白·韦伯在谈及近十年文学批评时说："在没有新理论出现的近十年，澳大利亚与其他地方一样，又出现反对从政治和理论角度解读文学作品的转向。当下，很多学者对以研究为导向的方法更感兴趣，如书籍史，以及从国际视域而不是国内视角来研究澳大利亚文学的范式。"②韦伯的评论，不仅适用于澳大利亚，也是新西兰和太平洋诸岛的写照，所不同的是后者的成果略显单薄罢了。

在国内，从事大洋洲文学理论研究的学者很少，研究成果更是凤毛麟角。这一方面因为大洋洲并非盛产"理论"的地区；另一方面，国内学者通常对处于强势地位的欧美文学和文化理论推崇有加，对大洋洲文学理论缺乏热情。因此，直到近几年，中国才刚刚开启对澳大利亚文学文化的理论研究，曾经被忽视的澳大利亚批评家，如 A. G. 斯蒂芬斯、G. A. 维尔克斯、A. D. 霍普等，进入了国内学者的研究视野。迄今为止，尚未出现研究新西兰和太平洋诸岛文学理论的成果。

---

① 转引自陈弘主编. 澳大利亚文学批评. 陈弘、陈菲妮、樊琳编著. 上海：上海文艺出版社，2006：148.

② 彭青龙. 澳大利亚现代文学与批评——与伊莉莎白·韦伯的访谈.《当代外语研究》2013年第 2 期，第 60 页.

　　文学批评传统和走向及批评家思想是国内学者关注的重要内容之一。王腊宝的《"理论"之后的当代澳大利亚文学批评》一文勾勒和评述了当代澳大利亚文学批评的走向,指出:"在上世纪90年代的澳大利亚,'理论'在一场激烈的'文化战争'之后黯然消退,但此后的澳大利亚文学批评界并未停止脚步,相反,在近20年的时间里,他们通过(1)文学的体制性研究;(2)文学的数字化研究;(3)文学的跨国化研究,为当代澳大利亚文学批评开拓了一条崭新的新经验主义道路。当代澳大利亚批评中的新经验主义不是一种简单的反'理论'范式,它是一种后'理论'方法,它主张将'理论'与丰富的文学研究数据结合在一起,以翔实的资料给无生气的'理论'输送鲜活的氧气,因此它是澳大利亚文学批评在新时代、新技术条件下的一种与时俱进。"[1]虽然论文着眼于近几年澳大利亚文学文化研究的动向,但对于了解西方国家学术研究的变化有参考价值。另外两篇文章《帕特里克·怀特与当代澳大利亚文学批评》和《澳大利亚的左翼文学批评》分别论述了澳大利亚文学批评新左派和保守派之间的尖锐对立和左翼文学思潮在澳大利亚的演变轨迹及对澳大利亚文学创作和批评的影响。李震红的论文《G. A. 维尔克斯论澳大利亚民族文化》从"勾勒民族文化的发展轨迹、反思民族文化迷思和探寻民族文化发展之路"三个方面阐释了维尔克斯对澳大利亚民族文化的思考。[2] 余军的《A. G. 斯蒂芬斯:澳大利亚文学批评的奠基人》则从"文学创作标准论、文学经典认识论和文学民族主义论"三个角度梳理了斯蒂芬斯的文论观点。[3] 2016年《澳大利亚文学批评史》正式出版,收录了上述研究成果。

　　值得一提的是,徐德林近年来发表的有关大洋洲文化研究的文章颇有新意。《文化研究的全球播散与多元性》一文从"建立中继站、登陆美利坚、异质和同质"三个方面论述了文化研究在全球,尤其英、美、澳的传播及兴衰,指出"受新自由主义的崛起及'文化兴趣的复兴'等因素的影响,诞生于伯明翰当代文化研究中心的'文化研究'在1980年代开始了它的环球之旅,先后播散到了澳大利亚、美国及世界其他各地,建立'三A轴

① 王腊宝. "理论"之后的当代澳大利亚文学批评.《当代外国文学》2013年第3期,第143页。
② 李震红. G. A. 维尔克斯论澳大利亚民族文化.《国外文学》2012年第4期,第49—55页。
③ 余军. A.G. 斯蒂芬斯:澳大利亚文学批评的奠基人.《苏州大学学报》(哲学社会科学版)2009年第4期,第86—89页。

心'的文化研究共同体……已然播散、正在播散的文化研究,在呈现出以揭示文化与权力之间关系为己任的同质性的同时,清晰地显露出缘于理论及理论家的旅行、成长生态等因素的纠缠的异质性与多元性"①。另一篇文章《被屏/蔽的澳大利亚文化研究》则聚焦澳大利亚在西方文化研究中的地位。作者认为,20世纪80年代末、90年代初,随着伯明翰当代文化研究中心等具有实体性质的文化研究机构的消失,文化研究史书写中出现了一种"去中心化"趋势,澳大利亚文化研究因此屏显在了"三A轴心"帝国之中,联袂英国文化研究、美国文化研究,合力支配全球文化研究。② 表面上,澳大利亚文化研究获得了与英国文化研究、美国文化研究大致相同的能见度,但实际上,它所得到的是一种与遮蔽并存的屏显——"屏/蔽"。这两篇文章之所以让人眼前一亮,是因为作者站在全球的高度来审视西方文化帝国构建背后的权力运作以及澳大利亚文化研究的独特地位。

　　21世纪才出现的文学批评传统和文化研究是否会有更多的成果还难以下结论,但从已有的这些成果可以看出,它们代表了两种视野和方法:"内视角"和"外视角"。文学批评传统研究主要从澳大利亚社会文化内部,考察文艺思潮、文学批评思想的演变和纷争,而文化研究则跳出民族文化的束缚,从国际的角度来俯视澳大利亚文化生态景观及权力运作机制。当然,这种内外视角的区别只是相对而言,阐释过程中的"视角越界"比比皆是。而正是这种交叉互动,让我们看到文学文化如影随形,知识与权力密切相关,民族主义和国际主义,甚至世界主义不可分割,而这也许是21世纪文学文化研究的鲜明特色。③

　　(二) 大洋洲文学史研究

　　文学史是本课题研究的基础性文献资料,值得梳理。但研究发现,大洋洲各国出版了不少国别文学史,但尚未出现区域性大洋洲文学史。就国别而言,澳大利亚出版的文学史类书籍最多,新西兰和太平洋岛国相对较少。20世纪70年代以来,多部有重要影响的文学史先后问世,如杰弗

---

① 徐德林. 文化研究的全球播散与多元性.《外国文学》2010年第1期,第129页。
② 徐德林. 被屏/蔽的澳大利亚文化研究.《国外文学》2012年第4期,第56—64页。
③ 彭青龙. 新世纪中国澳大利亚文学研究的趋向.《当代外国文学》2014年第3期,第165—176页。

瑞·达顿的《澳大利亚文学》(1976)、雷欧内·克雷莫的《牛津澳大利亚文学史》(1981)、肯·古德温的《澳大利亚文学史》(1985)、H. M. 格林的《澳大利亚文学史》(第1、2册)(1985)、劳里·赫根汉的《企鹅新澳大利亚文学史》(1988)、威廉·威尔克斯等人的《牛津澳大利亚文学史》(1994)、布鲁斯·贝内特等人的《牛津澳大利亚文学史》(1997)、伊莉莎白·韦伯的《剑桥澳大利亚文学指南》(2000)、彼得·皮尔斯的《剑桥澳大利亚文学史》(2009)。限于篇幅,不可能对文学史的内容一一做出评述,但从上述多部文学史的内容和风格来看,澳大利亚文学研究悄然发生了很大的变化。主要变化有三:(1)土著的口述文学被载入文学史中;(2)知名移民作家的作品获得点评;(3)21世纪以来的文学文化史、出版史作为重要的章节进入文学史。这些新增加的内容反映了澳大利亚社会的主流民意和民族心理的变化。土著口述文学,包括土著作家作品被载入史册意义重大而深远,它说明主流精英认可土著人在澳大利亚历史中的地位,还原了历史真相,赋予土著人平等的权利,这从侧面也反映了澳大利亚社会的进步和多元文化政策渐入人心。编辑出版文化史进入文学史说明文学研究的跨学科趋势。

在新西兰,编写文学史起步晚,但发展快。据调查,1990年以前,新西兰E.H.麦考密克的《新西兰文学概观》(1959)是新西兰国内唯一的文学通史,进入20世纪90年代后,随着帕特里克·伊文斯的《企鹅新西兰文学史》(1990)、特里·斯特姆的《牛津新西兰英语文学史》(1991,1998)和马克·威廉斯的《新西兰文学史》(2016)的陆续问世,文学史书籍日益增多。《企鹅新西兰文学史》把新西兰文学置于较为宽广的文化史、出版史和国际文学史的语境中进行考量,但对毛利文化和颠覆新西兰民族身份的后现代创作关注较少。《牛津新西兰英语文学史》是迄今为止规模最大的新西兰文学史,它首章即设立了毛利文学概述,并把大约40%的篇幅用于描绘20世纪六七十年代和80年代的文学创作。2016年出版的《新西兰文学史》则从18世纪欧洲人对新西兰的最早想象开始追溯新西兰的文学谱系,它尤为关注殖民主义、双元文化主义和多元文化主义对新西兰文学产生的长远影响。

在太平洋地区,两部文学史性质的书籍值得关注,一是诺曼·托比·思美斯主编的《南太平洋作家:双目录百科全书》(1991),收录了500位太平洋主要作家的传记条目,10 000本小说、文集、回忆录、文化研究及文学期刊词条,并按照国别/地区的方式列出了索引,这既是一本工具书,也是了解南太平洋岛国文化的窗口。二是苏布拉·马尼撰写的《南太平洋文学:从神话到虚构》(1992),该书按照时间顺序,论述了太平洋文学的起源、流变和现状。特别值得一提的是,该书对萨摩亚著名作家如温特等作了详尽的介绍。太平洋文学起源于神话,成长于寓言,并在不断变化的文化条件下继续发展,这一进程既是对太平洋文学发展的现实记载,也是对社会现实的揶揄。这本书是目前有关太平洋文学史的代表作之一。

　　此外,三个国家和地区都出版了大量的小说史、短篇小说史、戏剧史、诗歌史、儿童文学史、妇女文学史、土著文学史和断代文学批评史等。如约翰·特兰特等人编著的《企鹅澳大利亚现代诗歌》(1991)和布鲁斯·贝内特的《澳大利亚短篇小说史》(2002)、约翰·汤姆森的《新西兰戏剧插图史:1930—1980》(1984)和莉迪亚·威弗斯的《新西兰的故事:新西兰短篇小说史》(1990)等,这些更加专业的史学资料是对文学史的有益补充,也是本课题研究的重要参考文献。纵观大洋洲文学史出版情况,尽管上述史类书籍内容不尽相同,风格各异,但有一点可以肯定的是,少数族群文学被纳入主流文学史,尽管分量有差异,如澳大利亚土著人的分量轻一些,新西兰毛利人的笔墨要重一些,这与他们的社会地位和文学成就密切相关,但总体上表现出社会进步的程度和文学史家更加宽广的胸怀,也说明文化多元的趋势势不可挡。

　　在国内,同样尚未出现区域性大洋洲文学史,但《澳大利亚文学史》(1997,2014)、《新西兰文学史》(1994,2014)和《南太平洋文学史》(2000,2006)填补了国内大洋洲文学史的空白。《澳大利亚文学史》由国内著名澳大利亚文学批评家黄源深撰写,无疑是标志性研究成果,具有较高的学术价值。该书融入了作者的观点和看法,而非照搬澳大利亚文学史家的做法和思想。这部书与澳大利亚人出版的文学史不同,如澳大利亚本国的文学史通常采用开门见山、夹述夹议的写法,而黄源深的文学史则"扼要介绍了作者生平和作品情节,尤其突出了影响作家创作的有关经历,并在评论作家作品时适当联系了某些其他中外作家和作品"[①]。该书经过修订,于2014年再版,新书补充了澳大利亚文坛的最新信息,是学习和研究澳大利亚文学的必备资料。国内著名学者虞建华撰写的《新西兰文学

---

① 黄源深.澳大利亚文学论.重庆:重庆出版社,1995.

史》也是新西兰文学研究领域的扛鼎之作,作者排除西方学者的种族偏见,创新性地论述了欧洲与毛利文化传统相互影响、渗透的关系,正是这种关系才使得新西兰文学获得了与众不同的鲜明特性。新版《新西兰文学史》从当代视角出发,对初版进行了全面的修订,信息追踪到 2013 年,全书增加了 18 万字左右的内容,是国内从事新西兰文学研究必备的参考资料之一。《南太平洋文学史》由著名南太平洋文学研究专家王晓凌撰写,从文学发展史的角度,对南太平洋地区(除澳大利亚和新西兰之外)的十二个国家的历史演变、文学起源和文学发展作了全面论述,重点评述了重要作家和作品以及他们对岛国文学发展所起的推动作用,同时对南太平洋文学现状与前景发展作了评析与展望。基于南太平洋岛国文学的最新发展,该书于 2006 年修订,计划再版。这三部史书共同构成了大洋洲文学史研究的“三部曲”,具有重要的学术地位。此外,国内还出版了黄源深和彭青龙合著的《澳大利亚文学简史》(2006)和向晓红主编的《澳大利亚妇女小说史》(2011),前者带有普及性质,后者按编年史收录了包括三位土著女作家在内的 20 位女性小说家,“是国内第一部深入研究澳大利亚妇女小说史的论著”①。从国内外出版的文学史类书籍的内容可以看出,中国学者与国外学者几乎同步,如《澳大利亚文学史》和《新西兰文学史》,在质量上也并不比国外的文学史逊色,甚至可以跳出国外学者的偏好和偏见,更加客观公正地反映文学史发展的全貌。

　　(三)大洋洲作家作品研究

　　大洋洲各国和地区出版了大量的作家作品个案研究专著,它们是从事本课题研究的重要文献。部分国际声誉高、获奖多的单个作家甚至拥有多部专著,成为学界关注的热点和重点。据不完全统计,自 20 世纪 70 年代以来,澳大利亚就有六十多部研究作家作品的专著,涉及的作家包括但不限于:帕特里克·怀特、彼得·凯里、托马斯·基尼利、蒂姆·温顿、大卫·马洛夫、约翰·库切、弗兰克·穆尔豪斯、A.D.霍普、伊丽莎白·乔利、布莱恩·卡斯特罗、亚历克斯·米勒、朱迪思·莱特、戴维·威廉森、萨利·摩根等。在他们当中既有白人作家、移民作家,也有颇有名气的土著作家,既有小说家、诗人,也有戏剧家和儿童文学作家。其中诺贝尔文学奖获得者怀特和库切、布克奖获得者凯里和基尼利等被众多学者

---

　　① 向晓红主编. 澳大利亚妇女小说史. 北京:中国社会科学出版社,2011;“序”第 1 页。

研究,专著达五六部之多,有些专著还在学界引起了广泛的讨论,如西蒙·杜林1996年出版的《帕特里克·怀特》挑起了澳大利亚文学批评新左派和保守派之间的"文化战争",表面上来看,它只是一部学术著作而已,但实质上是对话语权的争夺。这一文化事件从某种程度上也反映了澳大利亚知识分子的心理以及对待经典等问题的态度。从专著的内容来看,大部分作家个案研究的学术专著都是以作品为单元或者章节,分别加以评价和论述。如安东尼·哈瑟尔写的《在碎石路跳舞:彼得·凯里小说研究》(1994,1998)就是按照作品发表的顺序,分别从不同的角度,对凯里的短篇小说和长篇小说逐个评述。值得关注的是,针对土著作家的研究专著如今正逐渐成为学术焦点。如德利斯·博德等主编的《谁的家园?论萨利·摩根的〈我的故乡〉》(1992)是第一部专门研究萨利·摩根的小说《我的故乡》的论著。该小说是一部寻根文学,揭露了一段鲜为人知的土著人血泪史,出版后引起巨大反响。博德等主编的这部评论集从自传体小说、口头历史、反历史小说等多个维度,对这部作品进行了评述。其他有关土著文学的专著如亚当·休美克的《白纸黑字:1928—1988年间土著文学》(1989)和马德鲁鲁的《边缘视角创作:澳大利亚现代土著文学研究》(1990)等。

新西兰的作家作品研究情况跟澳大利亚类似。对于新西兰当代的一些重要作家,如珍妮特·弗雷姆、莫里斯·吉、莫里斯·谢德博特、莫里斯·达根、布鲁斯·梅森、威蒂·依希马埃拉等人,都有相应的研究专著,其中较为出色的有拉夫·克莱恩的《终结沉默:莫里斯·谢德博特批评论集》(1995)、索姆·普拉卡什的《跨文化的上帝,金钱与成功:R.K.纳拉杨与莫里斯·吉》(1997)、伊恩·理查兹的《中午上床:莫里斯·达根的生平与艺术》(1997)和大卫·达根的《布鲁斯·梅森介绍》(1982)。在所有的新西兰当代作家当中,最受关注的还是珍妮特·弗雷姆,以其为题名的研究专著有近二十部之多。弗雷姆被帕特里克·怀特誉为新西兰最了不起的小说家,因为她以前所未有的新颖、怪诞的现代/后现代派风格,突破了传统现实主义,引领了小说创作的新潮流。弗雷姆研究既有传记批评和整体研究,也有长篇小说和短篇小说研究,其中较具代表性的成果有迈克尔·金的《与天使角力》(2000)、詹·克罗宁和西蒙·德利彻尔的《框架:当代弗雷姆评论》(2009)、马克·德尔雷兹的《多重乌托邦:弗雷姆小说研究》(2002)和伊恩·理查兹的《黑暗溜进来:弗雷姆短篇小说论集》

（2004）。除此之外，批评家们还运用各种理论对弗雷姆的作品进行了深入的剖析，如保罗·圣皮埃尔的《弗雷姆早期小说中的符号学和生物符号学》（2011）、西蒙·德尔登的《怪异的表面：弗雷姆和疯狂的修辞》（2003）等。

　　太平洋岛国与地区在专著方面以泛论为主，面上研究居多。尼古拉斯·格茨弗瑞德的《大洋洲文学：批评概览和解读》（1995）一书是对包括澳大利亚、新西兰和太平洋诸岛在内的整个大洋洲文学批评论文集，其中约四分之一的篇幅论述太平洋作家作品，内容包括小说、诗歌和戏剧等。虽然论述的内容各异，视角也不尽相同，但基本上反映了太平洋文学的发展成就，其中论述岛国与地区文学与各宗主国之间的文化关系极具多元特色，这与太平洋诸岛历史上曾分属不同殖民宗主国不无关系。帕特里克·D. 莫里的专著《关于南太平洋文学的后殖民主义论文集》（1998）是他本人研究南太平洋文学与文化的专项成果，其内容涵盖对不同作家作品的评论。该书主要从新殖民主义的视角探讨小说、戏剧的内涵及其与新宗主国的关系。值得注意的是，作者对新殖民主义和文化渗透保持警惕。珀尔·沙拉德的《艾伯特·温特和太平洋文学：填补空白》（2003）是第一部对温特作品展开全面研究的著作。在这部著作中，作者将温特的作品放在相关的历史文化语境中，研读其文本主题，探讨影响作者创作思想的关键因素。该书将文本解读与波利尼西亚文化或海外的时代背景紧密联系在一起，从而具有鲜明的区域风格和时代特色。豪斯顿·伍德在《大洋洲文化研究》（2010）一书中指出，一种新的研究视角在大洋洲涌现，这种新的研究视角融合了太平洋岛民和欧洲文化的共性，强调太平洋岛民和非原住民的个人身份，内容涉及"统一的区域身份、研究人员与他们研究对象之间的相互性、大洋洲认识论的突出作用、非传统的研究报告流派、口传与传统的密切关系以及太平洋岛民对概念和理论的依赖性"等。该论著是有关太平洋文学的最新成果，有风向标的作用。

　　大洋洲文学作品研究的专著数量大、内容杂，总体上反映了主流作家，包括少数族裔作家作品的接受和传播以及学术研究的情况。尽管很难归类分析，但也有两个特点值得关注：一、研究内容和范围扩大。不仅研究作品本身，而且研究书信、采访等作品以外的东西。如亚当·休美克的专著《马德鲁鲁评论与研究》评述了土著小说家马德鲁鲁及其作品，书中有采访等丰富的资源和具体作品分析，不仅使读者了解其致力于澳大利亚土著运动的精彩人生，而且对其彰显土著性的内容和风格有全面的了解。二、理论和跨学科视角明显。如克里斯托夫·李与保罗·亚当斯合编的论文集《弗兰克·哈代与文学责任》(2003)就是一部融理论与跨学科视角为一体、全面评价哈代的学术著作。16篇风格各异的文章，包括哈代的访谈和他自己撰写的评论，使其内容丰富又别具一格，多视角地探讨了澳大利亚近十五年来的文学与政治、社会的关系，同时还通过作品比较研究，分析和回答了性别、宗教、阶级等问题。

在国内，有关澳大利亚作家作品研究的学术专著也日益增多。在老一辈澳大利亚文学研究者中，胡文仲和黄源深先后出版了《澳大利亚文学论集》(1994)和《澳大利亚文学论》(1995)，前者汇集了胡氏20世纪80年代至90年代初在国内外杂志上发表的文章，内容涉及澳大利亚文学评论、作家访问记、书评、澳大利亚文学教学和翻译等。后者"以一个中国学者的目光，审视了令世界瞩目的澳大利亚文学，用流畅的笔触，详论了主要文学流派、作家和作品，涉及诸如劳森、富兰克林、理查逊、博伊德、斯特德、霍普、赖特、怀特、基尼利、劳勒、希伯德、威廉森、马洛夫、凯里、米勒等使澳大利亚文学光彩夺目的作家，同时也简要勾勒出了澳大利亚发展的总貌"[①]。这两部著作是21世纪以前国内出版的主要研究成果。21世纪以来，借助中澳文化交流的外部推动和新一代年轻研究者学术力量的内部成长，国内澳大利亚文学研究开始步入深化阶段。不仅研究内容得到拓展，涉及土著文学、移民文学、女性文学、文学批评传统和文化等以前鲜有论著的领域，而且还有大量洞见独特的博士论文和六部学术专著发表，研究对象涵盖帕特里克·怀特、约翰·库切、彼得·凯里、弗兰克·穆尔豪斯、伊丽莎白·乔利、海伦·加纳、布莱恩·卡斯特罗等主流作家。如王光林的《错位与超越——美、澳华裔英语作家的文化认同》(2004)、马丽莉的《冲突与契合：澳大利亚文学中的中国妇女形象》(2005)、彭青龙的《"写回"帝国中心——彼得·凯里小说的文本性与历史性研究》(2005)、周小进的《从滞定到流动：托马斯·基尼利小说中的身份主题》(2009)、刘建喜的《从对立到糅合：当代澳大利亚文学中的华人身份研究》(2010)和杨永春的《当代澳大利亚土著文学中的身份主题研究》(2012)等。学术专著也基本上以民族身份为主线，批判性地解读文本中蕴含的"殖民"关系。

---

① 黄源深.澳大利亚文学论.重庆：重庆出版社，1995：封底。

如彭青龙的专著《彼得·凯里小说研究》(2011)通过解读长篇小说和短篇小说,"论述其文本中蕴含的民族意识、后殖民主义历史观、关注民生的人文精神、社会责任意识和历史使命感以及小说艺术的创新性,揭示其立足文化遗产,重塑民族形象的艺术特质"①。叶胜年的两部专著《殖民主义批评:澳大利亚小说的历史文化印记》(2013)和《多元文化和殖民主义:澳洲移民小说面面观》(2013)具有很强的关联性,前者"运用殖民主义及其理论来解读澳大利亚小说,探讨澳大利亚的囚犯、土著和移民的历史、文化与话语如何催生并发展了其色彩斑斓的小说形式和主题含蕴……进一步认识殖民主义的两面性及其对澳大利亚社会、文化发展的意义"②。后者则更多地聚焦移民主题以及由此而引发的对多元文化和殖民主义关系的思考。

女性文学研究是 21 世纪澳大利亚后殖民文学批评最活跃的领域之一,深入考察了女性作为"弱者"或"他者"的主体意识、人格符号、两性关系、生命意义、生存困境、身份政治和妇女文学创作等内容。梁中贤的专著《边缘与中心之间——伊丽莎白·乔利作品的符号意义》(2009)是其博士论文的扩展,运用符号学理论对乔利作品所表现的人格、身份观、神话、生存、沉默、小说、作家和疯癫等符号意义进行解读。无独有偶,朱晓映出版的专著《海伦·加纳研究》(2013)也是博士论文的延续,涵盖了海伦·加纳的全部作品,包括小说和非小说创作。该书全面而系统地"探讨了加纳的女性主义者、女作家和女人三种身份之间的关联和影响,分析了她在澳大利亚文坛的地位以及她对澳大利亚女性主义写作的贡献"③。

在作家作品研究方面,国内有关新西兰和太平洋文学的学术专著较少,内容单一。已出版的七部新西兰文学研究专著和四篇博士学位论文全部以曼斯菲尔德为题。这一方面表明曼氏在新西兰文学史上的重要地位及其作品超越时间的恒久魅力,另一方面也说明我国的新西兰文学研究在选题方面存在较大的重复弊端。对于太平洋文学的研究,大多数研究成果都零散地发表在内部刊物《大洋洲文学丛刊》和其他学术杂志上,

---

① 彭青龙. 彼得·凯里小说研究. 上海:上海外语教育出版社,2011:ii。

② 叶胜年主编. 殖民主义批评:澳大利亚小说的历史文化印记. 上海:上海外语教育出版社,2013:封底。

③ 朱晓映. 海伦·加纳研究. 上海:上海外语教育出版社,2013:封底。

目前除了王晓凌出版过文学史,再没有人对太平洋文学做过系统而深入的研究,这说明国内急需培养太平洋文学研究的专门人才。

除了研究大洋洲文学的著作之外,中外学者发表了大量的论文,论述他们对多元文化、文学事件、流派、作家作品的思想观点,其中有价值的论文多数发表在《西风》《南风》《米安津》《文化研究》《外国文学评论》《外国文学研究》《当代外国文学》《国外文学》和《外国文学》等刊物上,因数量很大,不能在此一一列举。但细读中外著述,我们发现其学术思想出现两次重大转变:

一、由实用批评向理论批评的转变:从内容和形式来看,自20世纪70年代到21世纪前夕,大洋洲文学研究出现了从实用批评向理论批评的转向。尽管在20世纪80年代中期,大洋洲出现了少数运用后结构主义与解构主义进行文本分析的文章,但对文学中民族性的关注依然主导着大洋洲主流文坛,重视经典的意识形态阐释是大洋洲文学批评的重心。这种情况一直持续到90年代才发生转变,当越来越多的大洋洲学者被美国文艺理论"迷倒"时,大洋洲文学研究的内容和范式发生了巨大转变,从排斥理论转向拥抱理论,即运用多元理论对后殖民语境下的大洋洲文学作品,尤其是对小说文本主题意义和美学价值进行阐释和评价。

二、由理论批评向跨学科批评的转变:进入21世纪之后,随着理论的"喧嚣与骚动"归于平静,大洋洲文学批评也像其他国家和地区一样,开始反思文学批评中过度理论化倾向,尊重经典和文本细读似乎又像"钟摆"一样回到它应有的位置。但这次"钟摆"没有完全回到民族主义的一方,而是从文学文本延伸至文化领域。尽管"理论"之后,仍然有一部分学者或回归经典,或继续走理论路线,但从跨学科的角度研究文学与文化问题似乎渐成主流,朝着文学建制与实践研究转变,强调文化与政治的重要性,突出传统文学观念之外的文化动力,甚至研究书籍史、印刷史、文化贸易、非虚构文学、区域文学与文化、文化记忆的生产与流通等跨学科内容。

学术思想的演变既是大洋洲国家和地区文学与文化发展的内部动力使然,也是文学创作与研究受到国际化或全球化外在影响的结果。但从整个大洋洲文学研究的现状来看存在如下"五多五少"的特点:

第一,个案研究成果相对较多、整体研究成果相对较少。这里的个案不仅指国别文学个案研究,而且也指单个作家作品个案研究。从上述文献梳理中发现,澳大利亚、新西兰、太平洋岛国与地区都有不少个案研究成果,作家作品的论著也相对较多,缺乏整体上研究大洋洲文学的学术成果。

第二,从政治学、社会学和文化视角研究欧美多元文化主义的理论成果较多,基于文学成就从理论上建构大洋洲多元文化思想的成果较少。无论是理论还是实践,大洋洲被视为多元文化发展的成功范例,但国内外学者似乎对欧洲、北美的多元文化主义"钟爱有加",对大洋洲则关注较少,从而导致基于文学研究的多元文化思想理论的系统阐述和建构缺失。

第三,在大洋洲文学内部,研究白人文学的成果较多,研究少数族群文学成就的较少。虽然大洋洲当代国别文学史增加了对少数族群文学、新移民文学成就的评价,对少数族群的作家作品的专项研究成果也有增加,但其分量明显不足且多为零散的述评,缺乏对少数族群文学系统而全面的考察,导致大洋洲文学研究不平衡问题突出。

第四,历时性研究成果较多,共时性研究大洋洲文学的成果较少。大洋洲各国和地区出版了不少文学史类书籍,大多按照编年史对国别文学进行评价,断代性成果也莫不如此,但缺乏把它们放在同一个界面进行共时性研究的成果。

第五,站在西方二元对立的立场解读文学艺术内涵的成果较多,站在中国多元共生的立场理解和阐释文学艺术内涵的成果较少。西方学者大多遵从自我-他者思维,看不到文明、文化自身多元共生的内在需求,部分中国学者也随波逐流,鲜见结合中国文化的精髓进行批判性认知和吸收,反映东方智慧的多元文化思想理论成果缺失。

本课题研究以多元文化为视角,主要思考如下几个问题——大洋洲文学体现了怎样的文学思想内涵? 有何独特性? 站在中国立场,进一步推进构建以文明互学互鉴、文化交流共生为视角的多元文化思想话语体系是否具有世界性的理论意义?

总体思路是以多元文化为视角,以文学作品为载体,分析和论述大洋洲文学思想的丰富性和多样性;然后从其思想流变的轨迹入手,进一步深刻阐释多元文化关系的复杂性,再以此为基础,延伸至多元文化思想理论构建领域,通过研究大洋洲多元文化形塑的历史经纬、格局演变、互动关系、实践案例,重新构建文明互鉴、文化融合的多元文化思想理论话语体系。

本课题分为大洋洲文学研究和大洋洲多元文化思想理论研究两个部

分、四个子课题,分别是多元文化视野下的大洋洲文学研究中的理论综合卷、澳大利亚卷、新西兰卷和太平洋岛国与地区卷,体现出整体与个案、理论与实践相结合的关系。四个子课题有其相对的独立性,自成一体。

多元文化视野下的大洋洲文学研究——理论综合卷:主要从多元文化主义面临的问题出发,站在人类文明多样性和复杂性的角度,采用宏观和微观相结合的方法,综合论述多元文化主义缘起与传播的历史语境和演变规律、大洋洲多元文化格局和互动关系的总体特征,揭示大洋洲多元文化生成机制的历史动因。通过分析澳大利亚、新西兰及太平洋岛国与地区多元文化实践的案例,彰显多元文化社会各种矛盾相互交织的复杂性和多样性,并基于中、美、澳错综复杂关系的现实挑战和困境,提出超越文明和文化差异、倡导互学互鉴的路径和策略,从而推动中国与大洋洲交流合作向前发展。

多元文化视野下的大洋洲文学研究——澳大利亚卷:主要研究了20世纪70年代以来澳大利亚小说、诗歌和戏剧发展演变的特征和规律,采用共时性的研究方法,围绕"多元文化视野下的澳大利亚文学""在多种历史文化记忆中追问澳大利亚身份""在多元文化社会关系中解构与建构澳大利亚身份""在多维生态关系中反思澳大利亚式的人与自然关系""在跨界、跨文化写作中展现新世界"五个专题,以获得澳大利亚迈尔斯·富兰克林奖的文学作品为研究对象,分析、解读和阐释文学作品所蕴含的审美价值,揭示澳大利亚多元文化价值观在文学艺术表征中的复杂性、多样性和深刻性,从而折射出澳大利亚社会多元文化混杂化日趋深入的特点。

多元文化视野下的大洋洲文学研究——新西兰卷:主要研究了20世纪70年代以来新西兰文学发展的总体特点和代表性作品的审美价值。前者以"当代新西兰社会的多元化进程"和"多元文化视野下的新西兰文学"为专题,综合性地论述了毛利文学、新移民文学和少数族群与新西兰多元文化进程的关系以及新西兰小说、诗歌和戏剧所取得的成就。后者聚焦"回首过去:反思新西兰多义的历史""立足当下:映射新西兰多元的社会现实""面向外来:勾连欧美和亚太地区多样的文化"和"眺望未来:全球化时代新西兰文学的新样态"四个方面,对新西兰著名作家的文学作品进行主题分类解读和艺术风格多维度阐释,旨在探讨新西兰文学从二元文化向多元文化迈进的过程中所呈现的独特性和多样性,以及多元文化形成的历史负荷和现实困境。后殖民文学开始逐渐成为"过去时",当代新西兰文学在更高起点上以包容、杂糅、多元、开放的态势,积极融入全球化文化语境中。

多元文化视野下的大洋洲文学研究——太平洋岛国与地区卷:太平洋岛国与地区依据地理位置,大体可分为美拉尼西亚、密克罗尼西亚和波利尼西亚三个文化带。由于该区域长期受到英、美、法、德等国的占领和奴役,不仅各国社会经济发展落后,而且文化传统各异,发展程度也很不平衡。该子课题既从宏观上研究太平洋诸岛多元文化格局和内外关系,也从中观上探讨太平洋白人文学、移民文学和土著文学各自的成就和特点,还从文学文本批评的角度,揭示太平洋文学中所彰显的共同性和差异性,从而展现太平洋诸岛与东西方文明和文化之间复杂的关系。

"多元文化视野下的大洋洲文学研究"的创新之处主要体现在以下四个方面:

(1)本成果在学术思想上,对世界文化多样性与交流互鉴这一重要领域或重要问题做出系统描述、分析和概括,总结出规律性认识。一是从"文明"和"文化"概念的内涵演变入手,通过旁征博引,论述世界格局演变中话语变迁与权力转换的关系,认为欧洲中心论的文明话语和欧美一元论的文化话语所彰显的二元对立思想和种族优越论的西方眼光是有限的或者片面的世界眼光,并在其文学叙事话语中直接或者间接地表现出来。蕴含其中的霸权思维不仅是世界动荡和冲突的文化根源,也是当前中西矛盾加深的深层次原因。这一学术思想对于深刻认识"文明优越论""种族优越论""欧美中心论"以及中国与美西方之间文化差异的本质有重要学术价值。

二是对世界文明与文化的多样性和复杂性的科学性、系统性的论证,丰富了文明的内涵,提出了更具科学性和时代性的文明概念。以往研究文明或者文化的学者多从地缘政治、民主制度、历史、文化和宗教、社会习俗的角度论述文明的内涵和外延,鲜有学者从生物学、环境学和科技的维度看待文明内涵的当代价值。本成果通过论述生物多样性、五次世界科学中心转移和第四次科技革命与文明多样性的关系,提出了"文明"一词的新内涵,即文明是在宇宙中生物多样性基础上发展而来的具有较高水平的社会文化,是物质文化、精神文化和生态文化的总和,其中科技文明发挥着重要的形塑作用。之所以将生物多样性拓展至宇宙,并提升科技文明的分量,是因为科技的新探索使我们越来越深刻地认识到地球文明只是宇宙文明的一部分，维护生物多样性的重要性正与日俱增，并成为检验人类文明程度的一把标尺。这一学术思想对于保护生物多样性和延续人类文明，以及驳斥"人类中心论""环境决定论"或者"技术中心论"都具有重要参考价值。

（2）本成果在理论观点上，对于多元文化主义的这一重要理论进行了系统的梳理、分析和概括，总结了其在大洋洲区域发展的规律性认识。一是对多元文化主义在澳大利亚、新西兰、太平洋岛国与地区的多元文化实践的本质特征和演变规律作了科学的阐释和评价。以往对于多元文化主义的研究未能系统深入某一个区域，具有零散性的特点，本成果不仅对多元文化主义产生的社会语境和理论来源进行了体系化的描述和论述，而且结合大洋洲主要国家的多元文化实践，从内视角和外视角，甚至全视角的维度，纵横交错地分析其利弊得失和经验启示。大洋洲多元文化的发展只有摒弃二元对立的思维，从中华文明多元一体的思想中汲取营养，才能从根本上消除族群矛盾并和谐发展。这一理论观点对于认识多元文化主义特别是大洋洲多元文化社会存在的挑战有重要学术价值和现实意义。

二是提出了大洋洲特别是澳大利亚文化共同体发展演变的"五A"新论。以往的研究仅仅关注到了澳大利亚的混杂文化特质，但没有就其从一元到多元的演变要素进行系统性理论总结。本成果从其历史文化的来龙去脉出发，揭示了澳大利亚从"三A"（Anglo-America-Australia）文化帝国到"五A"（Aboriginal, Anglo, America, Asia, Australia）文化共同体的演变规律。由于澳大利亚没有对土著文化的合法性进行彻底的清算以及对亚洲文化欲迎还拒的态度，当民族主义或者民粹主义兴起时，种族歧视与白人至上主义必然大行其道，"五A"文化共同体就会倒退到"三A"文化帝国。这一理论观点对于认识澳大利亚多元文化的本质以及中、澳、美之间的关系有重要理论价值和现实意义。

（3）本成果在研究方法上，突破传统文学史的历时性研究方法，采用明暗相结合、共时性主题论的新方法，系统研究大洋洲文学思想和审美价值。过去的文学史撰写通常惯用历时性的研究方法，按年代分别评价不同作家的作品及文学创作思想，从而使读者对文学的发展脉络有了清晰的了解。本成果以共时性研究方法为明线，把20世纪70年代以来反映多元文化思想的作家作品放在同一个界面，以此来考察不同体裁、不同族群文学思想的共同性和差异性，分析和论述其权力话语背后复杂的文化关系和价值取向,从而在整体上揭示大洋洲文学思想的复杂性和深刻性,此为明线。在设置主题进行分类研究文学作品时,又按照"过去—现在—未来"的隐性顺序,将各种体裁和各个族群的代表性作品归类在一起进行共时性研究,此为暗线。相比于传统做法,这种明暗结合、纵横交错、以横为主的研究大洋洲文学的方法具有创新性。

(4)本成果在研究内容和数据资料上,增加了新移民文学和少数族群文学研究内容,整体考察大洋洲文学思想的多样性和丰富性。尽管国内外已经出版了大洋洲国别与区域文学史,如 20 世纪 70 年代后澳大利亚就出版了近二十本文学史,但只有为数不多的文学史将新移民文学和少数族群文学作为其中重要的内容加以评述,即使有一些内容,充其量是点缀而已,这就从某种程度上削弱了大洋洲文学思想的多样性和丰富性。本成果将新移民文学、少数族群文学与白人文学放在同等重要的地位,通过个案分析和整体总结,力求反映大洋洲文学思想的本真状态。例如,在澳大利亚卷、新西兰卷和太平洋岛国与地区卷中,不少被纳入研究范围的作品在国内都是首次出现,从这个意义上讲,本成果具有创新性。

本课题能够顺利完成研究任务,得益于团队的辛勤工作和合作精神。在研究的过程中,团队成员克服了资料匮乏的困难,先后多人次去澳大利亚、新西兰、太平洋岛国与地区实地考察,收集第一手资料,为顺利完成课题打下了基础。有的放弃春节家庭团聚的时间,多次只身去澳大利亚从事研究;有的离开襁褓中的孩子,独自去新西兰、太平洋岛国与地区学习交流;有的体弱多病,依然坚持不懈,保证按时完成了研究任务。在此,向团队成员表示深深的谢意。

本课题在立项和研究的过程中,得到学界同人的大力支持,在此表示由衷的谢意。特别要感谢黄源深、陈众议、王宁、王守仁、殷企平、吴笛、蒋承勇、许红珍等先生的帮助。

本课题得到了全国哲学社会科学工作办公室的资助,得到了上海交通大学文科建设处的支持,在此也表示感谢。北京大学出版社张冰女士等人为本书的立项和出版付出了很多心血,在此深表谢意。

由于本课题涉及覆盖面广、内容多,因此,难免出现纰漏,挂一漏万,甚至错误,恳请各位专家和读者谅解并批评指正。

目　录

绪　论

　　澳大利亚与其宗主国英国相比是一个历史文化底蕴单薄的国家。从1788年到1900年，澳大利亚一直是英国的殖民地；自1901年1月起，它成为一个独立的联邦国家；两百多年来，"文化自卑"（cultural cringe）与澳大利亚人如影相随。殖民时期的澳大利亚文坛，处于"荒芜状态"①。澳大利亚的第一部小说是亨利·萨弗里（Henry Savery）创作的《昆塔斯·塞文顿》（*Quintus Servinton*，1830），"殖民主义时期的文学，无论是小说还是诗歌，都具有移民文学的共同特点，它们的作者大多为英国移民……作品所反映的内容主要关于移民在澳洲定居的艰难曲折的经历和早期流放犯所受到的非人待遇；在艺术形式上它移植和借鉴了英国作家的创作模式"②。20世纪70年代开始，澳大利亚文学在国际上逐渐引起关注。帕特里克·怀特（Patrick White）获得诺贝尔文学奖成为澳大利亚文学史上的重要事件，也成为澳大利亚文学发展的重要推手。随着人们对澳大利亚文学的兴趣再度升温，一些澳大利亚作家与作品在国际的影响力越来越突出，近年来，如奇里斯托斯·齐奥尔卡斯（Christos Tsiolkas）、理查德·弗拉纳根（Richard Flanagan）等作家，都获得了引人瞩目的奖项，提升了澳大利亚文学的国际知名度。

　　相对于文学创作，澳大利亚文学批评史的发端时间要更晚一些。王腊宝在《澳大利亚文学批评史》（2016）中提到，澳大利亚文学批评史最早

---

① 黄源深. 澳大利亚文学史. 上海：上海外语教育出版社，1997：7.

② 同上书，第9页。

可以追溯到 19 世纪中叶，1856 年，弗雷德里克·西尼特（Frederick Sinnett）通过《澳大拉西亚杂志》（*Journal of Australasia*）发表文章，就当时可见的澳大利亚本土小说和英国时下畅销小说创作进行比较，针对澳大利亚文学的本土特征和共同价值之间的关系提出了自己的思考，但是，澳大利亚人普遍公认的第一个文学批评家是活跃于 19 世纪 90 年代的阿尔弗雷德·乔治·斯蒂芬斯（Alfred George Stephens）①。彭青龙在《百年澳大利亚文学批评史》中将澳大利亚从 1900 年至 2010 年间的文学批评发展历程分为四个阶段：起步阶段（20 世纪初—20 世纪 40 年代）、专业化阶段（20 世纪 50—60 年代）、国际化阶段（20 世纪 70—80 年代）以及多元文化阶段（20 世纪 90 年代—21 世纪初），在每一个阶段里都分别考察特定时期的社会语境、文学纪事、文学批评家和其他批评家，清晰反映了澳大利亚文学批评从无到有、从少到多、从单一到多样、从国内到国际的轨迹，让人一目了然地看清了澳大利亚过去一百多年间的文学批评发展历程中重要的时间节点、特质、背景、事件以及人物。

作为一个移民国家，澳大利亚没有单一的文化传统。人们普遍注意到，澳大利亚既有面对欧美文化传统时的矛盾和摇摆，又有建构自身文化的犹疑和焦虑。在现实中，澳大利亚既渴望保持与欧洲文化的一脉相承，又不希望与美国文化疏远，同时，土著人又一直在表达他们对身份的诉求。这一切都反映在他们的文学创作以及文学批评中。彭青龙在《百年澳大利亚文学批评史》中指出："盎格鲁-撒克逊（Anglo-Saxon）、美国（America）、澳大利亚（Australia）形成的'三 A'复杂文化局面变成了澳大利亚民族文化身份建构不得不面对的现实。"②在欧美的影响下，自 20 世纪七八十年代以来，澳大利亚文学批评表现出"理论化、多元化、国际化"的特点，实现了从实用批评到理论批评的转折，形成了多种批评话语互为补充、互相借鉴的态势，社会国际化进程不断加深，出现了一些具有"杂糅""复合"特质的文学现象，如"新派"文学、多元文化主义之辩、后殖民论争等，催生了一批澳大利亚"非原创性杂交"文学批评理论，如"新左翼"批评在澳大利亚的本土化、后殖民批评在澳大利亚的转型以及女性批评在澳大利亚的延展等，成为生于西方、长于澳大利亚、再流入西方以及世界

---

① 王腊宝等. 澳大利亚文学批评史. 北京：中国社会科学出版社，2016：2。
② 彭青龙等. 百年澳大利亚文学批评史. 北京：北京大学出版社，2019：178。

各地的著名的文学批评理论与观点。

　　澳大利亚影响深远的多元文化主义,是有关澳大利亚的文学评论以及讨论中绕不过的话题。20世纪70年代初期,"新派"文学"从思想观点与创作形式上开启了澳大利亚文学的国际主义革新之路"①。随后开始了"新左翼"文学批评对"新批评"思想的批判。在"多元文化主义前景"一节中,彭青龙提出,"多克尔的文化主义'新左翼'批评思想与澳大利亚多元文化主义遥相呼应。在澳大利亚激进民族主义传统在时代语境下已凸显僵化之时,多元文化主义开启了澳大利亚的新变革,文学作为民族精神的风向标体现得最为明显"②。约翰·多克尔(John Docker)"尝试指引一种新视角,从欧洲文化历史研究中汲取营养,或许可以对澳大利亚文化历史研究有所启发,寻找到将文学与其他文化领域、戏剧历史等关联的一条路径"。"澳大利亚的独特文化究竟是什么?"他认为,这个独特的文化"就是一个欧美整体影响的转变与发展过程"③。虽然澳大利亚不是一个盛产理论的国度,但它却是一个国际话语对话的场域。理论从西而入之后,在澳大利亚发生转型、分裂、延展或者是变异。澳大利亚是一个"在文化和民族心理上最分裂的国家之一,反映在文学批评标准和价值上就呈现'杂交'的特色,因此'非此非彼、非原创性杂交'将成为其难以改变的特质,甚至在未来相当长的时间有可能继续保持下去"④。事实上,自从1973年帕特里克·怀特获得了诺贝尔文学奖以后,澳大利亚文学进入了国际化的阶段,文学批评也随之进入了"国际话语对话场域",一批有影响的批评家的批评实践和理论在世界文学界引起关注。但是随着国际化进程的加快和世界科技通信的进步,澳大利亚变成西方知识体系生产链中的一个重要的中转站。欧美的各种理论相继涌入,澳大利亚甚至变成西方各种理论的实验场所。彭青龙在专著中厘清了西方"新左翼"与澳大利亚多元文化主义的关系,特别是怀尔丁的古典文学批评,他提出,爱德华·萨义德(Edward Said)的《东方学》(*Orientalism*,1978)"在阿希克洛夫特的后殖民思想中得到深化发展"⑤。首先,比尔·阿希克洛夫特结合

①　彭青龙等. 百年澳大利亚文学批评史. 北京:北京大学出版社,2019:182。
②　同上书,第188—189页。
③　同上书,第189页。
④　同上书,第5页。
⑤　同上书,第222页。

新的语境,对后殖民、后殖民主义、后殖民文学等核心概念作出了界定和辨析。其次,阿希克洛夫特将帝国主义与全球化、后殖民研究与全球文化结合在一起加以考量,"他在后殖民主义的转型过程中看到后殖民主义彻底变革的潜力,并将后殖民的转型提升到战略高度,提出后殖民主义的这种变革性力量共同促成了文化话语的转变,同时改变着英语学科的文化地位"①。杰梅茵·格里尔(Germaine Greer)的女性主义思想,展现了性别研究的新方法,构建了性别研究的新路径。格里尔的女性主义思想是20世纪后半叶第二次女性主义浪潮的重要组成部分与主要声音之一。

国际化进程中的澳大利亚文学批评的多元化与跨学科特征十分明显。20世纪90年代,澳大利亚文学批评出现了重视理论和跨学科研究的倾向,其表现主要是90年代的理论创新以及21世纪以来文化与文学的共谋与融合。在欧美理论席卷全球的情境中,澳大利亚学者一方面积极融入;另一方面又试图建构"澳式"理论,实现突破。在林林总总的西方理论中,澳大利亚理论彰显特色,折射出大洋洲多元文化和文学研究的新变化,正如麦肯齐·沃克(McKenzie Wark)所言:"澳大利亚文化最大的优点就是它的非原创性,换句话说,它大胆从国外借鉴各式各样的东西,然后自我改编、重装,甚至成为后殖民主义、文化批评和女性主义等作品的国家了。"②与此同时,澳大利亚文学批评中的"越界"现象越来越普遍,跨学科特质越来越明显,有一种"泛文化"的文学研究倾向。文学与政治学、历史学、媒体学等学科结合,文学形式也更为多样,如自传、传记、游记、纪实文学等。一些澳大利亚作家与批评家们批判性继承了当代后殖民主义理论"三巨头"爱德华·萨义德、霍米·巴巴、斯皮瓦克的理论,从文化社会学的角度探讨全球资本制约下的意义机制中后殖民文学的文化价值评估和生成,其研究跳出了中心与边缘二元对立的思维框架,既反映了当前的知识与权力、边缘与中心的关系中融合与协商的一面,又折射出其中的疏离与对立,成为澳大利亚文学批评对世界文坛的重要贡献。

在全球化的语境中,澳大利亚文学与世界的交流日益频繁,更多的澳大利亚文学作品被翻译成多种语言流传到世界各地,更多的澳大利亚研究中心在世界各地的大学或其他机构中被设立,更多的澳大利亚文学家

---

① 彭青龙等. 百年澳大利亚文学批评史. 北京:北京大学出版社,2019:222。
② 陈弘主编. 澳大利亚文学批评. 陈弘、陈菲妮、樊琳编著.上海:上海文艺出版社,2006:148。

以及批评家成为世界各地耳熟能详的作家或学者,更多的澳大利亚文化机构,比如出版机构,与世界各地的出版机构建立了合作,更多的澳大利亚作品中反映了澳大利亚社会以及世界各地的文化现象。总之,澳大利亚文学已经成为世界文学的重要部分。

　　在全球化语境中研究澳大利亚文学,毫无疑问,就是"要将澳大利亚文学置于世界文学的大环境中来考量,用一种跨国别的比较方法(transnational approach)来重新观照澳大利亚的文学实践"①。自从 20世纪 70 年代欧美文学批评理论登陆澳大利亚以来,澳大利亚文学批评从欧美结构主义以及解构主义理论体系中获取了营养,走出了一条自成体系的文学批评路径。根据王腊宝的研究,"近二十年来的澳大利亚文学批评除了在后殖民文学、土著文学、移民文学批评等领域持续获得新的进步之外,至少出现了另外三种比较清晰的新方向,第一个是对于文学体制(文化史)的研究,第二个是数字化的文学研究,第三个是立足于全球化视角对澳大利亚文学进行的跨国文学研究"②。彭青龙将 1949 年至 21 世纪10 年代的中国澳大利亚文学研究分为四个阶段:解冻阶段、起步阶段、发展阶段以及深入阶段,系统梳理并评述了中国澳大利亚文学研究 60 年间重要的发展与发现。彭青龙在《百年澳大利亚文学批评史》中加入了"新中国澳大利亚文学批评(1949 年至今)"一章,他在介绍、阐述和论证澳大利亚文学时始终保持着一个中国文学批评者的立场,从中折射出中澳关系的历时性变化,及时纠正历史上在澳大利亚文学及其批评中对中国文化所做出的错误的认知和判断。比如,在介绍万斯·帕尔默(Vance Palmer)的批评理论时,作者将帕尔默定位为"民族主义文学批评的旗手",谈到他的"90 年代传奇"对于澳大利亚文学批评的贡献,特别提到帕尔默在"文化与社会"方面的理想,帕尔默是不主张文学介入社会的,他认为"从淘金期到 19 世纪末,大量中国人前往澳大利亚寻求生机,希冀在那里安巢立屋,却受到了极不公正的对待"。他指出,"华人在澳大利亚早期作品中以及报刊上都以被极端丑化的'他者'形象呈现。文学作品中,澳大利亚读者看到的总是华人肮脏、丑陋、扎着长辫子、抽着大烟的负面形

---

① 王腊宝等. 澳大利亚文学批评史. 北京:中国社会科学出版社,2016:490。
② 同上书,第 476 页。

象,这与史实严重不符,可谓竭尽歪曲之能事"①。

中国学者研究澳大利亚文学,必须彰显中国立场和中国态度,在当今的西方文学研究中,越来越多的中国学者已经清醒地意识到了这一点。过去我们对西方的东西全盘接受,不可避免地存在着人云亦云的倾向。事实上,近30年中国澳大利亚文学研究蓬勃发展,对于澳大利亚文学批评起到了反拨的作用。每一个中国学者对于澳大利亚文学的解读,都不由自主地在批评中表达了中国的态度和立场,中国学者与澳大利亚文学批评者的互动与交流也丰富了澳大利亚文学批评思想。从20世纪80年代初期的澳大利亚研究"九人帮",到今天分设在中国国内高校的40多家澳大利亚研究中心,澳大利亚研究的学术队伍越来越壮大,无论是译著、专著、还是论文发表都与30年前不可同日而语。"21世纪澳大利亚文学研究存在两个趋向,一是实用批评的理论化倾向,即运用多元理论对后殖民语境下的澳大利亚文学作品,尤其是对小说文本主题意义和美学价值进行阐释和评价;二是理论批评的文化透视趋向,即对澳大利亚批评家和作家的文学思想进行文化透视分析,挖掘其可能的理论指导意义。实用批评和理论批评的成果彰显出中国学者对澳大利亚文学研究的智慧和独到见解。"②21世纪中国学者的研究多集中在对澳大利亚文学中"殖民"关系的批判性思考方面,中国学者运用葛兰西的领导权概念、法侬的思想、福柯的权力话语、萨义德的东方主义、斯皮瓦克的后殖民理论和女性主义理论,对现当代澳大利亚小说中文本的杂交性进行阐释,揭示后殖民文学的复杂性和多样性。"对民族身份的集中型研究……体现了中国学者对澳大利亚多元文化本质的深刻洞察力",在中国学者的论文中频频出现了一些彰显时空关系、历史变化和权力话语的字眼,如"错位与超越""冲突与契合""写回帝国""从滞动到流动""从对立到糅合"等,对澳大利亚文学的独立文化身份的建构过程进行了条分缕析,为澳大利亚文学批评理论的发展作出了贡献。此外,中国学者们通过对澳大利亚文学文本及其作家的研究,从白人作家、土著作家、移民作家、离散作家、女性作家等多个视角切入,充分展现了澳大利亚文学的多样性和复杂性,集中型趋向的另一个表现是对澳大利亚文学批评传统和文化的理论研究,提出了不同以

---

① 彭青龙等. 百年澳大利亚文学批评史. 北京:北京大学出版社,2019:50。
② 同上书,第397页。

往的新观点和新思想,丰富了澳大利亚文学研究的内容和方法。

《多元文化视野下的大洋洲文学研究:澳大利亚卷》分为上下两册,上册包含第一至第三章,下册包含第四至第五章。第一章为总论,从多元文化主义的视角分别论述了澳大利亚小说、诗歌以及戏剧的发展与特征。第二章通过对彼得·凯里、理查德·弗拉纳根、托马斯·基尼利、雪莉·哈泽德、亚历克西斯·赖特、凯特·格伦维尔、戴维·威廉森以及凯文·吉尔伯特等作家及其代表作品的分析,历时性地探究了澳大利亚文学对澳大利亚身份的追问。第三章聚焦在多元文化社会关系中澳大利亚身份的解构与建构。这一部分讨论的作家与作品包括亚历克斯·米勒的《浪子》、塔拉·温奇的《屈服》、布莱恩·卡斯特罗的《上海舞》、亚历克·帕特里奇的《黑岩白城》、海伦·德米登科的《签署文件的手》、海伦·加纳的《第一块石头:关于性和权力的几个问题》、默里·鲍尔的《桉树》与莱斯·默里的诗歌,还有路易·诺拉的剧作《黄金年代》等。第四章考察了澳大利亚文学中对于人与自然关系的反思,涉及帕特里克·怀特、金·斯科特、约瑟芬·威尔逊、朱迪思·莱特、萨利·摩根、约翰·金塞拉、蒂姆·温顿、詹尼·坎普等小说家、诗人以及剧作家。第五章则聚焦澳大利亚作家的跨国书写,其中包括盖尔·琼斯、尼古拉斯·周思、彼得·坦普尔、欧阳昱、库切、杰西卡·安德森、约翰·罗梅里奥、亚当·艾特肯等人。由此看来,本专著也是对 20 世纪 70 年代以来澳大利亚多元文化写作最为完整的研究。

肯·吉尔德(Ken Gelder)和保罗·赛尔兹曼(Paul Salzman)在他们共同撰写的《庆祝之后:澳大利亚小说 1989—2007》(*After the Celebration:Australian Fiction 1989—2007*,2009)一书中谈到了澳大利亚社会中有关核心价值观(core values)的争议,并给我们提供了一种理解澳大利亚人身份意识的新型视角,对我们在 21 世纪全球化语境下研究澳大利亚文学具有启发。在经过民族主义、利维斯主义、多元文化主义的洗礼之后,盎格鲁-凯尔特(Anglo-Celtic)传统依然是澳大利亚核心价值观中的最强音。一方面,多元文化主义是处置文化多样性和差异的重要途径,帮助一些少数族裔或者边缘人群发出了声音,但他们的声音还非常微弱,被淹没在盎格鲁-凯尔特人的最强音之中;另一方面,有人认为,多元文化主义成为阻碍澳大利亚国家整体身份核心价值观的一股力量。于是,在多元文化主义遭遇尴尬的境况下,一种"对话式世界主义的多元文化主义"(conversational cosmopolitan multiculturalism)[①]被提了出来。伴随着全球化的发展,澳大利亚文学在世界范围内广泛传播,文本旅行、理论旅行、学者旅行形成了一个流动的、跨国的、交织的网络,成为一种世界文学的存在,读者和批评者需要以一种世界主义的阅读方式,去发现文本与文化之间的相互关联、探索文本与语境之间的流动性,去解析作家创作中所体现的反映世界并被世界所影响的思想和观点,去阐释文学作品中的人物关系以及主题、建构全球性文本的可能性。

歌德最早提出"世界文学"的概念时,就是指超越民族文学的文学研究和具有世界主义和平等主义视角的学术研究。中国学者研究澳大利亚文学及其批评应该基于澳大利亚的现实,融入中国视野,还要在评价和判断的过程中超越中国和澳大利亚、展现出世界主义的情怀和态度。这是让批评回到我们自身的一条有效路径,也是对萨义德"世俗批评"理论的最好证明与注脚。

《多元文化视野下的大洋洲文学研究:澳大利亚卷》编写分工如下:彭青龙负责内容的总体设计和修改,撰写总论、第一章第一节及第二章第一、二节;朱晓映撰写绪论、第三章第五、六节及第五章第六节;毕宙嫔撰写第一章第二节、第二章第八节、第四章第四节及第五章第八节;叶宁撰写第一章第三节、第三章第九节、第四章第八节及第五章第七节;应琼撰写第二章第五节及第四章第二节;刘云秋撰写第三章第一节及第四章第七节;张加生撰写第三章第四节及第四章第三节;王福禄撰写第三章第七、八节;徐阳子撰写第二章第二、三节;向兰撰写第四章第一、五节;陈洋撰写第二章第四节;詹春娟撰写第二章第六节;杨宝林撰写第二章第七节;王敬慧撰写第三章第二节及第五章第五节;齐心撰写第三章第三节;李国宏撰写第四章第六节;张成成撰写第五章第一节;张丽丽撰写第五章第二节;杨永春撰写第五章第三节;陈贝贝撰写第五章第四节。

---

① Gelder, Ken, and Paul Salzman. *After the Celebration: Australian Fiction 1989—2007*. Melbourne: Melbourne University Press, 2009: 48.

第一章
多元文化视野下的
澳大利亚文学

　　这一章分三个小节总论多元文化视野下澳大利亚小说、诗歌以及戏剧自 20 世纪 70 年代以来的发展历程及其特点。第一节考察了后殖民语境下的当代澳大利亚小说，从白人文学、移民文学和土著文学三个维度，追踪了近半个世纪来澳大利亚小说的创作轨迹，揭示了澳大利亚小说从后殖民走向全球化的趋势。第二节讨论多元文化视野中的澳大利亚诗歌，探究了白人诗歌所展现的文化融合主义、土著诗歌中的历史书写以及移民诗歌跨国书写的多元化态势。第三节概述了当代澳大利亚戏剧，从跨越边界的民族性、土著性的回归以及亚洲化的认同和思索等方面探究了当代澳大利亚戏剧发展所呈现的本土化世界主义的特征。

第一节　后殖民主义语境下的当代澳大利亚小说①

　　20 世纪 80 年代，后殖民文化批评理论给当代澳大利亚文坛带来了前所未有的冲击和震撼。尘封已久的历史记忆被重新唤起，悬而未决的文化身份被重新书写，游离于文化边缘、备受歧视的移民族群奋起呐喊，被赶出家园的土著居民似乎踏上了回家的征程。在后殖民主义的语境下，澳大利亚小说界呈现出审视殖民历史和民族叙事的回归，白人作家、

---

　　①　本章的内容已发表。见彭青龙. 后殖民主义语境下的当代澳大利亚文学.《外国语》2006 年第 3 期，第 59—67 页。在新增的内容中，张加生帮助查阅了一些资料，在此致谢。

移民作家和土著作家凭借各自对历史和现实的思考,创作出许多揭示当代澳大利亚人生存困境的经典名著。20世纪90年代后期至21世纪,后殖民文学发展进入新阶段,在全球化的背景下,澳大利亚文学转向亚洲、拥抱世界的趋势明显。

一、审视殖民历史、回归民族叙事的白人文学

对于被殖民者来说,殖民历史是不堪回首的过去,民族叙事是一部充满辛酸的血泪史。然而,历史是任何民族都无法绕过的,即使是政治上获得独立的民族在建构不同于以往的民族属性的时候,也难以摆脱对殖民主义的依赖。虽然他们对于殖民主义的文化遗产保持着高度警惕和批判的态度,着力建构一套一眼就看得出是属于本土的,至少其表征是有别于帝国意象的民族叙事,他们也无法完全清除内化于被殖民者灵魂深处的文化价值观,无法排解帝国长久铸造的劣等民族的自卑情结。这就注定了"去殖民化"是一个长期的过程,意味着建构独立的民族叙事是一个浩瀚而艰巨的工程。

建构自我属性的民族叙事关键在于"对一个民族进行想象"和对帝国留下的文化遗产进行彻底的清算。艾勒克·博埃默(Elleke Boehmer)认为:

> ……民族,是一种社会建构物,是一种在象征层面上的构成,而不是一种自然的本质存在。它存在于建设这个国家的人民的心底,他们作为公民、士兵、报纸的读者、学生等对它的体验和感受。因此,任何一个新的独立实体——也许有人还要说,在争取独立过程的每一个新的阶段——都需要这个民族国家在人们的集体想象中重新加以建构;或者说,让这种属性化作新的象征形式。①

但是,任何新的象征形式都不可能完全脱离文化传统,即便是受殖民统治"污染"的传统。这就要求民族主义者或具有民族主义意识的文化工作者,尤其是作家,要从自己的文化源泉中汲取灵感,按照自己的需要来再现其民族叙事,用小说投射出独立的自我属性,重新创造新的文化传

---

① 艾勒克·博埃默. 殖民与后殖民文学. 盛宁、韩敏中译. 沈阳:辽宁教育出版社、牛津大学出版社,1998:211。

统,或对旧的历史做出新的阐释,使被帝国文本所掩盖的、歪曲的本真性得以重见天日。而正是在这种解构与建构、继承与超越的过程中,我们看到了话语权力的消解与转换,新旧文化体系的重生和消亡。

然而,殖民地作家因语境的差异而对殖民历史采取了四种不同的态度。其一,默认,即对帝国历史毫不怀疑,承认殖民地是文明的边缘地区,承认文明进入被发现荒地的帝国记载,殖民地的历史是宗主国的延续;其二,摈弃,即拒绝承认任何与欧洲中心话语的关联,以及帝国文化对殖民杂交文化形成的影响;其三,插入,即接受历史叙事的基本前提,但在历史的记载中插入更直接、更真实反映后殖民生活的"反叙事";其四,篡改,即体现最有效的后殖民对立性,并使其自身成为一种主导后殖民话语的方式。①这种认知态度上的差异直接影响各国"去殖民化"的进程和民族文化身份的建构。

在"被迫流放和受囚禁"基础上建立起独立国家的澳大利亚②,对帝国的殖民历史持有一种既爱又恨的矛盾心理。在帝国的文本中,澳大利亚的历史是从库克"发现"澳大利亚大陆开始的,土著人无权拥有历史——土著人的过去、反抗白人入侵的游击战、被屠杀和被驱逐的史实都可以忽略不计,"重要的是英国的国王和女王执政的年代"③。早期的澳大利亚白人虽然受到帝国的不公正待遇,甚至被视为"他者"而流放到远离伦敦的南半球,但他们依旧心系母国,默认澳大利亚历史是英国光荣史篇中的一章。即使在民族主义兴起的 19 世纪末、20 世纪初,或者独立之后相当长的一段时间,他们依然怀着难以割舍的英国情结,"去殖民化"的进程受到"帝国向心力"的延缓。也正源于此,澳大利亚人一直备受文化身份的煎熬,历史成了他们无法走出的过去。

事实上,自 1901 年独立以来,澳大利亚人一直致力于民族叙事和文化身份的建构。从讴歌"伙伴情谊"的劳森派现实主义小说,到注重心理刻画的怀特派现代主义小说,无不表现了澳大利亚白人"内心深处的恐惧"和"澳大利亚民族想象力的核心——菲利普斯的'民主主题'、与土地

---

① Ashcroft, Bill. "Against the Tide of Time: Peter Carey's Interpolation into History." *Writing the Nation: Self and Country in the Post-colonial Imagination*. Ed. John C. Hawley. Amsterdam: Rodopi, 1996: 196—198.

② 巴特·穆尔-吉尔伯特等编撰. 后殖民批评. 杨乃乔等译. 北京:北京大学出版社,2001:286。

③ 同上书,第 298 页。

的冲突和由殖民地向国家独立转变"。①虽然劳森派现实主义文学传统受到抨击,被称为"沉闷乏味的新闻现实主义"②小说,但其作品中所张扬的反权威精神成了弥足珍贵的文化遗产。融合了现代性和民族性特色的怀特小说是"怀特对澳大利亚独特的文化传统所做出的最新贡献",代表着澳大利亚的"精神成熟——从与环境冲突到驯服环境"③。然而令人遗憾的是,劳森派和怀特派小说大多集中描写"白人神话",对于澳大利亚土著居民的生活鲜有叙述,即使有部分内容涉及土著人,也往往将其塑造成"他者"形象,未能触及澳大利亚的"民族之根"和"历史之源"。因此,建构民族叙事和文化身份的伟业尚未完成。

20世纪七八十年代,澳大利亚文化界刮起了一股强劲的"文化民族主义飓风"④,涌现出重新审视殖民历史和民族叙事的潮流,一批探讨"民族之根"和"历史之源"的"新历史"小说纷纷出炉。⑤它们通过历史的碎片,如趣闻轶事、意外的插曲和奇异的话题等,去修正、改写和打破在特定的历史语境中居支配地位的文化代码,并在权力和话语的网络中看清人性的扭曲和生长,最后使主体的精神扭曲和虚无成为自我身份的历史确证。这些"新历史"小说承载着强烈的历史责任感和开放包容的人文精神,使被压制、被边缘化的族群重新回到话语空间,并在历史的"多重奏"中恢复他们应有的声音。它们或揭露了流放犯制度与宗主国英国帝国主义思想的腐败与罪恶,如罗德尼·霍尔(Rodney Hall)的"延德雷三部曲"(The Yandilli Triology);或再现内德·凯利(Ned Kelly)的民族神话,如罗伯特·德鲁(Robert Drewe)的《我们的阳光》(Our Sunshine,1991);或将澳大利亚人的命运融入硝烟弥漫的世界大战和社会变革,如大卫·马

---

① Cater, David. "Critics, Writers, Intellectuals: Australian Literature and Its Criticism." *The Cambridge Companion to Australian Literature*. Ed. Elizabeth Webby. Cambridge: Cambridge University Press, 2000: 275.

② White, Patrick. "The Prodigal Son." *The Oxford Anthology of Australian Literature*. Eds. Leonie Kramer and Adrian Mitchell. Melbourne: Oxford University Press, 1985: 338.

③ Cater, David. "Critics, Writers, Intellectuals: Australian Literature and Its Criticism." *The Cambridge Companion to Australian Literature*. Ed. Elizabeth Webby. Cambridge: Cambridge University Press, 2000: 276.

④ Bennett, Bruce and Jennifer Strauss. *The Oxford Literary History of Australia*. Melbourne: Oxford University Press, 1998: 239.

⑤ Pierce, Peter. "Preying on the Past: Contexts of Some Recent Neo-Historical Fiction." *Australian Literary Studies* 15(4), 1992: 304.

洛夫(David Malouf)的《伟大的世界》(*The Great World*,1990);或通过一个离奇的爱情故事,揭穿了帝国关于"文明传播"的历史谎言,如彼得·凯里(Peter Carey)的《奥斯卡与露辛达》(*Oscar and Lucinda*,1988)等。尽管这些小说视角不同,但是殊途同归,都从不同层面讲述了土著人、足迹专家、流放犯、开拓者、丛林汉、战俘等历史小人物的故事,而正是这些不被帝国历史记载的普通人的故事,使人看到了充满谎言的殖民历史和帝国权力运作的机制,本真的民族叙事也在这种解构过程中被重新确立了起来。

由《难以逃离的囚禁》(*Captivity Captive*,1988)、《第二任新郎》(*The Second Bridegroom*,1991)、《可怕的妻子》(*The Grisly Wife*,1993)三部小说构成的"延德雷三部曲""记录"了澳大利亚人建构民族身份的过程,但它们不是历史学家记录历史人物和历史事件的书籍,而是基于历史又高于历史的艺术创造。这三部小说的作者霍尔出生于英格兰,第二次世界大战(简称二战)后来到澳大利亚定居,先后出版了十一部诗集,十一部小说,两部传记,其中"延德雷三部曲"体现了他对澳大利亚历史的集中而宏阔的思考。三部小说看似松散,涉及的主题包括帝国主义、土著居民、性、宗教和战争等,实际上它们是从不同侧面对澳大利亚历史的拷问和反思。《难以逃离的囚禁》描述了一个澳大利亚历史上最为神秘的谋杀案。叙述者帕特里克·墨菲将他的两个妹妹和兄弟被谋杀的案子描绘成澳大利亚历史上最神秘的谋杀案,以观察大众文化对此的反应是否满足他的期待。而小说结尾,作者还特意提到澳大利亚民族英雄内德·凯利,认为他是 19 世纪 90 年代澳大利亚最为著名的人物,其英勇行为让他成为澳大利亚民族形象的代言人,借此含蓄地表达了作者对"澳大利亚民族是一个有着英雄的民族,而一个有着英雄的民族一定是有着未来"的积极向往。《第二任新郎》故事背景设定在 1838 年左右,叙述者讲述了自己在从丛林游牧生活回到城市生活过程中的心理感受,其中还描绘了一个从囚犯地逃跑的土著人跟他一起旅行的经历,似乎昭示作者对流放制度造成的"文化移植"问题的关注。"现在发生的一切都是偶然的,我们着眼未来,一切偷窃、盗版和邪恶都将在未来得到改变,这就是我们的理想,我们将成为澳大利亚人,我们的一只脚已经迈向了空中。"①这段对澳大利亚

---

① Hall, Rodney. *The Yandilli Trilogy*. New York: Noonday Press, 1995: 12.

未来的展望,表明了被殖民者对于自己"无根身份"的焦虑和对拥有澳大利亚文化身份的渴望。"谁规定有些东西可以复制,有些东西不可以复制?"①故事结尾的这句话似乎彰显出小说的寓意:殖民者将欧洲大陆文化的"傲慢与偏见"移植到了澳大利亚大陆来,却没有将假想中的"绅士礼仪"带过来,暗示流放制度的糟粕文化给澳大利亚土著文化带来了极大的破坏和影响,也以此显示作者对待殖民文化的态度。《可怕的妻子》讲述的是关于神秘主义与宗教信仰的故事,谋杀情节使得小说略带神秘和恐怖之感,但它同样蕴含着关乎历史和未来的严肃主题。其悬疑的技巧使读者爱不释手,几乎可以达到托马斯·基尼利(Thomas Keneally)的《招来云雀和英雄》(*Bring Larks and Heroes*,1967)的艺术水平。叙述者拜伦是 1868 年澳大利亚丛林深处经过宗教"千年之禧"(Millennial sect)洗礼后的幸存者,其所见所闻中穿插着土著人思乡、逃离、回归家庭的情节,叙述者的儿子迷失后走进澳大利亚丛林及其与土著人的遭遇,预示着殖民文化与土著文化的冲突不可避免。三部曲将"个人记忆、神话、宗教信仰、文化移植"等问题并置在一个宏大的历史背景下,似乎揶揄了英国流放制度对于澳大利亚本土文化尤其是对土著文化的破坏。叙述者在三部小说中既相互关联,又各自独立,共同刻画了白人文化与土著文化的关系。作为叙述者的囚犯,最终选择回到新南威尔士,完成了从故事起点回到起点,象征着澳大利亚民族身份的建构经历了一个循环往复的过程。

澳大利亚民族身份建构的主题在德鲁的《我们的阳光》中再次呈现。如果说历史人物内德·凯利只是在《难以逃离的囚禁》的结尾被提及的话,那么《我们的阳光》则以其独特的艺术形式重塑了这位"强盗形象"。小说以现实主义的手法,通过第一人称的视角,将凯利临刑前脑海中的"各种思绪和回忆片段"真实地呈现给读者:偷马、抢银行、私藏军火、跟警察对抗。但在德鲁的笔下,凯利是一个"既是强盗又是英雄、既杀人又救济穷人,既残忍又有同情心、既是受害者又是杀人者的多重矛盾积聚的丛林人"。这一有血有肉的形象与官方定性的"强盗"称谓形成了强烈的反差,引起了读者对澳大利亚神话般人物的反思。

凯里的创作生涯也提供了回归民族历史的又一例证。作为因两获布

---

① Hall, Rodney. *The Yandilli Trilogy*. New York: Noonday Press, 1995: 13.

克奖而成为"国际文坛享有极高声誉的文学巨匠"①,凯里的后现代主义作品包含很强的传统道德观和政治视野。在已出版的八部长篇小说中,五部都和帝国殖民史相关:从《魔术师》(*Illywhacker*,1985)所展现的历史谎言和民族困境,到《奥斯卡与露辛达》中的英国基督文化与澳大利亚土著文化的冲突;从《杰克·迈格斯》(*Jack Maggs*,1997)对狄更斯的《远大前程》(*Great Expectations*)中马格维奇文化身份的重塑,到《凯利帮真史》(*True History of the Kelly Gang*,2000)殖民神话的再现;从《特里斯坦·史密斯不寻常的生活》(*The Unusual Life of Tristan Smith*,1994)的帝国文化霸权,到《幸福》(*Bliss*,1981)里的"美国梦",无不体现彼得·凯里"写回"旧殖民帝国——英国和新殖民帝国——美国的倾向。"写回"并不是"重写",而是比尔·阿希克洛夫特提出的"篡改"。"重写"只不过在"多重奏"中加入了"甄别的声音",而"篡改"则改变了"元叙述"本身。"写回"的效果比"把故事扳正"更深远。②彼得·凯里最优秀的作品融合了维多利亚的宏伟气势和澳大利亚的乡土气息,并折射出作者的后殖民主义历史观:重新审视被殖民者歪曲的历史与文化。

　　"写回"帝国中心或对历史进行"正本清源"就意味着对充满谎言的帝国话语进行必要的修补,而对历史的修补,正是把一个民族成熟的过程叙述出来,是控制和确立自我属性的表现。艾勒克·博埃默认为:"讲述历史就意味着一种掌握和控制——把握过去,把握对自己的界定,或把握自己的政治命运。……有了历史和历史的叙述,他们就获得了进入时间的入口。他们被表现为掌握了自己生命进程的主人。"③当代澳大利亚小说家将历史和现实熔为一炉就是对历史进行修补,并通过他们的叙述来建构历史,从而重新掌控自己民族的命运。凯里的《奥斯卡与露辛达》和亚历克斯·米勒(Alex Miller)出版的《石乡之旅》(*Journey to the Stone Country*,2002)是有关白人文化与土著文化冲突、交融的寻根之作。不同的是,《奥斯卡与露辛达》再现了帝国远征时期白人文化对澳大利亚土著

　　① Hassall,Anthony J. "Preface." *Dacning on Hot Macadam*:*Peter Carey's Fiction*. St Lucia:University of Queensland Press,1998.

　　② 彭青龙. 写回帝国中心,建构文化身份的彼得·凯里.《当代外国文学》2005 年第 2 期,第 110 页。

　　③ 艾勒克·博埃默. 殖民与后殖民文学. 盛宁、韩敏中译. 沈阳:辽宁教育出版社、牛津大学出版社,1998:224。

文化的破坏，而《石乡之旅》则讲述了当代澳大利亚白人与土著人从冲突到和解的故事。凯里与米勒分别从历史与现实的豁口进入民族想象的核心，表达了当代澳大利亚白人社会寻求与土著民族和谐相处的愿望。从屠杀、驱赶土著居民到愧疚、和谐共荣，从掩盖历史的真相到颠覆历史文本、再现民族神话的本真性，当代澳大利亚小说正一步步为建构和谐的多元文化社会做出自己独特的贡献。

澳大利亚是一个后殖民国家，虽然它没有像第三世界国家那样遭受被占领和奴役的命运，也没有像美国、印度那样经过民族战争而获得独立的经历，但澳大利亚人一直为寻求自己独立的文化身份而努力。于是，在后殖民主义的语境下，澳大利亚文坛出现了审视殖民历史、建构民族叙事的回归。它是澳大利亚社会由单一白人文化到多元文化转型的一个断代文学景象，其实质是建构独立的民族属性和文化身份。这些承载着历史使命感和社会责任感的民族叙事似乎在历史记忆中找到了归属，并在当下的历史语境中被赋予了新的意义。虽然白人文学似乎在自我属性的确立中找到了出路，但它与英帝国之间特殊的历史文化关系、与土著文化的各种冲突和对美国文化爱恨交织的矛盾情感，使澳大利亚人建构文化身份的道路漫长而艰辛。所幸的是澳大利亚作家已在历史和现实间找到了契合点，凯里的《奥斯卡与露辛达》与米勒的《石乡之旅》成为当代澳大利亚白人小说发展趋势的风向标，它标志着澳大利亚民族从幼稚走向成熟，并为拥有独立的文化身份扫清了道路。

二、游离于两个世界的移民文学

当代澳大利亚白人作家似乎从历史的记忆中找到了归属感，而其他澳大利亚移民作家似乎仍在重复着早期白人移民殖民者的古老故事——在新旧世界中游离、挣扎，不同的是，早期英裔移民作家及其后裔业已成为新殖民话语的主导者，而当代澳大利亚移民作家——少数族群的文化代言人却要为自己的话语权作斗争。"我"是谁？"我"来自何方？"我"将归向何处？这些安身立命的基本问题是陷于错位之后的少数族群的共同困惑，也是非英裔移民作家经常着力探讨的主题。移民作家的归属困惑主要源于对文化身份的认同。文化身份是一个对立统一的矛盾体，既有内在的统一性和连贯性，也有外在的矛盾性与对抗性。统一性和连贯性指的是具有族群性的"真实的自我——共同的历史和祖先"。外在的矛盾性与对抗性指的是"我们到底是谁或我们将变成什么样",即与别人相比而存在的"巨大而深刻的差异性"。①

由于移民作家往往是离开故土、寄宿他国文化的旅居者,所以对于寄宿国而言,其身份的外在表现只能是"巨大而深刻的差异性",是寄宿国文化的"他者"。虽然移民作家的作品穿越非常广阔的地域、历史和文化空间,充满不同哲学的张力,但其内容往往包含着相互对立的社会行为和文化冲突。这种既不属于母国也不属于寄宿国的身份,不可避免地造成了内心的迷失和异化感。因此,移民作家变成了"没有锚,没有地平线,没有色彩,没有国家,没有根的个体——一群天使的族类"②。

由于历史语境的不同,早期的英裔移民作家与非英裔移民作家对归属感的认知和感受也存在着差异。前者基本上把自己看成英国文化的迁徙者,只具有"相对他者性"。后者寄宿于澳大利亚民族文化,是地道的"他者"。前者"过重地承担了本属于另一个古老世界的价值观和人生态度。他们的教育、文学、宗教活动、文化准则以及各种体制等,使他们给人以英国驻外代表的印象"③。全新的环境——没有文化根基、没有家园根基,使他们没有此时此地的归属感,这种迷失一直持续到澳大利亚独立后一百多年的今天。帕特里克·怀特说,他从小就有一种与澳大利亚的现实隔着一层的感觉。"只有英国人才是对的"成了他从小到大的座右铭。④基尼利也说,澳大利亚人"被教育成了他们自己土地上的异乡人"⑤。而后者出生在过去的第三世界国家,如亚洲的马来西亚、新加坡、中国等,或者非英语国家,如欧洲的意大利、希腊、德国、波兰等,这些移民作家用双语写作,在主题和政治视野上保持着与故土文化的各种联系。环境、语言、文化、价值观对他们而言都是全新的,因此他们对身份迷失的感受更深刻,渴望被主流白人社会接纳的愿望也更强烈。

然而,从异化到本土化,从边缘到主流,移民作家需要逾越很多障碍,

① Hall, Stuart. "Cultural Identity and Diaspora." *Contemporary Post-colonialism Theory.* Ed. Padmini Mongia. London and New York: Arnold, 1996: 110−112.

② Fanon, Frantz. *The Wretched of the Earth.* New York: Grove Press, 1963: 218.

③ 艾勒克·博埃默. 殖民与后殖民文学. 盛宁、韩敏中译. 沈阳:辽宁教育出版社、牛津大学出版社,1998:246。

④ 同上。

⑤ 同上。

首先面临的是语言障碍。语言是文化的载体,也是同质化的工具。为了适应新的水土,融入主流社会,移民族群必须学会忘记母国语言,转而使用英语与主流文化对话。但是多数移民对于自己的母语怀有深深的眷恋,而对澳大利亚英语有着一种天然内化了的抵制。于是刻画移民族群的"语言异化"现象经常出现在移民作家的作品中。如波兰裔作家利未特·玛丽亚(Lewitt Maria)的自传体小说《十二月没有下雪》(*No Snow in December*,1985),希腊裔作家安提戈涅·凯法拉(Antigone Kefala)的《亚历山亚》(*Alexia*,1984)和尼科斯·亚大纳叟(Nikos Athanasou)的短篇小说集《卡皮泰恩·尼古拉》(*Kapetan Nikola*,1982)分别从不同的角度描写了移民家庭因语言的不通而陷入了令人尴尬的窘境。这些小说的主人公都患了"失读症",在新的生活环境中无法与人交流,也无法阅读当地主流的媒体语言。也正由于此,他们往往显得无所适从,甚至愤怒:"这不是他的错,他从来没想过要来到这该死的国家,他不会说英语,那又怎么样呢? 他们能说希腊语吗?"[①]

如果说带来隔阂和寂寞的"语言异化"是移民生存困境的表征,那么造成文化冲突和生活混乱的"文化异化"则是移民生存困境的本质。移民作家通过刻画爱情的悲剧、婚姻的不幸、家族的矛盾、邻里的不和及事业的挫折等来展示移民生存错位后所带来的心理震荡。例如在《牛奶和蜂蜜》(*Milk and Honey*,1984)里,作者伊丽莎白·乔利(Elizabeth Jolley)采用哥特式的传统叙述和时空倒错、内心独白、意识流等现代主义手法,借助一个二战后从欧洲移民到澳大利亚的难民视角来展现其在澳大利亚文化背景下生活的种种不适。小说主人公雅各布因陷入两种文化的漩涡而导致精神分裂:一方面,他极力维系着欧洲带来的文化传统,但"在新的土地,他们像散落在地的石块,没有融入土壤";另一方面,他又十分厌恶这个"奇怪的新家"——一个充满暴力、乱伦和家庭秘密的地方。他渴望逃离这个"自我流放的家",然而又无处逃遁。[②] 最终他一把火烧毁了既爱又恨的"家",但也未能结束自己被"囚禁"的生涯。作者通过对欧洲移

---

① Gelder, Ken, and Paul Salzman. *The New Diversity: Australian Fiction 1970—88.* Melbourne: McPhee Gribble Publishers, 1989: 190.

② Salzman, Paul. *Elizabeth Jolley's Fictions.* St Lucia: University of Queensland Press, 1993: 37.

民在澳大利亚所经历的两种文化碰撞的描写,尤其是对他们在旧世界和新世界、旧生活和新生活中维系平衡时的种种不安的心理纠葛的揭示,来展示"家园"的深刻含义,它不仅是物质意义上的家园,而且是精神意义和心理意义上的"家园",两者结合方能安生。故事中一把火烧毁家园的情节,更是表达了作者对于移民需要对自己选择担负责任的道德要求,一旦不能够很好地把握他们的选择,就会为此付出灾难性的代价,造成对渴望已久的天堂的破坏。此外,对故乡海姆巴赫的描写同样表达了雅各布对于家乡伊甸园的怀念,以及在新国度中重建家园的渴望,这一情境也正是每一位离开自己家园来到澳大利亚的人都必须面对的,无论是征服者、殖民者,还是难民。对于英国殖民者来说,他们会把澳大利亚当成有着牛奶和蜂蜜的"天赋圣地","在那里穷人也能过上好日子"。但是对于其他欧洲移民或者其他大洲的移民来说,澳大利亚则更多的是一个罪犯流放地,而不是什么"天赋圣地",是"亚当和夏娃被赶出伊甸园后来到的地方"。①

雅各布的移民遭遇也在亚裔作家布莱恩·卡斯特罗(Brian Castro)的小说《漂泊者》(*Birds of Passage*,1983)中得到了反映。对于远离故土的亚洲移民来说,新家本应是温馨的地方,实现梦想的地方,却成了精神断裂的场所,自我流放的场所。即使在新家生活了100多年,移民族群也无法在新的土壤中扎下根来,成了地地道道的漂泊者。作者通过两位不同年代的叙述者——罗云山和希莫斯,讲述了澳大利亚华人生存错位的痛苦经历,恰如小说主人公希莫斯所说:"我突然明白我的感觉与120年前罗云山的感觉一模一样。"②时光可以流逝,但生存错位的痛苦却一直延续着,两个相距一个多世纪的世界是同一个世界,罗云山和希莫斯的生活体验正是千百万移民者的真实写照。

事实上,乔利和卡斯特罗所揭示的生存错位和身份认同也是困扰着澳大利亚人的普遍问题。虽然澳大利亚白人已经在澳大利亚生活了100多年,但由于历史的原因,与英国、美国和亚洲国家关系的变化,澳大利亚人的文化身份一直处于动态的变化之中。斯图亚特·霍尔(Stuart Hall)认为:"文化身份既是'存在的'也是'转化的'。它既有过去,又有未来。

---

① Lansbury, Coral. *Arcady in Australia*: *The Evocation of Australia in Nineteenth Century English Literature*. Melbourne: Melbourne University Press, 1970: 157—158.

② 转引自黄源深. 澳大利亚文学史. 上海:上海外语教育出版社,1997:468。

它并非业已存在的，能超越地点、时间、历史和文化，而是具有历史性的，并处于不断转变之中……处于历史、文化和权力相互作用之中。"①霍尔的观点反映了包括澳大利亚在内的后殖民现状——一方面，澳大利亚的民族历史和民族文化正在被重新审视和阐释，并被赋予新的意义；另一方面，影响建构澳大利亚文化身份的各种外在力量在全球化时代也正在此消彼长，英国势力的减弱，美国及亚太国家力量的增强，都会对澳大利亚文化身份的转化产生直接影响，这种内外因素的变化被作家们适时地反映在文学作品中。

20世纪80年代以来，主流白人作家纷纷把眼光投向与澳大利亚相邻的印度尼西亚、中国、日本和马来西亚等亚洲国家，出版了许多反映东方文化与澳大利亚文化冲突、融合的小说，如澳大利亚法籍作家布兰奇·德阿尔普杰（Blanche d'Alpuget）的《海龟沙滩》（Turtle Beach，1981）和米勒的《浪子》（The Ancestor Game，1992）等。在这些作品中，《海龟沙滩》再现了澳大利亚记者朱迪斯在战时辗转于亚洲马来西亚、新加坡等国的生活经历和感受，并且通过后殖民视角传达了"东南亚的声音，他们不仅自由地言说着，而且质疑澳大利亚人在海龟沙滩上所表达的传统的帝国主义声音"②。通过迦南和米诺两个人物的形象刻画，小说反映了帝国主义霸权和意识形态在东方主义主导下依然盛行的这一客观现实。这部小说还由导演华莱士于1992年拍成了电影。米勒的《浪子》无疑是描写澳大利亚错位文化最为成功的小说之一。作品通过刻画几位澳大利亚移民，尤其是华裔澳大利亚移民冯家四代人的生活经历，以及异国文化与澳大利亚文化的冲突，反映了人类普遍存在的"祖先情结"。冯家的第三、四代子女都有强烈的叛逆心理，鄙视祖先的一切，崇尚"欧化"。冯家浪子甚至烧毁象征祖宗的家谱，并把代代相传的宝镜扔进钱塘江，以示与祖先文化决裂。但浪子并未被澳大利亚社会所接受，成了没有"根"的弃儿。小说准确描绘出人们试图融入主流文化的努力和错综复杂的精神感受，并通过儿孙与祖先之间的关系，暗示了澳大利亚与英国之间的特殊情结：一

---

① Hall, Stuart. "Cultural Identity and Diaspora." *Contemporary Post-colonialism Theory.* Ed. Padmini Mongia. London and New York: Arnold, 1996: 110.

② Khoo, Gaik Cheng. "Multivocality, Orientalism and New Age Philosophy in *Turtle Beach.*" *Hecate* 22(2), 1996: 31.

方面要摆脱英国影响的愿望随着其自身的强大而日趋强烈;另一方面那种典型的祖先与后辈之间若即若离、拂之不去的感情使得它难以彻底斩断与英国的联系,而这种矛盾的民族心理也许还会继续下去。[①]

移民作家和白人作家分别从不同的角度聚焦错位文化,反映了澳大利亚文化多元混杂的特质,以及由此而引起的更加深刻的身份认同危机。从约翰·科切(John Koch)的《危险的岁月》(*The Year of Living Dangerously*,1978)里所表现出的欧亚文化归属困境,到《牛奶和蜂蜜》所刻画的"自我流放"的精神折磨;从《漂泊者》中所描写的无根飘零的痛苦经历,到《浪子》里所揭示的挥之不去"祖先情结",当代澳大利亚人正苦苦挣扎于历史与现实、新旧文化的两个世界之中。他们既要忠于本土,谋求与土著文化的和解,又要遵循英国人的传统;既要直面美国的文化霸权,又要应对东方文化的崛起,这种非此非彼的文化属性也许正是澳大利亚"混杂"多元文化的本质特征。"澳大利亚的民族身份取决于这样的共识:澳大利亚既不属于亚洲,也不属于欧洲和美洲,而是集中体现这三大洲最优秀的现代特点的国家。"[②]

澳大利亚"混杂"多元文化的特质在全球化背景下呈现新的特点,拥抱亚洲、走向世界的趋向更加明显。地域上偏向亚洲,而文化上偏于欧洲和美洲的澳大利亚吸纳了上述三个区域的精英和富有探险精神的人群,文化冲突与交融在相当长的时间里仍旧是作家们着力表现的主题之一。所不同的是他们不再满足于后殖民文学中通常描写的新旧世界,而是把目光投向过去光顾不多,但精神、资本和人员流动更快的亚洲,小说里的故事也不再局限于单个国家和地区,而是在多个国家和地区"游移",借此反映更加全球化和世界性的客观存在。如凯里的《我的生活如同骗局》(*My Life as a Fake*,2003)和雪莉·哈泽德(Shirley Hazzard)的《大火》(*The Great Fire*,2003)等。前者虽然是对澳大利亚民族神话厄恩·马利骗局(Ern Malley Hoax)的翻新,但其庞杂的故事情节使得欧洲、亚洲和澳大利亚文化紧密地联系在一起,故事也在英国、东南亚和澳大利亚之间辗转和穿插,展现了多种文化的混杂与交融和现代人性的复杂与多样。

---

① 黄源深.澳大利亚文学史.上海:上海外语教育出版社,1997:459。

② Bennett, Bruce and Jennifer Strauss. *The Oxford Literary History of Australia*. Melbourne: Oxford University Press, 1998: 236.

后者讲述了经历了战争创伤的人们战后疗伤的故事。小说情节随着英国军官艾尔德瑞德·利思在中国、日本对战争影响的调查而走向深入，其与澳大利亚女孩的邂逅及情感纠葛，使得小说的跨国色彩更加浓厚。哈泽德以老练、冷静和克制的文笔，巧妙而又合乎情理地将几个主要人物命运的转折点扭合在一起，将故事一步步推向高潮。更为重要的是，小说突破了狭窄的视野，将其置于连接人类命运的宏阔背景下，从而使小说的世界性主题更加突显，而这也许是后殖民文学之后的新动向。

三、居住在欧洲都市文学传统边缘的土著文学

澳大利亚土著文学在全球化背景下也不乏国际化色彩，但相比居于主流支配地位的白人文学，他们依然处于边缘化的地位，这与他们的历史遭际和长期被主流话语挤压有关。正如米勒在《石乡之旅》中描述的那样，澳大利亚土著居民总是给人"没有接受过良好教育，不值得信任的种族主义者"印象。而这一刻板印象，直接导致了澳大利亚土著居民从欧洲殖民者到来之日起就遭受种种不公正对待。在接下来的两百多年的澳大利亚发展史上，几乎每一页上都记录了土著居民的屈辱史。白人统治者甚至通过他们掌握的话语权利，从制度上肆无忌惮地歧视土著居民，"早期丛林工人联合会以种族偏见为基础的法律文件为丛林人提供了一些工作机会，但这些丛林人并不包括黑人（澳大利亚土著居民）"[①]。司法机构更是对政府和私有雇主的这种做法熟视无睹，昧着良心地予以通过。他们或强制性地将土著居民故意排除在一些指定性的工作岗位之外，或通过隐含条款，规定一些工作岗位只接受白人或者非土著居民，歧视程度远超想象。"迟到的公正就是不公正。"澳大利亚历史上土著居民长期以来遭受的不公的对待，成了其后裔挥之不去的伤痛记忆，再加上语言不通，他们的伤痛就不能见诸报端，更不能被主流文化感受到他们的内心苦楚。

然而，澳大利亚这个国家所有特点的真正的发源地是擅长于口头表

---

① McCorquodale, John. "The Myth of Mateship: Aborigines and Employment." *The Journal of Industrial Relationship*, 1985: 16.

达的土著文化。^① 这一点可以在新编著的文学史和文学作品中得到佐证。^②虽然土著民族的口头文化对于当代澳大利亚人来说只具有文化本源的象征意义,土著后裔也多用英语而不是土著语言来展现其民族文化的本真性,但是土著文化至少是,也应该是确定澳大利亚民族属性和文化身份不可或缺的重要组成部分。在后殖民主义的语境下,澳大利亚白人文学出现了重新审视民族叙事、谋求与土著文化和解的趋势,土著作家也通过其文学作品来书写被白人侵占和奴役的民族血泪史。

自 1788 年首批英国白人在澳大利亚新南威尔士登陆以来,澳大利亚土著文化遭受了万劫不复的破坏。这些在英国被视为"二等公民"或"他者"的流放犯,摇身一变,成了澳大利亚新的主人。他们屠杀了在澳大利亚大陆上以捕鱼狩猎为生的大部分土著居民,撕裂和肢解了具有 4000 年文化传统的土著文明,并把他们驱赶到内陆的森林里或边缘地带。从此,土著人在帝国的话语空间没有了立足之地,并一直"缺席"和"失语"了200 多年。虽然土著人也曾经进行了艰苦卓绝的斗争,但他们无法摆脱被奴役、被压迫的命运,在强大的帝国文明面前,他们或被同质化,或被边缘化,彻底丧失了"主人公"的地位。

英帝国为其殖民统治的合法性寻求理论依据。在帝国的意象和文本中,"不列颠是世界上所有自治民族中最伟大的民族","是上帝亲选的女儿",肩负着在世界其他地方传播"自由、正义和人类精神"的责任。^③ 他们是文明的使者,为落后地区带来光明。被殖民者总是被贴上次等公民的标签:"不那么像人,不那么开化,是小孩子,是原始人,是野人,是野兽,或者是乌合之众。"^④英国殖民统治的目标就是"使本土人文明化",于是他们"一直非常起劲地在白人统治的世界里复制着自己的形象",并通过

---

① 艾勒克·博埃默. 殖民与后殖民文学. 盛宁、韩敏中译. 沈阳:辽宁教育出版社、牛津大学出版社,1998:251。

② See Hergenhan, Laurie, ed. *The Penguin New Literary History of Australia*. Sydney: Penguin Books Australia, 1988; *The Oxford Literary History of Australia*; *The Cambridge Companion to Australian Literature*.

③ 艾勒克·博埃默. 殖民与后殖民文学. 盛宁、韩敏中译. 沈阳:辽宁教育出版社、牛津大学出版社,1998:36。

④ 同上书,第 90 页。

国家机器在社会、政治、经济和文化领域实行"同质化"殖民统治。①

"同质化"殖民统治最有效的手段之一就是迫使被殖民者使用统治者的官方语言,否则他们就会变成"失语者"。阿希克洛夫特认为:"在后殖民话语中有三种语言类别:单语、双语和多语。单语对应的是移民国家,尽管使用中有差异,但英语是唯一通用的语言。"②澳大利亚作为移民国家,英语是统治者的官方语言,土著居民如果想表现自己的民族文化必须通过科林·约翰逊所说的"白人的形式"来实现。弗朗茨·法侬(Frantz Fanon)在《黑皮肤,白面具》(*Black Skin, White Mask*, 1963)中谈到欧洲黑奴时说:"不管愿意不愿意,黑人不得不穿着白人为他们缝制的衣服。"③法侬的作品虽然讲的是欧洲黑人的生存状况,但与澳大利亚土著人有着异曲同工之处。正如阿里斯所言:"土著话语受到处于支配地位的象征形式的压制。他们若要进入公众视野就必须采用这一形式。"④于是英语就成了他们展现其"土著性"的唯一语言。

由于土著人受到澳大利亚外来者白人的种种压迫,所以表现土著人反抗白人控制,跨越白人边界和围墙,就成了科林·约翰逊、亚齐·韦勒(Archie Weller)、埃里克·威尔莫特(Erica Wilmote)、莫尼卡·克莱尔(Monica Clarie)等土著作家着力探讨的主题之一。在这些作家中要数科林·约翰逊(Colin Johnson)的艺术成就最为突出,他对于澳大利亚土著居民生活的关注最为持久。他的小说采用了大家熟悉的土著名字 Mudrooroo Nyoongah 作为笔名,《野猫掉下来了》(*Wild Cat Falling*, 1965)是澳大利亚第一部以土著文化为关注对象的小说。大部分土著居民对于白人文化的批判集中在白人物质主义至上的价值观,而这部小说则探讨了土著人的困惑、漫无目标和情感障碍等问题,而这些问题都源于"土著居民不得已脱离自己原有的土著家庭以期望能给孩子一个更好的未来的心理焦灼"⑤。《野

---

① 艾勒克·博埃默. 殖民与后殖民文学. 盛宁、韩敏中译. 沈阳:辽宁教育出版社、牛津大学出版社,1998:30。

② Ashcroft, Bill, Gareth Griffiths and Helen Tiffen. *The Empire Writes Back: Theory and Practice in Post-Colonial Literatures*. London and New York: Routledge, 2002: 39.

③ Fanon, Frantz. *The Wretched of the Earth*. New York: Grove Press, 1963: 34.

④ Gelder, Ken, and Paul Salzman. *The New Diversity: Australian Fiction 1970—88*. Melbourne: McPhee Gribble Publishers, 1989: 205.

⑤ Tiffin, Chris. "Look to the New-Found Dreaming: Identity and Technique in Australian Aboriginal Writing." *The Journal of the Commonwealth Literature* 20(1), 1985: 164.

猫掉下来了》主要描写了一个有着四分之一土著血统的青年与他的纯土著血统叔叔两个人之间对生命意义的探索。小说以第一人称叙事手法，从"我"刚从监狱里刑满释放开始讲起，"我"出狱后，便以一种玩世不恭的态度看待和对待周围世界，极力保护自己的土著身份。在小说中，作者通过闪回叙述手法，让读者知道，"我"的白人父亲已经去世，而有着半土著血统的母亲则竭尽一切可能向白人生活靠拢，向白人价值靠近。而她这么做的目的，显然不是出于自身的矫揉造作而是担心她不这么做，她的儿子就有可能被民政部官员带走，因为他的两个哥哥都已经因此被带走了。小说中，作者发出土著居民向白人文化妥协的信号，但在两种价值体系和土著文化的呈现过程中，作者更加明确地表达了这样一种思想，即土著生活并不仅仅是对应于白人社会的一种生活模式。小说开头"我"从监狱被释放出来，但在小说结尾"我"却再次回到监狱，这一情节设计，连同故事不断穿插童年生活备受歧视和屈辱经历的"闪回"叙述，同时表现了土著文化在白人文化的冲击下的脆弱感。这种巧妙的叙述手法，远比一味地去描述土著文化是如何迷失和如何才能够重新获得新生要有力得多。小说一方面凸显了土著人渴望被社会认可和平等对待的愿望，但另一方面也显示出监狱是白人实施殖民统治的有效工具。在监狱里，土著青年丧失了对"时间"和"空间"的感知，而这正是殖民者所期待的结果。然而这种表面的"臣服"并不意味着控制与反控制、殖民与反殖民斗争的结束，土著青年与白人警察的冲突实质上是土著文化与白人文化在澳大利亚大地激烈碰撞的缩影。约翰逊其他表现类似主题的小说还包括《萨达瓦拉万岁》(*Long Live Sandawara*，1979)，该小说直面土著人与白人之间的对峙问题，一群十多岁的土著孩子被警察枪杀的场面，让人充分感受到白人的凶残和邪恶。《沃拉迪医生承受世界末日的良方》(*Doctor Wooreddy's Prescription for Enduring the Ending of the World*，1983)从后殖民历史的视角，集中展现了土著人在殖民者"入侵"塔斯马尼亚和维多利亚州后的生活遭遇。土著医生沃拉迪视这些"白魔"为邪恶的化身，他们的到来预示着土著人的世界末日。在新生代作家中，亚齐·韦勒的处女作《狗一般的日子》(*The Day of the Dog*，1981)创作灵感来自他从布鲁姆(Bloom)监狱出来后持续六周的愤怒情绪，因为他坚信他是被冤枉才入狱的。以此为原型，小说讲述了土著人在西澳大利亚州珀斯(Perth)生活的悲惨遭遇，面对就业不公、警察迫害、牢狱之灾等压力，他们经常借酒浇愁,哀叹前途无望。该小说发表后,先后获得了《澳大利亚人报》/沃格尔文学奖(1980)、西澳大利亚州文学周小说奖①(1982),并于1993年被拍成了电影,取名《土著人》(*Black fellas*)。

随着争取平等权利斗争的深入和教育水平的提高,土著民族的自我意识开始增强,表达郁积内心的民族情感和民族身份的土著文学于20世纪80年代末繁荣起来。虽然他们继续刻画白人与黑人不平等的关系,描写土著人抗击白人殖民统治的事迹,但更多地通过再现土著民族的历史、神话和传奇,来揭示白人的文化霸权和土著民族的身份危机。1988年,澳大利亚反英两百周年纪念不仅触动了白人的民族记忆,更是激起了土著人对殖民历史的伤痛和反思。"回归土著性""重建反话语"成为土著作家的主流。在这一时期,不仅白人主流作家凭借其文学艺术创作,反思不堪回首的殖民历史,而且土著作家也抓住这一历史契机,通过各种艺术手段,缅怀逝去岁月,重新解读历史。费斯·班得勒(Faith Bandler)的《威娄,我的兄弟》(*Welou*,*My Brother*,1984)、亚齐·韦勒的短篇小说集《回家》(*Going Home*,1986)、萨利·摩根的《我的故乡》(*My Place*,1987)等都是当代澳大利亚文学中探讨"重温民族历史与文化"的土著小说。其中,摩根的《我的故乡》则被誉为"澳大利亚经典作品"②,代表了土著小说的最高成就。

《我的故乡》是一部寻找家庭、祖根和土著人审美感受,昭示现代白人文明威胁土著文化的自传体小说。而自传体小说往往"借助历史对于个人生活带来的影响而使其个人传记具有了政治意识"③。在小说中,有着一半土著血统的摩根,将个人在社会中生存的压抑感作为一种重要的素材,处于社会边缘的摩根将自己融进历史文本来揭露澳大利亚白人社会的主流神话,以期给主流社会现状带来哪怕是一丝丝的细微变化。摩根对于自己孩提时期的考察,后来却发展成为一种多层次的叙述。小说里的故事由不同的家庭成员讲述,这也就满足了重构土著人历史的需要,即尽可能多地对土著人的过去做出种种不同的阐释。由于年代久远,主人

---

① 现为西澳大利亚州州长图书奖。

② Gelder, Ken, and Paul Salzman. *The New Diversity*: *Australian Fiction 1970—88*. Melbourne: McPhee Gribble Publishers,1989:226.

③ Hills, Edward. "'What Country, Friends, Is This?': Sally Morgan's *My Place* Revisited." *The Journal of Commonwealth Literature* 32 (2),1997:102.

公摩根的家史都已无从追寻,于是她和母亲便开始了艰难的寻根之行,而愈是深入了解,愈是感到历史对她们一家的不公,白人对土著人的种族歧视和粗暴态度也随着寻根之旅被一一揭露,而当萨利认识到自己有着一半土著血统时,寻根之旅也就有了寻求自我和家园的多重蕴意。而这种失去感和无归属感也更加激发了她寻求土著身份的动力。在小说中,最终被重新找到的"家园"并没有能够很好地解决或者说改变不公的现实,因为摩根发现这个历经艰辛找到的家园已经是历史的、过时的、不复存在的家园。也就是说,"这个被找到的过去并没有能够成为她重建新身份的古战场,过去只不过是一切无法改变的、逐渐被遗忘的屈辱史"①。所以从这个意义上说,这部小说与其说是一部描写土著人屈辱史的小说,还不如说是一部关于欧洲移民对于来到这个新奇大陆上的恐惧心态的展示。这部小说从土著居民和欧洲移民两个角度分别展现了身份迷失和寻根的主题,摩根也终于体悟了自己处于两种文化的边缘的迷茫与痛苦。这部小说,如果单从土著性来看,其批评笔触和态度要比约翰逊的《野猫掉下来了》温和许多。而小说结尾,摩根为她逝去的祖母祈祷的时候说:"上帝啊,你一定知道我的祖母嫡(Nan),你知道我们很爱她,她准备去了,我们知道你一定给他准备好了位置,一个可以让她坐下来可以吹口琴的大桉树。"②这里将土著人的希望和位置寄予于天堂,也即,土著人在这片本属于自己的土地上,却没有了自己的一席之地。虽然生活在自己的土地上,"自己"却变成了白人的"他者",其对身份危机的焦虑感弥漫着整个文本。

但是土著作家寻求个人、民族和文化的属性,强调历史的重构,并不是要用黑人的反话语来取代白人的历史叙事。他们"运用所谓'白人的形式'来写本地的故事;不断把本土与侵略者的文化创造性地编织成一体;跨越既定的记载,去掉固定的观点;用土著人所谓的'胡说八道'或'屁话',将幻想同幽默相结合"③。尽管他们认为保留土著文化传统十分重要,但同时也不否认与白人入侵者文化的共谋关系:土著人两百多年的历史与白人入侵者脱离不了干系,土著性是澳大利亚的一个组成部分,是一

---

　　①　Hills, Edward. "'What Country, Friends, Is This?': Sally Morgan's *My Place* Revisited." *The Journal of Commonwealth Literature* 32 (2), 1997: 105.

　　②　Morgan, Sally. *My Place*. Fremantle: Fremantle Arts Centre Press, 1987: 356.

　　③　艾勒克·博埃默. 殖民与后殖民文学. 盛宁、韩敏中译. 沈阳:辽宁教育出版社、牛津大学出版社,1998:264。

种对于相互冲突和杂交性文化归属的认可。正如《沃拉迪医生承受世界末日的良方》里的同名主人公所说："我们现在必须变得圆通活络一些，多找同盟军，而且要认天命。"①这种既没有一味批判白人，也没有完全掩盖土著人自身弱点的态度，显示出土著作家宽容的胸怀和积极适应现实的灵活性，同时也表明他们对白人文化主导性的无奈和对澳大利亚多元文化的某种认同。"土著作家就像门神一样，他有两副面孔，一副面向过去，另一副面向未来，而他自己则存在于后现代的多元文化的澳大利亚。"②

土著作家使用"白人的形式"来构建自己的民族叙事，一方面反映了白人文化的强势主导地位和土著文化的沉沦没落，另一方面也是土著作家反击白人文化的手段。他们使用白人的语言或叙述模式并不意味着法侬所说的"接受了一种文化"③。虽然"殖民者的语言包含着殖民主义的价值观，它会制约人们的表达，使文化自卑情结阴魂不散"④，但他们更多地使用白人的形式来表现土著民族本真性的内容，从而使土著文化在主流文化中得以展现和传播，并在澳大利亚多元化的社会中拥有一席之地，所以他们在被"西化"的同时，也使殖民者了解到土著民族的历史、神话和艺术传统，在控诉殖民者文化暴行的过程中，向世人展示了土著民族的坚韧与宽容。从某种意义上讲，在后殖民主义的语境下，土著作家的反话语——更加真实的历史叙事和民族叙事具有"逆他者性"，即利用殖民者的语言、叙述模式来反击殖民文化，使长期患有"失语症"的土著民族恢复了应有的声音。

毫无疑问，土著文学是澳大利亚整个文学不可或缺的一部分，并在后殖民主义的语境下显示出了其勃勃生机，而土著文学中关于"剥夺、归属、寻根"等痛苦记忆的反复言说，也必将在当前后殖民话语中寻得新的话语机会，后殖民思想对于殖民思想的继承与拓展预示着土著文学在新的背景下对传统的继承与拓展。与此同时，不可否认的是，土著文学的发展与繁荣对白人文学产生了相当的影响，不少作家如帕特里克·怀特、凯里、基尼利、马洛夫和米勒等都从土著文化中汲取营养，创作了富有澳大利亚

---

① 艾勒克·博埃默. 殖民与后殖民文学. 盛宁、韩敏中译. 沈阳：辽宁教育出版社、牛津大学出版社，1998：263.
② 同上书，第 266 页。
③ 同上书，第 237 页。
④ 同上书，第 238 页。

特色的作品,在世界文坛上获得了很高的荣誉。同时,土著作品的美学价值也日益被发现。虽然土著小说的叙述模式多为第一人称的自传体形式,但其内容已从单纯描述土著人与白人殖民者之间的对抗转向关注整个土著民族的命运、文化身份的迷失以及如何与白人主流社会和谐相处的主题上来,并将土著人特有的生活方式,尤其是土著的神话与传奇融入现代文明的历史潮流之中。然而由于白人的殖民统治,土著民族长期处于文化落后的状态,他们的文学尽管在近二三十年来有了较大的发展,但与白人作家相比,他们毕竟还是"欧洲都市文学传统边缘地区的居住者"①。

历史是一个延伸的文本,文本是一段浓缩的历史,历史和文本构成了现实生活的一个政治隐喻,是历时态和共时态统一的存在体。当代澳大利亚白人作家、移民作家和土著作家分别从各自的视角对历史进行了颠覆性解读,既延伸了文本的意义维度,也使文本写作成为当代社会的一种政治讽喻。尽管澳大利亚白人、移民和土著人在历史的沉浮中遭际迥异,但他们都忍受着"身份丧失"的痛苦,常常被殖民帝国描写成"他者"。澳大利亚白人被抛弃的历史,移民族群的背井离乡,土著人遭屠杀、驱赶的经历业已成为他们挥之不去的惨痛记忆。因此,寻找文化归属、寻找家园,成了白人作家、移民作家和土著作家共同关注的主题。然而,由于历史和现实的原因,白人文学、移民文学和土著文学在探讨相似主题时也彰显出不同的民族心理。虽然在后殖民主义的语境下,白人作家表现出前所未有的回归本真性的历史责任感和仗义执言的道德操守,其作品也显露出对帝国文本的颠覆性和对土著民族、移民族群的同情,但他们更多地关注白人民族的历史叙事和与新旧帝国文化之间的关系,土著文化、移民文化充其量只是他们建构文化身份时所塑造的一个"他者"。一方面,他们与土著文化、移民文化结成同盟,以示与帝国话语的决裂,从而在历史的坐标中重新确立自我的位置;另一方面,他们在向土著文化、移民文化施舍同情之际,柔性地塑造一个"他者"形象,以愈合内心深处遭帝国歧视的伤口,从而确立起在澳大利亚多元文化话语空间的主导地位。土著作家尽管在控诉和抵制白人殖民统治中表现出革命者的勇气,但由于长期所处的弱势地位,其呐喊声早已淹没在多元文化的喧嚣中。移民文学是

① 黄源深.澳大利亚文学史.上海:上海外语教育出版社,1997:591。

夹在两种文化之间的"无根"文学，作家们努力将他们所经历的文化分裂转化为抚平裂痕的家园梦想和熨帖人心的抒情篇章，其非此非彼的文化认同常常使他们只能在童年回忆、悠悠乡愁中寻找归属与慰藉。也正源于此，澳大利亚白人文学、移民文学和土著文学呈现出不同的张力和美学价值，并拥有不同的文学地位。

结　语

　　战后澳大利亚文学经历了从现实主义到后现代主义文学的转型，并于 20 世纪 70 年代末呈现多元化的特点。这具体既表现在以劳森派为代表的现实主义文学、以怀特派为代表的现代主义文学和以凯里为代表的后现代主义文学三足鼎立的局面中，也表现在白人文学、移民文学和土著文学的主题创作和叙事风格里，而后者则在后殖民主义语境下形成了澳大利亚"多元文化狂欢"的独特景观，共同汇集于世界范围内的后殖民文学勃兴和全球化渐起的大潮之中。尽管 20 世纪八九十年代的澳大利亚文学依然习惯于在南半球偏安一隅，甚至欧美文学理论的喧嚣与骚动在澳大利亚也姗姗来迟，但一大批具有国际视野的作家，凭借其敏锐的观察力，开始在其文学创作中融入全球化因素或者以全球化的眼光来反映澳大利亚多元文化的内外关系。多元文化是全球化进程中的一个必然现象，甚至可以说是全球化的一部分，从这个意义上来说，多元文化的文学表征就是彰显全球化的一个例证。

第二节　多元文化视野下的当代澳大利亚诗歌

　　澳大利亚诗歌是澳大利亚文学的重要组成部分，在过去两百多年尤其是二战后取得了不菲的成就，呈现了多元化发展的趋势。正如李尧在《21 世纪澳大利亚文学：多元文化下的发展》[①]一文中所指出的，千禧伊始，在"新自由主义"和经济全球化的背景之下，澳大利亚文学彻底摆脱了所谓"文化自卑"，展现出其独有的魅力和蓬勃的生命力。王国富在 1997

---

　　① 李尧. 21 世纪澳大利亚文学：多元文化下的发展. http://www.chinawriter.com.cn/n1/2020/0814/c433142-31822404.html. 2023 年 9 月 24 日访问。

年的论文《移植和创新——澳大利亚诗歌 200 年发展》[①]中将澳大利亚诗歌发展大致分为四个时期,其中第四个时期是 20 世纪 60 年代以来的现代主义时期。然而,跨入 21 世纪 20 余年后,重新审视澳大利亚 20 世纪六七十年代以来的诗歌发展时,我们会发现当代澳大利亚诗歌不囿于现代主义。澳大利亚著名学者罗伯特·迪克森(Robert Dixon)在《国际语境下的澳大利亚文学》(*Australian Literature-International Contexts*,2007)、大卫·卡特(David Carter)在《后殖民主义之后》("After Post-colonialism")中都指出了当代澳大利亚文坛的跨民族转向,并呼吁澳大利亚文学研究需多加察觉盎格鲁以外的文学传统。20 世纪 70 年代多元文化运动发展以来,白人诗歌不仅吸收英美后现代主义写作手法,也接纳其他民族文化,再加上土著、希腊裔、亚裔等少数族裔诗歌的发展势头强劲,使当代澳大利亚诗歌呈多样化、跨文化的繁荣局面。

一、主张融合主义诗学的白人诗歌

澳大利亚诗歌在发展道路和发展方向方面,一直存在本土化和国际化、传统和实验的论争。19 世纪末激进民族主义时期由亨利·劳森(Henry Lawson)、安德鲁·巴顿·佩特森(Andrew Barton Paterson)等人创作的丛林歌谣以及 20 世纪 30 年代由白人发起的诗歌运动"金迪沃罗巴克运动"(The Jindyworobak Movement)都是建构澳大利亚民族文学的有力尝试。与同时期的公报学派(Bulletin School)不同,澳大利亚第一位象征主义诗人[②]克里斯托弗·布伦南(Christopher Brennan)于 19 世纪末至 20 世纪 30 年代创作时,以当时盛行的欧洲现代派文学为楷模,主张抛弃丛林主题、突显世界性主题。随着"新批评"在澳大利亚文坛的影响逐渐扩大,"金迪沃罗巴克运动"日渐衰落,它"追求的本土主义方向到50 年代以后便受到了来自澳大利亚主流文学界的强力抵制和批判"[③]。

主张"新批评"的 A.D.霍普(A.D. Hope)又因对现代主义采取的保守态度与提倡革新的另一诗坛阵营针锋相对。霍普的诗歌主张与 20 世

---

① 王国富. 移植和创新——澳大利亚诗歌 200 年发展.《大洋洲文学》1998 年第 1 期,第 123—141 页。

② Wright, Judith. *Because I Was Invited*. Melbourne: Oxford University Press, 1975: 73.

③ 王腊宝等. 澳大利亚文学批评史. 北京:中国社会科学出版社,2016:3。

纪 20 年代幻象(Vision)运动推崇的诗歌理念是一脉相承的。他们效仿新古典主义风格，坚持诗歌的传统形式。同属保守派的詹姆斯·麦考利(James McAuley)为了抵制现代主义，还与另一位诗人哈罗德·斯图亚特(Harold Stewart)制造了厄恩·马利骗局。① 曾经担任过《幻象》杂志编辑的肯尼思·斯莱塞(Kenneth Slessor)与林赛父子分道扬镳，成为澳大利亚现代派诗歌的先驱。朱迪思·莱特(Judith Wright)高度肯定了斯莱塞在韵律和节奏方面的实验，并指出这为他的诗歌注入了新的活力。② 莱特在评论集《澳大利亚诗歌情结》(*Preoccupations in Australian Poetry*，1966)的多篇论文中声援现代主义，并在诗歌创作中践行形式和主题的革新。她和"68 年的一代"中的教父级人物布鲁斯·比弗③(Bruce Beaver)等人的抒情诗大受欢迎，这预示着麦考利等人推崇的"非个性化"诗歌美学的衰败。

20 世纪 60 年代末，由"68 年的一代"发起的"新诗歌运动"(New Australian Poetry)④继续高举现代主义旗帜，还从美国"纽约派""黑山派"和"语言派"诗歌汲取养分，"竭力主张澳大利亚诗歌要走国际化道路"⑤。1968 年，昆士兰大学出版社发行了其出版史上第一部诗歌集，即罗德尼·霍尔和托马斯·沙普科特(Thomas Shapcott)的《澳大利亚诗歌新律动》(*New Impulses in Australian Poetry*)。这部诗集的问世"标志着澳大利亚诗歌的变化"⑥。导言明确指出，该书的编纂目的是梳理过去十年特别是 1960 年以来，澳大利亚诗歌打开的新局面、开辟的新天地。

1972 年惠特拉姆政府结束"白澳政策"，"多元文化政策"打破了传统的白人男性一统天下的格局，推动了澳大利亚诗歌的多元化发展。女性

---

① 骗局详情参见毕宙嫔. 朱迪思·赖特和解思想研究. 南京：南京大学出版社，2021：230。

② Wright, Judith. *Preoccupations in Australian Poetry*. Melbourne：Oxford University Press，1966：148.

③ McCooey, David. "Contemporary Poetry：Across Party Lines." *The Cambridge Companion to Australian Literature*. Ed. Elizabeth Webby. Cambridge：Cambridge University Press，2000：159.

④ "新诗歌运动"由约翰·特兰特命名。参见 Tranter, John, ed. *The New Australian Poetry*. St Lucia：Makar Press，1979。

⑤ 彭青龙等. 百年澳大利亚文学批评史. 北京：北京大学出版社，2019：169。

⑥ Haskell, Dennis. "Scribbling on the Fringes：Post-1950s Australian Poetry." *The Cambridge History of Australian Literature*. Ed. Peter Pierce. Melbourne：Cambridge University Press，2009：460.

诗人、土著诗人、移民诗人异军突起。尽管"新诗歌"仍然主导诗坛,但也受到了以罗伯特·格雷(Robert Gray)和杰弗里·莱曼(Geoffrey Lehmann)为代表的反实验主义诗人和崛起的女性诗人的挑战。苏珊·汉普顿(Susan Hampton)和凯特·卢埃林(Kate Llewellyn)在《企鹅澳大利亚女性诗人》(*The Penguin Book of Australian Women Poets*,1986)的导言中抨击了女性诗人被边缘化的现象,指出在 1970 年以来的十五部诗歌集中,被收录的女诗人的作品的平均比例只占 17%。

　　二战后,女性作家已成为一支活跃的生力军,驰骋文坛,佳作不断涌现。随着科技的进步、通信技术的发展,澳大利亚不再与世隔绝,与外界的交流越来越密切。欧美风起云涌的女性主义思想也传入澳大利亚,激发了女性的创作热情,促使女性拿起手中的笔书写自己的体验。尽管女性诗人为澳大利亚文学发展做出巨大的贡献,她们因受到主流男性文化的歧视被排斥在文学经典之外。因此,凯特·詹宁斯(Kate Jennings)编选的《母亲,我归根此地:澳大利亚女性诗选》(*Mother,I'm rooted:An Anthology of Australian Women Poets*,1975)具有历史性的开拓意义。可喜的是,约翰·特兰特(John Tranter)和菲利普·米德(Philip Mead)于 1991 年编选《企鹅澳大利亚现代诗歌》(*The Penguin Book of Modern Australian Poetry*)时已考量性别和族裔因素,力求呈现诗歌的多元化发展趋势。

　　1996 年,牛津大学出版社一年内出版了两部女性诗集。苏珊·利弗(Susan Lever)编选的《牛津澳大利亚女性诗集》(*The Oxford Book of Australian Women's Verse*)时间跨度大,涵盖了从早期到当代的 88 位女诗人。而罗斯·卢卡斯(Rose Lucas)和林恩·麦克莱顿(Lyn McCredden)编选的《澳大利亚女性诗歌选读》(*Bridgings:Readings in Australian Women's Poetry*)则重点介绍了朱迪思·莱特、格温·哈伍德(Gwen Harwood)、多萝西·休伊特(Dorothy Hewett)、简·哈利(J. S. Harry)、多萝西·波特(Dorothy Porter)、安妮娅·沃尔维奇(Ania Walwicz)、吉格·瑞恩(Gig Ryan)这七位女诗人。此后的近 20 年,鲜有专门的女性诗歌选。这种现象也许与女性主义思潮在 20 世纪 90 年代末日渐式微有关,像海伦·加纳(Helen Garner)这样昔日的激进女性主义者都趋于保守。即便《母脉:澳大利亚女性诗集 1986—2008》(*Motherlode:Australian Women's Poetry,1986—2008*)于 2009 年问世,但编者詹妮弗·哈里森(Jennifer Harrison)和凯特·沃特豪斯(Kate Waterhouse)也是围绕女性作为母亲这一传统角色,选取了 171 首诗。

　　在女性诗人中,莱特声名显赫,她的诗歌几乎被收录于每一本诗选集。她不仅在澳大利亚国内得到广泛认可,在国际文坛也占有一席之地。莱特和霍普是澳大利亚唯二的获得诺贝尔文学奖提名的诗人;她和霍普、莱斯·默里(Les Murray)、彼得·波特(Peter Porter)的作品被收录在《诺顿诗选集》(*The Norton Anthology of Poetry*,2018)。莱特的《热带雨林》("Rainforest")和《大山》("The Mountain")曾长时间地张贴在伦敦地铁的车厢内。她的诗被译成多国语言,在世界各地广为传播。美国的劳伦斯·布伊尔(Lawrence Buell)、英国的特里·吉福德(Terry Gifford)等世界各地的研究者也都讨论过她的作品。

　　莱特一生创作了三百余首诗,发表了十一部诗集。这些诗全部收录在 1994 年出版的《朱迪思·莱特诗歌全集》[①]。她的创作风格经历了一系列变化。第一部诗集《流动的意象》(*The Moving Image*,1946)题材上触及了时间、生命、交流等现代问题,第二部诗集《女人对男人》(*Woman To Man*)是以女性情爱、生育体验为题材的抒情诗。中期作品有象征主义诗学的倾向,而晚期诗颇具东方韵味[②]。

　　在澳大利亚诗歌本土化和国际化问题上,既是诗人又是文学评论家的莱特颇有见解。莱特提倡澳大利亚作家既吸收英国文化遗产又面对本土现实创作,主张调和欧洲遗产与本地价值两者的关系。《澳大利亚诗歌情结》较为系统地阐明了莱特对于澳大利亚诗歌的观点和态度。她提出"双重情结",即澳大利亚欧裔白人对待澳大利亚土地有两种倾向,一种把澳大利亚看作流放之地,另一种将澳大利亚视为希望之地。莱特发现历史上大部分诗人不能调和这两种情绪,而她自己面对和书写脚下的土地和身边的风景时,起初,也是"双树附我身"[③]。一方面,流放感挥之不去,诗人发出"何处是我家"的慨叹;另一方面,认同感促使她写下饱含深情的

---

① 莱特的诗歌全集有两个版本:Wright, Judith. *Collected Poems*:*1942—1985*. Sydney: HarperCollins Publishers, 1994. Wright, Judith. *Collected Poem 1942—1985*. Sydney: HarperCollins Australia, 2016。

② 毕宙嫔. 意象·俳句·禅佛——朱迪思·赖特晚期诗的东方转向.《当代外国文学》2013 年第 3 期,第 125—134 页。

③ Wright, Judith. "For New England." *Collected Poems*:*1942—1985*. Sydney: HarperCollins Publishers, 1994:22.

诗句:"山茱萸在我的寒血中盛开/果实在我身体里结果,不问季节。"①随着莱特不断深入了解澳大利亚的土地和历史,也有两种截然不同的情绪一直交织在一起:对土地既充满了热爱,又因殖民历史充满了愧疚。她在杂文《割裂的联系》("The Broken Link")中写道:"对被我们侵略土地的热爱、对侵略行为的愧疚,这两根线拧在一起,成为我的一部分。"②或真实或想象的土著幽灵般的存在萦绕她一生,促使她创作了不少有关土著政治和剥夺主题的诗歌与散文。《库鲁拉湖边》("At Cooloola")③很好地体现了诗人热爱与愧疚并存的双重情绪:"在库鲁拉暮色中捕鱼的蓝鹤/捕得远比我们的世纪长呵/他无疑是湖泊和夜的子嗣/至死都披着他们的颜色//而我一个异客,来自征服一族/观望他的湖,他的安详我无以体会/我遭眼底万千心怡之物厌恶/如芒在背,只因一宗旧时杀戮//那些曾被称作库鲁拉的人皮肤黝黑/他们深知土地得失绝不经由冲突鏖战/大地即魂:入侵者将双脚深陷/罗网,鲜血亦因恐惧流干。//沙滨如雪,芦苇飘羽,树千层/蓝鹤与天鹅的澄澈天堂/我们以爱的名义/我明白,掩饰的不过是傲慢的愧疚,无处躲藏//轻踩净沙,周遭鸟兽印足/一根长矛出水般的浮木/凌空刺向我;于是,如同祖父/理当安抚一颗恐惧侵袭的心。"④第一节中,莱特承认土著才是澳大利亚的原住民,第二、三节正视白人屠戮生命、侵占土地的事实。第四、五节她诠释着祖父阿尔伯特和自己的恐惧。恐惧可能是因为害怕被掠夺的土著报复,也可能是因为白人抢夺土著土地的认知产生深重的罪孽感,不安缠绕心底。愧疚感造成诗人无法在这片土地获得百分百的归属感。

　　莱斯·默里与莱特一样,重视澳大利亚本土价值,在作品中呈现澳大利亚的历史风物和土著文化。默里还提出了"融合理论"(convergence theory),期待土著文化、城市文化和乡村文化得以融合⑤。他是澳大利亚

　　① Wright, Judith. "For New England." *Collected Poems: 1942—1985*. Sydney: HarperCollins Publishers, 1994: 23.

　　② Wright, Judith. *Born of the Conquerors: Selected Essays by Judith Wright*. Canberra: Aboriginal Studies Press, 1991: 30.

　　③ Wright, Judith. "At Cooloola." *Collected Poems: 1942—1985*. Sydney: HarperCollins Publishers, 1994: 140—141.

　　④ 戴潍娜主编. 光年(第五辑). 北京:中国社会科学出版社,2022:132。

　　⑤ Murray, Les. *Persistence in Folly: Selected Prose Writings*. Sydney: Angus & Robertson, 1984: 24.

当代诗人、小说家、散文家、批评家、编辑①,被约翰·马克斯韦尔·库切誉为澳大利亚的"同时期诗人佼佼者"和"百种珍宝之一"。② 他的诗歌至今已翻译成 10 余种语言发行,并获得国际上多项奖项。与杰弗里·莱曼合著的诗集《圣栎树》(*The Ilex Tree*,1965)和《沙狐场》(*Dog Fox Field*,1990)分别赢得格蕾丝·莱文诗歌奖(Grace Leven Prize for Poetry);《乡巴佬下等人的诗》(*Subhuman Redneck Poems*,1996)获得 T. S. 艾略特诗歌奖和英国诗歌协会奖等。

莱特以新英格兰高地、塔姆伯林山区和布雷德伍德这三个曾经的居住地为主要创作背景进行风景书写,而默里常以悉尼北部的班亚山谷(Bunyah valley)为背景描绘花鸟虫兽。从小在山谷和农场长大,大地、动植物都是他儿时的亲密伴侣。诗集《了解人类:诗选》(*Learning Human*:*Selected Poems*,2000)和《双平面的房子》(*The Biplane Houses*,2006)涵盖了从民谣到打油诗的多种文体,表达了默里对澳大利亚自然环境的深切热爱。诗集《沙狐场》《猎兔人的赏金》(*The Rabbiter's Bounty*,1991)以表现手法的多样性和对环境的生动描写闻名。1974 年,默里买下班亚山谷的农场后,从悉尼回归家乡居住。儿时父亲失去农场土地的经历使其更能理解失地土著的困境,也促使"他常在诗歌和散文中讨论和歌颂流放和回归本土的故事"③。《桉树林》("The Gum Forest",1977)④一诗表达了他回到桉树林——他的精神家园时的归属感:"当柱子上最后一根线断裂,/我回家了,回到那片桉树林。/这古老而迟缓的战场:褪去盔甲,/撕裂的衣领、衣肘,散落在地上。/桉树林里,老树生新皮/柠檬色和赭色从灰色中显现。"第二组对句中,默里将桉树脱皮现象比作战场,很自然地联结了自然世界和人类世界。第三组对句展现给读者桉树再生的景象,树林的颜色从黯淡转向明亮,充满了活力和生机。默里常被称为"丛林诗人"。但是,正如简·格里森-怀特(Jane Gleeson-White)所说,"他是充满

① 默里曾担任知名期刊《象限》(*Quadrant*)的诗歌编辑(1990—2018)。

② Coetzee, J. M. "The Angry Genius of Les Murray." *The New York Review of Books* 58 (14), 2011:64.

③ Rooney, Brigid. *Literary Activists*:*Writer-Intellectuals and Australian Public Life*. St Lucia:University of Queensland Press, 2009:89.

④ Murray, Les. "The Gum Forest." *Meanjin* 36(1), 1977:76—77.

复杂性和对立面的丛林游吟诗人"①。桉树皮枯萎、脱落、再生,周而复始,生生不息,自带节奏。原始的时间表达,即植物的周期、季节的轮回,体现了土著的非线性时间观。

默里自小深受 Worimi 部落文化的影响。1964 年,作为苏格兰后裔的默里放弃延续加尔文教义的长老会,皈依天主教。《诗歌与宗教》("Poetry and Religion")②一诗传达了默里的诗歌理念,即诗歌是人类与非人类世界、神圣与世俗的纽带;诗人是信使,诗歌是手段:"宗教如诗。他们协调/我们的白昼和梦境,/情感、天性、呼吸和本能反应/组成唯一完整的思想:诗歌。/没什么可说的,直到用文字构想出来/没什么是真的,除了文字。"

默里的诗《布拉德拉-塔里假日循环曲》("The Buladelah-Taree Holiday Song Cycle",1976)③借鉴了土著歌谣《月亮骨循环曲》("The Song Cycle of the Moon Bone")的结构和节奏,将假期时蜿蜒前行的汽车长队比作土著文化中的彩虹蛇(Rainbow Snake):"长窄城的四季,/途经密奥尔湖,/步入北海岸,/惊人的大蛇;/盘桓在山岗,/整夜灼烧着。"通过模仿土著诗歌的形式、采用土著的神话元素,默里表达了被他称为"高级文化"的土著文化的尊重,表明白人对这片土地同样怀有深刻情感。城里人去乡村度假,享受家庭团聚时光,充满了静谧和温馨。

这首诗中,默里呼吁了乡村和城市的融合,以及土著文明与现代文明的和谐共存。还有不少诗也表现了类似主题。《正午斧头人》("Noonday Axeman")和《悉尼与灌木丛》("Sydney and the Bush")等抒情诗结合神话元素,展现了澳大利亚的乡村风光和精神家园。在诗集《等待过去》(Waiting for the Past,2015)中,默里通过大量描写澳大利亚的风景,回顾了自己的乡村成长经历,深刻反思了现代性。

诗歌主题主要以农村、田园、风景为主的另一位诗人是约翰·金塞拉(John Kinsella)。这点单从诗集名称便可见分晓:《抽水后》(After

---

①　Gleeson-White, Jane. *Australian Classics: 50 Great Writers and Their Celebrated Works*. Sydney: Allen & Unwin, 2007: 278.

②　Murray, Les. "Poetry and Religion." *Two Centuries of Australian Poetry*. Ed. Mark O'Connor. Melbourne: Oxford University Press, 1988: 229.

③　Murray, Les. "The Buladelah-Taree Holiday Song Cycle." *The Herald* 7 September, 1976: 17.

Pumping，1999)、《寒冷》(*Cold*，2003)、《新阿卡迪亚》(*The New Arcadia*，2005)、《气球》(*Balloon*，2010)、《果酱树河谷：诗集》(*Jam Tree Gully：Poems*，2012)、《防火带》(*Firebreaks*，2016)、《溺死在小麦里：诗选》(*Drowning in Wheat：Selected Poems*，2016)、《在郊外》(*On the Outskirts*，2017)。

金塞拉的创作主题多源于澳大利亚的历史和环境，高度关注丛林和土地被占有、被控制的现象。他生于西澳大利亚州珀斯，是当代澳大利亚诗人、批评家、小说家。他被哈罗德·布鲁姆(Harold Bloom)盛赞为"想象的天才"，可与约翰·阿什伯里(John Ashbery)、约翰·克莱尔(John Clare)和威廉·巴特勒·叶芝(William Butler Yeats)相媲美。① 自 1983 年出版第一本诗集《夜鹦鹉》(*Night Parrots*，1983)以来，他已经成为当今澳大利亚最具创新性的诗人之一。他的作品获得过许多奖项，包括三次西澳大利亚州州长图书奖、格蕾丝·莱文诗歌奖、约翰·布雷诗歌奖以及 2008 年克里斯托弗·布伦南奖。金塞拉曾在澳大利亚大学和美国凯尼恩学院任教，是澳大利亚《盐巴》(*Salt*)杂志的创刊编辑，同时也是《凯尼恩评论》(*The Kenyon Review*)的国际编辑。他在《另一份传记说明》("An Alternative Biographical Note")中将自己描述为"全世界原住民权利的支持者，土地权的绝对支持者"。他写道："多年来，我一直是个素食主义者、无政府主义者以及和平主义者，坚决支持文化尊重和土著权利，相信精神自由和性别解放，为环保意识和动物福祉而战。"②

金塞拉是深受莱特影响的一位诗人，以反田园诗的形式书写土著失地和环境危机问题。他喜爱浪漫主义诗歌，但在《有澳大利亚田园诗吗？》③("Is There an Australian Pastoral ?")和《激进的西方田园诗可能有吗》④等论文中阐释了他的立场和观点，即澳大利亚只有"毒田园诗"或"反田园诗"。他写道："澳大利亚的田园诗充斥着对峙、认可、对话以及可

---

① Bennie，Angela. "Hooked on Verse." *The Sydney Morning Herald*，5 August，2006：30—31.

② Kinsella，John. "An Alternative Biographical Note." https://www.johnkinsella.org/bio/bio2.html，accessed 25 April，2025.

③ Kinsella，John. "Is There An Australian Pastoral?" *The Georgia Review* 58 (2)，2004：347—368.

④ Kinsella，John. "Can There be a Radical 'Western' Pastoral?" *Literary Review* 48(2)，2005：120—133.

能的和解。"①在他看来,澳大利亚语境下的"伊甸园"是建立在征服、剥夺土著基础之上的。

　　金塞拉将他的生态诗实践描述为"激进的田园主义"②(这是"有毒田园主义"的同义词,也是"反田园主义"的变体)。他也提倡"国际化的地区主义"(international regionalism),既关注全球范围的生态危机,又重视地区性的环境保护。他的环境想象围绕西澳大利亚州麦带区(wheatbelt region)展开。据记载,自 19 世纪中叶以来,白人殖民者在麦带区毁林开荒,肆意砍伐原生植物,培育欧洲庄稼,发展牧场。在中心区域,93％的本地植物被清除,97％的桉树林被毁灭。③ 尽管麦带区遭受了严重的生态掠夺,但还是保留了植物多样性的遗迹,这使得金塞拉能够保持特里·吉福德所说的"与自然的真实联系",同时也令他"颠覆了植物学中田园诗般的传统,并质疑英澳地区破坏植物栖息地的历史"。④

　　约翰·瑞恩(John Ryan)指出,《田园崇拜》("Idyllatry")是最能代表金塞拉激进田园主义理念的诗歌之一。这个标题融合了"田园诗"(idyll)和"偶像崇拜"(idolatry)这两个词,这种对工业技术的盲目崇拜与土著生态意识截然相反。金塞拉曾目睹触目惊心的毁林现象和动物屠杀等生态破坏,他用诗篇痛斥人类的暴行、表达忧伤之情。植物之死是他经常触及的主题:"……约克桉站立着/有白蚁留下的痕迹,果酱树/被槲寄生压低着,一只黑背的风筝/盘旋于死约克桉上方/约克桉,只剩皮和骨头……"⑤

　　金塞拉区分了自然界的两种死亡:人为死亡(androgenic death)和生物死亡(biogenic death)。对他而言,生物死亡是万物进化的基础,生潜存于死,反之亦然。他极力批判工业化农业、动物屠杀造成的人为死亡。他的田园愿景是建立一种更可持续、更合乎道德的人与环境的关系。

---

① Kinsella, John. "Is There an Australian Pastoral?" *The Georgia Review* 58(2), 2004: 348.

② 生态批评家格雷格·加拉德(Greg Garrard)于 1996 年提出"激进的田园诗学",抵制对自然的边缘化、推崇"真正的反霸权主义意识形态"。

③ Bradshaw, Corey. "Little Left to Lose: Deforestation and Forest Degradation in Australia Since European Colonization." *Journal of Plant Ecology* 5 (1), 2012: 109−20.

④ Ryan, John. *Plants in Contemporary Poetry: Ecocriticism and the Botanical Imagination*. London: Routledge, 2018: 202.

⑤ Kinsella, John. *Armour*. Sydney: Picador, 2011: 40−41.

莱特、默里、金塞拉①这三位白人诗人都主张融合主义诗学，既正视澳大利亚的殖民历史和本土现实，又借鉴欧美诗歌传统。他们以土地和环境为媒介，或书写乡村与城市的关系，或探究身份与归属问题，或反思白人对土著土地的剥夺，或表达强烈的环境意识和生态意识。此外，马克·奥康纳②（Mark O'Connor）、马克·特莱蒂内克③（Mark Tredinnick）、朱迪思·贝弗里奇（Judith Beveridge）、格伦·菲利普（Glen Phillips）等白人诗人也都在诗歌中歌颂自然、呼吁环保。

二、书写过去、着眼未来的土著诗歌

澳大利亚土著诗人在 20 世纪 60 年代开始崭露头角，但作为一个创作群体真正崛起始于 20 世纪 70 年代末、80 年代初。随着土著人政治地位的提高、澳大利亚政府对土著文化艺术的重视、多元文化政策的推行，土著文学取得了令人瞩目的成就。凯思·沃克（Kath Walker）、凯文·吉尔伯特（Kevin Gilbert）与杰克·戴维斯（Jack Davis）被誉为"当代土著文学的开创者"④。其中，沃克的影响力最大。作为诗人、教育家、社会活动家、演员⑤，1993 年去世时，她被誉为"伟大的澳大利亚人""澳大利亚最优秀的公民之一""战士"和"国家宝藏"。⑥ 1994 年，凯瑟琳·科克伦（Kathleen J. Cochrane）的《奥德格鲁》⑦（Oodgeroo）和亚当·休美克（Adam Shoemaker）的《奥德格鲁：致敬》⑧（Oodgeroo：A Tribute）记录了这位心怀大义的功勋人物的生平事迹，肯定了她在反抗种族歧视、争取土著权利方面做出的贡献。沃克不仅是第一位出版个人诗集的土著，还是

① 加里·克拉克（Gary Clark）在博士论文《会说话的地球》（"The Articulate Earth"）中，平行研究了莱特、莱斯·默里和约翰·金塞拉这三位诗人作品中折射出来的生态意识。

② 陈正发. 马克·奥康纳和他的生态诗.《外国文学》2013 年第 3 期，第 16—21 页。

③ 刘蓓. 关于"地方"的生态诗歌——马克·特莱蒂内克作品解读.《外国文学研究》2013 年第 1 期，第 35—40 页。

④ van Toorn, Penny. "Indigenous Texts and Narratives." *The Cambridge Companion to Australian Literature*. Ed. Elizabeth Webby. Cambridge: Cambridge University Press, 2000: 29.

⑤ 1978 年参演自传电影《影子姐妹》（Shadow Sister），1986 年参演电影《边缘居民》（Fringe Dwellers）。

⑥ Fox, Karen. "Oodgeroo Noonuccal: Media Snapshots of a Controversial Life." *Indigenous Biography and Autobiography*. Eds. Peter Read, Frances Peters-Little and Anna Haebich. Canberra: Australian National University Press, 2008: 63.

⑦ Cochrane, Kathleen J. *Oodgeroo*. St Lucia: University of Queensland Press, 1994.

⑧ Shoemaker, Adam. *Oodgeroo: A Tribute*. St Lucia: University of Queensland Press, 1994.

第一位在美国出版诗集的澳大利亚人。在莱特（出版商的审稿人）的帮助下，沃克的第一部诗集《我们走了》(*We Are Going*, 1964)得以顺利出版。诗集一经出版，反响强烈，仅在 7 个月内就发行了 7 个版本，销售量达 1 万册。1970 年出版的《我的人民：凯思·沃克诗集》(*My People*：*A Kath Walker Collection*)收录了《我们走了》和第二部诗集《黎明在即》(*The Dawn is at Hand*)的全部诗歌，还增补了一些新诗。戴维斯生于西澳大利亚州的珀斯，是知名诗人、剧作家和活动家，默多克大学和西澳大利亚大学的荣誉博士。戴维斯以其对文学和土著的贡献而被授予不列颠帝国勋章(Order of the British Empire)和澳大利亚勋章(Order of Australia)。虽然他后期的确主要从事戏剧创作，他的诗歌也颇具研究价值。①

　　罗德尼·霍尔的《科林斯澳大利亚诗歌》(*The Collins Book of Australian Poetry*, 1981)首次收录了土著传统歌谣。5 年后，默里的《新牛津澳大利亚诗选》(*New Oxford Book of Australian Verse*)除了收录《土著女性哀歌》("Aboriginal Women's Mourning Songs")，还把沃克的《我们走了》("We Are Going")纳入其中。1988 年，吉尔伯特编选的《在澳大利亚土著内部：土著诗歌选》(*Inside Black Australia*：*An Anthology of Aboriginal Poetry*)彰显了土著诗歌的力量，带有强烈的政治色彩。这部诗选除了收录用英语创作的诗歌，还收录了附上英文译文的土著语诗歌。几十种土著传统语言、克里奥尔语(Kriol)、标准英语、土著英语，都成为土著诗人发出声音、表征自我的载体，也推动土著诗歌呈现出无比的多样性和多元性。

　　1993 年，即世界原住民国际年，第一代土著诗人沃克和吉尔伯特相继离世。此时，一批土著新秀诗人开始活跃在诗坛。这与保罗·基廷政府和陆克文政府为改善种族关系所做出的努力不无关系。在较为包容的当代澳大利亚社会，土著得到了更多接受教育和施展才华的机会。近些年，亚历克西斯·赖特(Alexis Wright)、梅丽莎·卢卡申科(Melissa Lucashenko)等土著小说家接连斩获迈尔斯·富兰克林奖(Miles Franklin Award)。土著诗人取得的成就虽不及此，但也涌现了一大批新生代诗人。"语言勇士"莱昂内尔·G. 福戈蒂(Lionel G. Fogarty)擅长

---

　　① 《澳大利亚文学史》在介绍戴维斯时，以他戏剧方面的成就为主。参见黄源深. 澳大利亚文学史(修订版). 上海：上海外语教育出版社，2014：514—515。

使用不同语言写作;阿里·克比·艾克曼(Ali Cobby Eckermann)、埃罗尔·韦斯特(Errol West)、伊娃·约翰逊(Eva Johnson)、玛格丽特·布雷斯纳汉(Margaret Brusnahan)等人的诗歌述说"被偷走的一代"所遭受的苦难;凯文·吉尔伯特的女儿凯瑞·里德-吉尔伯特(Kerry Reed-Gilbert)常以土地与文化的互动为主题,为土著尤其是女性发声;罗伯特·沃克(Robert Walker)写诗时以切身的监狱生活为素材;珍宁·利恩(Jeanine Leane)抨击了同化政策对她们部落文化的破坏,揭露土著面临的性别和种族的双重压迫;萨姆·沃森(Sam Watson)特别关注冤魂未散的布里斯班西区;艾伦·范·尼尔文(Ellen van Neerven)的《爽心美食》(*Comfort Food*,2016)探讨了身份追寻等传统主题,同时以食物为主线,从感官上打动读者,探索诗歌发展新风向。

然而,土著诗歌的发展并非一帆风顺,这点可以从澳大利亚出版的几部主流文学史窥见一二。两本颇具影响力的澳大利亚文学史中有关当代诗歌的章节不约而同地几乎对土著诗人只字不提。大卫·麦库伊(David McCooey)在收录于《剑桥澳大利亚文学指南》(*The Cambridge Companion to Australian Literature*,2000)的《当代澳大利亚诗歌》("Contemporary Poetry")一章介绍了"68年的一代""79年的一代"和"99年的一代",然而目无土著诗人的存在。虽然《剑桥澳大利亚文学指南》另一章《土著文本与叙事》("Indigenous Texts and Narratives")中提及了了几位土著诗人,但专门的诗歌章节却完全排斥了土著诗歌,可见其发展过程之曲折。2009年,丹尼斯·哈斯凯尔(Dennis Haskell)在《牛津澳大利亚文学史》(*The Cambridge History of Australian Literature*)中的《边缘创作的20世纪50年代后的澳大利亚诗歌》("Scribbling on the Fringes: Post-1950s Australian Poetry")中仍只写了一部土著诗集名称,但未提及具体土著诗人。土著诗人这种被忽视的状况终于在2020年出版的《劳特里奇澳大利亚文学指南》(*The Routledge Companion to Australian Literature*)那里得到极大的改善。

土著诗人既是长期被压制的创作群体,也常是参与反抗白人主流社会迫害的社会活动家。他们的作品也注定积极干预时代生活,具有强烈的政治色彩。第一代土著诗人沃克、吉尔伯特与戴维斯常被贴上"抗议诗人"的标签,他们的诗歌也被贬为政治口号和"创意宣传"(creative propaganda)。但是,在土著处于被表征、被沉默的特殊历史时期,这些言辞犀利、直抒胸臆的"抗议诗歌"无疑在传达土著声音、表征困境和争取自身权益方面发挥着巨大的作用。

土著诗歌的主题之一就是抗议种族主义和殖民主义。沃克的《种族主义》("Racism")、《同化——不！》("Assimilation—No!")、《白色澳大利亚》("White Australia")都表现了这一主题。在《土著权利宪章》("Aboriginal Charter of Rights")中，沃克发出呐喊，要求平等："我们渴望希望，不是种族主义／我们渴望兄弟情谊，不是抱团主义／我们渴望黑人崛起，不是白人至上／让我们平等，而不只是附属／我们需要帮助，而不是剥削／我们渴望自由，不是忧愁／不是控制，而是自立／我们渴望独立，不是遵从／不是对立，而是教育／我们要自尊，而不是顺从／把我们从卑贱的奴役中解放出来／从官僚的禁锢中解放出来。"①

如果说自由诗是沃克的强项，那么戴维斯更善于使用押韵诗控诉白人的暴行。1970 年戴维斯的第一本诗集《头生子与其他诗歌》(*The First-Born and Other Poems*)确立了他在诗坛的地位，该诗集也成为继《我们走了》之后出版的第二部土著诗集。在同名的诗歌《头生子》中，戴维斯以土地为叙述者，指出土著是澳大利亚大陆上的原住民，并指责白人殖民者把头生子赶尽杀绝的行为："我的长子在哪里，棕色的土地叹息着说／他们很久以前就从我的子宫里出来了。／他们是由我的尘土化成的——为什么，为什么他们在哭泣／为什么他们的光芒殆尽？"②诗歌开场以一声叹息"我的长子在哪里"奠定了本诗沉痛的基调，并且这种疑问的语气要求白人反思自己合法性问题。接着，诗歌又以"为什么他们的光芒殆尽"和"我给的律法和传说在哪里"的问句揭示了土著被残杀、传统文化被破坏的现实。总体而言，诗歌以每节"abab"隔行交互押韵的韵脚使其读起来朗朗上口，有助于诗歌的朗诵和记忆。此外，诗歌以反问的语气表达确定的意思，有助于加强语气、发人深思，从而实现质疑和解构白人神话的写作目的。

沃克与戴维斯虽属不同性别，但都高度关注土著境遇，尤其是土著女

---

①　Walker，Kath. *My People：A Kath Walker Collection*. Milton：Jacaranda Press，1970：36.

②　Davis，Jack. "The First-Born." *The First-Born and Other Poems*. Sydney：Angus and Robertson，1970：1.

性的命运。在《贫民窟住宅》①("Slum Dwelling")一诗中,戴维斯以直接的方式揭露了土著当下所面临的困境。"aabb"连续韵的韵脚使得诗歌富有节奏感,且/oi/、/əʊ/、/eə/和/eɪ/等双元音、/iː/长元音拉长了语调,突出了该诗哀婉的语调。这首诗意象丰富:棕色的大眼睛、黑色的澳大利亚小男孩、破玩具、裂开的褐色的光秃秃的墙壁、没有玻璃的窗户、垂死的种族、半死不活的眼神。这些鲜明的意象让读者一下子感受到土著的窘迫处境。在这个"悲伤但是奇怪、引人入胜的地方",孩子们玩着破旧的玩具,诗人发出疑问:"这个三岁的孩子/能摆脱贫困吗?"戴维斯无助且无奈。在戴维斯的笔下,土著是被主流社会排斥、过着贫困生活的边缘群体,还是治安事件中的受害者。正如他在《城市土著居民》("Urban Aboriginal")一诗中所写:"你们用谋杀和强奸的手段玷污了她们的肌肤,/但你们无法让她们的思想白人化;/她们永远是我的孩子,拥有美丽的黑色肌肤。"②作为女性,沃克更能体会土著女性所遭受的屈辱和不公。《黑人未婚母亲》("Dark Unmarried Mothers")一诗淋漓尽致地表现了受到白人强奸的土著女性根本得不到法律的保护;法律只保护白人。遭受性侵的白人女性和土著女性,会因肤色差异得到截然不同的待遇。

　　不同于沃克与戴维斯主要使用"白人的形式",吉尔伯特创作时更多借鉴土著民族口述文学传统,融入了更多土著口语的言语模式。不可否认,沃克的诗歌有时也会使用土著吟诵的重复和节奏,戴维斯有时也将尼翁加(Nyoongah)部落的语言运用到写作中去,但吉尔伯特的诗歌更具鲜明的土著性。他的表达也更加辛辣直接,在批判白人的同时,还指责出卖同族或被动与白人同谋的土著。此外,图图玛·贾潘加尔蒂(Tutama Tjapangarti)等诗人也将土著部落语言和英语融合起来,以土著英语表现土著体验。运用土著英语控诉种族压迫不仅更具战斗力,也更能激起读者对土著文化的追忆。

　　土著诗歌的第二个重要聚焦点便是历史题材,通过再现土著悠久的历史与文化,重塑土著文化身份。沃克在《我们走了》中写道:"我们缅怀

----

①　Davis, Jack. "Slum Dwelling." *The First-Born and Other Poems*. Sydney: Angus and Robertson, 1970: 30.

②　Davis, Jack. "Urban Aboriginal." *The First-Born and Other Poems*. Sydney: Angus and Robertson, 1970: 19.

往昔,我们狩猎,欢乐地竞技,到处营火升起。"这首诗一方面表达了当代土著的失落感和流放感,另一方面也激发了土著对文化归属的追寻。"如今我们在这里倒成了异乡人,但白人才是异乡人/我们属于这里,我们以旧的生活方式生活/ 我们有狂欢舞会和成人圈/ 我们有古老而神圣的仪式,……成人礼圆圈逝去了/ 狂欢舞会逝去了/ 我们走了。"①这首诗的语气和措辞是挽歌式的,第一人称复数的口吻又增强了读者的代入感和共鸣感。狂欢舞会代表着逝去的文化传统和精神支柱,而回旋镖又代表着消失的传统土著生活方式。他们善于发明回旋镖、长矛、掷棒(woomera)等狩猎工具,还建造堰堤和渠道用于捕鱼。采猎经济支撑着土著人口数量保持在一定水平。然而,欧洲殖民者的到来打破了原本平静美好的一切。正如《消失吧回旋镖》("No more Boomerang")所写:"消失吧回旋镖/消失吧长矛/如今都是文明社会/霓虹的酒吧和啤酒//消失吧狂欢会/纵情的舞蹈和热闹/如今我们支付货币/看上映的电影/消失吧狩猎后/猎物的分享/如今我们为了金钱工作/再用钱置换物品//如今我们追随老板/来抓获几个先令/如今我们的丛林徒步/是搭公交去工作//过去我们赤裸着/不知道这是羞愧/如今我们衣装蔽体/来遮掩自己的姓名//消失吧林间小屋//如今是简易平房/受雇佣得来的那点钱/只够借宿二十年//放下石制斧具/抬起钢筋水泥/像黑鬼一样工作不停/从白人那儿挣得一餐//消失吧打火棒/那是白人鄙夷的对象/如今电灯通明却不见温饱生活的来临。"②通过对照两种文明,沃克凸显了土著文化带来的精神富足感,讽刺了白人自诩先进的现代工业化和商业化的社会。沃克另一首诗《白人、黑人》("White Man, Dark Man")抨击了白人自以为是的文化优越感。《我感到骄傲》("I am Proud")捍卫了土著的民族尊严:"我是白人中的黑皮肤,/我骄傲/为我的种族和肤色……但有的东西他们无法掠夺和破坏。/我们被征服但不屈从。/ 我们被胁迫但不卑躬。"③同样地,戴维斯的《头生子》以"我那令人骄傲的黑色人种"为诗歌结尾,表达了他对自己土著身份的自豪感。戴维斯在第二部诗集《贾加杜:来自澳大利亚土著的诗歌》(*Jagardoo：Poems from the Aboriginal Australia*,1977)中积极

---

① Walker, Kath. *My People：A Kath Walker Collection*. Milton：Jacaranda Press, 1970：78.

② Ibid., 32.

③ Ibid., 90.

传达土著的声音、展现他们的文化。

可以说，土著诗人在捍卫土著的民族尊严、恢复民族文化自信方面做出了不懈的努力。她们的文学创作与社会活动相辅相成，互相促进。沃克致力于建立土著文化教育中心，以期重拾土著的文化自信，但面临资金匮乏、昆士兰州土著土地所有权缺失的困难。在莱特的协助下，蒙加尔巴(Moongalba)这个中心在沃克家乡斯特拉德布罗克岛（Stradbroke Island)得以建立。1972年至1977年间，八千多名土著儿童来这里学习，住帐篷、学习土著觅食手段等。只可惜，正如沃克1984年在《悉尼先驱晨报》(*The Sydney Morning Herald*)所控诉的，昆士兰州政府依旧拒绝改变蒙加尔巴的土地所有权，致使这个土著文化教育中心无法存续。[①]1987年，为了抗议建国200周年庆典，沃克归还了不列颠帝国勋章，并改名为奥德格鲁·诺努卡尔[②](Oodgeroo Noonuccal)。

土著诗人虽重视土著历史和文化，但并未沉湎于过去不能自拔。相反，她们在创作时着眼未来、放眼世界。沃克在1964年发表的《希望之歌》("A Song of Hope")中表达了种族和解的美好愿景："抬头看啊，我的同胞，/黎明破晓，/世界正从睡梦中醒来/迎来崭新的好日子，/这时没人诽谤我们，/没有铁制驯服我们，/没有肤色羞辱我们，/我们也不会为嘲讽而沮丧。"[③]诗歌情感强烈，充满正义感。另一首《黎明在即》("The Dawn is at Hand")发表于1966年，即将迎来1967年的全民公投。这首诗重申了土著应有的权利，对未来充满了希望："黑色的同胞，澳大利亚的原住民，/马上你们将手握正当的权利/在这苦苦等待的手足情谊中/不再是边缘的畸零人。//悲哀，悲哀你流淌的泪水/当希望成为愚蠢的翘盼，公正已死。/漫漫长夜是否早已疲劳？抬头看，我的黑人同伴，黎明在即。"[④]

长期处于边缘地位的土著诗人不仅关切自身的命运，还颇具世界意识。20世纪80年代，曾加入共产党的沃克作为澳中理事会代表团成员

① Fox, Karen. "Oodgeroo Noonuccal: Media Snapshots of a Controversial Life." *Indigenous Biography and Autobiography*. Eds. Peter Read, Frances Peters-Little and Anna Haebich. Canberra: Australian National University Press, 2008: 58－59.

② 澳大利亚原住民语言中Oodgeroo意指纸皮树(paper bark)，Noonuccal则是部落的姓。详见Noonuccal, Oodgeroo. "Why I am now Oodgeroo Noonuccal." *The Age* 1987: 2.

③ Walker, Kath. *My People: A Kath Walker Collection*. Milton: Jacaranda Press, 1970: 40.

④ Ibid., 52.

来到中国,高度赞扬拥有五千年璀璨文明的中华民族,因为"她从古老文化中看到了振兴、好客、美丽、艺术和今昔的信仰"①。沃克在 1984 年 9 月 21 日于上海创作的《远离中国的儿女们》中写道:"中国的儿女们! /回来吧,回到家中来吧/祖国在呼唤你们。/北京朝气蓬勃,/焕发着进取的精神。/西安展示出她的宝藏,/而上海正打着算盘忙于经营。/农民们也有了余暇/正在挥毫作画。/返归故土吧! /漂流海外的儿女们。/中国在为她的孩子们哭泣。回来吧,回到家中来吧。"②可见,沃克是胸怀全人类的诗人,正如她在《四海皆一族》("All One Race")中所写:"我是国际的,不拘泥于地方;我生而为人,四海皆一族。"③

三、多元化的跨语言、跨文化书写

20 世纪 70 年代以来,澳大利亚诗歌愈加呈现跨文化、国际化的趋势。二战后,移民数量的激增促进跨文化写作日渐繁荣。少数族裔文学经历了受冷落的五六十年代、开始有影响的 70 年代后,在 80 年代逐步确立和稳固在澳大利亚文坛的地位。当代澳大利亚少数族裔诗歌在创作者背景、形式、主题等方面都趋于多元。在非英裔欧洲移民作家中,希腊裔澳大利亚诗人可谓是最强盛的一支队伍,其中迪米特里斯·查琉马斯(Dimitris Tsaloumas)、安提戈涅·凯法拉(Antigone Kefala)、铁木辛柯·阿斯兰蒂斯(Timoshenko Aslanides)、皮·欧(Π. O,or Pi O)等成绩斐然。其他欧裔澳大利亚诗人也在文坛崭露头角,包括塞尔维亚的莉迪亚·切维柯维奇(Lidija Cvetkovic)④、波兰裔安妮娅·沃尔维奇(Ania Walwicz)、波兰和乌克兰血统的皮特·斯克日内茨基(Peter Skrzynecki)等。20 世纪八九十年代第二次移民浪潮中,澳大利亚接收了为数不少的非欧裔移民。亚裔澳大利亚诗歌已成为可与希腊裔澳大利亚诗歌相媲美的文学分流,涌现了欧阳昱(Ouyang Yu)、梅健青(Kim Cheng Boey)、庄

---

① Wright, Judith. "The Poetry: An Appreciation." *Oodgeroo*. Eds. Ron Hurley and Kathleen J. Cochrane. St Lucia: University of Queensland Press, 1994:182.

② 凯瑟·沃克. 凯瑟·沃克在中国. 顾子欣译. 北京:The Jacaranda Press、国际文化出版公司,1988：33。

③ Walker, Kath. *My People: A Kath Walker Collection*. Milton: Jacaranda Press, 1970: 1.

④ 《当代澳大利亚诗歌选》收录了她的《肉体的暗讽》。参见约翰·金塞拉、欧阳昱编选. 当代澳大利亚诗歌选. 欧阳昱译. 上海:上海文艺出版社,2007。

艾琳（Eileen Chong）、米歇尔·卡荷尔（Michelle Cahill）等一批诗人。少数族裔诗人也为澳大利亚诗坛呈现了更加多元丰富的诗歌形式。查琉马斯的诙谐短诗、皮·欧的表演诗、阿斯兰蒂斯的谜语诗都给读者耳目一新的感受。

英语也不再是族裔诗歌的唯一创作载体，用诗人母语和英语双语写作是突出的文学现象。一方面，这与诗人的个人经历、教育背景密切相关。从中国移民至澳大利亚的欧阳昱既用英语写诗，也用中文写诗。查琉马斯生于希腊的莱罗斯，因该岛曾被意大利统治（1912—1947），他接受了意大利语的正规教育。后因政治迫害于 1952 年移民至澳大利亚，后于墨尔本大学获得学位。他先用希腊语写作，从第三部诗集开始才改用英语写作。现任澳大利亚多元文化作家协会主席的胡安·加利多·萨尔嘎多（Juan Garrido Salgado）出生于智利圣地亚哥。在皮诺切特政府时期，他曾被指控为政治犯并因政治上的激进而受到种种迫害。不仅他的诗歌被烧毁，而且他本人也遭受牢狱之灾。1990 年，他和家人在人道主义项目的帮助下才得以从智利移居至澳大利亚。他用西班牙语和英语写过许多有关社会正义和人权的文章。通晓两国文字与文化，萨尔嘎多成为既写诗又译诗的移民诗人之一。他将约翰·金塞拉、麦克·拉德（Mike Ladd）、朱迪思·贝弗里奇、多萝西·波特、克罗宁（M. T. C. Cronin）、莱昂内尔·福戈蒂等人的英语诗歌翻成西班牙语，为扩大澳大利亚诗歌的国际影响力做了不可小觑的贡献。

另一方面，双语写作的原因，除了有市场因素的考量之外，也与母语写作带给诗人的归属感有关。欧阳昱在《后多元主义澳大利亚中的归属问题》①一文中探讨了几篇华裔澳大利亚小说中归属感缺失的问题。他指出，第一代、第二代华裔移民普遍缺少归属感。那么反观当代澳大利亚诗歌，相当一部分作品表现了新移民的文化失落和思乡情绪。欧阳昱的《墨尔本上空的月亮》（"Moon Over Melbourne"）、《永居异乡》《我的祖国》《流放者的歌》《二度漂流》等诗都表达了跨国越界后关于归属、身份、语言、文化认同等方面的迷茫与思索。

思乡与流放的主题在凯法拉的诗歌中也表现真切。尽管反对将盎格鲁-澳大利亚人与非盎格鲁-澳大利亚人对立起来，肯定自己多元多样的

---

① 欧阳昱. 后多元主义澳大利亚中的归属问题.《华文文学》2021 年第 5 期，第 56—61 页.

身份①,她的诗歌中还是会不自觉地流露出流放感和陌生感。许多移民诗人探寻身份和归属问题,着力表现过去与现在、意识与潜意识、个人与群体等关系。凯法拉在《家庭生活》("Family Life")中写道:"我累了,与一群陌生人/同住一个屋檐下,/期盼永不到来的理解/等待尚未降生的接纳,/无计可施。"②这首诗以第一人称"我"的叙述视角,展现了生活在异国文化的种种艰辛。个体与群体形成对比,凸显出"我"的孤独与苦闷。"我"虽与"他们"一同生活,但并未真正地融入这一集体中,显得自己像一个"异乡人"。这种内心的寂寥却无人可诉说、无处可宣泄。"无计可施"既掷地有声,又无奈至极。诗人传达出澳大利亚移民的呼声,希望得到社会的接纳与认可。

像凯法拉这样的移民诗人提笔写诗时,经常回望过往,以自身经历和本民族文化为写作素材。凯法拉曾说:"我想表达的体验的核心是宿命论的,即我的希腊性。我用简单直接的语言把复杂事物描述清楚。"③她的《女神》("Goddess")、《回忆》("Memory")等诗都直接或间接提及希腊神话。《乡村假期》("Holidays in the Country")是诗集《异乡人》(*The Alien*)的开篇诗,诗人回忆了儿时的乡村旅行,用代表潜意识的梦境将过往与当下联结起来:"梦境中旅行开始了,他们说/在漆黑的房间移动烛火/樱桃酱和罗勒的香气弥漫其中。/我看到他们的影子在墙上移动/竖起耳朵,四周嘎吱作响/恐夜幕已悄然降临,/寂静的羽毛床单/只留下荒芜的庭院、几只看门犬/和远去的水井。"④樱桃酱和罗勒的香气营造的放松愉悦的氛围,与漆黑的房间和幽暗的夜晚形成对照。"荒芜的庭院""几只看门犬"和"远去的水井"等异域情调的意象营造出一种陌生感。正如斯内加·古纽(Sneja Gunew)所指出的,凯法拉的诗歌建构了移民主体的碎片化,引起一些澳大利亚读者关注他们本该更熟悉的"异质性"。⑤

---

① Tsokos, Michelle. "Memory and Absence: The Poetry of Antigone Kefala." *Westerly* 39 (4), 1994: 51.

② Kefala, Antigone. *The Alien*. St Lucia: Makar Press, 1973: 8.

③ Kefala, Antigone. "Statement." *Poetry and Gender: Statements and Essays in Australian Women's Poetry and Poetics*. Eds. David Brooks and Brenda Walker. St Lucia: University of Queensland Press, 1989: 47.

④ Kefala, Antigone. *The Alien*. St Lucia: Makar Press, 1973: 5.

⑤ Gunew, Sneja. "In Journeys Begin Dreams." *Framing Marginality: Multicultural Literary Studies Carlton*. Melbourne: Melbourne University Press, 1994: 71—92.

　　《乡村假期》描写了"我"回到祖国、旧地重游的经历，而萨尔嘎多的诗歌侧重地理迁徙和文化融合，并不过分强调异质性。他的《在圣地亚哥与尼卡诺尔·帕拉交谈》（"Talking with Nicanor Parra in Santiago"）带领读者在过去和现在穿梭、在智利和澳大利亚之间迁徙："我在巴罗斯·卢卡斯医院出生，/我从未上过大学。/但我仍能在两大洋徘徊。/我把英语诗歌译成西班牙语/我在两种文化和大地之间，搭了创新之桥。"①这首诗是诗人第六部在澳大利亚出版的最新诗集《笔尖上盛开的希望》（*Hope Blossoming in Their Ink*，2020）中的开篇诗。诗歌简洁明了，有一定的自传性和叙事性。在萨尔嘎多看来，诗歌是跨地区、跨文化交流的有效媒介。他在《红辣椒》（"Red Chili"）中践行跨语言、跨文化写作，以英文为主、穿插西班牙语的方式书写。诗歌从日常的吃辣椒小事切入，引发读者对深刻话题的思考："一根细而窄的水果，/红而辣，不用水或酒/你就没法吃。/一座火山在你体内生长/岩浆侵入你的眼睛和舌头/而你已失语。//辣椒 muy picante/你在一条干燥的河流里感到浑身赤裸/被你心中成千上万匹野马/包围// truena, arde y Devora todo/我在花园里吃辣椒/我从山里饮水/就像海鸥，在红海滩上/幸存。"② muy picante 和 truena, arde y Devora todo 为西班牙语，分别指很辣、吞掉火山般的雷。这首诗将吃辣椒的过程比作火山从身体内爆发，喷射出岩浆，还比作在干燥的河流里赤裸，辣椒这样鲜明的红色却只能被抑制在体内，这就好像诗人在智利时空有满腔抱负却无处施展，反遭迫害。诗歌最后，海鸥在红海滩上幸存，就像是诗人最后得以逃离智利一样。作为政治犯的幸存者，他经历了创伤与磨难，创作了不少这类以"幸存"为主题的诗歌。正如王腊宝在《流亡、思乡与当代移民文学》③一文中指出的，并非所有的 20 世纪澳大利亚移民作家都认同祖国、情系故土，甚至还有人为了融入主流社会背弃故土和思乡情愫。

　　萨尔嘎多的诗歌没有表现流亡者的"乡愁"，却也不刻意割裂与母国

---

　　① Salgado, Juan Garrido. "Talking with Nicanor Parra in Santiago." *The Turnrow Anthology of Contemporary Australian Poetry*. Ed. John Kinsella. Monroe: LA Desperation Press Turnrow Books, 2014: 207.

　　② 约翰·金塞拉、欧阳昱编选. 当代澳大利亚诗歌选. 欧阳昱译. 上海：上海文艺出版社，2007: 74—75.

　　③ 王腊宝. 流亡、思乡与当代移民文学. 《外国文学评论》2005 年第 1 期，第 107—115 页.

文化的精神联系,相反地,他化母国文化为自己的创作财富,写出直击人心的诗歌。查琉马斯的诗歌和凯法拉的诗歌一样使用"我"作为叙述者,但超越了个人的移民体验,虽蕴含希腊文化元素,但具有"国际化影响"①。他诸如《献给 A. D. 霍普的诗行》("Lines to A. D. Hope")之类的诗,表达了他对霍普的敬仰,表明他对古希腊古典主义诗歌传统的推崇。最新诗集的名称《特洛伊的海伦和其他诗歌》(*Helen of Troy and Other Poems*,2007)直接使用了古希腊神话的典故。他的诗歌形式不像欧阳昱那般实验、先锋,但他的诗歌内容可以引发不同国别人民的共鸣。在《秋日晚餐》中,查琉马斯以散文诗的形式,描写了希腊式的晚餐,注重美感的呈现:"靠在窗边的桌子/裸露在时间里//餐刀、黑橄榄、一大块面包。/瓶子在黑夜里闪灼//秋天的光,在镜子里,/迎着狂风,迎着汹涌的大海,//艰难岁月里的玫瑰。/我一生的渴望//平淡生活。夜幕降临/不要点燃蜡烛,不要倒酒//这不足以分享/我还没填补我的饥饿。"②这首诗语言简练,意象丰富,语气平和,读来自然流畅。虽然经常被贴上流亡诗人的标签,但查琉马斯并不像很多"澳大利亚移民诗人总是将错位感、疏离感纳入移民体验的一部分"③。这首诗给读者带来的审美感知,超越时空和国界的限制,激荡灵魂、引发共鸣!

可以说,当代澳大利亚诗歌已不再拘泥于从英语圈汲取养分,体现出更明显的国际化特征。由于诗人们空间的迁徙、文化身份的多变,他们的作品自觉或不自觉地反映世界文化多样性。前文论述了当代澳大利亚族裔诗歌中的希腊元素、中国元素、智利元素等。此外,生于伦敦长于悉尼、担任《陆路》(*Overland*)诗刊主编的托比·菲奇(Toby Fitch)受法国超现实主义和达达主义的影响很大。同样生于伦敦、长于悉尼的亚当·艾特肯(Adam Aitken)也因成婚于法国,常以法国风景为背景,并在作品中体现法国文学的影响。由于母亲是泰国人,他的诗歌中也有不少亚洲元素。

结 语

20 世纪 70 年代以来,女性诗人、土著诗人和少数族裔诗人的崛起打

---

① McLaren, John. *Australian Literature*. Sydney:Longman House, 1989:243.

② Tsaloumas, Dimitris. "Autumn Supper." *Meridian* 6(2), 1987:102.

③ McLaren, John. *Australian Literature*. Sydney:Longman House, 1989:241.

破了白人男性诗人在文坛的主导地位。不管是白人诗人,还是土著诗人,抑或是少数族裔诗人,普遍关注身份归属和历史主题。莱特、默里、金塞拉等白人诗人走融合路线,他们的视野既坚守本土,更要面向世界。土著诗歌既借鉴英语诗歌传统,又融合土著文化,捍卫民族尊严,但又突破狭隘观念,胸怀全人类命运。彰显各民族文化特色的少数族裔诗歌更是推动了当代澳大利亚诗歌的多元化发展。多元化、跨文化趋势愈加明显。多种文化混杂交融,彰显澳大利亚当代诗歌的国际化特征。多元并存的当代澳大利亚诗歌犹如"多声部音乐曲",每首诗宛如琴键上一个个美妙动听的音符,回荡在耳际,令人回味无穷!限于篇幅,当代澳大利亚诗歌的跨学科趋势、近些年兴起的都市主题和沙滩主题等话题有待研究者在今后做进一步的讨论。

第三节 本土化的世界主义
——评当代澳大利亚戏剧创作

澳大利亚的文化身份建构是在其不稳的空间及多种族的动态融合中,在本土的与世界的文化的交互与构建中,不断呈现出多样的形态。从20世纪70年代至21世纪头10年间,澳大利亚戏剧的发展承接了"新浪潮"时期的蓬勃,在对本土与世界的观察中,剧作家们的创作在整体上将澳大利亚戏剧的多元性推向了新的高度,呈现出在与世界的纽带中观照本土的特点。跨越边界的民族性、对土著性的关注与回归和对亚洲化的认同和阐释,构成了澳大利亚戏剧中世界主义本土化的内容和趋势。

从20世纪80年代到21世纪的头10年当中,公共领域的两件大事对澳大利亚文化走向具有重大影响:1988年的反英两百周年纪念以及2001年庆祝澳大利亚联邦成立一百周年。关于国家的走向以及原住民土地权的很多悬而未决的问题成了整个社会关注的话题。民族的自我评价、超出预期的经济减退、对女性问题和社会地位的关注、国际政坛的亲和走向、与英国的关系以及对多元文化主义的反馈都成为公共领域关注的主要议题。在文化产业发展方面,自20世纪70年代以来,政府的文化发展计划对澳大利亚戏剧的资助已有将近40个年头,所取得的成就与其中的得失以及未来的发展走向也到了可以总结和预期的阶段。

　　本土化的提法源于霍米·巴巴在对后殖民的观察中提出的本土化世界主义的提法。他强调了孕育在后殖民主义中的一种本土化世界主义，这种世界主义源于边缘文化，充满本土化，指向的是一种理想的自主精神。斯内加在对澳大利亚后多元文化写作的观察中也提出了一种基于本土化的世界主义，这种本土化突出的是全球本土化背景下的边缘题材。这种基于全球文化互动与杂糅不断加深的背景下的对地区文化的观察是世界主义具体化的一个重要呈现。本土化看似与世界主义的处处为家的概念相悖，但实际是对其中概念在时代与空间维度中具体化的升华。在澳大利亚语境中，在经历了20世纪后半叶欧洲影响的式微及21世纪初美国"9·11"事件及其后反恐战争的尴尬及从中凸显出的美国式民主的矛盾，澳大利亚的文化身份建构逐渐从联邦初期对欧洲模式的移植和20世纪对美国的追随转变为基于多态融合的批判性的本土化建构。澳大利亚的文化身份建构是其不稳的空间、多种族的动态融合以及对人性、世界的与西方文化的断层与重构的交互。不稳的空间作为澳大利亚文化的基本出发点，不仅包括地理的、物理的空间，也包括心理的空间，以及由此产生的焦虑对民族心理和文化构成的影响。殖民地时期与自然、恶劣生存环境的共存造就了澳大利亚地方、地理空间对民族心理和文化构成的决定性作用，即使到了今天，独特的环沿海聚居城市布局和广袤、贫瘠无人的大陆中心的地理反差，依旧影响着澳大利亚的文化塑形。而由此产生的多民族融合的动态变迁中的各种表征，在20世纪末至21世纪初突出地表现在对土著性和亚洲化的观察与阐释中，这些观察与阐释引发的后殖民主义批判形成澳大利亚本身的特点。多民族多元文化的碰撞、矛盾及融合带来的是归属感的不断协调与重构，而在此基础上形成的澳大利亚文化身份使得其早已区别于其他英语国家。澳大利亚文化中的融合和开放的特质又不仅仅只是后殖民的，更多的是对世界及群体归属的考量。澳大利亚文化的反叛与独立精神，使得他们在批判和诠释方面独立于英、美，充满了浓厚的政治性。"9·11"后的西方文化重构促使澳大利亚重新审视自己的文化定位，从对美国模式的跟随逐渐转向批判、质疑与基于全球本土化的自我建构。这种批判不仅体现在民众对以美国为首的反恐战争的反对，还有的是澳大利亚对当今世界的看法和解读，其中有焦虑、困惑、恐惧，也有对人性的关切。所有这些因素都成为其动态的身份建构中的重要环节和自身文化特点的集中体现。从统一、同一转变为多元、多样,反思欧洲文化的移植、对土著性重新挖掘以及基于地缘因素上的亚洲化的投射,这些碰撞与交融是对归属感探寻的进一步升华,她不再是满目贫瘠的流放地,也非英国的附属,更不是美国式的多元文化大熔炉。在这种时代背景下,近40年的澳大利亚戏剧的发展中,最显著的特点体现在三个方面:跨越边界的民族性、土著性的关注与回归和对亚洲化的认同和阐释。

一、跨越边界的民族性

澳大利亚戏剧中的民族性关乎主体、文化和跨界的动态联结,是世界主义本土化的最根本的反映。在这种本土化的动态中,人是独立的、单一的主体,具有独特的空间性。主体与空间的交融不仅是跨界的起始点,也是世界主义中主体性、自我意识与民族国家概念的审视基点。在此基础上,文化作为一种变动的常态,不断选择、修正和重塑。去除排他性的文化边界和身份的固定,重新审视差异,将差异当作机会而非问题去对待。作为一种思维结构的世界主义承认他性,将他者视为既平等又相异的伙伴来对待,差异一体化使得跨界成为可能。界线不仅仅以有形的物理形式存在,更是存在于空间和意识上的流动。当界线超越了任何物理的或者可见的分割线时,空间在其自身权限当中,形成界线的范畴或是空间的斡旋。界线的形成和变动与移动性密切相关。缓慢、静止、等待、暂停看似消极,却与更广阔的感官触动相联。跨界与移动提出的是归属与联结的问题。其综合功能包括文化的、政体的、语言的等,这些元素都是差异的放大。界线的核心意义是一个提供进入新的联结的端口,是促成世界主义体验的连接性,鼓励与他者的接触和与差异的协调。无论是被迫的流放还是自我选择的流浪,地方的、民族的性格融于游历者的感知,基于移动性、短暂性和差异性。

自20世纪70年代起,随着政治、意识形态与审美文化的全球化发展,澳大利亚戏剧创作呈现出一个放眼国际来写自己的故事的态势。在这一时期,澳大利亚的戏剧发展形式多样而且主题各异,如戴维·威廉森(David Williamson)的《凯恩之子》(*Sons of Cain*,1985)和《顶级丝绸》(*Top Silk*,1989)。互文、神秘以及末世的主题出现在大卫·马洛夫(David Malouf)的《血缘联系》(*Blood Relations*,1988)、迈克尔·高(Michael Gow)的《孩子》(*The Kid*,1983)和《1841》(*1841*,1988)中。更多的基于地方的和身份认同的作品逐渐成为创作的焦点,土著剧作家的创作和剧作的上演成为一个重要组成部分。从 80 年代开始,女性主义戏剧、同性恋戏剧、社区剧作及演出、土著及多元文化戏剧从边缘流向主流,这些都为戏剧演出的各个方面带来了创新和挑战。

1969 年戴维·威廉森、约翰·罗梅里奥(John Romeril)以及亚历克斯·布佐(Alex Buzo)在悉尼"创建了他们自己特色的另类剧场"①。戴维·威廉森的笔触更加广泛,在吉姆·戴维森对他的采访中,戴维森把他称为"深入部落的故事讲述者"②。作为澳大利亚剧坛的领军人物,威廉森的剧作自 20 世纪 70 年代中期以来常常在州立剧院上演,包括 1974 年在墨尔本剧院(Melbourne Theatre Company)上演的《三个杂耍人》(*Jugglers Three*, 1974),是一部关于越南战争的剧作。著名剧评家约翰·麦克勒姆(John McCallum)将威廉森的集边缘与主流为一体的特色总结为:"作为新浪潮中最富才华的剧作家,威廉森是最成功的,也是在其后期创作中最具争议的一位。"③

约翰·罗梅里奥是最早加入澳大利亚表演艺术团(Australian Performing Group,APG)的成员之一,直到 1981 年澳大利亚表演艺术团的转型结束。在 1970 年他与杰克·西伯德(Jack Hibberd)共同创作了《非凡墨尔本》(*Marvellous Melbourne*)。麦克勒姆这样评论道:"与其他新浪潮作者相比,罗梅里奥一直保持了当初积极的政治热情和行业精神。"④罗梅里奥在 2009 年获得帕特里克·怀特文学奖,这是对他为澳大利亚戏剧所作出的贡献的肯定。《漂浮世界》(*The Floating World*,1975)是罗梅里奥为澳大利亚表演艺术团创作的一部剧,在 1974 年的手推车工厂剧院(the Pram Factory)上演,这是罗梅里奥最著名也是最常上演的一部剧,探讨了澳大利亚在 20 世纪 60 年代与 70 年代的反殖民主义与反战政策。在后来的创作中,罗梅里奥的关注点开始转向对亚太文化的观察及其在澳大利亚文化中的地位与形态发展。

---

① Brisbane, Katharine. *Not Wrong—Just Different: Observations on the Rise of Contemporary Australian Theatre*. Sydney: Currency Press, 2005: 43.

② Davidson, Jim. "Interview with David Williamson." *Meanjin* 38 (2), 1979: 186.

③ McCallum, John. *Belonging: Australian Playwriting in the 20th Century*. Sydney: Currency Press, 2009: 167.

④ Ibid., 155.

到了 20 世纪 90 年代，大多数在六七十年代崭露头角的剧作家已经成为澳大利亚剧坛的中坚力量，同时，他们的创作也不断拓展着澳大利亚民族文化的系谱范围。戴维·威廉森和路易·诺拉(Louis Nowra)继续保持了优质、高产的创作势头。路易·诺拉的《黄金年代》突出了离散文学中融合的障碍。通过纵向上的并置，诺拉将原始与文明的文化状态形成对比，探讨了文化双元性的问题。而在剧终主人公回归丛林既隐喻着美好世界的重新开始，也是对澳大利亚属性中丛林文化的世界主义角度的阐释。

斯蒂芬·西维尔(Stephen Sewell)是一个对政治题材拥有"热忱立场"的剧作家，他的剧作游弋于"戏剧与极端"之间，涉及范围广，结构复杂，通常关注的是资本主义社会的政治与道德的问题。如《欢迎来到光明世界》(Welcome the Bright World，1983)、《空城之梦》(Dreams in an Empty City，1986)以及《盲巨人在跳舞》(The Blind Giant Is Dancing，2016)，这些剧作都涉及背叛、腐败、阴谋以及死亡的主题。麦克勒姆认为这些叙事诗戏剧是"个人的、精神的以及政治的热情的呐喊"，并且认为这些剧作是"他们的时代中最重要的作品"。[①] 西维尔的作品《纳粹德国和当代美国的神话、宣传和灾难：一出三十幕的戏剧》(Myth，Propaganda and Disaster in Nazi Germany and Contemporary America：A Drama in 30 Scenes，2003)背景设定在"9·11"之后的美国，用神秘的剧情和荒诞的形式，折射出现代社会的无世界性和隔离状态的困境。西维尔用他的世界题材戏剧探讨了世界作为一个共同体，在面对理性的缺失中，所要承担起的共同的责任。

奥尔玛·德·格瑞恩(Alma De Groen)的剧作通常着眼于女性主义视角，成为对 20 世纪八九十年代女性主义向纵深阶段发展回应的具体表现。格瑞恩常年旅居于欧洲和加拿大，她于 80 年代初回到澳大利亚，定居在悉尼。《回家》(Going Home，1976)、《职业》(Vocations，1982)以及《中国之河》(The Rivers of China，1987)都首演于此，而其中《中国之河》在 1998 年获得了新南威尔士州州长文学奖最佳戏剧奖和维多利亚州州长文学奖最佳戏剧奖。在 1998 年，格瑞恩获得了帕特里克·怀特文学

---

① McCallum, John. *Belonging：Australian Playwriting in the 20th Century*. Sydney：Currency Press，2009：214.

奖。《中国之河》通过并列的时间进程,将真实与虚构杂糅,共时与多重并置,形成独特的戏剧空间的流变,在不断的"跨界"中提出所属性和连接性的问题,其中所体现的"游牧式世界主义"将家的本土化体现在对空间、时间的超越上。《看见所有事情的女孩》(*The Girl Who Saw Everything*,1993)与《窗后的女人》(*The Woman in the Window*,1999)被认为是"分裂的叙事形式中的杰作"。《邪恶姐妹》(*Wicked Sisters*,2003)则是一部将现实主义与女性主义结合的悲剧,突出了女性所承受的焦虑、疏离、悲哀、背叛和自由选择的缺失。她笔下的角色通常对历史和现实有着批判的视角,反映了在男权之下的女性的抗争。

杰克·戴维斯(Jack Davis)、杰尼斯·巴洛迪丝(Janis Balodis)以及迈克尔·高从20世纪70年代末和80年代初开始创作。他们的作品上演于大舞台和小剧场。除此之外,逐渐成长起来的作家还包括安德鲁·伯韦尔(Andrew Bovell)、罗伯特·休伊特(Robert Hewett)、容·艾莉莎(Ron Elisha)、苔丝·莱西奥提丝(Tes Lyssiotis)、迈克尔·古尔(Michael Gurr)、乔安娜·墨瑞-史密斯(Joanna Murray-Smith)、汉妮·瑞森(Hannie Rayson)、希拉里·贝尔(Hilary Bell)、凯瑟琳·汤姆森(Katherine Thomson)、丹尼尔·奇恩(Daniel Keene)、托波沙·勒纳(Tobsha Learner)、贝特里克斯·克里斯汀(Beatrix Christian)、提莫西·达利(Timothy Daly)、伊莱娜·艾克沃斯(Elaine Acworth)、派塔·墨瑞(Peta Murray)、亚历克斯·哈丁(Alex Harding)、提莫西·考尼格雷夫(Timothy Conigrave)。而伊娃·约翰逊(Eva Johnson)、吉米·切(Jimmy Chi)、威斯利·伊诺克(Wesley Enoch)、黛博拉·梅尔曼(Deborah Mailman)、约翰·哈丁(John Harding)以及罗杰·贝奈特(Roger Bennett)都对土著戏剧的发展做出了杰出的贡献。

理查德·莫菲特(Richard Murphet)从1975年至1981年一直都是澳大利亚表演艺术团的成员,同时他也是一名导演,演出了澳大利亚表演艺术团的很多剧目。值得一提的是,他还是夜班(Nightshift)剧院的成员,该剧院排演的主要是新浪潮的剧目以及从欧洲和美国引进的剧目。以先锋剧以及形体剧为主,强调的是以形象和声音为基础的审美。莫菲特写作的剧本《快速死亡》(*Quick Death*,1999)和《慢爱》(*Slow Love*,2002)分别在1978年和1983年首演,两部作品的题材与表现形式非常新颖,探讨了生命、死亡、浪漫、欲望和爱。《快速死亡》经修改后,在澳大利亚和海外多次上演。

詹妮·坎普(Jenny Kemp)的第一部作品是改编自 D. M. 托马斯作品的小说《白色旅店》(*The White Hotel*，1981)。随后的《晚安，好梦》(*Goodnight Sweet Dreams*，1986)来源于她对于一个梦境的记录。《旷野的呼唤》(*Call of the Wild*，1999)首演于 1989 年，主角是一位年轻的家庭主妇，极力想要打破困扰她的典型中产阶级城郊生活，回归旷野。《记得》(*Remember*，1997)首演于 1993 年，而之后的《黑色丝裙》(*The Black Sequin Dress*，1996)和《依旧安吉拉》(*Still Angela*，2002)则是她的代表作，引起了澳大利亚国内外剧坛的关注。詹妮·坎普的《依旧安吉拉》探讨了流动性中的归属，通过写实与心理表现出地理的空间与民族心理的无中心的焦虑。主人公主体的分裂性切合了异质空间的整合，通过流动的呈现以及影像空间的拓展，探讨了一个超越民族、国家界限的世界主义的自我构成。

坎普的戏剧以文本、设计、声音、投影、动作和舞美见长。剧评家瑞秋·芬谢姆(Rachel Fensham)与德妮斯·瓦尼(Denise Varney)在她们合作的《玩偶的革命：澳大利亚戏剧与文化想象》(*The Doll's Revolution：Australian Theatre and Cultural Imagination*，2005)中认为："坎普是这一革命中的杰出人物，她创造了澳大利亚戏剧的一种新的范式，即女性重新书写文化想象。"① 坎普近年来的代表作还包括《崽猫：一出双极肥皂剧》(*Kitten，A Bi-polar Soap Opera*，2008)和《马德琳：爱之屋的阴影》(*MADELEINE：A Shadow in the House of Love*，2010)。

这一时期戏剧创作的另一特点是，很多剧本直接成为电影剧本，并且很快被拍成电影。比如，汉妮·瑞森的《索伦托旅店》(*Hotel Sorrento*，1995)，路易·诺拉的《柯西》(*Così*，1970)和《光辉》(*Radiance*，2000)，尼克·因拉尔特(Nick Enright)的《乌石》(*Blackrock*，1997)，尼科尔·帕森斯(Nicholas Parsons)的《死去的心》(*Dead Heart*，1997)以及威廉森的《翡翠之城》(*Emerald City*，1987)、《一路北上》(*Travelling North*，1979)和《精彩谎言》(*Brilliant Lies*，1993)。

总的来说，在这 40 多年的时间里，澳大利亚剧坛见证了一个从中心

① Fensham, Rachel and Denise Varney. *The Doll's Revolution：Australian Theatre and Cultural Imagination*. Melbourne：Australian Scholarly Publishing，2005：64.

民族身份叙事不断熔解,到不断加入土著、地方和多种族以及性别身份的探讨。"这是一种选择性的,并且具有非常后殖民主义特点的后现代主义:将现有材料与自我指涉作为策略以描绘澳大利亚多元社会的社会框架图景。"①

二、土著性的回归

澳大利亚土著戏剧创作是近年来澳大利亚剧坛比较受关注的一支。自英国殖民以来,与欧洲文化相比,土著文化的异质性常常超越了国家同化政策的共同性本质。在澳大利亚土著剧作家的笔下,这两种张力之间的冲突所导致的文化断层时常突显。在国家-民族的叙事框架内,土著文学是对澳大利亚主流历史叙事的一种反叙,是土著人民对历史的审视与协调。作为集体记忆的重现,土著文学回归了被压抑的和曾被替代的集体记忆。这种重现作为一个动态的过程,内容、意义、象征以及含义都被诠释、再诠释,充满辩证,构成土著人民身份的基础和特点,是归属感和价值体系的重要构成部分。因此,对于土著戏剧创作的考察也是对澳大利亚文化身份的重要构建。艾林·海赋荣(Erin Hefferon)的《狩猎之地的地理》(*The Geography of Haunted Places*,1994)以及黛博拉·梅尔曼(Deborah Mailman)的《悲伤的七个阶段》(*Seven Stages of Grieving*,1993),不仅在土著剧院 Kooemba Jdarra 上演,还在加拿大、新西兰、英国、南亚国家以及美国得到了巡演。这些剧目有着非常独具特色的视觉效果,内容则多来自自传或者土著的社区故事。

20 世纪 20 年代至 60 年代,澳大利亚政府对土著实行的"同化政策"中最臭名昭著的举措就是将土著和混血土著家庭的孩子强行带走,寄养在白人家庭中,以达到文化同化的目的。澳大利亚戏剧《被偷走的孩子》(*Stolen*,1997)是土著剧作家简·哈里森(Jane Harrison)的代表作。该剧作以澳大利亚 20 世纪 20 年代至 60 年代中"被偷走的一代"为背景,用直接、大胆的笔触讲述了五个土著儿童的成长故事,抨击了澳大利亚政府对土著文化强制性的移除和毁灭,以及这种文化压制最终导致的混乱、错位的归属感。通过批判"遗忘的文化",哈里森抨击了澳大利亚历史中旨

① Gilbert, Helen. *Sightlines: Race, Gender, and Nation in Contemporary Australian Theatre*. Ann Arbor: University of Michigan Press, 1998: 21.

在"洗白"原住民的"同化政策"对土著的隔离和血统改造的荒谬。剧中对家的向往不仅仅是破碎家庭的团聚，更是对土著性的回归和重审，剧作对文化融合的探讨不仅是对不妥协的抗争的肯定，也是对土著文化未来走向的展望，充分体现了文化开放性的特点。

该剧的导演威斯利·伊诺克(Wesley Enoch)是当代土著戏剧舞台上一位出色的导演兼编剧，剧中所有角色都由土著演员扮演。该剧是对澳大利亚政府的官方宣传话语的反叙述，也是对土著人民在欧洲文化殖民澳大利亚220多年后的生存状态和文化多样性的呈现。

这一剧作最早在1993年由伊尔比捷瑞剧团(Ilbijerri)制作演出，于墨尔本边缘艺术节(Fringe Festival)上演，后来经过调整、修改，于1998年墨尔本国际艺术节，由伊尔比捷瑞剧团和墨尔本玩盒剧院(Playbox Theatre)(即现在的迈特豪斯剧场)联合制作。在艺术节之后，该剧在墨尔本连演了七个演出季，之后又在悉尼戏剧院演出。2000年巡演于伦敦的"澳大利亚周"，并且在2002年又一次在伦敦演出。其间，巡演于香港和东京的2002年国际艺术节的澳大利亚主题展。在2002年至2003年间，该剧又回到墨尔本的迈特豪斯剧场再次演出。该剧的轰动标志着对澳大利亚土著相关问题的关注。它获得了澳大利亚作家协会的AWGIE奖提名，同获凯特·查利斯RAKA奖(Kate Challis RAKA Award)，以及在版权局文化基金奖学金国家奖的个人创作部分获得"对澳大利亚文化的出色贡献"评语，并且被编入维多利亚州教育证书和新南威尔士州高中毕业证书的英语和戏剧书目。

澳大利亚土著文学逐渐进入大众视野是从20世纪20年代后期才开始的。土著用他们自己的语言编撰口头文本已有几千年历史。这些口头传统是澳大利亚土著的文化传承的重要组成部分，但直到20世纪60年代和70年代随着澳大利亚多元文化主义的推行以及一系列政治和法律上的举措，澳大利亚土著文化在澳大利亚历史中的地位才得到更多的承认：1962年澳大利亚土著第一次被授予选举权；1965年一小队澳大利亚自由骑士(其中包括土著和非土著)，模仿美国自由骑士运动，在澳大利亚偏远地区勘察当地土著受歧视情况；1967年的全民公决中，压倒性的多数选民认为澳大利亚土著应当被包括在人口普查中。而在1988年澳大利亚反英两百周年的活动中，大众的注意力逐渐集中在了土著身上，他们的历史、文化和文学成为人们关注的热点。这对于土著作家来说是一个至关重要的时刻,正如学者凯·谢弗(Kay Schaffer)所说:"直到 20 世纪 70 年代,澳大利亚的土著人民才找到能够让他们的文学作品走进公众的论坛,并且有非土著的观众愿意倾听。"①

这种由殖民和种族主义带来的痛苦和创伤,让很多人选择用写作作为武器来克服过去的不公,治疗心灵的创伤。但是他们面临的最大的问题是:很少有公共的场所让他们讲述自己的故事,也没有机会去纠正很多历史书中错误的记载。直到 1988 年反英两百周年之际,整个澳大利亚社会对国家历史的反思给了土著作家前所未有的机会,让他们的作品为更多的读者和观众所接触。其中关于"被偷走的一代"的作品包括萨利·摩根(Sally Morgan)的《我的故乡》(*My Place*,1987)、多瑞丝·皮尔金顿·加里马拉(Doris Pilkington Garimara)的《嘉布瑞斯:一个仓库管理员的女儿》(*Caprice*:*A Stockman's Daughter*,1991)以及约翰·穆克·穆克·伯克(John Muk Muk Burke)的《三角之桥》(*Bridge of Triangles*,1994)等。

凯伦·凯恩-琼斯(Karen Kaine-Jones)指出澳大利亚土著戏剧的三个特点:"首先是对澳大利亚历史的重审,包括和突出土著群体的生存历程;其次,质问白人社会的价值观并与土著价值观相比较;最后将这些关注用现实主义形式表现出来。"②这些特点联合起来就构成了澳大利亚土著戏剧独特的核心视角。其中,现实主义与政治内容的紧密结合可以说是土著戏剧的最大特点。

土著戏剧对于"忘却的文化"是一种有力的反叙。海伦·汤姆森(Helen Thomson)指出:"在澳大利亚文化中,忘却是一种政治性的策略,使得忘却成为殖民社会的特点。"③而源自土著剧作家,尤其是被双重压迫的女性土著剧作家的作品"具有足够的力量挑战这种政治性的忘却"④。马克·马尔福(Marc Maufort)指出:"土著戏剧主张的是一种完

①　Schaffer, Kay. *Women and the Bush*: *Forces of Desire in the Australian Cultural Tradition*. Cambridge: Cambridge University Press, 1988: 5.

②　Kaine-Jones, Karen. "Contemporary Aboriginal Drama." *Southerly* 48(4), 1988: 437.

③　Thomson, Helen. "Aboriginal Women's Staged Autobiography." *Siting the Other*: *Revisions of Marginality in Australian and English-Canadian Drama*. Eds. Marc Maufort and Franca Bellarsi. Brussels: Peter Lang, 2001: 23.

④　Ibid.

全不同于欧洲的文学传统的世界观。……澳大利亚土著剧作家们希望提供一种被忘却的历史的新的视角,这种视角驳回的是白人殖民者的偏颇的观点。"①亚当·休美克在对"土著性"的定义中也指出"土著性(aboriginality)指传统的澳大利亚黑人文化的传承。这种传承包含着对未来的动因以及对骄傲的过去和尊严的维护。但是,土著性是在以欧洲文化为主流语境的澳大利亚文化中的一种反叙:是一种对'白澳'社会独统一致的积极的反应/反作用"②。约翰·麦克勒姆指出,在澳大利亚戏剧中,历史的重要性在于三个方面:"庆祝过去,重审过去和过去作为现时的存在。"③在当代土著戏剧中,过去意味着以英国为主的欧洲主流文化对土著文化的有意的压制和利用国家机器所进行的强制的忘却,而现时则意味着对忘却的历史的重新挖掘。

三、亚洲化的认同和思索

世界主义主体并不只是在两种文化间徘徊。这种主体具有文化二元性,能够在两个或者更多的并行的文化系统中处于平等并保持批判的距离,在其中实践,并不以牺牲任何一个文化为代价。在主体的自我生成中达到跨界、流动的繁荣。

早在 1945 年,对于澳大利亚应该如何看待与亚洲的关系就已经被经常提起。厄内斯特·伯格曼(E. H. Burgmann)就曾呼吁:"我们必须提醒自己,在地理上,我们是属于东方,我们不是欧洲。我们是一块离东南亚很近的大岛屿,是东方世界的一部分。"④伯格曼说这话的目的是驳斥长久以来根植于澳大利亚民族文化中的种族主义。在 45 年后,杰米·麦克伊(Jamie Mackie)做了一个类似的阐述:"对于这样一个最基本的事实是不会有异议的,那就是澳大利亚就是位于东南亚的南边。自从殖民时

① Maufort, Marc. "Forging an 'Aboriginal Realism': First Nations Playwriting in Australia and Canada." *Siting the Other: Re-visions of Marginality in Australian and English-Canadian Drama*. Eds. Marc Maufort and Franca Bellarsi. Brussels: Peter Lang, 2001: 8.

② Shoemaker, Adam. *Black Words, White Page: Aboriginal Literature 1929—1988*. Canberra: Australian National University Press, 1989: 232.

③ McCallum, John. *Belonging: Australian Playwriting in the 20th Century*. Sydney: Currency Press, 2009: 149.

④ Burgmann, Ernest H. "Australia—A Part of Asia?" *Modern Australia in Documents Volume 2: 1939—1970*. Ed. F. K. Crowley. Melbourne: Wren, 1973: 173.

代结束后,我们的政治目标,经济前景都不可阻挡地与亚洲主要国家的发展息息相关。"①

20世纪80年代起,澳大利亚逐渐意识到对于亚洲的观念必须改变。因此,从80年代到90年代,出现了所谓的"转向亚洲"(turn to Asia),其原因当然是基于日益增长的移民所带来的多元文化主义以及对澳大利亚经济的未来与亚洲经济密不可分的认识。

21世纪以来,随着国际旅行、贸易和移民的增加,以及学术领域历史、现状探讨的加深,澳大利亚与亚洲各国的联系更加紧密,亚洲形象不再只是消极被动的。当然,一个文化身份的形成并不是一个一成不变的过程,对于澳大利亚来说,它的文化身份的构建一直处于一种协商的状态,从一种单一身份转向国家的概念。地方不仅仅只是地图上的名称,更是有关时间和空间的拓扑学。在对待与亚洲关系的问题上,澳大利亚时不时凸显出的不安全感源于其对于与亚洲相关的经济力量和种族、文化、性别和政治身份的焦虑。对于亚洲的地理上的接受预示着对于与亚洲双边关系的重新考量。

在这种背景下,"澳大利亚作家们尝试着去重新定义澳大利亚文化的坐标,但他们意识到他们与亚洲邻居相隔的可能不仅仅是文化的差异,还可能是长期以来西方有意识地留下的对亚洲印象的固化和神秘"②。再加上亚洲移民几代以来对于澳大利亚文化的影响,因此,作为一个充满想象力的亚洲,对于澳大利亚作家来说,"也许要做更多来对其形态给出定义,而这一做法是之前从未做过的事情"③。

大多数与亚洲的关联都是外交的或是经济的,但随着对亚洲的关注增加,艺术领域也有了快速的发展。到了20世纪90年代后期以及21世纪的头10年中,对于亚太地区的关注明显地多了起来,这些跨文化主题应运了时代的变迁,比如像《爱的自杀》(*Love Suicides*,1997)、《田中小姐》(*Miss Tanaka*,2001)以及《东京亨利》(*Tokyo Henry*,2002)等都为澳大利亚戏剧的新方向带来影响。

---

① Mackie, Jamie. "East and West: The Best of Both Worlds." *Australian* 15(11),1992:11.

② Lo, Jacqueline. "Queer Magic Performing Mixed Race on the Australian Stage." *Contemporary Theatre Review* 16(2),2006:132.

③ Koch, Christopher J. *Crossing the Gap: A Novelist's Essays*. London: The Hogarth Press, 1987:104.

　　与此同时，流动性的加强带来了对移民的关注，比如威廉·杨（William Yang）的《悲伤》（Sadness）和《北方》（The North）。杨是一位出生于澳大利亚的华裔艺术家，其剧作主题常围绕他的中国身份与家族历史展开。这些作品通过集体叙事与个人记忆的融合，在舞台上呈现破碎的历史图景，并探索性别、种族及地域身份等议题。

　　约翰·罗梅里奥的《田中小姐》充分运用了日本戏剧美学中的纸偶、意象象征等技巧，展现了在澳大利亚这个多元民族的社会中，亚洲文化与以盎格鲁-撒克逊为代表的欧洲文化之间的冲突。剧作不再遵循亚洲固有的刻板形象，而是承认差异，融合多元，在对家的回归的体认中，将独具澳大利亚属性的文化多元性巧妙地融合于主人公对美好世界的诉求。

　　除了剧作家的创作外，各大艺术节的举办也为文化的交流与融合提供了有利的条件。例如布里斯班每三年举办一次的亚太当代艺术节，1994 年以亚洲为中心的阿德莱德艺术节，每年举办的亚洲-太平洋地区电影节以及由墨尔本的玩盒剧院和悉尼贝尔弗瓦大街剧院（Belvoir Street Theatre）联合举办的亚洲戏剧节。

　　而澳大利亚的跨文化表演在形式、内容和文化影响上也是非常广泛，譬如：1992 年由铃木忠志（Tadashi Suzuki）执导的《麦克白的编年史》（The Chronicles of Macbeth）、萨丽·苏斯曼（Sally Sussman）的《东方利亚》（Orientalia，1995）、禅禅祖剧团（Zen Zen Zo）在 1996 年上演的《狄奥尼索斯的仪式》（The Cult of Dionysus）、堪培拉青年剧团、堪培拉青年之风合奏团以及越南宋诺水木偶剧团（the Song Ngoc Water Puppetry Troupe）在 1997 年合作的《水的故事》（Water Stories），等等。

　　澳大利亚剧坛主流也逐渐对亚洲题材感兴趣。玩盒剧院自 20 世纪 70 年代末就已经开启与亚洲主要国家的跨文化交流项目，该剧团还制作、上演具有亚洲影响力的演出。他们逐渐加深与亚洲的联系，自 1991 年至 1995 年举办了亚洲-澳大利亚戏剧节，开启了每年的以亚洲-澳大利亚为主题的剧本创作比赛。

　　悉尼的贝尔弗瓦大街剧院自 1993 年就开始了每年一度的亚洲戏剧节，该戏剧节是澳大利亚-亚洲艺术节的一部分。贝尔弗瓦大街剧院与新南威尔士嘉年华合作，在 1996 年发起了亚洲-澳大利亚青年剧作家奖。一些小剧团如 Entr'acte 自 20 世纪 90 年代初开始就一直在尝试将日本与印度尼西亚的表演传统融入戏剧创作中。其间，越来越多的有关澳大利亚与亚洲关系的剧作出现在主流舞台上,包括吉尔·谢瑞(Jill Shearer)的《什马达》(*Shimada*,1989),彼得·寇普曼(Peter Copeman)的《心灵和思想》(*Hearts and Minds*,1992)和《斯纳库罗》(*Sinakulo*,1995),安娜·布若诺瓦斯基(Anna Broinowski)的《隔阂》(*The Gap*,1993),诺尔·洁纳斯瓦丝卡(Noëlle Janaczewska)的《水的历史》(*The History of Water*,1995)和《马达加斯加百合》(*Madagascar Lily*,1997),希拉里·贝尔(Hilary Bell)的《财富》(*Fortune*,1993),黛博拉·颇拉德(Deborah Pollard)的《母语干扰》(*Mother Tongue Interference*,1995)和朱丽·简森(Julie Janson)的《莲花的战争》(*Lotus War*,1995)。

而在一些澳大利亚亚裔作家的笔下,"混合"成为他们作品的典型特征。这种"混合"扰乱、解域了对于亚洲或者澳大利亚的身份历来认为的同质性和固定性的假设,指示着一种"正在形成的澳大利亚亚洲性,一种处于中间地带的领域,之前的所有准则都无法奏效"[1]。

加瑞斯·格里菲斯(Gareth Griffiths)认为像约翰·罗梅里奥这样的剧作家展示了"澳大利亚与亚洲以及世界其他国家的关系都有着自己的历史,远比那些固定的刻板印象要复杂得多,并且,一旦离开了当前的多民族,国际的政治经济联系,是无从谈起的,正是这些联系纽带使得这些印象形成,而这些印象也最终从属于这些纽带"[2]。

正是这种复杂性使得文学作品可能蕴含着"自我的反驳"。在丹尼斯·波特(Dennis Porter)看来,我们应该考虑"一个位于西方和非西方文化之间的文本对话的可行性……即一种可以将主体-客体关系转换的对话,这样我们才有可能将我们自己阅读为我们的他者的他者,从而取代一种真理生成的地方概念,即一种知识总是相对的和暂时的"[3]。

---

[1]　Trinh, T. Minh-ha. *When the Moon Waxes Red: Representation, Gender and Cultural Politics*. New York: Routledge, 1991: 157.

[2]　Griffiths, Gareth. "Unhappy the Land that has a Need of Heroes': John Romeril's Asian Plays." *Myths, Heroes, and Anti-Heroes: Essays on the Literature and Culture of the Asia-Pacific Region*. Eds. Bruce Bennet and Dennis Haskell. Perth: Centre for Studies in Australian Literature, University of Western Australia, 1992: 148.

[3]　Porter, Dennis. "Orientalism and Its Problems." *The Politics of Theory: Proceedings of Essex Conference on the Sociology of Literature*. Eds. Francis Barker et al. Colchester: University of Essex Press, 1982: 181.

结　语

跨界的民族性、对土著性的审视和对亚洲化的接受是澳大利亚戏剧创作中世界主义本土化的具体呈现。在多元文化的模态中，文化的差异被认同，与本土的融合、再生，构成了澳大利亚独有的文化形态，也继续书写着澳大利亚戏剧的新发展。

第二章
在多种历史文化记忆中追问澳大利亚身份

　　第二章是对澳大利亚身份的追问。这一章包括八节。所涉作家及其作品包括彼得·凯里与小说《凯利帮真史》、理查德·弗拉纳根与小说《曲径通北》、托马斯·基尼利与小说《辛德勒方舟》、雪莉·哈泽德与小说《大火》、亚历克西斯·赖特与小说《卡彭塔利亚湾》、凯特·格伦维尔与小说《神秘的河流》、戴维·威廉森与戏剧《唐家聚会》，以及凯文·吉尔伯特的神话诗歌等。澳大利亚身份一直是澳大利亚文学的中心议题，长久以来，文学界普遍认为，澳大利亚人被隐藏在其内心深处的"文化自卑"所困扰。理解澳大利亚作家对身份问题的追问是理解澳大利亚文学与文化的前提。第一节通过对彼得·凯里的《凯利帮真史》的解读，从新历史主义和后殖民主义文学批评的角度分析了其中所彰显的政治隐喻，即重新书写被殖民帝国所歪曲的澳大利亚民族史和文化身份。第二节以理查德·弗拉纳根的《曲径通北》为研读文本，解读了其中有关战争、战俘、爱情等的书写与叙事，揭示了澳大利亚人对于人性的认知与拷问，展现了澳大利亚的悲悯与宽仁之心。第三节以《辛德勒方舟》中的大屠杀记忆书写为中心话题，探究了大屠杀的文学表征以及辛德勒这一文学形象的历史意义。第四节考察雪莉·哈泽德《大火》中的身份及其世界主义伦理，以身份焦虑、英雄建构与世界主义伦理为主线，解读了作家对身份和现代人文精神的探究。第五节对《卡彭塔利亚湾》中的历史书写予以关注，探讨了土著作家亚历克西斯·赖特对于土著历史的回忆与重现。第六节以《神秘的河流》为例，探究了澳大利亚和解小说的主题，揭示和解文学话语背后的社会文化、历史语境以及文学批评发展的最新动态。第七节则研究了戴维·威廉森的戏剧《唐家聚会》,"奥克神话"是澳大利亚神话在戏剧和银幕上的变体,指出威廉森的戏剧体现了明显的澳大利亚特性,为后来澳大利亚本土戏剧的发展和繁荣奠定了坚实的文化基础。第八节以凯文·吉尔伯特的神话诗歌为主要研读对象,分析了土著诗人笔下所呈现的土著诗歌传统以及吉尔伯特为建构土著身份所做出的贡献。

第一节 《凯利帮真史》:是"丛林强盗"还是"民族英雄"?

【作家简介】彼得·凯里(Peter Carey)是当代澳大利亚文学界的领军人物,是继澳大利亚著名作家亨利·劳森和帕特里克·怀特之后的又一位文学巨匠,被誉为"澳大利亚最有才华和最令人激动的作家之一"①。

1943年5月7日,凯里出生于距离墨尔本市55公里的巴克斯马什镇,是父亲珀西瓦尔·凯里和母亲海伦·凯里三个孩子中最小的一个。凯里的童年就在这个乡间小镇度过的,父亲经营着P.S.凯里汽车销售公司,以推销通用汽车为生。1948—1953年,凯里在巴克斯马什第二十八州立小学读书。十一岁时转学至当时澳大利亚最有名的私立学校——格朗语法寄宿学校。1961年,十八岁的凯里被坐落于墨尔本的蒙纳士大学录取,学习有机化学和动物学。进入大学不久,他便遭遇了一场严重的交通事故,影响了功课和考试,因此他借机提出退学的要求,未竟学业就离开了蒙纳士大学。1962年,凯里在墨尔本的沃克罗伯逊广告公司找到一份工作,专司广告设计。凯里一边工作,一边进行文学创作。

1967年,带着对澳大利亚国内环境的失望和对朋友纷纷赴越南战场的忧伤,凯里离开澳大利亚来到欧洲,寄希望于欧洲文化的熏陶和滋润。在欧洲的三年,他到希腊、意大利、法国、西班牙、爱尔兰等国旅游,但他大部分时间侨居伦敦,靠写广告谋生。闲暇之余,精心创作。在海外漂泊了三年的凯里于1970年回到澳大利亚,着手短篇小说的创作。1990年,凯里移居美国。

虽然凯里不是一位高产作家,但他所出版的每一部小说几乎都是上

---

① Hassall, Anthony J. "Preface." *Dancing on Hot Macadam: Peter Carey's Fiction*. St Lucia: University of Queensland Press, 1998.

品,并屡获澳大利亚国内外文学大奖。凯里的主要作品有短篇小说集:《历史上的胖子》(*The Fat Man in History*,1974)、《战争的罪恶》(*War Crimes*,1979);长篇小说:《幸福》(*Bliss*,1981)、《魔术师》(*Illywhacker*,1985)、《奥斯卡与露辛达》(*Oscar and Lucinda*,1988)、《税务检查官》(*The Tax Inspector*,1991)、《特里斯坦·史密斯不寻常的生活》(*The Unusual Life of Tristan Smith*,1994)、《杰克·迈格斯》(*Jack Maggs*,1997)、《凯利帮真史》(*True History of the Kelly Gang*,2000)、《我的生活如同骗局》、《偷窃:一个爱情故事》(*Theft: A Love Story*,2006)、《亡命天涯》(*His Illegal Self*,2008)、《帕瑞特和奥利弗在美国》(*Parrot and Oliver in America*,2009)、《眼泪的神秘变化》(*The Chemistry of Tears*,2012)、《遗忘》(*Amnesia*,2014)和《漫漫回家路》(*A Long Way from Home*,2018)。其中《幸福》《奥斯卡与露辛达》和《杰克·迈格斯》均获迈尔斯·富兰克林奖,《奥斯卡与露辛达》和《凯利帮真史》获布克奖,《杰克·迈格斯》和《凯利帮真史》获得英联邦作家奖。凯里是布克奖自1968年设立以来世界上两获该项大奖的两位作家之一,另一位是已获诺贝尔文学奖的库切。有评论家认为凯里极有可能像库切一样,问鼎诺贝尔文学奖。

　　本节所论述的作品是他曾获布克奖的长篇小说《凯利帮真史》。

引　言

　　历史题材小说《凯利帮真史》是凯里在20、21世纪之交的又一经典力作,荣获2001年度布克奖。小说的主人公内德·凯利被凯里誉为澳大利亚的"托马斯·杰斐逊"。[①] 这部重新审视爱尔兰后裔在澳大利亚受苦受难史的小说,充满了控制与反控制,压迫与反压迫,颠覆与反颠覆的冲突与斗争。透视这一表层,我们可以看出殖民者与被殖民者此起彼伏的权力消解与转换,从而揭示"硬权力"与"软权力"之间的话语斗争的深层范式。本节拟以凯里的独特文本叙述为切入点,从新历史主义和后殖民主义文学批评的角度解读《凯利帮真史》所彰显的政治隐喻:重新书写被殖民帝国所歪曲的澳大利亚民族史和文化身份。

---

　　① McCrum, Robert. "Reawakening Ned: Robert McCrum Talks to Peter Carey about Wrestling with a National Myth." *The Observer*. Sunday, 7 January, 2001.

一、历史语境

20世纪80年代，新历史主义作为一种注重文化审理的新的"历史诗学"登上了当代的文学论坛。在新历史主义看来，历史是一个延伸的文本，文本是一段压缩的历史，历史和文本构成了现实生活的一个政治隐喻。历史语境使文本构成了既连续又断裂的反思空间。新历史主义不再重视所谓的正史、大事件、领袖人物的叙事，而是通过一些零碎的趣闻轶事，小人物的遭遇、插曲，去修正、改写在特定的语境中居支配地位的文化代码。这种反主流、去中心、反历史的范式的目的就是：打破传统历史-文学二元对立，将文学看作历史的一个组成部分，一种在历史语境中塑造人性最精妙部分的文化力量，一种重新塑造每个自我以至整个人类思想的符号系统。而历史是文学参与其间，并使文学与政治、个人与群体、社会权威与他者权力相激相荡的"作用力场"，是新与旧、传统势力与新生思想最先交锋的场所。在这种历史与文学整合的"力场"中，让那些伸展的自由个性、塑形的自我意识、升华的人格精神在被压制的历史事件中发出新时代的声音，并在社会控制和反控制的斗争中诉说他们自己的活动史和心灵史。①

在殖民地区，处于支配地位的帝国文化代码起到了维系殖民形象、掩盖殖民过程所带来的苦难以及持续同化原来被支配者意识的作用。艾勒克·博埃默指出："帝国的文本暗示了这样一种情况：即一个建立在数百万生命代价之上的世界体系，是怎么凭借着神话和喻象使自己合法化，而同时又把其中所包含的苦难掩盖起来。所以，关于殖民活动的文字有其特别的重要性，它揭示了那个世界体系如何把其他民族的沦落视为当然，视为该民族与生俱来的堕落而野蛮的状态的一部分。但由于一切都归于僵化的类型定式，对于本土人的描述往往就掩盖了他们的动因、多样性，他们的抵制、想法和声音。"②

---

① 朱立元主编. 当代西方文艺理论. 上海：华东师范大学出版社，1997：396。
② 艾勒克·博埃默. 殖民与后殖民文学. 盛宁、韩敏中译. 沈阳：辽宁教育出版社、牛津大学出版社，1998：22。

　　凯里笔下的《凯利帮真史》是力图打破帝国文化代码的又一尝试。[①]
小说虽然没有描写澳大利亚土著人在英帝国建立殖民地期间所遭受的屠
杀、奴役的惨状,但它通过主人公内德·凯利这个无权无势的个体,尤其
是其作为历史"小人物"的不幸遭遇,再现了19世纪六七十年代澳大利亚
维多利亚州东北部内陆地区几乎无处不在的贫穷和艰难,腐败与不公。
内德·凯利诞生在一个穷苦的爱尔兰移民家庭,十二岁那年,他的父亲被
警察迫害致死,从此,他和母亲爱伦挑起了养活六口之家的重担。但殖民
初期的澳大利亚天灾人祸不断,生活十分艰苦,再加上整个社会不公,乡
绅恶霸当道,凯利一家挣扎在死亡线上。十五岁的时候,他被指控协助丛
林大盗打劫而蹲了监狱。从此,凯利少年时代的大部分时间都是在监狱
中度过的。内德·凯利在屈辱中长大,因不堪忍受警察费茨·帕特里克
对母亲和妹妹的侮辱,开枪把他打伤。费茨·帕特里克无中生有,编造证
据,向凯利一家疯狂报复。为救被捕入狱的母亲,内德·凯利铤而走险,
揭竿而起,率领众兄弟,在苍茫的丛林里和警察、暗探、奸细展开一场惊心
动魄的殊死搏斗。他们多次抢劫银行,并把抢来的钱分给像他一样的穷
人,因而得道多助,深受丛林人的拥戴。内德·凯利与玛丽真诚相爱,相
依为命,并肩战斗。为给内德·凯利留下一条根,玛丽远涉重洋,只身逃
到美国加利福尼亚州,女儿顺利降生。"凯利帮"因被人出卖而遭到警察
的伏击,全部战死。内德·凯利因伤被捕,并于1880年11月11日被当
局处以绞刑。

　　凯里是小说界伟大的掘宝高手之一[②],善于挖掘历史的宝藏。他最
优秀的作品融合了维多利亚式的宏伟气势与澳大利亚的乡土气息。从
《魔术师》里那荒诞不经的一百三十九岁的流放犯,到《奥斯卡与露辛达》
里充满喜剧的赌徒和玻璃教堂;从《杰克·迈格斯》里狄更斯式的伦敦高
雅与粗俗的生活,到《凯利帮真史》里澳大利亚内地罗宾汉式冒险生涯,他
的作品无不表现出他高超的驾驭小说氛围的能力。读者所看到的是两种

---

　　① 《奥斯卡与露辛达》是彼得·凯里力图打破帝国文化代码的一次尝试。正如有的评论家所
说的那样:"不是发现新的文化倾向,而是邀请人们重新审视一下旧文化。"详见 Brown, Ruth.
"English Heritage and Australian Culture: The Church and Literature of England in *Oscar and
Lucinda*." *Australian Literary Studies*, Vol. 17, No. 2, 1995: 135—140.

　　② Quinn, Anthony. "Robin Hood of the Outback." *New York Times Book Review*, 7
January, 2001.

截然相反的品质巧妙地熔制在一起:幻想与现实、怪离与真切、严肃与嬉闹、嘲讽但又不失宽容。

《凯利帮真史》以全新的视角、独特的叙事、人性化的刻画与立体感的形象来解构被官方肆意歪曲的"历史档案",消解片面的甚至错误的"历史记忆",从而达到改写帝国代码、恢复历史的"真面目"。小说以内德·凯利写给他未曾谋面的女儿的十三封信为线索,亲口讲述了他们二十五年的生活历程。小说除了在开首和结尾处,各有一篇第三人称的叙述外,其余的十三章节的"正文"均采用第一人称的叙事策略,以增加文本的亲切感和真实感。"我十二岁丧父,知道我将生活在一个充满谎言和沉默的世界里。亲爱的女儿,你现在也许还不明白我所说的话,但这个历史是为你写的。信中内容无一丁点谎言,否则让我遭受地狱之灾。"①少年丧父,这是对内德·凯利家庭的一个沉重打击,也预示着"我"未来生活的坎坷和艰辛。小说一开头就奠定了一种灰色暗淡的基调。充满"谎言和沉默"的话语世界,也表明了内德·凯利所处的社会环境异常险恶。主人公在信的开头就信誓旦旦地强调所叙述内容的"真实",这强烈地暗示了帝国文化代码的虚假。小说以"情"动人,以朴素的"父女情""母子情""爱情""手足情"和"丛林伙伴友情"来塑造一个至善至尊的形象,他不仅是一个仁义孝顺的儿子、忠诚可靠的朋友、体贴入微的丈夫和傲骨铮铮的爱尔兰人,而且还是一个有着浓浓人情味的丛林大盗。

凯利从小就是一个善良、正直勇敢的孩子。虽出身卑微,但也不乏穷苦家庭的天伦之乐。凯利的学校生活充满着狄更斯式的忧伤。在学校里,他因为光着脚丫上学而受人嘲笑,因为是个爱尔兰人而受到英国校长的侮辱。但是他不甘屈居人下,不顾一切地努力要当班长。他为人机智敏感,诚恳大胆,当一个同学溺水时,不惜冒死相救,因而赢得同学们的爱戴和大人们的夸奖。当落水儿童的父亲赠给他刻着感激之语的孔雀绿腰带时,凯利感到"爱堛奈尔的新教徒们见识了一个爱尔兰男孩的优秀品质,这是我早年生活的伟大时刻"②。这样一位"根正苗红"的孩子被代表着国家机器的腐败警察、乡绅逼上梁山。即使遭到警察的追杀,他也表现

---

① Carey, Peter. *True History of the Kelly Gang*. St Lucia: University of Queensland Press, 2000: 1.

② Ibid., 34.

出非常人性化的一面,甚至冒着自己被人发现的危险,去帮助即将死去的警察:"他被击中胸部,腋窝流了很多血。我知道他肯定会死的,所以我走过去想使他舒适一些,但死亡总是痛苦的……他痛苦极了。我把笔记本从他的胸部口袋里拉出来,本子上满是血,我撕了几页没有玷污的纸并把铅笔给了他。当他写完后,我告诉他说很抱歉,非常抱歉,我不知道怎么才能让他知道这一点。"①

《凯利帮真史》似乎是在向读者表明,内德·凯利是被英帝国无数邪恶的仆从逼上"造反"道路的。凯利并不想偷马,但为生活所迫,不得已而为之。他也不想杀人,但却不断受到警察的恶意伤害,不得不铤而走险。当凯利事后回忆在河边的血腥伏击时,他把它描写为"恐怖的一天","我的全身都为死亡而伤痛"。② 这些表示凯利懊悔的词语,也让读者感受到了凯利的血肉情怀。当他最后变成一个振臂一呼,应者云集的"罗宾汉"时:"英帝国从来都不缺绿林好汉支持我们,这些人仅由于是我们的朋友被剥夺了土地租借权,……或儿子被投进监狱或土地被乡绅霸占……"③凯利身上迸发出了一种正义与神圣的激情,读者很难不为他烈士般的悲壮而潸然泪下。彼得·凯里以"情"动人的策略是成功的。这种对主人公极具人性化的塑造,从根本上戳穿了内德·凯利是一个"爱尔兰疯子",一个"旷古未有的恶魔"④的谎言。

为了使人们相信这是"凯利帮"真实的历史,作者除了在人物刻画、情节设计方面"求真务实"外,还对小说的编排、印刷做了相应的处理,以增加小说叙述的可信度,如小说的开首前附有一张内德·凯利家族居住和活动的平面地图,一份"墨尔本公共图书馆"收藏凯利手稿的报告和小说结尾处有关"凯利帮"全军覆没的报道。小说每一章的正文前都有一个主人公"断代史"的梗概。每一章的标题下还附有几行关于该"卷宗"外观情况的描述。如第一包"卷宗"是这样写的:"国家银行信笺,几乎肯定是1878 年 12 月从国家银行欧罗拉支行拿走的。四十五页中号纸(大约 8

---

① Carey, Peter. *True History of the Kelly Gang*. St Lucia: University of Queensland Press, 2000: 277.

② Ibid., 278.

③ Ibid., 375.

④ Ibid., 296.

英寸×10 英寸)，靠近信笺顶端，有胡乱装订的孔眼，信笺沾满了泥土。"[1]
所有这一切体现了作者巧妙的构思和精心的安排。文献是虚构的，现实
中也没有"墨尔本公共图书馆"，但内德·凯利抗议英帝国残酷压榨的怒
吼声确实是真实的。

语言是历史的载体，也是个体文化身份的标签。彼得·凯里一反多
年来创作中所表现出来的语言的华美与考究，通篇使用文化程度很低的、
最朴实的劳动者的语言，初看起来，它像西方大城市地铁里的涂鸦一样混
乱、不合语法。整个小说用的标点符号不多，一般说来一段只用一个句
号。时态、语态常常颠倒，缩写、简写到处都是，如 yr.，1st.，v.，O.，
1/2.，b－－－rs.，ft.，2in.，ma.，da.，等等。除此之外，还有许多 19
世纪澳大利亚内地爱尔兰人常用的脏话，如 adjectival，effing，mongrel
等。这种凌乱无序和不符合规则的叙述一方面与叙述者的教养和身份相
吻合，另一方面也使读者仿佛感受到了社会的无序和黑暗。然而，当读者
适应了这种不合常规并不时中断的语流以后，就会发现它其实是一种大
气而具有韧性的文字，充满着智慧和诗意。这种似乎没有教养但又生机
勃勃的文字具有一种征服人的力量，使人一旦开始阅读便无法释卷。凯
里成功地把遥远的神话变成了温暖的血肉，使一个活生生的草莽英雄站
立起来了。而正是这样一种"生活的真实"，使得这部小说更具艺术魅力。

二、权力话语

文学永远是人性重塑的心灵史。任何文学文本的解读必须放回到历
史语境，也就是要放回到"权力话语"的结构中。福柯在《事物的秩序》和
《知识考古学》中，提出了知识型问题，即知识和话语的形态、话语的基本
机构、话语运行机制等。在福柯看来，对一种压抑的知识的分析，可以从
"谱系学"的角度进行研究，即对斗争和冲突的原始记忆的重新发现和阐
释。只有废除总体性话语及其体系的特权地位，才可以建立注重知识话
语逆反性的谱系学，才能使受压制的话语释放出来。[2] 同时，福柯的权力

---

① Carey, Peter. *True History of the Kelly Gang*. St Lucia: University of Queensland Press, 2000: 3.

② 其具体观点见 Foucault, Michel. *The Order of Things: An Archaeology of the Human Sciences*. New York: Random House, 1970: 78. 和 *The Archaeology of Knowledge and the Discourse on Languages*. Trans. A. M. Sheridan Smith. New York: Pantheon, 1972: 89。

理论指出,权力是档案的负面的社会政治现实,是一种无所不在、无以摆脱的社会罪恶。权力总是与知识携手并进,利用知识来扩张社会控制。权力和知识是一对共生体,其表象是知识,实质是权力。权力实施的核心是圆形监狱的"中央监视点",这种圆形监狱的监视方式延伸出清晰的视觉系统,启示了现代传媒,使之同样具有将一切隐私和秘密完全暴露出来加以清晰地看与被看的可能性。因此,"凝视"就是一种话语,一种压抑,一种权力摄控的象征。①

《凯利帮真史》历史语境的表层是一部"造反英雄"的血泪史,其文本维度充满了与英帝国殖民统治者的血腥斗争。代表着帝国利益的牧场主、乡绅千方百计地霸占更多的公共土地,使穷苦百姓在经济上处于一贫如洗的地步。维护帝国统治的国家机器,如军队、警察和法院等则利用手中的权力,在政治上镇压穷苦人的反抗,并通过文化,即书籍、杂志、教堂和传媒,来控制和操纵大众能够普遍接受的词语、符号和情感。意大利著名的思想家安东尼·葛兰西在洞悉了资本主义的"统治"和"认同"作为权力的两种方式以后,提出了"文化领导权"的概念。"统治"是通过强制性的国家机器实现的,而"认同"是一种隐蔽的权力关系。领导权是通过市民社会的渠道,使人们形成一种世界观、方法论,甚至在文化观和价值论上达到整合,统一在某种意识形态中。事实上,"领导权"的实施不断由军事和政治冲突,转化为文化和意识形态的摩擦,并通过其舆论宣传、知识的传播,使其经济、军事、政治、文化统治合法化。②帝国主义在殖民时期的统治往往是"多管"齐下,既有强制性的武力压服形式,也有非暴力的怀柔手段。既有物质控制和剥削,也有思想意识等的精神奴化。

在《凯利帮真史》这部小说里,作者通过主人公内德·凯利愤怒控诉了英帝国对被殖民者,尤其是爱尔兰裔澳大利亚人的残酷压榨,强烈批评了英国殖民统治机构和司法制度的腐败、不公与虚伪。以费茨·帕特里克为典型代表的殖民警察,极尽欺诈百姓之能事,对澳大利亚的殖民地区实行"白色恐怖"统治。他们为非作歹,玩弄妇女,罗织罪名,陷害无辜。

---

① Foucault, Michel. "Truth and Power." *Power Knowledge: Selected Interviews and Other Writings 1972—1977*. Ed. and trans. Colin Gordon. New York: Pantheon, 1989: 50.

② Gramsci, Antonio. *Selections from the Prison Notebooks*. Eds. and trans. Quinton Hoare and Geoffrey Nowell Smith. New York: International, 1971: 62.

不仅如此,他们还串通司法机关维护谎言,鼓励伪证以维护其虚伪凶残的本质。虽然流放制度已于1868年被彻底废除,但"整个殖民地将看到,这个社会没有公平可言。这个国家就是由狱吏看守着的一座大监狱,和过去相比,并没有更多的公平与自由"①。

　　除了攫取物质财富外,英帝国的殖民统治者还通过"监狱"这一"中央监控点"来监视和控制着被殖民者的"行动自由"和"言论自由",并通过控制报纸、杂志、书籍的传播来达到控制他们的思想、意识的目的,从而使他们的声音不被公众所听见,他们的真实历史不为后代所知晓。1974年,茨维坦·托多洛夫在《征服美洲》一书中指出:"殖民压迫最重要的特点不是控制被殖民者的生命、财产乃至语言,而是控制传播工具。统治阶级可以利用其媒体,如报纸、电台、电视台掩盖其罪恶。"②《凯利帮真史》里上演了一幕殖民者与被殖民者之间"话语权力"的斗争。

　　内德·凯利生活在"谎言和沉默"的世界里。当他还是一个不太懂事的孩子的时候,警察欧耐尔就对他编造谎言,说他父亲是一个屡教不改的流放犯,一个企图造反而后又出卖同伴的人,一个穿裙子的同性恋。"随着年龄的增长,这个诽谤就像养肝蛭一样在我心里越钻越深,越长越大。"③由于年少无知,凯利无法分辨真伪,待他发现埋在地里的箱子有一个女人的裙子时,凯利对父亲的行为越发怀疑,父亲在他心目中的地位一落千丈。"我因为一个秘密而失去了父亲,他就像被峡谷冲下的急流卷走了一般。他从我心里失去了那么久,我已无法把他放在他应有的位置。"④

　　长大成人后,凯利更是谎言的直接受害者。英帝国的统治阶级利用国家机器,尤其是警察、监狱强制被殖民者保持"沉默",剥夺他们的行动自由和话语权力。在"凯利帮""造反"打死四位警察之后,殖民者通过《旗报》《广而告之》《守卫者》《墨尔本先驱报》等报纸,编造大量的谎言以混淆是非,丑化"凯利帮"。"那篇文章的打字标题是:'警察在桉树湾惨遭杀

① Carey, Peter. *True History of the Kelly Gang*. St Lucia: University of Queensland Press, 2000: 347.

② Quoted from Ashcroft, Bill, Gareth Griffiths and Hellen Tiffin. *The Empire Writes Back*. London and New York: Routledge, 1989: 79.

③ Carey, Peter. *True History of the Kelly Gang*. St Lucia: University of Queensland Press, 2000: 11.

④ Ibid., 18.

害.'不知道文章是谁写的,但他满嘴胡言,说我们是'爱尔兰疯子',说我把肯尼迪中尉大卸八块。说我打死他之前,割了他的耳朵。还说我强迫三个同伙朝警察的尸体开枪,让他们和我一起分担罪责。"①

内德·凯利虽然读书不多,但他深知知识的力量和话语权力的重要。当他从官方的报纸上看到许多歪曲事实的错误报道后,他感到非常愤怒。"墨尔本《守卫者》管我叫聪明的文盲。另一张报纸说我充满了病态的虚荣。我气坏了。这些满纸屁话的破报完全是对正义的亵渎。比彻沃斯监狱就是整个殖民地的缩影。我把报纸扔到地上,使劲踩了几脚,要不是怕警察发现,真想朝那堆报纸开几枪。"②但作为无权无势的个体,在强大的殖民统治者的舆论攻势面前,内德·凯利显得很无助,他的"话语权"被剥夺了,他成了一个会说话的"失语者"。统治者迫于压力而作出"客观调查"的姿态,充其量只是一种权宜之计。内德·凯利失望了,于是他决定抢劫一个印刷所,自个儿印传单。凯利找到《杰瑞尔德瑞报》的主编盖尔先生,希望他能帮他印刷他的"真史"。然而,盖尔和他老婆出卖了他,并把他历尽艰辛,在逃亡中写的手稿交给了警察。无奈之下,凯利在"电闪雷鸣的夜晚"又开始书写他的历史。"书写"是他同帝国殖民者之间的一场没有硝烟的"软权力"的斗争。

福柯通过不同社会权力即"硬权力"和"软权力"的侧面,对整个社会的文化进程加以独特的探讨。在福柯看来,权力是一个网络关系。统治者利用这个网络并借助一定的机制和策略对社会进行各个层面的控制,即实施权力运作。权力的策略产生了知识。知识和权力融合在一起,凛有一层现代面具,使得统治的结构获取合法性。这种统治总是具有压迫、监禁和权力分割的特征。知识和权力具有一种微妙关系,所以监禁、精神病院、医院、学校甚至大众传媒等都与权力关联。可以说,权力与不同形式的知识连在一起的,在它们中有可能引出一种关系的网络体系。③

彼得·凯里在《凯利帮真史》里描绘了英帝国在澳大利亚殖民社会的权力网络体系。警察、监狱、司法机关、报纸、学校、印刷所是一个个权力

---

①　彼·凯里."凯利帮"真史.李尧译.《世界文学》2002年第4期,第10页。

②　同上篇,第63页。

③　Foucault, Michel. *Power Knowledge*. Ed. Colin Gordon. Brighton: Harvester Press, 1980: 96.

维管，连在一起构成了一个错综复杂的大网络。其中警察、监狱、司法机关是"硬权力"机关，报纸、学校、印刷所发挥着"软权力"的功能。殖民者一方面通过"硬权力"实施残暴统治，另一方面又利用"软权力"使其统治披上"合法"的外衣。以"凯利帮"为代表的被殖民者，既要同"表层"的"硬权力"作斗争，还要同"深层"的"软权力"较量。这种"权力话语"的消长和转换正是彼得·凯里在《凯利帮真史》中所要表现的深层"范式"。

三、文化身份

作为澳大利亚"最富有独创性、最有才华的作家之一"[①]，彼得·凯里深受福克纳和索尔·贝娄的影响，并喜爱和推崇美国黑色幽默小说《第二十二条军规》和拉美魔幻主义小说《百年孤独》。他的作品融黑色幽默，寓言式小说和科幻小说于一体。他小说的特色和过人之处主要在于表现形式的新颖和多变，他常常把历史和幻想糅合在一起。他小说中的人物往往是现实生活中的"失败者"，都是与各种形式的外部力量英勇抗争的无权无势的个体、小人物。他总是想通过历史的反思，来获取现实的意义。他说："你总想探究澳大利亚的历史……因为你从那块土地上生长起来，你从流放、集中营、种族灭绝政策以及诸如此类的历史陈迹中走来。你的呼唤是一种失败的文化的回声。你讲述的所有的故事，只能以失败而告终。"[②]《凯利帮真史》是彼得·凯里重塑澳大利亚历史上最有影响的"失败者"的又一尝试。他想通过其主人公内德·凯利来探究澳大利亚民族曾经迷失的"根"和"文化身份"。

处于中心之外的"边缘"地带的殖民地，对宗主国在政治、经济、文化、语言上的依赖，使其文化记忆深深打上了"臣属"的烙印。历史在被中心话语重新编织中，受到"认知暴力"的挤压。在宗主国的"凝视"之下，历史成为被看的景观，并在虚构和变形中构成"历史的虚假性"。[③]英帝国统治下的澳大利亚殖民地的历史受到了中心话语"认知暴力"的强烈挤压，殖民者有关"凯利帮"的叙述充满了"历史的虚假性"。为重建真实的历史叙

---

① Kiernan, Brian. *The Most Beautiful Lies: A Collection of Stories by Five Major Contemporary Fiction Writers, Bail, Carey, Lure, Moorhouse and Wilding.* Sydney: Angus and Robertson, 1977: 40.

② 彼·凯里. "凯利帮"真史. 李尧译.《世界文学》2002 年第 4 期，第 6 页.

③ Spivak, G. C. *In Other World.* New York: Routledge, 1988: 267.

述,"凯利帮"同殖民者作了艰苦卓绝的斗争。正是在同"历史谎言"的斗争中,臣属的殖民色彩得以抹去,民族的"历史记忆"得以恢复,民族的文化身份得以重新书写。

斯皮瓦克在《批评、女权主义、机制》一书中指出,重新书写自己的文化身份,首先要以解构主义的消解中心方法,解析宗主国文化对殖民地文化所造成的内在伤害,揭露帝国主义在意识形态领域里的种种伪装现象,并将文化研究与经济、法律、政治研究打通,从而恢复历史记忆的真实性。其次,从历史叙事入手,用西方马克思主义的"批判理论",揭示帝国主义对殖民地历史的歪曲和虚构,建立与之相悖的反叙述,使颠倒的历史再重新颠倒过来。①

彼得·凯里的《凯利帮真史》是"凯利帮"及其家族的血泪史,也是澳大利亚民族血泪史的缩影。小说所反映的那个年代,以及那个年代的人民所遭受的压迫和羞辱是澳大利亚殖民时期的真实写照。主人公内德·凯利所表现出来的勇敢、坚忍、反叛精神正是澳大利亚民族性格最耀眼的部分,也为澳大利亚的民族发展史做了最充分、最合理的解释,这在《凯利帮真史》中也可以找到其"根"。

澳大利亚是基于"被迫流放和受监禁"基础上的一种创造。② 澳大利亚史册的第一页可以说是由流放犯揭开的。1783 年美国脱离英国而宣布独立,致使英国不仅失去了一块殖民地,而且也丧失了对这个弹丸之国来说至关重要的罪犯流放场所。数年后,英国的监狱人满为患。1786 年英国政府不得不决定把英国探险家库克于 1770 年发现的澳大利亚大陆辟为罪犯流放基地。翌年五月,澳大利亚首任总督菲利普率领两百多名官兵,押送七百五十名男女流放犯,漂洋过海,于 1788 年 1 月在澳大利亚新南威尔士登陆。他们屠杀了在澳大利亚大陆上过着捕鱼、狩猎原始生活的大部分居民,用血和火开辟了一条殖民主义的道路。流放制度始于 1788 年,在 1868 年被彻底废除。数十年间,先后共有十六万八千名犯人

---

① 斯皮瓦克作为德里达《文字语言学》的英译者,对解构主义深有研究。她指出:"解构实践承认任何研究的起点都是暂时的、难以把握的。它揭示出知识的复杂性质,认识到知识意志所形成的对立面,坚持要揭示批评主体与批评对象之间的联系,并强调'历史'和'种族政治'是这种共同联系的'痕迹'。"见王岳川. 后殖民主义与新历史主义文论. 济南:山东教育出版社,1999:56。

② 巴特·穆尔-吉尔伯特等编撰. 后殖民批评. 杨乃乔等译. 北京:北京大学出版社,2001:286。

从英国被放逐到澳大利亚,其中大多是刑事犯,也有一部分为政治犯,有的是从事议会改革活动者,有的是激进的工会主义者,还有一些是要求爱尔兰自治的活跃分子。①

小说主人公内德·凯利的家族流淌着爱尔兰人"反权威""反压迫"的血液,这和整个澳大利亚民族反殖民、求平等的历史传统一脉相承。在《凯利帮真史》的小说里,内德·凯利的父亲瑞德·凯利是个爱尔兰的流放犯,曾被关在范·迪门监狱。受尽磨难之后,他被当局释放。于是他渡海来到维多利亚殖民地,并发誓避免受到法律的"关注"。当他发现"墨尔本的街道的警察比苍蝇还多时,他步行二十八英里来到唐尼布鲁克小镇"②,以求安宁。但这里的警察并没有给他清静之日。他再一次含冤被捕,并被警察迫害致死。其后,内德·凯利的叔父詹姆斯也没有逃脱被殖民当局绞死的命运,母亲和妹妹更是备受警察的羞辱。内德·凯利愤怒地写道:"当我们勇敢的父母像牙齿被强行拔掉一样离开爱尔兰的时候,他们的历史,所熟悉的一切都被迫丢弃在科克、盖尔韦和都柏林的码头上。女鬼班西登上了遭人唾弃的运送流放犯的船只——罗拉号、特里切瑞号、罗登尼号和佛比登巴号。英国人如同没有看到那个种族的怒火中烧一样而没能看到女鬼班西,她坐在船头,从科克港到博坦尼湾,她一直梳理着她的头发,并在三个十字架叠加的外国旗帜下和我父母一起远航。"③

历史上,爱尔兰曾是被英国占领的殖民地,饱尝被"边缘化"、被奴役的痛苦。在《凯利帮真史》这本小说里,爱尔兰裔澳大利亚人还要忍受历史断裂、身份丧失的苦难。运送流放犯的船只之多意味着许多爱尔兰人被迫流离失所,背井离乡。女鬼班西来随父母远航暗示他们将经历很多磨难,甚至死亡,因为班西源于爱尔兰和苏格兰民间传说,其显形和哀号预示家庭中将有人死亡。英国人看不到班西,表明英国殖民者拒绝承认其奴役"别人"的历史。即使到了澳大利亚,爱尔兰人的文化身份仍然得不到"认同",更不用说享受在政治、经济、文化上的平等地位。

---

① 黄源深. 澳大利亚文学史. 上海:上海外语教育出版社,1997:12。

② Carey, Peter. *True History of the Kelly Gang*. St Lucia: University of Queensland Press, 2000: 5.

③ Ibid. , 99.

　　小说在行文上散发出浓浓的爱尔兰文化的清香。爱尔兰的典故、婚礼风俗、幽默故事、宗教传说比比皆是。这既增加了文化的张力和韵味，又使小说被赋予了很强的政治文化隐喻。小说的第十二章《打造盔甲》中，作者着力渲染制造钢铁盔甲的过程和它的威力，目的是锻造一个"永远不会死的斗士"①。内德·凯利"打造盔甲"是受美国内战报道的鼓励和启发："啊！人也可以把自己武装得像一艘战舰，一直打入比彻沃斯监狱和墨尔本监狱。他可以砸烂它的大门，推倒它的高墙。没什么枪炮可以阻止它，撕裂他的皮肉，打碎他的头颅。就像爱尔兰民间传说中独身保卫祖国抵抗侵略者的英雄——伟大的库丘林。据说他的战车和他的身上都绑着锋利的铁矛和带钩的刀，还有铁圈和绳索。"②穿着盔甲的内德·凯利没能创造不死的神话，但他为爱尔兰人赋予的"勇敢的自由斗士"的精神却得以永生。

　　其实，隐喻在《凯利帮真史》这部小说里比比皆是。"墨水""笔""枪"都是"权力"的象征。内德·凯利少年时努力当"墨水班长"，就是为了赢得和别人一样的平等权利。他用"笔"书写自己的历史，就是掌握自己话语权力，也暗含着同别人的话语权力作斗争。"枪"是权力斗争的武器，内德·凯利在最后的战斗中，因寡不敌众而被缴了"枪"，表明权力斗争的失败。这也暗含着殖民反动势力的强大，争取平等、自由的斗争任重而道远。

　　即使在今天，内德·凯利仍然是一个富有争议的人物，其中最突出的是他的社会革命的呼吁。正如英国的历史学家埃里克·赫布斯鲍姆（Eric Hobsbawm）在他 1969 年的经典著作《土匪》一书中所言，内德·凯利可以划归为社会土匪，是穷苦大众的复仇者。他可以和诸如美国的杰西·詹姆斯③，墨西哥的潘寇·比亚④和印度的佛兰·迪维⑤相提并论。

---

　　①　Carey，Peter. *True History of the Kelly Gang*. St Lucia：University of Queensland Press，2000：373.

　　②　彼·凯里. "凯利帮"真史. 李尧译.《世界文学》2002 年第 4 期，第 10 页。

　　③　杰西·詹姆斯（1847—1882）生于密苏里州，是美国西部地区著名的土匪，从事抢劫银行和拦劫火车等犯罪活动。后被其同伙从身后开枪打死。杰西·詹姆斯被人们称为美国的"罗宾汉"。

　　④　潘寇·比亚（1878—1923），又名斐朗西斯科·比亚，墨西哥革命领袖，农民出身，率众起义，参加推翻波费里奥·迪亚斯独裁统治的斗争（1910—1911），后又领导游击队反对卡兰萨政权，直至将其推翻（1920），功成身退，遭暗杀。

　　⑤　佛兰·迪维（1963—2001），印度女匪首，出身卑微。1981 年因策划"圣瓦伦廷节大屠杀"而闻名，两年后被捕入狱，1994 年获释，并被选为议员。2001 年 4 月在新德里被人枪杀。

凯里的笔下，"凯利帮"有着明显的政治抱负。内德·凯利在集合他的"大军"时说："我们不再是只有长矛的造反者。我们不会再重复瓦恩加山和尤里卡牧场的悲剧。"①这表明"凯利帮"已经不是简单意义上的草莽英雄，而是具有反抗精神的澳大利亚民族的自由斗士。

结　语

不管人们是否会相信这是不是"凯利帮"的"真史"，但这本小说本身以其难以抗拒的魅力使人对此没有一点怀疑。一切历史都是当代史。彼得·凯里在《凯利帮真史》的题记引用了福克纳的名言："过去没有消亡，甚至尚未过去。"这对整部小说的主题起了画龙点睛的作用。都柏林被人占领了，爱尔兰人被迫迁徙到澳大利亚，但因英帝国的殖民暴政，他们只好浪迹天涯。澳大利亚民族在这种解构与建构，迷失和追寻的过程中重新书写自己的民族史和文化身份。小说的结尾，尤其是把内德·凯利的孩子安排在美国降生这一情节，表明了彼得·凯里把争取自由、平等的希望寄托在下一代身上。当今的澳大利亚虽然没有维多利亚时代的黑暗，但它还不是一个真正意义上的平等社会。彼得·凯里通过对殖民社会腐败与不公的揭露，目的是促使人们对英帝国殖民统治的历史进行反思。内德·凯利是一位争取民族平等、自由的英雄，从这个意义上讲，彼得·凯里说他是澳大利亚的托马斯·杰斐逊并不为过。

第二节　战争与爱情的澳式书写
——解读理查德·弗拉纳根的长篇小说《曲径通北》

【作家简介】理查德·弗拉纳根（Richard Flanagan）是澳大利亚新生代作家的代表人物，被誉为"澳大利亚的海明威"。2014年，弗拉纳根荣获布克奖，成为继托马斯·基尼利、彼得·凯里和D.B.C.皮埃尔之后，澳大利亚第四位获此殊荣的作家。截至2025年3月，弗拉纳根共出版了八部长篇小说，九部非虚构作品，被翻译成三十多种语言，屡次获得澳大利亚国内外文学大奖，在国际文坛享有盛誉。

---

① 彼·凯里."凯利帮"真史.李尧译.《世界文学》2002年第4期,第86页.

弗拉纳根出生于澳大利亚的塔斯马尼亚,有着特殊的家庭背景及生活经历。他的祖先是 19 世纪从爱尔兰流放至此的罪犯,父亲在二战期间沦为日军战俘,被迫参与修建泰缅铁路,妻子是二战后的斯洛文尼亚移民。弗拉纳根的求学经历坎坷,生活经历丰富。他少年时期一度辍学,体验过河道导游、伐木工、建筑工等多种职业。后来在塔斯马尼亚大学攻读历史,随后荣获罗德奖学金赴牛津大学深造。弗拉纳根的特殊背景与成长经历使他有机会汲取不同民族文化的营养,为他的文学创作提供了得天独厚的土壤。他被冠以许多头衔:举世瞩目的小说家、言辞激烈的记者、最严肃的公共知识分子、环保斗士和电影制作人等。

在进入小说创作前,弗拉纳根已有多部非虚构作品出版,除了短篇故事和时事短评之外的主要作品有四部,他把那段岁月称为自己的学徒生涯:《可怕之美——戈登河乡村史》(*A Terrible Beauty:History of the Gordon River Country*,1985)表现了他对家乡自然风光和神奇历史的迷恋;《世界在看:塔斯马尼亚与绿党》(*The Rest of the World Is Watching—Tasmania and the Greens*,1990)可视为他涉足环保和政治的起点;1991 年,他代笔撰写自传《代号伊阿古:约翰·弗里德里希的故事》(*Codename Iago:The Story of John Friedrich*),成为"澳大利亚出版史上最不可信却最吸引人的回忆录",正是其这本书的收入支撑他创作完成自己的第一部长篇小说;同年他还出版了一部学术作品《靠救济生存的杂种们:1884—1939 年英国失业者的政治史》("*Parish-Fed Bastards*":*A History of the Politics of the Unemployed in Britain*,*1884—1939*,1991),其主要立场是为英国历史上的工人斗争翻案。从弗拉纳根的非虚构作品中可以发现他随后几十年显露出的观点与立场的源头,这些作品构成了解读他后来文学创作的基本维度。

1994 年起至今弗拉纳根共出版了八部小说。他的处女作《河道导游之死》(*Death of a River Guide*)通过一个古老家族的百年历史,揭示了塔斯马尼亚作为罪犯流放地的悲惨历史。小说荣获多项文学大奖并入选迈尔斯·富兰克林奖短名单,弗拉纳根自此在澳大利亚文坛崭露头角。弗拉纳根的第二部小说《单手掌声》(*The Sound of One Hand Clapping*,1997)讲述了二战后斯洛文尼亚移民在塔斯马尼亚的挣扎与困境。小说取得巨大的市场成功,仅在澳大利亚本土就创造了 150 万册的高销量,成为当时最畅销的小说之一,获得澳大利亚出版商协会最佳图书奖并再次入选迈尔斯·富兰克林奖短名单。2001年，弗拉纳根的第三部小说《古德的鱼书：十二条鱼的小说》(*Gould's Book of Fish：A Novel in Twelve Fish*)问世，作品从流放犯的角度重写殖民历史，是一部非常典型的后现代小说。小说荣获2002年英联邦作家奖，至此牢固确立了弗拉纳根在英语文坛的地位，也使他在国际文学界声名鹊起。弗拉纳根的第四部小说《未知的恐怖分子》(*The Unknown Terrorist*，2006)融合了作家对"9·11"事件后世界局势的回应与思考。第五部小说《欲》(*Wanting*，2008)聚焦于19世纪塔斯马尼亚土著居民遭受种族灭绝的悲惨遭遇，助力弗拉纳根获得西澳大利亚州州长文学奖、昆士兰州州长文学奖、塔斯马尼亚图书奖等多项文学大奖，确立了弗拉纳根作为"当代最出色的小说家"之一的地位。弗拉纳根的第六部小说《曲径通北》(*The Narrow Road to the Deep North*，2013)是一部有关澳大利亚二战记忆的小说，再现了澳军战俘被日军奴役修建泰缅铁路的历史。弗拉纳根凭借这部作品一举摘得2014年度布克奖的桂冠。弗拉纳根的第七部小说《第一人称》(*The First Person*，2017)取材于他早年为澳大利亚最臭名昭著的骗子约翰·弗里德里希(John Friedrich)代笔立传的真实经历，以回忆录的形式讲述了一个黑色幽默的犯罪故事。最新的著作是《醒梦活海》(*The Living Sea of Waking Dreams*，2020)描述了亲人离世的痛苦和悲伤以及人类如何应对气候灾难和环境遭破坏的后果，是一部能够引发跨文化共情的小说。

　　本节所论述的作品是他荣获布克奖的长篇小说《曲径通北》。

引　言

　　1914年至1945年的30年间，澳大利亚先后两次卷入世界大战，其民族性格也在战火洗礼中得到升华。一战一直主导着20世纪澳大利亚人的战争记忆，其间诞生的"澳新军团神话"在国民心中留下了不可磨灭的印象，澳新军团所展现的勇敢、幽默、顽强、男子气概、伙伴情谊、平等主义等英雄品质成为澳大利亚民族精神的象征。[①] 但是澳新军团的不朽形象很快就在二战中轰然倒塌，尤其是"澳新军团之子"被"亚洲敌人"奴役

---

① Beaumont, Joan. "Prisoners of War in Australian National Memory." *Prisoners of War，Prisoners of Peace：Captivity，Homecoming and Memory in World War II*. Eds. Bob Moore and Barbara Hately-Broad. New York：Berg，2005：191.

并虐待的惨痛经历给澳大利亚固守的种族等级划分、男性身份认同以及民族战争神话等价值观带来深刻挑战，并因此成为澳大利亚二战记忆中的核心意象[1]，其中经久不衰的三大标志是新加坡樟宜战俘营、泰缅铁路以及爱德华·邓洛普[2]。理查德·弗拉纳根的布克奖作品《曲径通北》就是以民族英雄爱德华·邓洛普为原型，讲述二战期间澳军战俘被日军奴役修建泰缅铁路的故事。在这部作品中，作家通过对战争与爱情两大主题的悲剧叙述，深刻透析生命个体面对灾难所做出的人性抉择，借此拷问游离于灵与肉、善与恶，爱与恨之间的复杂人性。《金融时报》不吝溢美之词，赞誉获奖作品"笔触优雅，文风稳健，不愧为一部杰作"[3]。本节以战争、爱情与人性为主线，解读作家对人性劫难及战争本质的探究与反思。

一、残酷的战争书写

《曲径通北》堪称一部出自世界一流作家之手的经典战争小说。[4] 故事的主人公多里戈·埃文斯出生于澳大利亚塔斯马尼亚的一个偏远村庄，墨尔本大学医学专业毕业后成为一名外科医生。二战爆发后，他到欧洲参战并担任军医，1943 年在爪哇岛被日军俘获，被迫与其他上万名盟军俘虏一起为日军修建泰缅铁路。多里戈在日军战俘营中担任一千名澳大利亚战俘的指挥官兼医务员，他历经生死考验，竭尽全力地救死扶伤。战后归国的多里戈已垂垂老矣，他在"战斗英雄"的光环与折磨下度过余生。

主宰着澳大利亚二战记忆的"泰缅铁路"是这部作品的核心意象。为了切断盟军的军需补给线并经由缅甸夺取印度，日本总部于 1942 年年末下令修建泰缅铁路，所需劳力全部由战俘及所占领国家的劳工充当，其中

---

[1]　Twomey, Christina. "POWs of the Japanese: Race and Trauma in Australia, 1970—2005." *Journal of War and Culture Studies* (3), 2014: 192.

[2]　Hearder, Rosalind. "Memory, Methodology, and Myth: Some of the Challenges of Writing Australian Prisoner of War History." *Journal of the Australian War Memorial*(40), 2007.

[3]　Rose, Rebecca. "Flanagan's Homage to Father's Wartime Struggle Wins Booker: Australian Novelist." *Financial Times*, 15 October, 2014.

[4]　Charles, Ron. "Review of The Narrow Road to the Deep North." *Washington Post*, 15 August, 2014.

就包括 9000 名澳大利亚战俘。① 战俘和劳工们不仅要在恶劣的环境下
劳动,还要遭受日军毫无人性的身体折磨和精神摧残。这条全长 415 公
里的铁路耗时不到一年便告完工,根据英国官方的统计,在铁路修建过程
中死亡的盟军战俘共计 18000 人,占战俘总数的 30%,简直可以称作"一
段枕木、一个冤魂"的"死亡铁路"。② 历史学家琼·博蒙特(Joan
Beaumont)认为,澳大利亚人在亚洲的被俘经历是"澳大利亚最具创伤的
民族体验之一"③。以这条臭名昭著的"死亡铁路"为素材,出现过一批反
映战争暴行的文艺作品,其中最著名的是由法国作家皮埃尔·布尔
(Pierre Boulle)的同名小说改编、大卫·利恩(David Lean)执导的奥斯卡
获奖影片《桂河大桥》。不少退伍老兵组织批评布尔的小说缺乏历史真实
性,并指责好莱坞对人类暴行的美化令人难以容忍。④ 弗拉纳根的《曲径
通北》与《桂河大桥》颇具浪漫色彩的英雄史诗形成强烈反差,将读者带入
历史深处最黑暗的地方,可以说是对历史的还原与修正。

    弗拉纳根在作品中细致描述了战俘在"死亡铁路"上遭受的奴役、饥
饿、疾病和暴行,将战争的残酷写到了极致。这群"赤身裸体的奴隶"每天
要在潮湿闷热的丛林中工作 15 个小时以上,除了凿子和铲子之外几乎没
有任何工具,只能手挖肩挑地开山劈林、铺设铁轨。在如此非人的超强度
劳役下,战俘们还要忍饥挨饿,每天的饮食只有一个发霉的饭团和一小碗
稀汤;与严重营养不良如影随形的是蔓延的热带疾病,还有营地看守肆意
地毒打与酷刑。死亡人数逐日递增,"这里不再有健康的人,只有病人、严
重的病人以及死人"⑤。书中一幕多里戈为战友截肢的场面只能用触目
惊心来形容,甚至有评论认为作家描写得过于细致和血腥。一个澳军战
俘的截肢残端不幸感染化脓,多里戈唯一的选择就是从臀部再次截肢。
他用自己的皮带作为止血带,用火把照亮腐烂的残肢,用铁勺舀出一股股
脓水,接着锯断骨头,再用猪大肠做成的"绳子"将股动脉缝合。不幸的

---

① Flanagan, Richard. *The Narrow Road to the Deep North*. Australia: Vintage Books, 2014: 24—25.

② 弗雷德·塞克. 永远不能忘记——日军战俘营的岁月. 北京:人民出版社,2014:7.

③ Beaumont, Joan. *Gull Force: Survival and Leadership in Captivity, 1941—1945*. Sydney: Allen & Unwin, 1988:2.

④ Donovan, Stewart. "Imperial Legacy." *Nashwaak Review* (1), 2015:413.

⑤ Flanagan, Richard. *The Narrow Road to the Deep North*. Australia: Vintage Books, 2014:51.

是,伤口缝合处没过多久便出现崩裂,伴随着战俘撕心裂肺的惨叫,鲜血如同喷泉一般蔓延过竹子搭建的简易手术台,流淌到下边深及脚踝的烂泥地上——这就是战争。

然而战争的结束并不意味着痛苦折磨的终结,它还给亲历者带来无尽的心理创伤。弗拉纳根笔下的亲历者包括以多里戈为代表的澳军战俘以及以中村为代表的日军军官,他们在战后都表现出不同程度的创伤征候。战后归国的多里戈被塑造成"战争英雄、声誉卓著的外科医生、苦难时代的代言人"①,但饱受创伤的他却难以适应英雄光环下的平民生活。战时的经历令他难以释怀,俗世的浮名对他毫无意义,他如同内心燃尽的躯壳,疯狂地追求肉体的享乐,并肆意用言语及冷漠伤害妻子,自己的内心也经受着极大的痛苦与折磨。与多里戈一同退伍还乡的澳大利亚战俘也大都无法适应战后的新生活,深受战争重创的他们都表现出创伤后应激障碍中的典型症状:他们离奇地死于车祸、自杀及各种疾病;婚姻往往难以维持,充满暴力或冷漠;孩子大多生下来便有身体缺陷;他们夜以继日地用酒精麻醉自己,要么一言不发、要么滔滔不绝。他们认为自己不是"战争英雄",而是"黄种人的奴隶"②。日军军官中村上校作为战争的施暴者,同时也是战争的受害者。日本投降后中村被列为 B 级战犯,东躲西藏地逃避追捕。战时的阴霾逐渐消散,随着最后一批战犯的获释,中村终于可以卸去伪装,过上正常人的简单生活,好像战争与他没有任何关系。其实他这种压抑与逃避的态度恰恰是"创伤对生活无尽影响的证明"③。中村的脑海中时常浮现出札幌冰雪节上的冰雕怪兽造型,他仿佛看见自己就是恶魔的化身,他在怪兽幻影的折磨下痛苦不堪,直到生命的尽头。通过对澳军战俘以及日军军官所受战争创伤的描写,弗拉纳根立体地呈现出战争创伤的多重维度,促使读者认识到战争的残酷与荒谬,进而思考集体创伤性事件中个人与集体的责任。

弗拉纳根创作该书的灵感源泉来自父亲阿奇·弗拉纳根的真实经历。阿奇是二战时的一名澳大利亚士兵,在爪哇岛被日军俘虏并沦为奴

---

① Flanagan, Richard. *The Narrow Road to the Deep North*. Australia: Vintage Books, 2014: 16.

② Ibid., 340.

③ Caruth, Cathy. *Unclaimed Experience: Trauma, Narrative and History*. London: The Johns Hopkins University Press, 1996: 7.

工,后来成为传奇的"邓洛普千人团"中的一员,由爱德华·邓洛普中校带领,被迫参与修建泰缅铁路。小说的扉页上赫然写着"献给囚犯 335 号",就是阿奇在"死亡铁路"上做奴工时的编号。为了创作这部作品,弗拉纳根与父亲进行过无数次"采访式"的交谈,还专门到泰国扛起石头沿着"死亡铁路"行走,试图体验战俘们遭受过的苦役;他去日本采访了数位曾在那条铁路上工作的战俘营看守,甚至要求对方反复扇自己耳光,以体验日军中流行的"耳光教育"给战俘带来的羞辱与折磨,弗拉纳根的所有努力都是为了尽可能真实地还原历史悲剧。这部历时 12 年、期间 5 次易稿的小说是弗拉纳根对父亲的一份献礼,而父亲也在他书稿完成的当天溘然长逝。[①] 布克奖评审委员会主席安东尼·格雷林(Anthony Grayling)在接受《卫报》采访时指出,弗拉纳根将这部作品的背景设定在二战时期,但作品反映的深刻主题在当代同样能引起强烈共鸣:"通过影视作品及报告文学,我们现在更加意识到经历战争的人所遭受的创伤。这种描述是永恒的,它不仅是书写二战,而且是书写所有战争,以及战争对人类产生的深远影响。"[②]

二、悲戚的爱情叙述

　　战争与爱情是文学创作中的永恒主题,纵观世界上伟大的战争文学作品,不难看出战争与爱情紧密结合的古老传统,如海明威的经典反战作品《永别了,武器》(A Farewell to Arms,1929)、帕斯捷尔纳克的诺贝尔奖获奖作品《日瓦戈医生》(Доктор Живаго,1957)、施林克的战后德国反思作品《朗读者》(Der Vorleser,1995),以及麦克尤恩思考尊严、罪恶与救赎的《赎罪》(Atonement,2001)等。约翰·杰克斯在小说《爱情与战争》的扉页引用了约瑟夫·鲁德亚德·基普林(Joseph Rudyard Kipling)的名言:"世上两件事最为崇高,一是爱情,二是战争"[③],而战争与爱情也是弗拉纳根这部重要作品的主线与灵魂。作家通过设置一系列有关战争与爱情的巧合与冲突,呈现了一个在战争与爱情的并行交错中被战争摧

---

　　① 　Flanagan, Richard. "In My Father's Footsteps on the Death Railway." *The Sunday Times*, 19 October, 2014.

　　② 　Brown, Mark. "Richard Flanagan Wins Man Booker Prize with Timeless Depiction of War." *The Guardian*, 15 October, 2014.

　　③ 　约翰·杰克斯. 爱情与战争. 王同乐、张道峰、徐进先等译. 北京:作家出版社,1991.

毁的爱情悲剧。

战争既造就爱情又毁灭爱情,弗拉纳根通过对主人公爱情的悲剧叙述凸显战争毁灭生活的残酷本质。1940 年年末,尚未奔赴缅甸战场的多里戈在阿德莱德驻军,在一家旧书店遇到了体态娇小、金发碧眼、头戴一朵鲜红茶花的艾米,两人顿时产生了一种"神奇的磁力"①。不久之后,多里戈发现这位令他朝思暮想的女子竟是他叔叔的妻子,但这一事实并未阻止二人不可自拔地坠入情网。东窗事发后,多里戈当即决定带艾米远走高飞,却突然接到部队紧急出发的指令,他万万没想到此次与艾米一别竟是一生。分隔异地的两人用书信寄托彼此的思念,艾米的爱伴随着多里戈挨过战火纷飞的艰苦岁月,但两人美好的爱情在战争的血与火中注定要以悲剧收场。多里戈所在的部队在缅甸被俘后不久便音讯全无,艾米的丈夫趁机谎称多里戈已经死在战俘营里;与此同时,多里戈的妻子艾拉也在信中谎称艾米死于一场瓦斯爆炸。作家精心设置的巧合使多年之后两人在悉尼海港大桥上的偶遇达到高潮:多里戈在海港大桥上遇到令他魂牵梦萦的艾米,正当他百感交集、犹豫不决之时,艾米已经与他擦肩而过,很快混入人群中消失不见。其实,战后归来的多里戈步入公众视野后,艾米曾多次想主动与他联系,无奈她现在身患癌症,多里戈却"前途大好",于是艾米心想"只要知道他还活着就够了"②。战争使人分离,使爱情难以维系;战争带来"死亡",使爱情彻底终结。

弗拉纳根在小说的末尾借用了海明威著名的"冰山原则",为"战争"与"爱情"画上沉重的句点。"冰山原则"就是用简洁的文字塑造出鲜明的形象,把自己的感受、思想与情绪最大限度地埋藏在形象之中,使情感充沛却含而不露,思想深沉却隐而不晦,从而将文学的可感性与可思性巧妙地结合起来,让读者通过鲜明形象的感受去发掘作品的思想意义。③ 尾声部分以闪回的形式完成,作家把场景重新切换到多里戈收到家书得知艾米"死讯"的一幕:痛不欲生的多里戈在恍惚之间,仿佛看到"泥泞的小路旁,无尽的黑暗中,一朵鲜红的茶花正在盛开。他打着油灯弯下腰来端

---

① Flanagan, Richard. *The Narrow Road to the Deep North*. Australia: Vintage Books, 2014: 76.

② Ibid., 431.

③ 张晓花. 海明威"冰山原则"下的小说创作风格.《安徽师范大学学报》(人文社会科学版) 2009 年第 1 期,第 108 页。

详这'小小的奇迹'，然后起身在暴雨中站立良久，接着挺直腰身，继续前行"①。"红茶花"这一意象在小说中反复出现，它是女主人公艾米的象征，也是美好爱情的象征。故事到此戛然而止，弗拉纳根虽然没有正面描写主人公内心的悲恸，也没有过分地渲染场景，但读者却能感到那股强烈而深沉的感情潜流。文字塑造形象、形象包含情感、情感蕴藏思想，作家运用含蓄、凝练的象征手法，把作品的主题思想高度抽象化，大大地扩展了语言的张力。《曲径通北》中战争与爱情的紧密交织有力地表达出小说的反战主题，也成就了这部震撼人心的伟大作品。弗拉纳根的故事之所以令人屏息凝神，不只是因为硝烟中的爱情使人沉醉，美丽中的缺憾使人扼腕，更重要的是生命中爱的永恒使人心驰神往。小说从始至终紧扣爱情主题，通过男女主人公的相遇、相爱和相别，把炽烈的爱情、恼人的离情和无限惋惜的伤情共冶一炉。战争是残酷的，爱情是美好的，战争与爱情在作品中相互碰撞产生的巨大合力令人震撼：没有战争作为背景和主题，不足以使小说表现深刻；没有爱情加以推动及深化，不足以使主题发人深省。正如格雷林所说："文学的两大主题是爱情与战争，《曲径通北》就是一部讲述爱情与战争的宏伟巨著。弗拉纳根文体雅致、行文雄辩，他用一个兼具罪恶与英雄色彩的故事，在东方与西方、过去与现实之间搭起一座桥梁。"②

小说中与爱情强大的救赎功能并驾齐驱的是诗歌艺术的独特魅力。具体来说，弗拉纳根通过对日本高雅文学形式的借鉴，创造性地介入悲剧性历史事件，在尊重历史真相以及用诗意的方式虚构故事之间保持了一种巧妙的张力。小说标题取自日本文坛一代宗师松尾芭蕉的伟大俳谐纪行作品《奥之细道》的英文译名（*Oku No Hosomichi*，译作 *The Narrow Road to the Deep North*），书中记录了芭蕉长达 5 个月、行程 2350 公里的一次徒步深入日本腹地、充满危险与孤独的旅程，堪称古代日本纪行文学的巅峰之作。③ 芭蕉此行多被学者解读为通往"死亡"及"永生"的精神之

① Flanagan, Richard. *The Narrow Road to the Deep North*. Australia: Vintage Books, 2014: 466.

② Quoted from Masters, Tim. "Man Booker Prize: Richard Flanagan Wins for Wartime Love Story." BBC News, 15 October, 2014.

③ 松尾芭蕉. 松尾芭蕉散文. 北京：作家出版社，2008：5—6.

旅①,可以说与《曲径通北》中不同人物的"死亡"及"永生"之旅形成互文。除此之外,小说中多个主要人物都与诗歌有着不解之缘。主人公多里戈热爱诗歌与文字,他最喜欢的诗是丁尼生的《尤利西斯》("Ulysses",1833),其中"我决心/驶向太阳沉没的彼方,/超越西方星斗的浴场,至死方止"②的诗句可谓多里戈一生的写照。诗歌对日本军官来说同样意义重大。杀人如麻的中村和宏太都热衷于日本传统文学,尤其喜爱芭蕉的《奥之细道》。在他们眼中,这首诗就是"日本之魂"的精髓所在,"死亡铁路"便是"日本之魂"的化身,他们正是"通过这条'通往北方的曲径',把芭蕉的智慧传递到更广阔的世界"③。在弗拉纳根眼中,这承载着"日本之魂"的芭蕉诗句却充斥着强烈的反讽意味。他在解释以《奥之细道》作为书名的初衷时表示,"如果芭蕉的《奥之细道》被公认为日本文化的最高点,那么我父亲的经历就代表了日本文化的最低点"④。日本文学中备受尊崇的文字象征着日本的智慧与灵魂,而死亡铁路上数不清的战俘亡魂则暴露出日本文化特有的野蛮与残忍。弗拉纳根对日本高雅文学形式的诗意运用与日本惨无人道的战争罪行相互交织并形成对比,这是人类最高智慧与最大丑恶之间相融相悖的绝佳体现。

三、深度的人性拷问

弗拉纳根表面上书写战争与爱情,实际上"人"才是其探究的根本主题。作家在小说中塑造了三类颇具代表性的人物形象:"反英雄式"的矛盾体人物多里戈、珍视伙伴情谊却人性异化的澳大利亚战俘以及在"人"与"兽"之间苦苦挣扎的日军军官,深层次拷问游离于灵与肉、善与恶、爱与恨之间的复杂人性。作家试图告诉人们,对人性的扭曲和摧残才是战争给人类带来的最大灾难。

弗拉纳根在小说中摒弃了传统战争文学中的英雄主义描写,没有把

---

① Collett, Anne. "Phantom Dwelling: A Discussion of Judith Wright's 'Late Style'." *Journal of Australian Studies* (2), 2013: 251.

② Flanagan, Richard. *The Narrow Road to the Deep North*. Australia: Vintage Books, 2014: 461.

③ Ibid., 130.

④ Flanagan, Richard. "In My Father's Footsteps on the Death Railway." *The Sunday Times*, 19 October, 2014.

多里戈塑造成十全十美的英雄，而是一个复杂且痛苦的"反英雄"矛盾体。多里戈生性懦弱、逆来顺受、风流成性，在生活中算不上一个好男人、好丈夫，但他在战俘营里却善良坚韧、勇于抗争。他积极为同伴们争取食物及药品，竭尽全力地救死扶伤。多里戈每天都要与日军看守就当日的出工人数据理力争，这是他最怕面对的事，因为如果他按要求如数挑出战俘，就等于亲手把他们送上死路；可如果他拒绝，日军看守就会随意挑选那些病情最重的战俘，他们同样是死路一条。正是在与强大敌人的奋勇抗争之中，他的生命意义获得了佐证与升华，他被战俘们亲切地称作"大哥"[①]。但伙伴们的期望使多里戈深感责任重大，这种压迫感甚至令他窒息。他仿佛看到"两个自己"：伙伴口中的"大哥"乐于自我牺牲，而他"只是个自私的凡人，在绝望中求生而已"[②]。澳大利亚文学向来重视极度男性化的硬汉形象，弗拉纳根似乎有意弱化澳大利亚人身上的阳刚之气，在他的笔下，杰出的品质与固有的人性弱点同时存在，充分显示出弗拉纳根把控人性的能力。

弗拉纳根对澳大利亚战俘的刻画同样力求探索多面的人性，并着意展现人性中的善恶交融以及战争对人性的异化和扭曲。在战俘营这样的人间炼狱中，战俘们相互扶持，甚至苦中作乐，举行了一场音乐会。当战俘们合唱起电影《魂断蓝桥》的经典主题曲《友谊地久天长》时，澳大利亚人所珍视的那种不离不弃、患难与共的"伙伴情谊"（mateship）油然而生。他们心中明白，"勇气、生存与爱并非存在某一个人心中，而是存在每个人心中；其中一人一旦死去，这些精神支柱也会随之消逝。因此他们相信，抛弃任何一个人就是抛弃他们自己"[③]。战俘们试图借由其特有的澳大利亚咒骂、澳大利亚记忆及澳大利亚伙伴情谊来支撑自己，但"澳大利亚"这几个字相对于饥饿、疾病、酷刑、奴役及死亡而言，竟然变得一文不值。与此同时，这群澳大利亚战俘也远非圣人，战争扭曲并践踏了他们的"人性"，放大且纵容了他们的"兽性"。小说中描写了这样一幕：坚强乐观的"黑小子"加德纳被冤枉消极怠工而被三名看守轮番殴打，令人痛心疾首

① Flanagan, Richard. *The Narrow Road to the Deep North*. Australia：Vintage Books，2014：466.

② Ibid. ，50.

③ Ibid. ，195.

的是,被迫围成一圈观看的伙伴却对加德纳撕心裂肺的呼救充耳不闻,眼睁睁地看着朝夕相处的战友被敌人践踏。有些人幻想着与家人共度圣诞的温馨场面来转移注意力,更有甚者竟然在心底抱怨何时才能结束毒打、吃上晚饭,"此刻这群男人已不再是男人,这些人已不配为人"①。人在死亡威胁下展示出赤裸裸的动物本能,以野兽般的冷漠来最大限度地延长随时可能终结的生命。写到此处作家不禁发出感慨:"暴行才是唯一的真理……整个人类的历史就是一部暴行史。"②当天深夜,战俘们发现加德纳淹死在营地的茅坑里,他的生命在这里停止,战争带来的无情绝望令人无法逾越。

弗拉纳根在小说中对日军军官复杂人性的刻画尤其令人称道。无论日本军人的战争行径多么残忍暴虐,作家并没有简单将他们描绘成彻头彻尾的恶棍来衬托澳大利亚人的文明体面,而是把他们刻画成有血有肉、善恶并存的普通人,并深入挖掘这群施暴者由"人"变"兽"背后的政治、历史、信仰等因素。小说中着墨最多的是负责管理战俘营的中村少校,他坚定不移地奉行日本军国主义和武士道精神,相信"进步不需要自由"③;同时被灌输了扭曲的战俘观,认为"战俘是没有羞耻、没有荣誉可言的人,战俘不是人"④。中村管理之下的战俘营简直就是一个活人屠宰场,但讽刺的是中村内心其实不乏疑惑,他并不理解"日本之魂"和"自由"到底是什么,一心只想着铁路、荣誉和天皇,并自认为是一位正直且光荣的军官。他需要在兴奋剂的刺激下才能执行任务,每当绝望之时,文学素养颇高的他会在诗歌中找寻意义。战后的中村展现出温情的一面,他热爱家庭,为人谦和,甚至发现自己竟然是个"好人",一个"善良"的人。⑤ 弗拉纳根用很大篇幅来揭示中村内心痛苦的挣扎与折磨:他试图把自己想象成一个忠诚履行帝国责任的高洁之人,试图为曾经的残暴行径找出看似高尚的借口,但又隐约感到曾经坚信不疑的真理也许都是错误的,他心目中美丽

---

① Flanagan, Richard. *The Narrow Road to the Deep North*. Australia: Vintage Books, 2014: 298.

② Ibid., 307.

③ Ibid., 77.

④ Ibid., 330.

⑤ Ibid., 399.

高尚的帝国与天皇此刻化身为恐惧、恶魔及漫山遍野的尸体。[①] 中村临死前创作的诗句，"冬日的冰雪/融化在纯净的水中/纯净一如我心"[②]，便是他对纯净心灵及世界的向往。格雷林在为弗拉纳根颁奖时指出，这部小说给评委们留下最深印象的是其试图传达这样一个信息，即日本人和澳大利亚人一样，都是战争的受害者，而这种能够看到事物两面性的能力就是伟大文学作品的标志之一。[③]

弗拉纳根对复杂人性的多维透视及精湛把握是通过其复杂且独特的叙事技巧来体现的，即时间倒错与多重视角的叙事手法。根据现代叙事学的观点，现代性的叙事文本都具有双重时间性质，即故事时间和话语时间，其中故事时间带有物理性质故不可更改，话语时间显然可塑性更大，热奈特将"这两个时间顺序之间一切不协调的形式"称为"时间倒错"。[④]在弗拉纳根的小说里，正常的叙事顺序在话语时间的编排中得到重新定位：故事开端是多里戈一两岁时在一座木质教堂中的场景，随后突然切换到多里戈七十七岁时以"战争英雄"的身份回顾一生，然后又往回跳转大约五十年来到多里戈在战俘营的苦难岁月，叙事的时间轴跟随主人公回忆的循环往复而扭曲前行。时间的倒错使故事情节交叉糅合，吸引读者从错综复杂的时间安排里寻觅情节的踪迹，从而获得一种愉悦的阅读期待视野。除了利用"时间倒错"的技巧在多里戈一生的不同阶段之间来回跳转，弗拉纳根还试图通过多重视角的表述张力来全方位地表达主题。随着故事的推进，弗拉纳根不时离开多里戈的视角，转而闯入澳大利亚战俘、日军军官、战俘营韩裔看守等其他人物的思想。这种多重视角的切换方式有助于作家展现不同人物的观点，从而重新建构并还原历史真相，同时也使读者不断变换视角进行思考，极大地增添了作品主题的深刻性及复杂性。托马斯·基尼利在为《卫报》撰写的一篇评论文章中，称赞弗拉纳根对时间倒错和多重视角的运用"大胆且成功"，而且由于小说如此引

---

① Flanagan, Richard. *The Narrow Road to the Deep North*. Australia: Vintage Books, 2014: 407.

② Ibid., 412.

③ Romei, Stephen. "Man Booker Prize Winner Richard Flanagan's Triumph against Odds." *The Australian*, 16 October, 2014.

④ 热拉尔·热奈特. 叙事话语:新叙事话语. 北京:中国社会科学出版社, 1990:17.

人入胜,以至于这些叙事技巧几乎不被察觉。①

结　语

　　二战期间被日军俘虏的战争体验主宰着澳大利亚的战争记忆,其中澳军战俘被日军奴役修建泰缅铁路的惨痛经历更成为澳大利亚最具创伤性的民族体验之一。弗拉纳根紧紧抓住澳大利亚民族记忆的核心,配以精湛的艺术手法,全面展现了澳军军医救死扶伤的杰出品质及固有的人性弱点、澳军战俘在求生过程中的无私与自私、日本军人在战争背景下的人性与兽性,以及澳大利亚文化与日本文化的激烈交锋和碰撞。弗拉纳根对战争的残酷书写令人心惊,对爱情的悲戚叙述令人扼腕,对人性的深度拷问令人深思。在《曲径通北》中,人性的怯懦与顽强、残忍与柔情、丑恶与美好如同复调般展开,作家超脱了单纯的民族与道德层面,从战争本体出发,明确地站在人道主义立场上探究人性,并以人性的关怀和悲悯为基准来审视战争,使作品达到艺术的力度、人性的深度及人道的高度,可以说在忠实履行着严肃文学应有的使命。

第三节　作为见证的责任
——《辛德勒方舟》中的大屠杀记忆书写

　　【作家简介】托马斯·基尼利(Thomas Keneally)是澳大利亚最受欢迎、最多产和最杰出的"国宝级"作家,迄今已经出版了三十多部小说、戏剧、电影剧本和杂文、游记、回忆录等非小说作品。基尼利是一位富有正义感和人道主义情怀的作家,其创作灵感多基于史实,擅长在时代背景下刻画人物的情感与心理,呼唤正义与人性。他在海内外享有盛誉,拥有大批忠实读者,在当代文学史上极为重要,是目前英语国家中最知名的作家之一。

　　基尼利曾凭借《招来云雀和英雄》(*Bring Larks and Heroes*,1967)和《三呼圣灵》(*Three Cheers for the Paraclete*,1968)两次获得迈尔斯·富

---

　　①　Keneally, Thomas. "Review of *The Narrow Road to the Deep North*." *The Guardian*, 28 June, 2014.

兰克林奖。1970年，他获得库克船长双百年纪念奖（Captain Cook Bi-Centenary Prize）。1973年，他以《吉米·布莱克史密斯的歌声》（The Chant of Jimmie Blacksmith，1972）获得英国皇家文学学会海涅曼文学奖（Heinemann Award for Literature）。更了不起的是，他有三部作品《吉米·布莱克史密斯的歌声》《森林中的闲话》（Gossip from the Forest，1975）和《南方联邦军》（Confederates，1979）进入英国布克奖获奖候选人名单。1982年他最终凭借《辛德勒方舟》（Schindler's Ark）摘得1982年布克奖桂冠，这标志着他的文学创作成就在英语世界获得公认。这部杰作后来被美国导演史蒂芬·斯皮尔伯格（Steven Spielberg）拍成了享誉国际的电影《辛德勒名单》（Schindler's List，1993），获得了包括最佳影片、最佳导演和最佳改编剧本在内的7项奥斯卡奖。1983年，基尼利因其对澳大利亚文学的卓越贡献被授予澳大利亚勋章。基尼利的作品横跨百余年，尤其以历史小说而闻名，题材内容丰富多彩，从历史事件到政治问题，从宗教差异到文化对抗，从妇女状况到人性探寻，从战争和暴力到平等和歧视，无不展示出他对公众关注的主要争议性问题的道德焦虑。

基尼利十七岁时进入罗马天主教神学院，但他在受戒前就离开了，这段经历影响了他早期的小说创作，包括《惠顿的地方》（The Place at Whitton，1964）和《三呼圣灵》。基尼利的父母都是澳籍爱尔兰人，英国在爱尔兰的长期统治摧残了当地的土著文化，伤害了普通爱尔兰人民的利益，因此反叛成为爱尔兰人灵魂的一部分。作为爱尔兰人后裔，基尼利也深受他们那种对英国文化的分离倾向以及乐于建立独立澳大利亚民族文化的愿望的影响。这一思想表现在一系列作品中，代表作包括《伟大的耻辱》（The Great Shame，1998），这是一部受祖先启发而成的作品，从19世纪被送往澳大利亚的爱尔兰流放犯的视角记述了长达80年的爱尔兰历史。

基尼利对战争的道德态度在若干部小说中得到了持续的探讨，如《恐惧》（The Fear，1965）、《南方联邦军》、《家庭的疯狂》（A Family Madness，1985）、《森林中的闲话》、《辛德勒方舟》、《耻辱与俘虏》（Shame and the Captives，2015）等。《恐惧》是他的第二部小说，讨论了二战期间澳大利亚的国内生活和政治压力，展示了当时青少年的天真和迷茫。《森林中的闲话》通过一位德国谈判代表的眼睛审视了一战的停战情况。基尼利在《南方联邦军》中对美国内战的处理也受到了评论家普遍好评，并在1980

年被美国图书馆协会列为经典战争书籍。基尼利在《耻辱与俘房》中重返二战时代，讲述了二战期间震惊世界的日本战俘大越狱事件，深入探索大历史背后的文明与人性。

基尼利的其他小说包括《飞行英雄班》(*Flying Hero Class*，1991)、《内海的女人》(*Woman of the Inner Sea*，1992)、《杰克欧》(*Jacko*，1993)、《霍姆布什男孩》(*Homebush Boy*，1995)、《贝塔尼的书》(*Bettany's Book*，2000)、《暴君的小说》(*The Tyrant's Novel*，2003)、《寡妇和她的英雄》(*The Widow and Her Hero*，2007)、《火星的女儿》(*The Daughters of Mars*，2012)、《父亲的罪行》(*Crimes of the Father*，2017)等。基尼利还与他的女儿梅格·基尼利(Meg Keneally)一起创作了一个历史犯罪系列作品"蒙萨拉特系列"(The Monsarrat Series)，其中包括《士兵的诅咒》(*The Soldier's Curse*，2016)、《权力游戏》(*The Power Game*，2018)、《无人问津》(*The Unmourned*，2018)和《墨迹》(*The Ink Stain*，2019)四部曲。时至今日，基尼利仍笔耕不辍，活跃在国际文坛，他的最新作品《狄更斯男孩》(*The Dickens Boy*，2020)虚构了英国小说家查尔斯·狄更斯的小儿子在澳大利亚的传奇故事。

本节所论述的作品是他最负盛名的布克奖长篇小说《辛德勒方舟》。

引　言

澳大利亚作家托马斯·基尼利的布克奖作品《辛德勒方舟》充满对大屠杀历史和犹太人生存命运的思考，流露出强烈的社会责任感与人文意识。小说回顾了二战期间的历史事件，讲述了犹太人在希特勒和纳粹党的独裁统治下所遭受的痛苦与劫难，探讨了战争、记忆、身份、死亡和乐观主义等主题，蕴含着深刻的大屠杀记忆隐喻。基尼利通过戏谑、严肃的记忆写作手法，联结个体层面的创伤记忆与犹太民族集体记忆，艺术地再现了后现代语境下记忆、历史与话语交互渗透的大屠杀记忆现状。在全球化背景下的大屠杀记忆研究的基础上，本节尝试对《辛德勒方舟》中的大屠杀记忆主题及叙事策略加以分析，解读大屠杀记忆在犹太群体身份认同中扮演的重要角色，并由此出发，进一步探讨个人、群体、民族及国家如何将恐怖事件后受到抑制或隐藏的灾难性记忆纳入公共回忆空间。

一、大屠杀记忆的文学表征

托马斯·基尼利的《辛德勒方舟》被美国导演史蒂芬·斯皮尔伯格拍成了享誉国际的电影《辛德勒名单》。直至今日,这部小说及其改编电影的影响力仍然在世界范围内长盛不衰,也引发了全世界对于纳粹屠犹这一历史事件的关注与反思。

基尼利的小说《辛德勒方舟》讲述了一个关于一种文明在六年时间内销声匿迹,以及一个人如何通过努力改变少数人群体命运的故事。小说以纪实手法再现了奥斯卡·辛德勒(Oskar Schindler)的真实经历,出色地描绘了主人公在难以言表的邪恶中表现出的勇气和智慧。德国投机商人奥斯卡·辛德勒是个纳粹党党员,善于利用关系攫取最大利润。在被占领的波兰,犹太人是最便宜的劳工,因此辛德勒的工厂只使用犹太工人。他通过阴谋诡计、贿赂和黑市交易,不仅积累了一笔可观的财富,而且使自己备受纳粹官僚的青睐。然而纳粹对犹太人的残酷迫害使辛德勒越来越不满,尤其是1943年纳粹对克拉科夫犹太人的残酷血洗使辛德勒对纳粹的最后一点幻想也破灭了。从那时起,辛德勒不顾一切地冒着生命危险,倾注所有财力和智慧来保护他的犹太劳工,辛德勒的工厂从此成了犹太人的避难所。1944年年底,战争接近尾声,所有幸存的犹太人都被驱逐到臭名昭著的奥斯威辛集中营。辛德勒历经千辛万苦说服当局将他的工厂及其"重要工人"转移到他在捷克斯洛伐克的家乡布伦利茨。一份包括1100名犹太人的名单——"辛德勒的名单"——已经准备就绪,这是一份"生"的名单,谁的名字进入这份名单,谁就能摆脱毒气室的灭绝厄运。当战争结束时,辛德勒的角色也结束了,"和平永远不会像战争那样使他高尚"①,他被认定为纳粹战犯而不得不连夜出逃。在随后的几年里,他的婚姻和商业投资均宣告失败,余生都生活在贫困之中,但他在二战期间英勇无畏的行动赢得了犹太幸存者及其后代的无尽感激。1956年,在以色列亚德瓦谢姆大屠杀纪念博物馆(Yad Vashem Museum)附近的国际义士大道(The Avenue of the Righteous Among the Nations)上,人们为他种下了一棵角豆树。1974年10月,辛德勒在法兰克福去世,他的尸体被运到以色列,埋葬在耶路撒冷的天主教墓地。

---

① Keneally, Thomas. *Schindler's Ark*. Strongsville: Sceptre, 2007: 421.

　　《辛德勒方舟》是一部杰出的文学作品，其独特的艺术成就及现实价值获得评论界的一致好评：《星期日泰晤士报》称赞基尼利"对一个了不起的故事做出了不起的公正处理"①；《纽约时报》对小说中的细节描绘深感震惊，称"在这种情况下，事实远比想象力所能创造的任何东西都要强大"②。彼得·皮尔斯尤其赞叹基尼利对辛德勒的描写，称"基尼利对辛德勒的描述是鼓舞人心的……他避免陷入哗众取宠的陷阱，以坚忍细腻的态度来处理几乎无法忍受的事情"③。

　　《辛德勒方舟》是大屠杀文学中具有里程碑意义的经典作品④，基尼利汇编了大屠杀幸存者的口述历史，将其塑造成一部虚构的戏剧，为大屠杀历史做了有力的注脚，可以视为对大屠杀的一种人文主义表征，引起了学界对大屠杀小说的广泛兴趣。小说通过对大屠杀历史记忆的艺术呈现，将个体对于大屠杀的灾难记忆放入集体叙事中加以考量，彰显出深刻的大屠杀记忆隐喻，也传递出基尼利对于历史苦难的铭记与反思，承担起为大屠杀作见证的责任。

　　学界用"大屠杀"（Holocaust/Shoah）一词专指二战期间纳粹德国对欧洲犹太人以及其他群体实施的极端残酷的集体迫害和种族灭绝事件。虽然这场惨绝人寰的种族灾难发生在欧洲，但其所带来的创伤记忆属于全世界，自发生之日起它就从未停止过对人类良知的拷问。丹·迪纳指出，"如今公共话语中无所不在的大屠杀记忆的出现应该追溯至 20 世纪70 年代末，其影响力到 80 年代已日趋显著，90 年代开始对普遍的历史意识及道德准则产生重大意义"⑤。托尼·朱特在谈及大屠杀记忆时认为，21 世纪的欧洲人必须首先接受"一份颇为沉重的遗产——灭绝（extermination）"，承认大屠杀的罪行是当今欧洲走向未来的"入场券"，而对大屠杀的否认或轻视则意味着将自己"置身于文明、文化的公共话语

----

　　① Green, Peter. "Rev. of *Schindler's List*, by Thomas Keneally." *Sunday Times*, 12 March, 1982: 8.

　　② Rene, Jennifer. "Searching for Schindler." *The New York Times*, 31 October, 2008.

　　③ Pierce, Peter. *Australian Melodramas*: *Thomas Keneally's Fiction*. St Lucia: University of Queensland Press, 1995: 33.

　　④ Vice, Sue. *Holocaust Fiction*. London: Routledge, 2000: 116.

　　⑤ Diner, Dan. "The Destruction of Narrativity: The Holocaust in Historical Discourse." *Catastrophe and Meaning*: *The Holocaust and the Twentieth Century*. Eds. Moishe Postone and Eric Santner. Chicago: University of Chicago Press, 2003: 67.

之外"。① 中国学者林斌对"大屠杀"概念的独特性与普适性进行了梳理后指出,"大屠杀"一词最初特指欧洲犹太人在纳粹魔掌中受到的迫害和蓄意谋杀,到了充斥着种族纠葛和权益纷争的 20 世纪后半叶,当下的普适需求几乎取消了大屠杀的独特性,使之成为一个"几乎丧失意义的空洞抽象概念",即泛指"人与人之间的残忍无情"。② 关于大屠杀的苦难叙事与创伤记忆已经超越犹太种族的局限而汇入全球公共议题,演变成一种全球遭遇种族屠杀创伤的群体共同享有的普遍化的记忆隐喻。

过去二三十年来,随着大屠杀亲历者的逐渐去世,其有关大屠杀的鲜活记忆也逐渐消亡,文化记忆研究者便聚焦于大屠杀记忆在不同媒介、形式、文化及地理空间中的代际传播问题,大屠杀记忆已经溢出历史事件本身,成为一种带有共同意义的记忆符号,从而不可避免地走向全球化。丹尼尔·利维和纳坦·施耐德有关世界记忆的研究对于理解大屠杀记忆全球化的实质至关重要,他们首次将大屠杀记忆作为一种全球记忆形式加以全面透彻的分析。在利维和施耐德看来,就像其他所有的全球化过程一样,大屠杀记忆的全球化进程在本质上具有辩证性。二人借用罗纳德·罗伯逊(Ronald Robertson)创造的"全球本土化"(glocalization)概念来表示记忆的全球性与本土性之间的持续碰撞与交融,并指出这种"双向过程催生出一种基于全球化记忆的跨国符号"③。大屠杀记忆作为一种公共符号已经从政治及政治伦理领域延伸至记忆与集体身份认同范畴。亚摩斯·戈尔德伯格也持类似观点,在他看来,大屠杀记忆似乎有助于形成一种共同身份或共同归属感,从而催生一种"地球村"一般的大型想象共同体。④ 大屠杀记忆的普遍化使作为纳粹大屠杀受害者的所有群体都在道义上获得了身份言说的空间,也为其他类似记忆形式的扩展开辟了道路,越来越多的国家和民族开始正视和反思历史上的种族屠杀。在历

① Judt, Tony. *Postwar: A History of Europe Since 1945*. London: Vintage, 2010: 803－804.

② 林斌."大屠杀后叙事"与美国后现代身份政治:论犹太大屠杀的美国化现象.《外国文学》2009 年第 1 期,第 97 页。

③ Levy, Daniel, and Natan Sznaider. *The Holocaust and Memory in the Global Age*. Trans. Assenka Oksiloff. Philadelphia: Temple University Press, 2006: 13.

④ Goldberg, Amos. "Ethics, Identity, and Anti-fundamental Fundamentalism." *Marking Evil: Holocaust Memory in the Global Age*. Eds. Amos Goldberg and Haim Hazan. New York: Berghahn Books, 2015: 5.

史记忆和现实的碰撞下，非正义的种族冲突和战争的受害者获得了控诉施害者的途径，而他们的苦难记忆也成为其构建新身份认同的必要组成部分。①

大屠杀记忆的全球化跨越了地域与文化的藩篱，使特定群体的受难经历成为一种超越民族或国家范畴的记忆形态。不同学科、文类、媒介、形式都从各自的视角对人类历史悲剧及其后遗症进行解读与反思。其中以大屠杀为主题的文学、影视、戏剧、音乐、美术等各种形式的文艺作品更是不计其数，促进了大屠杀叙事特别是见证叙事的兴起，甚至催生了"大屠杀产业"。正如杰弗里·亚历山大所言，我们的社会试图通过纪念大屠杀事件创造一个更加公正、美好的世界："在每个大屠杀纪念馆里，犹太人的命运都充当了阐释其他少数民族、宗教和种族相似遭遇的隐喻性桥梁，其目的显然不是把大屠杀作为历史早期的重要事件加以'推广'，而是为当今世界实现多元主义与公平正义的可能性作出贡献。"②大屠杀成为全球记忆的圣地以及历史见证的中心，并与世界上其他大屠杀记忆中心形成紧密合作的网络，共同推动公共话语对大屠杀记忆的认知与传承。

二、在真实与虚构之间：奥斯卡·辛德勒

《辛德勒方舟》被基尼利称为"纪实小说"（faction），这是"一种新闻类型的小说，大量依赖并引用事实，提供可供核实的场景，一般涵盖一个危机的历史时刻"③。据基尼利本人的叙述，1980 年一次偶然的机会，他在加利福尼亚州比弗利山遇到了利奥波德·普费弗伯格（Leopold "Poldek" Pfefferberg），并首次听到有关奥斯卡·辛德勒的故事。普费弗伯格是基尼利为小说创作所采访的 50 位"辛德勒犹太人"（Schindlerjuden，或 Schindler's Jews）中的第一位，正是他向基尼利提供了关于辛德勒的非凡回忆。基尼利将辛德勒形容为"一位锦衣玉食的德国人，一位投机商，一个魅力四射的男人，一个矛盾的化身……他在那个

---

① 张腾欢. 埃利·威塞尔与大屠杀记忆普遍化. 《中国社会科学报》2017 年 9 月 18 日，第 7 版。

② Alexander, Jeffery C. "Toward a Theory of Cultural Trauma." *Cultural Trauma and Collective Identity*. Eds. Jeffery C. Alexander, et al. Berkeley, CA: University of California Press, 2004: 257.

③ Gelder, Ken. "The Novel." *The Penguin New Literary History of Australia*. Ed. Laurie Hergenhan. Sydney: Penguin Books Australia, 1988: 503.

如今通称为大屠杀的年代里,拯救了一个被诅咒种族中的男男女女"①。针对这一主题所带来的挑战,基尼利选择了相对整洁的传统现实主义小说的叙述形式,把小说与纪录片相结合。采用小说的形式,能够更好地勾勒出历史人物辛德勒的正确形象,因为"小说的技巧似乎适合于表现像辛德勒这样一位如此含混复杂又如此崇高伟大的人物"②。与此同时,基尼利又利用纪录片式的技巧,通过大量现存文字、口述历史和照片材料来还原历史事件的纪实性。基尼利采用的叙事策略赋予了该书以小说的魅力以及纪录片的真实感,并在很大程度上帮助其取得极大成功。

《辛德勒方舟》不仅仅是对普费弗伯格记忆的转述,同时也是"对奥斯卡惊人历史的记录"③。基尼利有充分的理由为其研究的历史性与真实性作担保,他的资料来源包括对 50 名"辛德勒犹太人"的采访,对故事主要地点的实地探访,亚德瓦谢姆大屠杀纪念博物馆提供的大量证词,通过私人渠道获得的书面证词,以及辛德勒朋友提供的辛德勒本人的文件和来往书信。基尼利在小说的"文献索引"部分详细列出了自己的参考文献,如:柏林党卫军中央行政部门给集中营指挥官的一封信,辛德勒在解放时对工人讲话的简短记录,辛德勒在德国联邦司法部的证词记录,1973年关于辛德勒的一部德国电视纪录片,辛德勒名单的副本等。这些都是可以核实的真实信息,暗示着如果读者有好奇心和精力,可以自己去寻找,就像基尼利可以在阿根廷拜访辛德勒的遗孀一样。想象虽然是"虚构"的,却可以讲述"非虚构"难以描述的真实。作者一再强调,"我一直着力避免一切虚构,因为任何虚构都会贬损我的记录。像奥斯卡这样的伟大人物,身上自然会笼罩着无数神话和传说,我则一直力图将事实与神话区分开来。……大部分的对话内容,所有的事实,均建基于由辛德勒犹太人,奥斯卡本人以及其他亲眼见证奥斯卡那非凡拯救行动的人士提供的详尽回忆之上"④。

基尼利笔下的辛德勒并非一个十全十美的英雄人物,而是一个"有缺陷的"英雄,一个道德上模棱两可的人,他成功地塑造了辛德勒这个"是人

---

① Keneally, Thomas. *Schindler's Ark*. Strongsville: Sceptre, 2007: 1.

② Ibid., 3.

③ Ibid., xiv.

④ Ibid.

而非圣人"的普通人形象。小说中的辛德勒有血有肉,凡人的弱点和美德集于一身:他生活放浪,花天酒地,并非不爱妻子,同时又拥有若干情妇;他酗酒成性、善于投机和交际,花钱如流水,具有商人的狡黠和冒险的品性;他是一个战时的德国投机商人,却并不崇尚狭隘的爱国主义,不屑与纳粹分子同流合污;恰恰相反,他倾尽全力去挽救犹太人的生命,更加难能可贵的是,辛德勒此举并非刻意完成一桩伟大的事业,也根本不求回报,仅仅是出于一个普通人的同情心。正因为是一个普通人冒着生命危险做出了非凡的壮举,两者之间构成的强烈反差才令人震撼和感动,更加突显人性的伟大。

　　基尼利深刻探讨了辛德勒的痛苦挣扎、思想动荡和行动轨迹。他从一个冷漠的人蜕变为一个有同情心的人,其背后的原因和动机却一直没有得到合理的解释,使得笼罩在这个人物身上的神话色彩更加浓厚。基尼利在一次采访中表示,辛德勒吸引他的原因是:"你无法说清楚机会主义在哪里结束,利他主义在哪里开始。我喜欢这种颠覆性的事实,即好的东西总是会从不可能的地方出现。"①被辛德勒拯救的大屠杀幸存者们也对此感到困惑,他们通常的回应都是"我不知道他为什么这么做",认为他身上一定有"对人类的野蛮行为感到愤怒并对其作出反应的能力"②。对辛德勒自己而言,他目睹犹太区数千人惨遭屠杀的那一天是他思想和行为的转折点,"从这天起,"他声称,"任何有思想的人都知道接下来会发生什么,我现在决心尽我所能来击败这个体系"。③ 实际上,辛德勒拯救犹太人的义举并非完全无迹可寻,他与身边的犹太人一起长大,对犹太人甚至有一种崇敬和尊重之情。④ 辛德勒的英勇事迹是无法计数的,围绕他产生了一系列的寓言、传说和神话。正如帕特里克·怀特笔下的沃斯多次被比作上帝,辛德勒也成为大屠杀中非犹太救援者的一个总称,成为犹太人的一种宗教象征。一位幸存者多年后回忆道:"他是我们的父亲,他是我们的母亲,他是我们唯一的信仰。他从未让我们失望。"⑤基尼利这

---

① Keneally, Thomas. "Doing Research for Historical Novels." *Australian Author* 7(1), 1995: 27.

② Ibid., 28.

③ Keneally, Thomas. *Schindler's Ark*. Strongsville: Sceptre, 2007: 147.

④ Fensch, Thomas. *Oskar Schindler and His List*. Chesterfield: New Century Books, 2014: 14.

⑤ Keneally, Thomas. *Schindler's Ark*. Strongsville: Sceptre, 2007: 358.

样看待关于辛德勒的神话："神话不在于它是否真实，也不在于它是否应该真实，而是它在某种程度上比真理本身更加真实。"①

基尼利对辛德勒人物形象的刻画主要通过另一位主要人物阿蒙·葛斯（Amon Goeth）完成，他把葛斯称为辛德勒的"黑暗兄弟"②。葛斯是纳粹党卫军军官，一个死忠的纳粹分子，是第三帝国暴行及其"最终解决方案"的化身。与辛德勒一样，葛斯也是一个既复杂又矛盾的人。冯涛先生在《辛德勒方舟》的"译后记"中指出："在基尼利的笔下，'大义人'辛德勒和'大恶人'葛斯形成了饶有趣味又意味深长的对比，这善恶的两端不但家庭出身、外貌特征、兴趣爱好都基本类同，甚至他们的精神世界也不无相同之处。"③但两人最主要的区别是一个是救世主，另一个是作恶者。作家将葛斯作为检视辛德勒的一面镜子，迫使读者认同纳粹的特权与权力，而不仅仅是记录他们的残忍。基尼利对葛斯的塑造着力反映其人性的复杂，他倾向于用一种"技术中立性"的手法来描述人物，向读者提供人物内在与外在生活的完整画面，从而让读者自己得出结论并做出判断。对读者而言，任何人都可能成为救世主或作恶者，并且这两种人都没有先决条件。正如基尼利所言："你仍不免会将葛斯视作辛德勒的黑暗兄弟，如果辛德勒的性情不幸颠倒一下的话，他也极有可能成为葛斯这样的暴君和狂热的刽子手。"④辛德勒并非注定会成为英雄，葛斯也不是生下来就是恶魔。辛德勒不惜倾家荡产、历经千辛万苦甚至冒着生命危险拯救了一千多名犹太人，从而成就了传奇英雄的"本质"；葛斯"杀起人来就像一个职员每天上班一样冷静"，"上绞刑架的时候丝毫没有悔恨的表现，死前还敬了个国社党的举手礼"，由此造就了他的恶"本质"。⑤

基尼利跨越了历史小说和社会小说的界限，在真实性和创造性写作之间架起一座桥梁。虽然基尼利撰写的是一部小说作品，但它是基于对世界各地"辛德勒犹太人"的深入研究与采访而写成，这是任何学者都无法企及的。但作为作家的基尼利也深知：真相只可接近，永无抵达的可能。"一切历史都是当代史"，历史虽由无数真相组成，那些真相却定格在

---

① Keneally, Thomas. *Schindler's Ark*. Strongsville: Sceptre, 2007: 251.

② Ibid. , 188.

③ 托马斯·基尼利. 辛德勒名单. 冯涛译. 上海：上海译文出版社，2014：482。

④ 同上书，第191页。

⑤ 同上书，第466页。

过去,没有人能像上帝一样客观地见证事件的全貌。基尼利的虚构叙述以历史和记忆为背景,并按照时间顺序逐渐展开,再现了一个看似不可能发生的故事,即一个德国人在战争期间无私帮助犹太人的故事。基尼利可能编造了小说中人物的交流和对话,但却忠实于他们的行动和意图。事实上,基尼利的这部小说以忠实叙述为最大特色,以至于有人声称它根本不是一部小说,而是一部非虚构作品。历史上真实的辛德勒的前妻艾米莉·辛德勒(Emilie Schindler)在晚年如此评价道:"这部小说是纯粹的真相。它展示了一些丑陋的东西,但当你意识到这是真相时,它变得更有力量。真相甚至比小说中所讲述的更加糟糕。"①

三、奥斯威辛之后:大屠杀的记忆伦理

大屠杀发生于人类文明高度发展的现代理性社会,大屠杀记忆作为文化记忆的一部分,总是处于无法言说却又不得不说的伦理困境之中。面对这一惨痛的过去究竟是该记忆还是忘却一直是文学界关注的焦点。大屠杀这一极端事件的悲惨程度远超人类语言所能言说的范围,它体现出道德伦理的无力与生命意义的虚无,基尼利以文学作品的方式对这一人类悲剧的诗意再现,恰恰使西奥多·阿多诺(Theodor Adorno)的"奥斯威辛之后"命题再次回到人们的视野。

阿多诺在《文化批评与社会》一文中提出:"文化批评发现自身面临着文明与野蛮之辩证法的最后阶段。奥斯威辛之后写诗是野蛮的,这甚至侵蚀到我们对如今为什么不能写诗的理解。"②在阿多诺看来,人类在经历了这场超乎道德底线的残暴屠戮之后,所谓高贵的诗歌已经暴露出自身的空洞虚伪,"写诗"也构成了对野蛮人性的苍白掩饰。阿多诺的命题一经面世便引起广泛论争,遭到了诸多反驳,匈牙利作家凯尔泰斯·伊姆雷曾经在接受记者采访时指出:"不妨设想一下,难道艺术会绕开这样的历史,这样的悲剧吗?从另一个角度来看,如果一个诗人感到了为奥斯威辛写作的必要,却同时不能满足美学的要求,这同样也是荒唐的。奥斯威

① Steinhouse, Herbert. "Schindler's Wife 'Lists' Stake." *Daily Variety*, 10 February, 1994: C1.

② Adorno, Theodor W. *Can One Live after Auschwitz: A Philosophical Reader*. Eds. Rolf Tiedemann and Rodney Livingstone. Stanford: Stanford University Press, 2003: 34.

辛有一种特殊的美学。"①荷兰文学批评家德累斯顿也表示："无论野蛮与否，文学还是继续前进；虽然对文学的执着已经过去，或表现为不同的方式，但文学的作用注定还是要继续维持下去。"②

面对越来越多的反驳之声，阿多诺开始重新思考"苦难意识"这一重要议题，他在《否定的辩证法》中指出，"日复一日的痛苦有权利表达出来，就像一个遭受酷刑的人有权利尖叫一样"③。事实上，对人性灾难的反思一直都是文学的基本职责之一，苦难一旦汇入艺术，艺术便负有唤醒人性之责，因为"人类的苦难迫切需要艺术，需要一种不去粉饰苦难和减轻苦难的艺术。艺术用其厄运之梦呈现人性，以便人性能从梦中惊醒、把握自己并幸存于世"④。只不过如何在真实史料的基础上，重新书写人类的血腥历史，使其具有文学的审美意蕴，仍旧是对作家能力的一种考验。如果放弃记忆的责任，就等于背离大屠杀的真相。在此背景下形成的"大屠杀文学"勇敢承担起记忆与纪念历史创伤事件的责任，不仅以大屠杀为主题进行创作，还致力于"表达新的意识秩序以及存在的可见转变"⑤。

基尼利勇于承担起记忆与纪念的责任，对敏感议题和历史问题进行书写及探讨，在继承世界文学主题的同时，也赋予了其当下性的思考。小说标题"辛德勒方舟"源自"诺亚方舟"，极具宗教隐喻色彩及救赎意味。"方舟"一词寓意着"希望与重生"，正如辛德勒的"方舟"，实为纳粹大屠杀时期辛德勒全力庇护下的犹太人工厂，进入辛德勒的工厂即登上了隐喻重生的方舟，逃离了死亡境地，驶向生之彼岸，使随时面临灭族之灾的犹太人得以幸存，乃至繁衍生息。小说的美国版及电影版标题被易名为"辛德勒名单"，真实的"名单"取代了"方舟"，虽失去了宗教隐喻意义，但却暗含了拯救和救赎的双重意蕴。辛德勒的"名单"拯救了一千多名犹太人，但小说中其实还有一份事关生死的名单，也就是获得拯救的全体犹太人签名作证的名单。辛德勒的名单把犹太人从纳粹手中拯救出来，而犹太

---

① 凯尔泰斯·伊姆雷. 集中营里也有幸福的存在——诺贝尔文学奖得主凯尔泰斯·伊姆雷访谈录. 吴蕙仪译，《译林》2005 年第 5 期，第 183 页。

② 塞姆·德累斯顿. 迫害、灭绝与文学. 何道宽译. 广州：花城出版社，2012：193.

③ 特奥多·阿多尔诺. 否定的辩证法. 张峰译. 重庆：重庆出版社，1993：363.

④ 同上书，第 385 页。

⑤ Rosenfeild, Alvin. "The Problematics of Holocaust Literature." *Literature of the Holocaust*. Ed. Harold Bloom. Philadelphia：Chelsea，2004：22.

人的名单又使辛德勒后来免遭盟军追捕与战后审判。两份名单交替的那一刻,双方的角色发生了微妙的转变,这种回报性的彼此拯救展示了一个完整的救赎过程,彰显了"名单"的救赎力量与人性的本善之力。

《辛德勒方舟》讲述的不仅是辛德勒救助一千多名犹太人的故事,更呈现出正统派犹太教文化从丧失到重建的痛苦历程。在《辛德勒方舟》中德军入侵波兰后迫害犹太人的第一个场景,不是搭建犹太人隔离区,不是强制佩戴大卫之星,而是废止犹太人的一切律法与习俗,即从文化表征上消灭犹太人的痕迹。这些习俗来自希伯来《圣经》及后世犹太拉比对《圣经》的解释,是犹太人之所以为犹太人的重要身份标记。书中详细描述了正统派犹太男子被割去垂发的段落,垂发是正统派犹太教徒男性的标志性发型:要用鬓角垂下的头发遮盖太阳穴,这意味着大屠杀从剥夺犹太律法的合法性开始。与此形成鲜明对比的是,辛德勒出于对犹太人苦难的同情与理解,表现出对犹太文化重建的热情,他在将工厂搬到老家捷克苏台德区后,鼓励勒瓦托夫拉比带领其他工人一起守周五安息日。小说中如此描述犹太人对辛德勒此举的反应:"一开始,他(勒瓦托夫拉比)须得忍受辛德勒对他们的宗教开的小玩笑——至少他是这么认为的。……每到星期五下午辛德勒就会跟他说:'您不该待在这里,拉比,您应该去准备过安息日了才对。'一直到奥斯卡偷偷揣给他一瓶葡萄酒作圣礼之用,勒瓦托夫才明白过来主管先生并非跟他开玩笑。"①由此可见,辛德勒拯救的不仅是犹太人的生命而已,而且是他们作为文化载体的生命。德国投降后辛德勒被迫连夜出逃,在最后的告别仪式上,辛德勒提议为死难同胞默哀,勒瓦托夫拉比带领大家用希伯来语唱歌表示哀悼。此时的希伯来语歌声具有无与伦比的抚慰作用,同时也象征着犹太文化重建的开始与大屠杀幸存者恢复文化尊严的开始。

伦理学家阿维夏伊·马格利特曾说道:"人类到底应该记住什么?简单来说,人类应该记住那些根本之恶以及反人类的罪行,比如奴役、驱逐平民和大规模灭绝。"②马格利特所说的"根本之恶"(radical evil),就是那些"足以动摇道德根基的行径"③。接着马格利特展示了两种对待过去创

---

① Keneally, Thomas. *Schindler's Ark*. Strongsville: Sceptre, 2007: 71.

② Margalit, Avishai. *The Ethics of Memory*. Cambridge: Harvard University Press, 2002: 78.

③ Ibid.

伤的范式:记忆或忘却,是选择记忆以留存过去,还是选择忘却以放眼未来。徐贲接受了马格利特的观点,并在《人以什么理由来记忆》中进一步指出,记忆不只是"知道",而且是"感受",被忘却是一种人在存在意义上的可怕的惩罚,因而他强调见证是一种道德记忆,个体应该通过叙述的途径让记忆在公共空间中自由交流,分享他们的记忆,才能形成集体的共同记忆。①

在这种意义上而言,《辛德勒方舟》具有文学治疗和见证历史的双重意义。小说中所展现的大屠杀创伤记忆,不仅涉及具有相同创伤经验的犹太人群体,同时涉及犹太人幸存者及其后代子孙之间关于大屠杀记忆的代际传递。对于当代犹太人群体而言,大屠杀记忆蕴含着征服、暴力、绝望、遗忘与纪念的复杂情绪;对于大屠杀的幸存者而言,这一记忆造成他们挥之不去的心理创伤;而对于那些未曾经历过大屠杀的犹太人后代而言,大屠杀记忆是犹太历史与文化的浓缩,是整个族群建构文化身份的重要渠道。在这种记忆的历史化过程中,大屠杀的创伤经历成为一代人或某个集体共同拥有的记忆对象,并成为文学写作、电影等再现、生产和塑造过去的基础,它在个人与集体之间的传递使其进一步融入民族或集体的文化记忆中。

结　语

《辛德勒方舟》成功建立起全球视野下公众对大屠杀事件的共情心理与关怀伦理。通过在世界记忆语境中对大屠杀记忆及其文学表征的考察可以看出,基尼利致力于将犹太人群体的战争创伤从个体苦难上升为集体危机,从文学主题演变为哲学、伦理或道德主题,从身体、精神及社会创伤深化为"文化创伤"。正如亚历山大所说:"通过文化创伤的建构,社会群体、民族社会,有时甚至是整个文明,不仅能够在认知上辨认人类苦难的存在及根源,还会就此担负某些重大责任。一旦他们确认了创伤的根源,并由此担负起道德责任,集体成员便能界定彼此的团结关系,并在原

---

① 徐贲. 人以什么理由来记忆. 长春:吉林出版集团有限责任公司,2008:7.

则上分担他人的苦难。"①实际情况是,社会群体成员往往拒绝承认他人创伤的存在,借此推卸自身对他人苦难的责任,甚至将自己苦难的责任投射到他人身上。因此,在集体层面上对大屠杀记忆的保存、传播及反思不受个体、地域、民族和国家的限制,而是以人性的道德责任为基础,以人类对文明和未来的共同愿望为支撑,这也许是基尼利着力书写大屠杀记忆的意义所在。

第四节 雪莉·哈泽德《大火》中的身份与世界主义伦理

【作家简介】雪莉·哈泽德(Shirley Hazzard)是澳大利亚著名流散作家代表,被誉为"澳大利亚战后最善于观察的文学制图师之一"②。哈泽德的小说《大火》(*The Great Fire*,2003)同时荣获美国国家图书奖(2003)和澳大利亚最高文学奖迈尔斯·富兰克林奖(2004),使哈泽德在美国和澳大利亚文坛均受到广泛赞誉。迄今为止,哈泽德共出版了四部小说,两部故事集和两部非虚构作品,其中小说《大火》被翻译成中文在国内出版。

哈泽德出生于澳大利亚悉尼北岸下游的摩斯曼区,有着离散的家庭背景和生活阅历。她来自一个英国移民家庭,家中成员包括父亲、母亲和比她年长三岁的姐姐。哈泽德的父亲出生在英国,曾参加过第一次世界大战,后随 20 世纪 20 年代的移民浪潮来到澳大利亚。她的母亲也出生在英国,1925 年移民澳大利亚。哈泽德的童年和少年生活被经济萧条、战争和流散所主导。她见证了 20 世纪 30 年代大萧条时期悉尼街道上穷人们的悲惨状态,在 1942 年日军轰炸澳大利亚达尔文港后随学校师生转移悉尼郊区,学业受到影响,1947 年跟随家人途经日本前往中国香港生活。哈泽德在抵达中国香港后由于战争原因没能接受大学教育,后在驻

---

① Alexander, Jeffery C. "Toward a Theory of Cultural Trauma." *Cultural Trauma and Collective Identity*. Eds. Jeffery C. Alexander, et al. Berkeley, CA: University of California Press, 2004: 1.

② McMahon, Elizabeth. "Insular and Continental Interiors: The Shifting Map of Literary Universalism after the War." *Islands*, *Identity and the Literary Imagination*. London: Anthem Press, 2016: 99.

中国香港的英国情报办公室担任文员。1951 年年底，哈泽德随家人搬到纽约曼哈顿，在联合国秘书处找到一份文员工作。1956 年苏伊士运河危机爆发，哈泽德被派往意大利那不勒斯展开为期一年的翻译工作。哈泽德的成长经历和流散背景使她在东西方文化之间穿梭，为她的文学创作尤其是跨国书写提供了滋养。

哈泽德的文学生涯从她的短篇故事开始。1960 年哈泽德在意大利度假时有感而发写下了一个短故事，后将之寄给《纽约客》杂志，很快便被接受。哈泽德第一篇正式发表在《纽约客》上的短故事是《伍拉娜路》（"Woollahra Road"，1961）。哈泽德与《纽约客》合作了 30 年，在该杂志发表了几篇报道文章和许多虚构作品，包括一系列以联合国为原型的虚拟组织的自传性故事。这些故事被收集整理后以《坠落悬崖和其他故事》（*Cliffs of Fall and Other Stories*，1963）为书名出版，成为哈泽德的第一本书。哈泽德在联合国秘书处的工作经历还促成了她的另外三部作品。其中，短故事集《玻璃房子里的人》（*People in Glass Houses*，1967）讽刺了以"联合国"为原型的组织的官僚主义作风，揭示了其中人和一切可能性的荒废及其带来的幻灭感和枯燥乏味感。非虚构性质的报告性书籍《理想的失败：联合国的自我毁灭研究》（*Defeat of an Ideal：A Study of the Self-destruction of the United Nations*，1973）表达了哈泽德对 1951 至 1955 年期间联合国秘书处完全向麦卡锡主义投降并保持沉默的愤怒，《真相的面容：联合国和瓦尔德海姆案》（*Countenance of Truth：The United Nations and the Waldheim Case*，1990）则讽刺了联合国秘书处及其"领导人"在 20 世纪七八十年代日益严重的各种危险中表现出的腐败和无能，表达了对联合国第四任秘书长、奥地利前总统库尔特·瓦尔德海姆（Kurt Waldheim）的不满。哈泽德的故事集和非虚构作品中透露出其对西方人文生活的感受，也为理解她的小说作品提供了参考。

哈泽德一共出版了四部小说。首部小说《假日之夜》（*The Evening of the Holiday*，1966）中的故事发生在 20 世纪 50 年代的意大利锡耶纳，也就是哈泽德曾连续七年到访的度假之地。小说主要讲述了一个年轻的意大利和英国混血女孩邂逅一位意大利建筑师的经历。哈泽德通过小说中失败的情感经历揭示了个体在战后世界的成长和救赎，也通过细致展现小说中的建筑和花园等景象，表明了意大利锡耶纳的人文环境对个体的治愈性。第二部小说《正午海湾》（*The Bay of Noon*，1970）很大程度上源于哈泽德本人在那不勒斯担任翻译期间的经历，是她专门写给意大利那不勒斯的情书，因为那不勒斯是故事的真正主角。小说以第一人称视角展开，讲述了被派到那不勒斯北约基地担任翻译的年轻英国女孩的经历。小说的许多情节和环境描写都反映了哈泽德本人在那不勒斯第一次逗留的经验，在这个充满悠久历史的古老城市，哈泽德如女主人公一样，实现了自我的成长。第三部小说《金星凌日》（*The Transit of Venus*，1980）主要从 20 世纪 50 年代初展开澳大利亚姐妹卡罗（Caro）和格蕾丝（Grace）的故事，穿插了两姐妹对澳大利亚童年生活的回忆。小说出版后获得 1980 年美国国家图书评论界奖（American National Book Critics Circle Award）（奖励"用英语出版的最好的书籍和评论"），还登上几个国家的畅销书排行榜榜首，确立了哈泽德的声誉。《大火》是哈泽德的第四部也是最后一部小说，其背景主要设定在 1947—1948 年间，重点讲述三十二岁的英国老兵利思（Leith）在日本和中国的战后经历。小说获得 2003 年美国国家图书奖、2004 年澳大利亚迈尔斯·富兰克林奖和 2005 年美国威廉·迪安·豪威尔斯奖（American William Dean Howells Medal），还曾入围橘子文学奖[Orange Prize for Fiction，现名女性小说奖（Women's Prize for Fiction）]、2004 年布克奖的候选长名单，并被《经济学人》（*The Economist*）评为 2003 年年度图书（Book of the Year）。

本节所论述的作品是哈泽德荣获美国国家图书奖和澳大利亚迈尔斯·富兰克林奖的小说《大火》。

引　言

哈泽德的小说因其开阔的全球化和国际化视野而享誉文坛。约翰·柯尔默（John Colmer）认为哈泽德的作品具有一种"自觉的世界性"[①]。夏洛特·伍德（Charlotte Wood）强调哈泽德的作品"带着作者 20 世纪四五十年代在澳大利亚成长的伤疤"，而她"无国籍状态赋予了一种针锋相对的新权力"。[②] 苏珊·温德姆（Susan Wyndham）认为哈泽德是"拥有'另

[①]　Colmer, John. "Patterns and Preoccupations of Love: The Novels of Shirley Hazzard." *Meanjin Quarterly* 29 (4), 1970: 461−467.

[②]　Wood, Charlotte. "Charlotte Wood on Shirley Hazzard: Across the Face of the Sun." https://sydneyreviewofbooks. com/essay/transit-of-venus-shirley-hazzard/. Accessed 13 January, 2024.

一个世界'视角的全球公民；精准而致命的判断，让角色在爱情和战争的混乱中冷静地移动，不受国籍、阶级和性别的限制"①。迪·克力策（De Krester）指出，哈泽德"对民族主义提出了警告，并提出了一个国家可能会是什么样的版本：世界主义、善良、'没有敌人的生活'"②。哈泽德作品研究专家布里吉塔·奥露布斯（Brigitta Olubas）直言，哈泽德的"世界主义视角"通过作品中"密集的道德""引人注目的引用"和"卓越的文体之优雅和叙事密度"将读者引向"人文主义传承的广阔与世界主义的网络"。③

哈泽德的代表作《大火》是基于作者战争记忆写成的小说，通过辐射广泛的地域空间，如澳大利亚、日本、中国、新西兰、英国、美国、德国、瑞典和南非等，小说试图绘制出一幅战后世界人类艰难生存图景，蕴含了哈泽德对个人身份与伦理的思考，体现了她超越民族、种族和国界的世界主义伦理关怀。本节以身份焦虑、英雄建构与世界主义伦理为主线，解读作家对身份，尤其是澳大利亚身份和现代人文精神的探究。

一、隐匿的身份焦虑

《大火》主要围绕英国二战老兵利思于 1947 年和 1948 年在日本和中国进行战争伤亡调研的经历展开，讲述了他在亚洲发生的一段经历。尽管小说有澳大利亚的元素，但它并没有植根于澳大利亚，也没有太多的情节发生在澳大利亚。《大火》关于澳大利亚的回忆和书写主要集中在利思的战友兼好友、澳大利亚白人青年彼得·埃克斯利（Peter Exley）这一人物身上。他在悉尼出生长大，曾不顾父母反对前往欧洲学习艺术史，在二战爆发后直接参战，与利思一起当过战俘，历经生死考验。二战后，彼得在香港处理日本罪犯审判事宜，同时见证着种族歧视引起的隔阂，暴露出隐匿的身份焦虑。

哈泽德通过彼得与欧亚混血女孩丽塔·泽维尔（Rita Xavier）的故事展现了种族歧视的存在与影响，尤其暗讽了澳大利亚文化生活中"白澳政策"

---

① Wyndham, Susan. "The Heavenly Brilliance of Shirley Hazzard." *The Sydney Morning Herald*, 4 October, 2019.

② De Kretser, Michelle. *On Shirley Hazzard*. Melbourne: Black Inc., 2019:6.

③ Olubas, Brigitta. *Shirley Hazzard: Literary Expatriate and Cosmopolitan Humanist*. New York: Cambria Press, 2012:2.

的危害。从历史上看,澳大利亚的《1901年移民限制法案》确立了对非欧洲白种人权威的敌意态度的基调。正如历史学家朱普解释的那样:"到1947年,根据人口普查统计,除原住民外,非欧洲人口占总人口的0.25%。澳大利亚已经成为欧洲西北部以外世界上白人最多的国家之一。"①《大火》的故事发生在1947年和1948年,作为三十岁左右的澳大利亚白人,彼得清楚地知道他的国家存在着种族法:"我在一个以同一性(sameness)为中心美德的国家长大。"②毫无疑问,这里的"同一性"指的是白种人的同一性。这种政治文化环境对非白人的影响毋庸置疑,但也深刻影响了作为白人的彼得的生活,使他对白人和非白人之间种族差异与隔阂产生高度敏感,引起身份焦虑之感。

彼得与丽塔的故事诠释了种族歧视引发的隔阂。在20世纪40年代的香港,自认为种族纯正的殖民者会对欧亚混血儿持有殖民蔑视,丽塔便遭遇了这样的歧视。在白人同事中,她的种族等级较低,当办公室的其他三位白人女性被白人男性簇拥时,丽塔没有受到约会邀请。"在这方面,种族界限被悄悄地、不可调和地划了出来",因为"一些出身好的受过良好教育的女孩被不明智的爱情隔离在殖民地较低的阶层中"。那三名白人女同事纷纷鄙视丽塔的欧亚混血儿身份,认为"欧亚混血儿……保持一套他们自己的种姓制度。跟他们混在一起没有好处"。她们感到"如果养育了混血小孩,那简直可怕"。③ 这种歧视的存在造成不同种族间的隔阂和冷漠。

种族隔阂在彼得和丽塔之间画下界线,阻碍彼得对后者的情感发展。彼得意识到,"泽维尔小姐不喜欢在我们这些'欧洲人'面前说中文,但只对办公室的中国清洁工说"④。他对丽塔十分欣赏,知道丽塔掌握出色的英语发音和词汇,且她在纯白人面前从不怯懦,没有屈服于来自纯白人的歧视和偏见,而是保持着无视公众敌意的坚定决心。在她既是中国人又是白人的身份之间,丽塔展示了自己的力量。迪·克力策指出,丽塔是"坚定的安提戈涅斯,随时准备在社会约束之外行动",有着"毫不在乎公

① Jupp, James. *From White Australia to Woomera: The Story of Australian Immigration*, 2nd edition. Cambridge: Cambridge University Press, 2007.

② Hazzard, Shirley. *The Great Fire*. London: Virago, 2003:104.

③ Ibid., 63—69.

④ Ibid., 69.

众舆论的坚定决心"。① 可是,彼得和丽塔之间始终存在无法逾越的鸿
沟。在他们第一次"约会"中,丽塔情不自禁哼唱了一首歌,意识到不妥之
后表示自己"应该很快离开",因为"她觉得自己表现出了兴奋"。② 丽塔
既不专横也不卑躬屈膝的自尊吸引了彼得,让他想与她亲近,甚至暗自思
忖着娶她并带她回到澳大利亚。但是,彼得知道自己的澳大利亚白人身
份已成为某种局限,而他的计划则是"不可能的":

> 娶丽塔就意味着放弃一切幻想,无论是对他还是对她。她无法
> 想象他会把她带到什么样的孤独中去——那种被排斥的生活,做家
> 务的生活,在郊区单调乏味的生活。
>
> 白澳政策。③

彼得对未来的悲观设想正是由于他无法逃离当时盛行的"白澳政策"
的影响。作为个体,他的个人选择与国家和民族语境息息相关。正如学
者指出,彼得的姓"Exley"中的"前"(ex-)代表了一种身份,标志着他的过
去,它"是区位性的……凸显一个被征召参加一场全球战争并被流放的流
离失所的'前'澳大利亚人,他"④。"白澳政策"像一根刺,它不仅造成了
澳大利亚本土严重的种族问题,也让彼得这个白人感到自我认同的失败,
产生隐匿的身份焦虑。无法剥离的澳大利亚白人身份让彼得在这一刻感
到失望,它阻碍不同种族之间的平等相处,抑制人的炙热情感,剥夺了人
的美好选择。

彼得隐匿的身份焦虑可以看作哈泽德本人的心理写照。她曾在
2005年的专访中说道:"是的,我童年的澳大利亚是一个人们可能想要逃
离的地方。几乎每一种观点的狭隘、公然的粗俗和虚伪的清教主义,都沉
重地压在人们茫然不知的精神上。我很早就意识到'无中不能生有',我
想离开。我不是一个人——成千上万的澳大利亚人都有同感。"⑤小说
中,毅然决然逃离澳大利亚、远赴欧洲学习艺术历史的彼得正是这样的代

---

① De Kretser, Michelle. *On Shirley Hazzard*. Melbourne: Black Inc., 2019: 39.
② Hazzard, Shirley. *The Great Fire*. London: Virago, 2003: 69.
③ Ibid., 198.
④ De Vinne, Christine. "Branded by Fire: Postcolonial Naming in Shirley Hazzard's *The Great Fire*." *Antipodes* 28(2), 2014: 289—299.
⑤ McClatchy, J. D. "Shirley Hazzard, The Art of Fiction No. 185." *The Paris Review* (173), 2005: 169.

表,他试图在人文艺术中寻找精神的纯净,却不得不深陷二战。他在战后的战犯审判中审思极端的国家、民族和种族意识对人性的裹挟,更在自己的个人情感上无法实现自由和热烈的表达。哈泽德将彼得的故事作为小说的副线展开,展现出对个体身份受到历史政治文化因素浸染的无奈和愤怒。这一身份焦虑促使作者进一步思考何为理想中的个体。

二、个体的英雄建构

构建理想中的个体身份形象是哈泽德文学创作的一个重要主题。哈泽德在充斥野蛮和异化的战争年代度过了年少时光,习惯了从诗歌、小说等文学阅读中获得精神慰藉,在内心深处孕育出了浪漫主义情怀。她热爱并推崇古典文学,主张在文本中探索人性光辉、社会责任和伦理关怀。她曾指出,20 世纪的两次世界大战引发社会走向失序和狂乱,英雄主义被视作一种毁灭,每个人都成为反英雄。但她认为英雄的存在"不依赖于上帝恩赐……人类日常生活本身已成为一项英雄事业。文学中可能依旧存在美德甚至理想主义。现代个体在新的孤立状态下必须自己承担命运……亚里士多德那拥有美好事物、高尚地生活而不求延长平凡生命的理想是一种英雄主义,透过它我们最接近古典世界"[1]。哈泽德推崇古典英雄的高尚德性,呼吁现代个体崇尚英雄并以其德性塑造自身。同时,哈泽德将西方现代生活和文学中"崇高英雄激情的减弱"(high heroic passion)现象视作一种损失,认为文学的价值首先在于弥补或修复这一缺失。哈泽德提倡作家行使作为"现世英雄"的使命[2],通过文学艺术途径去调和英雄这一古老贵族概念与现代社会现实的关系。在《大火》中,哈泽德建构了个体的"英雄"形象,表达了自己对崇高德性的崇拜和倡导,由此以缓解个体的身份焦虑。需要指出的是,哈泽德的英雄并非无所不能的超能者,而很可能是受过身心伤害的普通人。小说中,利思和彼得在二战战场上的英勇、在战俘营时的坚韧和逃亡时的无畏在小说中并未得到过多着墨;相反,他们在战后顽强地面对生活中的满目疮痍并试图进行改变的"英雄"行为得到彰显。哈泽德将阿喀琉斯的盔甲和战马转换为二

---

[1] Hazzard, Shirley. "The Lonely World." *We Need Silence to Find Out What We Think: Selected Essays*. Ed. Brigitta Olubas. New York: Columbia University Press, 2016: 18.

[2] Ibid., 28.

人共同恪守的"如果你救了一个人的性命，你就变得对他负有责任"①的信条，促使他们一起成为自己的英雄。

彼得的"英雄"身份通过一个重要的跨越种族的营救行动得以建构。当彼得偶然发现他的中国裁缝的女儿病得很重时，他不顾自己与对方的种族差异，毅然决然决定打破身份和种族隔阂前去营救女孩。彼得知道，救小女孩的命是在常人看来是"不大可能发生的举动"，但他坚信"艰难困苦从来都不完全是异己的"。② 彼得的决定甚至让丽塔感到惊讶，因为她对小女孩的康复没有信心。

> "不管你怎么做，她可能会死。"
> 他问："公共卫生部门的人会来吗？"
> "必须有人把孩子送给他们，送到医院去。"然后她说，"即使是为了你，他们也不会来"——用那个帝国的你（imperial You），定义了他俩之间的距离。③

然而，"带着一种亲近的感觉"，彼得走进了那个散发恶臭的房间，抱起患有结核病的小女孩，搭车将她送往医院救治。那可怜的母亲永远无法想象一个白人会走进她的房子，帮助他们解救自己那可怜的小女孩。彼得意识到"他的干预可能会出错"，而且很确定可能会"在某个地方受到指责"，因为他跨越了白人和中国人的边界，但他仍然相信"所有这些似乎都是为健康付出的小代价"。④ 可惜的是，小女孩最后没能活下来，彼得也因为与她的肢体接触而感染了脊髓灰质炎（即小儿麻痹症），落得瘫在病床的结局。通过这种充满讽刺性和戏剧性的不幸瘫痪，彼得在某种程度上变得与丽塔"平等"而不是优于丽塔，这使得丽塔决定前往医院，坐在他的病床边对他照看。正是"受伤的人的感性"⑤拉近了他们之间的距离，打开了通往未来可能的大门。总之，彼得的营救行为并非宏大，但却流露出对生命的平等尊重，展现了英雄般的身姿。他超越国家、民族以及种族的界限，在很大程度上也超越了"白澳政策"的局限，表现出反抗和救

---

① Hazzard, Shirley. *The Great Fire*. London: Virago, 2003: 58.
② Ibid., 198.
③ Ibid., 199.
④ Ibid., 178—198.
⑤ Ibid., 174.

赎的崇高德性。

哈泽德对"英雄"的身份建构还体现在主人公利思的"反英雄"行为上。小说中,利思本就是英雄,他在二战期间表现英勇,虽曾身受重伤并被德军俘虏,但他成功逃出战俘营后继续投身战斗,被英国女王亲自颁发了荣誉勋章,而这枚极有可能是英联邦国家最高级别军事奖章的维多利亚十字勋章确立了利思"戴着他的彩色绶带和了不起的奖章是不可能受到指责的"英雄身份。① 不过,哈泽德透过利思的感悟,对这种以战争和死亡为背景的英雄身份表示怀疑。他在授勋仪式现场看到那些"坐轮椅的、挂拐杖的、装假肢的、戴眼罩的,还有一些遭到令人震惊的毁容的"的荣誉伙伴,不禁想起"一些可能出席的客人,他们符合授勋的资格,已经死去"。② 并且,面对战后世界的强权争霸和战争隐患,利思对奖章证明的勇气充满无力,认为"这种勇气将会失去它的魅力。年轻人正在逃避军功章。如果我们活得够长久的话,这些奖章可能会被视为牵累"③。

加纳裔美国哲学家阿皮亚强调,"(身份)标签在塑造行为者决定如何生活的问题上发挥了作用,在一个人认同形成的过程中发挥了作用"④。小说中,利思的战争英雄称号对其身份认同产生了混乱。一方面,他目睹广岛核爆炸遗留的破坏迹象,观察到衣衫褴褛的光脚的穷人、临时搭建的胶合板房和被大火烧黑的城市;另一方面他也看到白人青年男女在军属大楼里听着美国流行音乐喝酒起舞,大批各类专家带着私心前来广岛,美国调查委员会对广岛实行严格监控。利思本属于战胜国成员,扮演着胜利者角色,但这一身份却让他备受煎熬。当日本普通民众处于创伤、贫困和受歧视的绝望痛苦中,造成核爆炸灾难的当权者却依旧沉迷趋炎附势的官僚生活。对他而言,那些"征服者的角色,仍然是陌生和令人厌恶的。周围有种难以确定的东西,彻底占据了我们的同胞——我说的不是制度或政体,而是个人"⑤。回到同样被战火蹂躏的欧洲,他依旧感到"对于胜利者的角色,我比以往任何时候都缺乏兴趣,证据就在他们的面前,人们

---

① Hazzard, Shirley. *The Great Fire*. London: Virago, 2003: 171.
② Ibid. , 23.
③ Ibid. , 17.
④ 夸梅·安东尼·阿皮亚. 认同伦理学. 张容南译. 南京:译林出版社,2013:96。
⑤ Hazzard, Shirley. *The Great Fire*. London: Virago, 2003: 45.

怎么会期待更多的战争？这是难以理解的，并且令人恐怖的"①。至此，利思决定放弃进入英国政府议会或官僚组织的各种机会，坚决做出离开军队的决定，告别了自己的英雄身份，成为一名"反英雄"。

　　无论是"英雄"的建构还是"反英雄"的彰显，哈泽德意在对西方极权和官僚主义影响下的人文生活进行批判，旨在倡导通过个人的行动奋力抵抗各种枷锁。哈泽德曾在前往香港的途中停靠广岛，亲眼见到核爆炸造成的巨大伤害。她批判当权者坚信核爆炸对战争整体而言"不可避免，理由正当，甚至是仁慈的"的说辞，质问为何"没有人能够解释为何原子弹一开始并未落在无人区"②，并且认为"世界永远不会从第二次世界大战中恢复过来，而战争的思想和持续不断的战争威胁已经定义了她同时代人的一生"③。借彼得和利思的个人"英雄"建构，哈泽德表达了打破国家、民族和种族界限、告别权势角逐和尊重生命平等的愿望，显示了对世界主义伦理的呼唤。

三、接触与对话：世界主义伦理

　　阿皮亚倡导的作为个体伦理实践的世界主义哲学思想与哈泽德推崇的基于个体"英雄"行动的伦理关怀十分契合。阿皮亚认为，世界主义思想主要存在两方面，即"任何区域性忠诚，都不能迫使人们忘记，每个人对别人还负有一份责任"和"承认人类由不同的群体构成，群体之间的差异，这为我们提供了相互学习的空间"④。并且，世界主义基于"我们通常不需要强大的理论共识以确保共享的实践"，因为人类有能力掌握一种共享的"叙事逻辑"，⑤它促进了不同甚至陌生人之间的联系。

　　基于此，阿皮亚倡导世界主义的跨越边界的对话，认为它有助于人们

---

　　① Hazzard, Shirley. *The Great Fire*. London：Virago, 2003：271.

　　② Hazzard, Shirley. "A Writer's Reflections on the Nuclear Age." *We Need Silence to Find Out What We Think：Selected Essays*. Ed. Brigitta Olubas. New York：Columbia University Press, 2016：143.

　　③ McGuinness, Jan. "The Transit of Shirley Hazzard." *Shirley Hazzard：New Critical Essays*. Ed. Brigitta Olubas. Sydney：Sydney University Press, 2014.

　　④ 奎迈·安东尼·阿皮亚. 世界主义：陌生人世界里的道德规范. 苗华建译. 北京：中央编译出版社,2012：6、17。

　　⑤ Appiah, Kwame Anthony. *The Ethics of Identity*. Princeton：Princeton University Press, 2005.

了解和尊重差异,相互交流学习并获得启发。① 在阿皮亚看来,接触和对话是自由主义世界的必要条件。"我们的知识是不完美的、暂时的;在新的证据出现之后,我们的知识是注定会被修改的"②,通过接触和对话,个人能够更加深刻地认识他人和自我省察。如此,个体可以加深对他者和自身的了解,在尊重差异中建立自我与他者的伦理关联。

小说中,哈泽德强调了跨界接触的重要性和必要性。利思在战后主动前往中国调查战争伤亡,后又主动选择到日本调查广岛原子弹爆炸伤亡情况,展现出与他人接触的主动性。到达日本的当天,一个日本海员帮利思停好汽艇,"当他向敌对方的水手致意时,心中感到疑惑,我应该随便与战败的人交往吗?——那正是我来的目的。为了那一点,还有广岛"③。诚然,进入并了解广岛以及学习日语是利思展开世界主义对话的开始。除了广岛表面上的破败,利思觉察到,除极少数日本人愿意接受采访并公开谈论核爆炸事件外,绝大部分人都躲避眼神、寡言少语或完全拒绝开口。他还觉察到日本佣人的神情举止,发现他们始终低眉顺眼、沉默不语且小心谨慎,因为"战败者的身份很敏感"④。通过接触,利思意识到自己与日本民众的区别,认清战争导致身份的区分,即正义的胜利者和被打败的邪恶者,它造成了不平等的相处模式:胜利者甚至可以对失败者进行不人道的侮辱,使其沉默和服从。通过这一接触,利思产生了深度思考,"疑惑……我是谁;要摆脱假定,甚至确定性"⑤。

哈泽德还通过巧妙细致的书写展现了利思与日本青年之间的"无声交流",揭示了利思对他人真切而平等的伦理关怀。小说中,日本青年为驻扎在广岛的澳大利亚军官巴里(Barry)担任翻译和管家。一天傍晚,日本青年在未经许可的时间里擅自进入某个房间,被巴里撞见,引起了他对前者的动机的怀疑。正当日本青年遭受巴里歇斯底里的谩骂时,利思走了进来。他们三个"在某种奇怪而又不同的交融中……沉默得像几何图

---

① 奎迈·安东尼·阿皮亚. 世界主义:陌生人世界里的道德规范. 苗华建译. 北京:中央编译出版社,2012:66—103。

② 同上书,第147页。

③ Hazzard, Shirley. *The Great Fire*. London:Virago, 2003:10.

④ Ibid. , 40.

⑤ Ibid. , 9.

形……站在阳光狭缝里,保持不同版本的男子气概"①。通过刻画三人静止站立的样态,哈泽德暗示了利思与二者的距离,并进一步揭示了利思的立场选择。他和青年一样,厌恶像巴里一样在战后贪婪地且不人道地谋求权势的当权者,在利思心中,"这个年轻人来到这里的目的更严肃,但与他自己的目的相似:独自待上一个小时,永生不老",因为"这是真的:这个地方本身,如果它被德里斯科莱德(de-Driscolled),就是一个天堂。当然,这适用于全世界"②。哈泽德最终描绘了一幅"无声交流"的画面:"过了一会儿,他开始走到长桌子对面那个日本青年站着的地方,和以前一模一样——只是他们现在互相看着对方的眼睛。"③此刻,目光接触的行为显示出利思与这个陌生人之间的一种亲密关系,透露着对后者的共情与支持。由于社会身份地位悬殊,利思并未开口说话,不知道"除了交换的眼神,他还能为这个年轻人做些什么"④。在他看来,这一眼神交流是"最后的友谊的一瞥"⑤。另一处"无声交流"的场景进一步暗示利思对日本青年的共情。小说中,日本青年在次日清晨前往巴里的别墅所在的山上悄然自杀,利思第一个发现了他。"巧合"的是,日本青年倒下的地方正是利思自己为避开巴里和那些贪婪的访客而寻得的避难所。它就像一个花园,"溪水或瀑布的声音可以听得见,这里有古代屋顶的痕迹;瓦顶,在更下方闪闪发光"⑥。利思知道,"从这里,透过树木,你可以看到大海。地点的选择也许是经过长期考虑的"⑦。哈泽德设定的地点巧合突出了利思和日本青年的未完成的时空对话,展现了二人的相近愿望,即逃离人类自身荒谬的仇恨、暴力和贪婪,寻找一个空间以获得内心平静和纯粹自我。

　　对日本青年的死亡事件,利思选择以记录作为悼念,昭示了内心对生命的平等尊重。作为一名战争伤亡调查员,利思的职责是以客观方式记录真实伤亡情况,揭示人类遭受的普遍和共同的创伤,这一记录不因国

---

① Hazzard, Shirley. *The Great Fire*. London: Virago, 2003: 32.

② Ibid. , 32.

③ Ibid.

④ Ibid. , 33.

⑤ Ibid. , 41.

⑥ Ibid. , 36.

⑦ Ibid. , 33.

家、民族和种族的不同而有所区分。"他必须把早晨的事写下来，然后马上坐下来干。"①利思的行为固然是冒险的，因为他没有维护西方盟友的形象而是选择记录战胜国在广岛的"暴行"，使之不被掩盖和忽视。尽管遭遇了美国人和巴里的威胁，但他始终小心翼翼地藏好自己的笔记。诚然，对死亡的记录就是对生命的尊重。

通过无声无言的对话，哈泽德试图搭建一座超越边界的沟通桥梁。正如她的描写：

> 他对死者的私人生活或他直系亲属的情况一无所知，而知道这些可能会扩大对他的了解。要是有人选择去询问就好了。但是没有人会这么做，那些将一直是模糊的。②

在此，哈泽德发出了增进了解的呼吁，也指出了冷漠的现实。她希冀看到利思这样的人物。从某种意义上说，他打破了僵化的民族主义所造成的边界，通过跨界的流动、观察和接触对话，他认识到人类实为命运共同体，在二战中都遭受了极大的破坏和伤害，不论是利思还是日本青年，他们的生活，包括事业和爱情，都被这场非人的战争深深地影响和改变，面对宏大的历史叙事，个体被迫过早地付出青春、激情和生命的代价。日本青年之死超越个人或偶然的意义，而是指向了全世界人民的创伤。哈泽德细致描写了日本青年的死亡场景，其中一个重要原因在于呼吁要打破"我们"和"他们"之间的界限，把人类看成一个整体，倡导人类的生命和尊严应该得到平等尊重和理解，而不能被任意践踏和剥夺。小说中，利思虽然身处战胜国阵营，但他根据自己的观察和感受做出了判断，努力以平等心态去感知他人而拒绝偏见，尝试着打破身份、种族、民族或国家概念造成的束缚，建立了对他者的同理心和同情心，展现出了一种世界主义的伦理关怀。

通过接触和对话彰显对所有的生命的伦理关怀源自哈泽德的个人经历和感悟。反观哈泽德，她由于父亲工作调动的原因自十六岁起随家人离开悉尼，开始旅居生活。她在1947年和1948年两年间生活在香港，后到惠林顿生活一年并于1950年前往纽约。她拥有美国国籍，也拥有意大

---

① Hazzard, Shirley. *The Great Fire*. London：Virago, 2003：37.

② Ibid.

利那不勒斯荣誉市民称号。她多年来习惯于在不同国家和地区流动生活,哈泽德本人坦言"甚至不确定自己属于哪国的侨民",但认为"以不同地方为家是一件好事",①因为这种跨越边界的流动生活和身份意识使她具备不受国家、民族和种族意识约束的伦理观察视角,哈泽德也因此被称作一位"世界主义的人文主义者"②和"澳大利亚最专注的战后文学制图师之一"③。哈泽德自己从南半球到东方、再到西方的旅居经历为她提供了一个开放性的全球视角,使她目睹战后世界范围内普遍存在的苦难,感受到自我与他人的异同,深切体会到人类对和平的期待。在广岛、香港、伦敦以及那不勒斯等的旅行中,她获得了与他人强烈的同理心,从而创作出了《大火》这本"关于刚刚形成的全球化或世界性的战后世界的精妙、深思、充满道德色彩的小说"④。正如奥露布斯所强调的,哈泽德小说中的世界"在主人公作为艺术家、科学家、活动家、恋人或朋友的个人和职业生活中的道德和伦理选择上最为尖锐的相遇;这些选择体现了内部生活、社会和政治现实的必要连续性"⑤。作为一名"世界主义的人文主义者",哈泽德通过文学作品提出了个体行动美学的意义,突出了深刻的世界主义伦理和人文关怀。她在《一个作家对核时代的思考》一文中强调:

> 善行——甚至是"公共"善行——只能在它们各自的表现形式中被适当地讨论或理解……原子时代的主导命题——即人类因其自身的邪恶而注定灭亡——不能用任何类似于原子弹那样单一横扫式的"优点"来反驳。为了对抗原子弹的影响,人类只能提供其个人姿态的历史——正派、怜悯、正直和独立勇气的证明。⑥

---

① Olubas, Brigitta. *Shirley Hazzard: Literary Expatriate and Cosmopolitan Humanist.* New York: Cambria Press, 2012: 2.

② Ibid.

③ McMahon, Elizabeth. "Insular and Continental Interiors: The Shifting Map of Literary Universalism after the War." *Islands, Identity and the Literary Imagination.* London: Anthem Press, 2016: 99.

④ Olubas, Brigitta. *Shirley Hazzard: Literary Expatriate and Cosmopolitan Humanist.* New York: Cambria Press, 2012: x.

⑤ Ibid., xi−xii.

⑥ Hazzard, Shirley. "A Writer's Reflections on the Nuclear Age." *We Need Silence to Find Out What We Think: Selected Essays.* Ed. Brigitta Olubas. New York: Columbia University Press, 2016: 145.

通过《大火》中彼得和利思这样持有开放和平等意识的个体展开的积极行动,哈泽德赞许的个体形象和行动准则得以建构。他们在与他人甚至陌生人的接触和对话中学会认识他者和审思自我,演绎了哈泽德倡导的敢于突破枷锁、超越边界、积极救赎的具有世界主义伦理意识的个体"英雄"。

结　语

《大火》中的故事主要发生在第二次世界大战结束,也即广岛原子弹爆炸两年后,而该小说在美国首次出版的时间是 2003 年,距离"9·11"恐怖袭击事件也是两年。也许可以说,这种相似的时间巧合让读者不禁对爆炸后的灾难记忆产生共鸣,对战争、冲突、爆炸和生命有了相近的认识。诚然,人类不能因利益、权势、种族等问题而丧失理性,由此爆发不可调和的冲突和矛盾,而应该意识到人类作为命运共同体而存在。人们不仅要对个人的社会生活和行动选择担负责任,还应该对不同的甚至遥远的陌生人的存在和生命表示理解、尊重和伦理关怀。通过接触和对话,个体可以获得对身份的认同感,成为自己的现代"英雄",从而在一个世界主义式的社会中互相理解、尊重和关怀。

第五节　论《卡彭塔利亚湾》中的历史反思与重构①

【作家简介】亚历克西斯·赖特(Alexis Wright)是当代澳大利亚最优秀的土著作家之一。2007 年,赖特获得了迈尔斯·富兰克林奖,成为历史上首位独享该荣誉的土著作家。

赖特是散居在卡彭塔利亚湾(Carpentaria)南部高原上的瓦安伊族土著后裔,是具有土著和中国血统的杰出的当代土著女作家。她的曾外祖父是中国人,曾外祖母是土著人,父亲是白人。她本人在接受采访和公开场合都经常提到 19 世纪下半叶来自广东的曾外祖父的情况,但是她的笔下从来没有华人和中华文化。无论是澳大利亚文学评论界还是华人作家圈子里,也从来不把亚历克西斯·赖特视为华裔作家,而称她为土著作家。亚历克西斯·赖特五岁那年,父亲过世。她由祖母和母亲抚养长大,

---

① 本节部分内容发表在《湖南社会科学》(2015 年第 11 期)。

并从她们身上学到了土著文化和传统。即使在生活最困难的时候，赖特和家人也没有向别人求助。她从来没有因为贫穷而对自己缺乏信心，放弃自己。相反，贫穷让她学会了如何在困境中成长，如何通过刻苦学习改变自己的命运。和众多生活在社会边缘、没有受过高等教育的土著居民不同，赖特受过良好的大学教育并且在求学期间获得了社会学、媒体及写作三个学位。2009年，她被墨尔本皇家理工大学授予荣誉博士学位，专业是土著居民故事讲述。赖特曾经就职于多个政府部门和土著事务机构，是澳大利亚活跃的社会政治活动家，积极捍卫土著居民权利。她也是当代澳大利亚土著作家中最有政治力量和写作实力的作家。目前，她受聘于西悉尼大学文学院担任研究员，主要进行土著故事讲述方面的研究。对于一位土著女性来说，赖特可以说是获得了巨大的成功。

　　亚历克西斯·赖特的作品更多地尝试发掘土著人记忆中的故事，重视"土著人思想的主权"，探讨白人与土著人之间的"精神融合"，成为澳大利亚文学论坛上一股独特的声音。她在作品中强调土著民族的传统文化和习俗风情，毫不隐讳自己文学创作中的政治目的。亚历克西斯·赖特的小说《希望的平原》(Plains of Promise, 1997)讲述了一个土著家庭的三代母女的故事，刻画了三代母女由于种族同化政策而被迫分离，之后又重返故土寻根的历程。在1997年，赖特的政论性著作《格洛格酒之战》(Grog War)出版。《格洛格酒之战》真实记录了当地土著在禁酒运动中遭受的种族歧视，以及他们的坚韧品质，反映了土著民族的政治意识的觉醒。2006年，赖特的小说《卡彭塔利亚湾》(Carpentaria)出版，此书是关于土著和土地的壮烈史诗。2013年，赖特的第三部小说《天鹅书》(The Swan Book)出版。2014年，该小说获得澳大利亚文学研究学会①金奖。故事发生在未来100年之后的澳大利亚北领地。《天鹅书》批判北领地的干涉政策，直指该政策剥夺了原住民思想的独立性和对土地的所有权。她有力地控诉了后殖民时代澳大利亚原住民遭受的不公平待遇，也为全球范围内的生态恶化的未来敲响警钟。

　　本节所论述的作品是她荣获迈尔斯·富兰克林奖的长篇小说《卡彭塔利亚湾》。

――――――――――

　　①　澳大利亚文学研究学会(Association for the Study of Australian Literature, ASAL)是澳大利亚文学界最具影响力的学会。

引 言

《卡彭塔利亚湾》是赖特沉寂六年、倾心创作的小说,堪称她的代表之作。该书面世后,在澳大利亚国内引起了巨大轰动,短短半年内再版六次,销量高达两万五千多册。2007年,该小说折桂迈尔斯·富兰克林奖,赖特成为历史上首位独享该荣誉的土著作家。随即,维多利亚州州长文学奖(万斯·帕尔默奖)、昆士兰州州长文学奖和澳大利亚文学研究学会金奖等众多文学专业奖项又垂青于她,由此赖特占据了澳大利亚文坛上的一席之地。

2006年,《澳大利亚人报》评价《卡彭塔利亚湾》是一部震撼人心的小说——尖刻、曲折,既有大胆的幽默,也有委婉的抒情,带给读者的是关于惊险、邪恶和觉悟的故事。同时,这部小说在海外也引起了文学评论界的高度关注。2007年,《纽约时报》盛赞该小说"想象丰富、文体瑰丽,以小说家的信心和十足的把握,历经艰辛,出奇制胜"[①]。英国的《卫报》《泰晤士报文学增刊》等报纸杂志也纷纷刊文,小说好评如潮。《卡彭塔利亚湾》的成功不仅为赖特赢得了极高的声望,而且显著地提升了土著文学在澳大利亚文学中的地位和影响。

《卡彭塔利亚湾》是一部史诗巨作,气势磅礴、结构宏大,赖特的思想和艺术风格在书中彰显淋漓,但国内关于这部极负盛名的小说仅有少量研究成果。例如,武竞的论文《当代澳大利亚土著文学的新思考:阿莱克希思·莱特和她的〈卡奔塔利亚湾〉》探讨如何展示一个完整的土著世界和寻求土著思想自主权[②];冷慧的论文《世界观的认知机制:解读〈卡彭塔利亚湾〉中隐性连贯语篇现象》提出了解作家的"梦幻"世界观是理解文本隐形连贯语篇的基础[③]。王福禄的论文《神话、反种族主义与创伤——〈卡彭塔利亚湾〉的书写策略》分析了作家采用的神话、反种族主义和创伤

---

① Perlez, Jane, "Aboriginal Lit." *The New York Times*, 18 November, 2007.

② 武竞. 当代澳大利亚土著文学的新思考:阿莱克希思·莱特和她的《卡奔塔利亚湾》.《理论界》2011年第11期,第129页。

③ 冷慧. 世界观的认知机制:解读《卡彭塔利亚湾》中隐性连贯语篇现象.《外语与外语教学》2014年第3期,第11页。

的书写策略及其隐含的权力话语。① 本节尝试从新历史主义角度重新解读《卡彭塔利亚湾》：其一，这部作品在历史书写方面有了新的突破，作者通过沉默书写打破白人建构的历史叙事，通过暴力书写展示了种族仇恨。其二，作者对历史进行深刻反思，并不单一地将土著人的历史阴影归咎于白人殖民，而是直指种族内部矛盾，提出完整的土著历史。其三，小说试图极力再现历史的真实，作者一方面借助逆转手法的运用、以口头叙述的方式建立土著叙事；另一方面通过《圣经》隐喻来解构白人主流话语，从而达到重构历史真相的目的。

一、历史的书写

　　萨义德在《文化与帝国主义》（*Cultural and Imperialism*，1993）中对殖民扩张与其整体民族文化之间的关系进行了深化和拓展。萨义德指出：当前的文化政治批评中存在两个重要的概念，即"帝国主义"和"文化"。他将"文化"观阐释为两层含义：其一，文化是指描述、交流和表征艺术等实践活动。萨义德强调"叙事"，叙事产生权力，谁拥有叙事权，谁就拥有权力，所以叙事是文化中至关重要的一项内容。其二，文化另一层含义："文化是民族同一性的根源。"②萨义德认为，东方人的民族文化被边缘化的关键在于其主动或被动丧失了文化话语权，进而文化话语权移转给西方，西方人从自身利益出发贬低和否定东方人。东方人的抗争之路就在于适时地进行话语权争夺，以重新获得话语权。土著人不能依靠那群"不知道自己文化"的人，而应该由土著民自己来掌控未来。在《卡彭塔利亚湾》中，赖特通过构建以土著为主体的叙事，使历史上的"他者"转变成为自我表述的主体，书写澳大利亚殖民史。

　　首先，赖特通过书写沉默破解白人建构的历史叙事。斯皮瓦克在《底层人能说话吗？》中明确指出，底层人不能说话。无言状态或失语状态说明"言说者的缺席或被另一种力量强行置之于'盲点'之中"③。对土著民

---

　　① 王福禄. 神话、反种族主义与创伤——《卡彭塔利亚湾》的书写策略.《复旦外国语言文学论丛》2019 年春季号，第 82 页。

　　② 爱德华·W. 赛义德. 赛义德自选集. 谢少波、韩刚等译. 北京：中国社会科学出版社，1999：164。

　　③ Quoted from Mills, Sara, "Post-Colonial Feminist Theory." *Contemporary Feminist Theories*. Eds. Stevi Jackson and Jackie Jones. Edinburgh：Edinburgh University Press, 1998：101.

来说,他们的下等人地位使其面临失语的境地,丧失了话语权。在白人文化的重压下,土著民没有发出自己"声音"的意识,成为"哑言的主体"。后殖民语境下,沉默意味着在白人殖民统治下产生的面对强权的畏惧,即弗朗兹·法侬所说的"心灵上的殖民心态"。赖特书写沉默是对霸权话语的反拨尝试。赖特坚称自己是土著民,生活在土著社区,所以她能进入非土著不能体会的情感和进入的领域,争取了书写历史的话语权。在《卡彭塔利亚湾》中,土著人无从反抗,无从言说,默默地忍受白人殖民者的蹂躏和折磨。诺姆·凡特姆(Normal Phantom)"心甘情愿地接受自己的命运——受白人统治者的法律约束的命运"[1]。诺姆虽然对白人屠杀土著民表示强烈愤慨,曾目睹了牧场主鞭打着土著人,"透过巨石上的一个小洞,他窥见屠杀土著民的子弹就像小石子一样射出去,然后散落在地上"[2],但是他选择沉默。他虽然对妻子安吉尔·戴(Angel Day)被镇长当众侮辱,与莫吉·费希曼(Mozzie Fishman)私奔充满愤怒,但是他选择了忍受,不想成为"麻烦的制造者"。他虽然对白人警察霸占女儿,自己被诬陷杀害土著孩子感到愤怒和委屈,但是他都选择了沉默。但是,诺姆的逃避策略并没有改变他的悲惨命运。他想通过出海捕鱼,以海洋为伴,想通过制作栩栩如生的标本,守护自己的梦幻世界,来抚平自己的悲伤和痛苦,但是脑海里反复出现个人创伤的经历。诺姆经常单独来到祖先留下来的一间房间,把现实的故事一遍遍地给一只取名为"海盗"的鹦鹉讲述,排解自己的忧伤,宣泄自己负面情绪。"海盗"指代的耐心倾听诺姆生活经历的人,诺姆不良情绪的接纳者,与现实生活中的白人压迫和剥削形成鲜明对比。诺姆还通过寄托神灵的方式来寻求内心的慰藉。对赖特而言,澳大利亚的历史是土著人的历史,澳大利亚土著是澳大利亚历史的创造者和经历者,其中自然也交织了作者成长的创痛历程。在1998年举行的塔斯马尼亚读者与作家节上,赖特直言其创作的主要目的在于对抗白人在土著人历史这一领域的虚假写作所造成的破坏。凭借这种方式,赖特旨在为自己和她的土著民发声,反对其他声音的不实陈述和话语权篡夺。而这种沉默书写,揭示了土著民遭遇白人殖民长期蹂躏和压迫的历史事实,反拨了种族主义的话语霸权。

---

[1] Wright, Alexis. *Carpentaria*. Sydney: Giramondo Publishing Company, 2006: 78.

[2] Ibid., 102.

　　其次，赖特通过书写暴力展现种族主义仇恨。澳大利亚的殖民史就是杀戮土著民的历史，是土著民深重的苦难史，隐含着暴力压迫。小说中有很多暴力情节，当土著民无法忍受迫害的时候，他们要用暴力回击白人的恶行。拥有了政治权利和话语权力的白人殖民者企图利用一切可以想到的办法对土著人进行掌控和碾压，后者从而成为法侬所谓的"地球上的可怜人"或者斯皮瓦克笔下的"属下"。为了保护土地和自然资源，威尔成功破坏了世纪铅锌矿业公司那条一百五十公里长的输油管线和炸毁了矿业公司的所有设备，然而镇上的白人和工程师们只能在纸上热烈地讨论威尔破坏管道的可能方法，却对威尔的破坏行为无计可施。具有"动物属性"的威尔是位意志坚定、机智勇敢的土地权利活动家，积极承担争取土著权利的责任，与敌人进行不懈斗争。赖特还通过描写白人给土著民造成的集体伤害来反映白人暴力的残酷程度。费希曼是土著人的精神导师，他拥有神奇的法力，能看到别人看不到的东西。他每年都带领他虔诚的原住民信徒"沿着老祖宗精神继续古老的宗教远征"[1]，他们在州的边境举行盛大的宗法典礼。费希曼通过幻象能够看到成千上万只白颜色的手在无情地杀戮土著民。费希曼"看见"的大规模屠杀土著喻指土著人被种族灭绝和种族同化政策迫害留下的创伤型的集体记忆。赖特强烈控诉了政府贯彻的对土著的种族灭绝民族政策，直指该政策为土著人百年来悲惨遭遇的罪魁祸首，造成了土著人和土著社会永久的创伤。赖特还原了被白人掩盖的历史真相，呼唤人们的良知，重新审视殖民历史，重新建构整个民族的价值观。

二、历史的反思

　　赖特在小说中"打破传统历史与文学的二元对立，将文学看作历史的一个组成部分"[2]。她多次谈到自己的创作特别关注土著历史。《卡彭塔利亚湾》就是那个我们"已经知道"但是尚未听到的澳大利亚历史故事。[3]赖特通过讲述澳大利亚的完整历史，向读者展示了土著作家对帝国主义和殖民主义深大的仇恨和强烈的反抗，从而达到颠覆殖民话语及主流意

[1] Wright, Alexis. *Carpentaria*. Sydney：Giramondo Publishing Company, 2006：401.
[2] 王岳川. 后殖民主义与新历史主义文论. 济南：山东教育出版社,1999：163。
[3] Burleigh, Lindy. "Fiction Lindy Burleigh Hears the Australian Story Told as Never Before." *The Sunday Telegraph*, 8 June, 2008：49.

识形态文化霸权的目的；同时，她从现实的角度重新审视历史，回眸土著人的政治运动，对土著人自身的历史进行了仔细的审视和深刻的反思。

首先，赖特自信地叙述土著人骄傲的、完整的历史，倡导土著人积极看待自己的悠久历史和深厚的传统文化。澳大利亚两百多年的殖民史由白人殖民者书写并掌控，内容都是关于白人殖民者对蛮荒的"光辉"征服。面对澳大利亚白人历史学家故意忽视、抹杀土著民族对澳大利亚历史所做出的贡献这一事实，赖特勇敢地站出来为自己的民族发出声音，用讲故事的方式抗衡种族主义压迫、剥削和歧视。赖特认为，《卡彭塔利亚湾》这部小说需要土著人叙述，呈现土著人应该发出的声音，需要将历史和具有鲜明土著特色的神话故事编织到现实的境况中。

她凭借魔幻现实主义写法和英勇而富有诗意的文笔，铺展开一幅色彩斑斓的历史长卷，挖掘出一个民族层层淤积的记忆，将澳大利亚土著人的创世、天启、信奉的"梦幻时代"和现实生活中的种种矛盾水乳交融。小说以四万年前的梦幻时代的一个故事为开端，讲述了彩虹创世的故事。"古老的神话故事中的虹蛇满载着它自己创造的'穷凶极恶'，一头扎入地下，穿过一片滑滑的泥滩，形成深深的峡谷，海水变成'黄色的泥汤'，汇合成一条条弯弯曲曲的宽广的河流，流淌在辽阔的平原……"[1]气势磅礴的虹蛇将故事带入亘古不变的时间长河。赖特置土著观点于首要位置，由此确立了土著人理解世界起源的方式，提出了独一无二的土著人的宇宙法则。借助于土著人独特的时空观，作者在小说中自由地穿梭于现状和历史、现实和神话之中，向人们呈现出土著人独特的文化、信仰、图腾和典礼仪式，讲述土著民族文化的重要组成部分——土著人拥有的古老的故事，揭示出一个自信、完整的当代土著世界。

两百多年的殖民历史给土著民族留下了深远的影响，但土著人的过去不仅仅是两百多年的苦难殖民史，"殖民的历史不是澳大利亚的全部。土著人是这片土地的当然主人，土著人生活在所有时代，土著历史的持续性对于种族身份的确认至关重要"[2]。因此，赖特在小说中不仅仅局限于

① Wright, Alexis. *Carpentaria*. Sydney: Giramondo Publishing Company, 2006: 1.

② Moss, Stephen. "G2: Dream Warrior: Award-winning Aboriginal Writer Alexis Wright Tells Stephen Moss about Fighting 'White Resistance', Why Her Success is a Ray of Light for Her People, and Why Australia's New PM was Right to Apologise to Them." *The Guardian*, 15 April, 2008: 14.

描写深陷于殖民地时期的澳大利亚和土著民族在自己的国土上受难的故事，更是对"无主之地"的历史进行了"修正"。"我的新书《卡彭塔利亚湾》试图描绘一个总是处于不同时空对立的澳大利亚土著世界。通过超越传统殖民经历的古老信念的复原力来表征时间。殖民历史有时只不过是耳边吹过的一阵热风。"①赖特用强有力的声音呼吁殖民史在土著民族的历史中已成过去，土著传统文化是土著人们必须驻守的"最后的边界"，只有构建悠久的土著历史和完整的土著世界才能更好地"塑造未来的想象"。小说对土著传统文化和民族历史的歌颂，亦从反面展现出赖特对白人社会的挑战。"与过去有意义的联系对于一个历经苦难的民族实现自我救赎是一个必要条件……是文化回归，不懈抗争的先决条件。"②只有坚守着自己古老的信仰，珍视和热爱土著独特的文化，土著人才可能持有土著身份的自豪，才能对未来充满希望。

其次，赖特在《卡彭塔利亚湾》中第一次把剖析的笔触指向了土著种族内部矛盾和土著人自我。她认为，正是这种水火不容的部落矛盾为白人殖民者掠夺他们的土地创造了机会。书中，生活在小镇上的两个土著家族——凡特姆家族和约瑟夫家族均受到白人统治者的压迫和剥削，过着贫瘠的生活。但是，由于世代的土地和财产的争夺，两个家族怨恨如山、仇深似海，老死不相往来。小镇边缘建造垃圾场的事件进一步激化了两个土著家族的矛盾，小镇被划分成凡特姆家族的城西和约瑟夫家族的城东。双方各自剑拔弩张，矛盾和冲突一触即发，他们甚至视家族间的争斗为战争。主人公凡特姆家族的威尔认识到两个家族必须联合起来，方能抗击以入侵的矿业公司为代表的真正的敌人，有效地保护土著的土地权利，提高自身的社会地位。他希望通过他与约瑟夫家族的女子霍普(Hope)的婚姻和儿子巴拉(Bara)的出生改善两个家族的矛盾。但是事与愿违，没人设想两个敌对已久的土著种族之间的矛盾可能消解，没人认为这个孩子的出生会成为种族和解的"黏合剂"。父亲诺姆更是因为不赞成他的婚姻而拒绝承认这个儿子。

再现土著人不愿面对的内部不团结的历史，就是要求土著人勤检自

---

① Wright, Alexis. "On Writing Carpentaria." *Heat*, 2006: 9.
② Nelson, Emmanuel. "Literature Against History: An Approach to Australian Aboriginal Writing." *World Literature Today* (Winter), 1990: 30.

我、改变自我,而不是消极地期盼白人对土著世界的改变。在小说结尾,霍普驾着小船乘风破浪、用尽全身的力气去营救自己的丈夫,而诺姆也开始理解"不能打扰别人的梦",要信任别人"想在空虚的灵魂中找到希望"。[①] 诺姆直面自我,顾全大局,检视自己的过错,实际上就是唤起自我作为主体的力量。当诺姆带着年幼的孙子巴拉,"唱着飘浮在湿软的土地上的神秘之歌"走向"西边的家园"的时候[②],他决定抚养孙子——敌对部落中两个年轻人的爱情结晶,和巴拉一起重建龙卷风扫荡过的家园。这一行动不仅表现出他与儿媳和孙子的和解,种族间矛盾的缓解,更意味着他改变着自我,重构土著人的主体意识。土著人不能依靠那群"不知道自己文化"的白人,应该由熟悉土著文化的人来掌控未来,所以土著民必须联合抗争才能保护自己的家人,维护自己权利,必须积极参与政治活动才有可能提高土著民族政治地位。

小说中土著人和白人之间的政治斗争,首次揭示了政治运动背后一些不为人知的事实,坦诚地讲述了土著小说中一直避而不谈的种族内部争斗和矛盾。作者振臂高呼共同遭受种族歧视、饱受穷苦折磨的澳大利亚土著民族联合起来,用宽广的胸襟和气魄展示自己的宇宙观和人生哲学,找回并且尊崇自己深厚的传统文化,积极地实现在多元文化世界中的完整生存。

三、历史的重构

历史写作是一种话语形式,那么如何才能让历史上的"他者"重回话语空间,从而讲述一段真实的历史呢?赖特释放了历史上被压迫的"他者"的声音,使他们成为自我表述的主体,以此叙述真实的土著人历史。"我不喜欢我们的历史被玷污、扭曲和隐瞒。我们的民族需要真相,能够讲出澳大利亚历史真相的人必须是能进入土著情感和感受土著文化的人。所以,我要代表这一群体用笔来记录他们所遭受的苦难。"[③]当谈到小说创作的任务时,赖特强调其注重作品的真实性,坚称她的小说讲述了

①　Wright, Alexis. *Carpentaria.* Sydney：Giramondo Publishing Company，2006：517.

②　Ibid. , 10.

③　Wright, Alexis. "Breaking Taboos." A Paper Given at the Tasmanian Readers' and Writers' Festival，September 1998.

土著人的真实生活、真实历史。

首先，在《卡彭塔利亚湾》中，赖特运用逆转的写作手法颠覆了白与黑、文明与野蛮的二元对立。在黑白的二元对立的观点中，"白"的一端被贴上"聪明、高贵、文明、先进"的标签，"黑"则被集中了所有的劣势和负面的特质："愚蠢、劣等、野蛮、落后。"现实社会对土著人的偏见根深蒂固，种族歧视随处可见，他们是被"无视"或"忽略"的群体。但是，小说中白人的优越感只不过是一个可以轻易打破的神话。以权力标榜自身的白人镇长斯坦·布鲁泽被塑造成一个疯狂的种族主义者。他不仅大力鼓吹镇压土著民的反抗，而且还恬不知耻地吹嘘自己睡遍了城里的土著女人，公然宣扬他的"至理名言"："没用的东西就吃掉，或者干掉，然后对你来说一点用处都没有了。"①他视土著人为牲口，声称强奸女性就像给牲口打烙印一样，他要在每个土著女人身上留下印记。白人真的如殖民者鼓吹的那么优越，真的如他们宣扬的那样聪明吗？小说的多处描写质疑了这一谎言。土著年轻人威尔的聪明能干、人性的光辉，在小说中表现得淋漓尽致，与自以为是的白人形成了鲜明的对比。威尔在学校就读时，年年被评为优秀学生，在学校的歌唱大赛和运动会上勇夺桂冠。他对父亲、妻子和儿子充满了炽热的爱，关心、爱护、体贴亲人，愿意为他们付出自己一切，甚至生命。小说中的诺姆、莫吉、埃利亚斯都是热爱大海、深谙大海知识的土著人，具有与生俱来的航海能力和判断力。在与大自然的接触中，他们都显露出土著人强大的能力和潜质。

其次，赖特通过多角度的叙事手法，揭示了土著人复杂而丰富的内心世界，展现了他们多难的生命和多舛的人生。关于他们的故事都成为对白人主流社会的无情揭露和控诉，以一连串的"小历史"消解了"传统权威话语"和"宏大叙事"，还历史以真面目。一方面，作者通过建构身处双重"他者"地位的土著女性步入话语中心。小说中，土著女性不仅遭受种族压迫，而且承受着白人男性对土著女性的肉体凌虐和精神羞辱。米尔斯指出，白人男性借助权力等级中的优势和地位为所欲为，且将第三世界妇女当作妓女。② 镇长斯坦·布鲁泽在公众面前宣布安吉尔·戴被他侵犯

---

① Wright，Alexis. *Carpentaria*. Sydney：Giramondo Publishing Company，2006：35.

② Mills，Sara. "Post-Colonial Feminist Theory." *Contemporary Feminist Theories*. Eds. Stevi Jackson and Jackie Jones. Edinburgh：Edinburgh University Press，1998：100.

的经历,让安吉尔蒙受了奇耻大辱,一度陷入深深的绝望,无法自拔。在《卡彭塔利亚湾》中,赖特深度刻画土著女性的内心苦闷和压抑,提醒了一个不可否认的事实:土著女性地位低下,在历史上被书写成具有"动物特质"的"他者"也就不足为奇了。同时,安吉尔又是一位热爱自己传统文化、热爱自己家庭的土著女性。她渴望给家人撑起一片遮风挡雨的天地,勤勤恳恳地利用垃圾场的垃圾搭建起自己的宫殿。她捡到一座白人丢弃的圣母玛丽亚的雕像后惊喜万分,按照自己的喜好,重新给雕像精心修补、勾勒和着色,把圣母玛丽亚变为"土著玛丽亚"。"经过这番努力,圣母玛丽亚已经不再是人们熟悉的模样,而是一位俯瞰、关注海湾地区生灵的女神。鱼的颜色和纹理使她灵感涌现,她'创作'出来的是生活在海边的色彩艳丽的土著女人雕像。"①另一方面,土著男性也是一个可悲的群体,他们面对的是生活的压榨、社会的歧视以及警察的怀疑。安吉尔的两个儿子死于监禁,一个儿子被一伙白人无辜殴打致死,另外三个儿子被镇长斯坦·布鲁泽草率地认定为杀人犯,三个瘦弱的孩子被镇长像拳击手般残暴地殴打之后,在极度恐惧中上吊自杀。在白人统治的社会环境中,土著人承受着无比巨大的心理压力,为了更好地保护自己,避免接踵而来的麻烦,甚至灭顶的灾难,他们采取了一些有失尊严,有违道德的防范策略。威尔在海边发现无端被矿业公司谋害的"神奇人物"埃利亚斯的尸体后,偷偷地将尸体搬到了自己家里,让父亲诺姆为其安排体面的海葬。第二天一早,警察就来到他家,诺姆明白埃利亚斯的尸体给他家招来了麻烦,于是主动提出让两个女儿和警察睡觉的请求,平息了事态。土著人的另一种避让方法是把自己退缩到社会的角落,不主动和白人接触。诺姆虽然受到镇公所会议的邀请,但是他从来不参加会议,不参与小镇事务的讨论。新历史主义将历史表现为世俗化、日常生活化、零碎化,将"大写历史小写化,单数历史复数化"。赖特在小说中生动地再现了土著人真实的日常生活,个人家庭生活的细节,种族主义的历史给他们生活留下的创伤,所以小说与新历史主义文学批评的观点不谋而合。

再次,赖特通过《圣经》隐喻,解构白人主流价值观。《圣经》中反映的是白人社会的等级制度,而《卡彭塔利亚湾》中的德斯柏伦斯镇无疑是一个等级森严、种族歧视盛行和伪善的白人社会。基督教只是白人对土著

---

①　Wright, Alexis. *Carpentaria*. Sydney: Giramondo Publishing Company, 2006: 442.

人的殖民统治工具,信仰基督教不能改变土著人悲惨的命运。小说中大量的《圣经》隐喻,揭露和讽刺了白人哲学的狂妄自大和基督教的虚伪凶残,孕育了让白人理解并尊重土著传统叙事中丰富的自然知识和天人合一的哲学观。推翻《圣经》对土著话语的压制就是解构《圣经》叙事,颠覆西方权威话语和主流价值观。威尔和土著青年车队追随土著精神领袖莫吉,穿越茫茫沙漠,寻找祖先的圣灵之地,用朝觐之旅帮助找回土著身份,寻求民族深厚的文化之根。莫吉尖锐地批评《圣经》故事"是生活在别人沙漠上的东西……就像格洛格酒使土著人深陷其中,是黑人的祸根",并宣称"格洛格酒和别人的宗教永远也不能使土著人踏上'梦幻'旅途"。①赖特再次运用了魔幻现实主义写法,通过土著人观看世界的独特方式呈现了土著人的现实世界与精神世界,展示了土著人认识历史、认识世界的方式。书中还通过描述神灵崇拜和土著社会原始的价值观,摆脱"他者"的标记,并以此还原土著人真实的文化身份和存在的价值。这种认知是基于"共同的、古老的信仰",是赖特对澳大利亚土著居民的传统的世界观和价值观的宣扬和捍卫,更是寄托了她从土著古老文化中寻找土著民的民族身份和自我认同的理想。

结　语

　　赖特指出,包容、团结和进步是全体土著人的共同道路,土著居民只有克服自身的狭隘性才能赢得民族的解放。另一方面,赖特通过小说唤起人们对历史的正视,将小说和现实生活联系起来,她的历史意识中充满了现实关怀。她质疑以白人主流意识形态造就的历史话语,努力把表达心声的话语权交给土著人自己,让土著人从"缺席"走入"在场",从"失语"步入"发声",让他们讲述自己"没有被书写"的故事,重构自己"缺失"的历史,重塑自己的价值观。展现在读者面前的是土著人自我意识的不断增强,土著人是土著民族文化和社会前进的有力推动者。赖特笔下的土著人以其积极向上的乐观态度和对光明未来的追求与期盼,唱响了澳大利亚和谐历史的新起点。② 赖特的历史观是多元复杂的。一方面,她把历

① Wright, Alexis. *Carpentaria*. Sydney: Giramondo Publishing Company, 2006: 519.
② 亚历克西斯·赖特. 卡彭塔利亚湾. 李尧译. 北京:人民文学出版社,2012:"译者前言"第3页。

史的眼光放眼到土著生活的所有时代,认为历史的持续性有助于重塑土著身份和创造更美好的、自信的未来。另一方面,她把土著部落之间由来已久的矛盾和斗争展现在读者面前,并在解构历史宏大叙事的同时,深刻反思了土著人在其中的妥协甚至迎合。历史"不再是客观的、透明的、统一的事实对象,而是有待意义补充的话语对象"①。

第六节 论澳大利亚和解小说批评的焦点问题
——以《神秘的河流》为例

【作家简介】凯特·格伦维尔(Kate Grenville)是当代澳大利亚最负盛名的作家之一。她从 1984 年开始创作,至今已出版十部长篇小说、三部关于写作的书及三部非虚构作品,先后斩获英联邦作家奖、英国橘子文学奖(即女性小说奖)、新南威尔士州州长文学奖、维多利亚州州长文学奖、《澳大利亚人报》/沃格尔文学奖等一系列文学奖项,并因为杰出贡献于 2018 年获得澳大利亚勋章奖励,在澳大利亚文坛乃至世界文坛上都有着深远的影响力。

格伦维尔出生于悉尼,少年时期便表现出对写作的极大热情。在悉尼大学获学士学位后,她担任过澳大利亚电影公司的纪录片编辑,二十六岁离开澳大利亚旅居欧洲,其间开始正式创作并投稿。1980 年学习美国科罗拉多大学创意写作专业课程,并获硕士学位。三十三岁回国后,她先是在澳大利亚 SBS 广播公司从事字幕编辑工作,后成为自由作家,并兼职创意写作教学。基于独特的海外经历和科班的写作训练,格伦维尔的作品敏锐犀利,不循常规,富有张力,表现出对性别、历史和写作本身等话题的极大关注。

受 20 世纪五六十年代女性解放运动的影响,格伦维尔的早期小说有着明显的激进女性主义倾向,表现出对女性的从属地位和不幸遭遇的愤怒和反抗。她的第一部短篇小说集《长胡子的女士们》(*Bearded Ladies*,1984)以大胆的笔触讲述了不同女性叛逆者的故事,批判和颠覆男性中心主义和传统审美规范。之后的三部曲《莉莲的故事》(*Lilian's Story*,

---

① 王岳川. 后殖民主义与新历史主义文论. 济南:山东教育出版社,1999:196。

1985）、《梦幻屋》（*Dreamhouse*，1986）以及《琼创造历史》（*Joan Makes History*，1988）基本延续了这一思路，以哥特式手法塑造了一系列不落流俗、行为怪异的女性形象，探讨女性未被言说的情感和经历，反拨和解构以理性、秩序和整体为主要特征的主流文化价值。到 20 世纪 90 年代末期，格伦维尔的写作有了较大的转变，从激进对抗的女性主义倾向逐渐转为较为温和的女性主义，不再视男性为女性苦难的根源，而是主动反思，寻求两性之间的理解和妥协。这一时期的代表作品有《黑暗之地》（*Dark Places*，1994）与《完美主义》（*The Idea of Perfection*，1999）。

进入 21 世纪，格伦维尔的写作视野转向澳大利亚的殖民历史。她先后出版了殖民三部曲《神秘的河流》（*The Secret River*，2005）、《中尉》（*The Lieutetant*，2008）、《萨拉·索尼尔》（*Sarah Thornhill*，2011），再现澳大利亚的殖民过去，为沉默的历史发声。其中《神秘的河流》是三部曲中最受人关注的作品。它聚焦 19 世纪早期的英国白人殖民者和澳大利亚土著居民之间的边疆冲突，试图揭开那段被掩盖和被忽视的殖民历史，重新审视白人殖民者和土著之间的复杂关系。小说对早期殖民历史的直面和大胆挖掘受到了评论界和读者的喜爱，一举荣获英联邦作家奖等多项国际文学大奖，入围布克奖短名单以及迈尔斯·富兰克林奖的提名，被翻译成 20 多种文字出版，还被改编成迷你电视剧和舞台剧。值得关注的是，小说对历史的再现引起极大争议和广泛的公众讨论，如一个国家的历史究竟应该由谁来叙述，以什么方式叙述等。在殖民三部曲之后，格伦维尔仍然保持着对殖民历史的关注，于 2020 年推出最新力作《树叶屋》（*A Room Made of Leaves*，2020），从女性的视角讲述澳大利亚早期的殖民历史，揭开谎言和秘密背后的真实。

本节论述的作品是她的代表作《神秘的河流》。

引　言

土著历史一直是澳大利亚民族认同中的核心问题，关系到澳大利亚的民族形象和未来发展。20 世纪八九十年代以来，随着多元文化主义的推行和种族和解运动的发展，澳大利亚种族和解意识正在逐步增强并初见成效。一些回溯殖民历史、呼吁种族理解、重塑民族形象的小说在 21 世纪初逐渐面世，从文学经验的角度诠释历史和过去，将"和解"运动推向新的高潮。这一类小说大多基于真实的历史事件如"被偷走的一代"、殖民暴力，土地权冲突等，"将个人经历困境的书写与对民族困境的历史性拷问有机结合起来"①，重新审视欧洲入侵者与原住民之间的关系，表现出修正历史，展望未来的良好意愿。在土著问题上，它们试图摆脱传统的限制，颠覆白人对土著的刻板书写，表达出对土著群体、土著文化传统的尊重、同情和理解，以及对殖民历史的反思和内省。在创作手法上，它们摒弃了单一的、滞定的历史观，采用多维视角切入历史难题，突出种族对抗和冲突背后的历史、社会、文化和情感因素，阐明种族矛盾的复杂性和多种表现，呼吁不同种族之间、不同文化间的包容和理解。基于这些共同特点，这一类小说通常被称为和解小说(the Sorry Novels)。具有代表性的作品有安德鲁·麦克格汉的《白土》(The White Earth，2004)、凯特·格伦维尔的《神秘的河流》、盖尔·琼斯的《抱歉》(Sorry，2007)、亚历克斯·米勒的《别了，那道风景》(Landscape of Farewell，2007)等。这些小说有着明显的积极意义：一方面是对社会矛盾和种族问题的关切和介入；另一方面是通过重新书写和想象历史，强调历史叙述的复数性和复杂性。但值得关注的是，和解小说的作家们也引起广泛的争议，如在写作立场和批判力度上表现出一种"道德感的模糊"②，"对过去的一种脆弱重构"③以及"转移罪责"④的嫌疑等问题。其中，最具代表性的莫过于荣获多项澳大利亚文学奖项的《神秘的河流》。小说自2005年出版以来，取得了巨大的成功，创下前所未有的销售量，还被改编成舞台剧和电视剧，但同时也在学术界和普通读者中引发社会大讨论，成为一个现象级的当代文学事件。历史学家、小说家、文学批评家、学者以及普通读者纷纷从各自的角度和立场出发，探讨澳大利亚民族根源、种族历史和文化形成，表达对澳大利亚种族关系和民族认同的理解和认知，形成交织共响的开放话语空

---

①　彭青龙.超越二元，以人为本——解读彼得·凯里小说文本中的伦理思想.《外语教学》2015年第4期，第77页。

②　Kossew, Sue. "Voicing the 'Great Australian Silence'：Kate Grenville's Narrative of Settlement in *The Secret River*." *The Journal of Commonwealth Literature* 42，2007：7－18.

③　McKenna, Mark. "Writing the Past：History, Literature & the Public Sphere in Australia." Humanities Writing Project Lecture, Griffith University, Brisbane, December 1, 2005. https://www. austlit. edu. au/austlit/page/C567314. Accessed 26 September, 2023.

④　Weaver-Hightower, Rebecca. "The Sorry Novels：Peter Carey's *Oscar and Lucinda*, Greg Matthew's *The Wisdom of Stones*, and Kate Grenville's *The Secret River*." *Postcolonial Issues in Australian Literature*. Ed. Nathanael O'Reilly. New York：Cambria Press, 2010：138－139.

间。《神秘的河流》之所以能引起巨大的社会反响,是因为小说内在的矛盾性,一方面是小说对"历史真相"和"和解"意义的坚定探索,是对当时陷入低潮的种族和解运动的一种声援;另一方面是限于作者自己的白人作家身份和视域,过于强调种族文化差异,因而有淡化种族冲突,调和种族矛盾的不确定性。而这些问题也普遍存在于其他的和解小说中。因此,本节拟以《神秘的河流》为例,透视澳大利亚和解小说批评中的焦点问题,折射澳大利亚种族和解运动时期的公共话语和文化思潮及其背后复杂的民族心理。总的来说,和解小说批评主要集中于三个方面:和解小说的新历史叙述,和解小说的殖民和后殖民性,以及和解小说的文学体制研究。

一、和解小说的新历史叙述

和解小说最重要的一个命题就是如何进行澳大利亚的历史叙述,尤其是对澳大利亚土著历史的叙述。自 20 世纪 90 年代以来,围绕土著历史,澳大利亚历史学界有着两种截然不同的声音,一种是以曼宁·克拉克和亨利·雷诺兹为代表的历史学家批评澳大利亚历史对土著问题的回避和忽视,指出"巨大的澳大利亚沉默"是一种精神枷锁,阻止澳大利亚人直面过去;另一种是以杰弗里·布莱尼和基思·温德舒特尔为代表的历史学家反对别着"黑色臂章"的澳大利亚历史观(black armband history),宣扬对澳大利亚历史的保守解读,坚持白色自由进步的神话。这场声势浩大的"历史之战"(history wars)不仅造成了传统历史研究的权威性在公众领域的衰落,而且也让公众对土著历史的真相产生了信任危机。①在这样的众语喧哗的时代,文学自然也无法置身于外。不少作家纷纷将视线投向那段沉默的历史,以各种方式书写和述说殖民故事、种族冲突以及被他者化的土著。

《神秘的河流》就是新历史书写浪潮(history-making)中的一个典型,也是"历史之战"在文学领域的集中体现。在这部小说中,凯特·格伦维尔以祖先所罗门·瓦兹曼(Soloman Wiseman)的移民经历为蓝本,描述了 19 世纪初英国泰晤士河船工威廉·索尼尔因为盗窃被流放到澳大利亚新南威尔士的经历以及最终获得了土地和财富的传奇故事。小说看似

---

① Collins, Felicity. "Historical Fiction and the Allegorical Truth of Colonial Violence in the *Proposition*." *Cultural Studies Review* 14 (1), 2008: 55—71.

是对白人祖先形象的建构,实际上是以另一种方式重新书写民族历史,批判早期殖民者在扩张过程中对土著犯下的暴行,对 20、21 世纪之交澳大利亚风起云涌的种族和解运动做出回应和思考。在小说的扉页中,格伦维尔明确地将小说"献给过去、现在和将来的澳大利亚土著人民"①,对土著曾遭受的苦难和剥削表示同情和歉疚。但是同时,她也呼吁今日的澳大利亚人站在平衡的立场给予当年的殖民者一种超越历史的理解。不难看出,格伦维尔的历史书写试图采用一种温和中立的方式重新审视澳大利亚种族关系和殖民冲突,表现出对"历史之战"的疏离和超然。在一次采访中,她表示,自己并不打算在"历史之战"中选边站队,而是"登上梯子,俯视历史学家们的争吵,以有别于历史学家的另一种方式理解历史"②。此外,她还强调,欧洲殖民者与土著原住民之间的边疆冲突并没有谁对谁错之分,而是因为无法跨越文化鸿沟而引发的悲剧,因此鼓励读者在"移情"(empathy)的视角下重回历史现场,设身处地地进行思考:"如果我是主人公,当时我会做出什么选择?"③

　　格伦维尔对于殖民历史的态度和创作手法引发不少历史学家的批评和争论。争论的焦点主要在于历史小说描述的是不是真正的历史?以及历史应该由谁来叙述,以什么方式叙述?在这一方面,历史学家马克·麦肯纳(Mark McKenna)、印加·克兰迪伦(Inga Clendinnen)和约翰·赫斯特(John Hirst)是最为激烈的批评者。麦肯纳指出,历史小说如《神秘的河流》的问题在于,小说中的历史叙述有着"让人担忧的历史权威性,是在虚构的旗号下,对过去的一种脆弱重构"④。印加·克兰迪伦则坚持历史学科的纯洁性,批评格伦维尔不尊重历史事实,将历史小说凌驾于历史之上,表现出一种高高在上的优越感。在《历史问题:谁拥有过去的话语权?》的长文中,克兰迪伦指责小说家将历史过度简化为发现和讲述故事,一味取悦读者,"试图将历史学家排挤出去",并质疑《神秘的河流》的历史研究方法,如"杜撰人物对话,虚构人物声音,投射当代猜测和想象"等,破

①　Grenville, Kate. *The Secret River*. New York: Grove Press, 2005.
②　Koval, Romona. "Kate Grenville: Books and Writing." *Radio National*, 17 July, 2005.
③　Ibid.
④　McKenna, Mark. "Writing the Past: History, Literature & the Public Sphere in Australia." Humanities Writing Project Lecture, Griffith University, Brisbane, December 1, 2005. https://www.austlit.edu.au/austlit/page/C567314. Accessed 26 September, 2023.

坏了历史学科的严肃性，以及在历史书写中不恰当地采用"移情想象"，进入虚构主人公的意识，从而试图与过去达成和解。在克兰迪伦看来，"不加甄别的同情心会诱使我们拒绝承认可能的明显差别，以至于那些我们无法同情的人会被贴上邪恶或非人的标签"①。约翰·赫斯特则进一步指出，《神秘的河流》的自由主义历史表达是"极具误导性的"，是通过表达对边疆暴力的愤怒从而掩盖殖民占领的政治性。② 总之，在这些历史学家看来，《神秘的河流》既不是历史化的小说，也不是小说化的历史，而是一种对历史的机会主义挪用。

针对这些保守观点，萨拉·平托(Sarah Pinto)指出，历史小说不是真正的历史，也不能被当作历史材料来阅读。但是与官方历史叙事不同的是，历史小说作为历史复原工程的一部分，并不着眼于历史的进步和成就，而是通过讲述主流历史叙事所不常关注的悲伤和痛苦记忆，属于一种另类的历史叙述，是对现行澳大利亚历史叙事的补充和修正。③ 一些历史学家也对历史小说表示肯定和欢迎。贝恩·阿特伍德(Bain Attwood)指出历史小说与真相之间的僵局是一条黑暗的道路，需要一系列行动。一个就是考虑记忆和神话对过去的回溯，另一个是考虑创伤性历史。在他看来，历史复原工程必须涉及一个更广泛层次的研究，包括社会如何与过去和解，人们如何谈论和描写过去，而不是只考虑别人曾经如何撰写、讨论和接受过去。④ 一些文学批评学者如亚当·盖尔(Adam Gall)也表达了支持的态度，认为《神秘的河流》对于当代澳大利亚殖民者文化中的边疆的地位和运作方式有非常清晰的认识，或可以被当作边疆殖民主义的当代文本来读。⑤ 格伦维尔自己也做出回应，批评某些历史学家断章取义，将历史小说与真正的历史混同，并主张历史学家和小说家各司其

---

① Clendinnen, Inga. "The History Question: Who Owns the Past?" *Quarterly Essay* 23, 2006: 1—72.

② Hirst, John. *Sense and Nonsense in Australian History*. Melbourne: Black Inc., 2005: 84—85.

③ Pinto, Sarah. "Emotional Histories and Historical Emotions: Looking at the Past in Historical Novels." *Rethinking History* 14 (2), 2010: 189—207.

④ Attwood, Bain. "Conversation about Aboriginal Pasts, Democracy and the Discipline of History." *Meanjin* 65 (1), 2006: 206.

⑤ Gall, Adam. "Taking/Taking Up: Recognition and the Frontier in Grenville's *The Secret River*." *JASAL Special Issue* "The Colonial Present: Australian Writing for the Twenty-First Century", 2008: 94—104.

职,因为重回过去有很多不同的路径,也有尽情施展的广阔空间。① 不难
看出,这些针锋相对的观点反映了澳大利亚曾经统一的历史叙述已经被
分裂的、不确定的小历史叙述所替代。而且,这种不确定的历史叙述已经
正在成为一种新的历史,被越来越多的澳大利亚人所认可和接受。

从历史事实到历史想象,从客观真实到主观情感,从僵化单一到多元
开放,《神秘的河流》激起的广泛辩论不仅折射历史研究和文学创作之间的
形式差异,而且反映出主流历史叙事和个人化历史叙事之间的抗争,为重
新审视澳大利亚白人与土著人之间的关系提供了崭新的视角。从这一点
上看,和解小说的兴起有着历史进步意义,顺应了当代澳大利亚社会对于
解决历史积怨、建构统一的民族身份的强烈愿望。但是,围绕和解小说的
种种争论表明,是以历史的名义为过去的污点正名,还是用情感唤起读者
对过去的想象,让历史有效发声和被理解,从而正视土著曾经经历的苦难
以及延续至今的困境,是和解小说作家亟须正视的问题。只有充分意识到
隐藏在不同历史叙述背后的叙述声音、政治意图、文化背景和潜在读者,读
者才能真正解读文本背后的符号性意义,认识"和解"的意义和不同内涵。

二、和解小说的殖民和后殖民性

除了高度关注和解小说的历史书写形式和内容,评论界还就小说的
殖民和后殖民性展开激烈争论,试图判定小说的"和解"意图是否真诚和
有效。虽然《神秘的河流》被献给过去、现在和未来的土著人民,但是小说
对殖民暴力的批判似乎浮于表面,表现出反殖民主义的模糊态度。从表
面上看,格伦维尔在小说里表达了对土著的关注、同情和认可,对种族关
系和民族身份进行了反省和自我质询,突破了传统的、刻板的白人视角的
限制。但是从深层次上看,小说对土著形象的反映,仍然是按照白人的文
化预设进行的。他们没有具体的形象,也没有鲜明的性格,是白人殖民者
所凝视的对象。相比之下,白人索尼尔们勤奋、勇敢、不屈不挠。他们是
渴望安居乐业的普通人,坚信"无主之地"的神话,为了保卫自己的"家园"
而参与种族暴力冲突。格伦维尔在小说中塑造了两类截然不同的白人殖
民者,一类是毫无人性的种族主义白人如斯迈舍·沙利文和赛吉提,另一
类是同情并帮助土著的白人如托马斯·布莱克伍德。而索尼尔并不属于

① Grenville, Kate. "The History Question: Response." *Quarterly Essay* 25, 2007: 66—72.

其中任何一类，是既不仇恨也不交好土著的普通白人殖民者，即无意卷入暴力冲突的第三类人。不仅如此，格伦维尔还强调，"无论是殖民者，还是土著原住民，都没有特别的恶意。殖民暴力冲突源于一种不同文化的隔阂和无法交流的悲哀"①。可见，格伦维尔一方面是以索尼尔的中心视角重审过去，凸显索尼尔作为一个普通殖民者在边疆暴力冲突事件中的身不由己和无可奈何；另一方面勇敢承认殖民历史的黑暗和错误，表达愧疚和反省之意，渴望种族关系的改善和民族形象的新构建。在苏·考苏（Sue Kossew）看来，格伦维尔努力在其祖先剥夺土著的土地行为和承认殖民暴力的勇气之间进行调和，这种调和非常复杂，极易产生含混，并存在被指控"洗白"过去的可能性。②

鲍勃·霍奇（Bob Hodge）和维贾伊·米什拉（Vijay Mishra）在《梦的黑暗面：澳大利亚文学与后殖民思维》一书中提出，澳大利亚的心理很少是统一的，因为在面对殖民的过程中始终存在两种截然不同的态度，一种是与殖民主义共谋，另一种是坚决反对殖民主义。③《神秘的河流》体现的正是这种普遍的、分裂的心理。一些学者认为《神秘的河流》是反殖民的，因为它"不仅解构了白人构建的民族神话，破除了殖民者与土著之间的二元对立，而且颠覆了欧洲殖民者对土著他者的滞定叙事"④。但是也有一些学者对小说中的权力关系、文化间性、土著形象提出严厉的批评，认为《神秘的河流》表面上批评殖民主义话语，实际上为种族主义行为辩护。玛丽罗斯·凯茜（Maryrose Casey）将澳大利亚和解运动与双重表演型行为联系起来，认为和解运动是表达友善和支持的表演，但是并不一定会身体力行地创造变化。⑤ 奥黛特·克拉达（Odette Kelada）据此指出，《神秘的河流》采取的正是这样的模式，公开承认白人殖民者所犯下的过

---

① Koval, Ramona. "Ramona Koval Talks to Kate Grenville about *The Secret River*." https://kategrenville.com.au/books/the-secret-river/, accessed 15 March, 2025.

② Kossew, Sue. "Voicing the 'Great Australian Silence': Kate Grenville's Narrative of Settlement in *The Secret River*." *The Journal of Commonwealth Literature* 42, 2007: 7-18.

③ Hodge, Bob, and Vijay Mishra. *Dark Side of the Dream: Australian Literature and the Postcolonial Mind*. Sydney: Allen & Unwin, 1991.

④ Lang, Anouk. "Going Against the Flow: Kate Grenville's *The Secret River* and Colonialism's Structuring Oppositions." *Postcolonial Text* 9 (1), 2014: 3.

⑤ Casey, Maryrose. "Referendums and Reconciliation Marches: What Bridges are We Crossing?" *Parading Ourselves*. Eds. Maryrose Casey et al. Perth, W. A.: Network Books, 2006: 137-148.

错,却不具有任何超越性。①无论是在主人公索尼尔的形象塑造上,还是在殖民者屠杀霍克斯布瑞河流域的达鲁格土著部落事件的描述上,格伦维尔都表现出对白人殖民者的同情。格伦维尔在谈小说创作时曾提到,不以人的意志转移的历史力量绝不是一个简单的对与错的问题。在这样的"和解语言"体系下,土著人民只存在两种解决方式,要不与白人殖民者和解,要不听天由命。②此外,小说展现出的白人性(Whiteness)也被广泛关注。安·布鲁斯特(Anne Brewster)指出,如果 20 世纪 80 年代人种学和后殖民研究突出的是白人理论家"为他者言说"的焦虑和不屑,那么 21世纪初的新白色书写是从"以白人身份言说"的不确定性中演变而来。③《神秘的河流》虽然极力表达对土著的抱歉之意,但是展现的仍然是白人殖民者视角。特别是小说对土著的描述千篇一律,与以往的白人种族主义的印象没有根本差别。格伦维尔也承认,她是从仅有的资料——刻板印象、陈词滥调以及想象中创作出土著形象,因为就她个人与土著的交往经验而言,他们是看起来都差不多的人,是无法解读的。这种对土著的本质主义化叙述被克拉达批判为一种他者化行为,体现了东方主义和殖民主义的话语残余。

　　从这些批评可以看出,以《神秘的河流》为代表的白人和解小说对于殖民历史的叙述和探讨虽然有一定进步意义,小说表现出的立场和种族意识却存在一些模糊地带。丽贝卡·韦弗-海托华(Rebecca Weaver-Hightower)就非土著人的集体负疚感以及自我辩护(或是压抑)提出,通过表达一种集体负疚感,这些小说为那些认同主人公、心灵受洗的读者们提供了一种净化仪式。而且,它们将殖民地的冲突描绘成过去的事件,从而安全地将罪责转嫁给祖先们。④ 从这个意义上说,《神秘的河流》中的历史叙述不仅仅是一种历史探源,更是一种政治表达。《神秘的河流》将种族暴力冲突根源归结为文化间的碰撞和误解,实际上是为了中和对殖

---

　　① Kelada, Odette. "The Stolen River: Possession and Race Representation in Grenville's Colonial Narrative." *JASAL* 10, 2010: 1—15.

　　② Ibid.

　　③ Brewster, Anne. "Indigenous Sovereignty and the Crisis of Whiteness in Alexis Wright's *Carpentaria*." *Australian Literary Studies* 25 (4), 2010: 85—100.

　　④ Pes, Annalisa. "Telling Stories of Colonial Encounters: Kate Grenville's *The Secret River*, *The Lieutenant* and *Sarah Thornhill*." *Postcolonial Text* 11 (2), 2016: 2.

民者的批评和欣赏，表现了一种道德的模糊感。① 文学批评家肯·吉尔德（Ken Gelder）和保罗·赛尔兹曼（Paul Salzman）更是一针见血地提出，要防止当代澳大利亚历史小说利用殖民历史创作文章，企图通过小说实现对于这块大陆的二次殖民。

　　总体上，评论界对于和解小说殖民性和后殖民性的关注焦点在于殖民主义或新殖民主义在当代澳大利亚社会是否存在并以何种形式延续。理解这一点对于实现民族的真正和解至关重要。从表面上看，澳大利亚经历了从殖民主义批评到后殖民主义批评的不同阶段，但是这两个阶段并非完全独立的，而是有着千丝万缕的联系。苏珊·谢里丹（Susan Sheridan）认为，无论是白人对土著人土地的暴力掠夺，还是对土著的现实存在的话语遮蔽，都是殖民性的表现。因此，与其说后殖民批评是殖民批评的结束，倒不如说是殖民批评的继续。② 安·科托伊斯（Ann Curthoys）也提出，澳大利亚正处在殖民历史和可能的后殖民将来之间的不确定状态中，既非殖民的，也非后殖民的。③ 这种定义上的模糊性其实反映了澳大利亚社会对待殖民过去的不确定性和内部分化。伴随着这种意识上的冲突，一种新的文化种族主义暗流涌动。它们打着理解文化差异，倡导共识的旗号，主张不同种族在民族和解大业下尽弃前嫌，平等共处。从某种意义上说，一些和解小说反映了并支持了这种论调。它们表现出对多样性文化的尊重，但是却将直面过去变成了不满情绪的调和剂，没有真正地成为和解力量的一分子。因此，如何在差异和不同中真正实现民族身份的建构仍然是澳大利亚当代作家面临的一个历史性命题。

三、和解小说的文学体制研究

　　文学体制研究是和解小说批评的另一个重点。罗伯特·迪克森（Robert Dixon）在《国际语境下的澳大利亚文学》一文中指出，所谓文学体制大致上包括图书出版和发行机构、文学节、文学奖、官方文化政策和

---

① Kossew, Sue. "Voicing the 'Great Australian Silence': Kate Grenville's Narrative of Settlement in *The Secret River*." *The Journal of Commonwealth Literature* 42, 2007: 7—18.

② Sheridan, Susan. *Along the Faultlines: Sex, Race, and Nation in Australian Women's Writing, 1880s—1930s*. St. Leonards, NSW: Allen & Unwin, 1995.

③ Curthoys, Ann. "Expulsion, Exodus and Exile in White Australian Historical Mythology." *Journal of Australian Studies* 23(61), 1999: 1—19.

政府资助、书店、阅读讨论活动、宣传介绍图书和作者的报纸广播和电视、学校的课程设置以及文学批评等。① 换句话说，传统的文学研究往往集中于作者和孤立的文本上，而文学体制研究全面审视文学作品的创作、出版、获奖和阅读过程，从宏观上研究时代和社会对文学创作的影响，从微观上研究作品出版和发行情况、作家和知识分子的社会属性以及大众读者的反应等。这种新的研究方法兴起于 20 世纪 80 年代末，成熟于 90 年代中期，成为澳大利亚批评界的新的风向标。在这种风潮的影响下，和解小说的批评也不可避免地走向了体制研究。

《神秘的河流》一经出版，很快引起一场各方参与的社会大讨论。争论的核心除了小说本身的形式、内容和主题，还集中在作者格伦维尔的家庭背景、社会身份、广播谈话、公共演讲以及创作过程等。布丽吉德·鲁尼(Brigid Rooney)在《社会公共知识分子的凯特·格伦维尔》一文中指出，文学生产在从前的公共空间中享有特权，并拥有相对稳定的价值。但是随着数字技术的激增，这种规范有序被彻底打破，取而代之的是文化生产方式的平民化——每个人都是作者。② 因此，文学作者的公知身份不仅要对读者发声，还肩负着扩大读者群、加强建构公共领域的力量的重任。鲁尼通过分析《神秘的河流》的出版背景、读者群体、文学接受以及格伦维尔如何参与公众讨论的过程，指出文学作品本身就是一种公共干预。公知的身份为文学作者带来了切实的利益，扩大了他们在公众领域的知名度和关注度，同时突破了狭窄的学术圈子，让作品走向了普罗大众。如果说鲁尼是从公知身份与作家身份的互相影响入手，探索文学"生产"的全过程，那么罗伯特·克拉克(Robert Clarke)和麦琪·诺兰(Maggie Nolan)则从普通读者的角度研究和解小说的阅读和接受，以及历史小说对于推动种族之间理解的作用。他们通过对 5 个读者俱乐部，25 个读者进行调查研究，考察《神秘的河流》大讨论中的两个核心问题——历史与小说之间的关联，以及普通白人读者对于小说主人公索尼尔的认同。③ 他们用翔实的数据和真实的对话说明了普通读者的反应远远超出专业人

① 大卫·卡特、王光林编. 澳大利亚文学批评和理论. 青岛：中国海洋大学出版社，2010：477。

② Rooney，Brigid. "Kate Grenville as Public Intellectual." *Cross / Cultures：Readings in the Post / Colonial Literatures* 131，2011：17—38.

③ Clarke，Robert，and Maggie Nolan. "Reading Groups and Reconciliation：Kate Grenville's *The Secret River* and the Ordinary Reader." *Australian Literary Studies* 29(4)，2014：19—35.

士如历史学家或文学评论家的期待视野,呈现出多元化、复杂化、开放式的立场和观点。在另一篇关于读书俱乐部和和解小说的论文中,他们着重强调俱乐部的性质和功用,细分被调查对象的年龄和教育背景,以期得出科学、具体的图表和调查数据。对他们来说,俱乐部阅读以其实验性和开放性挑战了正统的澳大利亚文学研究,为学术研究之外的读者参与提供了一个有效的模式。虽然阅读研究有时被批评为"白色中产阶级妇女的闲聊空间"①,但是它允许不同的阅读体验,促进了对社会、阶级、种族、政治和性别的自由讨论,有利于作者和评论者更好地了解大众的兴趣和作品的接受度。

无论是对作家的公知属性的讨论,还是以大众读者为调研对象,和解小说批评不再聚焦单纯的文学文本,而是将文本与社会体制和社会语境结合起来,折射出一个以和解小说为核心的社会文化系统。艾莉森·雷文斯克罗夫特(Alison Ravenscroft)认为,澳大利亚的过去、现在和将来的故事应该被重新书写,至少在目前,白种澳大利亚人需要放下小说家和历史学家的立场,对于阅读那些带有土著符号意义的文本的读者们的反应表示一下支持。② 从和解小说的角度来说,文学体制研究的意义也许正是在此。它超出文学文本的单一视域,与作者的社会身份、公共话语、读者接受等联系密切,是一种文学的社会实践。换句话说,文学作品需要被放在一个由作者、评论家、读者、出版、印刷等多种元素构成的社会文化网络中被评判。只有这样,才能避免人们对澳大利亚民族历史和社会思潮做出片面的判断。

除了对内的审视,文学体制研究也是一种对外的视野扩展,即澳大利亚文学批评的跨国主义转向。随着文化全球化的发展,越来越多的澳大利亚学者认识到民族文学与国际化社会的紧密联系。格雷汉姆·哈根(Graham Huggan)在《澳大利亚文学:后殖民主义、种族主义、跨国主义》一书中指出,澳大利亚文学中的后殖民性特征注定了它从一开始就是跨国的,不论是它的内容构成中的裂变性,还是它在历史上与其他各国之间

① Clarke, Robert, and Marguerite Nolan. "Book Clubs and Reconciliation: A Pilot Study on Book Clubs Reading the Fictions of Reconciliation." *Australian Humanities Review* 56, 2014: 121－140.

② Ravenscroft, Alison. "The Strangeness of the Dance: Kate Grenville, Rohan Wilson, Inga Clendinnen and Kim Scott." *Meanjin* 72(4), 2013: 64－73.

保持的种种关系,澳大利亚从来都不是一个独处一隅的孤立海岛。[①]　因此,他倡导一种跨国的、比较的研究视角,将澳大利亚文学置于世界文学体系之中进行观照。而迪克森认为澳大利亚文学自从 20 世纪 90 年代起就已经进入了全面国际化阶段。针对澳大利亚作家的海外经历以及海外出版机构的频繁介入,他提出跨国视角下的澳大利亚研究可以大致分成以下几类,如作家跨国经验研究、国外社会和思想潮流研究、海外出版和传播研究、对外翻译和接受研究以及跨国的文本阅读。就和解小说而言,作者的跨国经验研究、海外出版和传播研究以及跨国的文本阅读研究已经初见端倪,而其他类型的研究有待深入挖掘。[②]

　　随着《神秘的河流》被关注、被批评的程度越来越高,格伦维尔的创作经历与跨国文化之间的联系也被进一步挖掘。伊丽莎白·麦克马洪(Elizabeth McMahon)认为,格伦维尔为《神秘的河流》创作的备忘录《寻找神秘的河流》,名义上是"故事背后的故事",实际上是通过揭秘作家私人生活经验而快速提升作品吸引力的一种途径。在《作者,作者!:凯特·格伦维尔的两面性》一文中,麦克马洪指出,格伦维尔深受源自美国的创意写作影响,倡导女性写作的自然化和生活化,强调技巧高于内容。因此,《寻找神秘的河流》中个人化的写作经验自白与小说《神秘的河流》中的文本相互印证、补充,形成一种双向消费模式,共同促进了作品知名度的攀升。[③]　可见,在全球化的文学生产网络中,作者已经不再是孤立的个体,而是一个被文学奖项、话题、读者群不断定义的文化对象。从这个意义说,《神秘的河流》的成功并不仅仅因为小说文本的争议性。国际化文学生产和传播模式也起到了不可小觑的作用。虽然跨国主义研究与和解小说的主旨和争议性话题较少直接联系,但是这些研究从全球化的视野阐释了和解小说与别国文化、同类型小说以及国际化出版市场之间的联系,为和解小说的批评提供了一个新的视角,为民族文学未来的发展提供一个新的研究途径。

---

　　① 　Huggan, Graham. *Australian Literature*: *Postcolonialsim*, *Racism*, *Transnationalism*. New York: Oxford University Press, 2007.

　　② 　大卫·卡特、王光林编. 澳大利亚文学批评和理论. 青岛:中国海洋大学出版社,2010: 124—125。

　　③ 　McMahon, Elizabeth. "Author, Author!: The Two Faces of Kate Grenville." *Lighting Dark Places*: *Essays on Kate Grenville*. Ed. Sue Kossew. Amsterdam: Rodopi, 2011: 39—54.

结　语

综上所述，以《神秘的河流》为代表的和解小说批评聚焦小说文本本身，如历史小说的"真实"与"虚构"以及历史书写的话语权等问题。这些问题看似是文学创作对历史学科领域的越界，实际上折射出新兴的个体化历史叙事与保守的主流历史叙事之间的话语斗争，是 21 世纪澳大利亚复杂、矛盾的民族心理和文化思潮的折射。如何编撰和书写澳大利亚历史不仅是一个学术问题，也是一个政治问题，更是一个意识形态问题，涉及土著在澳大利亚历史中被沉默的历史境遇和早期殖民历史的"真相"。此外，澳大利亚和解小说批评高度关注小说的殖民和后殖民性，热衷于讨论作家的和解意图是否真实可信，是否有洗白、转嫁责任和自我辩护的嫌疑。在这一点上，《神秘的河流》既有反对殖民主义的勇敢表现，又有与殖民主义共谋的嫌疑，表现出一种含混和不确定性。最后，和解小说批评表现出更为宏阔的视野，超出文学文本本身，关注文本的生产、传播和阅读的反应过程。无论是专业学者，还是普通白人读者，抑或身为受害者的土著纷纷参与到民族和解大讨论中，探讨澳大利亚民族根源、种族历史和文化形成，从不同的视角对和解文学的性质、形式、内容作出诠释和评判。不难看出，无论是研究方法，还是研究内容，抑或研究视野，澳大利亚和解小说批评都呈现出多元化、跨学科的发展态势。随着土著历史和文化成为澳大利亚进行民族身份建构、树立民族新形象必须直面的核心问题，深入研究这一类小说对于理解一个民族国家的过去、现在和未来有着重要的意义。而和解小说批评作为一个学术热点，揭示和解文学话语背后的社会文化、历史语境以及文学批评发展的最新动态，有助于研究者拓宽视野，在众语喧哗中发现问题的本质，深入理解文学与社会、文学与民族、文学与历史的关系。

第七节　戴维·威廉森《唐家聚会》中的 澳大利亚城市神话书写

【作家简介】戴维·威廉森（David Williamson）是澳大利亚最负盛名的剧作家，自 20 世纪 70 年代以来弃教从文、笔耕不辍，迄今创作了 50 余部戏剧作品。此外，威廉森还以编剧身份著有多部电影及电视剧脚本。威廉森的作品紧扣时代主题，语言生动幽默，内容贴近现实生活，受到澳大利亚国内外观众的广泛赞誉，取得了艺术上和商业上的"双赢"成就。威廉森的戏剧获得包括英国乔治·迪瓦恩奖（the George Devine Award）、澳大利亚电影协会最佳剧本奖、澳大利亚作家协会年度最佳剧本奖等多项大奖。1983年，威廉森因为其在戏剧创作领域的杰出贡献而获得澳大利亚勋章；1988年，威廉森被冠以"澳大利亚国宝"之称。威廉森在戏剧创作方面取得的杰出成就使他享誉世界，同时也推动了澳大利亚戏剧的繁荣发展。

戴维·威廉森出生于澳大利亚墨尔本，从小热爱戏剧与文学，在学生时代就展现出卓越的戏剧创作天赋。从澳大利亚蒙纳士大学机械工程专业毕业后，威廉森执教于大学，同时进行戏剧创作。1970年，威廉森的首部多幕剧《斯托克来了》（The Coming of Stork）在拉玛玛剧院上演，迅速赢得了观众和剧评家的一致认可。1971年，威廉森先后推出《搬家者》（The Removalists）和《唐家聚会》（Don's Party），成为澳大利亚戏剧票房的翘楚。这些戏剧成为威廉森扬名澳大利亚剧坛的扛鼎之作，也成为澳大利亚"新浪潮"戏剧的经典剧作。

1788年，英国海军上将亚瑟·菲利普船长率领第一舰队的军官和流放犯登陆悉尼并建立新南威尔士殖民地。自此，澳大利亚土著居民、英国移民、流放犯和来自其他国家和地区的人民在这个"南方大陆"共同生活。他们开垦土地、挖掘矿产、放牧牛羊、发展工业，在改善生活条件的同时也不忘追求精神满足，诗歌、小说、书信、传记成为他们记载文化生活的印记。虽然澳大利亚在殖民时期就有零星的戏剧表演，但其艺术性和审美性难以与英国戏剧相媲美，内容缺乏原创性，旨趣局限于说教和娱乐。直到1955年，雷·劳勒（Ray Lawler）的剧作《第十七个玩偶的夏天》（Summer of the Seventeenth Doll）首演，澳大利亚本土戏剧终于迎来了真正的新生。随着20世纪六七十年代"新浪潮"（the New Wave）戏剧运动的繁荣发展，澳大利亚本土戏剧逐渐登上了国际舞台，成为澳大利亚文学的璀璨明星。威廉森的戏剧创作肇始于"新浪潮"戏剧运动，他对澳大利亚当代社会尤其是城市中产阶级群像的刻画惟妙惟肖、自然真实，激起了澳大利亚人的强烈共鸣。

戴维·威廉森的戏剧主题涉及当代澳大利亚生活的方方面面，他塑造的"奥克"(Ocker)形象成为澳大利亚城市中产阶级的代名词。在《搬家者》中，威廉森揭露了澳大利亚警察滥用权力以及家庭暴力等问题。在《唐家聚会》中，威廉森聚焦于澳大利亚政党选举，以城市中产阶级的视角重新审视社会、家庭、婚姻、爱情等问题，深刻再现了澳大利亚当代社会的文化隐痛与价值观冲突。在《足球俱乐部》(The Club, 1977)中，威廉森将澳大利亚社会的商业竞争和逐利本性做了鞭辟入里的讽刺。尤其值得一提的是，威廉森在《死白男》(Dead White Males, 1995)中，将以莎士比亚为代表的西方自由人文主义与以斯温博士为代表的后结构/解构主义之争置于前景，借此介入了 20 世纪 90 年代澳大利亚社会如火如荼的"文化论战"(culture war)的现实语境中。威廉森对后结构/解构主义的讽刺或许重申了自己的自由人文主义立场，同时体现了他的态度由"新浪潮"时期的激进转向保守。进入 21 世纪，威廉森仍然保持着旺盛的创作精力，新作迭出，仍然具有强大的票房号召力。

戴维·威廉森的戏剧脱胎于澳大利亚"新浪潮"戏剧运动，他以自然主义风格表现澳大利亚当代社会，以澳式英语再现澳大利亚人的日常生活和喜怒哀乐，以幽默讽刺的语调刻画"奥克"群像，实现了澳大利亚神话(Australian myth)由"丛林"(the Bush)向"城市"(the City)的转变。

本节所论述的作品是他的"新浪潮"戏剧《唐家聚会》。

引 言

澳大利亚戏剧最早可追溯到殖民时期。自新南威尔士殖民地建立伊始，盎格鲁-凯尔特裔白人便将英式戏剧搬到了这片"南方大陆"，由乔治·法夸尔(George Farquhar)创作的剧作《征兵官》(The Recruiting Officer, 1798)便是例证。需要指出的是，在接下来的很长一段时期，澳大利亚戏剧大都以宣传教化为主，人物刻画粗犷，情节主题单调，无法与同时期英国戏剧相媲美，遑论文艺复兴时期的优秀剧作。当然，莎士比亚的戏剧间或在澳大利亚上演，这给澳大利亚人带去了少有的文化品位。直到 1901 年澳大利亚联邦成立，澳大利亚鲜有优秀的本土戏剧，但路易斯·埃森(Louis Esson)的现实主义戏剧给澳大利亚剧坛带来一股清流，他创作的《赶牧人》(The Drovers, 1920)以具有澳大利亚独特性的赶牧人为核心人物，表现了早期澳大利亚人生活的艰辛以及他们对伙伴情谊(mateship)、人与自然、种族关系等问题的思考。埃森的戏剧体现出了明显的澳大利亚特性,这为后来澳大利亚本土戏剧的发展和繁荣奠定了坚实的文化基础。

　　1955年,雷·劳勒创作的《第十七个玩偶的夏天》一经演出便好评不断,该剧在人物刻画、背景设置、主题呈现等方面迥异于域外戏剧作品,尤其是劳勒对澳大利亚方言、俚语的大量使用引起了澳大利亚人强烈的共鸣和民族认同感。此后,澳大利亚戏剧逐渐形成了独特的风格,其中最重要的特征之一就是对盎格鲁-凯尔特裔澳大利亚人物的塑造以及对澳大利亚性(Australianness)的强化表现。在20世纪六七十年代,澳大利亚剧坛兴起了"新浪潮"戏剧运动,"新浪潮"戏剧运动对当代澳大利亚剧坛产生了深远的影响,因此被普遍认为是澳大利亚的"戏剧文艺复兴"(theatrical renaissance)。[①]戴维·威廉森的戏剧创作脱胎于"新浪潮"戏剧运动,由于他的剧作赢得了戏剧评论家和观众/读者的双重认可,所以他迅速成为"新浪潮"戏剧运动的中流砥柱和权威代表。威廉森的剧作生动活泼地刻画了城市中产阶级的集体形象,这一被称作"奥克"的形象成为新的澳大利亚民族符号(national icon),在20世纪70年代的舞台和银幕上广泛存在,构成了体现澳大利亚独特性的现代神话。

　　威廉森是蒙纳士大学机械工程专业的毕业生,毕业后曾当过大学教师,只在业余时间凭着对戏剧的爱好而潜心创作。尽管威廉森早在20世纪60年代末就将自己的剧作搬上舞台且小有成就,但真正为他赢得巨大声誉的是《斯托克来了》,该剧在舞台上大获成功后还被改编为电影,同样取得了非凡的口碑和票房佳绩。1971年,威廉森又相继创作出了《搬家者》与《唐家聚会》,这两部剧作不仅在"新浪潮"戏剧运动的发源地墨尔本引起轰动,而且在澳大利亚国内多次巡回演出,《搬家者》于1973年在英国伦敦上演时还荣获戏剧大奖。《搬家者》和《唐家聚会》巩固了威廉森的创作声誉,此后他转向职业创作,《一路北上》(*Travelling North*,1979)、《翡翠之城》(*Emerald City*,1987)、《死白男》(1995)、《生来就有》(*Birthrights*,2003)等剧作受到戏剧评论家和观众的青睐,而且始终保持着艺术上和商业上的双赢局面,这在澳大利亚戏剧史上是绝无仅有的现象。

　　戴维·威廉森的戏剧成就在相当程度上得益于澳大利亚现实主义文

---

　　① Thomson,Helen. "Drama Since 1965." *The Oxford Literary History of Australia*. Eds. Bruce Bennett and Jennifer Strauss. Melbourne: Oxford University Press,1998.

学传统的影响。威廉森的剧作往往与时代脉搏相契合、内容贴近澳大利亚社会的现实生活,这使得观众/读者能够在其剧作中毫不费力地辨认出自己熟悉的人和事,进而产生情感共鸣与认同心理。澳大利亚著名学者海伦·汤姆森(Helen Thomson)指出,帕特里克·怀特与多萝西·休伊特等人的剧作具有表现主义与超现实主义特征,但总的来看,澳大利亚戏剧大多以社会现实主义和自然主义为特征。① 威廉森的戏剧具有明显的自然主义风格,而"自然主义在澳大利亚用语中就意味着现实主义"②。值得注意的是,威廉森迄今创作了五十余部戏剧,此外还有不少的电影及电视剧本,威廉森本人的创作态度也大致经历了由激进到保守的变迁过程,③因此,仅以自然主义或社会现实主义等标签笼统概括威廉森戏剧风格的做法难免失之偏颇。尽管如此,威廉森在其剧作中客观真实地呈现了当代澳大利亚生活的诸多方面,诚如约翰·麦克勒姆所言,威廉森为人们绘制了"一幅澳大利亚的新地图"④。

《唐家聚会》是戴维·威廉森的第三部多幕剧,于 1971 年 8 月 11 日在墨尔本手推车工厂剧院由澳大利亚表演艺术团首演,随后相继在悉尼和堪培拉等地演出。该剧不仅创造了三个月常演不衰的纪录,而且还在澳大利亚国内巡回演出,这是当时自《第十七个玩偶的夏天》之后最为成功的一部澳大利亚戏剧。⑤《唐家聚会》主要讲述了一群城市中产阶级的代表性人物于 1969 年联邦大选之夜在位于墨尔本近郊的唐家参加私人聚会的经过。聚会的参加者都是受过高等教育的城市中产阶级,他们表面上热衷于公共政治,实则更关心私人生活,尤其是他们深受西方传统父权制的影响,对女性轻佻放肆,对婚姻和爱情不够专一。威廉森通过对这些人物的戏剧表现,准确客观地塑造了"奥克"的群体形象。在威廉森的

---

① Thomson, Helen. "Drama Since 1965." *The Oxford Literary History of Australia*. Eds. Bruce Bennett and Jennifer Strauss. Melbourne: Oxford University Press, 1998.

② McCallum, John. "A New Map of Australia: The Plays of David Williamson." *Australian Literary Studies* 11 (3), 1984: 343.

③ 杨保林. 捍卫自由人文主义?——评戴维·威廉森的《死白男》.《南京邮电大学学报》(社会科学版)2010 年第 1 期,第 88—91 页。

④ McCallum, John. "A New Map of Australia: The Plays of David Williamson." *Australian Literary Studies* 11 (3), 1984: 343.

⑤ Clark, John. "The Making of Don's Party." *David Williamson: A Celebration*. Ed. Katharine Brisbane. Canberra: National Library of Australia, 2003.

笔下,"奥克"成为堪与"丛林人"(Bushman)与"澳大利亚士兵"(Digger)比肩、齐名的澳大利亚典型人物,威廉森因此成为澳大利亚现代神话的缔造者。本部分将结合《唐家聚会》中的"奥克"形象对这一现代神话进行探讨,以期管窥澳大利亚民族神话的城市转向、主要特征及其对澳大利亚民族心理的现实折射。

一、澳大利亚神话的城市转向

边疆探险、丛林故事、战争题材一直以来都是构成澳大利亚神话的核心元素,但澳大利亚神话长期以来都是一种"乡村神话",几乎与城市及城市中产阶级无关。自 19 世纪后期澳大利亚兴起民族主义运动浪潮以降,以亨利·劳森为代表的民族主义作家开创了"丛林神话"的先河,"丛林人"成为衡量澳大利亚民族性的一个重要标尺。此外,在澳大利亚历史上,澳大利亚人经历过为数不多的几场战争,最为著名的是一战中的加里波利(Gallipoli)战役,这场并未获得实质性胜利的战役开创了"澳新军团传奇"(Anzac legend),"澳大利亚士兵"随之成为另一个体现澳大利亚独特性的试金石。无论是"丛林人"还是"澳大利亚士兵",这两个澳大利亚民族符号具有同样的特征:他们都是盎格鲁-凯尔特裔白人男性人物,"他的价值观与语言思维模式被普遍认为代表着澳大利亚的真实性,是澳大利亚身份的试金石。在这种境况下他被当作文学中检验澳大利亚性的标尺,好像真正的澳大利亚文学应该由这位人物写成、为这位人物所写并且以这位人物为描写对象"①。

在澳大利亚文学中,"丛林人"被认为是最能体现澳大利亚民族性的"滞定型"(stereotype),然而,澳大利亚实际上是一个高度城市化的国家,澳大利亚绝大多数人口都在城市工作生活,因此,"丛林人"根本就不具有典型性和代表性。当代澳大利亚戏剧最早实现了澳大利亚神话由"丛林"向城市的转变,雷·劳勒的扛鼎之作《第十七个玩偶的夏天》宣告了"丛林人"向城市的转移,威廉森则干脆摒弃了"丛林人"及其代表的"乡村神话",他在《斯托克来了》中粗略地勾勒出了斯托克这个生动活泼的"奥克"形象,而在《唐家聚会》中,威廉森以独特的风格和犀利的笔锋完整地刻画

---

① Hodge, Bob, and Vijay Mishra. *Dark Side of the Dream: Australian Literature and the Postcolonial Mind*. Sydney: Allen & Unwin, 1991: xv.

出了"奥克"形象，"奥克"及其代表的城市神话随之成为体现澳大利亚独特性的民族神话之一。

在当代澳大利亚，"典型的澳大利亚人"（typical Australian）已经难以被某一单独的"滞定型"所代表，"奥克"与"丛林人"和"澳大利亚士兵"一样，各自体现了"澳大利亚生活方式"（Australian way of life）的不同方面。"奥克"与"丛林人"和"澳大利亚士兵"一样，都是盎格鲁-凯尔特裔白人男性，不同的是，"奥克"通常是年轻的城市中产阶级，他们受过良好的大学教育，性格放荡不羁，语言粗俗不堪，政治上具有明显的左翼倾向，生活中奉行享乐主义和男性沙文主义的信条。在威廉森戏剧里发扬光大的"奥克"及其代表的城市神话在 20 世纪 70 年代盛极一时，尤其在戏剧及电影电视界，"奥克神话"影响深远。

威廉森最大的优点是他"创作技巧娴熟、对观众与时势了然于胸"①。在《唐家聚会》中，威廉森不仅将戏剧背景设置在墨尔本城郊的一个中产阶级家庭，而且将时间设定为 1969 年 10 月 25 日的夜晚，这正是当年的联邦大选之夜。唐以共同观看大选结果为名举办聚会，应邀而来的除了妻子凯丝的朋友西蒙与朱迪夫妇为自由党支持者外，其余都是工党的支持者，政治无疑是《唐家聚会》的主题之一。威廉森在年轻时代曾是工党的坚定支持者，他在《唐家聚会》中对政治主题的探索与观众/读者对澳大利亚时政的关注相一致。《唐家聚会》涉及 1969 年澳大利亚联邦大选，而该剧上演的 1971 年正是工党与执政联盟各自积蓄力量、准备在下届选举中奋力一搏的关键年代。《唐家聚会》所体现的时代特征使其反响热烈，而剧中人物的言语及行动又让观众/读者看到了现实生活中自我的身影。观众/读者或许对"丛林人"较为陌生，但对"奥克"这个城市中产阶级人物则十分熟悉，因此，《唐家聚会》极易使观众/读者产生社会及文化上的心理认同，这正是该剧大获成功的重要因素。

威廉森剧作的主角通常是城市中产阶级，这些人在城郊（suburb）生活，而且都从事"体面"的工作。在《唐家聚会》中，聚会由唐·亨德森与凯丝·亨德森夫妇发起，聚会的地点是位于墨尔本近郊的唐家，应邀而来的大都是亨德森夫妇各自的大学同学，这些人的职业包括教师、律师、牙医、

---

① Brisbane, Katharine. "Theatre from 1950." *The Cambridge History of Australian Literature*. Ed. Peter Pierce. Melbourne: Cambridge University Press, 2009: 402.

会计、艺术家、设计师等。威廉森对剧中人物的生活背景和职业设计在广泛而又具体的层面上体现了当代澳大利亚城市中产阶级的现实状况。通过对这一特殊群体的戏剧表现，威廉森亦谐亦庄地向观众/读者呈现了一个部落神话（tribal myth），他所创造的部落神话"不是乡村神话，而是崭新的城市神话，它脱胎于大多数当代澳大利亚人居住的城郊"①。在当代澳大利亚剧坛，威廉森对澳大利亚神话由乡村转向城市所做的贡献不可小觑。

二、"奥克"与《唐家聚会》

澳大利亚著名戏剧评论家凯瑟琳·布里斯班（Katharine Brisbane）指出，威廉森在其戏剧中"体现了盎格鲁-凯尔特裔澳大利亚人物的所有美丽与丑陋"②。《唐家聚会》中都是清一色的盎格鲁-凯尔特裔澳大利亚人物，他们有的是夫妻，有的是男女朋友，有的则刚刚与妻子分手，唐的朋友都是"奥克"，其中最典型的无疑是律师库利。在第一幕的开头，唐在调试电视信号，妻子凯丝则忙里忙外地准备聚会的食物，凯丝因为唐懒于干活而埋怨他，并且认为唐以大选为名举办聚会"只是一个饮酒作乐的借口"③，两人随后说到了库利：

> 唐：（愤愤不平地）库利是左派！
>
> 凯丝：库利唯一留下的就是一溜儿被抛弃的女人，还有更多的空酒瓶，澳大利亚再没人比得过他了。④

凯丝的寥寥数语让观众/读者对库利这个尚未正式亮相的人物有了一个初步印象，即库利是一个耽于饮酒、惯于玩弄女性的浪荡子（larrikin）。接下来，唐和凯丝的朋友陆续到达，最后亮相的是"奥克"库利，他"衣着讲究，流露出一股流氓习气"⑤。库利一见面就以粗话与众人打招呼，当唐和麦克等人同样以粗话问候库利时，库利随口说道："拉屎、

①　Thomson, Helen. "Drama Since 1965." *The Oxford Literary History of Australia*. Eds. Bruce Bennett and Jennifer Strauss. Melbourne: Oxford University Press, 1998: 293.

②　Brisbane, Katharine. "Conflict and Reconciliation: The Gospel According to David Williamson." *David Williamson: A Celebration*. Ed. Katharine Brisbane. Canberra: National Library of Australia, 2003: 2.

③　Williamson, David. *Don's Party*. Sydney: Currency Press, 1973: 10.

④　Ibid.

⑤　Ibid., 30.

上床、刮胡子。还是老样子。"①唐要求客人来时各带一件聚会礼物——色情画。西蒙贡献的图较为抽象但不乏挑逗意味，迈尔带来了一幅手工复制的《花花公子》里的男女裸体图，麦克拿来的画更加出格，那是一幅他妻子露丝的撩人裸体像，库利除了带酒之外并未带画，他声称自己的聚会礼品就是新女友苏珊，二十岁出头的苏珊是悉尼大学的艺术生，业余兼职脱衣舞女。随着剧情的发展，"奥克"们在酒精的作用下逐渐失态，迈尔先是勾搭凯莉、接着又引诱朱迪，但他的企图均未成功；麦克讲起了自己躲在橱柜背后偷拍妻子与库利偷情的事；库利凭着粗俗而又直率的个人魅力将凯莉引诱上床。言语粗俗不堪、对性肆无忌惮，这便是"奥克"留给观众/读者的重要印象，就连西蒙都难以相信，"这些念过大学的人居然会这么粗鄙不堪"②。迈尔也坦言"这是一场不道德的聚会"③。

在《唐家聚会》中，"奥克"们收入可观、生活奢侈，对物质享受充满渴望。唐的朋友几乎都是工党支持者，但他们并不属于工人阶级，他们与自由党支持者西蒙与朱迪夫妇一样都属于中产阶级，具有较高的社会地位与较强的经济实力：埃文年薪两万，准备等有了孩子就将其送入最好的学校去念书；朱迪与西蒙为了多生一个孩子而计划卖掉价值三万的房子，将其抵押以便另置一套价值五万的大房；珍妮与迈尔更是穷奢极欲，他们给孩子送个圣诞礼物就花去三百多块，举行聚会时上的都是高级食品，而且还特意买个游泳池供孩子们嬉戏，具有讽刺意味的是，他俩如此奢侈却一直未偿还唐的借款。20世纪六七十年代的澳大利亚经济繁荣、物质丰厚，《唐家聚会》中的"奥克"正是这一时期的年轻一代，他们深受消费主义的影响，听披头士的流行歌曲、阔谈政治、饮酒纵乐都是他们的共同嗜好。

"奥克"最初是"奥斯卡"（Oscar）的昵称，作为与"丛林人"和"澳大利亚士兵"比肩齐名的澳大利亚民族符号，"奥克"具有明显的浪荡子的特征，其渊源则可以追溯至澳大利亚的"丛林"。换句话说，"奥克"即"丛林人"的子孙。实际上，"奥克"与"丛林人"只在生活环境、经济地位等外部因素方面存在差异，他们的内在因素具有明显的相似之处：作为盎格鲁-凯尔特裔白人男性，他们强调男性力量（masculinity）、重视"伙伴情谊"、

---

① Williamson, David. *Don's Party*. Sydney: Currency Press, 1973: 31.

② Ibid., 76.

③ Ibid., 79.

对女性具有或显或隐的敌意、对婚姻及其他具有约束性的社会机构则怀有天生的恐惧。在《唐家聚会》中,参加聚会者绝大多数都是大学同学,虽然已经毕业多年,但他们一直保持联系并继续发扬"伙伴情谊":一起为政党选举奔走宣传、彼此邀请参加聚会、偶尔还为对方提供经济支持。在聚会上,唐、库利、迈尔、麦克等人都是粗话连篇、肆无忌惮,他们对身体和性的直率在一定程度上体现了对男性力量的自信,而在涉及女性及婚姻话题时,他们都表现出了极强的男性沙文主义态度。《唐家聚会》作为一部社会喜剧(social comedy),对"奥克"这个年轻的城市中产阶级做出了客观的描述以及温和的讽刺,正是在威廉森的笔下,"奥克"形象才得以确立和完善,"奥克"继而成为体现澳大利亚独特性的诸多民族符号之一。

三、"奥克神话"的隐痛

《唐家聚会》是威廉森刻画"奥克"形象最为全面、最具代表性的一部剧作,在该剧中,威廉森不仅向观众/读者呈现了"奥克"追求异性、热衷政治、崇尚物质的现实表现,而且客观真实地揭露了"奥克"恐惧婚姻、害怕失败的微妙心理,这正是"奥克神话"的隐痛。威廉森所创造的"奥克神话"与劳森所开创的"丛林神话"一样,都是澳大利亚神话的变体,而澳大利亚神话始终以建构并反映独特的澳大利亚民族身份为目的。尽管澳大利亚神话的核心人物是盎格鲁-凯尔特裔白人男性,他们看上去身材魁梧、自信乐观,但事实上,他们又是性格敏感、心理脆弱的人物。为人既自信又自卑、对女性既追求又厌倦、渴望婚姻但又逃避责任等特征都在这一人物身上显露无遗。

在《唐家聚会》中,唐、库利、麦克、迈尔等"奥克"人物的言谈举止中无不显露出男性沙文主义的特征,在其过分注重自我男性力量的背后,观众/读者不难看出这些人内心的焦虑和痛楚。在唐的客人里,麦克是唯一独自前来参加聚会的人,他起初声称自己离开了妻子,当西蒙对此消息表示遗憾时,麦克假装淡定地说:"妈的,我无所谓。"[1]在凯丝等人的一再追问下,麦克才尴尬地承认其实是妻子离开了他。麦克喜欢拍照,他经常拍摄自己妻子的裸照,有时还特意怂恿妻子和别人上床,他则躲在暗处偷拍。麦克的怪癖终于使自己落得个被妻子抛弃的结局,他本人对此并不讳言:

---

① Williamson, David. *Don's Party*. Sydney: Currency Press, 1973: 19.

> 麦克：老实讲，对于我俩婚姻的失败，我得接受不少的批评。
>
> 朱迪：你是光明正大的。
>
> 麦克：我岂止光明正大。她是个贱货。你知不知道我照相的事？
>
> 朱迪：知道。我看到你妻子的照片了。①

麦克虽然意识到自己的过错，但他并无悔改之意，反而一如既往地恣意妄为，他带来的聚会礼物就是他妻子的裸照，初次见到朱迪就开始讲"猎鸭人"的下流笑话，但他也承认自己对待性的态度有点失常。麦克的告白表明，他的怪癖以及他对婚姻毫不在乎的外表下面其实另有隐情。迈尔的情况也大抵如此，他对婚姻所作的论断正是"奥克"对婚姻的普遍看法："就说婚姻吧。对一个男人来说，要想找出比婚姻更加令人厌倦的社会体制，那是一件非常非常困难的事情。"②

库利的实情则更加糟糕，他对性的坦率使他看上去更具男性气质，但他"内地里是一个敏感脆弱、易受伤害的男人"③。库利频繁更换女友，却从未考虑结婚的事，他对婚姻有一种近乎本能的抵制："库利对任何事物都没能承担责任，人到中年却十分可笑地戴着一副年轻人的沙文主义面具。"④在聚会上，唐的朋友们多次谈及十多年前的往事，他们当时年轻气盛、胸怀抱负，"我们有过开心的日子"⑤。虽然他们已经成家立业，但青春已逝、理想破灭、婚姻陷入危机，在他们自信开朗、到处张扬男性沙文主义的表面背后，其实都隐藏着一颗敏感而又脆弱的心。

20世纪七八十年代正是第二次女权运动在澳大利亚如日中天的时期，女权主义思潮深刻地影响了这一时期的许多作品，威廉森的戏剧也表现了同样的主题。在《唐家聚会》里，女性虽然扮演着男性的妻子或女朋友等社会角色，但她们显然不认同男权社会强加于女性的各种价值观，相反，该剧中的女性都敢于同男性做抗争。凯莉不仅主动和库利上床、而且对丈夫埃文的指责毫无惧意，这是她对埃文的"小孩子脾气"以及强烈的控制欲所做的公然反抗。珍妮和朱迪虽然都扮演着妻子和母亲的角色，

---

① Williamson, David. *Don's Party*. Sydney: Currency Press, 1973: 34.

② Ibid., 80.

③ Ibid., 52.

④ Carroll, Dennis. *Australian Contemporary Drama*. Sydney: Currency Press, 1995: 183.

⑤ Williamson, David. *Don's Party*. Sydney: Currency Press, 1973: 86.

但她们对各自的丈夫也并非言听计从。剧中最具女权主义思想的是库利的新女友苏珊,她对性的开放态度与库利比起来有过之而无不及。苏珊不仅追求性自由,而且还敢于逾越性别禁忌,她对同性和异性之间的性关系直言不讳,而且还建议凯丝去尝试。在澳大利亚女权主义运动如火如荼的现实语境中,男性的传统地位和权力都受到了严重的质疑和挑战,这正是"奥克神话"的隐痛。[①]

在《唐家聚会》的结尾,唐的朋友大都已经散去,唐和醉醺醺的麦克在电视上看到了工党选举失败的新闻,唐划了根火柴点烟,结果被烫了一下。这一情节也在象征意义上表明了"奥克"所做的努力及其最终的失败。威廉森在《唐家聚会》中以微妙的方式表现了"奥克"外在的风光和内心的隐痛,体现了他对"奥克"的讽刺与同情。

结　语

戴维·威廉森作为"新浪潮"戏剧运动的领军人物,在早期创作中无疑具有激进的一面,《唐家聚会》是对"糟糕的澳大利亚独特性"(awful Australian uniqueness)的讽刺,然而,该剧也不乏对澳大利亚独特性的肯定。虽然澳大利亚在20世纪六七十年代逐渐废除了"白澳政策"并开始积极推行多元文化主义政策,但澳大利亚的盎格鲁-凯尔特裔白人男性文化的核心地位并未动摇。"奥克神话"是澳大利亚神话在戏剧和银幕上的变体,尽管"奥克"言语粗俗、行为放肆,似乎与以保守著称的澳大利亚主流社会互相抵牾,但从根本上看,"奥克神话"仍然体现了以盎格鲁-凯尔特裔白人男性特征为核心的主流文化,因此,《唐家聚会》讲述了同样的澳大利亚神话,不同的是其主人公由"丛林人"变成了"奥克",其背景由"丛林"转向了城市而已。

第八节　凯文·吉尔伯特诗歌中的土著性

【作家简介】凯文·吉尔伯特(Kevin Gilbert)是澳大利亚土著人权捍

---

① 刘婕. 从《唐的聚会》看"奥克"的政治意识与婚恋观.《兰州交通大学学报》2012年第2期,第46—49页。

卫者、诗人、剧作家、艺术家和活动家，被誉为澳大利亚的甘地和马丁·路德·金。另一位土著作家科林·约翰逊(Colin Johnson)盛赞他是"最有力、最坚忍、最具政治色彩的土著作家"。为集体发声的访谈录《以黑人的方式生活：黑人与凯文·吉尔伯特对话》(*Living Black：Blacks Talk to Kevin Gilbert*,1977）获 1978 年度国家图书理事会奖（National Book Council Award）。1988 年,他因编辑土著诗歌选集《在澳大利亚土著内部：土著诗歌选》而被澳大利亚人权和平等机会委员会授予人权文学奖。但他拒绝接受该奖,理由是土著人权持续受到侵犯。第四部诗集《黑色的边缘》(*Black from the Edge*,1994）获得旨在鼓励土著写作的凯特·查利斯 RAKA 奖(1995)。自传体儿童小说《我和玛丽袋鼠》(*Me and Mary Kangaroo*,1994）进入 1995 年度澳大利亚多元文化奖（Australian Multicultural Award）的短名单。戏剧方面,创作于 1968 年的《樱桃采摘者》(*The Cherry Pickers*,1988）不仅是第一部由土著创作的英语戏剧,还是第一部全部由土著演员来表演的戏剧。吉尔伯特还是第一位土著版画家,其作品在澳大利亚国内外广泛展出,是澳大利亚主要艺术机构的永久藏品。绘画和油毡浮雕等方面的成就为他赢得了 1992 年度的澳大利亚创意艺术奖（Australian Creative Arts Fellowship）。

　　吉尔伯特于 1933 年 7 月 10 日出生在新南威尔士州康多博林(Condobolin)附近卡拉拉(拉克兰)河畔的一个维拉朱里(Wiradjuri)部落的家庭,是家中的第八个孩子。他的父亲约翰·吉尔伯特(John Gilbert)是英国人和爱尔兰人的后裔,母亲瑞秋·纳登(Rachel Naden)是土著和爱尔兰人的后裔。七岁时,他的父亲杀了他的母亲,随后自尽。后来,他和兄弟姐妹们常常往返于亲戚家和白人的儿童福利机构之间。在一家孤儿院住了五年后,他最终逃离出来,并与亲戚一起生活在康多博林的穆里营地,以采摘水果和伐木为生。吉尔伯特在部落的生活为《我和玛丽袋鼠》和《孩子的梦想》(*Child's Dreaming*,1992）提供了写作素材,也反映了他童年时期与他母亲一方的密切关系。

　　吉尔伯特共有三段婚姻,而第一段婚姻是他人生的另一个转折点。1954 年 6 月 12 日,他在康多博林法院与第一任白人妻子戈马·斯科特(Goma Scott)结婚,并育有两个孩子。1957 年,二十四岁的他因谋杀斯科特被判处无期徒刑,随后在新南威尔士州最臭名昭著的监狱里待了十四年。牢狱生活倒是给了他接受教育的机会。他广泛自学,并通读字典,还利用土著特有的文化遗产,发挥了艺术和文学天赋。

对吉尔伯特而言,1971年具有特殊历史意义。这年,他从监狱获释并出版了在监狱里创作的诗集《梦幻时代的终结》(*End of Dream-Time*)。可惜,出版商未经他许可,擅自改变他原作的写法和意义。后来,他还出版过诗集《人民即传奇:土著诗歌》(*People Are Legends:Aboriginal Poems*,1978)、《黑人这一边:人民即传奇和其他诗歌》(*The Blackside:People Are Legends and Other Poems*,1990)等。

在戏剧方面,吉尔伯特的标志性戏剧《樱桃采摘者》于1971年首演,后又在1987年的第一届黑人剧作家大会(First Black Playwrights Conference)上演。1988年,这部剧才得以出版,抗议白人登陆澳大利亚两百周年庆典。该剧后由悉尼戏剧公司(Sydney Theatre Company)的土著导演执导,并在2002年的英联邦运动会(Commonwealth Games)期间巡演。吉尔伯特的戏剧还包括《众神往下看》(*The Gods Look Down*)、《十号牢房里的鬼魂》(*Ghosts in Cell Ten*)、《小鸟的脸红》(*The Blush of Birds*)、《永恒的夏娃》(*Eternally Eve*)、《恐惧之夜》(*Evening of Fear*)和《每个人都应该关心》(*Everyman Should Care*)。此外,吉尔伯特还出版了政论性著作《因为白人永远不会这么做》(*Because A White Man'll Never Do It*,1973)和《土著主权:正义、法律和土地》(*Aboriginal Sovereignty:Justice, the Law and Land*,1988)。他呼吁,对侵犯土著人权的补偿措施不应是补贴措施和白人家长式的干预措施,而是对土著人民的主权、土地权进行赔偿和非独裁式的援助。他还编辑土著抵抗运动杂志,包括《阿尔丘林加》(*Alchuringa*)、《身份》(*Identity*)和《澳大利亚黑人新闻》(*Black Australian News*)。

作为社会活动家,吉尔伯特为争取土著土地权和主权倾注了大量时间和精力。他在主权和条约方面的工作为澳大利亚当代第一民族(First Nations)主权运动奠定了重要基石。1972年,他加入古林吉的土地权利运动(Gurindji Lands Rights Campaign),帮助策划了澳大利亚帐篷大使馆的成立。1979年,吉尔伯特在新议会大厦的选址上成立了土著政府,并根据国际法和《土著权利法案》签订一项主权条约。吉尔伯特还主持了"1988年土著主权条约运动"(Aboriginal Sovereign Treaty '88 Campaign),致力于制定体现土著权利和主权的条约。

1993年4月1日,吉尔伯特在堪培拉死于肺气肿。人们在澳大利亚帐篷大使馆举行了纪念活动，深切缅怀这位"土地权利人""条约制定者"。本节讨论吉尔伯特诗歌中的土著性。

引　言

　　澳大利亚作为多民族形成的后殖民国家，民族身份有着复杂性和争议性。当今的澳大利亚学界，对民族身份的研究可谓如日中天。关于澳大利亚性的研究日趋深入，专著论文迭出。土著性是澳大利亚性的重要构成部分。随着土著作家的崛起，土著文学作品"以英语为载体，以书面文学为表现形式，从各个角度、不同层次书写澳大利亚土著社会的过去、现在和未来，追寻澳大利亚土著民族的文化根源"①。在探讨土著文化身份和土著性问题的当代作家中，凯文·吉尔伯特是十分引人注目的一位。正如鲍勃·霍奇和维贾伊·米什拉所言，"凯文·吉尔伯特的作品对在'白澳'社会建构土著性和为土著发声方面至关重要"②。

一、土著英语

　　如果我们对吉尔伯特诗歌中的用词与韵律仔细考证的话，其土著性便彰明较著。吉尔伯特只有四分之一的土著血统，但从小生活于土著区，是新南威尔士州维拉朱里部落中的一员并且深谙那里人民的生活。引发广泛争议的访谈录《以黑人的方式生活：黑人与凯文·吉尔伯特对话》采访了形形色色的城市土著和部落土著，成为土著言说在'白澳'社会悲惨生活经历的一手资料。吉尔伯特回想起母亲归属的维拉朱里部落虽激烈抵抗白人的入侵，但到了 19 世纪 80 年代，部落人口已经急剧下降，而到了他儿童时代，仅存 7 位族人还能知晓部落文化传统，包括语言、仪式、圣地等。正是从这些部落老人那里，吉尔伯特继承了土著文化遗产，习得了部落语言和土著神话。这些生活经历对他的诗歌创作也产生了潜移默化的影响。

　　吉尔伯特执着于用土著方言写诗。《烟草》（"Baccadul"）是吉尔伯特第二部诗集《人民即传奇：土著诗歌》的开篇诗。词汇与拼写方面，吉尔伯

----

　　①　黄源深.澳大利亚文学史(修订版).上海：上海外语教育出版社，2014：495。

　　②　Hodge, Bob, and Vijay Mishra. *Dark Side of the Dream: Australian Literature and the Postcolonial Mind*. Sydney: Allen & Unwin, 1991: 108.

特用"baccadul""chugar""choom""boongs"等词分别替代标准英语的
"tobacco""sugar""chum""aborigines";还采用标准英语单词拼写的变形
拼写方式,比如用"callin'"替代"calling"。语法上也没有遵循主谓一致
的原则,比如第三人称的动词使用了原形:"he get sour","Poisoned
water-hole fill my needs"。以"A few lead bullets into tribe you see"为例,
吉尔伯特根据土著发音和言语模式来创作,模仿土著口语的气流、节奏等
特征。因此也有评论家将他的风格称为"逐字记录风格"(verbatim style)[1]。

　　这种风格在同一诗集的另一首《我父亲的工作室》("My Father's
Studio")的前言中也有明显的表现:"传统的土著艺术家从不详细描述自
己的艺术,或者解释他追求艺术的原因。问他这个问题时,回答通常是简
洁、直接的。'为什么呢? 我们总是在岩石上作画,这一切都属于'业
务'。'"(The traditional Aborigine artist never gives a lengthy
explanation of his art, or why he pursues it. In questioning him the
subject, the answer is usually terse, direct. "Why? We bin always
makim 'picher' on rock an' it all belong 'Business'.")[2]这段中最后一
句土著的回答,标准英语应该是"we have been always making pictures
on rock and it all belong to Business"。诗句中的土著英语特色也非常鲜
明,比如"ing"由"im"替代或缺少"g"(scribblin'),"and"由"an'"替代、
"been"由"bin"替代等。

　　吉尔伯特在诗歌创作时借鉴土著民族口述文学传统,特意将大量土
著语言融入英文之中,体现了独树一帜的特点,增强了真实性。这种标志
性的语言特色,成为他彰显土著性的表达方式和手段。此外,《烟草》朗朗
上口,押连续韵,旋律较短,不断变化重复。全诗共 22 行,而诗句"This
is the price you paid for me"就重复了 5 次。这些也是土著传统音乐的特
点。音乐、歌舞是土著日常生活不可或缺的部分,或吟唱创世神话、部落
图腾,或表现动植物、暴雨洪水等自然现象,将历史的过去和当下的现在
紧密联系起来。

　　儿童童谣创作也体现了吉尔伯特对韵律、节奏的驾驭能力:

---

　　[1]　McMillan, Pauline. "Kevin Gilbert and *Living Black*." *Journal of Australian Studies*
(45), 1995: 4.
　　[2]　因需分析语言风格,故将英语原文附上。

> Once I met a mad Rosella
>
> He was quite a crazy fella
>
> Who got drunk on nectar-ferment
>
> From a rich old bottle-brush
>
> His wings he flapped and fluttered
>
> While foolishly he muttered
>
> I wish I was an eagle
>
> Or a fine plumed English thrush. [①]

　　这首童谣描写了一只澳大利亚鹦鹉醉酒的情景,异想天开,妙趣横生,显示了土著天马行空般的想象力,以及他们与大自然的亲密关系。"Rosella"与"fella"(英语中的 fellow),"bottle-brush"与"thrush","fluttered"与"muttered"构成尾韵,"met"与"mad","bottle"与"brush","flapped"与"fluttered"实现押头韵效果。头韵和尾韵产生韵律美、节奏美,使得童谣也很有感染力和表现力。然而,土著诗人的这类诗很难找到出版商。究其原因,不是这类诗没有发表的价值,而是吉尔伯特、沃克、戴维斯等土著诗人已经被滞定型为"抗议诗人"。从商业的角度,出版好战、有争议的诗集更具盈利价值。[②]

　　吉尔伯特在《我父亲的工作室》中也批评了白人将土著文化作为消遣和猎奇的现象:"你成天在岩石上乱涂乱画/梦幻时代已经逝去——为何如此作画"("You scratch an' you scribblin' on rock all the day/The Dream-Time he long gone—why paint 'im this way'")[③]。与其他"抗议诗人"不同的是,吉尔伯特不仅挪揄嘲笑了白人,还指责了一些已被白人文化同化的土著:"这些艺术家相当蔑视已经放弃传统生活方式的混血儿和牧场工人。"[④]

　　吉尔伯特对部分土著抱有"哀其不幸、怒其不争"的情感。在《库里奶

---

　　① Shoemaker, Adam. *Black Words, White Page: Aboriginal Literature 1929—1988*. Canberra: Australian National University Press, 1989: 197.

　　② Ibid.

　　③ Gilbert, Kevin. *People Are Legends: Aboriginal Poems*. St Lucia: University of Queensland Press, 1978: 64.

　　④ Ibid.

奶》("Granny Koori")①一诗中,他盛赞了英勇抗争的土著女性,揶揄了失去男性气概的土著男人:

> 尊敬的土著资金主任
>
> 我的协会需要五万五千块
>
> 购买黑色丝质女裤
>
> 一个配额,以涵盖各个领地——
>
> 各州的领地
>
> 为了躲避世人窥探的目光
>
> 土著悲惨的命运

在他看来,男性已经没有了血性:"他们把战斗留给女人。"他呼吁,一个真正的土著男人应该像土著女人那样奋起保护土著孩子:

> 一个真正的男人让孩子免于死亡
>
> 一个真正的男人不带他的杜松子酒
>
> 真正的男人不会挥霍金钱
>
> 让饥饿的狼进来

他进一步对比了殖民前后,土著男性发生的变化:

> 一个真正的男人在古老的部落习俗
>
> 遵守法律及其方式
>
> 他没有饿死孩子或妻子
>
> 不像现在的柔弱黑人!!

吉尔伯特立场鲜明,语气既直截了当,又暗含开篇的辛辣幽默。他坚持独特的土著写作风格,并勇敢谏言,致力于追寻土著应有的文化身份。

二、土著现状描写

吉尔伯特诗歌中的土著性还表现为他对土著生活现状的描写。他的

---

① Gilbert, Kevin. *People Are Legends: Aboriginal Poems*. St Lucia: University of Queensland Press, 1978: 42. Koori 是新南威尔士州和维多利亚州的土著族群的自称,而在其他地区,土著群体则有不同的自称,如昆士兰州的 Murri、西澳大利亚州的 Nyungar、南澳大利亚州的 Nunga、塔斯马尼亚的 Palawa,等等。参见 "Preface." *Indigenous Australian Voices: A Reader*. Eds. Jennifer Sabbioni, Kay Schaffer and Sidonie Smith. New Brunswick: Rutgers University Press, 1998: xix.

作品描写了形形色色的土著,再现了不同土著群体的处境。特殊的生活经历促使吉尔伯特深切感受到土著所经历的各种不公正待遇。他的白人父亲于 1941 年杀害了 1/2 土著血统的母亲,而他本人又于 1957 年谋杀了妻子,被囚禁在监狱 14 年。这段经历可以说为《思考》("Think")一诗提供了创作素材：

> 我父亲是个白人
> 他杀了他的妻子
> 她是个混血儿
> 她是我母亲
>
> 我是个混血儿
> 我杀了一个白人
> 她是我妻子
>
> 我停留在我的
> 硬币的一面
> 你在另一个
>
> 当它旋转
> 飞至空中
> 下一次
> 谁会
> 在上面?[1]

表面上看,这首诗带有自传性质,但在对土著性的探索中,吉尔伯特的诗歌创作表现出的是土著群体的声音。可以说,《思考》主要审视了白人和土著两个群体之间的种族关系:一个硬币的上下两面。自幼深受"同化"政策的影响,吉尔伯特在《以黑人的方式生活:黑人与凯文·吉尔伯特对话》中回忆了自己在'白澳'社会福利院所遭遇的虐待和歧视:"双重原因使得我们在学校的地位低下。我们是黑人,也是孤儿。我们曾拼命地

---

① Gilbert, Kevin. *End of Dream-Time*. Sydney: Island Press, 1971: 36.

争吵,看到十四五个白人小孩拿石头砸我们,对我们叫骂,也不算什么。当我们抓到这些小家伙时,我们让他们坐在巴瑟斯特的灌木丛上以示歉意。当然他们的父母和警察都很愤怒。他们给了我们最后一次机会。”①在那里,他还了解到白人男性欺辱土著女性的恶劣行径。吉尔伯特对福利院的工作人员的描述如下:“他们是一群又大又肥的大块头:大喊大叫,横行霸道,狼吞虎咽。我不停地逃跑,试图找到回丛林的路。最终,我那刚结婚又怀孕的十七岁姐姐把我们带回了丛林。”②在福利院生活五年后,他回到母亲一方的部落大家庭。

　　吉尔伯特在部落生活时,切身了解到土著被屠杀的悲怆历史,并久久难以忘怀:“我仍记得孩提时代,当我从马兰比吉河边的沙子里挖出黑人妇女和儿童的骨骼并观察到被压扁和弹痕累累的头骨时,肝肠寸断的感觉。”③

　　孩提时的创伤记忆反复出现,是他心中无法愈合的伤口。他目睹社会不公,以诗歌为武器,大声疾呼,表达郁积内心的情感。《烟草》主要从两方面控诉了白人的罪行:一、剥夺土著生命;二、剥削土著劳动力。诗的第一节写道:

> 烟草　糖　茶
> 这就是你们给我开的价
> 烟草　糖　盐
> 肉还没上,我就停下
> 你瞧,一些子弹进入部落
> 这就是你们给我开的价④

　　这里描述杀害土著的方式是枪支弹药,而第三节迫害土著的方式是毒药:“烟草　烟草　无价值的珠子/有毒的水孔满足我的需要/很快就不会有黑人部落了/这就是你们给我开的价。”不管是哪种方式,都会导致“黑人部落”的消亡。“pay the price”充满反讽语气,不是白人为土著付出的

　　① Gilbert, Kevin. *Living Black*: *Blacks Talk to Kevin Gilbert*. Ringwood: Allen Lane, 1977: 242.

　　② Ibid.

　　③ Headon, David. "Modern-Day Warrior Who Wielded His Pen Like a Sword." *The Canberra Times*, 18 April, 1993: 23.

　　④ Gilbert, Kevin. *People Are Legends*: *Aboriginal Poems*. St Lucia: University of Queensland Press, 1978: 1.

代价,而是土著遭受的殖民恶果。同时,"pay the price"一语双关,可以指付出的代价,也可以指开的价、付的钱。作为廉价的劳动力,土著得到的报酬不过是一点点烟草、糖、茶、酒、面粉之类①,而白人拓殖者却以此为谈资,不无蛮横地叫嚣着:"'杰基是我的'"/他说"嘿杰基,我说好伙计/我在养牛,但在我的家乡/你看,我们不给土著付工资/我们买些烟草、茶。"杰基是属于白人老板(white boss)的②,好似被物化的私有财产。白人老板字里行间透着种族优越感。

第二节隐射了19世纪60年代伊始澳大利亚政府开始实行的土著保护政策。③ 受社会达尔文主义的影响,澳大利亚政府以保护之名,将土著隔离限制在保留区或布道所,将土著当儿童来管理:"土著保护委员会、土著保护官及其下属以及教会与警察构成一个严密的网络,全面控制土著居民。"④第二节中出现了传教士和军队:"传教士呼叫着'曙光已到'/当他暴躁时军队已至。"这句诗画面感很强,"Golden Hour"增强了讽刺效果。土著被当作犯人或精神病人一般,自然不会呼应传教士,而得不到回应的传教士立即就失去耐心,立马唤来军队管制土著。身心都受到管控的土著苦不堪言,既要被强制限制在保留地或布道所,还要被迫接受白人宗教、价值观、生活方式等各方面的教化。

《烟草》只有简短的22行诗,但掷地有声地抨击了澳大利亚白人对土著的屠杀行径、保护实验和经济剥削。保护政策实施时期确立的一系列制度造成白人和土著之间的隔离一直存在。吉尔伯特在《士兵》("The Soldier")一诗中以更为直白的方式控诉了白人社会对土著不公平的剥削以及种族歧视给土著带来的苦难:

> 对,二等兵威尔蒙吉
> 一等兵就是我

---

① 澳大利亚政府在20世纪30年代改变土著政策,逐步实施文化同化,土著的收入情况有所改善。1968年才实现同工同酬。

② 根据《麦考瑞澳大利亚词典》(*Macquarie Australian Dictionary*),"杰基"(Jacky)是土著的绰号,尤指对占统治地位的白人殖民者起支持作用的土著。

③ See Sabbioni, Jennifer, Kay Schaffer and Sidonie Smith eds. *Indigenous Australian Voices:A Reader*. New Brunswick:Rutgers University Press, 1998.

④ 杨洪贵.澳大利亚土著保护政策评述.《苏州科技学院学报》(社会科学版)2013年第3期,第77页。

那时白人不给我们工资

每周给我们 7 / 6 的布道所口粮①

白人的谎言一次次打破叙述者"一等兵"的幻想："我曾相信他们／我曾相信正义，把敌人挡在外面。"然而，一战和二战时土著为国家所做的贡献完全被忽视：

找不到工作……黑人

不能进酒吧……黑人

退役军人俱乐部不给我酒……黑人

连退役军人俱乐部都要区别对待土著退役老兵，更别说就业歧视和其他公共领域的隔离。愤怒的老兵立志像个真正的男人那样，解放世界，让全世界了解人权，并决意："毫不犹豫，我会加入外部的敌人／去对抗内部的敌人。"内部的敌人指涉的自然是白人。

诗歌中的人格面具如是说，诗人也在现实中身体力行。1991 年，吉尔伯特在堪培拉的澳大利亚战争纪念馆前，独自走在澳新军团游行队伍中，扛着一个巨大的白色十字架，声称其中一个壁龛是"用来纪念那些为保卫我们的土地而牺牲的人"②，那些人包括死于边疆冲突和种族屠杀的土著，以及在两次世界大战中牺牲的土著。他对记者说："我代表土著人民，他们光荣地为正义和土地而战，献出了自己的生命——没有人比我的人民更长久地牺牲。这是对那些在针对我们的持续屠杀中战斗、牺牲和继续牺牲的人的纪念。"③官方并未承认一战和二战期间土著的牺牲和贡献，因此，这位"孤独的抗议者"带着他的恳求和抗议，在纪念碑上写着："唯恐遗忘"(Lest We Forget)④。"唯恐遗忘"是英语国家纪念战时服役等场合常用的短语。这个词源于鲁德亚德·吉卜林(Rudyard Kipling)写的一首名为《衰退》("Recessional"，1897)的基督教诗歌，后被用来指代

---

① Gilbert, Kevin. *People Are Legends*: *Aboriginal Poems*. St Lucia: University of Queensland Press，1978：9.

② Uhlmann, Amanda. "An Ainslie Man's Lone Protest at the 'Continuing Massacre'." *The Canberra Times*, 3 September, 1991：3.

③ Ibid.

④ Indigenous Histories. "Acknowledgement Sought: Kevin Gilbert, Aboriginal Australians and the War of Invasion." https://indigenous-histories.com/2014/04/23/acknowledgement-sought-kevin-gilbert-aboriginal-australians-and-the-war-of-invasion/. Accessed 26 September，2023.

士兵和战争。吉尔伯特借用白人熟悉的话语，提醒他们承认并牢记土著的贡献，并给予土著公正的待遇，因为"一直为荣耀与和平而战的土著却从未被赐予荣耀与和平"①。

白人经常指责土著酗酒滋事，引发一系列社会问题；吉尔伯特做出回应，指出罪魁祸首正是白人自己。《献给我遇见的杰基们》（"To the 'Jackies' I've Met"）告诫杰基们："记住白人，我的孩子/因为他给你们带来这些东西/甜甜的红酒、威士忌和朗姆酒/那些香烟和啤酒。"②《黑酒鬼》（"The Black Drunkard"）进一步揭露黑人酗酒的深层原因是白人剥夺了他们传统的生活方式和民族尊严：

> 我清醒时只会感到痛苦
>
> 他们眼中轻蔑的嘲笑
>
> 我经过街上的白人时
>
> 他们的虚伪和谎言
>
> 他们声称这片土地是"上帝的国度"。
>
> 他们的传教士站在拐角处
>
> 他大喊"悔改，得救！"
>
> 他厌恶地转过头来，
>
> 当我咧嘴一笑，不相信，挥手
>
> 不能仅仅靠忏悔
>
> 去阻止我们的孩子今天饿死
>
> 去阻止他们被吊起来和瘫痪
>
> 因为白人和他们的方式。③

白人不断地向土著传输充满虚伪和谎言的文化价值，导致游离于两种文化价值之间的土著迷茫错乱。无法再靠打猎采集为生的土著，不仅要忍受白人嗤之以鼻的鄙视和厌恶，还要面对挨饿被打的残酷现实，只能

① Uhlmann, Amanda. "An Ainslie Man's Lone Protest at the 'Continuing Massacre'." *The Canberra Times*, 3 September, 1991: 3.

② Gilbert, Kevin. *People Are Legends: Aboriginal Poems.* St Lucia: University of Queensland Press: 25.

③ Ibid., 19.

借酒消愁,麻痹自己。

三、土著神话

吉尔伯特政治意识高,致力于重建土著民族尊严和文化自信,在写作中强调了神话和信仰的文化价值。他在朱迪·英格利斯(Judy Inglis)纪念奖征文比赛①的文章中回顾了部落背景和民族神话给予土著的精神力量:"在久远的过去,世界还是一个混沌的世界。信仰神灵的土著祖先制定了法律,并将法律条文刻于岩石、树木、神圣的秋林嘉(Tjurunga)上。正是他们,在伟大的万物之灵巴亚米神(Baiame)的要求下,为库里民族的诞生创造了陆地、天空、海洋。土著就像是一种敏感的黑色凤头鹦鹉,在监禁条件下会逐渐衰弱死亡。"②

土著主义的前提是"梦幻"(the Dreamtime 或 the Dreaming)的概念,它指的是传统信仰的综合体,包括神话、法律和历史。③"梦幻时代"包含创世时期。在这一时期,始祖神灵创造了世界万物。神秘存在从大地、水和天空出现,呈现出各种形式和身份。他们在广袤的贫瘠土地上游荡,停下来从事各种活动,通过这些活动,他们创造了山脉、河流、水洞、动植物群和土著。土著被任命为他们周围世界的守护者。规则条例运作,以确保人类和其他形式的生命和非生命之间的平衡。根据土著的信仰,"梦幻时代"发生的任何活动不仅存在于过去,还会延续至现在和将来。一代代的土著通过舞蹈、歌唱和口述故事再现他们和神灵、土地的联系。

《夜曲》("Nocturne")出自吉尔伯特第一部诗集《梦幻时代的终结》。该诗也提到了他部落的造物主巴亚米神:"巴亚米神创造了这黑夜/ 这凡世/ 先祖们起源于黑暗/ 人类世界的起起落落 / 潮涨潮衰 / 先祖们走着走着/从黑暗到光明/ 由死而生/复归死亡。"④生死轮回,生生不息,体现了土著的生死观,而生死观是梦幻世界观的重要组成部分。个体生命通

---

① 这个比赛设立于 1965 年,用于纪念人类学家朱迪·英格利斯(1929—1962),旨在鼓励土著研究。

② McMillan, Pauline. "Kevin Gilbert and *Living Black*." *Journal of Australian Studies* 45, 1995:2. 巴亚米神是澳大利亚东南部部落梦幻时代的神灵和天空之父。

③ Hodge, Bob, and Vijay Mishra. *Dark Side of the Dream*: *Australian Literature and the Postcolonial Mind*. Sydney: Allen & Unwin, 1991:27.

④ Gilbert, Kevin. *End of Dream-Time*. Sydney: Island Press, 1971:40.

过神话传说和宗教典仪,和神灵、"梦幻生命力"神秘地联结起来。

吉尔伯特在他编选的《在澳大利亚土著内部:土著诗歌选》收录了自己创作的《树》("Tree")。这首诗同样展现了梦幻时代的创世纪神话:

> 我是一棵树
>
> 是贫瘠、艰苦、饥饿的土地
>
> 是乌鸦、是雄鹰
>
> 是日月、是大海
>
> 我是神圣的土壤
>
> 生命的起源
>
> 是草藤、是人
>
> 是生灵万物
>
> 我就是你
>
> 你什么也不是
>
> 但通过我,
>
> 你是一棵树
>
> 我什么也想不起来
>
> 除了通过那扇活跃的大门
>
> 获得自由
>
> 你还什么都不是
>
> 所有一切
>
> 世界、上帝和人类
>
> 都是虚无的
>
> 直到他们相融
>
> 组合成某物
>
> 消融于所有的意识
>
> 每一个神圣的部分才能意识到
>
> 真正亲密关系里的生命力。①

"树"不仅是自然存在,更是精神存在。吉尔伯特探讨了造物者和树、

---

① Gilbert, Kevin, ed. *Inside Black Australia*: *An Anthology of Aboriginal Poetry*. Ringwood: Penguin, 1988: 188.

土地、乌鸦、老鹰、草藤以及人类等万物生灵之间的关系,认为只有当造物者这一概念融入万物的意识之中、万物能够感知到彼此的亲密关系时,造物者的存在才被赋予了。其中,树可以让人联想到文化,它扎根于土地、在土地上发展起来,连接着万物并且邀请万物的参与。吉尔伯特曾在一次采访中这样说道:"我相信如果有一种澳大利亚文化,它就不能是一种外来文化。文化和人民都是从所占领的土地上发展起来的。文化必须发自内心,发自人类尊严、激情和创造力的深处。我相信,如果要在这片土地上形成一种健全的整体文化,它必须让每个人都参与进来,它必须发展或建立在人类家庭最美好的方面之上:完整、正义、理想、创造、生命、荣誉……"①可见,在吉尔伯特看来,澳大利亚的建设离不开它所有的人民,以往的"屠杀政策""白澳政策"和"同化政策"都不利于一个完整的澳大利亚建设,也不利于其文化的繁荣发展。澳大利亚只有给予土著公正和尊严,国家才可以像树一样蓬勃向上。

总之,吉尔伯特这类诗再现了土著的神话和传奇,旨在弘扬土著文化,引发全社会对土著生活方式、习俗、审美、社会体制、法律体系等各方面的关注。这也有利于土著探寻民族文化之根,重塑民族尊严和自豪,重新获得身份归属感。

四、土著土地权

吉尔伯特在《在澳大利亚土著内部:土著诗歌选》中写道:"我所有作品的目的是呈现土著性和正义,因为这两个伟大而美妙的原则是这片土地和它的人民赖以生存的唯一原则,并且是它的人民的基本价值观。这是这片土地最终得以生存的唯一原则。"②土著相信,神灵在穿行澳大利亚大地时创造了各种生命形式。土地不仅为土著提供了食物来源,更是神灵栖息所在地。土地和土著之间有着神圣神秘且无法割裂的纽带。因此,争取土地权成为建构土著身份认同的重要一环。土地也是有社会良知的白人作家朱迪思·莱特"反思种族主义的起点与核心"③。

---

① Gilbert, Kevin. *I Do Have a Belief*. Canberra: Belconnen Arts Centre, 2013:1.

② Gilbert, Kevin, ed. *Inside Black Australia*: *An Anthology of Aboriginal Poetry*. Ringwood: Penguin, 1988:187.

③ 毕宙嫔. 朱迪思·赖特的种族主义反思.《当代外国文学》2022 年第 1 期,第 50 页。

　　吉尔伯特努力争取土著土地权，不仅创作了多首涉及土地主题的诗，还写下政论性册子《土著主权：正义、法律和土地》。他深谙，争取土地权的前提是打破白人"无主之地"的神话。作为积极的社会活动家，他还参加了许多土著人权运动，其中包括要求在堪培拉旧议会大厦建立澳大利亚帐篷大使馆、在澳大利亚两百年庆典时主持"1988 年土著主权条约运动"①。

　　对于该运动，吉尔伯特还专门创作了一首诗，名为《1988 年庆祝者》（"Celebrators '88"）。这首诗收录在《在澳大利亚土著内部：土著诗歌选》第 198 页，控诉了白人"无主之地"的建国神话。诗歌首先追忆了土著曾经富足幸福的生活，他们在繁茂的拔克西木树下载歌载舞、吟诵神话，与自然万物和谐相处。然而，随着殖民者的到来："蓝绿色灰桉叶/在苦难的斑克木身后簌簌作响/伏身为失去的亲人默默哀祷/再没有围坐树边的黑色人群/抚摸树干和吟唱歌曲/让河流流淌，滋养生命。"白人为了开发经济抽干了河水、污染了环境，让万物失去滋养并笼罩于烟雾之中；为了抢占资源残害了土著，使乌鸦可以"品尝到人肉"。河鸽和笑翠鸟这些鸟儿不再啼转清脆的歌声，转而发出深沉的语调，它们和土著一样都因为恐惧而屏息以待。两百年来，每况愈下；两百年后的今天，白人殖民者还用敛来的钱财大肆庆祝他们开拓疆土、建立国家的神话，全然没有反思自己残害土著、破坏生态环境的罪行。诗歌最后，吉尔伯特用辛辣的语气讽刺这种庆祝活动是"用欢闹掩盖谋杀"、是"在灵车的隆隆声中歌唱"。

　　吉尔伯特在《论政府和半政府工作中的黑人激进分子》（"On Our Black 'Radicals' in Government & Semi-Government Jobs"）中清楚明确地表达了诉求："我们要什么？/土地权！/我们什么时候要？/现在！"②另一首诗更加开门见山，标题即为：《我和杰科马里谈土地权》（"Me and Jackomari Talkin' About Land Rights"）。这首诗较有影响力，是土著争

---

　　① 该运动主要抗议澳大利亚于 1988 年举行的建国两百周年庆祝活动。1988 年，距 1788 年菲利普船长抵达悉尼港已经两百年，为庆祝国家的建立，澳大利亚举行了规模盛大的庆典活动。但是，这一活动遭到了原住民的抗议，因为它抹去了原住民被侵略、残杀的历史，也忽略了他们现今没有主权的现实。由此，原住民在庆祝活动举行的同时也发起了大规模的抗议活动。1988 年土著主权条约运动作为抗议运动中的一支，呼吁承认土著主权，要求澳大利亚联邦政府和土著民族之间制定条约。

　　② Gilbert, Kevin. *People Are Legends*: *Aboriginal Poems*. St Lucia: University of Queensland Press, 1978: 28.

取土地权的重要代表作。初次出版于《人民即传奇：土著诗歌》，后被收录于《黑人这一边：人民即传奇和其他诗歌》、《澳大利亚原住民声音》（*Indigenous Australian Voices：A Reader*，1998）、《麦考瑞土著文学选集》（*Macquarie PEN Anthology of Aboriginal Literature*，2008）以及《麦考瑞澳大利亚文学选集》（*Macquarie PEN Anthology of Australian Literature*，2009）。

诗歌的画面是"我"和"杰科马里"的对话，具有极强的感染力。全诗分两节，分别是"杰科马里"的问话和"我"的答复。"他"说：

别像其他人一样，兄弟
一张大嘴或一支笔
谁将领导我们……领导你必须
让我们重新找到属于我们的地方
我们厌倦了痛苦和嘲笑
厌倦了被当成垃圾对待
我们不是五等兵，我们是人
除非他们继续受伤。
现在我们黑人该怎么说
我们到哪儿去？
如果你像其他基督徒一样帮助我们

这节诗借由"他"的嘴，诉说白人政客的虚伪和土著民族的苦难：没有人权，受到歧视，失去本属于他们的地方。"我"回答道：

许多先辈去世时希望更小，兄弟
土地正义是我们的事业
不要一听到鼓声就发抖
或者惧怕战争
勇敢地站起来
从所有的悲伤中聚集力量
如果你必须的话，还可以恐吓不公
去治好那个小偷……
我们会站在你身边
我们的土地焕发活力被喝彩

大嘴们也会联合起来领导

笔变成剑

我们的女人眼睛发光。

胸口吸吮奶水的婴儿们

将行军,燃烧,流血,哭泣

在休息之前赢得胜利。①

    "我"的语气坚定,呼唤土著民族奋起反抗,勇敢斗争,争取土地,反抗不公。诗中使用了借喻和隐喻的修辞。"一张大嘴"指白人政客口头的夸夸其谈,却不谈侵略抢地的事实;"笔"指书面文字,笔为剑,以笔为武器论战②;"小偷"是白人殖民者;"婴儿们"是土著民族的下一代,肩负的是整个民族的希望。对于土著的未来,吉尔伯特是乐观的。他用一连串的大写单词(MARCH AND BURN AND BLEED AND WEEP /AND WIN)将这个获胜的过程推向高潮,直至取得胜利。印刷形式的特殊安排起到强调的作用,是意义的表现策略。

结 语

    吉尔伯特的诗歌具有鲜明的土著英语特色,也为金·斯科特、亚历克西斯·赖特等文坛后起之秀在表达土著性时的文学形式树立了典范。不同于其他"抗议诗人",他不仅把批判的矛头指向了残害、压迫土著的白人,还指向了甘于为白人效力的土著。他的作品呈现与白人主流文化截然不同的土著神话和信仰,塑造了独特的土著文化传统,成功地为土著社会建构独立的民族性。在白人和土著能否实现和解这个问题上,他不像沃克或戴维斯那般积极乐观。政治立场更为激进的他提醒土著必须奋起反抗,英勇顽强,才能夺回土地权。吉尔伯特的诗歌不论在形式上还是内容上,都立足于土著民族文化,维护了土著的民族尊严,对抗了白人主流政治,并呼吁土著以顽强的斗志改变社会、实现土地正义!

---

    ① Gilbert, Kevin. "Me and Jackomari Talkin' About Land Rights." *People Are Legends*: *Aboriginal Poems*. St Lucia: University of Queensland Press, 1978: 53.

    ② 诗行"pens turn into swords"互文了"笔胜于刀"(The Pen is mightier than the sword)。这个习语出自英国政治家、诗人爱德华·布林沃-利顿(Edward Bulwer-Lytton,1803—1873)的戏剧《黎塞留》(*Richelieu*)。

第三章
在多元文化社会关系中
解构与建构澳大利亚

　　这一章主要讨论的议题是多元文化社会关系中澳大利亚民族身份的解构与建构，共九节。第一节解读亚历克斯·米勒的作品《浪子》中的多元文化书写，作品中的人物交融了中西特质，建构起杂糅的文化身份，体现了澳大利亚民族身份的复杂性。第二节分析塔拉·温奇的作品《屈服》中对土著身份的书写，从语言、文化及土地这三个维度解读了澳大利亚土著身份的复杂建构以及土著的艰辛抗争。第三节以卡斯特罗的《上海舞》为主要研读对象，运用德勒兹的褶子理论，探讨卡斯特罗跨国写作中所展现的自我身份的生成/变化、解构/建构。第四节聚焦亚历克·帕特里奇的《黑岩白城》中离散族裔的生存困境。第五节解析海伦·德米登科的作品《签署文件的手》所带来的多元文化之争，讨论"德米登科事件"对多元文化语境下澳大利亚文学发展的影响。第六节从后女性主义视角分析海伦·加纳的非虚构作品《第一块石头：关于性和权力的几个问题》，展现海伦·加纳在澳大利亚女性主义之争中的独特立场与贡献。第七节探讨《桉树》中所展现的文化符号意义，反映了经济全球化背景下澳大利亚本土文化与外来文化的碰撞。在本章中的最后两节里，一节讨论莱斯·默里的五首战争诗，分析默里对战争的含混态度及其对民族身份重构的探索；另一节讨论路易·诺拉的剧作《黄金年代》，探索其中疏离与回归的主题。

第一节　《浪子》的多元文化主义解读①

【作家简介】亚历克斯·米勒(Alex Miller)是澳大利亚当代最著名的小说家之一，"是一位富有天才的作家"②，"他的小说具有很高的文学价值：内容充实，结构严谨，聪明睿智，充满哲思，富于想象力，蕴含道德的力量，技巧炉火纯青"③。截至 2025 年 3 月，米勒共出版了十四部长篇小说，两部作品集，一部非虚构作品，屡次获得澳大利亚国内外文学大奖，在国际文坛享有盛誉。他的多部小说都以土著、族群、殖民、历史、和解、伦理、民族身份和现代艺术等为主题。

亚历克斯·米勒生于伦敦的一个工人家庭，十五岁弃学去英国西部的一个农场工作。十六岁那年随父母移居澳大利亚，在昆士兰中部高原做驯马手，开始了陌生而又全新的生活。澳大利亚广袤的草原、风情独特的生活和发生在那里的许多传奇故事，都成为他日后创作的丰富营养，他的几部小说都是以昆士兰中部高原的农场为背景的。后来，他转往新西兰工作。二十一岁时迁居墨尔本，白天做工，晚上读书，并考进了墨尔本大学，攻读英语和历史，1965 年毕业后试笔于小说创作，但屡遭出版社退稿。为了糊口，他干过从农场工到政府部门职员等多种工作，但始终没有放弃要从事写作的初衷。直到 1988 年他五十二岁时，所投寄的稿子才首次被出版社接受。最早发表了两部并不引人注目的移民小说《观登山者》(*Watching the Climbers on the Mountain*, 1988)和《特温顿鹿》(*The Tivington Nott*, 1989)，但 1992 年问世的第三部小说《浪子》却轰动整个澳大利亚文坛，连获迈尔斯·富兰克林奖、英联邦作家奖总最佳图书奖、英联邦作家奖东南亚和南太平洋地区最佳图书奖、英国作家协会年度图书芭芭拉-拉姆斯登奖四项文学大奖，"大器晚成"的米勒旋即成为澳大利

①　基金项目：四川省国别与区域重点研究基地澳大利亚研究中心重点项目"亚力克斯·米勒作品研究"(项目编号：2018141)；教育部人文社会科学研究项目"亚历克斯·米勒小说研究"(项目编号：20YJA752007)的阶段性成果。
②　黄源深. 澳大利亚文学史. 上海：上海外语教育出版社，1997：171。
③　罗伯特·狄克逊. 亚历克斯·米勒《煤河》：关于清白无辜、残酷制度的寓言. 李尧译.《文艺报》2017 年 7 月 28 日，第 4 版。

亚小说界的一颗新星。

虽然米勒算不上多产,但屡获澳大利亚国内外文学大奖,这或许正是他在新人辈出的澳大利亚文坛长盛不衰的原因。他因小说《浪子》(后有人译为《祖先游戏》)(*The Ancestor Game*,1992)和《石乡之旅》(又译《安娜贝尔和博》)(*Journey to the Stone Country*,2002)而两次获得迈尔斯·富兰克林奖。其中,《浪子》中译本(1995年重庆出版社出版)获得澳大利亚政府1996年颁发的澳大利亚文学翻译奖。《浪子》作为"华人寻根"之作,先后跨越了一个多世纪——19世纪中期到20世纪70年代,三大洲——欧洲、亚洲、大洋洲,讲述了四个国家——中国、德国、英国、澳大利亚,以及冯家四代人的故事。《石乡之旅》主要讲述了三个家族中三代人的故事,通过个体的创伤记忆来唤起民族的政治记忆,由此建立起关于昆士兰中部地区土著、移民等几大群体的文化记忆。安娜贝尔在寻找祖先的记忆时,揭开了家世小说中澳大利亚白人对土著人的歧视和剥削的那段历史。《被画者》(*The Sitters*,1995)是一部没有多少故事的小说,情节淡化到了几近于无,叙述不断跳跃,且都是生活的碎片,或是人物内心无序的意识活动。虽然仅有131页,但内涵十分丰富,人们可以多角度地来审视它。从画家与被画者的交流及其产生的结果可以看出,人在认识别人的时候,也认识了自己。《普洛秋尼克之梦》(*Prochownik's Dream*,2005)表现了艺术家的作品以及由此给艺术家生活带来的影响。《别了,那道风景》(*Landscape of Farewell*,2007)被人民文学出版社评为2008年"21世纪年度最佳外国小说"。它倾注了米勒长久以来对于土地、对于历史、对于放逐与友谊的沉思。这是他继荣获迈尔斯·富兰克林奖的小说《石乡之旅》之后,再度书写的一部主题凝重、充满哲思的作品。《恋歌》(*Lovesong*,2009)被视为他最杰出的婚恋小说,囊括了2010年时代图书奖、2011年新南威尔士州州长文学奖和科林·罗德里克奖等多个奖项。《被画者》《信念的条件》(*Conditions of Faith*,2000)、《别了,那道风景》和《恋歌》都曾获得迈尔斯·富兰克林奖提名并进入短名单。他因《信念的条件》和《恋歌》而两获新南威尔士州州长文学奖克里斯蒂娜·斯特德小说奖。继《奥特姆·莱恩》(*Autumn Laing*,2011)获得迈尔斯·富兰克林奖提名并进入长名单之后,《煤溪》(又译《煤河》)(*Coal Creek*,2013)又获得维多利亚州州长文学奖。《煤溪》是一部典型的具有伦理意蕴的小说,反映了19世纪中期澳大利亚的个人与监狱司法、新闻媒体以及政府当局之间产生的冲突。2017年，年逾八旬的米勒完成了小说《爱的流逝》（*The Passage of Love*）。2021年，《马克斯》（*Max*，2020）获得澳大利亚国家传记奖提名并进入短名单。亚历克斯·米勒是百年纪念勋章的获得者，曾在2008年被授予褒奖对澳大利亚文化生活做出杰出贡献的曼宁·克拉克文化奖，2012年该作家获得墨尔本文学奖（Melbourne Prize for Literature）。

本节所论述的作品是他荣获迈尔斯·富兰克林奖的长篇小说《浪子》。

引 言

"中国的评论界认为《祖先游戏》在刻画澳大利亚华人方面，是里程碑之作；同时，也是当代澳大利亚文学的扛鼎之作。"[①]《浪子》通过刻画来自中国、德国、英国等地的澳大利亚移民，尤其是华裔移民冯家四代的生存历程，以及异国文化与澳大利亚文化的撞击，揭示出人类社会普遍存在的"祖先情结"，即祖先要按照自己的价值标准用"向心的牵引力"塑造儿孙，而儿孙又希望摆脱祖先的羁绊，按自己的心愿沿"离心的逃逸线"去生活；儿孙为脱离祖先而选择了自我放逐的道路，造成了后来的生存错位。小说采用多重叙事视角，联系着人与人、承接着过去与现在、交织着现实与虚构，跨越时间和空间、跨越现实和历史、跨越文化和家园，展现经历位移和文化错位的人们如何摆脱困惑、寻求出路。米勒通过小说独特的空间叙事，大量运用日记、回忆录和口头叙述等元小说叙事策略，进行超越时间和历史的身份思辨。在《浪子》中，澳大利亚人不是"自我"，中国人不是"他者"，四代主人公都交融了中西特质，建构起杂糅的文化身份。小说中的其他主人公与冯家四代人一起构成了澳大利亚社会，欧洲移民、亚洲移民和原住民土著人相互作用、相互影响、相互融合，体现出澳大利亚在多元文化主义中民族身份的复杂性。

一、身份困惑：失根与错位

受澳大利亚历史影响，移民文化和殖民问题在澳大利亚小说创作中向来占有重要地位。当代澳大利亚作家通常会把移民和殖民作为重要的创作母题，反思和探讨历史和现实生活中的一些重要问题。亚历克斯·

---

① 黄源深. 澳大利亚文学史. 上海：上海外语教育出版社，1997：452。《祖先游戏》即《浪子》。

米勒凭借自己早年从英国到澳大利亚的移民身份,用"内部和外部"的双重视角,以白人的移民者视角书写多元文化下的澳大利亚移民历史,带领读者进行了一系列跨越时空的哲学追问:"我是谁？我从哪里来？我要到哪里去？"

　　身份困惑是处于异质文化中的人们必然要面对的问题,小说中的主人公几乎无一例外地都产生了身份困惑。从生活在澳大利亚文化夹缝中的冯氏家族第一代冯"凤凰"开始,一直到第四代"浪子",谁也没有摆脱掉失根与错位的窘境。小说以盲人说书的方式,交代了冯在澳大利亚的早期淘金史。第一次鸦片战争期间,十岁的冯因家人均死于战乱,于是登上开往英国殖民地新南威尔士的"宁录号"船。在一无宗族,二无姓名的身份下,冯势必会逐渐放弃中国的生活方式。有意思的是,拉金斯船长虽然认为人不应该抛弃祖宗,却又给他起名为"凤凰",意为在澳大利亚获得再生。冯是第一个上岸的劳工,他剪掉辫子,扔掉原来那身破衣烂衫,从此告别过去。在巴拉腊特牧羊站,他虽然有了新名字、新衣服、新国家,但是心里却总有怅然若失的感觉。白人主流文化的专横排外,使他无法融入白人的社会生活中,只能与羊为伍。同冯一样,爱尔兰人帕特里克·纳南和土著人多赛特也是一样的穷光蛋,于是他们成了同甘苦共患难的羊倌朋友。帕特里克只是平民百姓,大半辈子都是孤苦伶仃的牧羊人,而穿着考究的多赛特虽然是土著人,但"衣服出自伦敦有名的裁缝之手,曾经相当时髦,他的马裤也很讲究,用光滑柔软的鹿皮做成。靴子是艾伯特[①]的鞋匠专门为他定做的。虽然多赛特眼下是个羊倌,可一望而知曾经是个绅士。他头戴一顶黑礼帽,戴了手套的手里拿着一根拴着长条皮鞭的短柄马鞭"[②]。"多赛特虽然在伦敦上流社会生活多年,但他那种与生俱来的禀赋、淳朴、原始——如果不是野蛮的话——的感知能力一定没有被岁月磨蚀。"[③]作为澳大利亚原住民土著人的代表,"在多赛特看来……他和菲利普港的任何一位绅士一样,都无条件地相信英帝国法律的公正"[④]。可是,无论多赛特多么努力积极与政府配合,他还是被白人无情地残害

---

① 艾伯特指的是英国维多利亚女王的丈夫。

② 阿列克赛·米勒. 浪子. 李尧译. 重庆:重庆出版社,1995:199。

③ 同上书,第205页。

④ 同上书,第206页。

了。他的死代表了土著族群在澳大利亚流离失所乃至惨遭种族灭绝的经历，再现了澳大利亚的民族之殇，是土著族群在澳大利亚失根与错位的集中体现。"可以说米勒创造性地展示了自己对澳大利亚历史上的民族身份的建构，逆写了殖民神话的虚构权威。"①

同凤凰那代人一样，身份困惑所造成的失根与错位，在冯家第四代浪子及其在墨尔本的朋友身上表现得更为突出。由于难产，浪子出生即错位，脸部变形，"右眼比左眼大"。这一点倒是与先祖凤凰相似，凤凰"少了一只眼睛"。父亲冯清心是上海的资本家、银行家和商人，能操纵国计民生的大人物。他极度推崇西方文明，选择在教堂结婚，租界的别墅中摆放的全是欧式家具，三个女儿相继嫁给老外，甚至连自己的名字都西化为C. H. Feng。明明不喜欢法国葡萄酒，为了证明自己已经"全盘西化"也要喝一点。母亲莲出生于杭州的中国国画世家，是老画家黄玉化的独生女儿，从小就舞文弄墨，已到炉火纯青的地步，甚至已"青出于蓝而胜于蓝"。"浪子是在两种截然不同的生存状态之下结出来的果实。在杭州，他是中国国画家的外孙，受的是中国古典文学艺术的熏陶；在上海，他是租界一位体面的欧洲移民的少爷……他学习欧洲历史、数学、法语和德语。在杭州，他讲普通话，穿中国衣裳，母亲不准他说别人的语言，打扮成别的样子；在上海，他讲英语、穿西装，父亲也不准他说别的语言，打扮成别的样子。这种矛盾一直威胁着浪子的生存，直到有一天，奥古斯特·斯比斯大夫——他的朋友兼德语家庭教师，同时也是唯一能够看到他这种处境的两个方面的人——告诉他，这种'二态性'是上天的恩赐而不是生命的障碍。"②犹如"罗马神话中看守门户的两面神，他非常幸运，既能看见里面的情形，又能看见外面的情形"③。对于浪子而言，童年的岁月，是其一生中的黄金时代。"他多次乘坐火车往返于上海和杭州之间……只有那窗明几净的包厢才是属于他自己的天地。""他和妈妈坐在温暖，舒适的车厢里，感觉到这是最美好的时刻。因为此刻父亲'鞭长莫及'，无法对他发号施令；外公的深宅大院还在数百里之外，无法禁锢他的自由。他正处于上海的'西式'生活和杭州的'中式'生活之间，他觉得最自在，最安全

---

① 张喆.《祖先游戏》：一个构想民族身份的魔方.《外国文学》2010年第5期，第85页。

② 阿列克赛·米勒. 浪子. 李尧译. 重庆：重庆出版社，1995：150。

③ 同上。

也最快乐。旅途当中，只有他和妈妈一起，谁也无法打扰他们。"①浪子的二态性困境，就是中国传统与西方现代性之间的冲突。因为处在父亲的现代"西式"教育和母亲的传统"中式"教育之间，正在逐渐被父亲"西化"，所以浪子被家族孤立，外祖父黄玉化不允许其进入祠堂。"与旧的生活方式诀别，不向父母反对的立场妥协，是浪子眼下必须要做的事情"②，于是浪子做出了抛弃祖先、与身份抗争的举动。他将公元 8 世纪唐朝铸镜大师特意为黄氏家族铸造的有凤凰浮雕的祖传的铜镜扔进了钱塘江，又将有宋朝大诗人兼书法家黄庭坚墨宝的家谱扔进熊熊篝火中烧掉，"连家谱的封套和那条绣着金凤凰的缎带也付之一炬"③。浪子的这一举动虽然是来自天生的叛逆，但他想不到"这不仅毁了外祖父的精神依靠，也在形式上斩断了自己与祖先的纽带，使自己沦为一个没有祖先的流亡者"④。他在自创的祖先游戏中不停地追问"告诉我，谁把我的名字偷走了？"斯比斯在为浪子接生时，为其取名为"浪子，中文的意思是远游的儿子。希望他一路顺风，而且知道，总有一天他会踏上充满焦虑的、寻找故土的道路"⑤。正如奥古斯特·斯比斯想象的那样，命中注定，他从出生的那一刻起，就是一个流浪汉。当日军侵略上海时，C. H. Feng 委托斯比斯大夫陪同浪子一同投靠澳大利亚的亲属。尽管浪子在赴澳前就问斯比斯大夫"中国人能成为画家吗"？然而浪子在澳大利亚成为美术老师以后，他的作品始终处于澳大利亚主流社会的边缘地带。他深受文化殖民影响，处于异质文化的夹缝中，陷入身份危机的漩涡中。也许正是浪子之前背离祖先的"骇俗之举"，握在手中的那根风筝线断了，才让他在异乡一直缺乏安全感，精神上的失根与文化上的错位让他无所依靠。

　　在多元文化杂交的时代，文化身份问题是不可避免的。《浪子》中，"文化错位使得浪子等几个青年艺术家和作家只享有模棱两可的自由"⑥。在墨尔本这个多元文化的城市中，浪子的朋友、小说的主要叙述

---

① 阿列克赛·米勒. 浪子. 李尧译. 重庆：重庆出版社，1995：174。

② 同上书，第 166 页。

③ 同上书，第 182 页。

④ 杨保林. "近北"之行——当代澳大利亚旅亚小说研究. 博士学位论文. 苏州：苏州大学，2011：136。

⑤ 阿列克赛·米勒. 浪子. 李尧译. 重庆：重庆出版社，1995：106。

⑥ Dixon, Robert, ed. *The Novels of Alex Miller*, *An Introduction*. Sydney：Allen & Unwin, 2012：32.

人斯蒂文·穆尔也经历着"流亡者"的文化错位。斯蒂文的父亲是苏格兰人，母亲是爱尔兰人，后来移居英国，然后斯蒂文到澳大利亚发展。这个经历跟米勒一模一样，可以说斯蒂文是米勒为自己在元小说叙事中挑选的代言人，通过自己撰写的《冯氏族谱》在向大家讲述整部小说的主要情节。斯蒂文在探寻浪子的身世和家族历史时，也不断地陷入到对自己父母的回忆中去，从而开启了进入祖先世界的大门。当他在20年里只跟父母见过两三次面再次"荣归故里"时，其实是为了参加他在英国的新书发布会。虽然时常会有"思乡之情"，但是母亲"庆贺自己终于摆脱了苏格兰丈夫①和澳大利亚儿子这两个累赘"②，他就想早点儿启程回澳大利亚过他的"流放"或流亡生活。尽管他试图在故乡首发新书，以此弥合他"和这块土地之间的鸿沟"③，但他并没有从精神上努力去实现这一宏愿。

自从20世纪70年代以来，"澳大利亚为构建一个'多元民族，多元文化'的国家，不断补充完善多元文化主义政策"④。米勒写《浪子》既是为纪念与中国艺术家的友谊，又想进一步描写华裔移民者在澳的文化困境。他用身份问题来唤起人们对多元文化中的异质文化进行关注，甚至彼得·皮尔斯认为"《浪子》远远超越了澳大利亚小说中经常出现的主题，即'我们从哪里来'的典型问题"，而进一步追问"我们现在哪里？这地方的现实是什么？它们是如何构建的？这里的本质是什么？"⑤小说中，不仅是个人经历了身份困惑，失根与错位，澳大利亚民族文化也同样呈现出错位的、没有个性的文化。浪子获得克拉奇奖⑥的提名奖，他本来可以得奖，还该得斯莱德美术学院的奖学金，可是始终未被主流社会真正接受，最终也没有成功获奖。《浪子》通过描绘这个多元文化社会中人的不同心态和生活状态，勾勒出澳大利亚的文化特征。

---

① 斯比斯父亲刚刚过世。
② 阿列克赛·米勒. 浪子. 李尧译. 重庆：重庆出版社，1995：7。
③ 同上书，第2页。
④ 张秋生. 澳大利亚亚洲移民政策与亚洲新移民问题研究——20世纪70年代以来. 北京：社会科学文献出版社，2018：281。
⑤ Pierce, Peter. "The Solitariness of Alex Miller." *Australian Literary Studies* (21)，2004：304.
⑥ 该奖项是澳大利亚维多利亚州设立的一项最具权威性的美术奖。

二、祖先情结：流亡与归家

身份问题和民族记忆是移民文学和后殖民主义文学作品中的主题，《浪子》从头至尾都是关于身份困惑和民族认同的元小说叙事。小说中故事套故事，文本套文本，主要是三部作品的内容穿插交织在一起：主要叙述人斯蒂文的《冯氏族谱》、维多利亚·冯的《冬天里的客人：北半球的生活》和格特鲁德·斯比斯翻译其父的《奥古斯特·斯比斯日记》。这几部作品彼此互文，斯蒂文正在撰写的《冯氏族谱》是一部编年史，灵感来自维多利亚·冯的《冬天里的客人：北半球的生活》，有时也会借鉴《奥古斯特·斯比斯日记》。"这种故事套故事、主人公兼作者的叙事模式为小说创作的随意性、不确定性、虚幻性提供了巨大的自由空间，也为读者理解现实生活的随意性、不确定性、虚幻性提供了广阔的参照维度。"①米勒以这三部作品的作者为代表，用三部作品分别隐喻三个不同国籍的流亡史，从而呈现出澳大利亚社会中的多元文化主义特色。

"祖先情结"是联系小说中几代人的精神纽带，好似风筝一样承载着流亡者的精神寄托。"'流亡'不仅是一种外在的地理位置的变迁，也可以内化为一种抽象的精神状态，一种具有普遍意义的人类生存经验中关于缺失、无根的体认。它根植于民族的集体记忆，源于生活经验的骤然断裂。这一主题和离散、乡愁、旅行等话题密切相关。"②《浪子》中几乎所有人物都是"浪子"或"流亡者"，因此都在不同程度上怀有"思乡、寻根"的祖先情结，并且通过个体记忆、集体记忆和民族记忆显现出来。米勒为什么要写祖先？因为要寻找身份。"如果你和你的祖先有联系，那么你的身份才会被确定下来"③，否则会一直被边缘化。

冯氏家族的开山鼻祖凤凰，虽然早年就流亡到澳大利亚，并由牧羊人成功地转型为澳大利亚的第一批淘金者，创办"维多利亚凤凰合作社"；即便是在国内已无亲人，也还是会有要衣锦还乡的想法，并且在中国娶妻生子，不断地辗转于中澳的两个家庭之间。为了纪念与多赛特的友谊，凤凰

---

① 刘象愚、杨恒达、曾艳兵主编. 从现代主义到后现代主义. 北京：高等教育出版社，2002：400。

② 孙红卫. 民族. 北京：外语教学与研究出版社，2019：166。

③ Caterson, Simon. "Playing the Ancestor Game: Alex Miller interviewed by Simon Caterson." *The Journal of Commonwealth Literature* (29)，1994：5.

与帕特里克在明知找农场主复仇不可行的情况下，选择将多赛特进行埋葬。但是每刨一次土，都会碰到与众不同的东西——他们意外地发现了黄金！从此，他们的生活出现了转机。后来，凤凰娶了帕特里克的女儿玛丽，二人由过去的"兄弟情谊"发展成亲戚关系。凤凰与玛丽在墨尔本一共有9个女儿，小女儿维多利亚·冯在日记中提到父亲每隔半年回一次家，她与父亲在一起"就像中国神话中的凤与凰"。"他每次回来和上次相比都有很大的不同，我自己想必也如此。可以说，我们每次相见都是新人，都经历了人生之旅的磨炼。我常常觉得父亲在我想象之中的那块乐土与我相伴。"①维多利亚眼中的"那块乐土"就是她一直在想象的中国，她一直想骑着父亲送她的礼物——陶制的骏马到中国去漫游。由《奥古斯特·斯比斯日记》的间接叙述可知，维多利亚是典型的东方女性的代表："那个孤独的小姑娘长着一双神秘的东方人才会有的眼睛"②，"她那凝视的目光浓缩了智慧和力量。这种目光似乎是他们这个家族独具的特色。冯(凤凰)和浪子看人的时候也是这样"③。虽然她是爱尔兰和中国混血，但是"长得完全是东方人的样子，像一个血统纯正的中国人。和我们租界见到的那种欧亚血统的混血儿截然不同"④。

　　流亡既可以指空间意义的流亡，也可以指精神世界的流亡。萨义德指出，"流亡意味着将永远成为边缘人，而身为知识分子的所作所为必须是自创的，因为不能跟随别人规定的路线"⑤。也就是说，"流亡"可以是一种刻意而为的格格不入的精神选择，和同质的文化保有一定的距离。毕业于牛津大学的维多利亚从小就与8个姐姐截然不同，虽然人在墨尔本，但她内心的"中国情结"却促使她终日坐在凉亭或顶楼的房间里记录"关于北半球的新发现"。她将"流亡"的意义扩至空间范畴之外，更多地指向一种自觉而为的精神状态。"我并不想把生命的历程仅仅描绘成旅行，到一个能启发人心智的圣地朝拜，然后荣归故里，得到大家的原谅。"⑥维多利亚关于旅行与归家的说法，可以用来观照"流亡"。她说：

---

① 阿列克赛·米勒. 浪子. 李尧译. 重庆：重庆出版社，1995：37。
② 同上书，第56页。
③ 同上书，第261页。
④ 同上。
⑤ 爱德华·W. 萨义德. 知识分子论. 单德兴译. 北京：生活·读书·新知三联书店，2002：56。
⑥ 阿列克赛·米勒. 浪子. 李尧译. 重庆：重庆出版社，1995：263。

"我不旅行,我不是一个浪子。"①"我生在那幢房子里。我的活动范围没超过那儿。我从来没离开过家。我对旅行不感兴趣。多少年来我就坐在这个花园里想象中国。如果我访问了它还能有什么想象的余地?我并不在乎能不能访问它,我感兴趣的是想象……"②维多利亚就是这样经历着一次次精神上的"流亡"之旅,在幻想的世界里追寻着中国情结。

　　同样身处墨尔本的浪子,努力在异乡奋斗挣扎,但是陌生的土地带来的依然是格格不入的疏离感。在中国传统文化中,五行学说中的"火"主炎上,代表礼,与文化、思想等对应;"水"主润下,代表"智",与财富、陷阱等对应。浪子在杭州时选择了将祖传的铜镜扔进钱塘江,将家谱付诸火堆之中,就预示着他的未来必定会在文化传承与命运发展上遭遇挫折。当 C. H. Feng 决计要将浪子送到自认为是祖先家园的澳大利亚时,赴澳意味着冯氏家族的"认祖归宗","流放即归家","他将以冯氏家族第四代传人的身份踏上他们为他设计的道路"。③

　　但是对母亲的眷恋和挥之不去的乡愁令浪子很难像来自其他国家的移民那样真正认同澳大利亚并充分融入社会中去,因此他的"剪不断、理还乱"的祖先情结显得尤其深厚。"流放的人处于一种中间境地,既不完全属于新的环境,又没有完全摆脱旧的……一方面既怀旧又感伤,另一方面却既是表面上娴熟的模仿者,在私下里却是被遗弃的人。"④于是,当浪子在澳生活将近 40 年后得知他有机会回国时,他坚持要重返杭州老宅与母亲团聚,归家的情思已经完全压倒了离家的仇恨。"有家宅,就有家国"⑤,空间不再是没有温度、客观中立的纯粹存在,而是有着文化内涵和情感温度的精神寄托。"'中国人身上确确实实有一种特别的、与众不同的东西',一种我不曾理解,而且永远也不会理解的东西。"⑥尽管这 40 年当中,他没有收到来自中国的只字片语,但是久居异国他乡,浪子无时无刻不为故乡的祖先情结所左右。"典型的'浪子',不管离家多久都要'衣

①　阿列克赛·米勒. 浪子. 李尧译. 重庆:重庆出版社,1995:263。
②　同上书,第 264 页。
③　同上。
④　爱德华·W. 萨义德. 知识分子论. 单德兴译. 北京:生活·读书·新知三联书店,2002:36。
⑤　孙红卫. 民族. 北京:外语教学与研究出版社,2019:162。
⑥　阿列克赛·米勒. 浪子. 李尧译. 重庆:重庆出版社,1995:269。

锦还乡'，补偿自己对祖国和亲人欠下的一份感情……浪子压根儿就没有把自己看成澳大利亚人。"①如同德国诗人海涅的《流放》，浪子"就是在'流放'的日子里，也仍然心在故土"②。"对于飘零在外的流亡者，他们的文字往往是游子的离歌。游离于民族母体之外，故土的文化成了精神故乡……一旦脱离了母土，他们就像是脱了线的风筝，失去了方向感，在他乡彷徨不定，甚至成了异域里的孤魂野鬼。"③

《浪子》里的其他人物如格特鲁德和父亲斯比斯大夫、斯蒂文和斯蒂文的母亲，也同土生土长的中国人一样，都在不同程度上具有祖先情结，他们对祖先都有所叛逆，但也有意无意地继承了祖先的血脉和文化。海涅的《流放》是格特鲁德一家的传家宝，格特鲁德与祖先保持联系的方式与维多利亚十分相似，她坦言"我从来没有去过德国，也不想去。但是我一直深深地热爱那片土地！""我喜欢那里的一切！我不会对德国吹毛求疵。我敢断定它和我的想象大不相同。"④格特鲁德是小说中最适应墨尔本多元文化的人，但是她依然要将父亲的德语版《奥古斯特·斯比斯日记》译成英文，这本身就是对家族谱系的文化记忆。父亲斯比斯年轻时想搞戏剧研究，是因为家长的坚决反对才子承父业，当了妇产科大夫。"对于有些人而言，流亡是唯一可以忍受的生存状态。在他们看来，亡命海外如同身居故里。"⑤"在过去的20多年里，在我的心目中，中国的租借地一直是我儿时梦幻中的克劳德风景。"⑥于是20年来，他一直徘徊于十里洋场，把上海租界看成自己的家。而斯蒂文曾想过"如果在澳大利亚待不下去，就回老家英格兰"⑦，但每遇危机动的这个念头就会"诱发出思乡之情，激发起对英格兰和安宁幸福的怀念"⑧。也许正是因为这种思乡之情，才让斯蒂文将第一本小说的首发式选择在故乡英格兰进行。回家后看到家里的陈设，斯蒂文看到母亲"已经深深地扎根在这块土地上……她

---

① 阿列克赛·米勒. 浪子. 李尧译. 重庆：重庆出版社，1995：269。
② 同上书，第 94 页。
③ 孙红卫. 民族. 北京：外语教学与研究出版社，2019：167。
④ 阿列克赛·米勒. 浪子. 李尧译. 重庆：重庆出版社，1995：94。
⑤ 同上书，第 240 页。原版小说第 264 页 To be in exile is to be at home 可译为"流亡即归家"。
⑥ 同上书，第 247 页。这里的"我"是斯比斯大夫，克劳德·洛兰是法国风景画家，在斯比斯大夫眼中他是欧洲第一位将天才全都放到风景画上的艺术家。
⑦ 同上书，第 133 页。
⑧ 同上书，第 134 页。

是怎样努力支撑着不被排斥"①,不被异质文化边缘化。在被格特鲁德追问家族史时,斯蒂文回忆道:"她是个殖民者……开拓了英格兰……而起初,他们是难民。"②"母亲认为我们属于那个既是难民又是殖民者的群体"③,这是对"流亡即归家"的另一种理解。无论是具有浓郁"中国情"的东方情结,还是西方情结,哪一种祖先情结都是挥之不去的民族文化记忆,潜藏在灵魂的最深处,是永远不可磨灭的文化记忆。

三、文化杂糅:多元与共存

20 世纪 80 年代,文化学者霍米·巴巴提出文化杂糅理论。"就文化身份而言,混杂性④是说不同的文化之间不是分离迥异的,而总是相互碰撞的。"⑤《浪子》中,中国人凤凰、土著人多赛特和爱尔兰人帕特里克三个牧羊人的身份,是澳大利亚民族身份的雏形代表。每一位读过《圣经》的读者都知道"巴别塔"的故事,那就是语言的不同导致了民族之间的龃龉不和。因此在民族的建构之中,一群住在一起,讲着同样话语的人们,自然会认为彼此是属于同一民族,甚至于那些不会说同一语言的人会被称为"外人"。语言可以用来标识不同的族群,是一个共同体的暗号,于是他们就创造了属于他们自己的语言。"他们用自己创造的语言沟通思想。那是一种盖尔语、福建话和英语的大杂烩,只有他们 3 个人能听懂……有时候,3 个人会高兴地叫喊着,表示赞同;有时候,大家都绷着脸,各不相让。有时候,一撮羊毛便化干戈为玉帛;有时候,一个土豆便招来唇枪舌剑。他们真成了象形语言大师。他们之所以能够用这种语言表达思想,是因为每一个图案都经过仔细推敲。他们因为有了这种友谊、理解、和谐而少了许多痛苦和寂寞。"⑥民族语言是历史建构的产物,他们通过语言加深了彼此之间的"伙伴情谊"。同时,新语言的创建,代表了从(土著文化)一元文化到(有 whiteness 殖民文化的)二元文化、再到(有亚洲参与的)多元文化的融合,反映了第一代土著人、欧洲移民和亚洲移民的共存

① 阿列克赛·米勒. 浪子. 李尧译. 重庆:重庆出版社,1995:11。
② 同上书,第 96 页。
③ 同上书,第 99 页。
④ 英文 hybridity 也可译为"杂糅性"。
⑤ 生安锋. 霍米·巴巴的后殖民理论研究. 北京:北京大学出版社,2011:114。
⑥ 阿列克赛·米勒. 浪子. 李尧译. 重庆:重庆出版社,1995:201。

生活。

　　除去民族语言的创建，《浪子》中最能体现文化杂糅的其实是艺术和友谊，小说从以黄玉化书画为代表的传统东方艺术到欧洲的西方绘画为"经线"纵向发展，以凤凰三人的"伙伴情谊"和浪子、斯蒂文及格特鲁德三个独生子平行并置的故事为"纬线"横向发展。米勒受父亲画画的影响，非常热爱艺术，他的很多作品都涉及绘画、诗歌等艺术元素。"艺术是我们对于现实的抗争……艺术没有国籍……无法用国籍的标签确定它的属性。"①浪子从小生活在国画世家，母亲莲虽是女性，却也学习宋代大画家宋徽宗的风格画、山水画。老画家黄玉化家中的亭台楼阁、雕梁画栋，收藏的稀世珍宝、古董文物，无不显示出中国文化的博大精深。童年时，浪子先跟妈妈写隶书、练书法，"站在妈妈面前，浪子心花怒放"②；后跟黄老先生画百舌鸟，信心十足地学习不同的运笔方法。这一老一少潜心作画，就好像他们早已是一对配合默契的师徒。③ 提起他和他的外祖父一起度过的那段时光，他常说："那才是真正的生活。"莲希望浪子将来变成一个国画家，"会把家族的香火接续下去"。而他后来笃定"用外祖父代替母亲作自己的启蒙教师。这种'反叛'的结果是，浪子几乎在所有的方面都背离了周围的环境。除了他的德国朋友奥古斯特·斯比斯"④。当浪子对未来充满惶恐时，斯比斯安慰他"你是一个无名之人，因此在中国不会得到人的承认。从某种意义上讲，你在这里是个陌生人，可是在澳大利亚，我相信那是介于东西方之间的一个古怪的国家——你会发现有几个受东西方文化影响的人欢迎你。中国不是你的久居之地，从你呱呱坠地我便清楚这一点……如果你真的下决心当个艺术家，浪子，澳大利亚是最好的去处……作为艺术家，在澳大利亚有足够的用武之地"⑤。多年以后，在浪子墨尔本的家中，到处可见世界多国油画家和版画家的作品。"巨大的桌面上堆满了没有装在框子里的油画、水彩画、素描、书、目录册，以及和澳大利亚美术有关的其他东西，足有半米高。实际上是浪子从 30 年前在巴拉腊特美术学校念书起一直不问青红皂白收集的宝物。""这是他的'战

---

①　阿列克赛·米勒. 浪子. 李尧译. 重庆：重庆出版社，1995：237。

②　同上书，第 154 页。

③　同上。

④　同上书，第 156 页。

⑤　同上书，第 237 页。

利品',一个'匪徒'一生的积蓄。是从拍卖行、废品店、私人收藏,以及像林德纳那种高档次的画廊购买而来、积攒而成的'艺术宝库'。这些宝库唯一的共同之处是具有澳大利亚属性。"①由此可见,浪子对艺术的追求已经由传统国画风格转变为西方绘画风格。艺术在《浪子》中附身于凤凰,一个不断重现的意象,从冯氏第一代"凤凰"和"维多利亚凤凰合作社"名字的选取,到第二代维多利亚想象自己与父亲是神话中的"凤与凰"、房子前门门楣上的凤凰图案,再到家谱缎带上用金线绣成的凤凰和祖传铜镜上的凤凰图案。"铜镜的背面分成8个部分,上面有两只凤凰的浮雕装饰着8束葡萄枝。两只凤凰面对面站立着,既像翩翩起舞,又像你争我斗。"②当斯蒂文在翻看维多利亚写的《冬天里的客人:北半球的生活》时,注意到封皮上的图案与她家房子前门门楣上的图案竟然一模一样,也是圆盘上面刻着一对翩翩起舞的凤凰,下方刻着"复兴"两个字,也是8束葡萄叶子装饰圆盘。米勒之所以数次描写凤凰,就是想用它的永生来象征"艺术也是一只凤凰"③。"在所有神奇的动物之中,只有凤凰同时体现了东方世界与西方世界的异同之处。"④作为一个物种,凤凰的永生是所有生命的象征。

"友谊是米勒小说的中心主题之一……要承认对方的自由,尤其体现在跨越种族和文化差异的友谊中。"⑤凤凰、多赛特和帕特里克三人之间的友谊,与浪子、斯蒂文和格特鲁德之间的友谊平行并置,遥相呼应,成为澳大利亚多元文化主义的最好诠释。为了纪念友谊,当凤凰与帕特里克无法在遍地是黄金的巴拉腊特牧羊站埋葬多赛特时,他们决定将多赛特的头颅骨放在他生前穿的红衣服里,然后当作图腾挂在桉树的树杈上。"头颅骨变成多赛特永存于世而非魂归西天的象征。那个头颅骨和那面旗帜是神圣而珍贵的,犹如宗教仪式的祭品。"⑥当凤凰与帕特里克一直挖了整整15个月黄金后,巴拉腊特牧羊站被正式划入维多利亚殖民地,

---

① 阿列克赛・米勒. 浪子. 李尧译. 重庆:重庆出版社,1995:60。

② 同上书,第177页。

③ 同上书,第237页。

④ 同上书,第236页。

⑤ Dixon, Robert. *Alex Miller*:*The Ruin of Time*. Sydney:Sydney University Press, 2014:33.

⑥ 阿列克赛・米勒. 浪子. 李尧译. 重庆:重庆出版社,1995:214。

他们决定带上已有的财富和多赛特一起离开。凤凰从已经破烂不堪的红外套上取下 6 枚镀金纽扣，连同多赛特的遗骨一起装到一个从锡兰（斯里兰卡旧称）带来的空茶叶箱子。从此以后，凤凰一辈子都把多赛特的头颅骨和红色骑装上那 6 枚镀金纽扣带在身边，不管在南半球还是在北半球。他甚至还想为多赛特建一座祠堂，供奉被他"当作祖先的、澳大利亚土著人的遗骨"。与凤凰三人的伙伴情谊相应的是，100 多年后的墨尔本也呈现出了一幅多元共存的融合画面。来自英国的斯蒂文、来自中国的浪子与德国斯比斯大夫的女儿格特鲁德，三个不同国籍、不同种族的独生子在异国他乡具有相同的孤独感，在追溯家族记忆中形成了朋友关系。他们经常一起聚会，谈艺术，聊家史。他们以相似的历史遭遇、共同的理想追求形成了超越血缘关系、超越种族差异的友谊。斯蒂文始终觉得他和浪子之间有一种类似血缘关系的东西。"这种东西以前我在任何一个澳大利亚人身上都不曾发现。"①他们都视对方是自己唯一的朋友。

除去这两代人的友谊，浪子和斯比斯大夫也"一直保持着一种超然而又永恒的友谊"②。这是跨越国界和年龄的友谊，斯比斯在浪子身上能看到自己的影子，"他是与我同名的人，另外一个浪子，是我命中注定的归宿"③。因为有了奥古斯特·斯比斯，浪子才觉得自己没有彻底孤立。当浪子对未来充满困惑时，斯比斯给他以正面回应，"不要害怕澳大利亚……你希望之中而又难以言传的东西就是澳大利亚"④。当得知斯比斯为了寻找南宋初年宫廷里使用的青瓷器皿，在去凤凰山瓷窑途中惨遭围攻后，浪子的外祖父黄玉化送给他一件名贵的南宋青瓷茶杯。茶杯形状宛如莲花，"是南宋皇家专用的宫廷制品"⑤。莲是浪子母亲的名字，莲花杯对浪子一家具有与众不同的意义。因此，斯比斯大夫坚持他只是"暂且替黄家保存这件无价之宝，有朝一日还给浪子"⑥。而多年以后，浪子不仅珍藏着代表东方文化的外祖父留下的青瓷莲花茶具，同时也一直保留着代表西方文化的凤凰留下的多赛特的头颅骨和 6 枚纽扣。尊重文化

---

① 阿列克赛·米勒. 浪子. 李尧译. 重庆：重庆出版社，1995：142。
② 同上书，第 156 页。
③ 同上书，第 125 页。
④ 同上书，第 235 页。
⑤ 同上书，第 128 页。
⑥ 同上。

的多样性,让西方文化与东方文化共存,这正是多元文化主义的基本特征。在墨尔本的这几代人的友谊,见证了澳大利亚转向多元文化的发展趋势。浪子等三人与祖先几代代表了由以中国为代表的亚洲、以英国和德国为代表的欧洲、以含土著人的澳大利亚为代表的大洋洲构成的多元澳大利亚社会。

可以说,米勒特意选择曾经有"新金山"之称的墨尔本作为几代人的聚居地,就是要凸显出澳大利亚的异质文化碰撞,多元文化特征。"大街上人行道两边挂着波斯地毯,灯光照耀的橱窗里摆着意大利皮鞋、法国香水、德国摩托车。每一个店铺里都摆着欧洲——一个好久以前便不复存在的欧洲——的古董。那些古董的风格全是我们所追求的。古董、画和许许多多具有中国风格的艺术品摆得琳琅满目。"①小说中虽然没有详写格特鲁德的成长轨迹和创作经历,但是她的画展最终在墨尔本成功举办,无疑使其成为移民者中真正融入澳大利亚社会的有力代表,"她是我们当中唯一真正的艺术家"②。她与父亲一样都对澳大利亚有很强的认同感,所以她的事业在多元文化的澳大利社会做得风生水起。她对祖先文化的继承和超越,对多元文化的接受和融合,使得她在艺术上取得了巨大的成功。与浪子更多地坚守中国文化之根,为墨尔本的种族主义和文化精英主义所排斥形成对比的是她在艺术上的杂糅性。"格特鲁德·斯比斯1946年生于色彩瑰丽的墨尔本郊区圣凯尔达,她是一位澳大利亚画家,对那里的山水人物之精髓有一种天生的敏感……她认为自己不但得益于加布里尔·蒙特和德国表现派画家,中国画的传统也使她有所裨益。"③"在她的作品中,不同主题的融合,空间关系在画面上的转换,造成了作者所要刻画的物体的变形和自然形成的分解。"④这种"马赛克文化"的融合使她拥有了更广阔的发展空间,能够超出两国文化至一个"第三空间",在两种文化的差异中进行文化转化,从而建构杂糅的文化身份。

在《浪子》中,米勒着力塑造了澳大利亚的多元文化社会现实,无论是由中国人凤凰、爱尔兰人帕特里克和土著人多赛特在新南威尔士殖民地

---

①　阿列克赛·米勒. 浪子. 李尧译. 重庆:重庆出版社,1995:31.
②　同上书,第268页。
③　同上书,第15页。
④　同上书,第16页。

构成的小社会,还是由英国移民作家斯蒂文、中国移民画家浪子以及中德混血儿格特鲁德所代表的澳大利亚当代生活,都表明澳大利亚从来都不是由盎格鲁-凯尔特裔殖民者或移民构成的单一种族社会,相反,澳大利亚社会的实质就是多元文化并存以及多民族共同生活。在全球化趋势不可阻挡的今日,共存已成为必然。欧阳昱曾高度评价《浪子》是一部"超越种族和国界,超越种族主义和民族主义的束缚,从人性的深度和广度来探索当今世界在多元文化世界中生活的新人类"①的作品。澳大利亚应该"没有种族界限,背井离乡者亦可以得到一席之地……像一个大家庭自然而然地成为一个集体"②,这说明"'澳大利亚的英国人'与'英国的澳大利亚人'时代成为过去,'澳大利亚的澳大利亚人'时期开始到来。澳大利亚社会固有的碎片性质被逐渐聚合,多元有机融合成为新时代主题"③。澳大利亚要遵循从一元到多元的发展方向,并防止自我与他者、东方与西方、中心与边缘、第一世界与第三世界的二元对立。只有承认差异,生成一种"你中有我,我中有你"的杂糅文化,多元文化才具有真正意义。

结　语

一部好的文学作品往往与其时代是同构的。它既有一种普遍的超越的品质,也有一种特殊的内在的特征。它既反映了个体独特的生存经历,也反映了群体共有的存在状态。米勒做到了这一点,"《祖先游戏》具有多元性主题思想……概括了澳大利亚的移民在新大陆拓殖、探索、繁衍、奋斗并逐步融入国际社会的历史"④。

《浪子》的成功在于它顺应了近年来世界性的多元文化主义的潮流,迎合了澳大利亚走向亚洲的趋势,探讨了一个超越时间、国界,属于全人类的主题,即人的归属问题。米勒通过多重叙事视角、元小说叙述,日记、回忆录以及盲人说书的互文,讲述了百年来几代移民者在中澳两地的生活故事和心路历程。小说中几乎所有的人物都具有祖先情结,他们对祖先由背叛到和解,再到超越的态度,透视出澳大利亚从文化帝国主义向多

①　欧阳昱.表现他者:澳大利亚小说中的中国人(1888—1988).北京:新华出版社,2000:262。
②　同上书,第258页。
③　彭青龙等.百年澳大利亚文学批评史.北京:北京大学出版社,2019:205。
④　王晋军.《祖先游戏》:一部关于中国的外国小说——澳大利亚著名作家亚历克斯·米勒访谈.《中国文化报》2010年6月6日,第3版。

元文化主义的演变过程。斯蒂文犹如米勒的代言人,他"把零零碎碎的回忆拼凑起来写下这些东西。不是(写)中国小说,而是一本关于中国的澳大利亚小说"①。米勒在小说中描述的几代主人公之间的交互影响,暗示着澳大利亚多元文化与身份杂糅的趋势和走向。他通过从身份困惑到身份认同、从向心到离心、从故国到他乡、从流亡到归家、从一元文化到二元文化、再到多元文化的描述,向读者展示了一幅宏大的历史画卷,通过描写中国四代人及土著、爱尔兰、英国和德国人的历史变迁,展现了澳大利亚从冲突到融合,人与人之间、人与自我之间以及民族与民族之间的矛盾与和解。

　　米勒的伟大之处在于他能重新审视历史,正确看待中国人的问题,勇于颠覆"黄祸"下传统中国人滞定的"他者"形象,塑造新一代青年勤奋向上的精神,体现了人性的深度与广度。他借斯蒂文之口,说出了爱尔兰母亲对英国的态度,同时也隐喻澳大利亚对宗主国英国的态度转变。"17岁时,她从英国人对飞艇作出的千差万别的反响,隐隐约约感觉到这个民族并非攻无不克、战无不胜,而是一个已经走到穷途末路的脆弱的民族……现在她懂得,她和盎格鲁族英国人是完全平等的。"②他重视与亚洲的关系,将澳大利亚置于亚洲这一空间,关注"一带一路"、欧亚文明与土著文明的重要性,超越了民族主义与种族主义。澳大利亚是一个矛盾的国家,在一些领域取得巨大进步的同时,在另一些领域却停滞不前。米勒用套盒结构的讲述方式质疑了澳大利亚在多元文化社会发展中的问题。他挞伐了澳大利亚过去的种族和移民政策,指出新兴的澳大利亚应当具有包容性和创造性,应当建立全新的更具包容性的国家认同,而其中的参与者应当包括所有背景的澳大利亚人。

第二节　论《屈服》中澳大利亚土著身份的建构博弈

　　【作家简介】塔拉·琼·温奇(Tara June Winch),澳大利亚原住民青年女作家,凭借《屈服》(The Yield,2019)一书荣获2020年迈尔斯·富兰

---

① 阿列克赛·米勒. 浪子. 李尧译. 重庆:重庆出版社,1995:9。
② 同上书,第98页。

克林奖。温奇十七岁高中辍学后开始写作，迄今为止只有三部代表作，分别是处女作《迷茫》(*Swallow the Air*，2006)，短篇小说集《大屠杀之后》(*After the Carnage*，2016)和长篇小说《屈服》。二十年间，温奇的创作之路异常艰辛，但每一部作品一经面世，都引起澳大利亚国内外的广泛关注和热烈讨论。

温奇出生于澳大利亚新南威尔士州卧龙岗(Wollongong)，在卧龙岗沿海地区乌努纳(Woonona)的公共住房中长大。父亲是新南威尔士州维拉朱里族成员，拥有维拉朱里和阿富汗血统，母亲是英国人。2000年，十七岁的温奇没有直接接受大学教育，而是从高中辍学，开始学习写作。2006年，温奇二十二岁，首部小说《迷茫》出版。彼时，她还只是卧龙岗大学的在读学生，同时也是一位单身母亲。《迷茫》这部小说充满诗意，围绕十五岁少女探索土著文化遗产展开，讲述了一个生活在撕裂的世界里，苦苦寻找缝线将其重新缝合的故事。在这部令人震惊的处女作中，温奇用新鲜的声音和独特的刻画呈现了她对成长在社会边缘的构想。小说一经出版，大获成功，赞誉如潮，获得当年维多利亚州州长土著写作文学奖(Victorian Premier's Literary Award for Indigenous Writing)、新南威尔士州州长新人文学奖(NSW Premier's Literary Award for A First Novel)和妮塔·梅·多比奖(Nita May Dobbie Award)。《悉尼先驱晨报》最佳青年小说家奖的评委写道，这本书"以其自然的优雅和生动的语言而著称"。评论家们称赞温奇锐气十足，原创性强，作品充满激情，敢于为澳大利亚土著发声。

但是，《迷茫》出版后的十年，对温奇来说，是极其窘迫、心力交瘁的十年。2008年，温奇获得劳力士创艺推荐资助计划(Rolex Mentor and Protégé Arts Initiative)支持，该计划旨在"通过将非凡的、正在崛起的艺术家与大师进行配对，帮助他们实现其全部潜力"。此后，温奇在尼日利亚作家、诺贝尔文学奖得主沃勒·索因卡(Wole Soyinka)的指导下，进入了一个全新的文学世界，也打开了文学创作更广阔的空间。这也是温奇第一次开始把希腊悲剧、《圣经》神话和土著梦境故事联系起来。但是，被期待的压力，"被神话"的枷锁，穷困潦倒的生活，嗷嗷待哺的女儿，书写土著历史、语言和文化的重任，几近摧毁温奇。2009年，温奇带着三岁的女儿莱拉(Lila)迁居非洲，之后在尼日利亚、美国和澳大利亚之间辗转近三年。2011年，她们搬到巴黎，在农村生活了四年。为了维持生计，温奇做清洁工,审校编辑稿件,教书上课,靠朋友接济。在最艰难的日子里,她把自己所有的书卖给了二手书店,甚至跟女儿玩起了只吃米饭的体验游戏。一年圣诞节,温奇身无分文,为了给女儿买礼物,她不得不变卖资助计划当时赠送的劳力士手表。除了早年在澳大利亚广泛接触土著同胞,了解和学习他们的语言和文化外,温奇在遍历这些国家时对世界的体悟为她第二部作品奠定了坚实的基础。

《大屠杀之后》虽然一经出版就受到评论界好评,但是影响不大,销量不佳。书名强调了创伤性暴力所造成的持续的、延后的影响,无论是人际的、殖民的,还是政治的,这些暴力在澳大利亚内外是共通的。这是一部由 13 个故事集结而成的短篇小说集,故事发生地点从澳大利亚到纽约,从伊斯坦布尔到拉合尔,从广州到巴黎,还有一些无名之地。这些故事既有第一人称的主角,也有第三人称的叙述者。他们有男有女,有土著和非土著,有澳大利亚人和非澳大利亚人,有异性恋和同性恋,都生活在不稳定、贫困和边缘化中,都承受着家庭暴力和恐怖主义等各种类型暴力给生活带来的影响。这些故事不仅讲述了澳大利亚自身因阶级、种族和性别而产生的不平等,也讲述了欧洲不稳定人群所承受的不公正待遇。

本节所论述的作品是她荣获迈尔斯·富兰克林奖的长篇小说《屈服》。

引　言

《屈服》是澳大利亚作家塔拉·琼·温奇的第三部作品,一举揽获 2020 年迈尔斯·富兰克林奖。温奇倾注十年心血创作这部作品,但作为一名高中辍学生,温奇的"天才少女"称号带来不少争议。她坦言,"我对情节、主题这些写作术语一窍不通"[①],所做的只是感受和写下记忆片段的瞬间断裂感。1983 年,温奇出生在悉尼,拥有维拉朱里[②]、阿富汗和英国血统。十七岁开始,她踏上寻找自己土著关系的旅程,这趟穿越澳大利亚的寻根之旅深刻影响了温奇的创作。温奇拒绝用简单的情节来概括这

①　Byrne, Madeleine, and Tara June Winch. "An Interview with Tara June Winch." *Antipodes* 21(2), 2007: 130.

②　澳大利亚土著,生活方式以采集、打猎、捕鱼居多,因共同的语言、紧密的亲属关系团结在一起,以家庭团体或部族形式生活在澳大利亚新南威尔士州中部。

部作品,坚称"它的核心就是语言,它要做的就是舌头的非殖民化"①。她在作品中不断重现土著语言和被淹没的声音,"让现存的土著语言提供一种新的方式来讲述故事"②,就是要让土著重回话语空间。但是,帝国殖民借由暴力和非暴力手段,禁止土著语言的使用和传播,导致土著失声,这样的结果又被白人话语建构成土著身份的要素。身为一名混血土著,温奇难以漠视土著文化在经历文化灭绝后的艰难存续。"土著文化与血统肤色混合",被用作衡量土著认知和社会能力,是 20 世纪上半叶区别管理土著的"立法标准",在很大程度上决定了土著"当时的生活轨迹和土著后代的未来"③。土著文化中的原始属性在经历被"改造"后,又被建构成澳大利亚多元文化主义中的关键一环,这严重干扰了土著对文化身份的构建与认同。土地事关土著"生存与尊严"④,具有客观性和具象性。但对澳大利亚土著来说,这种尊严与人类个体尊严毫无关系。土地作为土著安身立命之所被一再剥夺,导致土著身份长期处于被他者建构的过程中。可幸的是,土著与大地的精神联结从未断续,二者生死与共的统一性是土著强大的生存动力和精神力量。基于此,本节利用澳大利亚社会学批评理论,从语言、文化及土地这三个维度解读这部作品,进而分析百余年来澳大利亚土著身份的复杂建构以及土著的艰辛抗争。

一、无言失声与语言复兴

土著语言在殖民初期处于被翻译的状态,目的是置换土著的信仰崇拜。为了破译不熟悉的领域,白人殖民者把手头上可用的程式化描绘和权威性象征强加于土著群体。他们把自己所熟稔的、促进沟通的"各种比喻用于尚不熟悉或存有疑问的"⑤土著语境中。语言是帝国殖民者了解

① Convery, Stephanie. "Tara June Winch Wins 2020 Miles Franklin Award for her book *The Yield*: 'It Broke My Heart to Write It'." https://www.theguardian.com/books/2020/jul/16/tara-june-winch-wins-2020-miles-franklin-award-for-her-book-the-yield-it-broke-my-heart-to-write-it. Accessed 13 January, 2024.

② Byrne, Madeleine, and Tara June Winch. "An Interview with Tara June Winch." *Antipodes* 21(2), 2007: 130.

③ Carlson, Bronwyn. *Politics of Identity: Who Counts as Aboriginal Today?* Sydney: Aboriginal Studies Press, 2016: 25.

④ Fanon, Frantz. *The Wretched of the Earth*. New York: Grove Press, 1963: 44.

⑤ 艾勒克·博埃默. 殖民与后殖民文学. 盛宁、韩敏中译. 沈阳:辽宁教育出版社、牛津大学出版社,1998:14。

土著"必需的媒介"①。然而,这种土著语言学习是为了宣扬基督教教义,妄图用上帝取代天神。即使面对着完全无法了解的语境,白人牧师也试图用帝国宗教取代土著信仰。面对全然不懂英语的土著妇女,格林利夫牧师备感沮丧。为了让土著真正皈依基督教,他决定学习土著语言。精神信仰是土著的社会根基和情感维系,其中所蕴含的方式虽然不曾消失,但不可否认,土著的精神信仰已经被殖民者"贬低了"②。阿尔伯特感慨道,土著如此热爱格林利夫牧师带来的上帝,是因为"他们在生活里最需要他"③。小孙女杰达失踪后,阿尔伯特为了保护主人公奥古斯特,为她举办了洗礼,叨念着《圣经》里对死者的赦免词:"让孩子们到我这里来,因为他们属于天国。愿神父与圣灵的荣耀、尊贵、敬拜降临,永永远远,世世代代。阿门。"④上帝尊崇来得如此容易,天神膜拜却荡然无存。格林利夫牧师终于明白,在他的布道中,让他和土著产生分歧的不是情感,而是言辞。于是,他和土著经常聚在一起,通过翻译,讲述那些勇者的故事和创世的魅力。诚然,每一种文化都有属于自己的梦。但当土著陶醉在与土著"梦境"相仿的白人天国梦时,他们已然忘却,格林利夫牧师有意隐去了故事中"他"的真实身份。"他"到底是基督教的上帝,还是土著人的天神?格林利夫牧师的这一行为不仅是为了布道方便,更是要偷换崇敬对象。阿尔伯特清楚地意识到,土著在基督教教义中并无安心之所,因为土著所熟悉的一切在《圣经》之中并不存在——"没有语言,没有狩猎,没有仪式,没有传说"⑤。

　　土著语言深受土著文化和帝国文化的影响,随着二者的发展,土著语言和在语言方面的土著身份不应当是刻板僵硬的,而应该是灵活多变的。土著身份的构建由土著"所接触的文化"决定。⑥　随着社会和历史不断发

---

　　①　布鲁斯·马兹利什.文明及其内涵.汪辉译.北京:商务印书馆,2017:42。

　　②　Grieves, Vicki. *Aboriginal Spirituality*: *Aboriginal Philosophy*, *the Basis of Aboriginal Social and Emotional Wellbeing*. Darwin: Cooperative Research Centre for Aboriginal Health, 2009: 7.

　　③　Winch, Tara June. *The Yield*. Melbourne: Penguin Random House, 2019: 41.

　　④　Ibid., 30.

　　⑤　Ibid., 41.

　　⑥　Bolt, Reuben. *Urban Aboriginal Identity Construction in Australia*: *An Aboriginal Perspective Utilising Multi-Method Qualitative Analysis*. PhD dissertation. Australia: University of Sydney, 2009: 30.

展,土著身份从土著的社会化进程中形成。从这个角度上看,土著文化是一个变化的过程,在这个过程中,土著需要建构和认同自身身份。土著身份不是"静态的"①,不只存在于过去某个时期,更不是只与土著黑人有关。它应该是流动的,土著个人对土著身份也具有建构作用。这种个人独有的、真实的土著个人身份赋予它们不同的方式表达自己,允许他们在更广阔的世界里选择栖息地。这样的身份建构与"浪漫的土著"②构建形成鲜明的对比,并不符合西方世界普遍理解认可的土著身份建构,因为在他们看来,土著身份的概念和内涵是一成不变的。他们只通过"典型的"土著文化表象来确定土著身份③,如传统礼仪、身体特征、"梦境"传说。但是,土著文化与土著的生存故事有关,与抵抗白人殖民者的历史经验和现实生活相连。土著个人因其社会环境、文化影响、生活方式及个体经验不同,身份建构、认同与意义必然不同。时至今日,如果土著身份仍然只能视作"他者"假设、解释和评价的产物④,那么土著对自身身份的疑惑感和屈辱感也就不难理解。

　　帝国文化和城镇进程带来的一个结果就是通过英语,而非土著语言,建构土著身份,这造成了土著身份的内部差异性。对于土著而言,真实性是根据现有的土著身份标记来衡量,而这些标记包括了强加的殖民印记,如贡迪温迪家族在传教团的经历。英国殖民对土著文化产生了深远影响,土著个体会反映出英国文化的要素,这些要素会成为土著身份标志,语言就是这样的标志之一。此外,生活在城市的土著接触到的是西方文明,受到西方文化的影响。以小说中生活在新南威尔士州中部城镇地区的维拉朱里为代表,"地方议会"组织主导着他们的政治和社会生活。⑤

---

① Grant, Stan. "Aboriginal Identity and the Loss of Certainty (Interview with Stan Grant)." ATSIC News, 2002: 51.

② Bolt, Reuben. *Urban Aboriginal Identity Construction in Australia: An Aboriginal Perspective Utilising Multi-Method Qualitative Analysis.* PhD dissertation. Australia: University of Sydney, 2009: 32.

③ Grant, Stan. "Aboriginal Identity and the Loss of Certainty (Interview with Stan Grant)." ATSIC News, 2002: 50.

④ Bolt, Reuben. *Urban Aboriginal Identity Construction in Australia: An Aboriginal Perspective Utilising Multi-Method Qualitative Analysis.* PhD dissertation. Australia: University of Sydney, 2009: 32.

⑤ Grant, Stan. "Aboriginal Identity and the Loss of Certainty (Interview with Stan Grant)." ATSIC News, 2002: 52.

与之相比,偏远地区的土著群体奉行土著习惯法,按传统方式生活,使用的依然是土著语言。在澳大利亚,尤其在新南威尔士州,"土著英语"(Aboriginal English)已经成为土著广泛使用的语言。但是,"土著英语"作为标准澳大利亚英语(Standard Australian English)的一种方言长期"被误解"和"污名化"。[①]

年轻一代土著正在反抗他者的话语束缚,为重构土著身份打开更大话语空间,而土著长辈长期被置于消极无能的话语下,始终囿于历史创伤和持续悲痛中。话语指"由思想态度、信仰实践和行动路线共同组成的思想体系",通过"系统构建话语主体和话语主体所陈述的世界","塑造和改变现实世界"。[②] 奥古斯特感慨,英语改变了土著语言,甚至影响了土著的思维方式和思想形成。话语强调的是当前真理的构成要素及过程,最关键的是其所携带的权力关系。白人殖民者利用殖民暴力塑造话语,压制任何与之相左的思考方式和思想内容。殖民政府无须借助强制力改变人们行为,而是借由话语塑造和话语复制,建立"游戏规则"。[③] 个人或群体只有遵守规则,才能得到主流话语承认。帝国殖民期间,语言作为殖民统治的辅助工具,强势横行。在女王和教堂之下,"严令禁止"使用土著语言。[④] 话语既是"构成性的",也是"生产性的","定义和产生知识的对象和知识本身,推动社会关系的形成"。[⑤] 一种可以识别的思维模式在语言使用中逐渐形成——"缺陷话语",这种思维模式将土著身份置于消极、缺陷和无能的话语之中。[⑥] 土著的负面刻板形象束缚了土著的能动性,导致其对反抗话语建构失去信心。阿尔伯特悲愤道,土著在屈辱中被孤立,

---

[①] Bolt, Reuben. *Urban Aboriginal Identity Construction in Australia an Aboriginal Perspective Utilising Multi-Method Qualitative Analysis*. PhD dissertation. Australia: University of Sydney, 2009: 32.

[②] Kerins, Seán. "Caring for Country to Working on Country." *People on Country: Vital Landscapes, Indigenous Futures*. Eds. Jon Altman and Seán Kerins. Sydney: Federation Press, 2012: 26.

[③] Ibid.

[④] Winch, Tara June. *The Yield*. Melbourne: Penguin Random House, 2019: 116.

[⑤] Hall, Stuart. "Foucault: Power, Knowledge and Discourse." *Discourse Theory and Practice*. Eds. Margaret Wetherell, Stephanie Taylor and Simeon J. Yates. London: Sage, 2001: 72.

[⑥] Fforde, Cressida, Lawrence Bamblett, Raymond Lovett, et al. "Discourse, Deficit and Identity: Aboriginality, the Race Paradigm and the Language of Representation in Contemporary Australia." *Media International Australia Incorporating Culture & Policy* 149 (1), 2013: 162.

在被残暴对待中相互倾轧，"孤立于我们的家园、我们的语言、我们的文化和我们的土地"，"被孤立就是没法行动"。① 每当问及为何不挺身反抗时，老一辈土著总是无奈地回答，"我们就是些小人物"，反抗"有什么用呢"。② 阿尔伯特更是认为，土著"天生就是罪犯，从会走路开始就是囚犯"③。与之相反，年轻一代土著已经从对土著身份的否定和疑惑，走向了重建土著身份与身份认同的道路。这是一种强有力的转变，能够让土著对土著身份构建重获信心，更认同自己的土著身份。这样，土著能清醒地认识到"缺陷话语"的负面影响，就土著重大问题与非土著进行"强有力的对话"。④ 当奥古斯特正视自己的胁从犯罪经历，与年少的自己和解时，她扔掉了手中准备砸向议会办公室窗户的石头，觉得自己变得"很强大，很有力量"⑤，遏制了犯罪冲动。曾经的奥古斯特尽量使生活像一首诗那样短小，但是现在她意识到，她的身后是一个"宏大的故事"⑥。

土著语言作为土著文化的载体，记录了土著的悲欢离合，是表征其存在的重要方式。文明留给人们的，"与其说是他们的话语，还不如说是使之成为可能的要素"，即"语言的话语性"。⑦ 语言复兴指的是土著语言的使用者努力保持使用和传播土著语言，以保持土著语言的强势和流传，从而对抗主流语言英语的影响。语言复兴不仅有助于"治愈与土著过去遭受的苦难"及"与土著语言使用有关的身心痛苦"⑧，而且能赋予土著更大的身份认同感。尽管政府不断迫使土著放弃传统语言和文化习俗，但不论何时何地，土著依然坚持土著语言的使用和传播。随着更多土著参与语言复兴计划，更多语言知识被揭示和分享，个人和集体记忆将重新浮现，土著语言的学习兴趣将重新点燃，土著身份的重建过程也再次起航。

---

① Winch, Tara June. *The Yield*. Melbourne：Penguin Random House，2019：214.

② Ibid.，71.

③ Ibid.，215.

④ Fforde, Cressida, Lawrence Bamblett, Raymond Lovett, et al. "Discourse, Deficit and Identity：Aboriginality, the Race Paradigm and the Language of Representation in Contemporary Australia." *Media International Australia Incorporating Culture & Policy* 149 (1)，2013：168－169.

⑤ Winch, Tara June. *The Yield*. Melbourne：Penguin Random House，2019：281.

⑥ Ibid.，232.

⑦ 米歇尔·福柯. 词与物：人文科学的考古学. 莫伟民译. 上海：上海三联书店，2020：92.

⑧ Bell, Jeanie. "Language Attitudes and Language Revival/Survival." *Journal of Multilingual and Multicultural Development* 34 (4)，2013：400.

如今，许多在青少年时期就被从家园带走的土著长者可以在一个"康复的环境中"①，回忆和谈论他们的语言历史。如此，他们会感到痛苦的释放。但是，记忆如一枚硬币，一面是铭记史，另一面却是创伤史。它既能缱绻安抚，也能伤人入骨。土著一旦开始重拾回忆，那么"好的记忆和坏的记忆"②就会同时回来，这让土著既感到悲伤，又心存希望。帝国殖民导致土著语言使用者持续性的耻辱感，并且剥夺了其学习和使用传统语言的机会。土著为自己没有机会使用土著语言而感到悲伤遗憾、愤怒不满。于是，他们强烈希望看到土著传统语言以某种方式存活下来，哪怕只是以"修改过、减损过的形式"③。祖父编纂的词典记录了他的所见所闻、所感所悟，这些词汇和故事形式的注释是土著对于这片土地的最好注脚：大地山河、植物动物、梦境传说、艺术农业等。这些土著词汇，身体力行地反击土著语言灭绝的话语。"也许你还在寻找一座雕像，或是穆伦比河边的长凳，以纪念曾经河边的人们。更好的是，水已回流，轻推过往。更好的是，飞鹤群群，语言犹存。更好的是，我们还在，我们仍说。"④虽然土著语言复兴只能在英语和土著英语中混合使用传统词汇，但这也应该得到尊重和庆祝，因为正是每一个土著词汇的使用，才使得土著语言的更大恢复成为可能。而只有当语言复兴与维护成为现实后，土著对土著身份才能有更大的认同感和自豪感。

二、无根浮萍与文化存续

"土著"这个标识名称是欧洲人创造的，土著身份中的原始属性也是在欧洲人的思想和想象中被构建起来。土著原始性是欧洲人以自我为中心，站在人类种族和文化等级顶端，比较得出的结论。这种欧洲中心主义思想理论化了不同人类文化进步的等级制度，并且与种族决定论调直接相关。在这种思维模式中，作为一个"濒临灭绝的种族"，具有纯正血统的

①　Bell，Jeanie. "Language Attitudes and Language Revival/Survival." *Journal of Multilingual and Multicultural Development* 34 (4)，2013：402.

②　Winch，Tara June. *The Yield*. Melbourne：Penguin Random House，2019：16.

③　Ibid.

④　Ibid.，234.

土著被视作"人类存在最初的古老幸存者"①，注定被人类的进步所淘汰。小说中，格林利夫牧师感叹，土著人口数量锐减，土著很快就要从地球上"完全消失"②。随着殖民推进，带有欧洲白人血统的混血土著人口不断增长，并被视作高等文明改进的成果。殖民地责任政府成立以来，制定了各种"保护"政策。帝国政府坚信种族主义，区分管理土著，裁定隔离的立法范围。各州根据血统界定土著，"优势血统"测试成为确证土著身份的标准。③ 尽管在 20 世纪上半叶，种族理论在知识领域被否定，但这种思想的应用仍为澳大利亚政府提供行政便利。阿尔伯特的词典如实记载了政府对于土著血统的细化类别，包括纯血，混血，四分之一混血，甚至八分之一混血。这些土著孩子在表演中，为了表现得像个贵族，八分之一混血男孩"最努力"④。如此，一个"全新的法律生物种类"被凭空创造出来，接受单独的法律约束，并落入独立的管理中。⑤

　　除了生物意义上的野蛮原始性，土著文化上的粗鄙落后性也继而被构建，从而为殖民者抹除土著传统文化提供合法性。18 世纪末，一种暴戾的殖民意识形态在欧洲占据统治地位，并且穿上了文明的装束。种族观念成为欧洲文明观的核心，也奠定了欧洲优越感的基石。欧洲的自我认知中掺入了一种"恶毒的种族主义"⑥，不久后它又得到了社会达尔文主义的支持。小说中，澳大利亚整个国家被表述为一场"优胜劣汰的实验"⑦。白人艰苦奋斗，终成大业，而土著粗鄙原始，落后低下。欧洲殖民者的到来能够改造这些原始土著人类。在文化领域方面，殖民者为了防止土著从传统文化中汲取力量，从宏观和微观层面进行细致谋划。宏观上，文化灭绝导致土著文化不复存在，造成土著文化真空。此举造成的严重后果就是将"文化遗失"内化成为土著身份的重要特征。一如小说所

---

①　Attwood, Bain and Andrew Markus. *The 1967 Referendum, or When Aborigines didn't Get the Vote*. Canberra ACT Australia: Aboriginal Studies Press, 1997: 1.

②　Winch, Tara June. *The Yield*. Melbourne: Penguin Random House, 2019: 81.

③　Carlson, Bronwyn. *Politics of Identity: Who Counts as Aboriginal Today?* Sydney: Aboriginal Studies Press, 2016: 21.

④　Winch, Tara June. *The Yield*. Melbourne: Penguin Random House, 2019: 64.

⑤　McCorquodale, John. "Aboriginal Identity: Legislative, Judicial and Administrative Definitions." *Australian Aboriginal Studies* 2, 1997: 29.

⑥　布鲁斯·马兹利什. 文明及其内涵. 汪辉译. 北京：商务印书馆，2017：55—56。

⑦　Winch, Tara June. *The Yield*. Melbourne: Penguin Random House, 2019: 69.

言,"文化是战争中最大的受害者"①。贡迪温迪家族无任何文物遗留,原始的谋生方式如捕鱼、种植不复存在。土著语言、宗教仪式、艺术形式、传统手工艺制品等显性的土著文化属性一旦缺失,就可能导致土著被标以"文化遗失","陷入文化真空"。② 这种将土著描绘成"无文化的残余"在政策制定中至关重要,因为这种话语为同化政策的落实执行提供强有力的支持,并合法化对土著的压制歧视、控制监管。长久以往,土著不仅从内心里默认传统文化的原始属性,而且在现实层面上接受了文化缺失的现象。微观上,政府通过行政立法隔离土著,阻隔土著接触、联系传统文化,消除传统文化身份,造成土著个人无文化根源。

　　帝国单方主导白人文明与土著文明之间的双向流动,将土著文明几乎毁之殆尽。在帝国殖民主导下,欧洲文明通过了解自身与他者之间的差异来界定自己,并且将自己的状态强加给这个粗野和未开化的民族。这主要表现在殖民者对土著人身的控制和在文化上取得的主导地位。一方面,殖民者将土著物产风俗、语言信仰等记录带回,扩充帝国知识储备;另一方面,他们并没有给土著带来他们口中的高雅文明,只造成土著文化残留。为了对整个土著进行隔离同化,澳大利亚政府以官方授权认可的方式分裂土著群体。从 19 世纪末的"保护"时代,到 20 世纪中叶的同化时代,混血土著往往既是隔离对象,又是同化对象。混血儿童作为最容易被改造、吸纳的对象,成为各州政府的工作重点。成千上万的混血儿童被系统地安置在白人机构,如小说中阿尔伯特和妹妹玛丽被分别安置在"男孩之家"和"女孩之家"。土著不论身处何地,都是白人权威监管的对象,深受种族区别对待。一方面,传教团和保护区能够有效地将土著与主流社会进行分离,从而把土著排除在公民身份话语之外;另一方面,它们把土著个人与土著群体进行分化,杜绝传统文化习俗存在,斩断土著文化根源,最终消除土著传统身份。在当时的社会背景条件之下,土著没有"自由选择"成为土著的权利,也不存在"自由决定"成为土著的空间。③ 尤其是自小便脱离土著家族的混血土著儿童,他们很难充分了解土著身份的

　　① Winch, Tara June. *The Yield*. Melbourne: Penguin Random House, 2019: 75.

　　② Hollinsworth, David. "Discourses on Aboriginality and the Politics of Identity in Urban Australia." *Oceania* 63 (2), 1992: 143.

　　③ Carlson, Bronwyn. *Politics of Identity: Who Counts as Aboriginal Today?* Sydney: Aboriginal Studies Press, 2016: 27.

确切含义、获得途径和重大意义。

澳大利亚人类学的发展在追溯、记录和维持土著文化的原始属性过程中起到关键作用。1870 年，自然科学家开始对澳大利亚土著进行系统的人种学研究。1926 年，悉尼大学成立了第一个人类学系，对澳大利亚土著展开广泛的调查研究，重点收集土著的原始本质元素。直到 1940 年，人类学家在评估和试图重建土著文化时，始终关注土著文化中的古老元素。但需要注意的是，这些人类学家一直强调和主张的依然是于他们而言土著"他者"的"人文进化"。① 这一点可以从小说中克罗斯博士长期从事的人种学研究得到证实。为了"收集人种学的资料"，他要求格林利夫牧师提供"三个土著人头骨的石膏模型"、土著种族的自画像和任何战斗类武器，用以"证明野蛮人的认知发展"，进而证实土著的"进化"。② 需要警惕的是，这些人种学研究忽视行政制度对土著身份及土著社会关系的深刻影响。直到 20 世纪 60 年代，被称作"抢救人类学"③的主要研究任务仍是记录濒临灭绝的土著社会、政治和经济组织方式及精神信仰。偏远的纯血土著一直是人类学研究重点。在人类学家看来，把他们与自然连接在一起是有研究价值的，因为可以接触"真正的"土著④，可以从他们的艺术和手工艺制品以及"梦境"故事中拾得澳大利亚大陆过去的模样。反之，诸如小说中贡迪温迪家族这样的混血土著，他们在人类学研究及社会话语中则完全是另一番景象。人类学家将混血土著划分成四个完全位于白人之下的"阶级区域"，而且保护区和传教团的生活经历给这些混血土著再添一层"额外的身份认同"。⑤这种身份认同可以理解为对土著文化原始属性的不自信。这些混血土著为了摆脱低下的种族阶级，极力去除这种原始文化特征。结果就是，土著群体内部和之间的关系发生改变，这在很大程度上使得受到不同生活历史构建的土著在身份及身份意义的

---

① Hollinsworth, David. "Discourses on Aboriginality and the Politics of Identity in Urban Australia." *Oceania* 63 (2), 1992: 138.

② Winch, Tara June. *The Yield*. Melbourne: Penguin Random House, 2019: 151.

③ Carlson, Bronwyn. *Politics of Identity: Who Counts as Aboriginal Today?* Sydney: Aboriginal Studies Press, 2016: 30.

④ Chase, Athol. "Empty Vessels and Loud Noises—Views about Aboriginality Today." *Social Alternatives* 2 (2), 1981: 23.

⑤ Carlson, Bronwyn. *Politics of Identity: Who Counts as Aboriginal Today?* Sydney: Aboriginal Studies Press, 2016: 26—32.

问题上难以达成共识。

　　土著文化原始属性历经或被消灭或被同化，又被构建为澳大利亚多元文化主义的要素，这深刻影响了土著对自身文化身份的认同。文化概念是在"特定的历史背景条件下"提出的。① 当澳大利亚谋求独立的民族身份时，为了合法化独立国家形成的愿景，时任当局意识到，必须拥有一个由特殊精神或文化所激励和建立的独特社会。为实现这一政治目的，一个独立而完整的文化概念必须构建起来。19 世纪 90 年代，澳大利亚民族主义走向高潮。不同阶级的白人走到一起，在丛林深处，在荒漠边疆，开启爱国主义事业的共同奋斗。这种在思想上把白人凝结在一起的前提，就是"文化上的同质性"②。1901 年，澳大利亚宪法正式将土著政策的决定权交由各州，直到土著消亡。20 世纪 60 年代，土著显然没有灭绝。种族不再被视为文化的决定因素，种族和文化的分离创造出一个修辞空间，赋予批评者挑战种族同质性的机会。从这一时期开始，澳大利亚政府的民族主义言论发生改变。1967 年，公民投票，支持修宪，土著的管理权移交联邦政府。1975 年《种族歧视法》正式出台，大大改变了土著在澳大利亚社会的象征性地位。此时，种族民族主义转向了公民民族主义，多元文化主义在澳大利亚社会正式兴起，逐渐成为澳大利亚政府官方话语，土著民族被正式追溯为多元文化结构中的关键构成。小说中，当一百多名土著居民的遗骨被矿场挖掘出来后，人类学家开始宣称，贡迪温迪部落的磨铣技术大约有一万八千年的历史，这"改变了世界农业的历史"③。他们还发现，该土著部落建造了大型水坝，驯养家禽牲畜，因此属于文明部落的代表，而这片坟冢地则具有重要的"文化意义"④。土著文明此时又被追封为先进文明，成为国家文化的宝贵遗产。从形式上看，土著的历史正义终于得到了伸张，但土著对自己文化身份的不安远未消失，对歧视剥夺的遭遇难以释怀。土著文化的属性和意义不过是白人政府召之即来、挥之即去的对象，对土著文化的阐释和保护从来由不得土著自己。

---

　　①　Wolf, Eric R. *Europe and the People Without History*. Oakland: University of California Press, 2010: 387.

　　②　艾勒克·博埃默. 殖民与后殖民文学. 盛宁、韩敏中译. 沈阳: 辽宁教育出版社、牛津大学出版社, 1998: 126.

　　③　Winch, Tara June. *The Yield*. Melbourne: Penguin Random House, 2019: 232.

　　④　Ibid. , 230.

三、无家可归与本体统一

土著由曾经的土地主人沦为被驱赶圈禁的对象，外来他者却用立法行政手段成功夺取土地所有权。英帝国的扩张与土地原主人的被剥夺密不可分。1788年，白人殖民者首次登陆澳大利亚海岸，通过"无主地"(terra nullius)的法律虚构①，主张在这片土地上生活的权利，并依照英帝国的法律制度，攫取土地所有权。他们把积累财富的动机与推动土著文明进程的合法性相结合，声称对占有的土地及庶民拥有无限权力②。殖民者借由"警察和军队等暴力语言"③，限制土著的生存空间，要么掠夺屠杀，要么肆意践踏以为私用。小说中，白人殖民者高举"和平"大旗，却屠戮千人，造成了骇人听闻的"大屠杀平原"(Massacre Plains)④。不仅如此，他们高价贩卖土著男人，肆意糟践土著女性，甚至用土著幼童填补战后劳动力的缺口。非土著的归属感源于这种最初对土著的剥夺窃取，而土著的归属感则来自与大地的深厚联结。

土著被迫脱离土地，人离家散，但与大地生死与共的统一性有效维系了土著与大地之间的精神契约。确证土著来历由三个深刻问题引导——"你的家人是谁？""你是谁的亲戚？""你和我有关系吗？"⑤在土著信仰中，亲属关系至关重要，其基础大致可分为生物关系(血缘亲属)、婚姻关系(姻亲亲属)及特定角色，如长辈关系(分类亲属)。这种错综复杂的联系网传授给土著以"最重要的概念"，即人与"家"(country)的联结。⑥ 这个"家"指的是"个人的领地(原籍地)"或"与此土地有关之人"⑦，土著的归属感源于自身与"家"的联结关系。这种关系发轫于"梦境"(Dreaming)，

---

① Moreton-Robinson，Aileen. *The White Possessive：Property，Power，and Indigenous Sovereignty*. Minnesota：University of Minnesota Press，2015：4.

② 艾勒克·博埃默. 殖民与后殖民文学. 盛宁、韩敏中译. 沈阳：辽宁教育出版社、牛津大学出版社，1998：43。

③ Fanon，Frantz. *The Wretched of the Earth*. New York：Grove Press，1963：41.

④ Winch，Tara June. *The Yield*. Melbourne：Penguin Random House，2019：32.

⑤ Ibid.，34.

⑥ Kickett-Tucker，Cheryl，and Jim Ife. "Identity in Australian Aboriginal Communities：Koordoormitj is the Essence of Life." *The Routledge Handbook of Community Development*. Eds. Sue Kenny，Brian McGrath and Rhonda Phillips. Milton：Routledge，2018：317.

⑦ Moreton-Robinson，Aileen. *The White Possessive：Property，Power，and Indigenous Sovereignty*. Minnesota：University of Minnesota Press，2015：11.

通过祖灵、土著、土地的相互融合产生。"梦境"中，土著祖先创造了土地和生命。天神（Biyaami）与地母（Mother Earth）创造了高山大川、沙滩海岸和灌木鲜花，馈赠了慈爱的太阳、慷慨的负鼠和丰盈的水源。[①] 这就解释了土著对大地的膜拜与敬畏从何而来。阿尔伯特的词典中，这种与"梦境"相关的知识和信仰，通过信使鸟，送去当下和未来的神启。[②] 土著个人根据自己的睡梦和体验对"梦境"进行个性化的阐释和更改，于是土著祖先的性别及形态并不固定，但大多数情况下都与自然物种或元素相关。祖先们的生命在阿尔伯特的梦境中多以飞鸟的形态出现，那么，这种飞鸟形象便与世俗世界中所有的飞鸟联系在一起。这样，祖先的精神得以延续。飞鸟的形象有着两方面的重大意义，一方面，天神与地母创世后，恶灵马穆（Marmoo）心生嫉妒，创造百万害虫，啃噬植被，地母只得塑鹤灭灾。由此，飞鸟作为蝗虫的天敌，成为土著信仰中善的化身。另一方面，飞鸟形象是土著天人合一自然理念的高度凝练。飞鹤直直冲向地面，接着伴随滚滚灰尘猛地升起，"它的身体、原子、分子都和大地连在了一起"[③]，再直冲地面，一遍又一遍。天地之间的翱翔不是飞鸟的自由，而是它的归属。它从大地中来，又复归大地中去。祖先告诉阿尔伯特，故去之人，化身为鹤，不死不灭，绝境重生。由于祖灵孕育了人类，他们便拥有共同的生命力，这就显示了土著与土地的统一性。作为祖先的后裔和转世，土著通过祖先并从祖先那里获得了对"家"的归属感。[④]

在殖民持续推进的背景之下，土著身份在与"家"的联结关系上逐渐建构起来，但精神层面上的无家可归却是不争事实。殖民计划通过把土著驱赶、圈进保护区、传教团和畜牧站，严密监控其生活，以此将土著排除在公民参与之外。这些机构通常设立在土著"家"上，一些土著与这片土地保持着密切关系，另一些土著则被迫离"家"，但心中依然保存着关于这片土地的知识和信仰。小说中，费迪南德·格林利夫牧师（Reverend Ferdinand Greenleaf）在写给英国民族志学会（The British Society of Ethnography）的乔治·克罗斯博士（Dr George Cross）的信件中称，1880

① Winch，Tara June. *The Yield*. Melbourne：Penguin Random House，2019：39.

② Ibid.，251.

③ Ibid.，127.

④ Moreton-Robinson，Aileen. *The White Possessive：Property，Power，and Indigenous Sovereignty*. Minnesota：University of Minnesota Press，2015：12.

年,他为小镇及周边地区的土著居民开设了一个"繁荣路德教会"(Prosperous Lutheran Mission)①,但这个教会最终演变成土著避难所。殖民者不断破坏教会,驱赶土著,导致土著要么躲进教会,要么四散逃开,移居他处。这种迁移经验不是来自第三空间的混杂性(即一种流动的散居主体的杂交),而是一种边缘性和中心化叠加导致的不相称的"双重性"。边缘性主要由殖民化和白人化导致,中心化则是通过人与"家"的联结关系得以实现。② 阿尔伯特作为"被偷走的一代"中的典型,幼年被殖民者从家中强行掳走,安置于"男孩之家"被迫白人化。但是,这些都没有抹去他与"家"之间的本体关系,他不仅保存着"家"的知识和信仰体系,还在睡梦中与祖先遨游天地之间。这再次验证了土著主体性代表的是土著与自然之间的辩证统一。但是,边缘性和中心化对阿尔伯特施以双重重压,导致他一面不断搬家,一面不断找家,既坚定自己"来自哪里"③,又怀疑自己身处何地。土著精神心理层面上的无家可归从中可见一斑。

长久以来,民族国家通过法律政策和社会实践,致使土著不仅在精神层面无家可归,更在法律意义上沦为无权之人。经各方多年持续努力,1992 年澳大利亚高等法院在马博诉昆士兰州案(第 2 号)中承认土著对土地的所有权。这项决定对土著具有重大的法律、历史和政治意义。由此,土著产权的法律学说诞生,并最终于 1993 年纳入《土著产权法》。高等法院认为,与土地有关的土著习惯法将得到承认,除非该法律因与普通法发生冲突(如财产权授予),被英国法律取消合法性。然而,特别需要注意的是,高等法院在马博案中所做的,实际上是发明了一条在普通法下不存在的"取消规则",即允许 1975 年《种族歧视法》颁布实施前,授予的矛盾性可作为取消土著土地所有权的裁量标准。④ 也就是说,该项裁决确认的依旧是民族国家的主权,允许政府追溯性地否认或免去土著主体的既得权利,减少但不否认"无主地"的存在。小说中,根据"士兵定居者分配"(Soldier Settler Allotments)政策及"家园农场租赁权"(Homestead

---

① Winch, Tara June. *The Yield*. Melbourne: Penguin Random House, 2019: 59.

② Moreton-Robinson, Aileen. *The White Possessive: Property, Power, and Indigenous Sovereignty*. Minnesota: University of Minnesota Press, 2015: 13—14.

③ Winch, Tara June. *The Yield*. Melbourne: Penguin Random House, 2019: 193.

④ Moreton-Robinson, Aileen. *The White Possessive: Property, Power, and Indigenous Sovereignty*. Minnesota: University of Minnesota Press, 2015: 15—16.

Farm Lease)法规,伯纳德·法尔斯塔夫(Bernard Falstaff)获得一片宅基地,但并未取得该土地的永久产权。即使马博案承认了土著的土地所有权,但由于该土地的授予历史,加之政府注以"文化丧失"①,导致这片土地仍归政府所有,既不属于法尔斯塔夫,更不属于贡迪温迪一家。

颇具讽刺意味的是,尽管土著土地是被白人殖民者剥夺,但现在收复土地的举证责任却落在土著自己身上。他们必须在由白人主导的法庭上,依照白人的法律结构,证明自己对土地的所有权。由于法院通常认为书面文字更为可靠,土著权利的主张者们必须引用白人,如探险家、历史学家、人类学家和警察、牧师等所书写的文件来证实土著的口述历史。土著对土地归属的确证完全取决于白人的记录和解释。小说中,贡迪温迪一家挺身抗议采矿场建立在圣地之上。可悲的是,土著与土地的联结关系,即土著认为拥有土地的方式,与国家法律制度对土地专属主权的要求互不相容。除非土著能够根据国家规定的标准进行所有权申诉,否则土著依旧不能享有土地所有权。如此,借由不断加固的土著差异性,政府将土著拒斥在公民身份的话语之外,试图通过赋予白人的同一性以掩盖、消除对土著的剥夺。但是,一如小说中所呈现的那般,如果土著沉浸在过去的伤痛历史中不能自拔,始终不能摆脱"受害人"②的标签,那么土著就真的丧失了反抗持续至今的无视和剥夺的潜力和可能。

结　语

当被问及希望读者从这部小说中有何收获时,温奇直言:"真相。"殖民历史不仅导致土著失语,造成土著文化遗失,致使心理上和法律上无家可归,更关键的是,这些集中起来会严重影响土著个人和群体对土著身份的建构和认同。温奇凭借其对历史深刻的洞察力,披露了澳大利亚白人世界对土著居民的屠戮暴力、监管控制、任意处置和持续剥夺的真实历史和现状,在话语中建构起典型的、易于区别控制的土著身份。温奇运用独特的艺术手法再现土著个人和群体一直以来的艰辛历程,在不断的抵抗中建构土著个人的身份,明确对土著身份的认同。

---

① Winch, Tara June. *The Yield*. Melbourne: Penguin Random House, 2019: 166.
② Ibid. , 76.

第三节　艺格符换与现实的迷宫：《上海舞》中的褶子与跨国身份

【作家简介】布莱恩·卡斯特罗（Brian Castro），中文名高博文，是澳大利亚重要的现代主义作家，也是一位享有多国血统的作家。截至 2025 年 3 月，卡斯特罗共出版了十二部长篇小说、一部长篇叙事诗、一部论文集以及数篇短篇小说。因其在文学形式、主题探索及叙事策略上的大胆试验，对传统文学边界的持续突破，卡斯特罗被誉为当今最具创新性的英语小说家之一，也是澳大利亚获奖最多的作家之一。

1950 年，布莱恩·卡斯特罗在中国香港的台风中出生，父亲为葡萄牙人，早年在上海创业，母亲为中英混血儿。1961 年十一岁的卡斯特罗独自一人离开中国香港前往澳大利亚，就读于当地的寄宿制学校，1962—1966 年，卡斯特罗进入悉尼圣索菲亚学院读书，1968—1971 年进入悉尼大学学习文学。1972—1979 年在澳大利亚和法国教授法语；其间，卡斯特罗曾在巴黎住过很长一段时间。之后，卡斯特罗与妻子和两个孩子回到澳大利亚定居墨尔本，成为澳大利亚理事会的文学委员会成员，并担任《亚洲周刊》的文学评论家多年。2006 年，他在墨尔本大学担任了麦乔治研究员（Macgeorge Fellow），这在经济上是有帮助的，因为在澳大利亚当作家显然收入不高。2007—2008 年成为墨尔本大学创意写作专业研究员。后来进入阿德莱德大学（University of Adelaide）担任创意写作系主任和库切创意实践中心（Center for Creative Practice）主任（今退休）。由于家庭环境及所受的教育，卡斯特罗能够流利地说英语、广东话、法语和一些葡萄牙语。这种跨国经历与多语言背景也让他具有了独特的越界视野。

卡斯特罗处女作《漂泊者》（*Birds of Passage*，1983）一经出版便获澳大利亚青年文学最高奖《澳大利亚人报》/沃格尔文学奖（*The Australian*/Vogel Literary Award）。小说主要讲述了成长于澳大利亚的华裔西默斯·欧阳偶然发现一本一百年前华人罗云山留下的记述鸦片战争期间中国人到澳大利亚淘金经历的日记，并在阅读日记的过程中，不断与祖先进行身份对话的故事。《波默罗伊》（*Pomeroy*，1990）是一部酷似惊险小说的作品,主要表达了作者对创作与语言关系的思考。小说虽以中国香港为背景,却映射了数个国际大都市,因此也体现了作者的国际化视野。《双狼》(*Double-Wolf*,1991)获《时代报》1991 年度奖,主要聚焦狼人赛奇·韦斯普(Sergei Wespe)的生活,狼人是弗洛伊德最有名的一个病人的名字,小说借狼人的生活质疑弗洛伊德所赐予 20 世纪文化的影响和说梦的真实性。《追踪中国》(*After China*,1992)获 1993 年度维多利亚州州长文学奖(万斯·帕尔默奖),其主要讲述了居住在澳大利亚的中国建筑师与一名澳大利亚女作家之间通过互相讲故事的方式互生情愫所产生的跨文化的爱情故事;但小说的主题并非仅限于此,小说中后殖民、后现代主义、跨文化的印记也非常明显。《随波逐流》(*Drift*,1994)主要借英国实验小说家布莱恩·斯坦利·约翰逊(Bryan Stanley Johnson)之名来探讨澳大利亚塔斯马尼亚地区的殖民文化历史。《斯苔珀》(*Stepper*,1997)获 1997 年班卓琴小说奖(The Banjo Prize),其背景并非澳大利亚而是日本,主人公也是一个具有异国风情与混杂特性的人物。小说主要从存在的意义上探索身份,而种族只是其中一个相关因素,因此有力地抵制了澳大利亚文学中的本质主义标签。《上海舞》(*Shanghai Dancing*,2003)是卡斯特罗的第七部小说,也是一部文体介于小说和自传之间的"虚拟自传"。《园之书》(*The Garden Book*,2005)又将关注视角转向华裔在澳大利亚的历史地位,讲述了华裔女教师与一位澳大利亚男性、一位美国建筑师和飞行员之间的故事,小说中华裔女性的角色也引起读者对中国女性地位的关注。《洗浴赋格》(*The Bath Fugues*,2009)像一部名人殿,出现了各类名人、作家、文艺理论家,是一部体现多元主题的赋格曲。2012 年卡斯特罗写出了自己迄今为止最薄的小说《街对街》(*Street to Street*,2012),小说主要讲述了主人公希望得到社会认可却屡屡感到失望,但又不乏幽默与希冀的故事。卡斯特罗于 2024 年推出的最新小说《中国邮差》(*Chinese Postman*)聚焦年逾七旬的移民作家亚伯拉罕·奎因(Abraham Quin)。这位曾辗转于邮差与教授职业、历经三次婚姻的老人,现独居澳大利亚阿德莱德山,在暮年以"沉思的疏离者"姿态回望人生。小说通过奎因与因乌克兰战争流亡的女性伊琳娜·扎雷比娜(Iryna Zarebina)的书信往来,交织其记忆碎片与隐秘焦虑,层层剥露他对孤独、写作、时间及人际关系的哲思。

　　本节所论述的作品是他最著名的虚拟自传小说《上海舞》。

引　言

　　澳大利亚第一位从理论的高度探讨移民文学的批评家霍贝恩认为，"研究澳大利亚族裔文学有助于凸显澳大利亚民族文学的多元性"①。游离于两个世界的移民文学也是澳大利亚多元文化的重要组成部分。随着澳大利亚文学融入全球化与国际化程度日益加深，"澳大利亚文学受世界文学潮流的影响，不再拘泥于'国内主题'书写，转而主动融入全球化背景下的'跨国写作'，表现多种文化之间的冲突与融合及现代人思想、情感和精神跨国界流动的现实"②。澳大利亚另一名移民文学批评家杰出代表古纽主张"应将移民重构为一种宣示多元存在和复杂自我的'移民立场'和多元自我身份，因此，他甚至用'多元文化'（multicultural）这个词来指称澳大利亚的移民文学"③。而在多元文化跨国书写这群作家中，布莱恩·卡斯特罗无疑是一名先行者。作为具有多国血统的作家，卡斯特罗对于移民生活中的身份认同危机和文化冲突有深刻的感受。同其他族裔作家一样，卡斯特罗在不同的空间中生活、迁徙，体验后殖民语境下的文化冲突。打开卡斯特罗的《上海舞》仿佛进入了一个照片与文字、记忆与现实的迷宫。小说中每个人物从不局限于某个族裔群体，而是辗转于数个国家和地区，因此小说的场景随之在中国、澳大利亚、巴西、英国等地理空间中相互穿插又互相对照，使人物具有高度的混杂性与模糊性。他关注移民在新地理空间中适应改变的努力，移民心理中的漂泊无根以及面临文化冲突的不适，突出移民对家园的想象和现实生活之间呈现出的巨大文化张力。作者有意识打破文化的同质性，以多元化的故事呈现全球化背景下文化民族主义和文化同化主义的冲突。澳大利亚评论家大卫·泰西（David Tacey）曾说，卡斯特罗讲述的是现代派的故事，提出的却是后现代的问题——文化身份的思考。他的"高度现代主义"作品体现了全球化和地缘政治互动中多重媒介、多重声音、多重视角的特点。

　　《上海舞》发表于 2003 年，是卡斯特罗的第七部小说。该小说被认为是卡斯特罗前期所有作品的融合，一部文体介于小说和自传之间的"虚拟

---

①　王腊宝等. 澳大利亚文学批评史. 北京：中国社会科学出版社，2016：330。
②　彭青龙. 百年澳大利亚文学批评史. 北京：北京大学出版社，2019：291。
③　王腊宝等. 澳大利亚文学批评史. 北京：中国社会科学出版社，2016：332。

自传"。小说刚一出版,便获得了维多利亚州州长文学奖、新南威尔士州州长文学奖克里斯蒂娜·斯特德小说奖等澳大利亚各类文学大奖。小说主要讲述了出生于中国、成长于澳大利亚的安东尼奥·卡斯特罗(Antonio Castro)在四十年后离开澳大利亚,经香港乘船返回上海,并在上海偶遇了女摄影师卡门,在与她翻看老照片中回忆并追寻照片背后的家族人物与家族故事。因此小说呈现出大量现代主义叙事技巧:时空穿梭、碎片化、多种语言并置、不同叙事声音的交织,多媒介以及蒙太奇等叙事手法。尽管小说是虚拟自传体小说,但他书写自传并不是为了塑造一个受到社会敌意对待的民族或杂合的自我,而是想在自传中寻找挑战社会趋势的机会,挑战这种由社会来明确定义作为"他者"的自我的现实。①

对于这部作品,已经有诸多作家从语言、精神分析、后殖民等角度进行了详尽的阐释。然而,关于这部作品最显著的图语并置的叙事手法,却鲜有人提及,偶尔提及也是寥寥数笔。小说中穿插了多幅人物与景物照片,主人公安东尼奥也正是带着他的家族照片开启了他的寻根之旅。卡斯特罗通过照片、地图、枕边书等媒介与小说文本之间的"艺格符换",使两种媒介间生发出转化与融合,图语间的若即若离的联系生成记忆的褶子。不仅如此,主人公在追随祖先的脚步辗转于不同国家/地区之时,又陷入了现实的迷宫之中。而在德勒兹褶子理论中,迷宫就是最大的褶子。因此,本节力图从《上海舞》独特的叙事出发,运用德勒兹的褶子(fold)理论探求卡斯特罗跨媒介、跨时空书写中小说的情节和意义如何不断地生成与变化,小说中的人物如何陷入个人身份的困境又最终实现跨国身份建构。

一、艺格符换与褶子

褶子是德勒兹的著作《褶子——莱布尼茨与巴洛克风格》(*Le pli:Leibniz et le baroque*,1988)中的关键概念,用来阐释巴洛克风格建筑特点的用词。德勒兹认为:"巴洛克风格与本质无关,而与运作功能、与特点相关。它不断地制作褶子。褶子这东西并不是巴洛克风格的发明:已有

---

① Katherine, Hallemier. "Writing Hybridity: The Theory and Practice of Autobiography in Rey Chow's 'The Secrets of Ethnic Abjection' and Brian Castro's *Shanghai Dancing*." *Antipodes* 25(2), 2011: 125—130.

来自东方的各种褶子，希腊的褶子，罗马的裙子，罗曼式褶子，哥特式褶子，古典式褶子……巴洛克风格使这些褶子弯来曲去，并使褶子叠褶子，褶子生褶子，直至无穷。"①在德勒兹看来，从宏观到微观，甚至整个宇宙中，褶子无处不在："小到微粒，大到宇宙，无处没有褶子。其实，活生生的世界本身就是一个美丽而浩瀚的褶子。褶子象征着差异共处、普遍和谐与回转迭合。"②因此，褶子中蕴含着一种不断升腾的力量，它冲撞着突破边界、流动着不断解域，最终螺旋式不断生成。"德勒兹所论的褶子与巴洛克风格都是具有反复折叠的'复调'式特征的世界，充满着自律与互动，既有上帝式的、总体性的、全球化的统合，又有无限延展、流变和生成开放性和可能性，是统一性与多元性共存的平台。"③德勒兹认为莱布尼茨哲学所涉及就是一切事物都遵循的折叠、打开、再折叠的轨迹，而褶子的折叠与展开（fold—unfold）又意味着事物的辖域化与解域化。因此，褶子思想也蕴含了德勒兹的主体解域化的理论价值。

"艺格符换"（ekphrasis）源于希腊文"ekphrazein"，其中"ek"表示"out"（出来）、"phrasis"表示"speak"（说，表述）。国内学者王豪和欧荣曾详细阐释了 ekphrasis 这一概念的嬗变：ekphrasis 本是古希腊的修辞学术语，指栩栩如生地描述人物、地方、建筑物及艺术品，在近古和中世纪的诗歌中大量运用。这一修辞传统在拜占庭时期得到进一步的发展，并于文艺复兴时期在欧洲传播开来，演变为以艺术品为描摹对象的诗歌体裁，也是艺术史中常用的文体。18 世纪晚期之后，艺格符换作为修辞学术语逐渐淡出人们的视野。"20 世纪中后期，艺格符换重新引起西方学人的关注，但自此学界对艺格符换的讨论不再仅限于修辞学研究，而是从更广阔的跨艺术诗学的语境中加以考察，艺格符换的内涵变得更为丰富和繁杂。"④克劳斯·克罗瓦（Claus Clüver）曾提出："艺格符换是对一个由非语言符号系统构成的真实或虚构文本的语言转换"，并补充说明该定义中

---

① 吉尔·德勒兹. 福柯 褶子. 于奇智、杨洁译. 长沙：湖南文艺出版社，2001：149。

② 同上书，第 375 页。

③ 麦永雄. 德勒兹与当代性——西方后结构主义思潮研究. 桂林：广西师范大学出版社，2007：70。

④ 王豪、欧荣.《当你老了》的"艺格符换"：世界文学流通中的跨艺术转换.《中国比较文学》2021 年第 2 期，第 108 页。

的"文本"(text)为符号学中所指,"包括建筑、纯音乐和非叙事性舞蹈"。[①]
米克·巴尔(Mieke Bal)同样指出:"视觉艺术是充斥着'习俗'的'符号系统',绘画、摄影、雕塑客体和建筑丰碑都充满了'文本性'和'话语'。"[②]显然,随着现代跨媒介、跨艺术、跨学科研究的兴起,ekphrasis 的范畴也在不断扩大,已经不局限于"对艺术作品的语言描述"[③]或"视觉表征的语言再现"[④],而是包含丰富的跨媒介性(intermediality)。"艺格符换"相比于传统的语图关系更加强调文艺符码之间"持续的、动态的双向/多向影响"[⑤]。就像许晶指出的,"后现代图文叙事中语图并非简单重复彼此,而是在回归与延展的过程中完成新意义的生成。新的叙事在语图的交融和断裂处蓬勃而出,处在时间与空间的褶子里,并不断生发出新的意义"[⑥]。

二、艺格符换间的褶子:记忆的纠结与追寻

在《图像理论》一书中,W. J. T. 米歇尔在对艺格符换诗作了详细阐释之后表示:"我没有提到其对其他种类的视觉再现的语言再现(即艺格符换),如照片、地图、图表、电影、戏剧景观,也没有反思不同的图像风格可能产生的内涵意义,但(上述)每一种都将其特有的文本性代入视觉形象的中心。"[⑦]可见,新时期对于艺格符换概念中的图像的界定已经不再局限于早期的绘画,而是涉及包括照片、地图等一切视觉的再现在内。米歇尔同时也对自传、摄影与记忆间的关系作了总结:"私人视角的非正式或个人的随笔、记忆和自传之间亲密的伙伴关系,以及摄影作为埋藏在个

①　Clüver, Claus. "Ekphrasis Reconsideration: On Verbal Representations of Non-Verbal Texts." *Inter-art Poetics: Essays on the Interrelations of the Arts and Media*. Eds. Ulla-Britta Lagerroth, Hans Lund and Erik Hedling. Amsterdam: Rodopi, 1997: 26.

②　Bal, Mieke, and Norman Bryson. "Semiotics and Art History." *Art Bulletin* 73 (2), 1991: 174-208.

③　Spitzer, Leo. "The Ode on a Grecian Urn, or Content vs. Metagrammar." *Essays on English and American Literature*. Ed. Anna Hatcher. Princeton: Princeton University Press, 1962: 72.

④　Hefferman, James. *Museum of Words: The Poetics of Ecphrasis from Homer to Ashbery*. Chicago: University of Chicago Press, 1993: 3.

⑤　王豪、欧荣.《当你老了》的"艺格符换":世界文学流通中的跨艺术转换.《中国比较文学》2021 年第 2 期,第 108 页。

⑥　许晶. 后现代文学书写中的图文叙事——以《冠军的早餐》和《渴望之书》为例.《外国文学》2022 年第 2 期,第 51 页。

⑦　W. J. T. 米歇尔. 图像理论. 陈永国、胡文征译. 北京:北京大学出版社,2006:170。

人联想和私人'观点'语境中的物质化记忆痕迹的神秘地位。"①很好地呈现了这三者关系的《上海舞》，无疑呈现了卡斯特罗与德勒兹之间关于摄影、记忆与自传的对话。小说《上海舞》开篇三页分别是一张主人公安东尼奥的家族图谱，一句转自卡夫卡的陈述"我们摄影是为了将拍摄对象从我们的脑海中驱走"，和一张上海和平饭店的照片。这种独特的开篇毫无疑问奠定了小说艺格符换式的叙事基调。米歇尔强调："图像学中的图像就像是压抑的记忆，像不可控制的症候而不断回归。"②

　　一方面，从创作形式上讲，艺格符换叙事催生了小说多元意义的生成。在小说第一章开往中国的慢船中，主人公安东尼奥就交代了自己想要带着仅有的照片去寻根的念头："我想弄明白这一切，但是我所拥有的只是一沓照片，包在玻璃纸里。本来我的皮夹里应该放的是信用卡，但是现在这些起皱剥落的照片却粘在了皮夹的透明塑料纸上。"③小说的封面的照片使人联想到其家庭历史，扉页上的卡斯特罗家族族谱也似乎增加了小说故事的真实性，同时让读者在碎片化的故事中梳理出纷繁复杂的人物关系。小说中穿插的大量的照片也似乎和小说中出现的人物一一对应起来，如安东尼奥在讲到舅舅乔治时描述道"我有一张他的照片，开心地笑着，手放在口袋里"，而同时在旁边便配上一张与文字俨然相同的人物照片。同样在讲到自己外婆多拉年轻时候的一张照片的时候，旁边配有一张年轻的英国女性照片，让读者不得不将照片与人物联系起来。与此同时，小说中还穿插了旧上海的地图、照片、月历、信件等。作者借助艺格符换的叙事技巧让读者在阅读中有了文字与图片的互动，实现图文模态间互动。同时增加图像对于小说的意义建构，打破了传统小说中文字对于话语建构的主体地位。因此，这些珍贵的照片并非传统意义上的自我再现，相反，它是为了消除自我，打破权威而刻意安排的。就像小说虽设计了族谱，但卡斯特罗本人却在一次电视讲话中表示，那个族谱也是假的。在《上海舞》中，卡斯特罗借助精心雕琢、充满感性的散文和图谱、摄影、文件和信函来探讨一个瞬息万变的多语世界。

　　小说叙述者安东尼奥·卡斯特罗的经历与作家布莱恩·卡斯特罗有

---

① W. J. T. 米歇尔. 图像理论. 陈永国、胡文征译. 北京：北京大学出版社，2006：271.

② 同上书，第 15 页.

③ Castro, Brian. *Shanghai Dancing*. NSW: Giramondo Publishing Company，2003：1.

诸多相似之处,比如相似的家庭经历,同为中、英、葡混血,以及相同的家族姓氏卡斯特罗。小说中还有叙述者父亲的遗嘱和法律解释,反映叙述者内心的日记——枕边书,叙述者在介绍家族成员的故事时还煞有其事地附上了颇具老上海风格的照片,让读者不由得认为这是作家的家族故事,真实可信。但如果说是作家的自传,书中却有很多超现实的情节在实际生活中是不可能发生的,叙述者父亲的遗嘱前后出现多次且内容各不相同;老照片也并不能证明这就是人物本人,充其量更多的是制造一种那个年代的气氛。卡斯特罗使用的这种图像语码的有趣之处不仅是这种清晰的对称,而且还在于它颠覆了它似乎提供的那种确定性。这种图语裂痕中产生的褶子无疑催生小说多元意义的生成。就像卡斯特罗在王光林的访谈中表示:"我把这些体裁糅合起来,这样就可以逃避体裁的观念。写作必须从标签或者固定的观念和业已接受的观点的囚禁中解放出来。这是自由思考现代世界的唯一之路。"[①]

　　另一方面,从小说情节上讲,艺格符换间的褶子也促进了主人公对于记忆的追寻。小说一开始就提到安东尼奥的独白:"我在澳大利亚生活的四十年。我的头脑一直不正常。时光流逝。然后我产生了回到中国的欲望,回到那些沉沉浮浮的城市,任由记忆的潮汐不时将其展现。我想追寻那些日益消逝的空白。"[②]他到达上海后,计划"随身带着父亲的照片,想重新编一个故事。找回那些丢失的碎片"[③]。小说中的卡门是一名职业摄影师,"她说她感兴趣的不是记录真实。而是打破现实的规则。我告诉她,我追求的正好相反。我告诉她我的心灵深受煎熬,有种东西在使劲咬着我,我需要某种事实的标记好依靠。一两件遗物"[④]。

　　梅洛庞蒂曾表示:破碎的视觉经验无法导出清晰的自我。小说中父亲、外婆、舅舅等的破碎的照片都无法在安东尼奥的意识中建立起完整的形象。瓦尔特·本雅明在他的《历史哲学论纲》中也提出:过去或历史分解成图像而不是故事。他写道:"过去的真实图像跑得飞快。只能把过去看成是图像,一幅在依稀认出的那个时刻闪出光亮,然后再不能看到的图

---

　　① 　王光林. 摆脱"身份"关注社会——华裔澳大利亚作家布赖恩·卡斯特罗访谈录.《译林》2004 年第 4 期,第 212 页。

　　② 　Castro, Brian. *Shanghai Dancing*. NSW: Giramondo Publishing Company, 2003: 2.

　　③ 　Ibid. , 9.

　　④ 　Ibid. , 11.

像。真理是不会丢开我们跑掉的。因为那不会重新再出现一回的过去图像是很有可能消失的,只要当下还不曾体认到自己不过就是过去图像所意味的那个当下。"①

然而,随后安东尼奥便感叹道:

> 我已经厌倦了照片。照片散发出一股味道……死亡的味道……它们已经没有任何意义,我不想再追寻下去了。一张照片揭示不了什么:我写的每一个字都要腐蚀掉什么;每一个故事都要毒死一个膨胀起来的灵魂。我迷路了。②

在柏拉图《对话录·斐德若》里,苏格拉底提到了艺格符换的情形,他说:"(斐多,文字有这样一种特质,很像绘画)绘画看起来栩栩如生。但如果问它什么,它肃穆而不答。"③照片看起来表征了真实,但是照片却也真真实实被禁锢在方寸之间,照片的边界便是记忆与真实的边界,照片的大小禁锢了故事的延展与真实。照片之外的故事才是主人公追寻自我的空间。小说中的女性人物卡门也认为:

> 我们可以用慢镜头来再现往事,她说,这样事情可以倒退到一个不同的时间……在早期摄影过程中,他们常常将人框在照片中。曝光的时间太长,他们不得不装得像死了一样,好完整地活过来。曝光要半个小时。这比现在的人们拍三十卷花的时间还要长。④

米歇尔在《图像理论》中强调:"艺格符换描写的静止的空间形象被时间化了,成为叙事中的主要人物。艺格符换的根本希望就是:把死的、被动的形象改造成了活的生物。"⑤吉尔·德勒兹在《福柯 褶子》中阐述:不存在从可视到陈述或从陈述到可视的联系运动,但存在着在非理性断裂或缝隙之上发生的连续的重新连接。⑥ 因此,这种视觉符号与文字、故事发生的断裂正是艺格符换间产生的褶子。福柯认为"语言与绘画的关系

---

① Benjamin, Walter. "Theses on the Philosophy of History." *Illuminations*. Trans. Harry Zorn. London: Pimlico, 1999: 247.

② Castro, Brian. *Shanghai Dancing*. NSW: Giramondo Publishing Company, 2003: 14—15.

③ 柏拉图. 柏拉图文艺对话集. 朱光潜译. 北京:商务印书馆,2013:158。

④ Castro, Brian. *Shanghai Dancing*. NSW: Giramondo Publishing Company, 2003: 18.

⑤ W. J. T. 米歇尔. 图像理论. 陈永国、胡文征译. 北京:北京大学出版社,2006:155。

⑥ 吉尔·德勒兹. 福柯 褶子. 于奇智、杨洁译. 长沙:湖南文艺出版社,2001:71。

是一种无限的关系"①,不仅因为词语和视觉表现的"符号"或"媒体"在形式上不相称,而且因为再现中的这条错误路线与根本的意识形态分化密切相关。"形象与语言之间的差异不仅仅是形式问题:它们实际上与下列差异相关:(言说的)自我与(被视的)他者之间的差异;讲述与展示之间的差异;'道听途说'与'目睹'之间的差异;词语(听到的、引用的、刻写的)与客体或行动(看见的、描画的、描写的)之间的差异;传感渠道、再现的传统和经验模式之间的差异。"②米歇尔·德塞都试图将描述这些差异表述为"再现的异性"。一般来说,带照片的文本这种混合媒介涉及语言与视觉之间直接的话语或叙事缝合:文本为照片做解释、叙述、描写、标记或代言;照片则为文本插图、例示、澄清、寻找理由或编制文献。但是詹姆斯·艾吉和沃尔克·伊万斯的照片文章《让我们赞美的名人》("Let Us Now Praise Famous Men",2018)却抵制一切形式的词语和形象的缝合:照片在物质和象征意义上都是分离的;照片上也没有字幕,文本中几乎没有对照片的说明。这与卡斯特罗的《上海舞》如出一辙:从不可靠的视觉经验中挣脱出来,对历史进行彻底的异质再现。

　　小说中对所有人物的描述与照片符合时,是艺格符换中褶子的重叠之时,是对历史的记忆,是人物辖域化的表征;而主人公在不断地追寻这些人物故事的时候,褶子又被打开,所有的人物都从照片的辖域中逃离出去,每个人物的形象都在艺格符换褶子的开合之间对人物进行了重塑,使他们变得更加饱满而富有生命力。就像小说中一位卖钢琴的伦敦先生所说:"这个世界分成离开者和滞留者,而他属于前者,因为离开者(降 B 半音)都是些小鸟,永远不会让你看到他们的内心生活,因为他们一直在动,他们无所依附……看着伤心地收藏着的小古玩、照片、感伤和过时的家具……然后拖着铺路石,将一切全都砸碎;不,一个离开者不会追寻痕迹,总是在重新塑造自己。"③

三、迷宫中的褶子:现实的纠结与逃逸

　　小说中"迷宫"一词共出现 17 次之多,甚至第一页就讲道:"一旦赋予

---

　　①　Foucault, Michel. *Les Mots et les choses* (1996) translated as *The Order of Things: An Archaeology of the Human Sciences*. New York: Random House, 1973: 9.

　　②　W. J. T. 米歇尔. 图像理论. 陈永国、胡文征译. 北京:北京大学出版社,2006:5。

　　③　Castro, Brian. *Shanghai Dancing*. NSW: Giramondo Publishing Company, 2003: 258.

了声音，它就会说它走错了路，堕入到地狱之中，从那一刻起，它就命中注定要不断跨界，游走于冥冥迷宫之中，经常要亵渎一座坟墓，败坏一个名声，破坏一座纪念馆。"①主人公安东尼奥初到上海就"对一个古老的中国城市产生了一种十分熟悉的感觉，我品尝着锈色，感到自己是如此残忍地被固定在这儿，如此孤独地在小路上徘徊，就连整个世界都在我的喉咙里裂开了。我别无他法，只能走进那座迷宫口里，发狂似的喘着气"②。后来当他追寻外婆曾经的脚步到达香港，住在舅舅的黄金别墅，他感到"华丽的装饰几乎破坏了玻璃和钢铁迷宫的效果"③。而且当他第二次返回香港后，再次踱步于舅舅的黄金别墅附近的坚尼地城时，他又发出感慨："正是在这儿，一个人变得困惑，迷失，任性。在这里，一个人像被催眠了似的堕入地狱"④；"我沿着皇后大道漂流，避开垃圾。夜晚，有轨电车陷入各种线路的迷宫之中，俱乐部开得很早，乖戾的厨师对着锅抱怨着，上面是玻璃似的小路，后来我发现了一条架空小道，便随着这条道走了下去，这些小道就是透明的空中过道，像迷宫似的"⑤。德勒兹在《福柯 褶子》中提到："从词源上讲，迷宫的意思就是多，因为它有许多褶子。而这个多并不仅仅是指有许多部分，也还指折叠的方式有很多。一个迷宫精确地对应着一个层次：物质及其组成部分中的连续的迷宫，灵魂及其谓词中的自由的迷宫。"⑥同时，莱布尼茨的著作《人类理智新论》还是表达了始终想要证明的那两个层次、两个迷宫之间，即物质的重褶和灵魂的褶子之间的一致乃至往来关系。⑦ 如同洞里有洞一样，褶子里总是还有褶子。物质的统一性，即迷宫的最小元素是褶子，不是点，点永远不是一个部分，它只是线的一个极端。⑧

　　小说将人物置于宏大的空间迷宫之中，每个人物都被时代裹挟着在全球流动，就像上一章提到的伦敦先生所言："我知道很多人都是受到强迫后才离开，从柏林到巴黎再到西班牙边界，没想到最终还是自杀。他们

---

① Castro, Brian. *Shanghai Dancing*. NSW: Giramondo Publishing Company, 2003: 1.

② Ibid., 4.

③ Ibid., 105.

④ Ibid., 201.

⑤ Ibid., 203.

⑥ 吉尔·德勒兹. 福柯 褶子. 于奇智、杨洁译. 长沙：湖南文艺出版社，2001：150。

⑦ 同上书，第 151 页。

⑧ 同上书，第 156 页。

一生都在追寻着离开的幻想。"①而伦敦先生最终也选择了自杀。现实中
不断地流动仿佛置他们于充满褶皱的迷宫之中,身处这个迷宫中的人无
一不迷茫:小说中另一个人物罗洛的美丽太太卡维塔"自杀了。她在到处
漂泊的过程中,她还在吻着她那些男人,他的想法就是把她囚禁在这座墓
里,这幢墓/楼进去容易出来难。所以他们叫它迷宫"②;安东尼奥的祖父
博尼法西奥·何塞·卡斯特罗"穿着礼服,独自沿着危险的街道行走,感
到出路迷茫"③;安东尼奥的父亲阿纳尔多"戴着毡帽和夹鼻眼镜走,听着
风嚎叫着刮过空旷的街道,不仅迷失在陌生的环境之中,而且也使他迷
失,他怀疑他的所有命运,所有那些声音和发明都跟在同样不明的不确定
路线上"④;安东尼奥的一个伯父就"死于其中,他情绪低落,生活在围起
来的城市里,生活在致命的崩溃迷宫里;他无法面对他唯一的信仰出现崩
溃时的结局"⑤,等等。

　　他们有对照片与文字表征的历史的纠结,也有对现实里不断流动的
纠结,跨国流动的人对于记忆与身份的困惑与解答。德勒兹认为,褶子可
以分为四种:身体的褶子、力量关系的褶子、真理的褶子和外部的褶子;其
中身体的褶子指的是身体中"被包围"的部分,如肉体及欲望;力量关系的
褶子指"一定规则下力量的比照",规则可以是"自然的、神圣的、理性的或
美学意义上的";真理的褶子也是知识的褶子,它"构成了真理与存在之间
的关系",存在不同,真理也有所不同;外部褶子即"生命限度"的褶子,它
涉及永生、救赎及死亡等概念。⑥ 而小说中这些人物对应的便是生命线
度的褶子,他们在充满褶子的迷宫中设法救赎,死亡亦是他们自我救赎的
一种方式。

　　此外,小说还呈现了另一种身处迷宫的救赎之法:卡门对安东尼奥的
救赎。文中提到"卡门,我的阿里阿德涅"⑦,阿里阿德涅是希腊神话中国
王弥诺斯的女儿,曾给情人忒修斯一个线团,帮助他走出迷宫。小说中还

①　Castro, Brian. *Shanghai Dancing*. NSW: Giramondo Publishing Company, 2003: 258.

②　Ibid., 140.

③　Ibid., 243.

④　Ibid., 365—366.

⑤　Ibid., 210.

⑥　Deleuze, Gilles. *Foucault*. Trans. Sean Hand. Minneapolis: University of Minnesota Press, 1988: 104.

⑦　Castro, Brian. *Shanghai Dancing*. NSW: Giramondo Publishing Company, 2003: 24.

有一章以"弥诺陶洛斯"命名,弥诺陶洛斯是古希腊神话中半人半牛的怪物,住在克里特岛的迷宫中,吃掉雅典进贡的童男童女,后被忒修斯杀死。罗兰·巴特表示:"一个身陷迷宫的人所探求的永远不会是真理,而只能是他的阿里阿德涅。"[1]罗兰·巴特的阿里阿德涅是其母亲:在《显像描绘器》中,迷宫的中心即母亲幼年的形象中,巴特发现了摄影的秘密。他指出"文本是线索,把我们引向那个中心,是对母性形象全部作品的顶礼"[2]。巴特把世上所有的照片都视为迷宫,用难以描绘的中心掩盖着母亲,他的母亲。因而照片与巴特文本的关系,就是迷宫与线索、"母性的全部形象"与语言的母系代码的关系。而拯救安东尼奥于迷宫的阿里阿德涅是卡门。就像上文中所述,卡门"说她感兴趣的不是记录真实。而是打破现实的规则"[3]。卡门用自己对摄影的独特见解帮助安东尼奥从虚妄的真实与历史身份的困惑中解救出来。于是安东尼奥发出感慨,"熟悉的迷宫及其看不见,听不见的内檐壁平摊在发黄了的纸上,隐在幻影般的比划和幽灵般的光线之中"[4]。小说的结尾处写道:

> 他正走在甲板间,这时突然听到有人在玩单簧管,起调旋律是乐曲的尾声,《重新再来》,节奏失去了,再重新找回来,犹如乌罗伯诺斯[5],自己吞食自己的尾巴……你忙里偷闲,来回翻看着这些照片,这时,图像分解,融化在浮士德式的阴影之中……你跑去跳上海舞,听到了船偏航,驶向潜艇泊位,驶向再也没有你的航线的地方,既没有文字,也没有遗嘱,随着船尾高耸,船首下沉,就让我们再次合力,关闭你的思绪吧。[6]

小说结尾段中无论是失去又《重新再来》的节奏、北欧神话中的象征循环往复的乌罗伯诺斯蛇、同样经历灵与肉的追求与困顿的浮士德,或者是驶向未来无谓方向的船,都是安东尼奥从特定的身份限制中解放出来,并最终懂得了"在固定身份间的变形区域中"生成"不可指定的、不可预测

① Barthes, Roland. *Camera Lucida* (French original). New York: Hill and Wang, 1981: 71.
② W. J. T. 米歇尔. 图像理论. 陈永国、胡文征译. 北京:北京大学出版社,2006:286。
③ Castro, Brian. *Shanghai Dancing*. NSW: Giramondo Publishing Company, 2003: 11.
④ Ibid. , 393.
⑤ 乌罗伯诺斯,吞食自己尾巴的蛇。源自北欧神话,后引申为世间万物循环变换,万物之间犹如阴阳,可以相互转化。
⑥ Castro, Brian. *Shanghai Dancing*. NSW: Giramondo Publishing Company, 2003: 412.

的编码扰乱"①(an unspecifiable, unpredictable disruption of codes)最好的阐释。而小说名称以及贯穿整个小说的"上海舞"——一种突破一切限定的舞蹈——才是安东尼奥此次寻根真正领悟的内涵。正如《上海舞》的译者王光林在译后记中提及的上海舞:"从一根古老的线轴上抛一根线:得到的是方向的迷失和稳定性的消除。"②

正如卡斯特罗在其文章《危险之舞》中概述的那样,自传这一体裁提出了许多"关于自我、家庭、血统和历史"的比喻。这通常是在"公认体系的'语法'内完成的,是由家庭、社会、国家强加的文化规范"③。因此,在写《上海舞》时,卡斯特罗颇具讽刺意味地打开了自传的空间,将其作为一种剥夺而非继承的行为;是放弃自我,而非书写自我,是将自我作为碎片和多重的,而非单一的。也正是在这种方式中,他提出:"当我写作时,我已经被剥夺了继承权。"④卡斯特罗借助自传的体裁解构了澳大利亚的历史与传统,对澳大利亚的民族主义提出自己新的反思。

结　语

布莱恩·卡斯特罗在《亚洲书写和自传/传记:两场讲座》(*Writing Asia and Auto/biography: Two Lectures*,1995)中建议"澳大利亚人必须开始忘记自我,将自己想象成一个国家主体之外的人,吸收语言文化的变化、多样性和社会批判。他认为,自传/传记形式具有为这些目的服务的越界潜力,并超越了也被用作种族界限的一般界限"⑤。大卫·卡特和王光林在其著作《澳大利亚文学批评和理论》中也提出:"自传将继续成为思考国家主体和主体性的疾病和治疗方法,是同谋和抵抗、服从和越轨的媒介。"⑥

布莱恩·卡斯特罗作为澳大利亚独树一帜的现代主义作家,摆脱了

---

①　Bogue, Ronald. *Deleuze on Music, Painting, and the Arts*. New York: Routledge, 2013: 35.

②　Castro, Brian. *Shanghai Dancing*. NSW: Giramondo Publishing Company, 2003: 4.

③　Castro, Brian. *Looking for Estrellita*. St Lucia: University of Queensland Press, 1999: 205.

④　Ibid., 206.

⑤　Ibid., 32.

⑥　大卫·卡特、王光林编. 澳大利亚文学批评和理论. 青岛:中国海洋大学出版社,2010: 178。

传统族裔文学对于特定文化身份的限制，对全球多元文化语境下的国家/地区之间的政治、经济和文化权力关系进行反思，探究跨界主体的自我认同。小说中的照片作为记忆的碎片，在与现实的碰撞中不断地被拼凑、缝合、撕碎，这种语图的并置与断裂就像德勒兹的褶子一般，在折叠与展开之间不断触发自我身份的生成/变化、解构/建构，呈现了小说中身处跨国流动的每一个人物在历史的记忆与现实的迷宫中不断寻求的救赎之路。作品中的每一个人物形象都是不同阶级、族裔、民族的代表，是澳大利亚全球多元文化主义的代表，更是全球化境遇下不断流动的世界公民的代表。卡斯特罗生动地展现了在全球化下的境遇，这些"主流的"抑或是"被边缘化"的族裔群体挑战全球化对"中心"领导地位的强化，挑战固化的亚裔澳大利亚身份。从全球化的广阔视野下强调民族/国家身份的历史和政治意义，呼应了全球化进程中的跨国转向以及文学研究的去国界化母题。

第四节　《黑岩白城》中离散族裔的生存困境

【作家简介】亚历克·帕特里奇（Alec Patrić）是澳大利亚当代知名作家，是澳大利亚新生代作家中的"最好作家"[①]之一。帕特里奇两岁的时候随父母从塞尔维亚来到澳大利亚，此后一直生活在墨尔本，目前在维多利亚州多家高校机构教授文学写作课，是墨尔本网络文学杂志《维里蒂巷》（Verity La）的联合创刊人。

他的处女诗集《损坏乐器的音乐》（Music for Broken Instruments）于2010 年出版，此后笔耕不辍，逐渐成为一名专职作家。2011 年，帕特里奇出版短篇小说集《响尾蛇与其他故事》（Rattler and Other Stories）；2013 年，他的短篇小说集《素食主义者的拉斯维加斯》（Las Vegas for Vegans，2012）进入昆士兰州州长文学奖昆士兰斯蒂·鲁德艺术奖决选名单；2013 年他还出版了中篇小说《布鲁诺·克莱策：一个长篇故事》（Bruno Kramzer：A

---

① Hill, Lisa. "A. S. Patric wins 2016 Miles Franklin Award for Black Rock White City." https://anzlitlovers.com/2016/08/26/a-s-patric-wins-2016-miles-franklin-award-for-black-rock-white-city/. Accessed 10 March, 2024.

Long Story）。2015 年，他的首部长篇小说《黑岩白城》（*Black Rock White City*）因为对当代澳大利亚复杂、多元文化群体命运的关注获得维多利亚州州长文学奖小说奖，并一举斩获 2016 年迈尔斯·富兰克林奖，也因此，帕特里奇被认为是一个"成熟的作家"。此后，帕特里奇依旧佳作频频，2017 年出版的历史小说《大西洋的黑暗》（*Atlantic Black*）获得当年维多利亚州州长文学奖。

帕特里奇的作品给人一种自信从容感。他的作品创造出的种种现代性意识流以及现代性意象与暗喻可谓精彩纷呈，彰显示出深厚的文字功底与文学造诣。他对语言驾轻就熟的自信与从容是给读者的第一印象；此外，他的作品基本上都融合了自身的欧洲移民身份背景，对在澳大利亚的离散族裔群体表达了深厚的人文主义关怀。他的作品亦体现出对战争破坏力的忧思、人生选择的无奈与生命意义的含混。

总体上看，帕特里奇作为当代澳大利亚新生代作家，他的作品以其大胆、成熟的艺术创新和对离散族裔群体生活的描写让人拿起就不想放下，看后更是深爱有加。因为他的叙事手法不但有着卡夫卡精准而含混的现代性风格，而且故事情节丰富真实，心理活动细腻深刻，人物形象生动有型。他习惯将个人对于历史与政治的思考以一种极为隐晦的象征和神秘形式呈现，对 20 世纪 90 年代东欧历史的创伤记忆与书写极具超现实主义色彩，这种对历史事件的超现实主义呈现使得他的作品充满含混、暴力与怪诞。在主题上，帕特里奇的作品习惯以历史宏大事件为背景，将卷入其中的底层民众的个体命运融入时代洪流共同探讨，表明作者对于宏观历史的总体把握和对离散族裔群体在多元文化的澳大利亚生存状况的同情。

本节所论述的作品是他荣获 2016 年迈尔斯·富兰克林奖的作品《黑岩白城》。

引　言

小说《黑岩白城》的故事背景设置在 20 世纪 90 年代墨尔本市郊的一家海湾医院。小说主人公约万（Jovan）和他的妻子苏珊娜因为南斯拉夫战争以及在战争中失去孩子而被迫离开萨拉热窝，来到墨尔本。来到墨尔本后，约万在一家市郊海湾医院负责医院的清洁工作。他在清洁时，时常被医院墙上那些别有用心的、有着暴力、战争、恐惧等多重寓意的含混涂鸦文字所震惊。那些语汇神秘的涂鸦，对他产生了强烈的心理冲击，一方面，作为他的工作职责，他必须对于那些无比冲击眼球的涂鸦予以清除；另一方面，他又感觉清除"那些含混神秘充满暴力色彩的涂鸦"是在清除过去的诗歌，这是他曾经作为诗人的职业敏感使然，也表明他对塞尔维亚深重历史的内心负重感。

　　小说聚焦墨尔本城郊来自世界各国的离散族裔群体面临的身份错位、精神威胁与内心彷徨等诸多现实问题，是一部充满人文主义关怀与种族伦理关怀的小说。约万夫妇是一对因为20世纪90年代国内战争而来到墨尔本的南斯拉夫难民，他们在墨尔本渴望充实自己梦想的过程中遭遇到种种磨难。小说以几乎令人透不过气的叙事节奏、以现代主义意识流手法展现澳大利亚离散族裔的生活经历，通过对凶残、暴力与丑陋的书写表达离散族裔群体在多元文化语境下的生存痛苦。约万每天清理医院墙上一个个冲击眼球与内心的涂鸦文字时，他实际上是在一次次直面过去的创伤经历。表面多元的墨尔本实质上与他们生存的"战后毫无情感"的欧洲现实别无二致。另外，小说中，塔米、耶尔卡、理查德森女士、大卫·狄更斯、涂鸦博士等离散族裔无不感受到表面多元的墨尔本背后"逆多元化"的荒诞现实，换言之，多元的墨尔本给离散族裔带去的真实体验并不如媒体、杂志和文艺作品中宣扬得那么多元，相反，他们在多元文化语境下感受更深的却是生存困境、生存含混与生存幻灭。

　　　一

　　"目之所及皆为诗，身之所触皆是痛"是小说《黑岩白城》扉页的一句话，语出南斯拉夫1961年诺贝尔文学奖得主伊沃·安德里奇（Ivo Andrić）。帕特里奇开篇借用这句话旗帜鲜明地表明他的创作主旨：这句诗行形象地描绘了在澳离散族裔群体的真实生存状况。我们知道，在政策层面，澳大利亚政府自20世纪70年代开始推行多元文化政策，因为"就公民容忍度而言，这是一个可行的模板"①。然而在现实层面，或者说，这一政策的隐性话语是，澳大利亚作为一个主要由英国殖民定居者新建的民族，"澳

---

　　① Huggan, Graham. *Australian Literature: Postcolonialism, Racism, Transnationalism.* New York: Oxford University Press, 2007: 126.

大利亚白人文化占绝对优势,是社会的主导"①,离散族裔如何挣脱白人
文化枷锁是萦绕在他们心头的永恒的痛,毕竟自 1901 年澳大利亚联邦政
府成立以来,白人文化尤其是盎格鲁-凯尔特文化就一直是澳大利亚民族
的主流文化思潮,也一直塑造着澳大利亚文化。②

　　澳大利亚自 1970 年以来开始推崇多元文化,试图摈弃传统上尤其是
19 世纪 80 年代以来一直硝烟弥漫的"白色澳大利亚",但这种推崇只是
在政策层面的,或者说这种推崇客观上让澳大利亚比二战后、更比 19 世
纪末、20 世纪初极端的"白色澳大利亚"多元了一些,但离真正意义上的
多元文化相距甚远。当代澳大利亚离散族裔虽然在多元文化语境下生
存,然而,他们在文化身份、女性生存、就业选择等方面上都面临着严重的
生存困境。小说《黑岩白城》主要考察了多元文化背景下澳大利亚社会的
"逆多元化"问题给离散族裔群体带来的生存困境。

　　首先,离散族裔的文化身份困境。小说中,塞尔维亚人约万与他的妻
子苏珊娜因为 20 世纪 90 年代初的南斯拉夫战争而成为难民。在此之
前,他是塞尔维亚萨拉热窝的一个大学的文学教授,一个"优秀的诗
人"③,来到墨尔本后,他在一家郊区医院做清洁工,妻子则依靠给别人家
洗衣、做饭等谋生。在墨尔本医院工作过程中,约万与医院里的牙医塔米
(Tammie)产生了暧昧关系,不过,约万总觉得他是多元文化的牺牲品,塔
米——一个牙齿洁白,堪称完美的漂亮女人,主动引诱、勾引他——是一
个吃人女妖(Ogress),"她乐于接受他有自己的深刻思想,如果她能够承
认他有自己的思想的话,她跟他讲话的方式就像是在跟她自己的想象讲
话一样"④,"他觉得,我在这里知道了什么叫无助,这种无助很早就侵入
了我们的生活,这世界就是这样存在着,发生着,没人知道应不应该,对不
对"⑤。显然,小说中,貌美无瑕的牙医塔米是自诩为多元文化中心的墨
尔本的一个暗喻,她对从塞尔维亚来到墨尔本的约万的高高在上凝视,暴
露了她文化思维中的"他者"意识,因而,约万觉得塔米——多元文化中心

　　① Hage, Ghassan. *Against Paranoid Nationalism*: *Searching for Hope in a Shrinking Society*. Annandale, NSW: Pluto Press, 2003: 232.

　　② Patrić, A. S. *Black Rock White City*. Melbourne: Transit Lounge Publishing, 2015: 7.

　　③ Ibid., 68.

　　④ Ibid., 25.

　　⑤ Ibid., 27.

的象征——就是恐怖小说《德拉库拉》中的吸血鬼形象，吸尽他身上的所有精力和能量，最终服务的却是多元文化的墨尔本中心。小说结尾，塔米发现躺在她牙椅上的不是别人正是约万的妻子苏珊娜时，她感受到了苏珊娜对她的强烈反抗与不满，"我在澳大利亚生活，我和你生活在同一个地方"①，这种反抗既是现实意义上的，又是文化层面的。多元文化在本质上强调不同文化的平等互鉴，相互交融的人类文化共同体，没有高低雅俗，更没有强权和弱势文化之分。然而，正如故事结尾，"塔米前一夜再次钻入约万的小货车里"，以身体为诱饵进行文化诱惑，企图同化他的思想，结果却是约万感到"她比医院墙上的那些涂鸦还难清除。当他们道别的时候，他感到了害怕。至少他被改变了"②。显然，帕特里奇看到了澳大利亚多元文化在"维护白人社会的文化差异"中，体现的是盎格鲁强势文化对"他文化"的霸凌态势，那些备受压迫的离散族裔往往会在蓦然回首中，发现自己文化身份的悄然变化。作为曾经贝尔格莱德大学的文学教授的约万与苏珊娜在来到墨尔本后，曾经幸福的家庭生活因为离散族裔身份变得破碎不堪，风雨飘零。约万在郊区医院做清洁工，苏珊娜则在别人家做杂务兼钟点厨师，这种曾经的和现在的生活反差让他们感受到了生活的荒诞，世事的无常，这种底层生活的经济上的生存压力也传递到他们的精神生活中。在家庭中，两个人的情绪甚至变得颓废沮丧，交流沟通也总是不顺畅，计划中去昆士兰州的阳光海滩自驾游终究是黄粱一梦。不仅如此，曾经幸福和谐的家庭生活，在来到澳大利亚后也变得索然无味，性生活只是为了再生一个孩子（前两个孩子都在南斯拉夫战争中去世），"毫无乐趣可言"。久而久之，苏珊娜更是每天靠着安眠片入睡。相比之下莱尼是约万工作医院的一个护士，她非常热爱这份工作。因为"在人群中，被人包围、被人需要让她感觉自己并不是人们生活的边缘"，而她的日常生活便是在"市郊中四处飘忽不定"。

其次，女性离散族裔的生存困境。小说中，与约万在同一医院工作的护士德拉加纳·米哈伊洛维奇（Dragana Mihailovich）也是从萨拉热窝来到墨尔本的。她总是穿着黑色的衣服，而不是护士的白色外套，因为"白

① Patrić, A. S. *Black Rock White City*. Melbourne: Transit Lounge Publishing, 2015: 176.
② Ibid., 175.

色对她而言是这个世界不能提供的一种奢侈"①，约万在墨尔本认识了同样来自萨拉热窝的希尔瓦娜·佩耶希奇。六年前，她因为躲避"国内那些异教的、残忍的运动"而到墨尔本时，她长发及腰，乌黑发亮，美貌令人惊艳。来到墨尔本后，尽管她成功地逃避了满世界都是政客与士兵的地方，但是现在，"她虽不是特别丑，但多年高压下的学校生活，让她每天都生活在无止境的缓慢增长的痛苦中，每天各种杂乱的事，更是让她的学习成绩每况愈下，一落千丈"②。最让人不堪的是，当布拉科切维奇教授让她读一本书而她没读的时候，她走到他的办公桌边，显示出自己的曼妙身段，表示"她愿意为他做一切"③。在表面上是多元文化、实质上是异文化空间中的离散族裔女性群体的生存处境有多艰辛？小说中"希尔瓦娜——就是孤零零一个人的世界"④可谓道尽了离散族裔女性在"多元"墨尔本生存的凄凉。

　　小说中，作家对离散族裔的女性生存困境思考颇为深入，不止一次地为多元文化语境下的离散族裔女性生存困境发声。小说通过佩耶希奇、约万的妻子苏珊娜，苏珊娜的朋友兼邻居——同样来自塞尔维亚的耶尔卡(Yelka)等在墨尔本生存的女性遭遇，凸显了女性在多元文化的澳大利亚语境下的生存困境与无奈。耶尔卡与安特(Ante)有着非常深厚的感情基础，深信这是他们亲密而持久婚姻的重要保障。然而，现实状况则是，安特自小就是一个沉默寡言的人，婚后他每天吃完晚饭就出去，直到凌晨两三点甚至清晨才回来。耶尔卡想尽各种办法试图让他吐露心扉，几个星期的努力都无济于事，最后只好放弃。与之相反，安特对妻子耶尔卡则是不闻不问。更加讽刺和令耶尔卡心酸的是，她一个患了肠癌的邻居，有一条宠物狗，尚且会为主人的病情流眼泪，"她不禁一阵苦笑，小小的宠物狗的身体内蕴藏着远超她嫁的男人的情感"⑤。缺乏情感和生活温馨的耶尔卡，生活在墨尔本城市的最南郊，也就是，"半隐蔽在墨尔本城市大街的另一个世界"，在那里，"时尚或者她所渴望的艺术根本不属于她

①　Patrić, A. S. *Black Rock White City*. Melbourne：Transit Lounge Publishing，2015：28.
②　Ibid.，53.
③　Ibid.，54.
④　Ibid.
⑤　Ibid.，72.

居住的那里"①。这也是大部分离散族裔群体居住和生活的地方。苏珊娜自从从波斯尼亚来到墨尔本后,"对她而言,唯一安全的地方,是深埋在地下的某个去处,在这个地方,外面的一切都太不容易了"②。因而,在澳大利亚的当下现实社会,正如米哈伊洛维奇所感受到的那样,"文化歧视"依然弥漫在社会的每个角落,离真正的多元文化的互融借鉴,和谐共生犹如参商。

再次,离散族裔的职业困境。约万的同事比尔是一个希腊裔的澳大利亚二代移民,跟他在同一家医院工作,是该医院的一个门房,他身材魁梧,浑身毛发旺盛,拥有橄榄色皮肤。除此之外,看不出他任何希腊裔的影子,因为他有着非常地道的澳大利亚口音。即便如此,他也只能从事着与约万一样医院中最低廉的工作,"即便希腊经济形势一年不如一年,但那地方自由,在这里,我将所有的时间都浪费在工作上,在那儿,积蓄几年,就可以度好几周的假,他妈的,这里都过的什么生活!"③小说中,作者一再传递出所谓多元文化的澳大利亚,在现实层面,整个社会依然弥漫着"西优东劣、欧洲中心"的原始丛林文化。在墨尔本,那些来自底层的西方离散族裔自身见解浅薄,认知可怜,却依然有着对东方离散族裔的无理蔑视和歧视。如小说中,喜欢翻阅色情杂志的希腊裔的比尔很是纳闷,"澳大利亚人口已经饱和,超市里都是印度人,顾客和结账的都是,真不明白为何要让这么多的印度人过来?看看那些成天摇头晃脑的人,真不知道,我们为什么需要这么多的小丑"④。那些在澳大利亚的"身材瘦小、营养不良的黑人、棕色人以及亚洲难民"的生活处境有多艰辛,有多困苦就可以想象了。

凡此种种,正如保罗·谢拉德(Paul Sharrad)在评论亚历克西斯·赖特的《卡彭塔利亚湾》时指出的,"该小说并非尝试在黑人与白人文化之间达成一种乌托邦式的和解,或者说要吸收白人现代性美学"⑤,同样,《黑岩白城》一再传递给读者:多元文化的墨尔本依然只有白人文化一种模

---

① Patrić, A. S. *Black Rock White City*. Melbourne: Transit Lounge Publishing, 2015:124.
② Ibid., 99.
③ Ibid., 93.
④ Ibid., 99.
⑤ Sharrad, Paul. "Beyond Capricornia: Ambiguous Promise in Alexis Wright." *Australian Literary Studies* 24(1), 2009:60.

式。现实中,约万发现墨尔本街头巷尾弥漫着各种肮脏、丑陋和凶残,这一切让每个人都生活"压抑"。正如还不到五十岁的绰号"银发"的爱尔兰人,看上去意志脆弱,萎靡不振,一种压抑情绪一直从他的右眼到前额延展到头盖骨。正如莱万给约万画的肖像画中,"他就像一个冲浪者,在巨浪中奋勇搏击,试图越过海浪和泡沫的冲击"①,当这种奋勇搏击变成一种无效挣扎后,约万养了一头查理曼狗,"个头犹如一头小马,孩子们看到都不敢走路,开车路过的更是吓得掉头就走"②。墨尔本市郊的街头巷尾,主要居住着像约万这样来自世界各地的离散族裔,他们几乎每家每户都养着跟人一般高的狗,因为他们生活在对表面多元,实质上"盎格鲁-凯尔特文化始终是主流文化"的恐惧和不安中,因为"尽管(二战以后)非英联邦移民比例有了不少提升,但根本无法撼动'盎格鲁-澳大利亚文化'是绝对主流的现实"。③

二

多元文化背景下,澳大利亚离散族裔的含混生存状况,是这部小说所反映的另一思想内涵。关于离散族裔的含混生存,小说主要借助含混、晦涩、双关的文字去表现"世界各国移民在多元文化的澳大利亚"中,找不到生存意义的内心含混。纵观小说,让读者有些不知所以的晦涩、含混、双关的文字可以说俯拾皆是。

如在爱尔兰人"银发"、主人公约万和心理学医生狄更斯的三人对话中,"银发"在他们的谈话中间,趁机插上一句"蓝色天空下的一轮圆月,我用眼睛将它锤进去。就是那个大钉子的头"④让人不知所以的话。如果用正常的语言表述,这句话表述的意思其实非常简单明了:"蓝天下的一轮圆月,就像是一个钉子的顶端,在我的注视下慢慢消失了。"然而,作者却故意以这种含混的语言来表述,目的在于传递这些离散族裔群体在异文化空间中生存的艰辛和不易。他们背井离乡,从故土来到澳大利亚,怀

① Sharrad, Paul. "Beyond Capricornia: Ambiguous Promise in Alexis Wright." *Australian Literary Studies* 24(1), 2009: 152.

② Patrić, A. S. *Black Rock White City*. Melbourne: Transit Lounge Publishing, 2015: 43.

③ Jupp, James. *From White Australia to Woomera: The Story of Australian Immigration*, 2nd edition. Cambridge: Cambridge University Press, 2007: 65.

④ Patrić, A. S. *Black Rock White City*. Melbourne: Transit Lounge Publishing, 2015: 49.

揣着对多元文化的澳大利亚的美好憧憬和通过勤奋工作过上美好日子的小小梦想，却在一个个残酷的现实面前经历着一次次屈辱和辛酸，内心有着无数的苦衷和不堪却无法言说。帕特里奇借助这种含混的语言表述巧妙地呈现了离散族裔的内心含混。

约万与苏珊娜更是在来到墨尔本以后，面对着文化身份的困境，陷入彷徨与迷失，在新的文化空间中，他们不愿与人交流，而是陷入了自我思维的意识流。类似的诗意含混诸如"一阵足以令人双眼模糊的雨水，一直以来都在渴望着落到地面，可以永恒地休息"①。小说中，这里是在借"令人双眼模糊的雨水"来隐喻约万的妻子苏珊娜渴望来到墨尔本实现自己的永恒休息，然而事与愿违。后文中，苏珊娜在描绘她的雇主库尔塔斯时，也用了一句非常含混的表述来表达她对周围荒诞世界、荒诞人群的看法："他为何还要继续站在这里，难道他是一个用胡子收集雨点的傻子？"②原因在于，在澳大利亚，尤其是在悉尼、墨尔本这些以多元文化著称的城市里，"青年人自杀的数字令人震惊。澳大利亚有着世界上最高的自杀率，一个荒诞的现实是，讲究客观真实的新闻报道必须将这些数字如实写出来，而关于自杀的新闻报道却会引起更多的自杀事件。对于普通读者而言，这些数字尽管无法跟马路上的交通事故比，但却深刻反映了这个彼此切断的人际社会的深层疾病。我们的生存是如此含混"③。从中，我们不止一次地看到，澳大利亚所谓的多元文化不过是世界上各种不同文化在这里的聚合，是一种表面上的混杂与杂糅，与理想中各种文化的深度交融与渗透相距甚远，这种"聚合"决定了在现实的海浪冲刷后，豆还是豆，沙还是沙。这不难理解，因为即便来自同一文化背景下的离散族裔群体，他们在来到澳大利亚后，那种冷漠、孤寂、荒野的社会氛围让他们孤独不已，像约万和苏珊娜这些生活在墨尔本城郊的离散群体对此更是感同身受。所以，作者帕特里奇所言"彼此切断的人际关系反映了澳大利亚社会的深层疾病"可谓一针见血地指出了离散族裔在含混中生存的根源。

在来到澳大利亚之后，约万等人经常梦回塞尔维亚，追忆与澳大利亚完全不同的塞尔维亚文化。同样来自塞尔维亚的考特拉斯以一段含混晦

---

① Patrić, A. S. *Black Rock White City*. Melbourne: Transit Lounge Publishing, 2015: 66.

② Ibid. , 63.

③ Ibid. , 75.

涩或者说朦胧难懂的文字描述了他在墨尔本生活过程中对自我文化身份的困惑:"我来给你展示历史中心之火,不仅仅是塞尔维亚的历史,人类的发展故事,银河系中没有上帝的行星的历史,都是在欧洲这座黄钟大吕中酿造出来的,而欧洲的黄钟大吕则是在中东这一燃烧的煤球上烧制出来的,(众所周知),银河系里只有没有思维能力的恒星和没有生命的灰尘,所以我们在我们燃烧的血液中,我们创造了自己的上帝。"①原文中的这一段含混模糊的文字,很是烧脑,要真正弄清并理解其中的意思,并不容易,这种与传统小说迥然相异的含混叙事在于呈现小说中这些来自非主流文化群体人物内心的含混和矛盾,反映了他们在文化休克中的自我身份含混,充满"冲突的浪漫"的含混。

小说中,耶尔卡对婚姻生活充满"童话故事般的含混"②。一方面,她渴望像灰姑娘一样,有自己的水晶鞋;另一方面,现实中的婚姻生活却让她犹如跌入冰窟一般,灰心绝望。正如存在主义哲学家萨特在他的中篇小说《恶心》(La nausée,1938)中描述的那样,一切美好只存在于电影银幕、舞台表演与高雅音乐中,现实生活中的一切都是荒诞不经,令人恶心的。"唯有这闪闪发光的黑色羽毛在无情地从他的肠子中升起","一个社会可能因各种原因破产,全世界都目睹了道德经济的崩溃"。③

小说以一种现代性的含混堆积了无数让读者不明就里的词句,如与约万在同一家医院工作的护士莱尼,在回到家中后,脑海里不停地闪烁着诸如"她耳廓里的黑唇""生命的浪费""浪费的生命""生命还是浪费"④。另外,小说中,自始至终出现的"特洛伊木马的跳蚤"以及"特洛伊跳蚤"等都一再告诉读者"没人知道这些是什么意思"⑤。如果说特洛伊木马所指明确,那么跳蚤(fleas)则显然是颇具含混意义的词汇,与医院墙上的种种其他"涂鸦",让读者不知所以。作者运用修辞性的语言含混地掩藏了人物内心的现实冲突,在那些捉摸不定的语义中,让人很难捕捉语言施行者的内心。小说将约万含混的诗与医院墙上晦涩涂鸦的并置,去展现他渴望中的澳大利亚生活与现实生活的巨大鸿沟。如约万在来到墨尔本后从

---

① Patrić, A. S. *Black Rock White City*. Melbourne: Transit Lounge Publishing, 2015: 65.
② Ibid., 69.
③ Ibid., 29, 105.
④ Ibid., 172.
⑤ Ibid., 175.

脑中冒出来的这首小诗："一条废弃的河流，就在你的皮肤之下，你的骨骼在其中腐烂，污秽的历史不停流。"①离散族裔尤其是那些难民，不断调和着自身的文化身份以适应多元文化的澳大利亚，但他们的社会底层身份以及语言不通注定了他们的声音很难被传递，这进一步加剧了他们内心的含混生存状态，加剧了他们对理想与现实的含混矛盾。

小说《黑岩白城》的语言含义丰富，有着广阔的阐释空间。读者在阅读过程中，可以说很难确定作者这些含混语言符号的真正所指。但这种含混语言的模糊性与小说多元文化背景的叙事语境交相呼应，促使读者怀疑每个含混表述的真实动机，增强了含混效果，深刻反映了那些离散族裔群体在来到多元文化的澳大利亚后的内心的含混。

三

小说伊始，离散族裔在墨尔本生存的迷失、孤独与混乱就迎着读者扑面而来。在来到墨尔本后，他们发现他们消失在一个无人自知的白人文化里，无论是传统上的阿拉伯人还是第三世界的难民，他们都生活在虚无的边缘。② 历史虚无主义，无非是告诉人们"人生得意须尽欢，莫使金樽空对月"，"把酒言欢，及时行乐"。小说一再提及"令人羞愧的是，人们基本上活不到 101 岁"③。所以，小说给读者展现了日常生活中，约万供职的墨尔本郊区这家医院医生们私生活的混乱，甚至在男女关系上毫无道德约束的混乱，这才是离散族裔群体看到的表面上一团和气、丰富多彩的"多元文化"政策下的澳大利亚社会真相。

离散族裔生活在以多元文化著称的澳大利亚，现实却让他们无比矛盾甚至深陷迷信。约万需要补七颗牙齿，他觉得这真是个好兆头，因为"七是幸运数字"。以前他补牙，总是要等上六个月，因而说不上什么幸运，而这次要补七颗牙，真的是很幸运，"至少，最近他没有像心理医生狄更斯一样，从楼梯上摔下去，摔伤尾椎骨"④。看上去何其荒诞不经，而这却正是约万等人的内心真实写照。显然，他们在所谓的多元文化的澳大

---

① Patrić, A. S. *Black Rock White City*. Melbourne：Transit Lounge Publishing，2015：101.

② Hay, Ashley. "*Black Rock White City*：An Intimate Study of Life, Love and Grief." *The Australian*，4 April，2015.

③ Patrić, A. S. *Black Rock White City*. Melbourne：Transit Lounge Publishing，2015：51.

④ Ibid.

利亚看不到未来,看不到奋斗的价值,看不到生命的意义,从而陷入了虚无和迷信,甚至产生生存幻灭感。因为,"两千多年的社会进化和人类文明就像是热牛奶上面的一层奶膜那样纤细"①,言下之意,澳大利亚才实行了五十年的多元文化政策,实质上是根本还没了解多元文化的真正精髓就已经见证了它的终结,因而生活在其中的离散族裔群体才更觉其脆弱荒诞。"想想这一切的杂乱,想想自己的天命(fate)与设想的命运(destiny)的差别……人生又何止是这么简单的毁灭打击,谁知道,将来会将自己引向何处呢?"②即使在被视为多元文化中心或者多元文化融合比较成功的澳大利亚,也无法摆脱或者真正消除"强势文化对弱势文化的霸凌态势"。"文化霸权"是一个隐现或者显现的存在。就如在来到澳大利亚之前,苏珊娜就通过一个信号强大的苏联收音机收听英语节目,主要收听"美国人那些不为人知的故事和爱情",从中提高自己的英语水平。

小说中,作者写道,"战争将邮递员,理发匠,杂货商,电工,出租车司机等人变成了一个个被肢解的恶魔",即在战争中,备受摧残的群体就是无数在城市的街头巷尾中奋斗和打拼的底层民众。这可以说是作者的一个巧妙的隐喻,因为在多元文化这一隐现战场又何尝不是如此?即在多元文化的墨尔本,那些社会底层的工作人员,即邮递员,理发匠,杂货商,电工,出租车司机等从业者往往都是那些具有离散族裔文化背景的人群。他们因为国内战争成为难民,在来到澳大利亚后,心境往往无比矛盾和复杂。一方面,他们对自己的国家在战火中将被夷为平地充满沮丧和绝望;另一方面,他们对自己在澳大利亚的生活,同样充满沮丧和绝望,因为作为亚文化族裔,他们遭受着种种内心无人能够言说的屈辱和不堪,这种困惑与苦闷让他们内心无数遍哀叹"国家安宁,山河无恙"的凄凉,因为"山河无恙"他们就不必在这异国他乡的、即便是多元文化的澳大利亚屈辱生存,毕竟世界上再好的地方也比不上故乡。对于离散族裔群体而言,尤其如此。这种苦闷心态和生存困境也成为主人公约万的生存幻灭和人生虚无的一个重要因素,从而将他与医院牙医塔米的"私生活"关系看作是"土豆与肉食之外的点心",因为来自塞尔维亚的他"只是她对当下生活想象

① Patrić, A. S. *Black Rock White City*. Melbourne: Transit Lounge Publishing, 2015: 45.
② Ibid., 52.

的一部分而已,从没将他看作是一个有历史和未来的人"①。换言之,在多元文化的墨尔本,他的存在除了自身作为一个低廉的工人价值外无人关心。这让他们对故国塞尔维亚的生活充满怀念,年复一年,墨尔本与萨拉热窝就像是两个彼此向外漂流的世界,越隔越远,但是萨拉热窝这一装着旧世界的盒子,尽管积满灰尘,却从未在他们的生活中消失,"盒子中的一切都未消失,墨尔本十二月的炎热会让他们格外想念那里的圣诞大雪"②。

小说中,"种族清洗"是阐释离散族裔群体生存这一问题时的另一个关键词,主要用来描述波斯尼亚与黑塞哥维那的种族暴行。这一由暴行的始作俑者独创出来的"种族屠杀委婉语"被记者和政客们慢慢渗透到官方语言中。种族屠杀是指施暴者对无辜群众大肆杀戮的罪行,如何定义种族清洗则依然是一个问题,因为种族清洗显然是想传递或表述伤害性比较轻微的创伤进程。小说中帕特里奇用"种族清洗"这个词委婉地暗讽欧洲种族屠杀历史,亦揭露了早期英国殖民者对塔斯马尼亚土著居民的种族屠杀历史,传递自己的伦理思想。

因此,曾经"拍着胸脯向世界宣称澳大利亚是世界上最多元的社会这一说法"③,也已经成为一个不攻自破的笑话。十五年后,帕特里奇在《黑岩白城》中更是描写了这一笑话在澳大利亚墨尔本的继续上演。小说中不同文化族裔背景的群体历经社会地位、政治权力、经济收入的严重不平等,他们内心与日俱增的生存困境都在告诉读者他们并不生活在真正的多元文化社会,更谈不上是最好的多元文化社会,因为最脏最累的体力劳动依然是由约万夫妇、比尔等世界各国的离散族裔群体承担着,而澳大利亚"社会精英、知识精英、商界和政界精英大部分都是英国裔,澳大利亚高达四分之三的人口只会讲英语,同样比例的人口信仰(哪怕只是名义上的)基督教"④。究其内里,小说中各种委婉语汇、具有修辞韵味的含混语言都是在以含混的方式传递着多元文化的澳大利亚中本质上"黑白"分明的明确意义。在这场墨尔本这座城市后面的"黑岩"和被称为"白城"的贝

---

① Patrić, A. S. *Black Rock White City*. Melbourne：Transit Lounge Publishing，2015：96.

② Ibid.，104.

③ Jupp，James. *From White Australia to Woomera：The Story of Australian Immigration*，2nd edition. Cambridge：Cambridge University Press，2007：5.

④ Ibid.，5—6.

尔格莱德的实际文化碰撞中,约万这些离散族裔很难实现"黑白融合"。因为,澳大利亚的"多元文化"与"族裔文化"可以说是一种泾渭分明的含混不清。小说自始至终都能看出,黑岩没法变成白城,白城也没法变成黑岩,从而书写了离散族裔在多元的墨尔本的生存艰辛。那些不同形式的涂鸦颇具威胁性、诱导性,让读者深刻感受到这些非主流的艺术形式是现代城市的生活常态,是澳大利亚离散族裔生活的一部分。这些布满涂鸦的医院,对于历经战争伤痛的约万等人而言,就如欧洲一战后,整个欧洲都变成了荒原,见证了在其中生存的人们的现代性颓废,彷徨和虚幻。在墨尔本,约万讲着塞尔维亚口音很重的英语,那些销售代表,医院医生和房东因此嘲笑他为"笨蛋"。但作为一个曾经的文学教授,他知道如何讲出"符合语法规范的英语句式",他故意不那样做,只是想"与英语保持距离,因为这让他舒服"①,当然,这也是他反抗"澳大利亚是世界所谓最多元社会"的方式。

正如韦斯特在评论美国社会问题时所指出的:"在严肃的种族问题上,我们不应该以黑人身上的问题为讨论出发点,而应该以美国社会自身存在的问题为出发点——这种问题深深植根于(美国)历史由来已久的不平等和长期以来的根深蒂固的文化偏见。"②这句话,对于在二战后几乎一切都随美国翩翩起舞的澳大利亚社会而言,同样适用。《黑岩白城》中离散族裔的生存状况就是对这一问题的深刻揭示,它揭示了澳大利亚官方文本中对多元文化以及社会平等的建构与现实生活中离散族裔真实状况的巨大差异,给读者强烈的"现代主义审美张力"。另外,小说指出了澳大利亚社会中当下离散族裔群体普遍感受到的生存困境、含混与幻灭感。这些不仅仅是澳大利亚民族层面的一个现象。相反,这还是当代澳大利亚社会复杂的、资本驱动下的社会关系的反映。小说通过文学虚构反映多元文化的澳大利亚当下离散族裔的生存困境,从某种意义上说,达到了社会学研究的效果。③

澳大利亚的多元文化,严格来说,是以盎格鲁-凯尔特文化为基础的多元文化,所以这样的多元文化其实"是将盎格鲁-凯尔特文化推崇为澳

---

①　Patrić, A. S. *Black Rock White City*. Melbourne: Transit Lounge Publishing, 2015: 79

②　West, Cornel. *Race Matters*. New York: Vintage, 1994: 6.

③　Ibid.

大利亚民族身份的标志"①。《黑岩白城》的出版是在见证了多元文化施
行了五十多年的澳大利亚基础上的深入思考的结晶。当人类历史迈入
21世纪第三个十年的当下,小说想要告诉读者的是,"与其质疑多元文化
在澳大利亚是否已经寿终正寝,更值得问的问题是多元文化是否真的存
在过"②。也就是说,大部分澳大利亚移民依然是白人移民。尽管官方一
再宣称,多元文化的澳大利亚不管肤色、种族如何,所有居民享有同等的
权利,社会管理者他们宣称不再排除非白人。然而,整个社会都弥漫着
"非白人不能被白人文化同化"的集体焦虑。

　　这样的多元文化显然忽视了一个基本事实:离散族裔尤其是非白人
离散族裔群体的内心始终处于焦虑不安中,即便是那些白人离散族裔,他
们的语言也将它们自动地归类为"显性他者"③。

　　结　语
　　《黑岩白城》聚焦多元文化背景下澳大利亚离散族裔的生存状态,直
面澳大利亚多元文化社会的诸多现实问题,关注离散族裔群体的现实生
活困境。帕特里奇以其作为一名作家应有的敏锐,深刻洞察到看似以多
元文化标榜的澳大利亚实则以"盎格鲁-凯尔特"文化为基础,表面弘扬澳
大利亚国内民族文化多样性,实则遮蔽了其深层次的国际文化意识的
忽视。

第五节　海伦·德米登科引发的多元文化之争

　　【作家简介】在澳大利亚文学史上,海伦 · 德米登科(Helen
Demidenko)的名字是与一桩被称为"德米登科事件"的丑闻联系在一起

① Hage, Ghassan. *Against Paranoid Nationalism: Searching for Hope in a Shrinking Society*. Annandale, NSW: Pluto Press, 2003: 59.

② Huggan, Graham. *Australian Literature: Postcolonialism, Racism, Transnationalism*. New York: Oxford University Press, 2007: 110.

③ Stratton, Jon. "Multiculturalism and the Whitening Machine, or How Australians Become White." *The Future of Australian Multiculturalism: Reflections on the Twentieth Anniversary of Jean Martin's The Migrant Presence*. Eds. G. Hage and R. Crouch. Sydney: University of Sydney Press, 1999: 183.

的。这起丑闻既是一个文学事件,又是一个文化事件,甚至还可以说是一个历史政治事件。1995 年,海伦·德米登科的小说《签署文件的手》(*The Hand That Signed the Paper*)获得了迈尔斯·富兰克林奖,但是后经查实,作者不仅身份造假,而且小说涉嫌抄袭多种文本。在奖项颁布之后长达一年的时间里,媒体对这本小说、作者以及迈尔斯·富兰克林奖评审委员会的谴责连篇累牍,"德米登科一下"(doing a Demidenko)一度成为澳大利亚口语中的热词。①"德米登科事件"本质上是多元文化语境下围绕文学的标准、澳大利亚文学的本质以及如何在评奖中兼顾"文学性"和"澳大利亚性"等议题的讨论,虽然它一度将迈尔斯·富兰克林奖及其评委置于尴尬的境地,但这一事件事实上进一步触发了澳大利亚社会对多元文化政策的思考。

海伦·德米登科原名海伦·达维尔(Helen Darville),现名海伦·戴尔(Helen Dale)。1993 年,她是昆士兰大学文学系的学生,创作了她的第一部小说《签署文件的手》。她将小说草稿寄给了昆士兰大学出版社,声称自己是乌克兰移民后裔。在当时澳大利亚多元文化主义的语境中,该书作为一位初出茅庐的乌克兰裔的澳大利亚年轻人写的小说而得到格外的关注。同年,该作品便获得了澳大利亚为尚未发表过作品的年轻作家而设立的《澳大利亚人报》/沃格尔文学奖。1994 年,达维尔以"海伦·德米登科"的笔名出版了该书,引起了轰动。德米登科是一个乌克兰姓氏,而德米登科这个名字也与她作品中的乌克兰家庭的姓氏产生关联性的联想。达维尔当时并没有说明"德米登科"是笔名,相反,她在接受采访时宣称自己写作的素材全部来自亲戚的口述,她强调自己的乌克兰人身份,称他的父亲是乌克兰人,在昆士兰州当出租车司机;而她的母亲是爱尔兰人,十二岁时就开始做家政。她刻意地将自己装扮成乌克兰人,她练习了乌克兰式的签名、穿乌克兰式的服装、唱乌克兰民歌,她对外界宣称,书中所记述的有关"大饥荒""大屠杀"以及"澳大利亚战犯审判"等事件,都是从第一手回忆中获悉的。于是,海伦·德米登科被作为一个少数族裔的写作新手登上了澳大利亚文坛。1995 年,海伦·德米登科获得了迈尔斯·富兰克林奖以及澳大利亚文学研究学会金奖,成为澳大利亚文坛跃起的一颗新星,达维尔成为澳大利亚文学史上最年轻的获奖者。

---

① 彭青龙等. 百年澳大利亚文学批评史. 北京:北京大学出版社,2019:311.

但是不久,记者大卫·宾列(David Bentley)在《布里斯班邮报》(*Brisbane Courier Mail*)上发表文章指出:达维尔的身世是造假的,她根本不是乌克兰人的后裔,她的父母都是地地道道的英国人。很快,这条新闻占据了澳大利亚各大媒体头条版面,人们纷纷质疑达维尔的身份,引起了不小的躁动,催发了有关文学中的身份、伦理以及真实性方面的讨论。2017年,《签署文件的手》再版,作者"海伦·德米登科"改成了"海伦·戴尔"(海伦·达维尔结婚后用了她丈夫的姓)。围绕着《签署文件的手》作者名以及其中的主题与写作特点的争议与讨论最终演变成为一场载入澳大利亚文学、文学批评与文化史的事件。在国内近年出版的重要澳大利亚文学批评著作中,包括王腊宝等著的《澳大利亚文学批评史》以及彭青龙等著的《百年澳大利亚文学批评史》,都就"德米登科事件"的源起以及影响做了详尽的阐释。[①]

《签署文件的手》出版之后,达维尔也没有再创作出更多的作品,除了写过几个短篇小说以及为一些报刊撰写专栏文章之外,她的创作基本停滞了。2002年,她重新入昆士兰大学转学法律,2005年获得昆士兰大学法律专业荣誉学位,开始在昆士兰高级法院当法官,后来,她到欧洲游学,先后在牛津大学和爱丁堡大学修学法律,2012年获得英国爱丁堡大学法学院法学学士学位。2014年回国后担任自由民主党高级法律顾问,2016年离职。达维尔多次被指控造假或抄袭,丑闻缠身。但德米登科事件并不是凭空而来,它成20世纪末澳大利亚文坛对多元文化主义写作的一次深刻反思。这场事件伴有广泛的社会影响,它让人们重新审视作者、文本、批评家与读者间的关系,并对多元文化主义写作的本质开展了讨论。以文学为起点,这起事件让学者、批评家和读者开始思考历史小说与文学、文化研究的关系、作者与文本的关系、真相与虚构的关系以及历史与文学的关系。总之,自此事件发生之后,多元文化写作的本质及其与澳大利亚文学的关系重新进入学界的视野并引起广泛争议。

本节主要讨论海伦·德米登科的小说《签署文件的手》及其所引发的"德米登科事件"对多元文化语境下澳大利亚文学发展的影响。

---

① 详见王腊宝等. 澳大利亚文学批评史. 北京:中国社会科学出版社,2016:438—449。彭青龙等. 百年澳大利亚文学批评史. 北京:北京大学出版社,2019:306—311。

引 言

1995年,年仅二十四岁的年轻作家海伦·德米登科以她的处女作《签署文件的手》摘得了迈尔斯·富兰克林奖的桂冠,成为迈尔斯·富兰克林奖颁奖史上最年轻的获奖者。评奖委员会给出的颁奖词是:"海伦·德米登科的第一部小说展现了非凡的文学想象力,具有极强的历史感,讲述了澳大利亚移民经历中难以言说的故事。"[1]一时舆论喧哗,学界反应差异很大。支持德米登科的一派声称被作品中的真实性打动,他们赞赏德米登科的勇气,认为她是一个想象的天才,她的小说对多元文化主义所导致的"文化病态"[2]问题提出了思考,反映了对单一文化与身份假设的拒绝。反对德米登科的一派则质疑作品中的"大屠杀"主题以及大量挪用他人文本进行拼贴的写作方式,认为迈尔斯·富兰克林奖评奖委员会背离了评审标准,指责他们注重商业、轻视文学价值。久负盛名的迈尔斯·富兰克林奖因此而陷入了尴尬的境地,随后发现的德米登科身份造假及其小说中"剽窃"他人作品的事实更是使迈尔斯·富兰克林奖评奖委员会站到了媒体大战的风口浪尖,遭遇到前所未有的危机。

《签署文件的手》讲述了第二次世界大战期间一个乌克兰家庭的故事。故事通过一位名叫菲奥娜·科瓦兰科(Fiona Kovalenko)的乌克兰裔澳大利亚年轻姑娘的讲述,回顾了她的父辈在二战期间所经历的乌克兰大饥荒、犹太人大屠杀以及澳大利亚战犯审判等事件。小说中,科瓦兰科叙述了她从亲戚那边听到的以及从一些照片中翻阅到的有关她父亲在二战中参与杀害犹太人的细节,这些真相让她震惊,但是她要努力去理解自己所热爱的亲人过去所犯的错,并为她的父辈们正名。于是,科瓦兰科从二战之前的乌克兰大饥荒时期去查找证据,隐晦地表明乌克兰人参与大屠杀的缘由是对斯大林时期布尔什维克政策的不满以及报复。科瓦兰科以第一人称讲述,记录了她从亲属那里得来的有关战争的回忆片段,并以录音形式保存下来,并宣称"我应该持有这份记忆,将它记录下来。但是

---

① "Forum on the Demidenko Controversy." (August). *Australian Book Review* 173, 1995.

② Fraser, Morag. "The Begetting of Violence." *Meanjin* 54 (3), 1995: 429. 转引自 Gunew, Sneja. "Performing Australian Ethnicity: 'Helen Demidenko'." *From a Distance: Australian Writers and Cultural Displacement*. Eds. Wenche Ommundsen and Hazel Rowley. Victoria: Deakin University Press, 1996: 5。

要承认这些关于战争的罪行的记忆属于自己，着实很难"①。

在作者德米登科以女主人公科瓦兰科口吻的叙述中，犹太人并不完全是纳粹的受害者，这打破了人们对大屠杀的原有认知，也是导致后来该作品被质疑的主要原因之一。德米登科在《签署文件的手》中将杀人魔王描述为有七情六欲的普通人，他们像其他人一样过着普通的日常生活，他们酗酒、鞭打妻子；他们也教孩子游泳，给心爱的人挑选礼物；他们有时怯懦，有时彷徨，内心深处也充满矛盾和纠结，常常会质疑自己的做法是否正确。书中对刽子手的这种描写，引起了犹太裔人士的强烈反感。犹太裔批评家安德鲁·里默（Andrew Riemer）称《签署文件的手》为"邪恶"之书。②拉特罗布大学罗伯特·曼恩（Robert Manne）认为该书的主题就是"乌克兰人与犹太人之间的暴力和复仇"，德米登科有为大屠杀翻案之嫌，谴责她"对历史无知"，"道德上不负责任"。③ 有关这部作品的另一个方面的争议是作者自称为乌克兰裔澳大利亚人，但后经查实她的父母都是地地道道的英国人，人们怀疑迈尔斯·富兰克林奖评奖委员会是否滥用了多元文化主义政策，为了体现得奖者族裔的多样性而降低了评审的标准。除此之外，《签署文件的手》中后来也被发现有"剽窃"嫌疑，引发了学界有关什么是后现代主义创作手法的争议。

一、"德米登科"的族裔身份之辩

海伦·德米登科不是作者的真名，她的真名叫海伦·达维尔，在1994年《签署文件的手》出版时，海伦·德米登科并没有对外界说明小说上的署名是她的笔名，相反，她对公众声称自己是乌克兰裔移民，并解释说她的父亲是乌克兰人，母亲是爱尔兰人。直到1995年她获得了迈尔斯·富兰克林奖之后，记者大卫·宾列发现了她的真实身份：德米登科一家是地地道道的英国人，她的父亲是昆士兰的一名司机，她的母亲一直在当地做家政服务。当宾列将此信息公之于众后，德米登科身份造假的消息广泛传播，她承认自己编造了乌克兰族裔的身份，她的母亲后来接受采

---

① Demidenko, Helen. *The Hand That Signed the Paper*. Sydney：Allen & Unwin, 1994：41.

② Riemer, Andrew. *The Demidenko Debate*. Sydney：Allen & Unwin, 1996：120.

③ Manne, Robert. "The Strange Case of Heleln Demidenko." *Quadrant* 39（9），1995：21.

访时也坦陈："我们是英国移民,这一点不用隐瞒。"①在 1995 年《签署文件的手》重印时,作者的姓名改成了"海伦·达维尔"。

从德米登科到达维尔的改变传递出的是作者族裔身份的转变:她从现实生活中被边缘化甚至被歧视的、从澳大利亚多元文化主义角度看需要被保护的少数族裔变成了在澳大利亚社会中一直占支配地位的主流的盎格鲁-撒克逊人,其中所体现的是权力关系的变化。澳大利亚自 20 世纪 70 年代开始实行多元文化政策,旨在促进澳大利亚社会文化多样性的发展,缓解因文化差异而造成的矛盾与冲突,彰显澳大利亚文化多元性。及至 20 世纪 90 年代,澳大利亚政府对多元文化政策进行了多次调整,形成了相对比较稳定、成熟的体系。但是一些批评者认为,多元文化主义仅适用于那些非英语移民的文化,而忽略了澳大利亚的文化,过分强调了特殊群体的权利而没有强调相应的义务。德米登科事件发生在 20 世纪 90 年代,至此,澳大利亚多元文化政策已经实行 20 年,然而在社会层面以及文学创作方面却表现出停滞不前的状况。在学术层面,1991 年,罗伯特·德赛(Robert Dessaix)在《澳大利亚书评》上发表过一篇评论文章,指责多元文化主义政策助长了二流文学,号召移民作家学习澳大利亚的本土语言,加入业已发生的对话。②在社会层面,霍华德主政的联邦政府开始对多元文化主义缄口不提,甚至撤销了多元文化办事处(Office of Multicultural Affair)和移民、多元文化及人口调查局(Bureau of Immigration, Multicultural and Population Research)。以杰西卡·拉什科(Jessica Rasschke)为代表的学者指出,在澳大利亚社会存在着对白人和英国传统的不平等对待。由此可见,"德米登科事件"的发生,特别是学术圈对德米登科少数族裔身份的激烈反应(即便那个少数族裔的身份是作者编造的,但是作家用假名或者笔名创作也是习以为常的),在当时并非完全出于偶然。

据达维尔的同学回忆,"德米登科"之名并不是作者在出版《签署文件的手》时一时兴起而为之。当达维尔还在昆士兰大学求学时,她就对乌克

---

①　Vice, Sue. "Helen Darville, the Hand That Signed the Paper: Who is 'Helen Demidenko'?" *Scandalous Fiction*. Eds. Jago Morrison and Susan Watkins. London: Palgrave Macmillan, 2007:172.

②　Dessaix, Robert. "Nice Work If You Can Get It." *Australian Book Review* (128), 1991: 22—28.

兰历史表现出特别的兴趣,当时她就给自己取名"德米登科",她性格孤僻,少与人交往,养成了阅读的习惯,时不时幻想自己就是书中的主人公。学生时期,她阅读了大量的文学和历史书籍,早有虚构一部有关乌克兰历史故事的心愿。她还时常把自己装扮成乌克兰人,穿乌克兰民族服装,学跳乌克兰民间舞蹈,有人甚至怀疑她患有臆想症。总之,她对乌克兰文化情有独钟,写作小说可能是出于一种心理的需求,用以实现自己身份的幻想。因此,这样看来,德米登科最终将自己创作的故事背景设定在乌克兰似乎也顺理成章,而将作品中的主要叙述人科瓦兰科写成乌克兰裔澳大利亚昆士兰大学的学生,其中或许融入了作者自己的信息。这究竟是不是作者刻意而为之,我们不得而知。但是这种将自己融入虚构小说从而模糊了虚构与非虚构边界的做法,在当时也是一种颇受欢迎的现代主义写作形式:一方面,在虚构与非虚构之间写作,使得作者获得了更多的想象空间;另一方面,虚构与非虚构融合增加了作品真实性,成为一种有效的写作策略。差不多在德米登科写作的同时,海伦·加纳也在以同样的方式写作,后来出版的《第一块石头:关于性和权力的几个问题》中也体现了这样的写作特色,即在事实中融入了虚构,只不过,加纳并没有虚构自己的作者身份。

  "德米登科"之所以演变成为一个事件,最主要的原因之一是后来她被发现伪造了自己的少数族裔身份。在当时多元文化主义的语境下,政府赋予少数族裔一些特权,而白人在与少数族裔的竞争中,有时竟变成了被歧视的对象。澳大利亚作家 J. B. 萝莉(J. B. Rowley)曾在她的博客中抱怨道:"在澳大利亚,只要你的履历上申明你是土著、难民或是新移民⋯⋯那么你出书的话就会很容易⋯⋯在澳大利亚的主流出版界,存在着一种对白人的严重歧视。"[①]因此,当德米登科获得了迈尔斯·富兰克林奖,虽然没有证据表明迈尔斯·富兰克林奖评奖委员会的评审天平因她的族裔身份而发生了倾斜,但是澳大利亚白人主流文化依然认为,少数族裔享受了多元文化主义政策所带来的红利,德米登科利用了多元文化主义政策对于少数族裔的特殊关照。正是基于这样一种观念,德米登科的获奖以及她后来被指认出真名为达维尔的事实,才招致了对她的身份的质疑。批评者们将德米登科事件归咎于澳大利亚多元文化主义政策,称澳大利

---

  ① 王腊宝等. 澳大利亚文学批评史. 北京:中国社会科学出版社,2016:442。

亚社会对多元文化主义的推崇,致使澳大利亚文学蒙受耻辱——人们将族裔身份凌驾于文学价值之上,作为评判一部文学作品的首要标准。[①]

确实,在多元文化主义政策的推动下,少数族裔的地位较之前有了很大的改善,甚至有不少澳大利亚人认为,少数族裔的作家更容易成功。《签署文件的手》获奖似乎是对这一推断的验证,尽管在当时文学界的获奖人群中,少数族裔实在也是凤毛麟角,远不能与盎格鲁-凯尔特裔的文化精英相提并论。王腊宝在《澳大利亚文学批评史》中指出:

> 把德米登科、海伦·达维尔虚拟的乌克兰裔家庭背景归咎于多元文化主义或许是澳大利亚主流社会的故意而为之的一种"误读",在澳大利亚主流社会对达维尔行骗动机的"误读"背后,潜藏着一种文化焦虑。细察一下达维尔的批评家们的身份,我们不难发现,其中几乎没有一位土著或是少数族裔人士,而是清一色的盎格鲁-凯尔特裔文化精英。他们中的有些人利用达维尔伪造少数族裔身份这一事件在道德上的缺陷来质疑整个少数族裔作家作品的文学价值,以图加深公众对多元文化主义文学的不良印象。最终达到打压多元文化主义,巩固自己的文化中心位置的目的。[②]

因此,德米登科的虚构族裔身份为澳大利亚社会批评和打压多元文化主义提供了借口,也为后来多元文化主义的失败埋下了伏笔。对德米登科的族裔身份的揭发表明,虽然澳大利亚早已在精神、文化层面上实现了独立,"中心"和"边缘"不再界限分明,但是,澳大利亚的多元文化社会依旧是散乱无序的,澳大利亚本土居民对新移民的不信任与抵触也显而易见,他们试图构建自己的"中心",并尝试将少数群体边缘化,将其文学创作放在僵化、停滞的视角下来看,竭尽限制、贬低之能事。

二、"德米登科"的文化战争

"德米登科事件"的另一个关键性的话题就是对于其中故事主题的争议:这部作品是不是一部反犹小说?《签署文件的手》以犹太人大屠杀为背景,小说以在大屠杀中担任刽子手的乌克兰农民们为主要书写对象,作

---

① 王腊宝等. 澳大利亚文学批评史. 北京:中国社会科学出版社,2016:443。
② 同上书,第 445 页。

者将他们描写为有情有义的普通人，颠覆了读者心目中那些狰狞可怖、杀人不眨眼的刽子手形象。一部获奖作品中对刽子手的如此描写让一些犹太裔学者感到愤怒。杰拉德·亨德森（Gerard Henderson）认为"海伦·德米登科的《签署文件的手》是一本为人所不齿的书，更令人憎恶的是她坚持这不是一本虚构作品。无疑，这本书会给法西斯分子和反犹太分子极大抚慰"①。莫拉格·弗雷泽（Morag Fraser）则将其视作多元文化的"病态的展示"②。有另一种声音表达对于作者的支持，其中，迈尔斯·富兰克林奖评委之一雷欧尼·克雷莫（Leonie Kramer）就指出，《签署文件的手》很真实，因为其身边学术圈外的读者和那些经历过类似事件的人也有同感。罗伯特·曼恩也赞叹《签署文件的手》中对"平庸之恶"的理解，称小说具有非凡的"救赎力量"，他写道，"很少有一位澳大利亚作者的第一部小说会被这样赞誉……也很少有一位澳大利亚作者的第一部作品会被如此诋毁。"③

　　二战期间的大屠杀给犹太民族带来了极大的伤痛，这已经成为人所共知的事实。这场灾难是犹太人"无法愈合的伤口"④。毫无疑问，德米登科在小说中对乌克兰刽子手表达的同情令犹太读者感到不安甚至愤怒。然而，对于这部作品是不是反犹小说的问题，王腊宝在《澳大利亚文学批评史》中给出了否定的回答。"我们认为，"他写道，"年轻的德米登科在创作小说《签署文件的手》的过程中显然受到两种思想的影响，一个是汉娜·阿伦特（Hannah Arendt）的平庸邪恶论，另一个是关于现代性条件下的犹太民族身份问题理论，了解这些影响对于更好了解这部小说会有所裨益"。⑤王腊宝认为《签署文件的手》中的刽子手身上所体现的正是这种简单平庸的恶。从文本中可以看出，乌克兰人之所以参与针对犹太人的谋杀，就是因为他们听说1932—1933年乌克兰大饥荒时期，是布尔什维克与犹太人合谋共同制造了大饥荒，因此，乌克兰人便简单粗暴地将所有的怨气都宣泄在犹太人的身上，却未曾料到沦为德国纳粹的工具。

　　① 转引自彭青龙等. 百年澳大利亚文学批评史. 北京：北京大学出版社，2019：308. 原载于 Henderson, Gerard. "Gerard Henderson's Media Watch." *The Melbourne Age*, 27 June 1995.

　　② Fraser, Morag. "The Begetting of Violence." *Meanjin* 54 (3)，1995：419—429.

　　③ Manne, Robert. "The Strange Case of Heleln Demidenko." *Quadrant* 39 (9)，1995：21.

　　④ Riemer, Andrew. *The Demidenko Debate*. Sydney：Allen & Unwin, 1996：76.

　　⑤ 王腊宝等. 澳大利亚文学批评史. 北京：中国社会科学出版社，2016：440.

王腊宝指出："从阿伦特的理论出发,《签署文件的手》选择从施暴者的角度对大屠杀进行叙述,在表现大屠杀的残酷的同时着力还原施暴者的真实的面目,将他们从冷血的恶魔变回有血有肉的人,或许更有利作者对'邪恶'动机问题的探讨,也促使读者去深入思考这个问题。"①就现代性方面而言,王腊宝提出,现代性的进步给犹太人带来了极大的困扰,犹太民族遭遇了前所未有的民族认同危机。"现代性对个体本位的推崇使得维系个体成为共同体的纽带发生了断裂——语言被转换,血缘通过异族通婚而淡化,就连两千多年一直被视为犹太民族精神根本的犹太教也遭到被摈弃的命运,一大批犹太人选择了无神论,走上了世俗化的道路。"②在王腊宝看来,"年轻的德米登科或许是想通过《签署文件的手》来展示自己超越民族主义的思想高度,将自己的创作与一般人性结合起来"③。

事实上,针对德米登科的文化战争,无论是对她所编造的少数族裔身份的敏感,还是对她作品主题的政治性阅读,都反映出 20 世纪 90 年代中期澳大利亚多元文化主义的困境。在《展现澳大利亚伦理:"海伦·德米登科"》一文中,斯内加·古纽一开始便提出这样的问题:依照多元文化的策略,少数族裔文化是否属于被吸收或者被侵吞的对象? 抑或他们是国家文化中外国文化的一部分?④ 自 20 世纪 70 年代实行多元文化主义以来,澳大利亚废除"白澳政策"、拥抱多元文化主义政策,并以多元文化社会自居,颂扬文化的多元性。在多元文化主义政策引领下,移民文学创作有所发展,他们逐渐被主流学术圈和文学批评圈所接受,但对移民小说所持有的固有观念和刻板印象并没有完全消除,白人至上的观念依然根深蒂固,特别是在文学奖项评审的竞争舞台上,移民小说的获胜并不是白人作家所希望看到的事实。

德米登科事件实则反映了澳大利亚在文化上的尴尬境地,同时也折射出澳大利亚社会潜在的危机,多元文化主义的美好理想与民族中心主义之间的交锋一直都存在。就文学领域而言,虽然在多元文化主义的鼓

---

① 王腊宝等. 澳大利亚文学批评史. 北京:中国社会科学出版社,2016:441。

② 同上书,第 441—442 页。

③ 同上书,第 442 页。

④ Gunew, Sneja. "Performing Australian Ethnicity:'Helen Demidenko'." *From a Distance: Australian Writers and Cultural Displacement*. Eds. Wenche Ommundsen and Hazel Rowley. Victoria: Deakin University Press, 1996.

励下，有更多的少数族裔作家在文坛崭露头角，引起了关注，但是澳大利亚文学话语的主导权始终掌握在白人文化精英们手中。德米登科确实编造了虚假的少数族裔身份，德米登科确实在她的小说中表达了与主流社会不太一样的政治立场和观点，德米登科也可能确实在某种程度上利用了多元文化主义偏向，但是，把德米登科事件归咎于多元文化主义或许是澳大利亚主流社会故意而为之的一种"误读"，在这种"误读"的背后，潜藏着一种文化焦虑。[①]这种焦虑实质上是中心对于边缘的焦虑，是对边缘声音威胁中心位置的担心，是对白人失去优势特权地位的害怕，它反映了澳大利亚社会在多元文化主义面具后面隐藏着种族主义以及民族主义的面孔。

三、挪用与剽窃之惑

"德米登科事件"由作者的少数族裔身份引发，随即小说中的"反犹"主题受到质疑，再后来，一些反对德米登科的批评者们指出《签署文件的手》中有大量抄袭其他作家文本的证据，于是他们指控德米登科有"剽窃"的嫌疑，指出《签署文件的手》中有从托尼·莫里森（Tony Morrison）的作品中抄袭的段落，还有一些段落与托马斯·基尼利（Thomas Keneally）、格雷厄姆·格林（Grahame Greene）以及艾伦·佩顿（Alan Paton）等人作品中的部分相似，甚至有完全雷同的句子和片段。当然最后这种指控并没有继续下去，"剽窃"的罪名也没有成立。不难发现，当年澳大利亚文坛针对"德米登科"的围剿可谓是一路追杀，大有不达目的不罢休之势。即便今天阅读这些资料仍然能够感受到彼时多元文化语境中主流白人族裔群体与少数族裔之间的斗争之惨烈。德米登科因此深受创伤，后来一度停止了创作，改做了律师，直到多年之后才又重新回到文坛。

《签署文件的手》具有自我虚构式的后现代主义特征。自我虚构是一种介于自传和小说之间的自我书写，是借鉴虚构手法书写自我和认知自我的写作方式，是以虚构僭越真实的一种写作策略。自我虚构在叙事中有意引入双重自我视角，即"真实自我"与"虚构自我"，这种创作实践半个世纪以来流行于法国文坛，本质上反映了进行书写的主体"我"与被书写的客体"我"之间，生活经历与文字叙述之间，现实与真实之间的断裂。自我虚构是 20 世纪后半叶法国哲学思想、社会环境和文学创作实践自然发

---

① 王腊宝等. 澳大利亚文学批评史. 北京：中国社会科学出版社，2016：445。

展的产物,是对既定文学体裁界限的突破和超越,体现了后现代叙事特征。虽然德米登科宣称《签署文件的手》中的故事基于历史事实,但是其中的虚构元素是显而易见的。事实上,她将自己融入了小说中,让读者在叙述者的身上看到作者的影子,模糊了虚构与事实之间的边界,以此增加了作品的真实性。此外,作家在写作的过程中借鉴了一些后现代主义的手法,用"挪用""互文""拼贴"等手法,使得叙事更有张力。因此,在支持德米登科的一些评论者看来,德米登科的写作是后现代主义的文学实践,文本中对于另一些作家的借鉴只是后现代主义文学的互文特质,而非"剽窃"。20 世纪 90 年代,在澳大利亚文坛,后现代主义的实验性写作盛行,不少作家都有实践。他们首先表现在与传统写作方式的决裂。在体裁上,对传统的小说、诗歌和戏剧等形式乃至"叙述"本身进行解构,成为一种具有"破坏性"特质的文学;其次,后现代主义写作的实践摈弃所谓的"终极价值",认为一切传统意义上的崇高的事物和信念都是从话语中派生出来的短暂的产物,不值得"真诚""严肃"地对待,后现代主义作家不愿意对重大的社会、政治、道德、美学等问题进行严肃认真的思考,他们不仅无视对这些问题的关切,甚至无视这些问题本身。他们不再试图给世界以意义;再次,后现代主义文学崇尚所谓"零度写作",反对现代主义关于深度的"神话",拒斥孤独感、焦灼感之类的深沉意识,将其平面化。在后现代文学中,作家仅仅把话语、语言结构当作自己为所欲为的领地,写作成为一种纯粹的表演、操作;最后,后现代文学蓄意打破精英文学与大众文学的界限,出现了明显的向大众文学和"亚文学"靠拢的倾向。有些作品干脆以大众的文化消费品形式出现,试图模糊文学与非文学的界限。在文体上,惯用矛盾(文本中各种因素互相颠覆)、交替(在文本中,对于同一事物的不同可能性的叙述交替出现)、不连贯性和任意性、极度(有意识地过度使用某种修辞手段以达到嘲弄它的目的)、短路(运用某些手段使对作品的阐释不得不中断)、反体裁(破坏体裁的公认特点和边界)、话语膨胀(把在文学创作中一直处于边缘地位的话语纳入主流)等手段,使得读者对作品的解读困难重重。由此可见,《签署文件的手》具有后现代主义文学的特征,无论是人物、故事、还是主题,都体现出反传统的特点。

在这里还有一点需要提及。德米登科小说的题目就是"挪用","那只签署文件的手"是英国诗人狄兰・托马斯(Dylan Thomas)的一首著名的反战诗的题目,诗中的内容是这样的:

　　　　那只签署文件的手毁了一座城市；
　　　　五个大权在握的手指扼杀生机，
　　　　把死者的世界扩大一倍又把一个国家分两半，
　　　　这五个王置一个王于死地。

　　　　那只有权势的手通向倾斜的肩膀，
　　　　手指关节由于石灰质而僵硬；
　　　　一支鹅毛笔结束了一场
　　　　结束过谈判的屠杀。

　　　　那只签署条约的手制造瘟疫，
　　　　又发生机谨，飞来蝗灾，
　　　　那只用一个潦草的签名
　　　　统治人类的手多了不起。

　　　　五个王数死人但不安慰
　　　　结疤的伤口也不抚摸额头；
　　　　一只手统治怜悯一只手统治天；
　　　　手没有眼泪可流。①

　　笔者大胆揣测，德米登科以这句诗作为她的小说的题目，也是有深化其作品主题、展现其作品特色之意吧。

结　语

　　"德米登科事件"已经载入了澳大利亚文学史册，成为澳大利亚文学与文化史上不可或缺的一章。如今，距事件发生已有三十年，澳大利亚社会的文化语境也已经发生了很大的变化，特别是澳大利亚政府的多元文化主义政策，经过了多次调整和完善，虽然并没有完全实现文化平等、社会公正、经济公平的理想，但是，总体而言，在多元文化主义政策的推动下，澳大利亚社会中的族裔平等、性别平等、教育平等一系列涉及人们生

---

　　① 狄兰·托马斯. 那只签署文件的手. 巫宁坤译. http://www.shigeku.com/xlib/ww/xsl/p_349.html，2025 年 3 月 15 日访问。

活的多个方面都有了长足的改进和提升。由此看来,"德米登科事件"所带来的不全是负面影响,"它的积极影响体现在多元文化主义创作朝着纵深方向发展之前,得以修正自己关于创作的固有模式,反思因袭许久的关于种族身份与文学创作身份的既定态度,这都为其在 21 世纪的蓬勃发展埋下伏笔"①。

进入 21 世纪以来,澳大利亚移民写作呈繁荣态势,少数族裔在文坛的影响力逐渐加强,不仅是少数族裔写作的人数多了,他们写作的质量的提升也有目共睹,个别作家的影响力甚至超过了大多数白人作家,其中一个典型的代表是巴基斯坦裔澳大利亚作家米歇尔·德·克雷斯特(Michelle de Krester),她于 2013 年和 2018 年两次获得迈尔斯·富兰克林奖,另还有多部作品获得其他奖项,如橘子文学奖、布克奖等,在澳大利亚国内以及欧美受到极大的关注。德米登科事件对澳大利亚是一个触动。无论如何,有一个事实所有人都必须面对,那就是事实上少数族裔的文学创作,包括土著作者,他们的出版机会与白人作家相比要少很多,而在称之为澳大利亚文学的类别中,绝大部分还是英国或爱尔兰白人的故事的翻版。德米登科事件给澳大利亚文化所留下的后遗症就是"德米登科一下"成为一个隐喻,它既是一种澳式幽默的表达,也隐含了对澳大利亚社会中文化复杂性暗指。澳大利亚文学与文化从德米登科事件中可以得到的教训之一就是澳大利亚人应该意识到澳大利亚的文学传统需要重新检视,少数族裔的叙事不应该被限制,不应该被理解为"外国的""寄生的"。相反,应该鼓励更多的少数族裔参与到文化传统的讨论中来,拓展欧洲故事的边界以及对亚洲叙事的理解,要建立更多文化交流和理解的桥梁与平台。总而言之,少数族裔的文学文本值得被严肃对待。

第六节 《第一块石头:关于性和权力的几个问题》: 对女性主义的质疑与反拨

【作家简介】海伦·加纳(Helen Garner)是澳大利亚文坛一个具有独特个性以及独特声名的作家。她是当代澳大利亚文学史上获得澳大利亚

---

① 彭青龙等. 百年澳大利亚文学批评史. 北京:北京大学出版社,2019:301。

国家图书奖的第一位女作家,她是第一个成功实践"女性书写"、确立澳大利亚女性写作转折的小说家,她也是澳大利亚女性主义史上第一个质疑女性主义成果、促使女性主义反思的女性主义者。① 自 1977 年出版第一部作品《毒瘾难戒》(*Monkey Grip*),海伦·加纳共出版五部长篇小说,十四部非虚构作品,以及若干短篇作品集。在四十多年的写作生涯中,加纳一直以女性为主要书写对象,秉持"个人的就是政治的"女性主义原则,运用虚构与事实融合的写作策略,写出了一本本"可以改变女性生活的书",在公众中赢得了知名度和持久的影响力。②

1942 年 11 月 7 日海伦·加纳出生于澳大利亚墨尔本西南的海滨小城——吉朗。她的父亲是当地一位经营羊毛生意的商人,母亲是一个幼儿园的老师。1965 年,海伦从墨尔本大学文学院毕业,获得了该校英语和法语专业的荣誉学士学位。毕业后她当了老师,先后在维多利亚州的多所中学任教,过着平静而又普通的教书生活。但是,1972 年春天,她的生活却因一场校园里的"四字词"③风波而发生了转向,受其影响,她被维多利亚州教育管理部门解雇。紧接着,她的第一次婚姻结束,成了单身母亲。在失去了工作又失去了丈夫的无奈之中,她开始尝试小说创作。她将自己的故事融进了她的第一本小说《毒瘾难戒》中的女主人公诺拉身上。1977 年,这本基于海伦·加纳自身经验的半自传性小说出版后受到了广泛关注,加纳因此一举成名,成为澳大利亚文坛升起的一颗新星。

《毒瘾难戒》的成功给海伦·加纳带来了女性主义先锋作家的声誉,她以女性主义偶像的身份受到了读者与评论界的关注,并在褒贬不一的争议中进一步确立了她的作家身份。她以每三四年出版一本书的节奏写作,不时在虚构与非虚构之间切换,将社会热点议题在虚构故事中呈现,成为一个富有社会责任感的女性主义作家。她随后出版的作品包括虚构小说《荣誉以及他人的孩子》(*Honour and Other People's Children*,

---

① 朱晓映. 从越界到超然:海伦·加纳的女性主义写作研究. 北京:外语教学与研究出版社,2010:xi。

② Dutton, Geoffrey. "Helen Garner." *The Australian Collection: Australian's Greatest Books*. Melbourne: Angus & Robertson Publishers, 1985: 356.

③ "四字词"(four-letter-word)指representing禁忌语,俗称脏话或下流话。1972 年,海伦·加纳因为在课堂上给学生讲解"性"方面的知识以及回答学生有关"性"方面的问题而被学生家长举报,她随即被维多利亚州教育部解雇。

1980)、《孩子们的巴赫》(*The Children's Bach*,1984)、《来自冲浪者的明信片》(*Postcards from Surfers*，1985)、《小天地中的大世界》(*Cosmo Cosmolino*，1992)、《空余的房间》(*The Spare Room*,2008)、《满屋忧伤》(*This House of Grief*，2015)，以及非虚构作品《第一块石头:关于性和权力的几个问题》(*The First Stone*：*Some Questions about Sex and Power*,1995,以下简称《第一块石头》)、《真实故事:非小说作品选》(*True Stories*：*Selected Non-fiction*，1996)、《我坚强的心:小说选》(*My Hard Heart*：*Selected Fiction*，1998)、《钢铁的感觉》(*The Feel of Steel*，2001)和《乔·琴科的安慰》(*Joe Cinque's Consolation*，2004)等。由此可见,海伦·加纳的创作以1995年为分水岭,1995年之前,她以写小说为主,之后她转向非虚构作品的写作,更多关注社会现实问题。就她的小说而言,《毒瘾难戒》作为她的代表作品,具有里程碑意义。这部以性爱和毒品为主要写作内容、表达女性身体与欲望的作品标志着"澳大利亚新型的女性主义小说时代的到来"①。在她后来所创作的小说中,《孩子们的巴赫》以复调的手法探究了家庭伦理以及错综复杂的人际关系,以音乐为线索表达了人物不同的追求。《小天地中的大世界》则用魔幻现实主义的手法聚焦于人的精神世界,实现了"由现实主义转向现实主义与超现实主义的融合"②。《空余的房间》与《满屋忧伤》是加纳后期的作品,反映了她在进入老年之后对于世界与人生的重新审视,传递了一种更为平和的后女性主义的价值观。在加纳的非虚构作品中,影响最大的当属《第一块石头》。这本书中的故事基于一起发生在墨尔本大学的真实性骚扰案件,于1995年3月出版,引起轰动,至1996年6月,该书售出了7万册,创下了澳大利亚非小说作品的销售之最。而她的另一部非小说作品《乔·琴科的安慰》中的故事则是基于一起谋杀案件。加纳对这两起真实事件的虚构书写被称为"创造性非虚构",亦称为"文学性新闻",以这种方式,加纳成为"当代全澳公共知识分子中少数重要的女性知识分子,以其独特的思想和艺术魅力在公共领域发挥着作用"③。

---

① 朱晓映. 从越界到超然:海伦·加纳的女性主义写作研究. 北京:外语教学与研究出版社,2010:221。

② 黄源深. 澳大利亚文学史. 上海:上海外语教育出版社,1997:502。

③ 朱晓映. "第八章 澳大利亚文学". 外国女性文学教程. 陈晓兰主编. 上海:复旦大学出版社,2011:220。

本节所论述的作品是曾创澳大利亚非小说销售之最的"虚构批评式"作品《第一块石头》。

引　言

海伦·加纳在当代澳大利亚文学史上是一个独特的存在。自其1977年出版《毒瘾难戒》之后的近半个世纪的创作生涯中,她的作家身份在读者和评论者接受和拒绝、理解和质疑的交替中建立、巩固和提升,成为一个在澳大利亚女性主义文化和文学领域兼有盛名的女性主义偶像。①在澳大利亚文坛,海伦·加纳的名字几乎是澳大利亚女性主义文学的代名词,她在不同的时期创作的文学作品,表明她的女性主义立场和思想随着女性主义浪潮的起落而变化,反映了她对女性主义的思考。在过去几十年中,她的作品受到过追捧,也遭遇过贬抑。她的书既被列入澳大利亚文学经典必读书单,也曾被一些评论者认为是反主流文化的教唆。但是,这种争议丝毫没有降低海伦·加纳在澳大利亚文坛的地位。她获得过澳大利亚多个文学奖项,并在2006年因其对澳大利亚文学、澳大利亚文化与知识生活的贡献,获得首届墨尔本文学奖②。不仅如此,她在文化圈中的影响也令人瞩目。在1996—1997年罗伯特·德赛主持的全澳公众知识分子采访系列广播节目中,她是唯一被安排接受采访的小说家,可见当时她在文坛的影响力。2005年3月,在由《悉尼先驱晨报》组织的一次对100位澳大利亚公众人物的问卷中,加纳排名第八。所以,海伦·加纳是一个典型的以写小人物和小事件而赢得公众关注和喜欢的澳大利亚女作家。

《第一块石头》是海伦·加纳的一部非虚构作品,也是澳大利亚文学史上一部有划时代意义作品。在这部作品的写作中,加纳运用了"新新闻主义"的手法,刻意模糊了虚构与非虚构的边界,引发了一场围绕着"性骚扰"话题的媒体大战。"新新闻主义"(new journalism)于20世纪五六十年代兴起于美国,以美国记者、作家汤姆·沃尔夫(Tom Wolfe)为主要代

---

① 朱晓映. 从越界到超然:海伦·加纳的女性主义写作研究. 北京:外语教学与研究出版社,2010:xi。

② "Helen Garner-Australia Council Award for Lifetime Achievement in Literature." https://creative. gov. au/news/biographies/helen-garner-australia-council-award-for-lifetime-achievement-in-literature/. Accessed 22 November,2024.

表。与传统新闻写作不同的是,"新新闻主义"拒绝客观地"就事实论事实",而是主张对事实进行主观的、创造性的、率直的评述。作为一种新闻报道形式,新新闻主义是一种边缘化的、主观的甚至是激进的新闻写作方式。按照新新闻主义,记者在进行新闻报道时,要以真人、真事为新闻写作基础,同时要采用小说创作的技巧,对新闻事件进行生动的叙述和描写。新新闻主义报道最显著的特点是将文学写作的手法应用于新闻报道,重视对话、场景和心理描写,并不遗余力地刻画细节,以吸引读者的眼球,被认为是一种有悖于传统新闻学的报道模式。因此,它从诞生起就受到来自社会各个方面的激烈批评,理论界一直质疑以这种混淆新闻学和文学的报道方式写出来的新闻作品的真实性和准确性,批评其违背了新闻客观主义。

海伦·加纳将新新闻主义的这种手法应用到《第一块石头》的写作中,用文学的语言和叙事方式,以第一人称见证人的身份讲述了一个真实的故事,并对事态的发展进行个人化、主观性的评论,用一种混合型的、个人的话语去挑战传统单一的、权威的小说话语或批评话语,成为澳大利亚文坛第一次以文学报道形式挑战性与权力关系的女性主义的写作实践。《第一块石头》中的故事是基于一起发生在墨尔本大学的真实事件。1991年年底,在墨尔本大学奥蒙德学院的一次毕业生晚会之后,两位女生向校方反映她们在晚会上受到了她们院长的骚扰。一位女生指控说,那位院长在和她跳舞的时候两次挤压她的乳房;另一位女生则叙述说,院长将她带到他的办公室,锁上了门,向她坦言自己的"非分"之想,并一边赞扬她的美貌,一边触摸她的身体,还提出要求吻她。大约三个月后,学院成立了一个三人委员会来处理此事。委员会最终认定:女生们的指控是事实,但是考虑到被指控者有改过之心,学校决定给他重新做人的机会。但是两位女生不满这样的处理结果。1992年4月,她们向警方报了案。同年8月,法院在立案调查审理之后,因为不能做到"毫无疑问"而将她们的申诉驳回,被告无罪释放。虽然最终被告被宣判无罪,但是男性老师却因此身败名裂,不得不辞职离开了他就职的墨尔本大学,失去了他原有的平静生活。海伦·加纳对这起事件的缘起、经过以及后续进行了追踪,将她所了解的事件的细节以及媒体的报道和对当事人的采访等素材用在了《第一块石头》的写作中,生动再现了事发场景以及事件之后来自各方的反应。海伦·加纳的个人态度也跃然纸上,她质疑这起性骚扰事件年轻一代女性主义者的做法，认为她们将身体用作对抗男性的武器，使得男性成为女性主义的受害者。她所表达的对于男性受害者的同情引起了人们对她的女性主义者身份的争议甚至批判，并由此引出了关于女性主义理论中性与权力关系的大讨论，成为澳大利亚女性主义史上"一个有特殊意义的时刻"①。

一、女性主义立场的纷争

1995 年 3 月《第一块石头》出版后不久便引发了一场媒体大战。许多著名的女性主义学者卷入有关《第一块石头》中的女性主义议题以及海伦·加纳的女性主义者身份的争议中，他们在各大主流报纸杂志及电台发表评论，表达对海伦·加纳的支持或质疑，其中《美好周末》（*The Good Weekend*）、《悉尼先驱晨报》等几家澳大利亚主流媒体对此论争进行了持续报道，将女性主义阵营内部的分歧带到了媒体和公众面前，引起了大众的热议，使得"海伦·加纳的名字成为澳大利亚公共文化的一部分"②。事实上，在以弗吉尼亚·特里奥利（Virginia Trioli）为代表的年轻一代女性主义者和以安妮·萨默斯（Anne Summers）为代表的老一代女性主义者的争论中，《第一块石头》成为"媒体事件"的始作俑者，在她们各自利用媒体批驳或支持海伦·加纳时，女性主义的旗帜被重新扬起，女性主义立场的纷争虽然激烈，却更加深入人心。

人们谈论的主要不是《第一块石头》中所描述的性骚扰事件，而是加纳的态度以及加纳的女性主义立场。加纳曾经是一位激进的女性主义者，她在《毒瘾难戒》中始终将女性作为男性的受害者来考察和书写。在《毒瘾难戒》中，加纳通过女主人公诺拉的叙述，呈现了她在爱与期待被爱之间、在梦与现实之间、在自我身份的发现与迷失之间挣扎的心路历程，展现了一个女人在追寻多元生活方式过程中所遭遇的限制与纠缠。加纳以"爱如毒品"以及"性如毒品"的隐喻，通过毒品叙事和女性身体叙事，表达了诺拉内心对男性权威的反叛以及对女性追求自由和幸福的赞美："她

---

① Morgan, Jenny. "Priggish, Pitiless, and Punitive or Proud, Passionate, and Purposeful Dichotomics, Sexual Harassment, and Victim-Feminism." *Canadian Journal of Women and the Law* 17 (1), 2005.

② Goldsworthy, Kerryn. *Helen Garner*. Melbourne: Oxford University Press, 1996: 26.

被爱所困,是一个对爱有瘾的人;同时她又是一个被自由所吸引的人,为了自由可以放弃一切。"①但是在《第一块石头》中,海伦·加纳的女性主义立场发生了转移。在对墨尔本性骚扰案观察的过程中,加纳的同情心投向了对女学生实施了骚扰的男老师,当她撰文在报刊发表她的观点时立即遭到了一些读者的指责。加纳于 1992 年 9 月在《时代》(The Age)杂志上最初读到有关这起性骚扰案的报道。她在后来写信给当事人男老师时表示,她的第一反应是对两位女生的做法感到"震惊",认为她们的报警行为是"过度反应"。她在给被指控的老师信中还表达了她对其处境的不安,以及对其遭遇的同情。她在信中批评两位女大学生,认为她们误用了自己手中的女性主义武器,以"无情"的揭发"毁掉他的一生"。加纳这封信很快在墨尔本大学校园传开,像炸了锅一样,在女性主义者中遭到合围。然而,加纳并没有被这种阵势吓倒,这反而促使她下决心要弄清真相。于是,她开始奔波于墨尔本的大街小巷,采访各个与此案相关及不相关的人,收集报刊评论文章,到案件审理的现场去旁听审理,最终,她于1995 年 3 月出版了《第一块石头》,激起轩然大波。在书中,她毫不掩饰自己谴责年轻一代女性主义的立场与态度,并由此引出了关于女性主义理论中性与权力关系的大讨论。

《第一块石头》一经出版就遭到了以记者弗吉尼亚·特里奥利为代表的年轻一代女性主义者的抨击。特里奥利指责加纳违背了女性主义的基本立场,她认为年轻一代女性主义者提倡的人道主义和女性政治观才是女性主义应该坚持的原则。特里奥利指出,20 世纪 70 年代以来的一些女性主义的斗争成果都是理所当然应该属于年轻一代的,包括反性骚扰的立法,所以,在墨尔本骚扰案中的女主角的报警行为,不是"反应过度",而恰是她们严格遵守立法的表现,是她们对女性主义思想的坚持。在特里奥利看来,年轻一代的这种反应是值得鼓励的,因为她注意到,年轻一代中有 70% 的年轻女性拒绝称自己为女性主义者,这一方面说明,女性主义在公众中的形象已经不如 20 世纪 70 年代那样积极;另一方面也说明,在年轻一代中具有女性主义意识的社会政治追求正在逐渐淡去。所以,特里奥利提醒人们,当一些年老的女性主义者在结束性别主义努力中

---

① 朱晓映."第八章 澳大利亚文学". 外国女性文学教程. 陈晓兰主编. 上海:复旦大学出版社,2011:223。

受挫时,年轻一代却在接受女性主义语言与理念的熏陶,她们需要在这种氛围中成长。特里奥利谴责加纳在《第一块石头》中混淆了性与性骚扰两个概念,有误导年轻一代之嫌。①在加纳撰文说明自己的思考并回应了特里奥利的指责后,特里奥利又撰写《加纳扔出的〈第一块石头〉:回应加纳》一文,对加纳的观点进行了再次的批驳。

随后,以安妮·萨默斯为代表的老一代女性主义者以及一些作家和评论家也加入了这场争论中。萨默斯表达了对加纳的支持以及对年轻一代女性主义者的不满。她在《美好周末》上撰文,表示对年轻一代的观念甚为担忧。作家、批评家约翰·汉拉汉(John Hanrahan)则称赞《第一块石头》是一部了不起的佳作。②学者格雷姆·利特(Graeme Little)认为《第一块石头》是对社会问题话语霸权的反抗,"提醒我们所谓的解放力量往往是占领者"③。最终,加纳与特里奥利之间的争辩演变为有关女性主义权利的代际冲突。两代女性主义者们之间的分歧主要体现在对女性身体赋权的认识上。年轻一代秉持受害者女性主义的观点,认为男性对女性的侵犯受本能驱动,女性处于几乎不可避免的弱势地位,必须依赖国家法律机构来消除、解决侵害,对男性实施报复。而在加纳一代女性主义者们看来,在女性主义的鼓动下,女性已经不再是被压迫的群体,女性应该抛弃受害者的论述,尊重差异,相信女性自我赋权的可能性。④

加纳在《第一块石头》中并没有刻意反女性主义而行之,她只是质疑年轻一代女性主义者是否滥用了女性主义所赋予女性的权力,反思并挑战传统女性主义性与权力的关系在后女性主义时期的合适性,尝试建构一种具有后女性主义性与权力特点的新话语。因此,在一场媒体大风暴之后,加纳的女性主义作家的身份得以进一步确立,《第一块石头》也成为她对当代女性主义写作的重要贡献。

---

① Trioli, Virginia. *Generation f : Sex , Power & the Young Feminist*. Melbourne: Minerva, 1996.

② Hanrahan, John. "Three Perspectives on Helen Garner's *The First Stone*." *Australian Book Review*, September 1995: 25.

③ Little, Graeme, "Three Perspectives on Helen Garner's *The First Stone*." *Australian Book Review*, September 1995: 28.

④ 彭青龙等. 百年澳大利亚文学批评史. 北京:北京大学出版社,2019: 305.

二、后女性主义的传达

后女性主义,顾名思义,是在女性主义之后所兴起的一股思潮,它既是对女性主义的继承,又是对女性主义的发展,抑或在某些方面对女性主义有所反思、反拨甚至是反对。20 世纪 90 年代之后,女性主义受到心理分析、后结构主义、后现代主义和后殖民主义等当代各种思潮的影响和启发,女性主义者开始质疑女性的"受害者"身份,抨击"受害者女性主义"的生物决定论,拒绝接受女性永远对男性的攻击无计可施和女性主义运动不可能增强人们对性攻击的防范意识以至改变人们对性行为接受的标准的观点;同时力求引领女性主义的"去政治化"倾向,主张消退两性之间的战火与硝烟,和谐相处。① 美国费城艺术大学人文学科教授卡米拉·帕格丽亚(Camille Paglia)是后女性主义的代表人物之一。在她看来,男性气质是值得赞美的,男性的性冲动创造了文明。就如特科特所言,"如果把文明交到女人手上,我们现在还住在茅棚里呢!"②但后女性主义同时也提醒女性,要学会在强奸的威胁下生活,因为人性的平等其实是根本不可能的,男性的性天生就是暴力的、黑暗的、有攻击性的和强有力的,女人只能学会去适应它,而不要企图改变它。后女性主义认为,第二浪潮女性主义者多数是以"受害者"自居,所以是一种"受害者女性主义"(victim feminism)。③受"受害者女性主义"理论的影响,女性认为男性的性侵犯行为是受他本身的生物性所驱使的,因此"所有的男人都是强奸犯",所有的女性都始终处于受男性侵犯和被男性攻击的危险境地,她们永远是受害者。但是,在以帕格丽亚为代表的后女性主义看来,"约会强奸"之类只不过是一个神话,除非女性将自己定义为受害者,否则受害是不会发生的,而且女人自己有义务避免这种情况。著名女性主义学者李银河在《女性主义》一书中总结了后女性主义思潮的主要的三个关注点:一是认为女性主义夸大了男女平等的问题,是一种"受害者"哲学;二是认为男女不平等

---

① 朱晓映. 一石激起千层浪——《第一块石头》对女性主义的反思与挑战.《英美文学研究论丛》2007 年第 2 期,第 283 页。

② Turcotte, Gerry. *Writers in Action*: *The Writers' Choice Evenings*. Sydney: Currency Press, 1990: 163.

③ 索非亚·孚卡. 后女权主义. 瑞贝卡·怀特绘图. 王丽译. 北京:文化艺术出版社,2003: 77。

的问题原本就不该政治化,是女性主义人为制造出来的;三是认为男女不平等问题不宜以对立的态度提出,而应以寻求两性和谐的态度提出来。①

然而,不是所有的人都能接受后女性主义的观点。加纳在《第一块石头》中对于骚扰案中男女性别关系的颠覆性认同使得她遭遇了来自女性主义的诋毁和责骂,有人认为,加纳的观点是一种"反女性主义"观点,她从女性主义向反女性主义的转变被认为是对女性主义的一种出卖,是她对后女性主义的传达使得女性主义成为被嘲笑的对象。在《第一块石头》中,加纳确实站在后女性主义的立场向传统女性主义的性与权力的关系发出了挑战,在她的笔下,男性成了"受害者",女性则成为"刁妇"。她毫不掩饰自己对受指控的"可怜的小子"的同情。②她形容那位老师"并不给人以任何强悍的印象,他甚至看上去有点谦恭"。她一再重申男老师看上去软弱、笨拙和怯懦的样子,暗示女性主义消解了阳刚男性的楷模,使得男人成为女性主义的受害者。她写道:在诉讼的过程中,两位女生毁掉了一个长着一张"温和"的面孔,"看起来和蔼可亲的中年男性"的名誉和前途,进而无情地"毁掉了他的一生"。③她称这种"惩办主义"是女性主义的一种合谋。此外,正如后女性主义认为女性应该负有自己的责任一样,加纳在字里行间表明,伊丽莎白·罗森(故事的女主角)自己应该为她所受到的伤害所负责。她写道:"要男人对那样大胆的美的诱惑无动于衷几乎是不可能的事。她全身散发出青春的光彩,像女神一样欢快,无拘无束地展示着她的权威和魅力。"④因此,男教师的反应是男性审美所自然产生的一种生理性的对美的赞叹。加纳认为,如果伊丽莎白·罗森意识到她对男人的那种吸引力,当男人对她有"非分"之行动时,完全可以采取更为合适的措施以阻止他而并非一定要给他以如此严厉的惩罚。她举例说,如果她当时无法处置这件事的话,她可以事后告知她的母亲或朋友,让他们帮忙揍他一顿;她也可以立刻站出来以自己的年轻和智慧与他决战一番;或者要求他赔礼道歉,等等。她认为,如果一味依赖法律惩办,只能使得女性主义逐渐钙化和萎缩,最终变成一个"混凝土贮仓"。加纳的后女

---

① 李银河. 女性主义. 济南:山东人民出版社,2005:173。

② Garner, Helen. *The First Stone*: *Some Questions about Sex and Power*. Sydney: Pan Macmillan, 1995: 59.

③ Ibid., 123.

④ Ibid., 59.

性主义观点自然招致了很多的质疑甚至漫骂。

　　长期以来,女性主义理论一直"波浪式"地在往前推进,所以人们以第一浪潮、第二浪潮和第三浪潮来指称女性主义的发展。后女性主义实际上是女性主义第三浪潮各种女性主义流派中的一种。女性主义第三浪潮的总体特征是承认差异、强调多元。一方面,她们反对第二浪潮女性主义对妇女的性别和种族的本质主义诠释以及对妇女所受的性别压迫的一统化认识;另一方面,她们赞同后现代主义理论对差异、多元、杂交以及事物内在的矛盾性和不确定性等的认识。[①]在第二浪潮女性主义高喊"个人的就是政治的",强调性别政治中身体的重要性之后,第三浪潮号召"重新定义女性主义,以便将你自己包括进去"。[②]在第三浪潮后女性主义那里则提出要重新思考性与权力的关系,因为"女性主义并不关心你做什么样的选择,而是关注你是否有选择的自由"[③]。加纳的后女性主义态度是对女性主义的反拨,而不是反对或者出卖,她没有站到女性主义的对立面去,而是站到了前沿,站到了女性主义第三浪潮之后,建构了一种后女性主义的新型话语,促使人们反思女性主义的过去、现在和未来。后现代时期提倡宽容和谅解,男女交往唯有以诚相待、化干戈为玉帛才能寻求和谐,这是所有人的期待,女性主义者自然也不例外。

三、创造性非虚构书写

　　《第一块石头》的写作方式也是媒体热议的另一个重要方面,因为《第一块石头》中的事件是广为人知的事实,而在写作中,加纳采用了"新新闻主义"的方式以及在"虚构与非虚构之间"书写的策略,完全打破了人们原先对于有关真实事件新闻报道的认知。加纳在《第一块石头》的出版前言中是这样介绍写作经过的:

　　　　开始,我想将这本书写成事件的后续报道。由于法律不允许我们在性骚扰案件中指认原告,所以,我将两位女生原告的名字改了。但是,很快我就发现这样很难写下去。最终我就将这本书写成了一

---

　　①　苏红军、柏棣主编. 西方后学语境中的女权主义. 桂林:广西师范大学出版社,2006:246。

　　②　Drake, Jennifer. "Third Wave Feminism." *Feminist Studies* 23 (1),1997:97-108.

　　③　Baumgardner, Jennifer and Amy Richards. "The Number One Question about Feminism." *Feminist Studies* 26,2000:141.

本不拘泥于客观事实、视野更宽、更个性化的书。我感到这个事件有它的原型特征，所以我们要将它提升到一定的高度，而不是将它局限为在某个时间某所大学里发生的事。这就是为什么我作品中的人物都没有使用原事件中人物的真名。①

从这段文字中我们发现有关《第一块石头》这个文本的多个信息。首先，文本中的故事是一个真实事件，只是受限于法律，作者对故事中人物进行了虚构；其次，事件本身已经在社会上传播，已经带来了一定的社会影响，因此，作者需要"不拘泥于客观事实"，不能只是就事论事，而要提供更宽的考量该事件的视野，将认识提升到一定的高度；再次，如果文本中既想还原事件的真相，又不能暴露涉事者的真实信息，这个故事便很难写，为了使得文本成为一本"更个性化的书"，作者利用了小说家的特权——虚构，在虚构人物姓名的同时，很可能也虚构了部分细节。对于作家而言，这其实是一个挑战，因为在一个广为人知的事件上虚构多少是有点危险的，一旦读者觉得言过其词，很可能失去读者的信任。但是，要完成这个故事的写作，虚构又是必需的。因为事件本身关乎"性骚扰"，因为加纳本身试图挑战的是激进女性主义影响下的两性关系。英国作家弗吉尼亚·伍尔夫在她的名著《一间自己的房间》(A Room of One's Own, 1929)中曾经指出：

> 无论如何，一个题目，如果众说纷纭——任何与两性有关问题都是如此——就难以指望能讲清楚道理。你只能说明，你是怎样得出你现在的这番道理。你只能让听众在看到你的局限、成见和倾向后，有机会得出他们自己的结论。在这个问题上，小说较之事实，很可能包含了更多道理。因此，我打算利用小说家拥有的全部自由和特权，向大家讲述一个我来此之前的两天中发生的故事——面对各位交代的这个让我不堪重负的题目，我是如何来思索，如何出入我的日常生活，对它加以演绎。②

对于"性骚扰"事件中的很多难以说清的含糊的话题，借用虚构的方

---

① Ricketson, Matthew. *Garner's the First Stone: Authority Influence*. Bristol: University of Queensland Press, 2001: 291.

② 弗吉尼亚·吴尔夫. 一间自己的房间及其他. 贾辉丰译. 北京：人民文学出版社, 2003: 2. 吴尔夫即伍尔夫。

式可能更容易说明白。

在《第一块石头》中,非虚构性和虚构性兼而有之,事实与虚构界限模糊,批评和创作齐头并进,主观和客观相兼并蓄,抒情和议论共同发挥,所以用加纳的话说,它是一种"小说似的"新闻采访报道。[1]这样一种"介于两者之间"的形式给作者更大的自由发挥的空间,使得作者可以轻易地在边界越轨或者突围,为建构作者后女性主义的身份和话语留有余地,"在对话与沉思、轶事描写与访谈记录、质疑和评论之间很快切换,无论是支持它的人抑或是反对它的人,都可以找到发挥自己的观点的空间"[2]。它有三大特点:第一,在写作上借助文学的表现手法,对环境、景物进行形象化的个性描写,刻画细节,再现场景,有意识地运用不加删节的"原汁原味"的人物语言,以"内心独白"的方式表现人物的心理过程,给读者展现一幅幅栩栩如生的立体图景。第二,亲历者也是讲述者。新新闻主义提倡记者作为新闻事件的一部分在新闻中扮演角色,记者对于新闻事件而言,不再是冷静的旁观者、中立的评判者,而成为主动的参与者、热情的表达者,记者本人参与事件,甚至就是事件的中心人物,对事件的报道,就是重现自己的所见、所闻和切身感受。第三,记者与读者关系的重建——展示与交流。传统的"客观性报道"要求记者"悬置"自己对新闻持有的立场、思想感情、价值观与是非判断。而新新闻主义却一反常规,要求作者充分地展示自己,毫不掩饰地把自己的观点、见解、感情和倾向融入报道中,把文章的主题纳入个人的思想体系,对所写人物自由地进行评判。这种自我展示,与读者形成了一种新的交流关系:记者同读者分享的不仅仅是事件的来龙去脉,不仅仅是人物的是非得失,而更多的是记者的观点、情感和个性。[3]

所以,从另一方面来说,"介于两者之间"的书写形式不仅帮助建构了作者的后女性主义身份,也成为吸引各种女性主义的有效载体,为形成澳大利亚女性主义史上"一个有特殊意义的时刻"起了抛砖引玉的作用。不仅如此,作者本人不再是一个完完全全的旁观者,她参与到事件之中,用

---

① Goldsworthy, Kerryn. *Before*, *During and After the First Stone*. London and Sydney: Pandora, 1988: 288.

② Ibid., 287.

③ 朱晓映. 一石激起千层浪——《第一块石头》对女性主义的反思与挑战.《英美文学研究论丛》2007年第2期,第285页。

文学的语言和叙事方式，以第一人称见证人的身份讲述故事并对事态的发展进行个人化、主观性的评论，用一种混合型的、个人的话语去挑战传统单一的、权威的小说话语或批评话语。这种模糊的边界书写，使得《第一块石头》成为澳大利亚文坛以文学报道形式挑战性与权力关系的第一次女性主义的写作实践。

结　语

《第一块石头》是一本具有女性主义文化价值的书，也是一本展现当代澳大利亚性别关系多元变化的书，它激发了人们有关女性主义的重新思考和想象。20 世纪 80 年代末以及 90 年代初，随着女性主义的发展，具有后女性主义特质的第三浪潮涌现出来，其总体特征是承认差异、强调多元，号召女性重新定义女性主义，以便将自己包括进去。《第一块石头》引起争论的焦点在于加纳所表达的女性主义立场和观点，一是关于"性骚扰"的立法，二是关于女性的受害者身份。什么是性骚扰？什么样的性骚扰应该得到法律的惩罚？加纳认为，违背自我意愿的被性侵犯的经历在日常生活中时有发生，但是不同事件反映的是不同程度的侵犯。她反对将个人被性骚扰的事件转变为公共的有组织的事件。在她看来，男女之间性权力是双向的，而不是单向的。男人可以对女人施以淫威，女人也可以迫使男人放开或者收起淫威。所以，在性骚扰案件中，被骚扰的可以是女人，也可以是男人，受害者并不一定是女人。加纳提醒年轻女性应该学会利用年轻的武器和快速的智慧进行反击，学会处理由于自己的美色给男人带来反应的后果。及至今日，性骚扰的话题依然是一个值得关注的社会性话题。随着女性意识的提升以及受教育程度的提高，性别平等已经成为共识。在关注女性被骚扰的同时，是否同时也应该关注男性的状况？毕竟当我们发现女性内部并不是铁板一块时，男性内部也存在着诸多的不平衡现象。应该承认，现在我们所定义的性骚扰，不仅仅是男性对于女性的性暗示或者性暴力，或者是任何让女性感到不舒服的言语或行为。男性自身也可能是那个感到不舒服的人。

第七节　"桉树"的文化符号意义

【作家简介】默里·鲍尔(Murray Bail)是澳大利亚当代著名作家,他与彼得·凯里(Peter Carey)、弗兰克·穆尔豪斯(Frank Moorhouse)一起被视为澳大利亚新派作家的代表,更被誉为"新派作家中最热衷于标新立异,最富有国际色彩的作家"①。鲍尔 1941 年出生于南澳大利亚州的阿德莱德,父亲是位电车员,母亲是一名家庭主妇。在四个兄弟姐妹中,他排行老二。鲍尔就读于诺伍德技术高中,毕业后,他先后在阿德莱德和墨尔本的广告代理处工作。1965 年,他与首任妻子结婚,三年后搬到印度,在孟买的广告代理处工作。其间,他感染了阿米巴肠病,随后去伦敦的热带疾病医院治疗,并在那里生活了五年。1975 年,鲍尔回到了澳大利亚,定居在悉尼的巴尔门地区。鲍尔共有两段婚姻,首次婚姻于 1988 年结束,第二段婚姻开始于 1992 年,结婚对象是同行作家海伦·加纳,但最后也以离异告终。

鲍尔以短篇小说开始其文学生涯,1966 年,他的首个短篇在《米安津》(Meanjin)上发表,并被视为澳大利亚"新浪潮"短篇写作的代表。1975 年,他推出自己的首部短篇小说集《当代肖像和其他故事》(Contemporary Portraits and Other Stories),1986 年再版命名为《赶牧人的妻子和其他故事》(The Drover's Wife and Other Stories)。2002 年,他推出另一部短篇小说集《伪装:故事》(Camouflage:Stories)。在长篇小说领域,鲍尔共创作五部作品,分别为《思乡》(Homesickness,1980)、《霍尔登的表现》(Holden's Performance,1987)、《桉树》(Eucalyptus,1998)、《文稿》(The Pages,2008)和《航行》(The Voyage,2012)。此外,他还创作四部非虚构作品:《伊恩·费尔韦瑟》(Ian Fairweather,1981)、《普通书写:一个作家的笔记》(Longhand:A Writer's Notebook,1989)、《笔记 1970—2003》(Notebooks 1970—2003,2005)、《他》(He,2021);编辑一部短篇小说集《法勃尔图书之当代澳大利亚短篇故事》(The Faber Book of Contemporary Australian Short Stories,1988)。鲍尔凭借上述

---

① 黄源深. 澳大利亚文学史(修订版). 上海:上海外语教育出版社,2014:337。

作品先后荣获该年度时代图书奖、维多利亚州州长文学奖(万斯·帕尔默奖)、迈尔斯·富兰克林奖和英联邦作家奖。

在创作方面,鲍尔不认同亨利·劳森代表的澳大利亚丛林现实主义,认为"现实主义小说无法记录微妙的现实"[1],同时也不满足帕特里克·怀特倡导的心理现实风格,而是推崇加夫列尔·加西亚·马尔克斯(Gabriel Garcia Marquez)、马赛尔·普鲁斯特(Marcel Proust)、托马斯·曼(Thomas Mann)的实验主义创作理念。鲍尔对传统的文学形式进行大胆革新,采用拼贴、黑色幽默、元小说、矛盾叙事等手法,语言幽默风趣,充满反讽,融视觉想象与诗意的语言为一体,刻意渲染故事的情景,对人物的形象进行模糊化处理。彼得·克雷文(Peter Craven)指出,"默里·鲍尔是他同代作家中最引人注目的一个,因为他致力于展现小说形式的不同","他的大多数作品读起来就像是服了迷幻药的帕特里克·怀特"。[2] 鲍尔以反传统与反现实的创作理念闻名,热衷表现差异化、多元化的现实,这种书写除了源于作者本人的个性外,也与时代背景有着密切的联系。

鲍尔于20世纪70年代开始踏入文坛,当时的澳大利亚正值新旧观念交替。政治上,澳大利亚联邦政府废除了自1901年推行的《1901年移民限制法案》(又称"白澳政策"),并于1973年推出多元文化主义政策,该政策推动了世界各地移民向澳大利亚的输入,促进了澳大利亚经济的发展和社会的开放与包容。经济上,澳大利亚得益于二战后美国的扶持和经济全球化发展的红利,凭借铁矿、羊毛、煤炭的出口实现了本国经济的腾飞。军事上,澳大利亚卷入了由美国发起的越南战争,结束了偏安一隅的平静状态,与世界各地的联系日益紧密。文化上,澳大利亚"受到全球狂飙运动的冲击,深切感受到以骚乱、游行、反战、暴力、学生掌权、大学罢课、无端破坏等反文化现象为其特征的时代脉搏的跳动,并受到了世界各派政治见解、各种思想潮流的影响,澳大利亚进入了一个思想空前活跃的时代"[3]。

---

[1] "Murray Bail at the *Complete Review*." https://www.complete-review.com/authors/bailmur.htm. Accessed 13 January, 2024.

[2] Ibid.

[3] 黄源深. 澳大利亚文学史. 上海:上海外语教育出版社,1997:321.

本节着眼于鲍尔小说《桉树》中"桉树"这一意象,分析其蕴含的文化符号意义。

引　言

受到时代变革的影响,鲍尔在创作中对内容和形式进行大胆实验,抒发自己对澳大利亚历史与现实的独特思考,这种思考在小说《桉树》中得以体现。故事发生在澳大利亚新南威尔士州西部的一个庄园,庄园主霍兰(Holland)拥有一个名叫埃伦(Ellen)的女儿和几百棵桉树。在埃伦十九岁那年,霍兰向外界宣称,如果有谁可以叫出他种植的所有桉树的名字,就可以迎娶埃伦,故事就此展开。通过细读文本,可以发现桉树在小说中具有三层符号意义,即一种自然景观、现代社会物化的象征、文学创作的素材,三层寓意分别传达出鲍尔对澳大利亚民族主义传统的反讽,对现代消费文化的批判,以及对文学与现实关系的探讨。

一、作为自然景观的桉树:对澳大利亚民族传统的反讽

提及桉树,就免不了提到它的主要产地——澳大利亚,它与金合欢、鸸鹋、袋鼠、鸭嘴兽等"非人类"动植物一起彰显出澳大利亚这块大陆的与众不同。在文学作品中,桉树经常散见于澳大利亚作家的笔下,展现出澳大利亚独特的地貌特征,衬托出丛林人生活的孤寂、艰辛以及顽强的品格。与传统作家呈现的方式不同,桉树在鲍尔笔下不再是背景,而是被前置到故事的中心,展现更多的是桉树作为自然景观的一面,这种对桉树近乎白描的书写方式,与澳大利亚民族文学传统将桉树传奇化、浪漫化形成强烈的对比,流露出鲍尔对民族传统的反讽态度。

在《桉树》中,鲍尔通过对桉树自然形态的描述,揶揄和讽刺了澳大利亚民族文化的人为建构性。在小说第一章《斜叶桉》中,鲍尔指出了这种桉树的生长环境与澳大利亚民族文化的关联:"desert-or-um 这个词可以追溯到澳大利亚的地貌,并由此或多或少地讲述了这个民族的性格、灵魂和所有沧桑,据说这些全都源自荒野,是由四周那些干旱的旷野、林区的大火、发臭的绵羊等所带来的颂诗般的美德(你能相信吗?)。"[①]鲍尔在此提到的"民族的性格、灵魂"可以追溯到澳大利亚的丛林现实主义传统。

---

① 默里·鲍尔. 桉树. 陆殷莉译. 沈阳:辽宁教育出版社,2006:1.

在 19 世纪八九十年代，亨利·劳森、约瑟·弗非（Joseph Furphy）、斯蒂尔·路德（Steele Rudd）等作家投身于民族文化的构建，他们以 A.G. 斯蒂芬斯（A. G. Stephens）创办的《公报》（The Bulletin）为阵地，发表了大量独具澳大利亚本土特色和民族特色的作品，塑造了丛林人、赶牲畜的人、淘金者、剪羊毛工人等经典形象。这些"典型环境下的典型人物"在民族主义浪潮的推动下被建构成民族形象的化身，他们展现出的不怕艰难、乐观积极的精神也被视为民族性格的体现。批评家玛丽·何碧龙（Marie Herbillon）指出，"国家地理的神话感知与澳大利亚文学（不只是最沉闷的形式）之间存在着密切的联系"①，这种联系用格雷姆·特纳（Graeme Turner）在《民族小说》（National Fictions）中的话来说，"土地文学的观念作为一种相对自然的、未过滤的表达，如今渗透于澳大利亚的文学批评中"②。鲍尔对这种追求"自然表达"的民族文学传统流露出嗤之以鼻的态度，"或多或少地讲述""据说""颂诗般的美德"等描写揭示了他对这种将自然景观与澳大利亚民族文化强加联系在一起的讽刺。尤其是括号里的注释"你能相信吗？"，更表达了他对传统文化的戏谑。在鲍尔看来，桉树生长于何种地理环境源于自然选择，与所谓澳大利亚的民族性格没有什么关系。就后者而言，实际上是主观建构的结果。

通过对桉树不同种类的描述，鲍尔批评澳大利亚白人的民族文化霸权。从语言层面看，桉树作为符号能指，指代一种树木，然而，这种符号化的表现抹杀了桉树的多样性。正是看到这种局限性，鲍尔在作品中极力表现不同类别的桉树。其中，最具表现力的是各章的标题。《桉树》全书共 39 章，每章都以不同种类的桉树为题。同时，主人公霍兰更是对不同种类的桉树表现出极为痴迷的状态，他在买下的庄园中种植了超过五百种桉树，小说中虽然没有详尽每一种桉树的名字，但是表现出了桉树的种类繁多。鲍尔在小说开篇介绍沙生桉时写道："不过沙生桉只是数百种桉树中的一种；桉树的种类没有确切数字可循。"③再者，从求婚者挑战霍兰问题的失败也可窥见桉树的多样性。求婚对象中除了途经此地的商人、

---

① Herbillon, Marie. "Twisting the Australian Realist Short Story: Murray Bail's 'Camouflage'." *Journal of Postcolonial Writing* 54 (1), 2018: 84.

② Ibid.

③ 默里·鲍尔. 桉树. 陆殷莉译. 沈阳：辽宁教育出版社，2006：1.

剪羊毛工人、银行经理的近视眼的儿子、陌生黑人、乡村赛马骑师等凑热闹的人外,也不乏植物学家、森林学家、树医、国树狂热者、桉树精油专利获得者等专业人士,然而他们都在霍兰种植的桉树面前悻悻离去。从象征层面看,鲍尔笔下的桉树对应着澳大利亚社会中多种族代表的多元文化。每一种桉树代表着一种独特的文化,拥有着与众不同的价值。相比而言,桉树被符号化为澳大利亚的"国树"以及"澳大利亚性的特别标志"①隐射出白人的文化霸权,这种霸权制造了一种话语,它压制和抹杀了澳大利亚多元文化的现实。在小说中,鲍尔颠覆了桉树的符号化所指,展现出那些外表看似一样的桉树其实有微妙的差异,批判了澳大利亚白人在历史与现实中推行的霸权政策。

　　通过对桉树不同来源地的描写,鲍尔揭示出桉树并非澳大利亚独有,讽刺了澳大利亚人的自大和狭隘。这点从鲍尔对蓝桉的介绍中可见一斑:"蓝桉最初得名于它果实的形状,但现在它的名字却点出了这种参天大树的分布之广;整个地中海地区,加利福尼亚和南非所有的森林,还有澳大利亚所有的州。"②鲍尔此举意在指出,桉树同人一样,分布世界各地。同时,也随着人的迁徙不断向各处蔓延。这种迁徙导致了一个问题,那就是很多桉树的产地变得模糊不清,这与澳大利亚人将桉树视为本国独有的植物形成了强烈的对比。鲍尔对桉树产地的多样化描写,在其1980年的小说《思乡》中也有所体现,该小说有这样一幕:一个澳大利亚旅行团去印度旅行时,意外发现当地种植了许多桉树,让在场的澳大利亚人顿感失落和震惊。保罗·谢拉德就此指出,澳大利亚人潜意识中本国独有的桉树,在印度人心中竟然没有"承载任何澳大利亚的内涵:它在字面和隐喻层面上不过是景观的一部分"③,这对澳大利亚人而言是难以想象的。谢拉德不仅考察鲍尔小说中桉树在南亚的存在,还发现摩洛哥的古城马拉喀什(Marrakesh)以及洛杉矶的山上也有桉树的踪迹。桉树在澳大利亚以外的地方生长,一方面消解了符号化桉树隐含的澳大利亚性,

---

　　① Sharrad，Paul. "Estranging an Icon." *Interventions：International Journal of Postcolonial Studies* 9(1)，2007：36.

　　② 默里·鲍尔. 桉树. 陆殿莉译. 沈阳:辽宁教育出版社,2006:36。

　　③ Sharrad，Paul. "Estranging an Icon." *Interventions：International Journal of Postcolonial Studies* 9(1)，2007：32.

同时让澳大利亚人从"本质主义的观念中解脱出来"①。在鲍尔看来，澳大利亚人内心深处将桉树视为本国独有的心理，呈现出的不是澳大利亚人的自信，而是"文化自卑"。正是因为缺乏深厚的历史文化积淀，澳大利亚人才急于向世人证明自我。桉树在此被人格化了，它是澳大利亚人的象征，它的高大被拿来证明澳大利亚人的出类拔萃。鲍尔以桉树的自然属性反衬出民族文化的非自然性，再现了澳大利亚民族主义文化的建构过程，流露出其对澳大利亚民族主义自大心理的讽刺。

二、作为物化象征的桉树：对现代消费社会的批判

在《历史与阶级意识——关于马克思主义辩证法的研究》中，卢卡奇·格奥尔格(Lukács György)通过分析商品结构的本质，揭示现代社会中的物化现象。在他看来，商品结构本质的基础是"人与人之间的关系获得物的性质，并从而获得一种'幽灵般的对象性'，这种对象性以其严格的、仿佛十全十美和合理的自律性(Eigengesetzlichkeit)掩盖着它的基本本质，即人与人之间关系的所有痕迹"②。基于商品结构的这一事实，卢卡奇指出人自己的劳动和活动，作为客观的、不依赖于人的存在，与人本身相对立。这种对立在主观上表现为"在商品经济充分发展的地方，人的活动同人本身相对立地被客体化，变成一种商品，这种商品服从社会的自然规律的异于人的客观性，它正如变为商品的任何消费品一样，必然不依赖于人而进行自己的活动"③。卢卡奇对人的物化现象分析在小说《桉树》中得以体现，具体表现为桉树与埃伦的等价。霍兰在女儿出嫁的年龄，竟然提出如果有谁能正确说出他庄园中五百余棵桉树的名字，谁就可以迎娶她这样荒唐的想法。这种将桉树的价值等同于人的价值，无异于将人视为交易的商品，人失去了人之为人的主体性，成为消费的客体。

小说中，霍兰将桉树与女儿的婚姻联系起来，折射出澳大利亚的男权传统，即女人是男人的附庸，反映在当代消费社会，具体表现为女性的商品化，这在故事的开篇得以体现。"在新南威尔士州的一个乡村小镇外有

---

① Sharrad, Paul. "Estranging an Icon." *Interventions: International Journal of Postcolonial Studies* 9(1), 2007: 44.

② 卢卡奇. 历史与阶级意识——关于马克思主义辩证法的研究. 杜章智、任立、燕宏远译. 北京：商务印书馆，1999：144。

③ 同上书，第147—148页。

一片庄园,庄园里住着一个无法决定女儿终身大事的男人。然后他做出了一个令人意想不到的决定。真是令人难以置信!"①这句话的逻辑乍看上去好像霍兰是无助者,他为自己女儿的出嫁而犯愁,但稍作思考就会发现鲍尔的反讽用意,即霍兰对女儿终身大事的决定权。相比而言,婚姻的真正主体——埃伦,却失去了说话的机会。沉默的埃伦因而成为斯皮瓦克笔下的"贱民"以及萨义德的被殖民者,她不能说话,只能被他人代言。在霍兰看来,埃伦不是一个有血有肉的人,而是他的"占有物"。"她是他的女儿。他可以想怎么对她就怎么对她。没错;可是直到几个星期后他才将她带到镇上。'适应水土'是他的主要出发点。"②霍兰眼中的女儿,同他从世界各地搜集到的稀有桉树一样,都是他的"财产",他可以随心所欲地对待她。"适应水土"进一步强化了桉树与埃伦的联系,表现出现代消费社会中人的商品化与非人化事实。桉树与埃伦的这种隐喻关联可以追溯到 19 世纪晚期澳大利亚白人男性对待丛林和女性的态度,他们将丛林视为"女性化"的景观。凯·谢弗指出:"丛林被刻意想象为女性化的景观——这种景观被想象为艰难和不可原谅的。'女性'承载着这种比喻。有关男性气质和女性气质的观念在这种文化中流通,促进了澳大利亚人独特性的建构。"③按照谢弗的逻辑,鲍尔笔下的桉树可被视为丛林景观的缩影,埃伦则是物化了的桉树的隐喻,而求婚的难度——说出霍兰庄园中所有桉树的名字——不亚于男性对丛林艰苦环境的克服。可以说,霍兰提出的这种求婚模式是澳大利亚白人征服丛林/女性叙事的现代翻版。

此外,桉树外表的冰冷象征着现代消费社会中人与人之间情感的疏离,以及内心深处的孤立绝缘。桉树虽然种类繁多,但外表差异不大,对于外行人来说,呈现出单调和乏味,这种景象与埃伦的内心状态遥相呼应。埃伦经常会跑进父亲种植的桉树林中,但她却对这些树木没有任何感觉。鲍尔将埃伦的感觉与桉树的形态联系起来,表达出现代社会中冷漠的人际关系:人与人之间只有利益交换,没有了真挚的情感。小说中的霍兰内心空虚,他将女儿的终身幸福当作一种竞猜游戏,女儿不过是这场

---

① 默里·鲍尔. 桉树. 陆殷莉译. 沈阳:辽宁教育出版社,2006:2。

② 同上书,第 9 页。

③ Schaffer, Kay. *Women and Bush*: *Forces of Desire in the Australian Cultural Tradition*. Cambridge: Cambridge University Press, 1988: 4.

游戏的"奖品"。在埃伦看来，"自从她的父亲就她的婚姻问题做出决定那天起，她几乎就不知道该跟他说些什么，或是跟任何人说些什么"①。这种父女之间咫尺天涯的距离在小说最后埃伦生病时被凸显出来。埃伦因为一个叫凯夫(Cave)的老男人即将说出所有桉树名字而陷入恐慌，她给父亲写信想谈谈，可是聊天中的霍兰却心不在焉，满脑子想着报纸上刊登的沙漠里的一棵桉树。"埃伦盯着她父亲的后颈，意识到她与他根本没有共同语言。她可以看出，一直以来树木总是为他提供庇护，犹如一片森林般的有趣而吹毛求疵的名称。"②鲍尔将霍兰与埃伦的父女亲情与桉树冰冷的名字并列，意在表达现代社会人际关系的冷漠与异化，悲哀的是，这种异化如今已经渗透到血浓于水的亲情之中。

　　鲍尔的洞见在于：他不仅通过桉树的冰冷来表现出人的异化，而且还追溯了这种异化的根源，即对知识-理性的过度崇拜，这种思维的极端化压制了想象力和感性思维，扭曲了人性。在《桉树》中，鲍尔通过刻画霍兰对桉树分类的痴迷，展现出现代人对理性的狂热以及由此造成的人的异化。霍兰对桉树的分类才能源于他那身兼镇长的投机建筑商的继父。小时候，霍兰通过在鞋底标上号码的方式来帮他的继父试鞋。"这段穿鞋经历最初显现出他在体系、分类以及秩序等方面的本能；体现出他从各个角度研究某一特定事物的方式，以及这种全神贯注的做法带来的乐趣！"③正是凭借这种能力，霍兰成功地给他庄园中的桉树做出精确的分类，并乐此不疲地投身于这种活动中。在以霍兰为代表的西方人看来，桉树的世界是混乱的，"它迫切地需要某种'体系'，从而可以将秩序强加在自然界那难以驾驭、无穷无尽的领域之上"④。霍兰这种对经验、知识的专注实际上隐射出理性思维的霸权，这种思维认为，万物皆可以用理性来判断和衡量，殊不知当这种思维应用于情感交流时，产生了水土不服的效应。这种"使人陷入计算、规范，以度量厘定世界并驯服自然的'工具理性'"⑤，滋长了白人内心的优越感，激发了他们对世界各地的探索和征服。在白人对澳大利亚的拓殖过程中，工具理性扮演着极为不光彩的角色，它是白

①　默里·鲍尔. 桉树. 陆殷莉译. 沈阳：辽宁教育出版社，2006：55。
②　同上书，第 205 页。
③　同上书，第 27 页。
④　同上书，第 32 页。
⑤　王岳川. 后现代主义文化研究. 北京：北京大学出版社，1992：146。

人对土著殖民统治的逻辑前提,同时导致了女性和移民的悲剧。小说中,埃伦无疑是澳大利亚当代社会中被压迫者的象征,她的命运彰显出澳大利亚白人殖民思维的残留和"现代化"表征。

三、作为故事素材的桉树:对现实与艺术关系的探讨

在《桉树》中,鲍尔对桉树进行了不同侧面的描述,展现出它的自然属性和工具属性。此外,他还探讨了桉树的另一重要属性——文化属性,具体表现在桉树为作家提供创作的灵感,激发作家的创作热情。在对桉树的描述过程中,鲍尔不时以画外音的方式探讨有关创作的问题,其中某些部分与桉树有直接的联系,有些又完全不相干。表面上看,这种书写模式显得杂乱无章,尤其是小说中故事套故事,故事中的人物讲着其他漫无边际的故事,让读者抓不住故事的主线。联系鲍尔反传统、反现实的创作理念,不难发现这种书写模式实际上是作者本人标新立异的尝试。通过戏谑和颠覆传统的书写套路,鲍尔不断挑战读者的"期待视野",探讨小说创作的模仿性、虚构性和随意性,展现出现实与创作的复杂关系。

在《桉树》中,桉树作为小说素材集中体现为鲍尔的这部作品是围绕桉树展开,它构成了故事的主要内容,推动了叙事进程。像众多比赛招亲的故事一样,闻讯而来的求婚者在挑战过程中逐渐被淘汰,最后只剩下一位名叫凯夫的老男人。随着对桉树识别数量的增加,他表现出志在必得的自信,而小说女主人公埃伦则由最初的平静变得恐慌,因为这意味着不久之后她将嫁给这个她不喜欢的人。而故事的转折——埃伦在庄园桉树林中"偶遇"的一个年轻陌生人,给埃伦乃至读者带来了无限遐想。他出现在桉树林下,给埃伦讲了一些故事,在每次讲故事之前,他有意无意地提及桉树的名字,似在暗示桉树与故事的关联。与此同时,游离于故事外的声音也提醒读者艺术与自然之间的关系。"艺术是不完美的,不像不经意间'完美'的大自然。试图人为地再现或是传达出大自然的某一角的尝试是注定要失败的。然而,艺术那不同寻常的力量仍然存在于我们对这一尝试的认可之中。"①这段看似与小说故事情节不相关的陈述,传达出了鲍尔对艺术与现实关系的真知灼见,其言外之意似在表明:作者创作《桉树》这部小说是对自然的模仿和再现,尽管这种表现不可能完全还原

---

①　默里·鲍尔. 桉树. 陆殷莉译. 沈阳:辽宁教育出版社,2006:128。

自然的美,但是这种尝试是值得肯定的,因为"艺术家通过创造一个不完美的大自然版本,从而赋予了大自然人性化;因此大自然——风景,轮廓——与我们更加接近,些微进入我们的掌握范围"①。鲍尔对桉树的艺术化表现与霍兰将桉树视为科学观察的对象形成鲜明对比,暗示出桉树并非了无生气的、冰冷的数据和知识,而是大自然美感的再现,这种美感激发了作家的创作欲望,从而给读者奉献出美的盛宴。

在鲍尔看来,作家在创作过程中虽然以桉树为题材,但表现内容未必与桉树相关,暗示出作家创作的虚构性和随意性。正如小说的画外音不断地在提醒读者,"这些情况跟故事的主线好像没有什么联系"②。这种提醒折射出小说创作的虚构性,并与澳大利亚传统文学致力于表现生活的真实形成鲜明的对比,流露出鲍尔对"丛林现实主义原型以及澳大利亚景观的刻板感知"③的嘲讽。小说中,讲故事的年轻男子可被视为作家的化身,埃伦则代表读者,二者的关系象征着作家与读者的关系,而陌生男子讲述的故事则可被视为作家书写的"文本"。耐人寻味的是,这种文本有时与主题并不相关,展现出作家创作的随意性。"随意性"一方面来源于作家本人的主观感受,即作家可以根据自己的喜好和意愿来任意表达,这种写作手法在 20 世纪晚期的澳大利亚小说中表现得尤为明显,具体表现为"将传统故事的叙述与不可能性、现实主义和幻想、现代的时间感和前现代的永恒混杂一起,这种混杂通常被贴上'魔幻现实主义'的标签——一种广为接受的后现代主义剧目中的一部分"④,其目的通常表现为对宏大叙事的解构,对现实中某些现象进行讽刺,抑或对现代碎片化世界的还原。另一方面,"随意性"源于读者的错误理解,具体表现为读者在阅读过程中,没有完全理解作者的真实意图,曲解作者采用特定符号序列所表达的意义。用门罗·C. 比尔兹利(Monroe C. Beardsley)和 W. K. 维姆萨特(W. K. Wimsatt)的术语来说,就是"意图谬误"(intentional

① 默里·鲍尔. 桉树. 陆殷莉译. 沈阳:辽宁教育出版社,2006:128.
② 同上书,第 92 页。
③ Herbillon, Marie. "Twisting the Australian Realist Short Story: Murray Bail's 'Camouflage.'" *Journal of Postcolonial Writing* 54 (1), 2018: 83.
④ Lever, Susan. "The Challenge of Novel: Australian Fiction Since 1950." *The Cambridge History of Australian Literature*. Ed. Peter Pierce. Melbourne: Cambridge University Press, 2009: 512.

fallacy)和"情感谬误"(affective fallacy)。在《桉树》中,鲍尔并未直接揭示"随意性"究竟源于作家主观因素还是读者的误解,而是通过故事套故事的方法,让读者自己去反思虚构与现实的复杂关系,从这个意义上看,《桉树》可被视为探讨如何创作的元小说。

　　桉树作为文学素材也表明作者可以将自然万物浪漫化,而这种浪漫化具有一定的治疗作用。在《桉树》中,鲍尔虽然对以劳森代表的丛林现实主义传统流露出不屑,但并未完全脱离这种传统,相反,他"以幽默诙谐的方式充满活力地进入这种传统,并与这种传统进行对话和博弈"①。鲍尔的这种表现方式一方面拓展了桉树作为文学素材的张力,另一方面凸显出作家在创作中的主体地位。小说中,作家的主体地位主要通过陌生男子得以呈现。他的突然出现给故事的走向增添诸多不确定性,而他讲述的故事也令埃伦从现实的痛苦中暂时解脱。鲍尔对作家与读者关系的探讨与澳大利亚女作家伊丽莎白·乔利(Elizabeth Jolley)有着异曲同工之妙,后者在《皮博迪小姐的遗产》(*Miss Peabody's Inheritance*,1983)中讲述了作家通过创作帮助读者找寻生活意义的故事。这种对作家地位的肯定,也可视为鲍尔对创作的辩护。这种辩护在埃伦为即将完成父亲测验的凯夫感到痛苦之际得以凸显:前来的医生并未治愈她内心的伤痛,而是陌生男子曾经讲述的故事陪伴她度过寂寥的时光。尽管霍兰知晓女儿生病,也知道治疗这种病的方法,但是他找来的讲故事的人并未让埃伦康复,反而让她的病情雪上加霜。年轻男子与普通人的比较展现出作家与非作家的差异,再次强调了作家的主体身份。这种身份在小说最后再次被凸显出来——陌生男子在一天夜里出现,向埃伦讲述了他自己的故事,令埃伦容光焕发。小说结尾预示着美好的希望,暗示出埃伦已从病中康复。值得一提的是,治愈她的不只是迷人的故事,还包括陌生男子说出了所有的树名。小说在此寓意深刻,暗示出故事对个体心灵的治疗作用,但这种治疗并非绝对,理想的童话终究是建立在一定的现实基础之上,正如陌生男子说出霍兰种植的所有桉树的名字一样。

---

　　① Bennett,Bruce. *Australian Short Fiction*:*A History*. St Lucia:University of Queensland Press,2002:223.

结　语

《桉树》的问世正值新旧世纪交替，时任澳大利亚总理的约翰·霍华德（John Howard）推行保守主义政策，多元文化主义政策经受前所未有的挑战和冲击。联系这一时代背景，不难发现《桉树》这部小说不仅揭示了鲍尔对澳大利亚传统的讽刺，更表达他对违逆时代潮流的政治现实的鞭挞，反映了经济全球化背景下澳大利亚本土文化与外来文化的碰撞。然而，《桉树》的不足之处也显而易见，比如对情景的过分渲染，人物的模糊化，情节的松散，故事的冗长拖沓，这些都影响了作品的质量。正如有评论指出，鲍尔"喜欢制造一种浮华的噱头"，他的作品中表现出"想象力、技巧和风格的过度泛滥"。[1] 由于受到澳大利亚保守主义的反对，以及澳大利亚与世界各地联系的加深，以鲍尔为代表的新派作家从文坛前台走向幕后，他们在文学创作上的"标新立异"也不再新鲜，逐渐被人们淡忘。他们在澳大利亚文坛的存在看似昙花一现，但对整个澳大利亚文学的发展起着重要的推动作用，反映了那个特别年代澳大利亚社会的包容、开放和多元，为我们理解澳大利亚社会、文化以及澳大利亚人的民族性格提供了一扇窗口。德利斯·博德（Delys Bird）对《桉树》这部小说的价值总结得精准："《桉树》为不断进步的澳大利亚小说叙事暂时提供了尾声，使读者对历史故事以及以虚构叙事为基础的传记和自传模式作品产生兴趣，预示着未来一种全新的混杂小说形式的到来。"[2]

第八节　莱斯·默里的五首战争诗解读[3]

【作家简介】莱斯·默里（Les Murray）是澳大利亚当代著名诗人、批评家和编辑。1938年，他出生于新南威尔士州一个叫那比亚克的小村

---

① Zalewski, Daniel. "The New York Times Book Review: The Surreal Thing." 4 August, 2002. https://www.nytimes.com/2002/08/04/books/the-surreal-thing.html. Accessed 12 March, 2024.

② Bird, Delys. "New Narrations: Contemporary Fiction." *The Cambridge Companion to Australian Literature*. Ed. Elizabeth Webby. Cambridge: Cambridge University Press, 2000: 206.

③ 文中引用莱斯·默里的诗文均为笔者翻译。

庄,在位于班亚(Bunyah)地区的父亲的奶牛场度过了童年和青年时代,这里的景象成为他诗歌主要的灵感来源和创作背景。十二岁那年,他的母亲因引产去世,给他造成了严重的心灵创伤。默里在那比亚克读完小学和初中,在塔里读完高中,高中毕业后,他考上了悉尼大学艺术学院,但最终没有获得学位。其间,他加入了澳大利亚皇家海军预备役。大学时代,默里对现代和古代语言产生了兴趣,这促使他成为澳大利亚国立大学的翻译。在语言研究过程中,他结识了许多澳大利亚著名诗人,比如杰弗里·莱曼(Geoffrey Lehmann)、鲍勃·爱丽丝(Bob Ellis)、克里夫·詹姆斯(Clive James)和莱克斯·班宁(Lex Banning),还有后来成为政治新闻记者的劳里·奥克斯(Laurie Oakes)和小芒戈·麦克勒姆(Mungo McCallum Jr.)。20世纪60年代,默里成为一名天主教徒,并与瓦莱利·莫瑞里(Valerie Morelli)结婚。婚后,他们居住在威尔士、苏格兰,并在欧洲游历一年。1971年,默里辞去了他的翻译工作,开始全职诗歌创作,并定居于悉尼。1985年后,他携家人回到他的故乡班亚,直到2019年去世。

默里在大学时代开始写诗。1965年,他与杰弗里·莱曼合作的诗集《圣栎树》(*The Ilex Tree*)出版,该诗集获得格蕾丝·莱文诗歌奖。同年,默里参加在加的夫举办的英联邦艺术节诗歌会,这次旅行对他影响深远,让他对诗歌产生强烈的兴趣,同时也让他重新反思自己的民族身份。政治上,默里自认为是共和主义者,他肯定澳大利亚的民族主义,主张澳大利亚应当摆脱对英国的依附。文化上,默里是个保守主义者,他对20世纪70年代以来在澳大利亚兴起的现代派诗歌表达出抵制,主张回归传统,歌颂乡村,倡导"用诗来创造新的澳大利亚神话,并成为19世纪90年代所开创的民族主义文学的现代继承人"①。默里将自己的理想信念融入诗歌创作中,并将创作视为实现自我抱负的途径。

默里是位极其多产的作家。除了《圣栎树》之外,他的诗集还包括《檐板大教堂》(*The Weatherboard Cathedral*,1969),《反对经济学诗歌》(*Poems Against Economics*,1972),《午餐和反午餐》(*Lunch and Counter Lunch*,1974),《诗选:方言共和国》(*Selected Poems:The Vernacular Republic*,1976),《种族广播》(*Ethnic Radio*,1977),《沉着》(*Equanimities*,1982),《方

---

① 黄源深. 澳大利亚文学史(修订版). 上海:上海外语教育出版社,2014:457。

言共和国：1961—1981 年诗歌》（*The Vernacular Republic：Poems 1961—1981*，1982），《秋天开花的桉树》（*Flowering Eucalypt in Autumn*，1983），《人民的来世》（*The People's Otherworld*，1983），《诗选》（*Selected Poems*，1986），《黎明的月亮》（*The Daylight Moon*，1987），《田园车轮》（*The Idyll Wheel*，1989），《沙狐场》（*Dog Fox Field*，1990），《诗集》（*Collected Poems*，1991），《自然世界翻译》（*Translations from the Natural World*，1992），《诗选》（*Selected Poems*，1994），《诗集》（*Collected Poems*，1994），《晚夏的火》（*Late Summer Fires*，1996），《诗选》（*Selected Poems*，1996），《乡巴佬下等人的诗》（*Subhuman Redneck Poems*，1996），《杀死那只黑狗》（*Killing the Black Dog*，1997），《新诗选》（*New Selected Poems*，1999），《意识和言语》（*Conscious and Verbal*，1999），《一道十足平凡的彩虹》（*An Absolutely Ordinary Rainbow*，2000），《了解人类：诗选》（*Learning Human：Selected Poems*，2000），《照片那么大的诗歌》（*Poems the Size of Photographs*，2002），《新诗选》（*New Collected Poems*，2002），《双平面的房子》（*The Biplane Houses*，2006），《俯卧时更高》（*Taller When Prone*，2010），《杀死那只黑狗：沮丧回忆录》（*Killing the Black Dog：A Memoir of Depression*，2011），《莱斯·默里最佳诗歌 100 首》（*The Best 100 Poems of Les Murray*，2012），《新诗选》（*New Selected Poems*，2014），《在班亚》（*On Bunyah*，2015），《等待过去》（*Waiting for the Past*，2015），《锡盥盆》（*The Tin Wash Dish*，2015），《不息创世：临终诗篇》（*Continuous Creation：Last Poems*，2022）等。此外，默里还编辑了六部诗集：《澳大利亚宗教诗歌集》（*Anthology of Australian Religious Poetry*，1986），《新牛津澳大利亚诗歌》（*The New Oxford Book of Australian Verse*，1991），《五位父亲，前学术时代的五位澳大利亚诗人》（*Fivefathers，Five Australian Poets of the Pre-Academic Era*，1994），《地狱与来世：澳大利亚四位早期英语诗人》（*Hell and After，Four Early English-Language Poets of Australia Carcanet*，2005），《澳大利亚最佳诗歌 2004》（*Best Australian Poems 2004*，2005），《象限诗歌图书 2001—2010》（*The Quadrant Book of Poetry 2001—2010*，2012）。此外，他还创作两部诗体小说：《偷走葬礼的男孩》（*The Boys Who Stole the Funeral*，1979）和《弗莱迪·蔡普休恩》（*Fredy Neptune*，1999）；八部散文集：《平民官话》（*The Peasant Mandarin*，1978），《执意愚笨：散文写作选

集》(*Persistence in Folly*：*Selected Prose Writings*, 1984),《澳大利亚年：我们的季节和庆祝编年史》(*The Australian Year*：*The Chronicle of Our Seasons and Celebrations*, 1984),《积木和索具》(*Blocks and Tackles*, 1990),《白千层属植物树：散文选》(*The Paperbark Tree*：*Selected Prose*, 1992),《蔓生性质：关于澳大利亚的思考》(*The Quality of Sprawl*：*Thoughts about Australia*, 1999),《一个工作的森林, 论说文》(*A Working Forest*, *Essays*, 2000),《晚礼服：遇见澳大利亚国家美术馆》(*The Full Dress*, *An Encounter with the National Gallery of Australia*, 2002)。

　　本节以诗集《方言共和国：1961—1981 年诗歌》中的五首战争诗为对象, 从战争诗与人道主义、战争诗与民族主义以及战争诗与身份重塑三个方面, 分析默里对战争的含混态度及其对民族身份重构的探索, 从中也可管窥多元文化主义背景下澳大利亚白人的身份认同困境。

引　言

　　默里的诗歌具有强烈的地方色彩。他的诗主要描述其家乡班亚地区的自然风物, 以及澳大利亚的民族传统, 语言朴实幽默, 情感真挚饱满。他的诗形式多样, 其中既包括复杂的传统诗节, 也包括现代自由体。在内容上, 默里主要关注澳大利亚传统民族身份、人与土地的关系、战争、自然和男性气概。然而, 默里绝非狭隘的地方主义诗人, 而是擅于以小见大, 从生活中撷取某些意象, 然后由此展开, 或追怀过往, 或反思当下。他的诗歌中闪现许多历史人物、神话、战争记忆及宗教典故, 传递出他对时代的深刻反思和对普罗大众的同情。《方言共和国：1961—1981 年诗歌》是默里 1982 年出版的诗集, 诗集中收录了他于 1961 年到 1981 年创作的 82 首诗。这部诗集主题涵盖战争、怀旧、乡土、自然、土地、归属、历史、城市与乡村的对立、神秘等方面, 折射出默里的诗歌创作观以及他对澳大利亚历史与现实的思考。

一、战争诗与人道主义

　　20 世纪 70 年代初期, 澳大利亚卷入了由美国发动的越南战争, 结束了其偏安一隅的孤立隔绝状态。对于这场战争, 澳大利亚国内民众表达了两种不同声音。支持者将此视为民族主义和爱国主义的体现, 反战者则认为这场战争是对他国的入侵和人权的践踏。对于战争本身, 默里持否定态度。在他笔下，战争呈现出一种不受人控制的非理性状态，它不仅夺走人的生命，还荼毒人心，给一代代人造成挥之不去的创伤。默里对战争的厌恶还体现为对和平的期待，主要表现为战争结束后普通民众的喜悦。通过对不同时期战争场景的刻画，默里流露出反战的人道主义思想，揭示出澳大利亚平民阶层对待战争的真实态度。

在诗集中的第一首诗《燃烧的卡车》（"The Burning Truck"）中，默里描绘了飞机空袭导致卡车燃烧的景象，由此引发他对战争的反思。诗的开篇，战斗机接连从海边飞来，飞临诗人居住的城市上空，但它们并未停留，投下炸弹再次飞离。"它们从海边飞来/沿着我们屋顶投下炮弹。/窗户吐出玻璃，一辆卡车突然起火，/司机从车里跳出，但是卡车继续，/火变得越来越大，沿着我们的街门蹒跚前行/来来去去……"[1]默里通过几句短诗，揭示出了空袭后的混乱场景，从玻璃破碎到卡车起火，再到司机跳出，卡车继续行驶，大火燃烧，这一幕幕像是电影镜头的剪辑，展现出战争的残酷。接下来的诗节以大火为中心，引出周围的人物，比如当权者和平民。通过这种方式，默里揭示出战争的非人道性和自己的反战立场。在默里看来，当战争发生时，无论达官显贵还是平民百姓，都无法逃脱它的魔爪。在第四诗节中，默里把焦点从大火转向了灾难中的人，他们祈祷大火赶快停下，"但它义无反顾，消失，撞击……弃我们而去"[2]。诗人将有情之人和无情之火进行对比，再次凸显出战争的残酷。随即，默里笔锋一转，"我们随后看到街上跑来一群野孩子追随它而去"[3]。野孩子在此蕴含丰富的隐喻意义，他们的身份暗示出其父母在战争中可能丧生，也可能奔赴战场。而他们追随大火这一幕同样寓意深刻，一方面表现出孩童面对灾难时的天真，他们把天降大火当作了某种新奇的游戏；另一方面也控诉了战争发动者，正是因为他们才导致了战争的爆发，也是因为他们这些孩子才变成了战争孤儿。

从象征层面看，野孩子代表年轻的澳大利亚，燃烧的卡车则代表着美国发起的战争。通过这种方式，默里实际上在揭示澳大利亚对美国的依附关系。二战后，澳大利亚出于防务安全的考量，签署了《澳新美条约》

---

[1]　Murray, Les. *Collected Poems*. Carlton：Black Inc., 2018：1.

[2]　Ibid.

[3]　Ibid.

(ANZUS)和《东南亚组织条约》(SEATO),但两部条约"所提供的安全保障依然由华盛顿来定夺"①。正因如此,澳大利亚卷入了美国发动的朝鲜战争和越南战争。默里显然看到了澳大利亚盲目追随美国的危险,这种危险不仅体现在战争对澳大利亚国际声誉的损害,还表现为对其自身安全的威胁。正如诗的最后一节暗示的那样,"火焰怪兽熔化了挡风玻璃,把整个车厢/撕成了笼子,它继续/翻过电车轨道,经过教堂,以及/最后一扇点燃的窗户"。默里以"火焰怪兽"这一比喻揭示出失控的战争,而它引发的火灾则表现出战争对城市的破坏。眼看大火即将熄灭,诗歌就此结束,但诗人并未满足于此,而是以开放的结尾将诗歌置于悬而未决的状态,"然后带着他的信徒/从这个世界离去"②。"他的信徒"显然指代着澳大利亚的年轻一代,他们被战争蛊惑,追随战争而去,其结局是注定的——死亡。表面上看,默里的这首战争诗影射澳大利亚与美国的关系,但考虑到这首诗并无特定背景,不难发现默里实际上弱化了战争的"澳大利亚性",而是将其升华为对战争本身的思考,目的在于谴责暴力。在他看来,战争没有所谓的正义和非正义之分,只有残忍和杀戮。当战争爆发时,无人可以幸免,也无人可以阻止,它就像那辆燃烧的卡车一样,不受控制地奔赴着死亡之地。

　　《归来的军队列车》("Troop Train Returning")呈现出军队凯旋的盛大景象,表达了诗人对即将来临的和平生活的向往。诗的第一节并未直接描述军队列车,而是呈现出车站周遭的景象,比如一望无垠的小麦地,高地上的垂柳,欢呼的人群,翱翔的白鸟和平原上的汽笛声。这些景象洋溢着安逸平和的感觉。随即,诗人将目光转向了火车中,展现出战争刚刚结束时士兵们的惊魂未定:"过道里的旅行袋里,古老的恐惧在打盹儿/像和平列车中的来复枪那么笨拙。"③火车里的士兵与车站中等待的人群形成了鲜明的对比,表现出战争带给士兵的精神创伤,同时也传递出平民对和平的渴望。接下来,诗人描绘军队列车到站的场景,他看到一位朋友从车里走出来,但并未对他的容貌进行细致的描绘,而是着重描写他害羞地与人握手,然后乘坐福特汽车离开。看似寻常的一幕,实际上传递出重大

①　斯图亚特·麦金泰尔. 澳大利亚史. 潘兴明译. 北京:东方出版中心,2009:192.
②　Murray, Les. *Collected Poems*. Carlton: Black Inc., 2018:1.
③　Ibid., 18.

的消息——战争结束了。"我看到一位朋友，但以后再也不会看见/他害羞地与人握手，并成为一名公民。"①在这句诗中，诗人展现出士兵解甲归田的身份转换。而"再也不会看见"则让人浮想起战争前送行的景象，不同于行军前饯行那般充满惆怅，如今的不会再见预示着无限希望。

在接下来的诗节中，诗人向读者呈现出自己看到的景象，比如筒仓投下来的影子，位于十字路口酒馆前的胡椒树，散落在田里的南瓜，这些看似寻常的事物，在这一天显现得不同寻常，由此可见诗人的激动之情溢于言表。不过，诗人在兴奋之余，又流露出淡淡的忧伤，他想到曾经深爱过的人，如今却在月下土地中长眠。将胜利的喜悦和亲人的离世进行对比，凸显出战争的残酷及其带给普通人持久的精神创伤。诗人在此传达出一种伤感思绪：纵然最终等来了和平，却无法跟爱的人分享，只能独自品尝无尽的遗憾和哀伤。这种复杂思绪并非伤感情绪的流露，也折射出诗人对战争的痛恨。退一步说，倘若没有战争，就不会出现诗人与亲人的阴阳两隔。诗的最后一节展现出战后酒馆里的喧腾，火车里的笑声，以及平原上的祥和，这种感觉就像是站在铁轨旁的人群，轻松地如农民抽着烟，等待着红绿灯的跳转。诗人眼中的这一幕幕景象，孕育着和平生活的无限可能。在他看来，从战争到和平，就像是红绿灯的跳转，如今是时候跟过去的痛苦说再见了。同《燃烧的卡车》类似，《归来的军队列车》也没有明确地说明战争究竟发生在哪里，但从诗人比较战争胜利前后的心情不难发现，这首诗传达出永恒的反战主题，以及平民内心深处对和平生活的渴望。

二、战争诗与民族主义

克里夫·詹姆斯在《纽约书评》（*New York Review of Books*）中指出，默里在《方言共和国：1961—1981年诗歌》中暗示"澳大利亚还没有完全拥有自己的文化"，"他同代的澳大利亚诗人有责任去做与之有关的事情"。②默里对诗歌的态度让人联想起19世纪八九十年代民族主义时期的亨利·劳森和安德鲁·巴顿·佩特森（Andrew Barton Paterson），他们

---

① Murray, Les. *Collected Poems*. Carlton：Black Inc.，2018：18.

② Lambert, Helen. "A Draft Preamble：Les Murray and the Politics of Poetry." *Journal of Australian Studies* (8)，2004：12.

以小说和诗歌为媒介,塑造了独具地方特色和民族特色的丛林神话,并以此想象澳大利亚的民族共同体。无论从时间还是内容上看,默里显然是劳森和佩特森的后继者,他通过书写澳大利亚士兵的勇敢来歌颂澳大利亚的民族主义精神,从中不难发现他在文化上的保守主义立场。

《为乡村士兵哀悼》("Lament for the Country Soldiers")展现出默里对澳大利亚士兵在战场上的英勇、爱国主义和男子气概。在这首诗中,默里将澳大利亚士兵与英国士兵在战场上的表现进行对比,从而衬托出澳大利亚士兵的英勇。这种比较呼应了19世纪澳大利亚的民族主义是"通过确认殖民地与母国的差异而得以形成"[①]。在结构上,该诗除了最后一节是一行外,其他三节均由三行诗构成,合计十二诗节。在第一节中,诗人直接呈现出澳大利亚士兵奔赴战场的情景。在他看来,澳大利亚士兵作战的初衷更多的是为了荣誉,而不是所谓的英帝国,他们的勇敢令那些不敢上战场的人汗颜。荣誉是默里战争诗中频繁出现的词语,指向了澳大利亚人珍视的民族气概。接下来,诗人通过揭示出士兵们"选择的同伴"来展现澳大利亚军人的团结,这种团结品格可以追溯到澳大利亚民族主义作家歌颂的"伙伴情谊"——"忠诚、真实、坚忍、公平、自足和平等主义的品质"[②]。在诗人看来,澳大利亚军人作为个体也表现得顽强不屈:"当需要证明自己,他们不顾危险/在堆积如山的尸体之上,/以一敌四,传递着荣誉之花。"[③]对于澳大利亚士兵而言,荣誉并非镌刻在帽子上的徽章,而是源于乡间的田野之中。默里在此追溯了澳大利亚士兵男子气概的来源——乡村男子汉。这种形象从侧面反映出了默里对待城市和乡村的不同态度,在他看来,城市是傲慢、罪恶、腐朽和喧嚣之地,与之对应的乡村则代表着生机与活力。正如琳·麦克雷登指出,在默里的早期诗歌如《燃烧的卡车》等作品中,城市是许多转喻的场所,比如"现代性、伤风败俗、愤怒和人类丧失底线的地方"[④]。

在这首诗中,默里虽然没有直接揭露城市的阴暗,但通过歌颂乡村男

---

①　斯图亚特·麦金泰尔. 澳大利亚史. 潘兴明译. 北京:东方出版中心,2009:265。

②　Butera, Karina J. "'Neo-mateship' in the 21st Century: Changes in the Performance of Australian Masculinity." *Journal of Sociology* 44 (3), 2008:265.

③　Murray, Les. *Collected Poems*. Carlton: Black Inc., 2018:43.

④　McCreeden, Lyn. "Contemporary Poetry and the Sacred: Vincent Buckley, Les Murray and Samuel Wagan Watson." *Australian Literary Studies* 23 (2), 2007:158.

子汉反衬出了城市化带来的弊病，揭示了乡村斗士的传统要胜过都市和现代。通过这种方式，默里实际上再现了詹姆斯·布莱斯（James Bryce）曾经的尝试，即将澳大利亚人描述为"一个刚强有力、士气高昂、充满活力、足智多谋的民族"①。接下来，诗人将目光转向了战场，展现出战争的艰难，以及澳大利亚士兵们的隐忍和勇敢：他们是所有军队中第一支冲向前线的队伍。然而，诗人眼中的这一切如今看来无比沉重，曾经的英雄主义已经成为过眼云烟。尤为悲哀的是，在当代消费社会，生活充满了纸醉金迷和谎言，过去澳大利亚人那种无畏的勇气也不再，诗人借此对新一代澳大利亚人的堕落表达了哀叹。这种哀叹实际上也传达出他对现代城市消费文化的批判，以及对沉浸于享乐的澳大利亚年轻人的提醒。诗的最后一节展现出诗人对过去澳大利亚士兵的追忆。在他看来，尽管士兵们已经远去，名字也逐渐被人遗忘，但他们获得过的荣誉要胜过那些把名字刻在墓碑上的英国士兵。诗人在此流露出身为一名澳大利亚人的自豪，展现出澳大利亚人有别于英国人的独特品质，表达了他对摆脱英国依赖、主张澳大利亚独立的共和主义立场。

《公制年祭奠澳新军团》（"Visiting Anzac in the Year of Metrication"）同样是一首与战争有关的长诗，触及了战争史、澳大利亚民族主义和爱国主义、战争与和平等主题。这首诗描绘了诗人对一战期间在加里波利之战中身亡的澳大利亚士兵的悼念。在诗的开篇，诗人对盖里博卢半岛（Gelibolu）和查那卡里（Chanakkale）讲述，告诉它们在加里波利，夏天的火焰摧残着矮树和迷迭香。诗中提到的加里波利位于土耳其，是一战中协约国和同盟国之间的一个战场。在当年的加里波利战役中，因为英国指挥官的失误，澳大利亚军队遭遇惨败，超过 8000 人丧生，但澳大利亚士兵在此战展现出的乐观和勇敢赢得广泛赞誉。默里在诗中重现当年的战场，表达了对战死士兵的哀悼。在接下来的诗节中，诗人描绘了这个地方废旧的铁丝缠绕和破土而出的白骨，并追溯了这些白骨的主人——牧场主、选举人、将军和平民的儿子。通过对比的方式，诗人将矮树、迷迭香等自然景观与废旧铁丝、白骨进行对比，表达出了时光流转、物是人非的哀叹。

①　转引自大卫·沃克. 澳大利亚与亚洲. 张勇先等译. 北京：中国人民大学出版社，2009：6.

随后,诗人继续描绘战场上遗留的痕迹,比如士兵的牙齿、皮裤套和战壕,以此展现出当年战争的惨烈。诗人由战场遗迹逐渐联想到澳大利亚士兵战前的幽默友爱、战场上的英勇杀敌以及最后战死沙场的种种场景。他们的死令整个国家哀痛,他们死去的日子也被当作国殇日(澳新军团纪念日)被国民纪念。紧接着,诗人将澳大利亚士兵与作战的敌人进行了比较,通过展现敌人的胆怯、懦弱来凸显出澳大利亚士兵的勇敢。在诗人看来,澳大利亚士兵表现出的英勇,源于对国家的忠诚和奉献。诗人由白骨还追忆了战争动员的景象,无论各个阶层和年龄,澳大利亚人表现出前所未有的积极和勇敢。"我们的大陆是个不拥挤的地方,/一个比历史更加微妙的存在。/我们的和平之日需要一个本国的/迷迭香味的香草。"①"本国的迷迭香味的香草"展现出诗人对建构澳大利亚民族身份的渴望,这种渴望强调了新世界的机会和自由,预示着"在一片充满希望的土地上创建了全新的国家——澳大利亚联邦"②。诗人随即又描绘了士兵应征入伍,在战场上团结友爱的情景,在他看来,战场上的艰难考验着士兵的团结和友谊。诗的最后一节呈现出战后和平的景象,新一代人踌躇满志,勇攀高峰,继承并发扬着澳新军团平等团结的精神,"我们向死神展现出斗士的风格/在沙哑的尖叫和迷迭香之间"③。表面上,默里是在追悼过去,但整首诗的字里行间不时闪烁对现实的批判,以及对未来的期待。诗人意在表明:战争虽然已经远去,但澳大利亚士兵的英雄气概却不能随之消失,因为这种气概是国家精神和民族身份的重要体现。

三、战争诗与身份重塑

在诗人凯文·哈特(Kevin Hart)看来,一首诗可以同时在多重语境中被解读——"社会的,文化的,政治的和文学的"——我们不能通过一个语境来决定诗歌的"全部意思","更不要说它的意义了"。④ 哈特的观点对于我们理解默里的战争诗具有启示意义,即战争诗不只是描写战争本

---

① Murray, Les. *Collected Poems*. Carlton: Black Inc., 2018: 119.

② 斯图亚特·麦金泰尔. 澳大利亚史. 潘兴明译. 北京:东方出版中心,2009:265。

③ Murray, Les. *Collected Poems*. Carlton: Black Inc., 2018: 119.

④ Quoted from Lambert, Helen. "A Draft Preamble: Les Murray and the Politics of Poetry." *Journal of Australian Studies* (8), 2004: 10.

身，也是诗人表达情感和政治观点的媒介，承载着诗人对现实与历史的思考。

《回国的军人》("The Returnees")展现出战后军人归国后的生活情境，探讨了澳大利亚民族身份和文化认同的问题。该诗共包括五部分，第一部分讲述了诗人跟友人在湖面上划船的经历，描绘了秋天湖畔田野中丰收的景象，诗人将秋收视为"比奥夏(Boeotia)的艺术之光"①。所谓比奥夏，是希腊中东部的一个地方，泛指没有教养的文化。默里将澳大利亚的本土文化视为比奥夏文化，具体表现为澳大利亚乡村代表的原始、粗糙和未开化。在与诗人彼得·波特(Peter Porter)的论战中，默里反驳了波特关于诗歌国际化的主张，不建议引入外来的"雅典文化"，而是走本土路线。诗集《方言共和国：1961—1981年诗歌》鲜明地表达了诗人的理想，即通过诗歌创立一个民主、平等的本地共和国。在《回国的军人》中，诗人将澳大利亚的地方景观当作比奥夏艺术，展现出他对建构民族文化的探索。诗的第二部分通过诗人划船时的所见所感，来展现比奥夏文化的具体特征，比如船桨划过湖面时让人联想起的乡间民谣、充满田园气息的画卷和伐木工锯树的声音。诗人在沉浸于这种宁静之际，看到一条蛇在水面上游荡并划过一道道水纹，这令诗人和朋友情不自禁地靠近它，惊讶它究竟是"移民"还是"先驱"，抑或是笑翠鸟将它抛在这里。

蛇在此蕴含着丰富的寓意，象征着澳大利亚人含混的身份。一方面，诗人将蛇比作"移民"让人联想起了1788年1月26日，亚瑟·菲利普率领载有1066人的11艘船只抵达新南威尔士，并宣布建立起新的殖民地。这些船员被后来的澳大利亚人视为民族主义的"先驱"。另一方面，追溯蛇是否"被笑翠鸟抛弃在这里"则意味着澳大利亚人的另一重身份，即英帝国放逐的罪犯后代，他们并非主动想移居在这块"无主之地"，而是被迫的无奈之举。从象征层面看，蛇的含混身份暗示出澳大利亚作为"殖民地"和"殖民者"的双重身份，前者针对英帝国，后者则针对土著。接下来，诗人与朋友一边划船，一边聊与蛇有关的事情，并且尽量不去伤害它。在他们看来，蛇是"雅典人"的美好体现。就在他们闲聊之际，蛇已经游到岸边，窜入草丛中消失不见。诗人与朋友对蛇的认识和态度间接展现出澳大利亚人对欧洲文化的矛盾思绪，一方面他们肯定和向往蛇所代表的雅

---

① Murray, Les. *Collected Poems*. Carlton: Black Inc. , 2018: 124.

典文化,即古典高雅的文化;另一方面,他们在内心深处对这种文化感到疏远。前者让人联想起 1900 年亨利·劳森乘船前往伦敦时对践行的人的建议:"我对那些才华已获认可的澳大利亚青年作家的建议是乘坐客轮统舱,无票偷乘,游泳,去伦敦、新英格兰或者延巴克图,而不是待在澳大利亚直到江郎才尽或者整日花天酒地……"①默里通过蛇这个意象表达了澳大利亚知识分子对欧洲文化向往的无意识,同时也折射出澳大利亚本土文化贫瘠。不过,默里对这种高雅文化有着清醒的认识:它们无法成为澳大利亚文化的全部,正如蛇窜入草丛中消失那样。

在第四部分,诗人同朋友追随那条蛇从湖面登岸,他们在岸上喝着啤酒聊着天,看着树上叶子反射的光,远眺平静的小山,这种感觉让诗人联想起曾经死去的朋友以及与他们聚餐的美好情景。诗人由乐转悲,想起了澳新军团纪念日那天朋友问他做过的最具冒险的事是什么,诗人对当初的回答记忆犹新:"黑人、罗森博格和我有着共同的信仰。"②诗人在此表达了自己身为澳大利亚人的自豪,以及对曾经并肩作战的战友的深切怀念,这种感受与《公制年祭奠澳新军团》所传达的情绪基本一致,流露出诗人的民族主义价值观。值得一提的是,诗人在此将黑人与白人战友视为平等的伙伴,展现了澳大利亚人所秉持的"伙伴情谊"。作为澳大利亚民族精神的重要体现,"伙伴情谊"在建构之初具有强烈的种族主义色彩,它主要指代盎格鲁–凯尔特白人男性之间建立的友谊,并不包括"白人女性、土著和中国移民"③。默里将"伙伴情谊"从白人男性之间拓展到白人与土著之间,展现出对伙伴情谊认知上的超越,修正了民族精神的内核,流露出对民族身份重构的探索。这种探索顺应了 20 世纪 70 年代以来澳大利亚政府推行的多元文化主义政策和白人反思殖民历史、重塑民族身份的时代精神。默里对土著的形象改写与诗人玛丽·吉尔摩(Mary Gilmore)、朱迪思·莱特(Judith Wright)比较类似,他们都表达了对土著的同情,向土著文化学习,以及呼吁土白种族平等与种族和解。

在诗的最后一部分,诗人寄情于景,通过描绘湖畔美丽的自然风光表

---

① 转引自彭青龙等. 百年澳大利亚文学批评史. 北京:北京大学出版社,2019:3。
② Murray, Les. *Collected Poems*. Carlton: Black Inc., 2018: 124.
③ Schaffer, Kay. *Women and Bush: Forces of Desire in the Australian Cultural Tradition*. Cambridge: Cambridge University Press, 1988: 96.

达了对现在幸福甜蜜生活的珍惜和向往。该诗以诗人对朋友所提问题的回答而结束："我们是乡下人和西方人，我回答道。"①"乡下人"呼应着诗人建立比奥夏王国的理想，而"西方人"则传达出诗人对自己种族身份来源的追溯。两者的结合传递出诗人对澳大利亚民族主义身份的强调，即澳大利亚民族神话中致力于刻画的丛林人。表面上看，诗人的回答展现出他对澳大利亚民族主义文化传统的认同，但这种认同与之前将土著视为白人伙伴产生矛盾，流露出诗人含混的身份观，由此印证了汉德森的观点，即默里是一位"伟大的诗人"，"但是在诗歌之外，他的愿景是模糊的"。② 汉德森所提出的"愿景模糊"并非默里本人的身份认同困境，而是隐射出澳大利亚白人的集体精神困惑。默里作为平民诗人的代表，通过诗歌探索了重构澳大利亚民族身份的可能，修正了民族主义精神中的种族歧视和偏见，具有一定的积极意义，但是他最终没有摆脱白人作家书写的局限性，反映出多元文化主义推行之初期民族主义的回流。从另一个角度看，默里在战争诗中流露的政治意向也揭示了澳大利亚保守主义文化的强大。

结　语

默里的战争诗从不同侧面对战争进行了审视，展现出他对战争的非人道性的批判，对澳大利亚民族主义精神的肯定，以及对澳大利亚民族身份重构的探索。分析默里的战争诗，不仅可以更好地理解他的诗歌创作主题，也可管窥时代转型背景下澳大利亚人的民族性格、民族意识和民族心理。值得注意的是，默里在诗歌中虽然强调了白人与土著士兵的团结，体现出一定的进步意义，但并未触及移民等主题。此外，他在诗歌中表达的民族主义立场与他创作这部诗集的时代精神相左，从中也不难发现诗人的反多元文化主义倾向。这种倾向呼应着《方言共和国：1961—1981年诗歌》这部诗集的标题，传递出默里在诗歌中努力建构的是本地方言共和国，而这个"本地"究竟指的是白人心中的"本地"，还是土著、移民心中的本地，这个问题是值得读者商榷和反思的。

---

① Murray, Les. *Collected Poems*. Carlton: Black Inc., 2018: 124.
② Quoted from Lambert, Helen. "A Draft Preamble: Les Murray and the Politics of Poetry." *Journal of Australian Studies* (8), 2004: 11.

第九节　疏离的终结，回归的新生
——评路易·诺拉的剧作《黄金年代》

【作家简介】路易·诺拉(Louis Nowra)是澳大利亚当代最著名的剧作家之一。他的剧作几乎在澳大利亚所有的大剧院制作、上演过,如悉尼剧院、墨尔本剧院、昆士兰剧院、南澳大利亚州立剧院以及贝尔弗瓦大街剧院等。同时他的剧作也经常在世界巡演。他最著名的剧作包括:《柯西》(*Cosi*,1992)、《光辉》(*Radiance*,2000)(这两部作品也都被改编成为电影)、《黄金年代》(*The Golden Age*,1988)、《拜占庭之花》(*Byzantine Flowers*,1989)以及《外来者的夏天》(*Summer of the Aliens*,1992)。2006年,他完成了为格里芬剧院写作的"博伊斯三部曲"(The Boyce Trilogy),包括《镶着狗眼的女人》(*The Woman with Dog's Eyes*)、《了不起的男孩》(*The Marvelous Boy*)以及《悉尼皇帝》(*The Emperor of Sydney*)。除了戏剧,小说也是诺拉作品中重要的一部分,在2009年,他的小说《冰》(*Ice*)进入迈尔斯·富兰克林奖的最终名单。

诺拉的戏剧创作起始于20世纪70年代,一开始他为在墨尔本的各个大小剧院创作剧本。他的第一部代表剧作《乔·沃顿的死亡》(*The Death of Joe Orton*)写于1973年,是一部黑色喜剧,在1980年首演。在1975年,《阿尔伯特命名爱德华》(*Albert Names Edward*)在戏剧舞台上演前就已在澳大利亚广播公司(Australian Broadcasting Corporation,ABC)电视台首播。由约翰·贝尔(John Bell)制作的《内心的声音》(*Inner Voices*)于1977年在悉尼的尼姆罗德剧院(Nimrod Theatre)上演,这部剧"标志着诺拉的民族意识的开始"①。1979年,诺拉加入悉尼剧院成为一名常驻剧作家。1980年他的《岛屿内部》(*Inside the Island*)在尼姆罗德剧院上演,《珍贵的女士》(*The Precious Woman*)在悉尼剧院上演。诺拉的剧作通常是在浪漫的想象与对人性的客观的观察的二元性中,展现爱、宽恕、对苦难的承受和记忆的重要性这些主题。薇若妮卡·凯莉(Veronica Kelly)评论道:"这种冷静的克制塑造了一种典型的浪漫主义

---

① Kelly, Veronica, ed. *Louis Nowra*. Amsterdam: Rodopi, 1987: 10.

想象，笔下人物对情感需求的表达喷薄而出，这在当代澳大利亚剧坛上是很少见的。而这种介于内心与外在世界之间的模糊性以及对极端浪漫主义的贴近是他与同时代作家斯蒂芬·西维尔（Stephen Sewell）共有的特点。"①

创作于 1983 年的《日出》（Sunrise）展现了"作者娴熟的戏剧写作技巧，驾驭大量角色互动的能力，以及对大型社会模式细微的观察"②。在戏剧评论学者凯莉的采访中，诺拉坦言《日出》《岛屿内部》以及《黄金年代》是他最喜欢的剧作。

1985 年，诺拉的首部大型全本剧《黄金年代》在墨尔本首演。该剧由一个在塔斯马尼亚发生的真实故事改编，是一部关于流浪、过去、浪漫和现实的剧作。同年，诺拉的电视戏剧《错位的人们》（Displaced Persons）由 ABC 电视台首播，它讲述了一个回家的故事。在剧中，经历了各种创伤的人们，在一系列的考验后，终于回到了家。这部剧被认为是澳大利亚多元文化主义政策在戏剧中展现的一个里程碑。

诺拉的戏剧形式通常是超现实主义的，夹杂着恐怖、戏谑、浪漫以及传说，正如皮埃尔·马切瑞（Pierre Macherey）所称："将历史的潜意识展现为文本意义的一部分。"③"如果被看得是含糊不清的或者灾难性的，那么它一定是因为噩梦般的历史对于意识或者共有意识来说是无法忍受的。"④凯莉认为："诺拉的剧作，从《内心的声音》到《黄金年代》都属于政治的；是晚期资本主义移民文化中危机的部分，是对未来不确定性的描写。"⑤

诺拉的剧作通常并不直接体现澳大利亚，他的大多数作品，尤其是早期作品常常设定在其他国家如德国、俄罗斯或者中国，而非澳大利亚。"新浪潮"中的多数作家在创作时都采用了自然主义，而诺拉作品的非自然主义特征使他独立于潮流之中，他的想象力"是不会被责任或意识形态的包袱所束缚的"⑥。

---

① Kelly, Veronica, ed. *Louis Nowra*. Amsterdam：Rodopi, 1987：13.

② Ibid.

③ Macherey, Pierre. *A Theory of Literary Production*. Trans. Geoffrey Wall. London：Routledge & Kegan Paul, 1978：94.

④ Dowling, William C. *James, Althusser, Marx：An Introduction to The Political Unconscious*. Lodon：Methuen, 1984：17.

⑤ Kelly, Veronica, ed. *Louis Nowra*. Amsterdam：Rodopi, 1987：17.

⑥ Nowra, Louis. *Inner Voices / Albert Names Edward*. Sydney：Currency, 1983：ix.

评论界经常将诺拉与他同时代的另一位剧作家——斯蒂芬·西维尔相提并论。西维尔的剧作如《叛徒》(*Traitors*,1979)、《欢迎来到光明世界》(*Welcome the Bright World*,1983)、《空城之梦》(*Dreams in An Empty City*,1986)、《盲巨人在跳舞》(*The Blind Giant Is Dancing*,2016)探讨的都是历史上的危急时刻。在西维尔的剧中,心理的和政治的维度互相交织,体现出愤世、暴力和绝望的主题。诺拉与他正好相反,他习惯于突出外部与内心世界的贯通、渗透和互相依靠,体现一种诗学的美感。

在诺拉的戏剧世界里,悲剧通常并不具有损毁功效,他的剧作抓住浪漫主义戏剧的特点:通过引喻的场景构造表现主义,将传说和历史叙事与视觉舞台艺术融合,贯穿其中的哥特式情境与浪漫主义优雅地结合。

引　言

《黄金年代》创作于1985年,在1988年出版并且在墨尔本的玩盒剧院首次演出,那一年也正是澳大利亚反英两百周年。剧作根据一个真实的事件改编:1939年,在塔斯马尼亚的野地里,发现了一个失落的部落,这个部落与外界社会毫无联系,他们是范·迪门早期殖民地时期一群逃犯的后代,因为与世隔绝,他们的习俗和语言已经朝着完全不同于现实社会的方向进化,因此,世人完全不懂他们的语言与表达方式。在现实中,这个族群被带回文明社会以进行研究,然而,这个发现被当时的政府掩盖了下来,随着部落人员的渐渐逝去,这个部落的故事便不了了之了。

在诺拉的剧中,失落的部落作为一个探讨文化碰撞的介质,将融合与矛盾凸显出来,揉捏在当中的是对个人命运的观察。失落的部落无法融入现实社会,而现实社会对欧洲传统文化的怀旧式的模仿又引发了文化嫁接的矛盾。结尾处,主人公对丛林的回归不仅仅是澳大利亚本土丛林文化的强调,也是新生活图谱的开启,展示了一个独特的澳大利亚精神。

一、离散与疏离

作为离散群体,失落部落身上所体现出的无根性是文化融合中的一个矛盾的凸显。该剧通过处于流散状态的人物的不同命运,使得文化的融合在剧终被上升到了一个对更好的世界的期待,并转化为对丛林的回归,其中寓意着一种本土化的世界主义的构想。

在剧中,皮特·阿彻(Peter Archer)和弗朗西斯·莫瑞斯(Francis

Morris)在一次远足的途中,发现一个奇怪的部落,他们受到了部落人的欢迎并在那里生活了几日。在此期间,部落女首领奎妮·艾瑞向皮特和弗朗西斯介绍了他们的祖传遗物和工艺品,以及他们通过重复、歌曲和表演的方式世世代代传授文化的习俗。弗朗西斯被部落中的女孩贝茜普吸引。

部落首领麦洛尼的去世,让部落的女首领奎妮感到了危机,她劝说两个年轻人将部落的其他人带到霍巴特,因为奎妮知道自己时日不多,部落的文化也面临终结的危机。她要抓住机会重回外部世界以保存他们的文化。在霍巴特,这些"外来人"成为城里人观察的对象。他们的举止与现代社会格格不入,但同时又有着宝贵的人类学的研究价值。他们被集中安置在一处,皮特的父亲威廉·阿彻博士对他们的文化进行研究,学习他们的语言,记录他们的声音。然而,奎妮很快就病了,而且在她去世后,声音的记录也丢失了。此时,二战爆发,皮特和弗朗西斯参军去了欧洲战场。在战争行将结束之际,愤怒、哀伤的弗朗西斯杀死了一个德国逃兵,因此被逮捕。皮特用各种关系将弗朗西斯释放,将他带回澳大利亚。弗朗西斯与贝茜普团聚,他们最终选择回到旷野中生活,希望以此能找到心中的"救赎"。

威廉·萨福兰(William Safran)对离散的定义是:"他们或他们的祖先从一个特定的起源地中心游离,来到两个或者更加边缘的陌生之地;他们对起源地的地理位置、历史和成就,保存着一个集体的记忆、构想或者传说;他们认为自己可能无法被离散之地所接受,因而感到疏离与隔绝。"①萨福兰的定义涵盖范围广泛,一个离散群体具有其集体身份的自我意识,并且在离散地至少栖居了两代人。根据斯图亚特·霍尔的定义:"离散的经历定义,是对于一个必需的异质和多样性的承认;依据生存的身份的概念,不排斥差异。离散的身份是通过变形和差异,不断生产和再生产新的自我。"②

在剧中,部落是一个离散群体,对于离散人群来说,浸入一个他文化的难度是显而易见的。离散主体居于自文化与他文化之中,当两种文化

---

① Safran, William. "Diasporas in Modern Societies: Myths of Homeland and Return." *Diaspora* 1 (1), 1991: 83—99.

② Hall, Stuart. "Cultural Identity and Diaspora." *Identity: Community, Culture, Difference*. Ed. Jonathan Rutherford. London: Lawrence and Wishart, 1990: 244.

西斯开玩笑说："也许他们感觉到没有讲话的必要。"①然而,对符合特定标准的语词系统的掌握与应用,是生存和获取身份的一条重要途径,这一点在剧中不断得到强调。

语言也是一个族群的身份认同和生存的标志。澳大利亚文学一直以来都在寻找自己的声音,去表达澳大利亚的自我。在剧中,弗朗西斯对于自己的阶级感到困惑,威廉·阿彻博士作为一个富裕的中产阶级,也承认澳大利亚文化的空洞,如其地理中心的沙漠一般——没有声音,没有内容可说。

带着一种几乎是自我强迫般地寻"根"期望,威廉·阿彻深入传统上被称为"心脏"的禁区去探索。他对于部落的遗产的征服最终成了空洞的胜利。语词的意思终被理解,然而语言和其所指涉意义却不是他的。语言不仅对创造它的人是有意义的,也对使用它的人有意义。将死的语言表达的是一个将死的文化。这种语言学手段预示着离散部落未来身份的不确定性。

地理上的封闭,加深了奎妮的错位感,引发出文化他者的声音的空洞。失落的部落游离于澳大利亚主流文化的边界、边缘之外。作为封闭的、固定的文化存在,他们被包围在一个全球流动性不断加深的世界里,封闭的地点成为他们自己的微观世界,其口述流传历史的习俗反映了对庆祝和保存集体记忆的努力。阿皮亚曾说:"共同评价故事是我们与世界结盟的方式","这一方式反过来也是我们维系社会经纬的一种必要"。②口头叙述是构筑联系和组织起碎片般的历史过去的方式,正如伯曼认为:对于一个群体唯一的方法就是"重新创造自己以重述他们自己的故事,以及其他地方的故事,在于他们自己的过去和其他群体的共同联系中,认识自己"③。

在剧中,威廉·阿彻努力要将部落的语言"翻译"成现代社会能理解的语言,他必须"解码"他们的语言。这种解码从某种意义上来说也是一种控制。正如他在研究中所说:"我将要征服你,我要发掘出所有的东西,

---

①　Nowra, Louis. *The Golden Age*. Sydney: Currency Press, 1989: 29.

②　Appiah, Kwame Anthony. *Cosmopolitanism: Ethics in a World of Strangers*. Penguin, 2006: 19.

③　Ibid.

我要理解你。"①

没有书面的记载,部落的存在完全由他们的语言来定义,因此,理解了他们的语言便是获得了一种权力。失落部落的人群既不属于他们的起源地,又与澳大利亚社会相隔离,他们不属于任何地方。然而他们又是与某一个地方的语言残留相联系。奎妮和她的成员发明的"单词沙拉"②渗透着神话和传统,但与他们的处境却毫无逻辑关系。全球化进程逐步将地方经验动摇,而地方的人群努力保持着自己地方性的历史和文化传统。即使是有着相似性的欧洲文化,在与异质地域的结合中,也在重塑着本地化的经验体会。

三、重构的家

身份本身所涵盖的内容并不固定,它随着时间的变化进化出新的含义。格雷姆·特纳认为,它既不是一个统一的社会政治的实体,也不是一个为了共同交流目的的透明的工具。1988年是澳大利亚重要的一年,因为那年正是澳大利亚反英两百周年。在对澳大利亚民族身份的讨论中,特纳认为:

> 反英两百周年庆典显示了澳大利亚对早期传统的民族身份的定义已跟不上时代的要求,传统的定义无法提供一个一致的、具有共识性的身份理解。……因此,澳大利亚人在集体身份的定义上变得非常复杂。澳大利亚的身份应该是复数形式,而非单数,身份必须建立在共同的体认上,而非对多种文化差异的跨越。我们必须接受这样一个矛盾的现实,即澳大利亚既是被殖民者,也是殖民者。实际上,在现行的对国家身份的新思考,都在一定程度上包含了对这一矛盾的接受。比方说,有必要承认国内各种文化差异的存在,而在与他国的交流中,我们呈现出的是一个一致的、充满凝聚力的政治身份。③

在剧中,威廉·阿彻和伊丽莎白在一次小型的募捐晚会上,身着晚礼服,演读经典作品。晚会在一个仿造欧洲经典的教堂里举行。伊丽莎白

---

① Nowra, Louis. *The Golden Age*. Sydney: Currency Press, 1989: 36.
② Ibid., 29.
③ Turner, Graeme. *Making It National: Nationalism and Australian Popular Culture*. Sydney: Allen & Unwin, 1994: 123.

的选段是古希腊悲喜剧《陶蕊斯的伊菲吉尼亚》。在这个剧中剧里，俄瑞斯提斯（一个弑母者）和伊菲吉尼亚（一个文化放逐者）在经历了放逐与苦难后，再次重逢。在诺拉的剧中，这一情节也呼应着弗朗西斯与贝茜普的重逢。在丛林中，贝茜普与饱受战争创伤的弗朗西斯重逢，充满了浪漫主义色彩，象征着一个新的希望从旧秩序的瓦解中诞生。从这个角度看，在他们的身上，体现出了世界主义的趋势：

> 世界主义者是一个世界公民，因为他/她能够在不同的社会群体中自然生活。要达到这样的状态，并不一定意味着他/她与不同的文化一定的融合，而是意味着他/她能够在地方和文化间来回切换，当他/她处于一个地方时，他/她能够遵从当地的合适的行为符码，而当他/她到了另一个地域时，他/她能够转换到另一个符码。这就使得一个世界主义者能够区别、辨别他/她所处的文化地方，能够实行符码的转化。世界主义主体"并不局限于在两种文化间徘徊，而是与它们共生。他/她可能对于他/她所处的文化比较模糊，但是这种模糊能够被他/她的文化双元性或者更多的同时存在的文化系统所弥补。……双元的主体会与两种文化保持一定的距离，以便于他/她能够不以牺牲其中任何一种而行为"。①

在剧中花园晚会上，阿彻夫妇选择了传统的欧洲服饰，部落的成员穿着旧式的服装，佩戴着流传下来的色彩斑斓的饰品，他们的穿着似乎更加"正宗"。服饰成为其文化的强有力的能指，代表着过去，也隐约预示着不确定的未来。奎妮的裙子是部落最珍贵的传家宝，在晚会上，她举止优雅。而当晚会结束，部落的人们回到集中居住处时，他们穿着统一的服装，抹去了身份。同样，统一的军装将弗朗西斯和皮特从探险者转变为皇家战士，似乎延续了帝国历史中的冒险叙事，继续扮演着战争赋予他们的角色。在他们"任务式"地返回欧洲的行为中，体现的是澳大利亚文学对身份认同的追寻的一个重要方面，即在旧的世界中找寻家的所在。

最终，部落的衰败折射出对被他者化的拒绝和边缘文化内在的危机。也可以诠释为"一种对于文化身份如何在趋同化的面前保持异质性的表

---

① Dharwadker, Victor. "Diaspora and Cosmopolitanism." *The Ashgate Research Companion to Cosmopolitanism*. Eds. Maria Rovisco, et al. Farnham: Ashgate, 2011: 123.

象的文化抵制"①。大卫·赫尔德（David Held）的"命运的群体"概念认为，个人的命运与地方化的行为相互依赖。文化身份和疆域因此由全球的力量和共同的互相依靠来决定。②命运的群体由个体如何"呼应这些力量"决定，尤其是"他们在呼应之时，认同何种集体"。③

弗朗西斯出生于墨尔本一个工人阶级家庭，因与阿彻一家的关系，与富裕的中上层阶级有所交集。阶级的差异在他的身上反映的是对个人追求的不断妥协，他不得不讲究穿着，戴上面具。在贝茜普身上，他看到了不受约束的原始自由精神。弗朗西斯远赴欧洲参加战斗。战争的残酷抹去了所有差异，征服和毁灭对文明世界造成史无前例的巨大损害。

长期以来，丛林在澳大利亚文化潜意识中，是一个有着浪漫主义色彩的场域，对于征服者来说，既充满恐惧，也意味着挑战。正如威廉·阿彻一样，弗朗西斯认识到，与他自己的澳大利亚的"传承文化"不同，部落才是"有着真正核心和本质"。④ 因此，他最终摆脱了文明社会，决定在旷野里发现真正的自己，在最后一幕中，他似乎对社会的症结做了个总结：

> 弗朗西斯：他们能够生存下来，我们为什么不能？这根本没有任何关系。为什么我要回去？当我看过这一切后，我又怎么能够回得去？这就是我恨这里的原因：它假装没什么重要的事情发生过。我们在海外经历的所有事情……我们回来了，假装我们没有经历过。我杀了那个德国人，并不是因为怜悯，而是因为我心里充满了仇恨。好吧，假装这一切没有发生。忘记它，我们可以抹去一群人，这不是故意的残忍，而是直接的愚蠢和冷漠。伙计，没关系，不重要。冷漠就是我们的指引星。我们很快就将我们的注意力放在赚一笔快钱上，就像孩子们得到那些闪闪发亮的小玩意开心一样。我们很快就会将这些不愉快的记忆抹去，捂住我们的耳朵，假装我们听不到痛苦的叫声。如果我们听到了那个叫声，我们的触感会更深，然后，我们

---

① Held, David. "Culture and Political Community: National, Global, and Cosmopolitan." *Conceiving Cosmopolitanism: Theory, Context, and Practice*. Eds. Steven Vertovec and Robin Cohen. Oxford: Oxford University Press, 2002: 57.

② Ibid.

③ Held, David. "Reframing Global Governance: Apocalypse Soon or Reform!" *The Cosmopolitanism Reader*. Eds. Garrett Wallace Brown and David Held. Cambridge: Polity, 2010: 437.

④ Nowra, Louis. *The Golden Age*. Sydney: Currency Press, 1989: 53.

就到家了。我们迷失了，没有根，而她却不是。①

弗朗西斯与贝茜普最终的重逢意味着一种对分裂的精神的治愈，在经历了长时间的"放逐"后，分裂的自我与过去的暴力达成了和解，形成了一种有效的联合。在这种背景下，对澳大利亚文化的自我质询，渐渐显出一个更加世界主义的态势。

在贝茜普这个角色身上，她作为放逐者，在新的土地上找到了家园，用新的方式与当地再次连接起来，对于民族身份的客体化加深了个人和社会的和解。弗朗西斯和贝茜普代表了男性、女性，以及文明与原始。"越过分隔他们的鸿沟，她笑着望着他"说出了希望："不再流浪。"②他们在一起，找到了家，而这种家的形态并不是对旧的源文化的临摹。

这部剧设置在"塔斯马尼亚的一个从未被发现的部分"。这个地方被指称为一个"地下世界"，"自然的埋葬地"。③地方氛围的塑造强调了与世隔绝的状态。皮特和弗朗西斯进入的是像"另一个世界"的塔斯马尼亚丛林。1959年在塔斯马尼亚的核武器试验以及随之而来的丛林大火是与剧作中的事件相继发生的，是对美好家园的威胁的隐喻。而当时美苏之间的紧张局势不仅仅是军事、政治上的霸权之争，也是对全球文明的重大威胁。因此，在这个背景下，诺拉的剧作对家园、传承、历史、战争的讨论具有了更加广阔的维度。

结　语

总的来说，诺拉的戏剧通常以一个关键的历史时刻为时间背景，在充满模糊性的状态中，寻找可能的出路，在对文明发展中的适应性和本土化的探讨中，加深了对澳大利亚文化身份的认识，同时也为澳大利亚戏剧提供了更广阔的视野。在他的剧作中，内心与外部世界相互关联，互相依存，角色身上所体现出的对流浪、放逐的偏爱、对传奇体裁的回归以及神话的运用，正是澳大利亚文化中丛林精神的写照。矛盾的自我最终找到了治愈的方式与途径，正如20世纪末的澳大利亚文化在经历了各种荡涤，渐渐走向一个立足本土，面对世界的形态。

---

① Nowra, Louis. *The Golden Age*. Sydney: Currency Press, 1989: 75.

② Ibid., 77.

③ Ibid., 8.

多元文化视野下的大洋洲文学研究（上）

参考文献

文章：

"Forum on the Demidenko Controversy. "(August). *Australian Book Review* 173, 1995.

"Social and Personal. " *Sydney Morning Herald*, 7 February 1935.

Amori, Giovanni, Spartaco Gippoliti and Luca Luiselli. "A Short Review of the Roles of Climate and Man in Mammal Extinctions During the Anthropocene. "*Rendiconti Lincei* 25, 2014.

Attwood, Bain. "Conversation about Aboriginal Pasts, Democracy and the Discipline of History. "*Meanjin* 65 (1), 2006.

Bal, Mieke, and Norman Bryson. "Semiotics and Art History. "*Art Bulletin* 73 (2), 1991.

Baumgardner, Jennifer, and Amy Richards. "The Number One Question about Feminism. " *Feminist Studies* 26, 2000.

Bennie, Angela. "Hooked on Verse. " *The Sydney Morning Herald*, 5 August, 2006.

Bradshaw, Corey. "Little Left to Lose: Deforestation and Forest Degradation in Australia Since European Colonization. " *Journal of Plant Ecology* 5 (1), 2012.

Brewster, Anne. "Indigenous Sovereignty and the Crisis of Whiteness in Alexis Wright's *Carpentaria*. " *Australian Literary Studies* 25 (4), 2010.

Burleigh, Lindy. "Fiction Lindy Burleigh Hears the Australian Story Told as Never Before. " *The Sunday Telegraph*, 8 June, 2008.

Butera, Karina J. "'Neo-mateship' in the 21st Century: Changes in the Performance of Australian Masculinity. " *Journal of Sociology* 44 (3), 2008.

Byrne, Madeleine, and Tara June Winch. "An Interview with Tara June Winch. " *Antipodes* 21 (2), 2007.

Caterson, Simon. "Playing the Ancestor Game: Alex Miller interviewed by Simon Caterson. "

The Journal of Commonwealth Literature (29), 1994.

Chase, Athol. "Empty Vessels and Loud Noises—Views about Aboriginality Today." *Social Alternatives* 2 (2), 1981.

Clark, Robert, and Marguerite Nolan. "Book Clubs and Reconciliation: A Pilot Study on Book Clubs Reading the Fictions of Reconciliation." *Australian Humanities Review* 56, 2014.

Clendinnen, Inga. "The History Question: Who Owns the Past?" *Quarterly Essay* 23, 2006.

Coetzee, J. M. "The Angry Genius of Les Murray." *The New York Review of Books* 58 (14), 2011.

Collins, Felicity. "Historical Fiction and the Allegorical Truth of Colonial Violence in the Proposition." *Cultural Studies Review* 14 (1), 2008.

Colmer, John. "Patterns and Preoccupations of Love: The Novels of Shirley Hazzard." *Meanjin Quarterly* 29 (4), 1970.

Curthoys, Ann. "Expulsion, Exodus and Exile in White Australian Historical Mythology." *Journal of Australian Studies* 23 (61), 1999.

Davidson, Jim. "Interview with David Williamson." *Meanjin* 38 (2), 1979.

Dessaix, Robert. "Nice Work If You Can Get It." *Australian Book Review* (128), 1991.

Drake, Jennifer. "Third Wave Feminism." *Feminist Studies* 23 (1), 1997.

Duarte, Joao Ferreira. "'A Dangerous Stroke of Art': Parody as Transgression." *European Journal of English Studies* 3 (1), 1999.

Ellinghaus, K. "Indigenous Assimilation and Absorption in the United States and Australia." *Pacific Historical Review*, 2006.

Ellis, Cath. "Nicholas Jose's *The Red Thread*." *World Literature Today*, Spring 2001.

Fforde, Cressida, Lawrence Bamblett, Raymond Lovett, et al. "Discourse, Deficit and Identity: Aboriginality, the Race Paradigm and the Language of Representation in Contemporary Australia." *Media International Australia Incorporating Culture & Policy* 149 (1), 2013.

Foong Ling Kong. "Romancing the Classics: Book Review of *The Red Thread*." *The Sydney Morning Herald*, 11 November, 2000.

Fraser, Morag. "The Begetting of Violence." *Meanjin* 54 (3), 1995.

Gall, Adam. "Taking/Taking Up: Recognition and the Frontier in Grenville's *The Secret River*." *JASAL Special Issue* "The Colonial Present: Australian Writing for the Twenty-First Century", 2008.

Grant, Stan. "Aboriginal Identity and the Loss of Certainty (Interview with Stan Grant)." *ATSIC News*, 2002.

Green, Peter. "Rev. of *Schindler's List*, by Thomas Keneally." *Sunday Times*, 12 March, 1982.

Grenville, Kate. "The History Question: Response."*Quarterly Essay* 25, 2007.

Hanrahan, John. "Three Perspectives on Helen Garner's *The First Stone*." *Australian Book Review*, September 1995.

Hay, Ashley. "*Black Rock White City*: An Intimate Study of Life, Love and Grief." *The Australian*, 4 April, 2015.

Headon, David. "Modern-Day Warrior Who Wielded His Pen Like a Sword." *The Canberra Times*, 18 April, 1993.

Herbillon, Marie. "Twisting the Australian Realist Short Story: Murray Bail's 'Camouflage'." *Journal of Postcolonial Writing* 54 (1), 2018.

Hills, Edward. "'What Country, Friends, Is This?': Sally Morgan's *My Place* Revisited." *The Journal of Commonwealth Literature* 32 (2), 1997.

Hollinsworth, David. "Discourses on Aboriginality and the Politics of Identity in Urban Australia." *Oceania* 63 (2), 1992.

Jose, Nicholas. "Australian Literature Inside and Out."*JASAL* (9) Special Issue, 2009.

Kaine-Jones, Karen. "Contemporary Aboriginal Drama."*Southerly* 48(4), 1988.

Katherine, Hallemier. "Writing Hybridity: The Theory and Practice of Autobiography in Rey Chow's 'The Secrets of Ethnic Abjection' and Brian Castro's *Shanghai Dancing*." *Antipodes* 25(2), 2011.

Kelada, Odette. "The Stolen River: Possession and Race Representation in Grenville's Colonial Narrative." *JASAL* 10, 2010.

Keneally, Thomas. "Doing Research for Historical Novels." *Australian Author* 7 (1), 1995.

Khoo, Gaik Cheng. "Multivocality, Orientalism and New Age Philosophy in *Turtle Beach*."*Hecate* 22(2), 1996.

Kinsella, John. "Is There an Australian Pastoral?" *The Georgia Review* 58(2), 2004.

Kinsella, John. "Can There be a Radical 'Western' Pastoral?" *Literary Review* 48 (2), 2005.

Kossew, Sue. "Voicing the 'Great Australian Silence': Kate Grenville's Narrative of Settlement in *The Secret River*." *The Journal of Commonwealth Literature* 42, 2007.

Lambert, Helen. "A Draft Preamble: Les Murray and the Politics of Poetry."*Journal of Australian Studies* (8), 2004.

Lang, Anouk. "Going Against the Flow: Kate Grenville's *The Secret River* and Colonialism's Structuring Oppositions." *Postcolonial Text* 9 (1), 2014.

Little, Graeme, "Three Perspectives on Helen Garner's *The First Stone*." *Australian Book Review*, September 1995.

Lo, Jacqueline. "Queer Magic Performing Mixed Race on the Australian Stage." *Contemporary Theatre Review* 16(2), 2006.

Mackie, Jamie. "East and West: The Best of Both Worlds." *Australian* 15(11), 1992.

Manne, Robert. "The Strange Case of Heleln Demidenko." *Quadrant* 39 (9), 1995.

Mathews, Freya. "On Desiring Nature." *EarthSong Journal: Perspective in Ecology, Spiritual and Education* 2 (1), 2011.

McCallum, John. "A New Map of Australia: The Plays of David Williamson." *Australian Literary Studies* 11 (3), 1984.

McClatchy, J. D. "Shirley Hazzard, The Art of Fiction No. 185." *The Paris Review* (173), 2005.

McCorquodale, John. "The Myth of Mateship: Aborigines and Employment." *The Journal of Industrial Relationship*, 1985.

McCorquodale, John. "Aboriginal Identity: Legislative, Judicial and Administrative Definitions." *Australian Aboriginal Studies* 2, 1997.

McCreeden, Lyn. "Contemporary Poetry and the Sacred: Vincent Buckley, Les Murray and Samuel Wagan Watson." *Australian Literary Studies* 23 (2), 2007.

McCrum, Robert. "Reawakening Ned: Robert McCrum Talks to Peter Carey about Wrestling with a National Myth." *The Observer*, Sunday, 7 January, 2001.

McMillan, Pauline. "Kevin Gilbert and *Living Black*." *Journal of Australian Studies* (45), 1995.

Morgan, Jenny. "Priggish, Pitiless, and Punitive or Proud, Passionate, and Purposeful Dichotomics, Sexual Harassment, and Victim-Feminism." *Canadian Journal of Women and the Law* 17 (1), 2005.

Morgan, Sally. "Speaking with Sally Morg: Interview by Ben-Messahel, Salhia." *Antipodes* 14(2), 2000.

Moss, Stephen. "G2: Dream Warrior: Award-winning Aboriginal Writer Alexis Wright Tells Stephen Moss about Fighting 'White Resistance', Why Her Success is a Ray of Light for Her People, and Why Australia's New PM was Right to Apologise to Them." *The Guardian*, 15 April, 2008.

Nelson, Emmanuel. "Literature Against History: An Approach to Australian Aboriginal Writing". *World Literature Today* (Winter), 1990.

Noonuccal, Oodgeroo. "Why I am now Oodgeroo Noonuccal." *The Age*, 1987.

O'Malley, P. "Gentle Genocide: The Government of Aboriginal Peoples in Central Australia" *Social Justice* 21, 1994.

Pes, Annalisa. "Telling Stories of Colonial Encounters: Kate Grenville's *The Secret River*, *The Lieutenant* and *Sarah Thornhill*." *Postcolonial Text* 11 (2), 2016.

Pierce, Peter. "Preying on the Past: Contexts of Some Recent Neo-Historical Fiction." *Australian Literary Studies* 15(4), 1992.

Pierce, Peter. "The Solitariness of Alex Miller." *Australian Literary Studies* (21), 2004.

Pinto, Sarah. "Emotional Histories and Historical Emotions: Looking at the Past in Historical Novels."*Rethinking History* 14 (2), 2010.

Plumwood, Val. "Tasteless: Towards a Food-Based Approach to Death." *Environmental Values* (17), 2008.

Quinn, Anthony. "Robin Hood of the Outback." *New York Times Book Review*, 7 January, 2001.

Ravenscroft, Alison. "The Strangeness of the Dance: Kate Grenville, Rohan Wilson, Inga Clendinnen and Kim Scott."*Meanjin* 72 (4), 2013.

Rene, Jennifer. "Searching for Schindler." *The New York Times*, 31 October, 2008.

Rooney, Brigid. "Kate Grenville as Public Intellectual."*Cross / Cultures: Readings in the Post / Colonial Literatures* 131, 2011.

Safran, William. "Diasporas in Modern Societies: Myths of Homeland and Return." *Diaspora* 1 (1), 1991.

Scott, Kimm, and Eden Robinson. "Voices in Australia's Aboriginal and Canada's First Nations Literatures." *Comparative Literature and Culture* 13 (2), 2011.

Sharrad, Paul. "Estranging an Icon." *Interventions: International Journal of Postcolonial Studies* 9(1), 2007.

Sharrad, Paul. "Beyond Capricornia: Ambiguous Promise in Alexis Wright." *Australian Literary Studies* 24(1), 2009.

Steinhouse, Herbert. "Schindler's Wife 'Lists' Stake."*Daily Variety*, 10 February, 1994.

Tiffin, Chris. "Look to the New-Found Dreaming: Identity and Technique in Australian Aboriginal Writing." *The Journal of the Commonwealth Literature* 20(1), 1985.

Tsaloumas, Dimitris. "Autumn Supper." *Meridian* 6(2), 1987.

Tsokos, Michelle. "Memory and Absence: The Poetry of Antigone Kefala." *Westerly* 39 (4), 1994.

Uhlmann, Amanda. "An Ainslie Man's Lone Protest at the 'Continuing Massacre'." *The Canberra Times*, 3 September, 1991.

Wang, Guanglin. "The Chinese Poetess in an Australian Setting: Cultural Translation in Brian Castro's *The Garden Book*." *Journal of the Association for the Study of Australian Literature* 12 (2), 2012.

Weir, J. K. "Connectivity."*Australian Humanities Review* 45, 2008.

Wright，Alexis. "Breaking Taboos." A Paper Given at the Tasmanian Readers' and Writers' Festival，September 1998.

Wright，Alexis. "On Writing Carpentaria." *Heat*，2006.

Wyndham，Susan. "The Heavenly Brilliance of Shirley Hazzard." *The Sydney Morning Herald*，4 October，2019.

Young，Robert J. C. "Cultural Translation as Hybridisation." *Trans-Humanities* 5 (11)，2012.

彼·凯里. "凯利帮"真史. 李尧译.《世界文学》2002 年第 4 期.

毕宙嫔. 意象·俳句·禅佛——朱迪思·赖特晚期诗的东方转向.《当代外国文学》2013 年第 3 期.

毕宙嫔. 朱迪思·赖特的种族主义反思.《当代外国文学》2022 年第 1 期.

陈正发. 马克·奥康纳和他的生态诗.《外国文学》2013 年第 3 期.

程爽. 我的中国情结——当代澳大利亚作家尼古拉·周思访谈.《当代外国文学》2005 年第 2 期.

何宁. 文字与照片的拼接——评 W. G. 塞巴尔德的《奥斯特利茨》.《外国文学动态》2012 年第 1 期.

胡宝平. 诗学误读·互文性·文学史.《国外文学》2004 年第 3 期.

黄洁. 不可言说的忏悔："被偷走的孩子"与《抱歉》中语言的隐喻.《外国文学评论》2018 年第 4 期.

冷慧. 世界观的认知机制:解读《卡彭塔利亚湾》中隐性连贯语篇现象.《外语与外语教学》2014 年第 3 期.

李尧. 尼古拉斯·周思:中澳文化交流的使者.《文艺报》2013 年 5 月 24 日,第 4 版.

林斌. "大屠杀后叙事"与美国后现代身份政治:论犹太大屠杀的美国化现象.《外国文学》2009 年第 1 期.

刘蓓. 关于"地方"的生态诗歌——马克·特莱蒂内克作品解读.《外国文学研究》2013 年第 1 期.

刘婕. 从《唐的聚会》看"奥克"的政治意识与婚恋观.《兰州交通大学学报》2012 年第 2 期.

刘云秋. 蒂姆·温顿访谈录.《当代外语研究》2013 年第 2 期.

刘云秋. 蒂姆·温顿访谈录.《外国文学》2013 年第 3 期.

鲁枢元. 生态哲学:引导人与自然和谐共处的世界观.《鄱阳湖学刊》2019 年第 1 期.

陆建德. 地之灵——关于"迁徙与杂交"的感想.《外国文学评论》2001 年第 3 期.

陆扬. 重读"耶鲁学派".《文艺争鸣》2013 年第 5 期.

裴蓓.澳洲鄂籍作家的风景叙事和意义生产——以张劲帆、欧阳昱和韦敏的作品为例.《华文文学》2021 第 6 期.

彭青龙. 写回帝国中心,建构文化身份的彼得·凯里.《当代外国文学》2005 年第 2 期.

彭青龙. 超越二元,以人为本——解读彼得·凯里小说文本中的伦理思想.《外语教学》2015 年第 4 期.

盛宁. "后殖民"文化批评与第三世界的声音.《美国研究》1998 年第 3 期.

陶家俊. 创伤.《外国文学》2011 年第 4 期.

汪诗明. 澳大利亚政府的政治道歉与种族和解进程.《华东师范大学学报》(哲学社会科学版)2011 年第 4 期.

王福禄. 神话、反种族主义与创伤——《卡彭塔利亚湾》的书写策略.《复旦外国语言文学论丛》2019 年春季号.

王光林. 摆脱"身份"关注社会——华裔澳大利亚作家布赖恩·卡斯特罗访谈录.《译林》2004 年第 4 期.

王豪,欧荣.《当你老了》的"艺格符换":世界文学流通中的跨艺术转换.《中国比较文学》2021 年第 2 期.

王晋军.《祖先游戏》:一部关于中国的外国小说——澳大利亚著名作家亚历克斯·米勒访谈.《中国文化报》2010 年 6 月 6 日,第 3 版.

王宁. 当代生态批评的"动物转向".《外国文学研究》2020 年第 1 期.

吴庆宏. 后殖民主义视角下的澳洲土著小说《野猫下坠》.《苏州科技学院学报》(社会科学版)2013 年第 6 期.

武竞. 当代澳大利亚土著文学的新思考:阿莱克希思·莱特和她的《卡奔塔利亚湾》.《理论界》2011 年第 11 期.

徐文博. 六种修正比——评布鲁姆的"逆反"诗论.《深圳大学学报》(人文社会科学版)1991 年第 3 期.

徐文培,李增. 互文性理论与文学批评解析.《外语学刊》2011 年第 6 期.

许晶. 后现代文学书写中的图文叙事——以《冠军的早餐》和《渴望之书》为例.《外国文学》2022 年第 2 期.

杨保林. 捍卫自由人文主义? ——评戴维·威廉森的《死白男》.《南京邮电大学学报》(社会科学版)2010 年第 1 期.

杨洪贵. 论澳大利亚土著人的同化政策.《世界民族》2003 年第 6 期.

杨洪贵. 澳大利亚土著保护政策评述.《苏州科技学院学报》(社会科学版)2013 年第 3 期.

殷企平. 谈"互文性".《外国文学评论》1994 年第 2 期.

张计连. 西澳土著作家获弗兰克林奖.《外国文学动态》2011 年第 6 期.

张金良. 神秘化、扭曲与误现——解读《红线》中的中国文化.《当代外国文学》2005 年第 2 期.

张丽丽. 在边缘的边缘表现自我——欧阳昱小说《英语班》的后殖民解读.《华文文学》2013 年第 2 期.

张丽丽. 跨国文学与跨文化交流——澳大利亚小说家尼古拉斯·周思访谈录.《世界文学评论》2015 年第 6 辑.

张腾欢. 埃利·威塞尔与大屠杀记忆普遍化.《中国社会科学报》2017 年 9 月 18 日,第 7 版.

张喆.《祖先游戏》:一个构想民族身份的魔方.《外国文学》2010 年第 5 期.

朱晓映. 一石激起千层浪——《第一块石头》对女性主义的反思与挑战.《英美文学研究论丛》2007 年第 2 期.

朱蕴轶. 走出异化的阴影 寻找迷失的自我——戴维·马洛夫早期小说主题探析.《当代外国文学》2003 年第 3 期.

专著:

Adorno, Theodor W. *Can One Live after Auschwitz*: *A Philosophical Reader*. Eds. Rolf Tiedemann and Rodney Livingstone. Stanford: Stanford University Press, 2003.

Alexander, Jeffery C. "Toward a Theory of Cultural Trauma." *Cultural Trauma and Collective Identity*. Eds. Jeffery C. Alexander, et al. Berkeley, CA: University of California Press, 2004.

Appiah, Kwame Anthony. *The Ethics of Identity*. Princeton: Princeton University Press, 2005.

Appiah, Kwame Anthony. *Cosmopolitanism*: *Ethics in a World of Strangers*. Penguin, 2006.

Apter, Emily. *The Translation Zone*: *A New Comparative Literature*. Princeton: Princeton University Press, 2011.

Arendt, H. *The Life of the Mind*. New York: Harcourt, Inc. , 1978.

Arendt, H. *The Human Condition*. Chicago: The University of Chicago Press, 1998.

Ashcroft, Bill, Gareth Griffithsand Hellen Tiffin. *The Empire Writes Back*. London and New York: Routledge, 1989.

Ashcroft, Bill, Gareth Griffiths and Helen Tiffen. *The Empire Writes Back*: *Theory and Practice in Post-Colonial Literatures*. London and New York: Routledge, 2002.

Ashcroft, Bill. "Against the Tide of Time: Peter Carey's Interpolation into History." *Writing the Nation*: *Self and Country in the Post-colonial Imagination*. Ed. John C. Hawley. Amsterdam: Rodopi, 1996.

Attwood, Bain, and Andrew Markus. *The 1967 Referendum, or When Aborigines didn't Get the Vote*. Canberra ACT Australia: Aboriginal Studies Press, 1997.

Bakrania, Falu. "Hybridity." *International Encyclopedia of the Social Sciences*, 2nd edition. Ed. W. A. Darity, Jr. Detroit: Macmillan Reference USA 3, 2008.

Barthes, Roland. *Camera Lucida* (French original). New York: Hill and Wang, 1981.

Benjamin, Walter. "Theses on the Philosophy of History." *Illuminations*. Trans. Harry Zorn. London: Pimlico, 1999.

Bennett, Bruce, and Jennifer Strauss. *The Oxford Literary History of Australia*. Melbourne: Oxford University Press, 1998.

Bennett, Bruce. *Australian Short Fiction: A History*. St Lucia: University of Queensland Press, 2002.

Besemeres, M., and Anna Wierzbicka: *Translating Lives: Living with Two Languages and Cultures*. St Lucia, Qld.: University of Queensland Press, 2012.

Bhabha, Homi K. *The Location of Culture*. London: Routledge, 1994.

Bloom, Harold. *The Map of Misreading*. Oxford: Oxford University Press, 1973.

Bloom, Harold. *The Anxiety of Influence: A Theory of Poetrys*, 2nd edition. New York: Oxford University Press, 1997.

Bogue, Ronald. *Deleuze on Music, Painting, and the Arts*. New York: Routledge, 2013.

Bolt, Reuben. Urban Aboriginal Identity Construction in Australia: An Aboriginal Perspective Utilising Multi-Method Qualitative Analysis. PhD dissertation, Australia: University of Sydney, 2009.

Brewster, Anne. "Critical Whiteness Studies and Australian Indigenous Literature."澳大利亚文学批评和理论. 大卫·卡特、王光林编. 青岛：中国海洋大学出版社,2010.

Brisbane, Katharine. "Conflict and Reconciliation: The Gospel According to David Williamson." *David Williamson: A Celebration*. Ed. Katharine Brisbane. Canberra: National Library of Australia, 2003.

Brisbane, Katharine. *Not Wrong—Just Different: Observations on the Rise of Contemporary Australian Theatre*. Sydney: Currency Press, 2005.

Brisbane, Katharine. "Theatre from 1950." *The Cambridge History of Australian Literature*. Ed. Peter Pierce. Melbourne: Cambridge University Press, 2009.

Buell, Lawrence. *Writing for an Endangered World*. Cambridge: Belknap Press of Harvard University Press, 2001.

Buell, Lawrence. *The Future of Environmental Criticism*. Malden: Blackwell Publishing, 2005.

Burgmann, Ernest H. "Australia—A Part of Asia?" *Modern Australia in Documents Volume 2: 1939—1970*. Ed. F. K. Crowley. Melbourne: Wren, 1973.

Carey, Peter. *True History of the Kelly Gang*. St Lucia: University of Queensland Press, 2000.

Carlson, Bronwyn. *Politics of Identity: Who Counts as Aboriginal Today?* Sydney: Aboriginal Studies Press, 2016.

Carroll, Dennis. *Australian Contemporary Drama*. Sydney: Currency Press, 1995.

Caruth, Cathy. *Unclaimed Experience: Trauma, Narrative, and History*. London: The Johns Hopkins University Press, 1996.

Casey, Maryrose. "Referendums and Reconciliation Marches: What Bridges are We Crossing?" *Parading Ourselves*. Eds. Maryrose Casey et al. Perth, W. A.: Network Books, 2006.

Castro, Brian. *Writing Asia and Auto/biography: Two Lectures*. Canberra University College, Australian Defence Force Academy, 1995.

Castro, Brian. *Looking for Estrellita*. St Lucia: University of Queensland Press, 1999.

Cater, David. "Critics, Writers, Intellectuals: Australian Literature and Its Criticism." *The Cambridge Companion to Australian Literature*. Ed. Elizabeth Webby. Cambridge: Cambridge University Press, 2000.

Cheryll, Glotfelty, and Harold Fromm, eds. *The Ecocriticism Reader: Landmarks in Literary Ecology*. Athens, Georgia: The University of Georgia Press, 1996.

Clark, Gary. "Environmental Themes in Australian Literature." *A Companion to Australian Literature Since 1900*. Eds. Nicholas Birns and Rebecca McNeer. Columbia: Camden House Inc., 2010.

Clark, John. "The Making of Don's Party." *David Williamson: A Celebration*. Ed. Katharine Brisbane. Canberra: National Library of Australia, 2003.

Clüver, Claus. "Ekphrasis Reconsideration: On Verbal Representations of Non-Verbal Texts." *Inter-art Poetics: Essays on the Interrelations of the Arts and Media*. Eds. Ulla-Britta Lagerroth, Hans Lund and Erik Hedling. Amsterdam: Rodopi, 1997.

Cochrane, Kathleen J. *Oodgeroo*. St Lucia: University of Queensland Press, 1994.

Conrad, J. *The Heart of Darkness and Other Tales*. Oxford: Oxford University Press, 2009.

Dagnino, Arianna. *Transcultural Writers and Novels in the Age of Global Mobility*. Lafayette: Purdue University Press, 2015.

Davis, Jack. "Slum Dwelling." *The First-Born and Other Poems*. Sydney: Angus and Robertson, 1970.

De Kretser, Michelle. *On Shirley Hazzard*. Melbourne: Black Inc., 2019.

Deleuze, Gilles. *Foucault*. Trans. Sean Hand. Minneapolis: University of Minnesota Press, 1988.

Demidenko, Helen. *The Hand that Signed the Paper*. Sydney: Allen & Unwin, 1994.

Dharwadker, Victor. "Diaspora and Cosmopolitanism." *The Ashgate Research Companion to Cosmopolitanism*. Eds. Maria Rovisco et al. Farnham: Ashgate,

2011.

Diner, Dan. "The Destruction of Narrativity: The Holocaust in Historical Discourse." *Catastrophe and Meaning: The Holocaust and the Twentieth Century*. Eds. Moishe Postone and Eric Santner. Chicago: University of Chicago Press, 2003.

Dixon, Robert, ed. *The Novels of Alex Miller, An Introduction*. Sydney: Allen & Unwin, 2012.

Dixon, Robert. *Alex Miller: The Ruin of Time*. Sydney: Sydney University Press, 2014.

Dutton, Geoffrey. "Helen Garner." *The Australian Collection: Australian's Greatest Books*. Melbourne: Angus & Robertson Publishers, 1985.

Dwyer, P. "The Invention of Nature." *Redefining Nature: Ecology, Culture and Domestication*. Eds. R. Ellen and K. Fukui. Oxford: Berg, 1996.

Fanon, Frantz. *The Wretched of the Earth*. New York: Grove Press, 1963.

Fensch, Thomas. *Oskar Schindler and His List*. Chesterfield: New Century Books, 2014.

Fensham, Rachel, and Denise Varney. *The Doll's Revolution: Australian Theatre and Cultural Imagination*. Melbourne: Australian Scholarly Publishing, 2005.

Foucault, Michel. *The Order of Things: An Archaeology of the Human Sciences*. New York: Random House, 1970.

Foucault, Michel. *Les Mots et les choses* (1996) translated as *The Order of Things: An Archaeology of the Human Sciences*. New York: Random House, 1973.

Foucault, Michel. *Power Knowledge*. Ed. Colin Gordon. Brighton: Harvester Press, 1980.

Foucault, Michel. "Truth and Powerr." *Power Knowledge: Selected Interviews and Other Writings 1972—1977*. Ed. and trans. Colin Gordon. New York: Pantheon, 1989.

Fox, Karen. "Oodgeroo Noonuccal: Media Snapshots of a Controversial Life." *Indigenous Biography and Autobiography*. Eds. Peter Read, Frances Peters-Little and Anna Haebich. Canberra: Australian National University Press, 2008.

Freud, Sigmund. "Fixation to Traumas—The Unconscious." *The Standard Edition of the Complete Psychological Works of Sigmund Freud, Volume XVI (1916—1917): Introductory Lectures on Psycho-Analysis*. Trans. James Strachey. London: The Hogarth Press and the Institution of Psycho-Analysis, 1963.

Freud, Sigmund. "Mourning and Melancholia." *The Standard Edition of the Complete Psychological Works of Sigmund Freud, Volume XIV (1914—1916): On the History of the Psycho-Analytic Movement, Papers on Metapsychology and Other*

Works. Trans. James Strachey. London: The Hogarth Press and the Institution of Psycho-Analysis, 1964.

Garner, Helen. *The First Stone: Some Questions about Sex and Power*. Sydney: Pan Macmillan, 1995.

Gelder, Ken, and Paul Salzman. *The New Diversity: Australian Fiction 1970—88*. Melbourne: McPhee Gribble Publishers, 1989.

Gelder, Ken. "The Novel." *The Penguin New Literary History of Australia*. Ed. Laurie Hergenhan. Sydney: Penguin Books Australia, 1988.

Gilbert, Helen. *Sightlines: Race, Gender, and Nation in Contemporary Australian Theatre*. Ann Arbor: University of Michigan Press, 1998.

Gilbert, Kevin. *End of Dream-Time*. Sydney: Island Press, 1971.

Gilbert, Kevin. *Living Black: Blacks Talk to Kevin Gilbert*. Ringwood: Allen Lane, 1977.

Gilbert, Kevin. *People Are Legends: Aboriginal Poems*. St Lucia: University of Queensland Press, 1978.

Gilbert, Kevin, ed. *Inside Black Australia: An Anthology of Aboriginal Poetry*. Ringwood: Penguin, 1988.

Gilbert, Kevin. *I Do Have a Belief*. Canberra: Belconnen Arts Centre, 2013.

Gleeson-White, Jane. *Australian Classics: 50 Great Writers and Their Celebrated Works*. Sydney: Allen & Unwin, 2007.

Goldberg, Amos. "Ethics, Identity, and Anti-fundamental Fundamentalism." *Marking Evil: Holocaust Memory in the Global Age*. Eds. Amos Goldberg and Haim Hazan. New York: Berghahn Books, 2015.

Goldsworthy, Kerryn. *Before, During and After the First Stone*. London and Sydney: Pandora, 1988.

Goldsworthy, Kerryn. *Helen Garner*. Melbourne: Oxford University Press, 1996.

Gramsci, Antonio. *Selections from the Prison Notebooks*. Eds. and trans. Quinton Hoare and Geoffrey Nowell Smith. New York: International, 1971.

Grenville, Kate. *The Secret River*. New York: Grove Press, 2005.

Grieves, Vicki. *Aboriginal Spirituality: Aboriginal Philosophy, the Basis of Aboriginal Social and Emotional Wellbeing*. Darwin: Cooperative Research Centre for Aboriginal Health, 2009.

Griffiths, Gareth. "Unhappy the Land that has a Need of Heroes': John Romeril's Asian Plays." *Myths, Heroes, and Anti-Heroes: Essays on the Literature and Culture of the Asia-Pacific Region*. Eds. Bruce Bennett and Dennis Haskell. Perth: Centre for Studies in Australian Literature, University of Western Australia, 1992.

Gunew, Sneja. "In Journeys Begin Dreams." *Framing Marginality: Multicultural Literary Studies Carlton*. Melbourne: Melbourne University Press, 1994.

Gunew, Sneja. "Performing Australian Ethnicity: 'Helen Demidenko'." *From a Distance: Australian Writers and Cultural Displacement*. Eds. Wenche Ommundsen and Hazel Rowley. Victoria: Deakin University Press, 1996.

Hage, Ghassan. *Against Paranoid Nationalism: Searching for Hope in a Shrinking Society*. Annandale, NSW: Pluto Press, 2003.

Hall, Rodney. *The Yandilli Trilogy*. New York: Noonday Press, 1995.

Hall, Stuart. "Cultural Identity and Diaspora." *Identity: Community, Culture, Difference*. Ed. Jonathan Rutherford. London: Lawrence and Wishart, 1990.

Hall, Stuart. "Cultural Identity and Diaspora." *Contemporary Post-colonialism Theory*. Ed. Padmini Mongia. London and New York: Arnold, 1996.

Hall, Stuart. "Foucault: Power, Knowledge and Discourse." *Discourse Theory and Practice*. Eds. Margaret Wetherell, Stephanie Taylor and Simeon J. Yates. London: Sage, 2001.

Haskell, Dennis. "Scribbling on the Fringes: Post-1950s Australian Poetry." *The Cambridge History of Australian Literature*. Ed. Peter Pierce. Melbourne: Cambridge University Press, 2009.

Hassall, Anthony J. "Preface." *Dacning on Hot Macadam: Peter Carey's Fiction*. St Lucia: University of Queensland Press, 1998.

Hazzard, Shirley. *The Great Fire*. London: Virago, 2003.

Hazzard, Shirley. "A Writer's Reflections on the Nuclear Age." *We Need Silence to Find Out What We Think: Selected Essays*. Ed. Brigitta Olubas. New York: Columbia University Press, 2016.

Hefferman, James. *Museum of Words: The Poetics of Ecphrasis from Homer to Ashbery*. Chicago: University of Chicago Press, 1993.

Heidegger, Martin. *On the Way to Language*. London: Harper One, 1982.

Heidegger, Martin. *Elucidations of Hölderlin's Poetry*. New York: Humanity Books, 2000.

Heise, Ursula K. *Imagining Extinction: The Cultural Meanings of Endangered Species*. Chicago: University of Chicago Press, 2016.

Held, David. "Culture and Political Community: National, Global, and Cosmopolitan." *Conceiving Cosmopolitanism: Theory, Context, and Practice*. Eds. Steven Vertovec and Robin Cohen. Oxford: Oxford University Press, 2002.

Held, David. "Reframing Global Governance: Apocalypse Soon or Reform!" *The Cosmopolitanism Reader*. Eds. Garrett Wallace Brown and David Held. Cambridge:

Polity, 2010.

Helff, Sissy. "Sea of Transformation: Re-Writing Australianness in the Light of Whaling." *Local Nature, Global Responsibilities: Ecocritical Perspectives on the New English Literatures*. New York: Rodopi, 2010.

Hergenhan, Laurie, ed. *The Penguin New Literary History of Australia*. Sydney: Penguin Books Australia, 1988.

Herman, Judith Lewis. *Trauma and Recovery*. New York: Basic Books, 1992.

Hirst, John. *Sense and Nonsense in Australian History*. Melbourne: Black Inc., 2005.

Hodge, Bob, and Vijay Mishra. *Dark Side of the Dream: Australian Literature and the Postcolonial Mind*. Sydney: Allen & Unwin, 1991.

Hoffman, Eva. *Lost in Translation: Life in a New Language*. London: Minerva, 1991.

Holland-Batt, Sarah, and Ella Jeffery. "Twenty-First-Century Australian Poetry." *The Routledge Companion to Australian Literature*. Ed. Jessica Gildersleeve. New York: Routledge, 2020.

Huggan, Graham. *Australian Literature: Postcolonialsim, Racism, Transnationalism*. New York: Oxford University Press, 2007.

Jose, Nicholas. *The Red Thread: A Love Story*. San Francisco: Chronicle Books, 2000.

Judt, Tony. *Postwar: A History of Europe since 1945*. London: Vintage, 2010.

Jupp, James. *From White Australia to Woomera: The Story of Australian Immigration*, 2nd ed. Cambridge: Cambridge University Press, 2007.

Kefala, Antigone. *The Alien*. St Lucia: Makar Press, 1973.

Kefala, Antigone. "Statement." *Poetry and Gender: Statements and Essays in Australian Women's Poetry and Poetics*. Eds. David Brooks and Brenda Walker. St Lucia: University of Queensland Press, 1989.

Keneally, Thomas. *Schindler's Ark*. Strongsville: Sceptre, 2007.

Kerins, Seán. "Caring for Country to Working on Country." *People on Country: Vital Landscapes, Indigenous Futures*. Eds. Jon Altman and Seán Kerins. Sydney: Federation Press, 2012.

Kickett-Tucker, Cheryl, and Jim Ife. "Identity in Australian Aboriginal Communities: Koordoormitj is the Essence of Life." *The Routledge Handbook of Community Development*. Eds. Sue Kenny, Brian McGrath and Rhonda Phillips. Milton: Routledge, 2018.

Kiernan, Brian. *The Most Beautiful Lies: A Collection of Stories by Five Major Contemporary Fiction Writers, Bail, Carey, Lure, Moorhouse and Wilding*. Sydney: Angus and Robertson, 1977.

Kinsella, John. *Armour*. Sydney: Picador, 2011.

Koch, Christopher J. *Crossing the Gap: A Novelist's Essays*. London: The Hogarth Press, 1987.

Lansbury, Coral. *Arcady in Australia: The Evocation of Australia in Nineteenth Century English Literature*. Melbourne: Melbourne University Press, 1970.

Levy, Daniel, and Natan Sznaider. *The Holocaust and Memory in the Global Age*. Trans. Assenka Oksiloff. Philadelphia: Temple University Press, 2006.

Margalit, Avishai. *The Ethics of Memory*. Cambridge: Harvard University Press, 2002.

Marr, David. *Patrick White: A Life*. Milsons Point, NSW: Random House, 1991.

Maufort, Marc. "Forging an 'Aboriginal Realism': First Nations Playwriting in Australia and Canada." *Siting the Other: Re-visions of Marginality in Australian and English-Canadian Drama*. Eds. Marc Maufort and Franca Bellarsi. Brussels: Peter Lang, 2001.

McCallum, John. *Belonging: Australian Playwriting in the 20th Century*. Sydney: Currency Press, 2009.

McCooey, David. "Contemporary Poetry: Across Party Lines." *The Cambridge Companion to Australian Literature*. Ed. Elizabeth Webby. Cambridge: Cambridge University Press, 2000.

McGuinness, Jan. "The Transit of Shirley Hazzard." *Shirley Hazzard: New Critical Essays*. Ed. Brigitta Olubas. Sydney: Sydney University Press, 2014.

McLaren, John. *Australian Literature*. Sydney: Longman House, 1989.

McMahon, Elizabeth. "Author, Author! The Two Faces of Kate Grenville." *Lighting Dark Places: Essays on Kate Grenville*. Ed. Sue Kossew. Amsterdam: Rodopi, 2011.

McMahon, Elizabeth. "Insular and Continental Interiors: The Shifting Map of Literary Universalism after the War." *Islands, Identity and the Literary Imagination*. London: Anthem Press, 2016.

Mills, Sara, "Post-Colonial Feminist Theory." *Contemporary Feminist Theories*. Eds. Stevi Jackson and Jackie Jones. Edinburgh: Edinburgh University Press, 1998.

Moreton-Robinson, Aileen. *The White Possessive: Property, Power, and Indigenous Sovereignty*. Minnesota: University of Minnesota Press, 2015.

Morgan, Sally. *My Place*. Fremantle: Fremantle Arts Centre Press, 1987.

Murray, Les. *Persistence in Folly: Selected Prose Writings*. Sydney: Angus & Robertson, 1984.

Nowra, Louis. *The Golden Age*. Sydney: Currency Press, 1989.

Olubas, Brigitta. *Shirley Hazzard: Literary Expatriate and Cosmopolitan Humanist*. New York: Cambria Press, 2012.

Ouyang, Yu. *Moon Over Melbourne and Other Poems*. Melbourne: Papyrus Publishing, 1995.

Ouyang, Yu. *Two Hearts, Two Tongues and Rain-colored Eyes*. Sydney: Wild Peony, 2002.

Ouyang, Yu. *The English Class*. Yarraville: Transit Lounge, 2010.

Patric, A. S. *Black Rock White City*. Melbourne: Transit Lounge Publishing, 2015.

Pierce, Peter. *Australian Melodramas: Thomas Keneally's Fiction*. St Lucia: University of Queensland Press, 1995.

Pierce, Peter, ed. *The Cambridge History of Australian Literature*. Melbourne: Cambridge University Press, 2009.

Plato. *The Republic*. Trans. Desmond Lee. London: Oxford University Press, 2008.

Porter, Dennis. "Orientalism and Its Problems." *The Politics of Theory: Proceedings of Essex Conference on the Sociology of Literature*. Eds. Francis Barker et al. Colchester: University of Essex Press, 1982.

Rapport, Nigel. "Emancipatory Cosmopolitanism: A Vision of the Individual Free from Culture, Custom and Community." *Routledge Handbook of Cosmopolitanism Studies*. Ed. Gerard Delanty. London: Routledge, 2012.

Renes, C. M. "The Stolen Generations, A Narrative of Removal, Displacement and Recovery." *Lives in Migration Rupture & Continuity Essays on Migration*. Ed. C. M. Renes. Spain: Universitat de Barcelona, 2011.

Ricketson, Matthew. *Garner's the First Stone: Authority Influence*. Bristol: University of Queensland Press, 2001.

Riemer, Andrew. *The Demidenko Debate*. Sydney: Allen & Unwin, 1996.

Robinson, Alice, and Dan Tout. "Unsettling Conceptions of Wilderness and Nature." *Stolen Lands, Broken Cultures: The Settler-Colonial Present*. Eds. John Hinkson, Paul James and Lorenzo Veracini. North Carlton: Arena Publications, 2012.

Rooney, Brigid. *Literary Activists: Writer-Intellectuals and Australian Public Life*. St Lucia: University of Queensland Press, 2009.

Rose, Deborah Bird. *Nourishing Terrains: Australian Aboriginal Views of Landscape and Wilderness*. Canberra: Australian Heritage Commission, 1996.

Rose, Deborah Bird. *Wild Dog Dreaming: Love and Extinction*. Charlottesville: University of Virginia Press, 2011.

Rosenfeild, Alvin. "The Problematics of Holocaust Literature." *Literature of the Holocaust*. Ed. Harold Bloom. Philadelphia: Chelsea, 2004.

Rushdie, Salman. *Imaginary Homelands: Essays and Criticism, 1981—1991*. London:

Granta and Viking, 1991.

Ryan, John. *Plants in Contemporary Poetry: Ecocriticism and the Botanical Imagination*. London: Routledge, 2018.

Sabbioni, Jennifer, Kay Schaffer, and Sidonie Smith, eds. *Indigenous Australian Voices: A Reader*. New Brunswick: Rutgers University Press, 1998.

Said, Edward. *Culture and Imperialism*. New York: Vintage, 1994.

Salzman, Paul. *Elizabeth Jolley's Fictions*. St Lucia: University of Queensland Press, 1993.

Schaffer, Kay. *Women and Bush: Forces of Desire in the Australian Cultural Tradition*. Cambridge: Cambridge University Press, 1988.

Scott, Kim. *That Deadman Dance*. Sydney: Pan Macmillan, 2010.

Seddon, G. *Landprints: Reflections on Place and Landscape*. Cambridge: Cambridge University Press, 1997.

Shepard, Paul. *The Others: How Animals Made Us Human*. Washington D. C. : Island Press, 1996.

Sheridan, Susan. *Along the Faultlines: Sex, Race, and Nation in Australian Women's Writing, 1880s—1930s*. St. Leonards, NSW: Allen & Unwin, 1995.

Shoemaker, Adam. *Black Words, White Page: Aboriginal Literature 1929—1988*. Canberra: Australian National University Press, 1989.

Shoemaker, Adam. *Oodgeroo: A Tribute*. St Lucia: University of Queensland Press, 1994.

Shoemaker, Adam. "Tracking Black Australian Stories: Contemporary Indigenous Literature." *The Oxford Literary History of Australia*. Eds. Bruce Brennett and Jennifer Strauss. Melbourne: Oxford University Press, 1998.

Spitzer, Leo. "The Ode on a Grecian Urn, or Content vs. Metagrammar." *Essays on English and American Literature*. Ed. Anna Hatcher. Princeton: Princeton University Press, 1962.

Spivak, G. C. *In Other World*. New York: Routledge, 1988.

Stratton, Jon. "Multiculturalism and the Whitening Machine, or How Australians Become White." *The Future of Australian Multiculturalism: Reflections on the Twentieth Anniversary of Jean Martin's The Migrant Presence*. Eds. G. Hage and R. Crouch. Sydney: University of Sydney Press, 1999.

Tacey, David. *Patrick White: Fiction and the Unconscious*. Melbourne: Oxford University Press, 1988.

Thomson, Helen. "Aboriginal Women's Staged Autobiography." *Siting the Other: Revisions of Marginality in Australian and English-Canadian Drama*. Eds. Marc Maufort and Franca Bellarsi. Brussels: Peter Lang, 2001.

Thomson, Helen. "Drama Since 1965." *The Oxford Literary History of Australia*. Eds. Bruce Bennett and Jennifer Strauss. Melbourne: Oxford University Press, 1998.

Tranter, John, ed. *The New Australian Poetry*. St Lucia: Makar Press, 1979.

Trinh, T. Minh-ha. *When the Moon Waxes Red: Representation, Gender and Cultural Politics*. New York: Routledge. 1991.

Trioli, Virginia. *Generation f: Sex, Power & the Young Feminist*. Melbourne: Minerva, 1996.

Turcotte, Gerry. *Writers in Action: The Writers' Choice Evenings*. Sydney: Currency Press, 1990.

Turner, Graeme. *Making It National: Nationalism and Australian Popular Culture*. Sydney: Allen & Unwin, 1994.

Van Hear, N. *New Diasporas: The Mass Exodus, Dispersal and Regrouping of Migrant Communities*. Seattle: University of Washington Press, 1998.

van Toorn, Penny. "Indigenous Texts and Narratives." *The Cambridge Companion to Australian Literature*. Ed. Elizabeth Webby. Cambridge: Cambridge University Press, 2000.

van Toorn, Penny. "Indigenous Texts and Narratives."澳大利亚文学. Elizabeth Webby 编. 上海:上海外语教育出版社,2003.

Vice, Sue. *Holocaust Fiction*. London: Routledge, 2000.

Vice, Sue. "Helen Darville, the Hand That Signed the Paper: Who is 'Helen Demidenko'?" *Scandalous Fiction*. Eds. Jago Morrison and Susan Watkins. London: Palgrave Macmillan, 2007.

Walker, Kath. *My People: A Kath Walker Collection*. Milton: Jacaranda Press, 1970.

Wang, Guanglin. "Writer as Translator: On Translation and Postmodern Appropriation in Nicholas Jose's The Red Thread: A Love Story." *Translation in Diasporic Literatures*. Singapore: Palgrave Macmillan, 2019.

Weaver-Hightower, Rebecca. "The Sorry Novels: Peter Carey's Oscar and Lucinda, Greg Matthew's The Wisdom of Stones, and Kate Grenville's The Secret River." *Postcolonial Issues in Australian Literature*. Ed. Nathanael O'Reilly. New York: Cambria Press, 2010.

Webby, Elizabeth, ed. *The Cambridge Companion to Australian Literature*. Cambridge: Cambridge University Press, 2000.

West, Cornel. *Race Matters*. New York: Vintage,1994.

White, Patrick. "The Prodigal Son." *The Oxford Anthology of Australian Literature*. Eds. Leonie Kramer and Adrian Mitchell. Melbourne: Oxford University Press, 1985.

White, Patrick. *The Eye of the Storm*. New York: Picador, 1974.

White, Patrick. *Voss*. London: Vintage Random House, 1994.

White, Patrick. *A Fringe of Leaves*. London: Vintage Random House, 1997.

Whitlock, Gillian. "From Biography to Autobiography."澳大利亚文学. Elizabeth Webby
    编. 上海：上海外语教育出版社, 2003.

Williamson, David. *Don's Party*. Sydney: Currency Press, 1973.

Wilson, Josephine. *Extinctions*. Crawley: UWA Publishing, 2016.

Winch, Tara June. *The Yield*. Melbourne: Penguin Random House, 2019.

Wolf, Eric R. *Europe and the People without History*. Oakland: University of
    California Press, 2010.

Woodford, James. *The Dog Fence: A Journey Across the Heart of Australia*.
    Melbourne: TextPublishing, 2003.

Wright, Alexis. *Carpentaria*. Sydney: Giramondo Publishing Company, 2006.

Wright, Judith. *Preoccupations in Australian Poetry*. Melbourne: Oxford University
    Press, 1966.

Wright, Judith. *Because I Was Invited*. Melbourne: Oxford University Press, 1975.

Wright, Judith. *Born of the Conquerors: Selected Essays by Judith Wright*. Canberra:
    Aboriginal Studies Press, 1991.

Wright, Judith. "At Cooloola." *Collected Poems: 1942—1985*. Sydney: HarperCollins
    Publishers, 1994.

Wright, Judith. "The Poetry: An Appreciation." *Oodgeroo*. Eds. Ron Hurley and
    Kathleen J. Cochrane. St Lucia: University of Queensland Press, 1994.

A. W.里德等编. 澳洲土著神话传说. 史昆选译. 北京：中国民间文艺出版社, 1988.

阿尔贝特·史怀泽. 敬畏生命. 汉斯·瓦尔特·贝尔编. 陈泽环译. 上海：上海社会科学
    院出版社, 1992.

阿列克赛·米勒. 浪子. 李尧译. 重庆：重庆出版社, 1995.

埃·弗罗姆. 占有或存在——一个新型社会的心灵基础. 杨慧译. 北京：国际文化出版
    公司, 1989.

艾勒克·博埃默. 殖民与后殖民文学. 盛宁、韩敏中译. 沈阳：辽宁教育出版社、牛津大
    学出版社, 1998.

爱德华·W.萨义德. 知识分子论. 单德兴译. 北京：生活·读书·新知三联书店, 2002.

爱德华·W.萨义德. 文化与帝国主义. 李琨译. 北京：生活·读书·新知三联书
    店, 2003.

爱德华·W.赛义德. 赛义德自选集. 谢少波、韩刚等译. 北京：中国社会科学出版
    社, 1999.

巴特·穆尔-吉尔伯特等编撰. 后殖民批评. 杨乃乔等译. 北京:北京大学出版社,2001.

彼得·辛格. 动物解放. 孟祥森、钱永祥译. 北京:光明日报出版社,1999.

毕宙嫔. 朱迪思·赖特和解思想研究. 南京:南京大学出版社,2021.

布鲁斯·马兹利什. 文明及其内涵. 汪辉译. 北京:商务印书馆,2017.

陈霞主编. 道教生态思想研究. 陈云、陈杰副主编. 成都:巴蜀书社,2010.

陈小红编著. 什么是文学的生态批评. 上海:上海外语教育出版社,2013.

陈晓兰主编. 外国女性文学教程. 上海:复旦大学出版社,2011.

陈正发主编. 二十世纪大洋洲文学研究. 合肥:安徽大学出版社,2008.

大卫·卡特、王光林编. 澳大利亚文学批评和理论. 青岛:中国海洋大学出版社,2010.

大卫·沃克. 澳大利亚与亚洲. 张勇先等译. 北京:中国人民大学出版社,2009.

蒂姆·温顿. 浅滩. 黄源深译. 上海:上海译文出版社,2010.

弗吉尼亚·吴尔夫. 一间自己的房间及其他. 贾辉丰译. 北京:人民文学出版社,2003.

弗洛伊德. 自我与本我. 车文博主编. 北京:九州出版社,2014.

哈罗德·布鲁姆. 影响的焦虑——一种诗歌理论. 徐文博译. 南京:江苏教育出版社,2005.

胡文仲主编. 澳大利亚文学论集. 北京:外语教学与研究出版社,1994.

胡志红. 西方生态批评研究. 北京:中国社会科学出版社,2006.

胡志红. 西方生态批评史. 北京:人民出版社,2015.

黄源深. 澳大利亚文学史. 上海:上海外语教育出版社,1997.

黄源深、彭青龙. 澳大利亚文学简史. 上海:上海外语教育出版社,2006.

黄源深. 澳大利亚文学史(修订版). 上海:上海外语教育出版社,2014.

吉尔·德勒兹. 福柯 褶子. 于奇智、杨洁译. 长沙:湖南文艺出版社,2001.

凯瑟·沃克. 凯瑟·沃克在中国. 顾子欣译. 北京:The Jacaranda Press、国际文化出版公司,1988.

夸梅·安东尼·阿皮亚. 认同伦理学. 张容南译. 南京:译林出版社,2013.

奎迈·安东尼·阿皮亚. 世界主义:陌生人世界里的道德规范. 苗华建译. 北京:中央编译出版社,2012.

李桂荣. 创伤叙事:安东尼·伯吉斯创伤文学作品研究. 北京:知识产权出版社,2010.

李银河. 女性主义. 济南:山东人民出版社,2005.

李有成. 他者. 杭州:浙江大学出版社,2013.

刘象愚、杨恒达、曾艳兵主编. 从现代主义到后现代主义. 北京:高等教育出版社,2002.

卢卡奇. 历史与阶级意识——关于马克思主义辩证法的研究. 杜章智、任立、燕宏远译. 北京:商务印书馆,1999.

鲁枢元. 生态批评的空间. 上海:华东师范大学出版社,2006.

鲁枢元. 文学的跨界研究:文学与生态学. 上海:学林出版社,2011.

迈克·克朗. 文化地理学(修订版). 杨淑华、宋慧敏译. 南京:南京大学出版社,2005.

麦永雄. 德勒兹与当代性——西方后结构主义思潮研究. 桂林：广西师范大学出版社,2007.

默里·鲍尔. 桉树. 陆殷莉译. 沈阳：辽宁教育出版社,2006.

南宫梅芳、朱红梅、武田田、吕丽塔. 生态女性主义：性别、文化与自然的文学解读. 北京：
　　社会科学文献出版社,2011.

尼古拉斯·周思. 红线. 李尧、郇忠译. 北京：人民文学出版社,2007.

欧阳昱. 表现他者：澳大利亚小说中的中国人(1888—1988). 北京：新华出版社,2000.

彭青龙等. 百年澳大利亚文学批评史. 北京：北京大学出版社,2019.

塞姆·德累斯顿. 迫害、灭绝与文学. 何道宽译. 广州：花城出版社,2012.

沈复. 浮生六记. 林语堂译. 北京：外语教学与研究出版社,1999.

生安锋. 霍米·巴巴的后殖民理论研究. 北京：北京大学出版社,2011.

圣经. 上海：中国基督教协会,2014.

斯图亚特·麦金泰尔. 澳大利亚史. 潘兴明译. 北京：东方出版中心,2009.

苏红军、柏棣主编. 西方后学语境中的女权主义. 桂林：广西师范大学出版社,2006.

孙红卫. 民族. 北京：外语教学与研究出版社,2019.

索非亚·孚卡. 后女权主义. 瑞贝卡·怀特绘图. 王丽译. 北京：文化艺术出版社,2003.

特奥多·阿多尔诺. 否定的辩证法. 张峰译. 重庆：重庆出版社, 1993.

托马斯·基尼利. 辛德勒名单. 冯涛译. 上海：上海译文出版社,2014.

王腊宝等. 澳大利亚文学批评史. 北京：中国社会科学出版社,2016.

王明编. 太平经合校. 北京：中华书局,1960.

王诺. 欧美生态文学. 北京：北京大学出版社,2003.

王诺. 欧美生态批评——生态学研究概论. 上海：学林出版社,2008.

王岳川. 后现代主义文化研究. 北京：北京大学出版社,1992.

王岳川. 后殖民主义与新历史主义文论. 济南：山东教育出版社,1999.

王岳川. 当代西方最新文论教程. 上海：复旦大学出版社,2008.

徐贲. 人以什么理由来记忆. 长春：吉林出版集团有限责任公司,2008.

亚历克西斯·赖特. 卡彭塔利亚湾. 李尧译. 北京：人民文学出版社,2012.

杨保林. "近北"之行——当代澳大利亚旅亚小说研究. 博士学位论文. 苏州：苏州大
　　学,2011.

殷企平. "文化辩护书"：19 世纪英国文化批评. 上海：上海外语教育出版社,2013.

余谋昌. 生态哲学. 西安：陕西人民教育出版社,2000.

约翰·金塞拉、欧阳昱编选. 当代澳大利亚诗歌选. 欧阳昱译. 上海：上海文艺出版
　　社,2007.

曾繁仁. 生态美学导论. 北京：商务印书馆,2010.

张秋生. 澳大利亚亚洲移民政策与亚洲新移民问题研究——20 世纪 70 年代以来. 北
　　京：社会科学文献出版社,2018.

中共中央马克思恩格斯列宁斯大林著作编译局编译. 马克思恩格斯选集(第一卷). 北

京：人民出版社,2012.

中共中央马克思恩格斯列宁斯大林著作编译局译. 马克思恩格斯全集(第二十卷). 北
京：人民出版社,1971.

朱刚编著. 二十世纪西方文论. 北京：北京大学出版社,2006.

朱立元主编. 当代西方文艺理论. 上海：华东师范大学出版社,1997.

朱晓映. 从越界到超然：海伦·加纳的女性主义写作研究. 北京：外语教学与研究出版
社,2010.

朱晓映. 海伦·加纳研究. 上海：上海外语教育出版社,2013.

电子文献：

Convery, Stephanie. "Tara June WinchWins 2020 Miles Franklin Award for her book *The
Yield*: 'It Broke My Heart to Write It'." https://www.theguardian.com/books/
2020/jul/16/tara-june-winch-wins-2020-miles-franklin-award-for-her-book-the-
yield-it-broke-my-heart-to-write-it. Accessed 13 January, 2024.

Indigenous Histories. "Acknowledgement Sought: Kevin Gilbert, Aboriginal Australians and
the War of Invasion." https://indigenous-histories.com/2014/04/23/acknowledgement-
sought-kevin-gilbert-aboriginal-australians-and-the-war-of-invasion/. Accessed 13
January, 2024.

McKenna, Mark. "Writing the Past: History, Literature & the Public Sphere in
Australia." Humanities Writing Project Lecture, Griffith University, Brisbane,
December 1, 2005. https://www.austlit.edu.au/austlit/page/C567314. Accessed
26 September, 2023.

"Murray Bail at the *Complete Review*." https://www.complete-review.com/authors/
bailmur.htm. Accessed 13 January, 2024.

"Patrick White." https://www.nobelprize.org/prizes/literature/1973/press-release/,
accessed 15 March, 2025.

Wood, Charlotte. "Charlotte Wood on Shirley Hazzard: Across the Face of the Sun."
https://sydneyreviewofbooks.com/essay/transit-of-venus-shirley-hazzard/. Accessed 13
January, 2024.

Zalewski, Daniel. "The New York Times Book Review: The Surreal Thing." 4 August,
2002. https://www.nytimes.com/2002/08/04/books/the-surreal-thing.html.
Accessed 12 March, 2024.

陆建德. 陌生人的眼光——兼及中国人的形象. 中国社会科学网 2014 年 6 月 23 日.
http://www.cass.net.cn/xueshuchengguo/wenzhexuebulishixuebu/201406/t20140623_
1223064_1.html,2024 年 1 月 9 日访问.